我本倾城

望晨莫及 著

下

目 录

第十九章　冒牌燕熙..1
第二十章　拆穿身份..22
第二十一章　无擎大婚..37
第二十二章　妻妾初斗..47
第二十三章　"意外"怀孕....................................56
第二十四章　归宁之祸..67
第二十五章　醋海生波..80
第二十六章　娉儿归来..98
第二十七章　私生女儿..119
第二十八章　尔虞我诈..139
第二十九章　阴差阳错..162
第三十章　夫妻决裂..183
第三十一章　宫闱惊变..205
第三十二章　鏃京之乱..229
第三十三章　谋朝篡位..248
第三十四章　将计就计..283
第三十五章　柔情刻骨..299
第三十六章　生离死别..319

第十九章 冒牌燕熙

一

回到公子府，满府披红挂彩刺痛了九无擎的心，他站在门口看了好一会儿，才慢慢地踱进去，脑海里浮想起母亲曾经的告诫：

"长大若敢花心滥情，娘一定把你废了！"

这不是玩笑话，而是警告。

如今，他够脏够滥，真盼着母亲醒过来将他的双腿打断，却再不能如愿。她就那么睡了，再不肯醒来。

他厌恶这种红，恨不能跑上去将满府的红绫尽数撕掉，可他却不能这么做，只能咬紧牙关忍着，视若不见。

"九哥！九哥！"

听报他回府，无殇一路从后院飞奔而来，一把将他抱住，紧紧钩着，笑着直拍他的肩膀："太好了！真是太好了！"

他不断地叫着他的名字，不断地叫着"太好了"，话里的意思，只有他们二人才会懂。

九无擎微一笑，反过去也勾紧了他的腰背，将自己的下巴搁到他的肩上，是的，太好了，费了多少心思，才有了这样一个结果，多不容易，可是，他一点也不开心。

"恭喜九爷！"

一众奴才们纷纷跪地，道喜声刺痛了九无擎的心，他放开十无殇，一挥手让他们退下，目光落到了某处。

"啪啪啪！"

伴着一阵掌声，有个声音响了起来：

"这番里，别人皆遭了罪，独九爷沾尽喜气，一箭而双雕，的确是可喜可贺！"

一身墨色的锦缎袍子，金凌抱胸倚在廊柱前，斜抱拳头，神色慵懒，一副豪迈男儿态，她一直在盯着九无擎看，而后，忽泛开一抹明亮的笑，流光滟滟如云霞般散开，与其说是在恭喜，还不如说，她在讥嘲。

他身子一僵，心头的苦涩无以言述，默默看了她一眼，没说话，直直回了红楼，金凌瞟了一眼，跟了过去，至于无殇，很识趣，没有过来。他已知她是谁！

红楼外，东罗和南城守在门外，楼下，西阁和北翎带人护着。

"谢谢成全！"

待坐上了自己的轮椅，九无擎目光静静地落在她身上。

"不怨我放了拓跋弘么？"

"一切都在我的预料中！"他说。

这种淡定，令金凌觉得发冷。

"你真可怕！怎么就能把事情算计得如此丝毫不差，既瞒过皇上，瞒过了天下，又把自己洗刷得一清二白！"

九无擎默不作声，心下并不以为这一切真就瞒过了皇帝，但不管怎样，这一局，他还是有惊无险地赢了，当然，其中一半功劳是皇帝的，若不是他急于让曦儿坐上太子之位，这事，成与不成，是个未知数。

金凌脑海里则想起了那日进宫路上，九无擎跟她说过的那一番话：

"这番进宫，会有事发生。皇帝会杀我！祈福大会上的事，不管天盘宝珠是谁偷的，他第一个会怀疑的是我。所以，他会第一时间喝令斩我。如果，我真被拖出去了。记住，马上去找曦儿。他会救我。以我的猜测，他想斩我是假，想让曦儿施恩于我是真。所以，他会放了我，但一定会拘禁我，届时他还会要求你帮曦儿去破案。关于这事，你一定要答应下来。

"这个案子自然是要破的。你别这么看我，说来你或许不信，天坛不是我让人炸的，地室也不是我让人给挖的，东西也不是我让人盗的，常王更不是我令人炸死的。你去查了便知道，这一切，与公子府，与我更没有半分关系。我只是利用了他们的野心，做了一回黄雀，最终只是想让七殿下名正眼顺地坐上太子之位罢了！

"也许查到最后，你会发现，除了我，还有另外一个人在冷眼操纵着这副棋。唯一不同的是，东林那场爆炸，大大出乎他原有的预料：他没打算要常王和晋王的命，而我要。他更没料到地雷不止有十八枚，会一举炸死那么多人，甚至差点还炸飞了拓跋曦。

"记住了，这件案子最终的结果必须是：曦儿坐上太子之位，拓跋弘就此垮台。只要你按照我的计划去做，最后这个结果，肯定万无一失。"

这些话，当时，金凌觉得不可思议，如今都已一一验证。

一盘棋，两个隐形下棋人，玩了一副局中局。九无擎设了一个大局，冷眼引导各棋子在局中一步步演戏，皇帝则睁一眼，闭一眼，坐壁旁观，但看局中人机关算尽，暗中促成了这局棋。

这场戏，棋子费尽心机，棋手借机算计，一条计中计，死了常王，毁了毓王，挫了晋王，成全了小小睿王东宫之名，最终漂亮收场，没人会在乎这场储君之争，到底死了多少无辜人，因为历史只记载胜者的荣耀！

"明天，我会让晏之带你去祭拜八哥，你既然帮了我，我自不会失信。至于慕倾城，我会想法子将她救醒。至于鬼见愁，我也会放，至于小鱼儿，你若想见，我也能安排时间给你们见个面，至于我这条命，你若有本事，取了去也无所谓。若没那能耐，就别来自取其辱。好了，我言尽于此，你走吧！以后，最好别再出现在我面前！"

九无擎没有再用正眼瞧她一下，开了门，极度冷迷淡地扔下话，想赶她出去。

她要什么，他便给什么，她要到了她想要的，应该就会离开吧！

最好就这样回去九华，再不要留在西秦，那样的话，对她而言是最好不过的。

他与她，从此再无瓜葛。

金凌没想到他这么爽快，点点头："明天，我会再来！"

她越过他，走得飞快，一点一点从他的视线内消失了去，他的心，跟着空荡荡起来，难受得慌。

二

晋王府。

拓跋弘手执一大坛烧刀子，坐于阶上，独酌于月下，无人相伴，就像一个被遗忘的弃儿，月光将他的背影照得无比落寞。

他仰头浇着那辛辣的白酒，已吃不出那是什么滋味，品尝到的除了悲痛，就是苦涩。

这辈子，他已经够惨，自小无所依傍，自小看尽眼色和屈辱，好不容易遇得了一个真心相待且同病相怜的兄弟，好不容易靠着实力，为自己在朝上挣了一席之地，到如今，又尽数失去。

今日，他已引罪请辞，卸了一身职务，回府面壁思过，也是为了避嫌。三皇兄平素与他走得最近，这番他出了这种事，被揭穿时，他又在毓王府，虽然他用自己的行动洗清了自己的"包庇"之罪，终逃不过人心猜忌。

另外，他还在担忧一件事：接下去，三皇兄该怎么办？

身为亲王，他有一些骄纵跋扈，可他跟他一样，也是一个可怜之人，被揭穿也就罢了，被自己最心爱的女人告发，这于他而言，打击是致命的。三皇兄曾说：生不知何为家，是她给了他这份眷恋。末了，那女人亲手扼杀了他。

而他，却只能眼睁睁看着他被判刑待斩！

这场储位之争，最终还是以他的惨败收场，七弟到底做了太子，九无擎也被放了回来，春风得意，喜纳美人，曾经他以为所有种种皆是那人所为，结果，一查，九无擎啥事都没有，却将他和三皇兄拖下了这摊浑水。

这个人真是太厉害了！

这样的人，若留在朝里，大秦国势必要变天。

他要阻止！

必须把九无擎的真面目揭出来。

但是，他想不出办法，也查不出真相，这场被人精心利用的棋局，被设计得是如此缜密。

他将手上的酒坛砸到了地上，突然从地上跳起来，对着月色，发出一记悲鸣。

嘹亮的嗓音穿透夜的冷静，在整个寂寂清冷的王府上空盘旋，随即，淹没于呼啸而过的夜风里，什么都没有留下，心头的悲恨，越发地纠结难纾。

"爷，沉住气！总能找到对方破绽的！"

平叔和容伯，一起走了过来，二人站在他身边静默了许久。

拓跋弘回头看。

自小到大，他们是他生活里的全部。小的时候教养他，长大了，任由他驱使，他们是他的左膀右臂，更是良师益友，总会在他受到挫折的时候，给予及时的慰抚。

"我们还有时间，少主，毓王殿下秋后才斩，这表示皇上对这个案子还存有疑问，只要把在石林阵内刺杀你和拓跋曦的那拨人找出来，我们还有机会！皇上再狠心，也不可放任别人随便杀害自己的皇嗣。现在搁着没有往下查，一是想缓口气，稳定民心，二是要给新太子巩固地位。只要时机成熟，他定不会放过那害群之马。到时，有得那人好受！您忍着，等我们翻了身，定让那人加倍奉还。"

"翻身？父皇的眼里根本容不下我，想要翻身，太难。"

"既然他不容你，那你也不必容下他！"

容伯的眼里发出一道冷厉的寒光：" 至于九无擎，虽然厉害，但也不是不可坚不摧的铜墙铁壁。这些年，皇帝能收住他，也只不过拿了他的致命软肋。"

关于这事，拓跋弘也知道一些，九贵妃就是他的软肋。九无擎连自己那个足月的胎儿都能狠下心打下来弄死，却独独对那个女人恭敬有加。五年前还帮助那女人逃宫，甚至为了救那女人，明知有陷阱，还义无反顾地自投罗网。这两个人之间到底存在着怎样一种关系，他一直在派人在查，现在听容伯的语气，好像是有些眉目了。

他不由得眯了一下眼问起来："查清楚了？"

"是，查清楚了！说来您不信，那九无擎，居然是贱人在外生的孽种。那贱人也不知给皇上吃了什么迷魂丹，让皇上能做到对任何人都无情无义，单单将一块腌臜物当做了稀世珍宝。"

这个真相，令拓跋弘无比震惊："居然……居然是私生子？"

他的语气是不可思议的，然后，渐渐想明白，紧接着，所有事情就有了一种合情合理的解释：

父皇对他的宠信，既是对他才华的欣赏，更是一种爱屋及乌的表现，又或许，这本身就是一种利用：以九无擎为要挟，得到他想得到的女人；而九无擎之所以会谋权，是想护他的母亲及弟弟。

如此看来，他与九无擎，果真是天生的死对头；而那只狐狸精，则是所有祸端的根源——想当年，嫡子换庶子的耻辱，堂堂元妃为救儿子被马蹄踩踏的悲剧，嫡兄经不起羞辱而死于非命，他自幼受尽苦难和折磨，所有一切全是因为她而来。

这样一个祸害，若是落到他手上，他必将其千刀万剐。

如此想着想着，脸上的恨意便一层层浓烈了起来。

"少主，那个女人身在未央宫，我们暂时动她不得，拓跋曦身为太子，终日有人守候，我们也拿之无可奈何，但现在，属下发现还有一个人同样是九无擎的死穴。只要动了这一个人，一样能令九无擎痛不欲生！"

容伯再度语出沉沉，露着浓浓的煞气。

拓跋弘抬头，脸上的惊异之色还未消退，又听到了一个让他错愕的名字：

"那个人就是：青城！"

三

"怎么样？我拜托你的事，查得如何？"

玉锦楼，灯下，金凌在看书等人。入夜时分，门被推开，是龙奕笑容可掬地拍着衣衫上的风尘走了进来，还伸出手做出索讨状："先把报酬全拿来！"

金凌卷着书，喊了一声："滚！"

他哈哈一笑，一把抓住："哪有你这样的，让人办事儿，还这样？嗯，想知道八无昔的事，是不是？"

"嗯！"

他坐了下来，说：

"他是九华人，姓金，名西，十二岁入公子府，替补太保之位，按着年纪排名，排行老八，取名无昔。十三岁因救九无擎轻微烧伤了面部，十四岁九贵妃给他医好了脸。这人性情乐观开朗，和九无擎是莫逆之交，一度形影不离，深得帝宠于驾前。五年前，八无昔卷入公子之乱，九无擎逃脱皇帝的看禁，带病直闯刑场，八无昔被斩首于市时，他曾悲痛得晕死当场，之后，九无擎亲手缝合了八无昔的头颅，停灵三日，葬于公子陵。"

她的脸上，原是微笑着的，渐渐地，就失了颜色，弯起的薄唇在轻轻颤着。

"怎么了？"

他不觉凑过去看。这种表情可称之为"悲凉"，凉到了骨子里，疼到眼神里。

金凌已说不出话，自领子里取那块贴身戴着的玉佩，盯着看，嘴里喃喃自语起来：

"难道，事情真的是这样子的吗？他真的已经死了？"

"他？你是说燕熙？"

"嗯！"

少年燕熙的形象在脑海浮现，她喃喃道：

"出来的时候，我是金琬瑛，他便是金西，我们扮作兄妹。这个名字是错不了的。可是，他怎么会进公子府的呢？他为什么不回家？是他不认得路，还是月姨出了什么意外？十三年了，爹爹派了那么多人出来找，都没找到，这能说明什么问题？"

这时，拓跋曦的笑脸跟着在眼前一闪而过。

一种奇怪的联想在心头生成了。

但是，怎么可能？

九贵妃是皇帝的妃子，二十几年前，就曾和皇帝生过一个儿子，那个时候，月姨正跟在母亲身边，怎么可能和远在龙苍的拓跋跃扯上什么关系？

龙奕心里直发酸，心下总算弄清楚了一件事：五年前死掉的八无昔居然就是燕熙。

一个人执着了一件事十三年，突然间发现那人已死，会是怎样一件痛苦的事？

他突然很心疼她！

"龙奕？"

她突然眼神一亮，猛地扑上来握住了他的手。这种表情可以解释为，她有求于他——这丫头只在差使别人办事的时候，才会露出这种类似谄媚的神色。但，她的神情变化也太快了一些吧！

"干什么？"

龙奕当然不会推开，乐得享用这样一种"谄媚"。

"有没有办法将我送进皇宫玩玩？"

他立即皱眉：

"皇宫又不是寻常地方，没有皇帝的诏令，哪能随随便便进去？喂，我说，你到底想查什么？"

"没什么！好吧，这么说吧，一句话，你有没有见过那个什么什么九贵妃？"

"没见过。"

"怎么会？"

"那女人是皇帝的心肝宝贝，性子孤僻，从不与人交往，一度长住望湖阁，宫里的妃子都难见她一面，我哪能见得到？"

说到这里，他纳闷地反问了一句："哎，你该不会以为那个女人是你那个什么什么月姨吧！"

"这事，等进未央宫探个究竟才能下定论！"

她觉得很有可能！

曾听闻九贵妃受封的场面，可媲美皇后之礼，如此隆宠，那女子却在受封当日自毁容貌，从此被关未央宫，这当中所包容的宫闱秘闻，若是挖掘出来，必能惊悚天下。

龙奕听得她这个想法，立刻瞪大眼：

"你疯了是不是？那是皇宫里的禁地！谁都不能进！"

"你是不能进，有人能进！"

身为太子的拓跋曦，想进里面去的话，应该没人能拦吧？

嗯，接下去，她该好好查一查这个九贵妃的来历了！

四

子夜时分，金凌独自来到了一座破败的高楼上，点一盏幽暗的灯，吹起一曲箫，很快，苍凉之音，在苍茫的夜色中响起。那是九华的暗号，来龙苍三年，这是她第一次约见父亲的部属。

半个时辰后，破楼前有两道人影闪了进来。这二人极为谨慎地左右探看着，而后，其中一人目光直勾勾地射向了楼上，看到楼廊上有人，这才转头对另一人说："去外头守着点！"

金凌站在那里，等着那人走到光线下后，微一怔，不觉笑出来："哟，原来程一先生便是驻使西秦的金门令！"

不错，来的可不正是一品居的老板：程一。

这厮，生着狗熊似的身材，白兔似的脸孔，眼睛很小，笑起来眯成一条线。金凌曾和他打过几次交道，乃是一个算盘打得贼精的生意人。

那人在看清了面前的人以后也讶异地叫出声来："青城公子？怎么是你？"

"正是区区在下，小生不才，我……哈，这三年，一品居赚去了我不少银子，想不到，是自己人！！"

程一眯眼，上下一打量，跟着笑了一个，攀谈起来："公子是九华定西营的人？"

"不，在下青城，来自九华镇北王座下。"

"哦？镇北王膝下只有一子一女，您是？"

金凌亮一令牌，玄铁打制，铸有九华皇族独一无二的标记："我乃镇北王义子！"

程一又冲那令牌一看，连忙双拳一抱道：

"属下拜见青城公子，公子深夜召见，可是想问有关镇国公主和世子的事？"

这人的反应极快，果然是个人精。

"正是！"

"属下惭愧，有负圣恩！"

"一点线索都没么？"

金凌不觉皱起眉，心情跟着沉重起来，为寻找燕熙和月姨，这些年，父亲在财力和人力上已经付出巨大的代价，光精锐之兵，就足足派出了一万之众，为此客死异乡那是不计其数。

第一批九华人，来到龙苍最初，曾沿着他们当年出事的大河查访，倒是听闻有人在这河里救起过一女子，时间年纪都相仿，却说让人载着去了南云国。于是他们便追去了南云国。拿着镇北王所画之像四下寻找，不想竟遭遇追杀，虎骑一营一两百号人，全军覆没，就此再没有月姨的消息。

第二年虎骑二营曾在西秦和东荻边境查到燕熙携玲佩现身于玉器市场，据一沧商说，有个名叫"金西"的孩子托他将这块玉带回九华京都的镇北王府。可惜等他们闻报赶至时，那受托沧商离奇死亡，第一批军士就此全部被猎杀。

远在千万里之外的父亲听报后，认为在龙苍有一股可怕的力量正在阻挠他们的追查，为此，传令不再明访，改为暗访，以此来确保外派军士的人身安全。

明察都没结果，何况暗访，结果，自然是了无头绪，那些年，九华人唯一能做的事就是在龙苍各国暗建势力，可惜一直没有什么好消息传来。

"回公子话，五年前，倒是查到过一点消息。"

突然听得这话，夜色里，金凌眼底忽迸射出了灼灼之光，急急问道："什么消息？"

"属下的人曾看到有个女人在媵关使用燕拳和人打斗。可等我们赶去却晚了，那女子被荻国暗客捉了去，不知所终。之后，属下等人将目光一直盯着荻国，却是一无所获。当时由于无法确定那女子就是失踪多年的镇国公主，我等并没有及时向九华汇报这个消息。"

怪不得九华一直没有得到这个消息，金凌才舒开的眉头再度皱起。

谁知他的话锋又陡然一转：

"不过，去年时候，我们逮到了一荻国杀手，无意间套出了一些事，才确定五年前被捉去的正是镇国公主。只是，据那人交代，当年镇国公主未被掳至荻国，就叫一帮神秘人抢了去，自此再无下落。"

金凌一愣，有人掳她，又有人救她？这令她突然想到十三年前，自己也遭遇过被掳被救一事。

"可曾查明掳人和救人的都是一些什么人？"

"救人的，属下等查不出来，至于掳人的，和东荻朝廷或皇室有关系。还有，属下等人查得当年火烧红船的煞龙盟，和荻国一些大官似有所勾结！"

这番言辞，令金凌自然而然想到了凤烈，这人现身于龙苍会不会和月姨失踪有关？

她想了一下，又问："除此之外，可有燕世子的行踪？"

"没有！不过，属下发现了一件奇怪的事，正在着手调查！"

"何事？"

金凌侧头看着，借着月色看到他脸上露出了点点怪异之色。

"西秦的七皇子生得和燕世子极其相像。亲兄弟都没这么像的！公子这番已见过七皇子，想来也应深有体会吧！这段日子，我等一直在查，也试图派人混入皇宫。可惜未央宫无人能进。"

原来有这种感觉的不仅只有她。

"皇宫戒备得就如此森严？"

"是！中宫重地，除了皇帝和拓跋曦，也就只有九无擎能进！"

"九无擎也能进？"

金凌惊诧。

"是，说来这事的确很费解！"

金凌点头，踱步细思起来，难道这当中有什么事被自己忽略了？

她思量罢，忽定下身形：

"可曾查过九无擎的来历？"

"查过！查不出！公子府的人，一个个都来历神秘。"

"继续查！又不是石头里蹦出来的，既然是个大活人，就一定有来龙去脉！"

"是！"

二人又细细讨论了一番，金凌见夜已深，挥挥手，打算就此分道扬镳。

那程一却突然冲她跪了下来。

金凌见状，诧然而问："先生这是何意！"

程一没有答，先端端正正叩了三个响头，而后，才抬头，淡淡月底下，那张如白兔般无害的脸孔上尽是虔诚敬仰之色：

"公主殿下，程一深知公主与燕世子，自小情谊深厚，无人可替，可是公主身负家国之重任，是九华万里江山唯一的继承人。公主在朝之威名，程一虽在龙苍也有所耳闻。您这番瞒了主上来到龙苍，三年不与我等联系，程一识得您三年，今始知您是公主。而今回想这番鐄京城内种种事情，便心有余悸。公主，今日程一斗胆进一言：您身在异国他乡，身侧无人照拂，为了主上，也为了我九华的黎民百姓，请您一定要保重自己！"

这人果然也是了得的，她没有道破自己的真正来历，他却已经从她的言谈里识破了她的身份。

她不禁微微一笑，上前相扶。

不错，在九华，她是九华大帝的掌上明珠，更是大沧帝国的储君，而在龙苍，她是一个为爱而痴狂的奇女子，此来只为月姨和他。

五

二月十五，九无擎化作晏之，带着金凌去祭拜八无昔。公子府内，暂由剑奴替身坐镇。

无昔原是该葬在公子陵的，但九无擎偷偷将无昔的尸骨偷换了出来，埋在了回风谷。

回风谷，距京城五里处，掩于一片连绵的小丘中，青树叠嶂，鸟语花香，一片碧绿的寒桐，围着一座小园，园中搭着一座竹庐。

一老者守陵于此。

偶尔，九无擎也会来此住一晚。

园内，修着一座坟，汉白玉石碑，青石坟穹，坟墓四周，修着环状花坛，坛中一月红怒放，枝叶碧绿，谷中烟气迷漫，踏进这样一处地方，感觉到的是一种与世隔绝的清幽。

走到墓前，金凌的目光就直直落到了墓碑上，几个凸雕而成的字，第一时间映进了眼底：金西之墓，立墓人：无欢，无擎，无殇。每个字都有被岁月洗礼过的痕迹。

已近中午，阳光是温暖的，迎面吹来的风，被熏得极暖，春天的味道越来越浓，但，金凌感觉的是一片通体的冰冷，从头冷到脚，连呼吸也是冷的。

她僵立在祭台前，一动不动，"金西"两字，被阳光一照，幽暗的字面上，诡异地射出几道金光，是如此的刺眼，脑海里顿时白茫茫一片，燕熙的音容笑貌，一幕幕地在眼前掠过，十二年的相思，汹涌翻滚，刻骨萦绕。心是疼痛的，同时又浮现无数困扰：

长埋在此的，真是他吗？

如果真是他，这么多年了，他为什么不回家？

又是什么原因导致他必须留下，而且还进了高手如云的公子府，去争做那十三太保。

还有，除了九无擎，另外可有人能证明他就是他？

九无擎太能编，太能骗，太能颠倒是非和黑白，他的话，自不能完全相信，而她又没有火眼金睛，难以认定地下那一堆白骨便是心爱的他。

如果这一切当真是九无擎的谎言，那他为何说谎？

除非……

不！不可能！

那是一种亵渎。

她怎么可能将那么可怕的人，和熙哥哥联系在一起。

燕熙温文尔雅，是谦谦君子，龙姿凤章，无人可比；九无擎呢，冷漠淡寡，杀人如麻，嗜血如狂，为达目的，不择手段，为求名利，机关算尽，这样一个人，怎么可能会是燕熙？

燕熙哥哥才不会将女人当做药引来使用，那样肮脏的一个男人，怎能和净如甘露的燕熙相提并论！

绝对不可能！

她果断地拧碎了那样一种想法，心乱如麻地转身跑了出去。

九无擎一怔，看着她脸色腊白地狂奔而去，将手中的香搁下，忙追了过去。

幽浓的梧桐林，鸟语于枝，花香四溢，斑驳的树影，影影绰绰地印在尽是萋萋芳草的山地上。

小径之上，他们一前一后狂奔，而后，他追了上来，一把拉住她的肩，将她掰过来，看到这张精致的小脸上，有两行清泪情不自禁地滑下。

阳光下，她咬着唇，忍着喉咙里的哽咽，一脸隐忍的痛。

"大哥，我心里难受？"她一把抱住了九无擎，忍无可忍地嚎啕大哭起来：

"我不信他已经死了。可是，我要怎样才能证明里面睡的不是他？十二年了，我都没见他长什么模样，你怎么可以用一具白骨让我认定他已经没了？他说过要娶我，还要跟我生很多孩子的。他说过的要和我一起白头到老，齐心合力治理大沧的。他怎么能扔下所有责任，让我一个人背负？他怎么可以骗我？我要他活过来，我要他活过来！"

她紧紧地抱着，将头埋在他的脖子里，眼泪唰唰唰地往下淌去，嘴里拼命地叫着，任性得就像一个孩子。

种种不甘，种种悲痛，种种思念，尽化串串泪珠。

九无擎僵了一下手臂，而后，小心地将痛哭流涕的她搂住。

听着她的话，他心，如被针扎，他记得的，"爹爹"过世后，她也是这样地赖在他怀里，又哭又闹非要让"爹爹"活回来。

那时，他也曾如此抱她，忍着悲伤，柔声安抚，发誓说：他会永远陪她，会娶她，然后和她生很多小小凌子和小小燕熙，他们要同共造一个家，一起撑起这个国家。

他还记得她曾很好奇地问过他这么一句话：

"熙哥哥，我们两个也能生娃娃吗？怎么生啊？"

其实那时他根本就一窍不通，却煞有介事地回答了一句："等将来你嫁给我了，我就教你！"

如今，他们都已长大，可他再也不能娶她，更不可以跟她生娃娃。

她说得极对，他是个骗子。

可他不得不骗。

燕熙真的已经死了，活在这世上的人，是脏得已经洗不干净，病得已经无药可医的九无擎。

所以，他必须让"自己"死掉！

死了，她心里还能保守一个美好的印象。

死了，她的心里才会留下一个小小的位置容下他。

死了，她才有机会重新开始。

儿时的那些刹那芳华，只是一道美丽的流星，已成明日黄花，她总会慢慢淡忘！

哭吧，凌子，你的眼泪，我会记住，你对我的念想，我更会刻骨不忘。

若有来世，我必守好自己，必风光娶你！

他忍着眼底的湿意，努力地眨眼，清淡的眸子，铺着一层无法散开的悲伤，将深爱的她紧紧抱住！

回城时，已是下午。

刚进城南大门，就和龙奕撞了一个正着，那家伙一脸古怪的神情，闷闷不乐地蹦出一句话差点令九无擎从马上摔下来的话：

"别哭，没啥好哭的。金西还活着呢！"

马背上的金凌反应有点迟钝，呆了好一会儿，反问："什……什么？他真活过来了？"

龙奕听着，立即不客气地白眼，过来戳她额头：

"要真死了五年化成了骨头的人，还能从棺材里爬出来，那肯定不是人，是僵尸。笨蛋，这事不是明摆着，要么就是棺材里埋的根本就不是金西，是某人在骗你，要么就是我刚刚逮到的这个家伙是个冒牌货。如果真是冒牌货，这事就有得玩了。能知道你底细的人，只怕这世上除了你，就没有别人了吧！"

的确如此。

她听着精神一凛，连忙问："哪里逮到的？人呢？"

"玉器市场。那人在和某个玉器商打探一块玉佩，喏，就这个，他让人画了一幅画。"

他自怀里掏出一张纸，打开让他们看，上面画的正是那块"玲"佩。

金凌将画抓过去，无比震惊地瞪了一会儿，才问：

"龙奕，你怎么能确定那人就是我要找的人？"

"不能确定，但那人长得几乎和我一模一样。他在玉器市场上问这件东西时，有人将他当做了我！然后，我找到了他，带去了玉锦楼。"

金凌听罢，立即往玉锦楼飞奔而去。

龙奕连忙跟着飞马回来。

刚刚他有在暗暗研究晏之，这个人的神情一直淡定，但在他扔下"金西还活着"这话时，眼神曾微微变化过：有点惊诧，而且完全是不信的。可他并没有将这种"不信"的神情表现出来，眉眼间仍然一片风轻云淡。

六

玉锦楼天字一号楼，一个白衣男子正倚窗而伫，一头乌发以青带束起，披肩散落，风吹起，发梢轻扬。

听得有人开门，他转过头来，一张酷似龙奕的脸孔，就那么直直地跳进了金凌的视线，英气的剑眉，飞入云鬓，宽宽的额光洁饱满，明亮的眸，灿灿生辉，高挺的俊眉泛着亮光，薄薄的唇片，红彤一片。

的确生得一模一样，就像是一个模子里刻出来的一般，她眼睛一眨不眨地睁着看。

九无擎也看到了，浑身顿时冰冰冷，感觉有一张无比巨大的天罗地网，正撒向他们，想将他们一网成擒。

"你是谁？"

这男子问，声音清而亮。

金凌闭嘴不语。

"他就是那位玉器商，手上有你要的玉佩。"

龙奕自他们身后绕上来，看到她已经惊得说不出话来，便替她作了回答。

"是吗？"

白衣男子依旧以一种困惑的眼神瞅着金凌："玉佩在哪呢？我让人找了很久很久了。"

"你为什么要找这块玉佩？"

金凌不答反问，将手中捏着那张图纸一寸寸展开，纸上所画"玲"佩，与实物竟一丝不差，这说明什么？

"那是我的物件儿。很要紧的。我亲手雕刻的，十二年前弄丢了，我一直在找，可总是找不到。最近，我听说它曾出现在镱京城，后来，叫人高价买了去。现在我想把它赎回来，哪怕出再高的价也无所谓。小兄弟，这东西真在你手上么？"

白衣男子瞅着这画，温温抹开一朵笑，整个人刹那间亮了起来。

金凌默默看了一眼，自颈上勾出一块玉，托在白玉似的掌心上："是这一块吗？"

他将它拿了过去，眉心渐渐凝重起来：

"不是这一块。可是，这一块，怎么也有点眼熟。我想想，容我想想，对了，对了，它们是一对的，我记得我将它送人了，可送谁了？到底送谁了？我记不起来了。"

他敲着脑袋，眉全皱在了一起。他居然还知道是一对的！

金凌的心，乱怦怦地跳着，盯着看："那你叫什么名字？"

"在下姓金名西！"

他回神，微笑而答。

金凌不言语了，满心惊疑：

世上真有这么巧的事吗？他们寻了他这么多年，然后他就自己跑了出来？如果他真是金西，怎么没有回九华？瞧他衣着华丽的模样，应该混得还是不错的。

金凌冲他看了又看，并没有被这样一个天大的意外冲昏头脑，而是极其冷静地思想起来，半晌才问："你怎会记不得送谁了？"

白衣男子温温一笑说："五年前，我死里逃生，脑子里有瘀血未清，有些事我记得不太清楚，不过这玉的事，我却记得清清楚楚。呀，你做什么？"

他忽然骇一跳，却原来是金凌不由分说，扑上去狠狠扎起那人的衣裳！

"我是大夫，给你免费检查身子，不必太感激我，乖乖合作就成——晏之，龙奕，帮忙！"

被吓到的何止是这男子，连龙奕和晏之都吓到了。

九无擎遂先会过意，知道他想查什么，二话没说，很有默契地将人架住，两个人三两下就把那人的衣裳扒了，才不顾那男子在那里恼火地叫嚣。

然后，她与他，皆看得分明，白衣男子光洁的胸口上，果然有一条蜷成一团的龙纹胎记。

金凌蒙了，他，真的是燕熙？

燕熙身上本没有这龙纹胎记，小时候，只是一团青印，盘于左胸，隐约似有什么盘踞在里面，不是很大。后来，那胎记里的图像渐渐清晰起来，却是一条青龙，张牙舞爪，像是要从上面飞下来一般。

燕熙还活着，她自然是开心的，但是，如果眼前这个人就是燕熙，就意味着九无擎彻底对她撒谎了：九无擎有玉佩，金西有胎记，有着几乎能冒充龙奕的相貌，这两个人到底谁在撒谎？

她，分辨不清了！

"你……你是哪里人氏？"

金凌惊急地又问了一句，渴望想弄清楚他的身份。

白衣男子也面色大变，奋力一争，挣脱下来，急切的裹起自己的衣裳，恼形于色道："我是哪里人，关你们何事，滚开了去，光天化日，强解人衣，你们欺人太甚！"

温颜淡淡的男子，板起脸来，杀伤力竟也极强。

"还没人敢跟在我面前提一个'滚'字！今日，本少主倒要领教领教阁下能有几斤几两？"

龙奕慵懒一笑，一掌当胸，就扫了过去，金西不退不避迎了上来。

紧接着，不可思议的一幕再次发生了：白衣男子使出了几招虎虎生威的燕拳——金凌见状，顿时瞪大了眼，九无擎见状，淡然的眼神骤然一深，泛着漩涡的眼瞳也隐约露出惊骇之色。

战圈内，白衣男子一招连一招，气势如虹，如潮水般向龙奕卷来，两股力量横冲直撞，掌风拳劲所到之处，家什器物皆成碎片。

金凌耐着性子看了一会儿，再也忍耐不住，终于跳了进去："别打了！别打了！"

两个纠缠在一起的男子，被另一股强而灵动的力量拆开。

白衣男子怒意未消，温眸沉沉，唇线冷硬。

龙奕斜斜勾着嘴角，道了一句："还以为有多了不起，也不过如此而已！"

"是么？不是还没打完么？谁输谁赢，谁能说得准？"

白衣男子并没有因为龙奕的讥讽而失了气势，下巴一挑，淡淡地挑衅。

金凌眼睛一眨不眨地落在白衣男子身上，小心翼翼地逼近，声音极度紧张地问："你怎么会这拳法的？"

"这事与你何关？我是来买玉的，不是来遭你们折辱的。"

"对不起，刚才多有冒犯，实在事出有因，我为刚刚的举动向你道歉！"

抱以一拳，金凌诚诚恳恳赔了一个不是。

白衣男子瞧着"他"态度相当诚恳，脸上的不悦这才渐渐消散，温温之色复现于俊气的脸孔上，好一会儿后，方道：

"这燕拳,我自幼习得!"

晕,他还能报出拳法名字来呢!

她连忙问:"你师承何人?"

"忘了!"

他回答,脸上复现着一种郁郁的表情:"我也想知道这功夫是跟谁学的,可偏偏就忘了。"

金凌咬着下唇慢慢走近,眼底的雾气渐渐重起来,鼻子丝丝缕缕地酸起来,站到他跟前,仰着头,睇着这个比自己高了一个头的男子,眉眼间依稀可以寻到儿时的一些影子,便是说话的口吻也极像。

"是你吗?"

她轻轻问,带着十万分的不确定。

白衣男子微微一怔,上下看了又看,薄薄好看的唇蠕动几下,才问:

"我们认得吗?"

"自然认得!"

她任由眼泪积聚在眼底,一边点着头,一边轻轻道,声音也微哑起来:

"烽火初见,暴雨梨花共浴血。灵堂泪祭,白绫孝服缔鸳盟。金西,还记得你曾在娘亲灵前说的话么?"

九无擎心潮起伏地看着,听着,袖管内,拳头捏得紧紧,那句话,他自然是记得的,除了他,别人根本不可能知道。他抿着唇,目光全落在那白衣男子身上,但见这人以修长的手指扶了扶额,眯眼作出思量状,最后,竟喃喃接了下去:

"我生她生,定护她一世无忧;她死我也死,黄泉寂寞结伴游。皇天后土为证,并蒂莲花矢一志,生不离,死不弃!"

一整句,他一字未差地口述了出来。

当年立此誓,他,九岁。

"唰"地一下,一行眼泪,滚滚滴落,这一下,她完全确定了,于是猛地扑了过去,狠狠就将人圈住,颤着声音叫了一句:"熙哥哥,真是你,真是你!"

白衣男子神色一变,想推开她的手搁在半空,手落到她的肩上时,却没有推,而是甚为无措地低头问了一声:

"你,你是……谁?"

回答他的是一阵呜呜呜的哭声。

一股淡淡的薄荷味儿极熟悉地卷了过来,那双手臂终将她环住,一点一点收拢。

边上,龙奕一下黑了脸孔,将拳头捏得咯咯响,恨不能上前将这一对男女拆开。

九无擎侧过头,把目光落到了窗外,修长的手指狠狠抓着窗沿,什么也没说,什么也没做,只是心,就像被挖空了一般,又惊又疼又乱。

他忍着没去捂自己的胸——他的身子,伤痕累累,与生俱来的胎记,已被火烧毁,如今除了一身伤疤,再无别的东西,所以,那天,他给自己下针,才没有什么异样的发现。

这种图腾，知道的人极少，除却那些在九华的亲人，在龙苍，就只有拓跋跃见过。那人看到这个龙纹，第一时间就差点弄死他，是母亲救了他。也是因为这样，才暴露了他们母子的关系，于是，他便成为了那个男人控制母亲的武器。

此刻，金凌抱着一个陌生人呜呜地哭，他的心，再度像被撕裂了一般，没有和她告别，就悄悄离去，回府后第一件事就是传令刀奴：

"马上去嘉县查一个名叫金西的人！"

七

是夜，城外一座神秘的别馆内，有人在报禀：

"今下午，玉锦楼来进了一个来历不明的人，自称金西，来自嘉县的金家，借买玉器为由，已成功和青城公子拉近了关系！"

"金西？"

灯下坐着一个人，听罢讶异了一声："八无昔已死，九无擎自进了公子府便改了'金西'之名，如今怎又冒出一个金西？"

"嗯，最奇怪的是此人生得和龙奕一般模样！"

"这怎么可能！"

灯下人素来沉得住气，可以说，这世上几乎没有什么可以惊到他，但这番儿还是惊得站了起来，喃喃自语道：

"如果九无擎没有毁容，与龙奕生得像，倒也罢了，拓跋曦和龙奕再怎么像，也总归是不一样的。除此之外，谁都不可能像了他。那人必是易过容的。银狐，立即去查那人的底。"

"已让人去查了！"

"那就好！"

灯下人表示满意地松了一口气，坐下，又作了一番细思量，才问："今日公子府有什么动静？"

"没什么动静！阖府上下正在准备婚礼的事。九无擎足不出户，连宫里来的想给他做新郎吉服的人都叫他给打发了。还有，龙奕又在调查百变龙了，他已经发现那回递他消息的百晓生是个冒牌货，正四处追查那人下落。"

"那就把冒牌货做了！"

"是！"

"小心别被让龙奕发现了端倪。那个野小子，认准了一件事，就会一门心思查到底，那年，为了躲他，白白折了那么多人，至今，本座还在心疼。"

"明白！"

"嗯，还有什么事？"

"有！凤王也在查红船案。主子，殿下对公子青太上心，这不是好事！"

来人含蓄地提醒。

"会有人去劝他的！"

八

是夜，晋王府。

得了报，拓跋弘惊讶之极："一个长得和龙奕几乎一模一样的人也叫金西？"

容伯点头，平叔皱眉。

"去查了那人底没有？"

"已去查，明早会有分晓。"

容伯答了一句，又报上一个消息："还有，据说这个公子青在江湖上东游西逛了三年，为的就是找这个金西，如今她把人找到了，很快就会打道回府！少主，您到底打不打算用这个棋子？得了她，少主的身侧不光能有一个贤内助，而且还能打击到九无擎！"

拓跋弘怔忡了一下，那样一份蓝图，自是他憧憬的，他也想得到她，日后朝朝暮暮相对，必是一件快活事，可是，他轻轻嘘了一声：

"那丫头为慕倾城的事，对我反感到了极点，都不肯认我，我还能有什么非分之想？"

容伯和平叔，对视一眸，轻一笑，以过来人的姿态道：

"女人还不是那么一回事……得了她们的身子，再塞个孩子给她，然后，在她身上多下点功夫，何惧事儿不成？"

一个妻子，一个孩子，是他可以奢望的吗？

为什么他觉得这些事，这于他而言是那么的遥不可及？

要如何，才能得到一个女人的心，其实，他并不懂。

是夜，锦玉楼，墨景天倚着栏杆轻轻地笑，隔着十来株参天的梧桐树，是天字一号楼，楼上，某人吃瘪，正极度郁闷地望天，而某人的隔壁，时不时有欢声笑语传出来。

他摇头笑笑，关窗。

是夜，行宫别院，凤烈听报，背上一阵发寒：是谁在冒充燕熙？

凭着金凌那聪明劲儿，一般人想要冒充的话，一定不可能骗过她。

难不成，那人当真没死么？

"来人，立即查清此人来历！"

九

二月十六，大清早，玉锦楼，天字一号楼爆出一声惊叫：

"什么？你要跟他回嘉县？"

金凌摸了摸差点被震聋的耳朵，笑容可掬地点头："对啊！他说他现在的家在嘉县，我自然得跟去看看，不管怎样，总得去谢谢人家收留了他！"

"你你你……你就确定这个脑子有问题的人，就是你要找的什么什么熙哥哥么？"

这么容易相信人，龙奕真非常怀疑，这三年她到底是怎么混的。

金凌有点不快，立即纠正道：

"他不是脑子有问题，他只是脑子里有血块，暂时忘了一些事罢了，假以时日，等我带他回了家，给他施针用药，就可以痊愈。你放心，他肯定是我的熙哥哥，要不然他如何能知道我与他之间那些事？"

"什么？你还想带他回家？"

"既然找到了，当然得回家了！"

这语气是如此的理所当然。

龙奕立即黑脸："难道你就这么回去了，你不找你月姨了？"

提到月姨，金凌微微蹙了一下眉，随即舒展开来："自然得找。不过，得先回家一趟，我离家日久，父亲一定想我了！"

"回家回家，你急着回家，不就是为了去嫁他么！喂，你是女孩子，能不能表现得矜持一些……"

龙奕气咻咻地揭穿她的居心。

"为什么要矜持？我也老大不小了，谈婚论嫁理所当然啊！哦，对了，要是真成亲，一定请你来吃喜酒。嘻嘻，我走了，他在外头等我。"

她很狡黠地一笑，欢快地往外而去。

园子内，金西刚刚在一个侍童的带领下走进来，正站在一丛新抽出嫩芽的矮灌木边上，衣袂轻飘，温温而笑，见她出来，叫了一声："金儿！"

声音温润而清醇，闻之，有一种如沐春风的感觉。

"哎，我在这里！"

"可以走了么？"

她冲到他跟前，脸蛋红扑扑的，白里透里，被阳光一照，闪闪动人。

"走吧！走吧！"

金凌牵住了他的手，甜甜一笑，两人相携沿着碎石小径出去。

龙奕臭着一张脸，站在廊道上。同样一张脸，她对自己，大呼小叫，毫不客气，对那人，却是又乖又驯。

十三年前是这样，十三年后还是这样。

这也太欺负人了！

他很受伤，正想冲出去将人抓回来，有人自楼后的小径飞奔过来：

"少主！有消息传回！"

这句话，深深拉住了他的脚步。

同一时间，玉楼外，东罗看着金凌跨上了马，和白衣男子有说有笑地往道上而去，长眉整条都扭曲了，忍不住跑了出去，叫住：

"公子青！我家公子想请你过府一叙！"

金凌转头瞧见这人，脸立即沉了下来："我跟他能有什么好说的！不去！"

"公子青……"

她一摆手，打断："既然，你来了这里，正好给我捎个话。回头跟他说：答应过的事，要说到做到……这番我要去嘉县，让逐子到那里来找我！金西，走了。待会儿，我们比比，谁跑得快。"

把头转向金西时，她的小脸又温柔起来，笑得很欢，透着一股浓浓的精神劲儿。

不行，绝不能让她走。她会吃亏的。

东罗心急，想拦，又拦不住，只得打着口哨叫来自己的人，急急吼了一句："快去给公子报信！"

十

公子府，九无擎刚刚得到的消息：

嘉县金府，是为嘉县第一富，玉器商，府中大家长名金富贵，五十有四，因身子有病，府上虽妻妾成群，却从未生养。五年前，一少年人昏死于金府门前，家奴回报，金富贵正巧要出门，见得这少年生得俊美异常，忽就生了善心，令人将其抬入府内，后收其做了养子，取名金西。

据说，此人性情极为古怪，不好女色，不好钱财，就爱玩玉雕花，手工极为精湛。当地人称之为金手指，或是尊其为金大公子。

据说，当年那场大病似乎是因为头部受了什么重伤所致，醒来后忘了很多事，也没有闹着要回家，五年来一直安安静静地待在金府，帮忙金富贵打理生意，甚得其养父欢心，但极少出门。

据说，今，期逢盛会，他才携了两个奴仆第一次来了镔京，一为做生意，二为逃婚，三为寻玉。

九无擎睇着这则消息，沉默，思量。

他可以肯定，这绝不是偶然事情。

最让他震惊的是，这人不光长得像，脾气也像，连那隐晦的无人可知的誓约，他也能恰到好处地倒背如流。

当年灵堂前的誓约，能听到的没有几个，除了父母亲及金凌，外人根本就无从知道，这冒牌金西到底是什么来历？

关键在于，这个人，五年前就已经存在，想那时，金凌甚至还没来龙苍，到底是谁在蓄谋，撒了那么一张大网？

"爷，东罗让人传话回来，说公子青要离京去嘉县！"

西阎急奔进来，低禀了一句。

他从思绪中惊醒，心，莫名一沉，立即下了一个决定。

"立即传令东罗将人追回，告诉她：本公子是小人，本公子反悔了，之前说过的话全不作数。她要是想保全了他们的身家性命，就乖乖回来做满我三个月的侍妾，若敢离开，我便让人送上鬼见愁一只断手。"

玉锦楼，龙奕也刚刚看完回报：

"五年前冒出来的？取了一个名字正好叫金西？五年不出门，这番正好赶上了这祈福盛会，又正好遇上了那个没良心的死丫头？也太巧了吧！"

这一切，必然是人为布下的局。

行宫，凤烈沉沉然将手上的纸条碾了个粉碎，心下暗暗惊心：这个冒牌货会是谁布下的棋子？

晋王府，容伯把才得到的消息报禀上后，开始低声催："少主，尽早下决定，我等可以借机，神不知鬼不觉地把人带到您身边，您可以趁这段时间虏获芳心，不曾尝试，怎知不行？"

拓跋弘经过几番深思熟虑，终于下定了主意："好！你去吧！将她完好无损地带回来！"

容伯笑开了颜："是！"

十一

官道上，金凌正连连打着喷嚏，抬头望望天，艳阳正高照，晒在身上暖暖的，为什么心头会有一种拔凉的感觉？

"怎么？受凉了？"

金西勒住马，递过一块青灰的帕子。

金凌笑笑，没接，自怀里掏出一块罗帕，擦了一下，四下瞅瞅，此地甚为偏僻，官道之上咸少有人经过。她慢条斯理地折好罗帕放回衣兜，而后，抱胸瞅着眼前这张俊美的脸蛋儿，笑意盎然地道：

"哎，金西，这场戏，是不是该收场了？"

清朗的娇语，铺着春阳一般的慵懒明媚。

"什么戏？又要收什么场？金儿，你在说什么？"

他一愣，一副茫然样。

啧，还真能装。

金凌叹为观止，眼前这家伙，一眼观之，纯良无害，用心一看，纯属祸害——幸好自己的道行也不弱，要不然，还真被这个家伙糊弄过去了。

"我是说我玩够了，不想陪你玩下去了。来吧，赶紧交代自己的来历，省得皮肉吃苦！"

一道异常的流光在他眼底划过，如蜻蜓掠过水面，有隐约的波澜掠过，却又很快消失无痕。

"昨晚上，我不是把该说的都说了吗？你还想我交代什么？"

对的，昨儿个，他是很老实地将自己的来龙去脉交代了一遍，但是……

"你冒充燕熙，害我白高兴了一场，这事，难道你不该交代一下么？"

金凌弹了弹身上的灰尘说。

"我什么时候冒充了？"

他很无辜地眨眼。

"哟，难道还是我冤枉你了么？说来你倒是很有能耐的啊，居然能把那些不该出现在你身上的特征全装到了自己身上。瞧瞧，瞧瞧，你这张脸，到底是易了容还是整了形？怎么就和龙奕长得这么像？谁给你弄的，介绍给我认识一下，我跟他切磋一下，拜拜师学学艺如何？"

她啧啧啧了一番，伸手想捏那张俊脸，觉得太不可思议。

金西极优雅地将那只放肆的手拍掉，回头看看跟在身后的四个随从，两个是他的，另两个是"他"的,一个叫阿大,一个叫阿二,四个人落了好一段路,正兴致勃勃地边走边说。

他叹了一声,回头表示冤枉:"哎,我从来没有说我是燕熙,一切全是你强加给我的。"

"那你怎会知道燕熙在我娘灵前说过的那些话?还有,你身上的胎记又是怎样造出来的?"

这个人,太冷静,完全没有一丝一毫的慌乱,可见乃是一个深不见底的人物。

"我怎么知道,脑子里就有那么一些印象,你说一句,我便答一句,等接上去口,才发现居然这么顺溜,哪晓得会成暗号?"

这位公子哥笑弯着嘴,依旧是不关我事的欠扁样。

好吧,金凌得承认,遇上这种能说会道的人才,实在很悲催,太能掰了,不由得一叹:

"阁下真的是不见棺材不落泪!老实一点行不行?看在这张脸孔的情分上,其实我是真不想对你动粗!"

金西闻言,不自觉地摸摸自己的脸孔,一副受了冤枉的模样:

"我哪不老实了?我可是老实出了名的!你要是不信,可以跑到嘉县打听打听,我有多老实。

"昨儿个,你说我是你的未婚夫,好吧,听你说得有模有样,我是老实人,当然得安慰你。

"现在,你又说我不是燕熙,好吧,你说不是就不是!因为我是老实人么!

"可再老实的人,脑子被打坏了,记不起来就是记不起来,你就算逼死我也没用。

"还有,别拿棺材来吓我,我是老实人,经不起吓的!"

金凌的嘴角几乎要抖起来,天呐,这人太有才了,一口一句老实人,怎么越听越觉得他在戏弄她?

说到最后,他又无耻地补上一句:

"不过,有一点真是叫我意外,原来大名鼎鼎的青城公子竟是一位绝色佳人,金西真是有福,得青城公子投怀送抱,唉,这辈子死而无憾了。呀,你做什么,君子动口不动手啊!"

啧,得了便宜还卖乖?

金凌也跟着眯眯一笑,当下,毫不留情地一脚踹了过去,立刻将坐在马背上的人踢飞。

本还笑盈盈的金西一惊之下,人已像射出去的箭,"砰"地落地,温俊的脸一下拧在了一起来,笑容顿成菜色,而他那两个侍从在下一刻,还没回过神,就被阿大和阿二截住打晕了过去。

那位公子的脸彻底绿了,原来他们一早就计划好的啊!

"你在我身上下了什么?"空有一身武功,没头没脑就栽在了她手上,"这手段,太不光明磊落,太不地道!"

金凌飞身下马,优哉游哉地蹲下身子瞅着,眉开眼笑,小嘴啧啧啧地道:

"哎呀喂,金西公子,你在说什么呢?千万别往我身上栽赃。本公子是老实人,怎么可能冲你动歪脑筋呢?瞧啊,你一不小心自马上掉下来,我就立马来扶你了。来来,我扶你,摔疼了吧,啧,是不是刚刚学会骑马啊,啧,才学会就别逞能啊,瞧,都摔得直不起腰来了,要是再摔坏了这张脸蛋儿，多叫人心疼！"

她伸出手，一使劲儿，抓人家的胸襟，就将人给拎了起来。

其实没使什么坏，就是出城的时候，去了一品居吃早点，顺便在他的汤里多下了一点作料。不关她事，是程一先生让人干的。

她真的很无辜啊！

金凌呵呵呵地笑，猫眼似的眸子，流光溢彩，伸手往他脸上狠命搓起来，接下去，金西发出了一记惨叫：

"哇哇哇，疼死我了，别扒了，真疼！没皮！"

这人脸上并没有人皮面具！

至此，她感到甚为诧异，他的容貌，竟是整容整出来的？

这人到底是谁？

怎么就能把燕熙的音容笑貌学了七八分像。

"说，你到底是谁？"

她眯起了精明的眸，收起绝艳的笑，居高临下地睨着。

芳草萋萋，白衣胜雪，这妖孽随意往地上那么一倒，不显半分狼狈，反而透着几分悠然自得的惬意，随意一眼，就觉得这是一道风景，而不是一块刀俎上的肉：

"我是金西，唔，你……"

这话被一记粉拳打断，紧接着金西的鼻孔里就有两道血淌了下来。

"哼，敢在我面前装，找死！信不信，我现在就能做了你！"

可恶，胆敢装成燕熙来骗她感情，越想越火大，紧接着又落下几拳。

"喂喂喂！别打！别打！"

一阵惨叫声惊天动地。

"我打的就是你这种骗子！"

"砰"的一记，又狠狠砸下了一拳。

金西跟着哇哇大叫起来：

"我是骗子？请问我是骗了你的心，还是骗了你的身？天地良心，我可是老实人。堂堂青城公子怎么就尽爱欺负老实人，却把爱搞阴谋诡计的人当做了兄弟，你应该当心的是公子晏之才是，居然把无辜之极的我当做了贼人。我哪得罪你了？若说这长相，那是天生的，唔……"

说到最后，又遭了一记痛击。这是死性不改的下场。

金凌收回了拳头，眯起了眼，这个人知道晏之，还晓得她和晏之有交情，就意味着这当真是一个极度可怕的人。

"总算招了，把自己整成这个模样，故意接近我，真是另有图谋的？怎么？阁下这是来挑拨离间的？"

她松手，将人"砰"地扔回到地上，冷淡一笑。

摔得甚为狼狈，但金西不怒反笑：

"是不是挑拨离间，要试了才知道。如果你有兴趣，我们可以来打个赌。等赌完之后，你就能知道谁是忠的，谁是奸的！"

"你想赌什么？"

金凌思前想后，只觉此人身上大有玄机，保不定能挖出大内幕，便退让了一步问。

"就赌九无擎的身份。"金西满脸猩红，勾着唇角，一字一顿道，"我赌，他就是静馆的那位公子晏之！"

守在附近的阿大和阿二，闻得这话，顿时冻住了身；金凌则整个儿惊呆石化；而金西笑，仰躺在地上，发如墨，铺在初露头角的嫩草上，一两朵小花，摇啊摇，鼻子里溢起来的血犹在那里打泡泡。

远处，一阵马蹄隆隆而来。

烟尘起，春阳蔽。

"不好，前面有情况。那拨人好似冲我们而来的，主子快看！"

抬头往南而看，挟着浓浓的烟尘而来，果然有一行黑衣飞骑疾驰如电地向他们包抄过来。

"阿大阿二，架上他，回城！"

金凌警觉地眯起眼，果断下令。

"晚了！你逃不掉的！"

金西笑着，闭眼，感觉着那奔腾的马腾，仿佛听到的是这世间最美好的音乐，语气无比温柔地吐出一句：

"青城公子，你张良计，我过墙梯。说起来，也许我还棋胜一着。今日里，咱既然遇上了，那么一起同行如何？这场游戏既然已经开始，何妨玩到底。难道你不想知道九无擎的底牌是哪一张吗？"

马队，如迅豹般逼近，很快就将才跨上坐骑的三人团团围了起来。

第二十章　拆穿身份

一

午后，公子府。

九无擎的眼皮突突地跳着，一种不好的预感在心头火急火燎地漫开来，烧得他整个人魂不守舍。

"爷，出事了！城南郊外曾发生激战，夫人和她带着的两个随从被抓了去。那帮人约您明日子夜在落霞谷见面——您要是不去,他们就把人做了!"

东罗破门而入,急声禀了一句。

九无擎的心,一下就掉进了谷底。

"谁做的?"

他"噌"地站起,脑海里迅速排查起可疑分子:"是那个金西?"

其他各路人马都在城内按兵不动,只有他这路棋,是他没有预算进去的,而金凌的突然离城,更偏离了他的掌控。

"暂时不能确定。金西的两个仆从死在路上!"

银色的面具底下,那双睿智的眸子有一刹那的迷惑。

不是金西,又是哪里突然冒出来的人马?

"我们四下寻问了一下村民,有人看到有一大队黑衣骑人自南而来,曾在官道上围了几个北来之客,一番恶战后,向南离去,方向正是落霞谷那一带。"

房里是死一般的沉寂。

九无擎实在想不透,一个金西,功夫好得就可以单挑龙奕,金凌的身手那也不是吹出来的,再加上两个功夫一流的龙山三煞,怎么可能坚持不到东罗他们追赶上就毫无预兆地落进了别人的罗网里?

对方要有怎样的实力,才能做到这样高效率的一击而中?

是时,晋王府,容伯兴冲冲地自外头回来,直入书房,叫道:

"爷,机会来了!"容伯露出一抹神秘的笑容,"一场好戏即将开演!"

拓跋弘手执狼豪,挑眉而视,琢磨着容伯眼底诡异的兴奋,似乎比他还关注这件事。

是时,玉锦楼,玄影奔进了一号房,看到主子正和他的三师父柳三说话,这柳三是刚刚才赶来的,一来就和龙奕在房内密谈,龙奕放出话来,令人莫来扰,但现在情况紧急,玄影不得不报,进去后,他顾不得喘上一口气,便急报起来:

"少主,公子青叫人掳走了,那些人来历不明!"

龙奕一愣,跳了起来,瞠然瞪起他的师父,语气极为吃惊地叫了一句:

"居然,真的?"

这话叫令玄影一愣,不晓得主子这是什么意思,他只看到柳三点起头,捋着胡子说了这么一句:

"自然是真的。嘉县金府已不是五年前的金府,他们早受了别人的控制。为师已经注意那人很久了。五年来,那人在嘉县这样一个小地方盘踞着,只和一般的底层人接触,有头有脸的人物,他根本就不去结识。这种举动太过刻意。当初为师想不通为什么,如今看来,人家这是处心积虑,图的是今日之举。"

"可为什么要整成和我一般模样?"

龙奕想不通。

柳三一笑,不答而反问:

"奕儿,其实你心里一直有事瞒着为师是不是?这几年你拼命地查着煞龙盟,将他们往死路里打压，是因为替一个小姑娘报仇对不对？而且，那小姑娘身边还跟着一个小少年是不是？"

龙奕目光一闪，嘿嘿一笑，睨着："您这是什么眼睛啊？完了，日后，我在您跟前还真得小心一点！"

说着直捋他那飘飘然的长须。

柳三连忙抢过自己的胡须，瞪眼道："你到底是不是我徒弟啊？这么不尊师重道？怎么两个生得一模一样，一个这么皮，另一个就那么懂事？"

龙奕眼神一下缩尖生利："您说什么呢？什么叫两人一模一样……"

"为师见过那个小姑娘的哥哥——大约十二年前，为师曾将一个名叫'金西'的孩子错认成了你，并且还在他的脚上看到了一只龙镯。"

柳三道出了一件积压于心底十几年的秘密，老眼又亮又深：

"奕儿，龙凤双镯本是成对的，你不一直在困扰自己生来没爹没娘么？为师想，也许你并不是孤儿，可能还有父母兄弟存在于世！"

龙奕咋舌：什么啊？那燕熙会是他兄弟？

是时，玄字一号楼内。

一只青鸟停到了棋案上，墨景天自棋盘中抬起头，取下密信，展开一看，上面写着三个字："已入局！"

是时，行宫，常田狂奔而进。

凤烈正枕在贵妃榻上假寐，听得开门声，锐利的眸子，一下射出犀利的光，直觉事情有了眉目，站起，问：

"如何！"

"查到了！"

常田的脸色是异样的难堪。

"谁？"

常田吐出了一个名字，令凤烈露出了难以置信的神色。

随即，常田又道："先生请您务必过去一趟。他说，有些事，他必须跟您说一说。还要奴才传一句话。"

"什么话？"

"一切以大局为重！切莫因为儿女情长而自毁前程。"

是时，皇宫。

周沛直入御书房，叩地禀道："皇上，嘉县的金西出城后被一帮来路不明的飞骑劫了去。青城公子也落到了他们手上！"

"咳咳咳！"

皇帝轻轻地在咳，脸色是异常的苍白，正在看着今天送上的有关"金西"的回报，闻言，神情一顿：

"他们有什么反应？"

"龙奕和凤烈一先一后带人出了城，云太子没有动静，晋王殿下依旧在面壁思过。至于公子府，一如平常，静馆那边，也是寂寂无声！"

一顿后，又道：

"皇上，公子青这个人。崛起于荻国，名噪于西秦，游走东西南北，却寻不得他半分出处来历！必须彻查他的底才行。"

"嗯，朕也留意着！无擎这些年小心谨慎惯了，他不会随随便便接近一个没用的人。这番，在鎞京府和这人共患难，还亲手治他的病，朕不信这只是他一时心善。鎞京府的所谓天疫，恐怕也大有问题！"

当日，晋王和凤烈曾不顾一切跑出去，瞧那尸体有些古怪，但这古怪到底是出在公子青身上，还是九无擎身上，抑或是两人都有问题，就不得而知了。此人若不能拿为己用，一定又是一颗毒瘤。

他眯了一下眼："传令下去，严密监视！"

"是！"

二

九无擎清楚这样一个事实，但即便是陷阱，即便是刀山火海，他也会去，可一场大雨，打乱了他的计划。

他没有立即行动，静静地坐在静馆等消息。劫匪的来路可能没办法立刻查到，但是落霞谷的地形必须弄清楚。

雨放晴一个时辰后，底下的人奉上了第一手资料，同时，也将劫匪的来历大致落定在南云国。这个结果，令他颇感意外。

正当他打算带人出去时，刀奴急飞来报："主子，有人硬闯静馆，是青城公子身边那个阿大！"

九无擎心头一跳，急忙下楼，出得阁楼后，在园径上和这人满头大汗，脸色却已铁青的彪形大汉遇上。

阿大粗喘如牛，见到他时，重重松了一口气，急急双脚跪地叩下头去："晏公子，快救我家主子！她……她在落霞山被他们放出的赤金蛇咬伤了，现在只怕危在旦夕。"

九无擎的脸色赫然一变。

傍晚，落霞谷，一座山洞内，一片昏暗。

天好像黑了。

空气里迷散着一股子食物的味道。

意识也是混乱的，不知道是因为蛇毒的缘故，还是因为被倒挂着的时间太久。

血，全部充盈在大脑，思绪越来越迟钝。

双手被反负，一根粗绳将她拦腰锁捆，凭空吊在一块斜挑出来的粗大石梁上，那根掌握她生死的绳索，系在边上的一根石棱上。

这是一座小山，西秦这地方，小山连绵起伏。

山洞不算太大，分了里外两个洞。

外洞有火光蹿起，一群爷们都在骂骂咧咧，好像是说进谷的几处小土坡塌了，堵了通道，今夜，外头的人可能进不来，有人一个劲儿地骂着晦气。

内洞，一个黑衣汉子守着她，正跷着二郎腿靠在一处用厚氅铺成的旮旯里打哈欠。

金凌的嘴，又干又涩，脑子，又昏又乱，黑沉沉的视线，正对着往里而去那样一个深不见底的小山洞。那洞，半人多高，黑黢黢的，不知通向哪里。

西秦的山，多有矿石，洞中有洞，不是稀奇事，很多淘宝人都爱在山里淘宝，他们暂时盘踞的洞穴里便有四五个这样的小洞。

金凌闭了一下眼，头脑里就宛如钻进了无数蚂蚁，它们在不断地噬食着她的意识，撕咬着她的大脑，嗡嗡嗡地炸开着！

"咻咻咻！"

有什么破空而来，其速度快得几乎以为那只是一种幻觉。

多年的实战经验告诉她，有暗器偷袭而来，没有落地，但听得"扑"的一下钻进了柔软的肉里。

她睁眼看，借着外洞射出的微弱亮光，她清楚地看到那个大汉的咽喉上多了把飞刀——身在夜色里，隔着那么远的距离，一刀毙其命，那份眼力，那份功力，这世间几人能有？

是谁来了？

一团黑色的影子自正对面的小洞内轻手轻脚地爬了出来，正想辨认来者是谁。

那道影子冲自己飞了过去，下一刻，捆着自己的绳索突然断了，整个身子直线下滑，没有预料中的疼痛，一个有点熟悉的怀抱将她紧紧环住，稳稳落到地上。

来人，蒙着脸，她看不清是谁。那人第一时间扯下了那块黑巾，黑暗里，晏之那张漂亮的脸孔映进视线，有力的大掌扶着她的肩，再度抱了抱，才急急地用手上的短刃将她身上的绳索割断。

她瘫软在他怀里，只怔怔地看着他，感觉恍若做梦，是晏之。

来的正是九无擎。

所幸有阿大的报信，九无擎才能准确地了解到这些人落脚的位置，后又从附近村民之口得知这座山上有个洞可以从侧山腰直接潜入腹地。

刀奴本说让他进去救人。

九无擎不许。

他知道这些属下一个个都对金凌怀有敌意，他真不放心别人在她没有反抗能力的时候靠近她，便亲自潜了进来。

这一刻，将她抱在怀时，他才重重松了一口气，悬在半空的心，终于落下，放开她时，离身的三魂七魄算是附了体。

他紧忙给她搭脉，果然中了蛇毒，怪不得神情呆愣愣的。

没事了！

别怕！

他用眼神告诉她，以手轻轻捧抚她的脸，感受着她温烫真实的存在，绷紧的心弦松弛下来。

九无擎将她背起，软软的身子，就这样瘫倒在他背上。

又有几个人自那个小洞钻了进来，是刀奴带的几个下属。

"爷，刀奴给您开道……"

小洞空间太窄，他们没办法悄无声息地离开，她又不能动，想要脱困，只能打出去。

九无擎点点头，刀奴已经带上几人冲了出去。

才走一步，他又将她放了下来，手脚麻利地自身上撕了一片布，掩住了她那双神情复杂的眸子，同时戴上黑巾掩住了自己的容貌。

一场血拼开始，他不想让她看到血淋淋的杀戮。

今日，他既然来了，这里的人，就不能放走一个，都得死。

一场厮杀掀起。

黑布底下，隐约有亮光，但她什么也看不到！

当她被背着出现在外洞时，引起的是一片惊哗，她听到金西似惊似叹的笑声。

紧接着，短兵交接，刀剑击撞声震耳欲聋地钻进耳朵里来，男人们如龙啸虎吼似的打斗声充斥着小小的洞穴。

"晏之"疾步往外而去，他一手托着她的臂，一手执着一把长剑，剑光所到之处，必有血光乍现，原本阴沉而清新的空气里立即铺开了浓浓的血腥味儿。一道道剑风扑到她的脸上，显示着对方的身手不凡，却在"晏之"的面前，失去了所有作为。惨叫声不绝于耳，喷洒的热血，溅上她的脸上、手上，滚烫得让人心惊肉跳。

"来人，放箭，别让他们离开！"

一排利箭挟着凌厉的杀气，排山倒海般扑过来。

刀奴惊呼："小心！闪！"

背着她的晏之，身子向后一仰，耳边，立即有箭风掠过，又猛又疾，紧接着，又一阵凌空急翻，他带着她游走于生死边缘。

金凌觉得自己被转晕了，也不知怎么的，就从他背上，滑到了他怀里，被他紧紧地搂着在地上疾滚。有无数长箭一支支钻进了他们滚过的地方，有力的破地声在耳边不停地回响。

终于停下，背部被一颗颗突起的碎石硌得生疼，嘴里忍不住发出呻吟，她感觉自己被他压着，他的唇就在她的头顶，一阵阵灼热的气息喷在她脸上，薄荷味道，杂着淡淡的药香冲进鼻里。

在意识渐渐抽离她的身子之前，她感觉到他的身子猛地僵了一下。

是不是中箭了？

她看不到，人渐渐迷离。

九无擎的确中箭了。

他为她挡了一箭，棱形的箭镞狠狠就扎进了肉里，一阵剧痛袭来，令他呼吸一紧，牙缝里闷哼出一声。

他稍稍放开她，拔掉了手上的箭，身前，刀奴已经追了上来，大刀一舞，将飞来的箭悉数打掉。

有月光，树荫底下，光线不亮，但还是看到有不少血渍溅在她脸上，额头似乎还受了伤，双眼是紧闭的。

他忙扔下剑，顾不上看自己的伤，先去检查她，拍了拍她的脸，没有反应。一探脉，只是晕厥了，没有中箭——还好还好！

危险终于过去了，他们带来的人陆续从小洞里冒了出来，不利的局势已经得到扭转。

他小心翼翼地将金凌搂在怀里，抬头，看着眼前的这一场混战，任由手臂上的血肆意地流着，眉紧皱起来！

"有点不对劲，这些人，太不经打了，凭这点功夫，怎么能把公子青逮住？"

刀奴闷闷地道。

九无擎也感觉到了，不由得四下警觉地张望，生怕另有天罗地网，疏淡的月色底下，只有树影绰约，并没其他异军突起的情况。

他把怀中的人搂得更紧，沉沉命令：

"大刀，逮住那个叫金西的，其他人一律格杀，一个活口都不留！"

"是！"

刀奴立即将主子的话传了下去，而后，转身看着倚坐在石头上的主子："爷，我替您把人背回去吧！您受着伤……腿也不宜长时间奔走。"

"不用！"

他抱起她，择路离开。

三

清晨，静馆小楼，九无擎在某人凝睇的目光里醒过来，金凌披散着一头黑缎似的长发静静地坐着，正用一种奇特的眼神看着她，那种眼神很陌生很陌生。

"怎么了？"

他拉过她的手，在手心落下三个字，看她没反应，又紧张地写："哪里不舒服？"

她甩开了他的手，声音冰冷地一笑："九公子，既然能说话，何必装哑巴？你不觉累，我都觉得累！"

如当头浇下一盆冰水，九无擎顿觉身体凉透。他的心脏，不断地紧缩着，原本放松的心情，绷成了拉成满弓的弦，似乎只要再多用一分力道，就会绷断。

"怎么？不承认？又想编怎样的说辞来替自己圆谎开脱？不好意思，这个谎，你是圆不下去了！剥掉你脸上这层皮，这世上，还会有哪张脸孔比你还能让人铭心刻骨。不必再装。装不了的。九无擎并不在公子府。这件事，我已经查得明明白白。实话与你说了吧，阿大和阿二是我故意放下来的，昨夜那场戏，也是我和那个金西串通好的。"

那些人，皆是金西的手下。金西要和她打个赌。这个赌他们玩得很逼真。他用十几条人命来试探九无擎，而她使了苦肉计，故意被金赤蛇给咬伤，暂时地将自己的身家性命交给了那个陌生少年。

"我令阿大跑去静馆找你,再令阿二趁夜进公子府求救。刚刚,阿二回来禀报我了。他说坐镇于公子府里的那位不是真身。那个人拇指上没有那道小伤。那道小伤是前几天你在毓王府为救拓跋曦而留下的。当时,其他人没有留心到你刮伤了,但阿二看得分明,他一直在暗中留心你。

"公子府里那位是剑奴。那些天替你禁足于北宫的人,也必是他。

"我想,睿王并不太清楚你在私下里的作为,所以,他不可能帮你转换身份。你能自由出入皇宫,唯一的解释就是,他身边安插着的侍卫全是你的人。你趁他进北宫找你的时候,跟他的贴身随从交换了身份。如此,你便能化身为晏之,大大方方地行走于宫外而不必被人发现。

"你做事,格外小心,因为怕引起皇帝的注意,在破案当日就把身份换了回来。所以,那日在殿堂上谢恩拒官的人,已经不是你,而是剑奴。那个时候,我就知道来的根本不是你!

"我本纳闷着你为什么要这么做,如今总算是看明白了!

"原来,自始至终,我就被你捏在手心上玩得团团转!

"九无擎,你的手段,真是高,真是太高了!"

若不是这个突然冒出来的金西,她真不会做这样一个猜想。

她的晏之大哥,是如此的温润美好,清清凉凉就像一块稀世的暖玉,朦朦胧胧透出绝世的光华,吸引着她的目光,浑身所展露的是不食人间烟火气息的澄净,那隐隐约约的笑容,自内而外的展现,令她情难自控地为之倾倒。

她喜欢看他笑,所以,会常常故意逗他开心,以为寻到了一个难能可贵的知己,到头来,竟是自己瞎了眼,错将豺狼当挚交,可笑的以身伺狼,可悲的叫他愚弄,可恨的叫他欺凌。

她咬唇狠狠盯着,那双宁静的眸子里装进了不该属于他的几丝惊乱以及无措。

可他终究是一个可怕的人,没有一会儿工夫,他的惊乱,他的无措,就被他强压了下去,她看到的还是平常时不惊不扰,从从容容的晏之。

"说话!"

金凌沉沉一喝,心里,好像被手雷炸过一般,已经面目全非,已经无法用疼痛一词来尽诉那种滋味。

"好好休息。我先出去。"

冰冷的声音,自他的嘴里钻了出来。

那是九无擎的冷静到可怕的嗓音,仅仅八个字,残酷地颠覆了她的世界。

九无擎站了起来,捂着发疼的心,往外而去,步履有点乱。

一旦戳穿了这层脆弱的纸,他要如何面对她?

他不敢看她控诉的目光,因为无法自圆其说。

"九无擎!不许走!"

她飞快地从床上奔下来,撑开双手,将人拦住,强大的冲劲令两个人几乎撞到一起。待闻得那股子异样的薄荷香,她条件反射地向后退了三步,而他也立即顿住脚步,彼此抬头,四目交接。

九无擎看到那张原本该温柔的笑脸,俨然变成了一块被击得无数碎痕的冰块,似乎只要轻轻一碰,就会支离破碎。

"为什么急着要走？还没有回答我呢？说，你这么做到底是什么意思？为什么处心积虑地接近我？为什么千方百计地算计我？为什么一而再地折辱我吗？为什么？为什么？为什么？"

她的眼神是愤怒的，就像是在飓风里翻卷的海啸，漫天肆虐，可将朗朗乾坤吞没。

一声声"为什么"，一记重过一记，一记响过一记，悲愤的语气，震撼着他的心。

她有无数疑惑，无法释怀，她有无数委屈，无法宣泄，他怎么可以一走了之，怎么能避而不谈？

九无擎无言以对，她的怒容，深深地烙在眼底，没了巧笑倩兮的小女儿态，没了俏皮炫眼的娇媚，只有层层翻腾的惊怒。

"没有为什么！"

他轻飘飘吐出一句，不作任何解释，脸上是一片淡漠，是一片清冷，轻描淡写的，似乎并不认为这是一件多么严重的事情。

"你这是什么态度，难道这一切仅仅只是你在做戏么？"

她愤怒地大叫。

"你若觉得做戏，那便是做戏！"

冰冷的声音令他止不住打寒战，这哪里还是那个叫她喜欢的晏大哥，她的晏大哥，眉儿弯弯，笑起来可温柔了，曾令她为之惊艳：男人的笑容，竟也可如此的倾城无双，令人恨不能摘了满天星星，以博其开怀一笑。

从不会笑，到笑得温柔多情，她曾在暗中猜想，他到底曾经历过什么，才令他压抑着性情，不懂笑为何物。他肯定是一个有故事的人，只是她没有想到，他的故事是如此的丑陋而脏肮。

"你跟我结拜，也只是在耍我？"

结拜时的情景犹在眼前，那份欢喜似乎也还萦绕在心头，结果呢，残酷的现实将她冷到骨子里。

"我们不是兄妹。你是我的女人，你要玩，我便陪你玩。看在八哥面上，我哄你一哄，又不伤脾胃。"

他转过头，一个字一个字咬出来，字字力如千钧，字字能将人砸死。

她的脸色一下惨白如纸。

他说，他只是在陪她玩，而她却入了戏，终于被他的无情伤到了心。

他叫无擎，果然无情！

"以后留在我身边。哪也不许去了。听着，金凌，过会儿就随我回公子府，以后，安安稳稳做你的小金子，公子府侍妾这个身份我依旧保留着，直到我放你为止。我并不想用那样一个名位来折辱你，这仅仅是一场交易。"

"皇帝指婚的两个女人，都是受命来监视我的，我的身份，绝不可以暴露，而你是唯一一个知道这些事的女人，我需要你留下替我应付她们。时间不会很久，少则三个月，多则半年，等我根基一稳，我放你和鬼见愁走，但在我没握稳大权之前，你哪也不能去。"

这是他以后的计划，这人强势地想要掌控她未来的命运，在被拆穿了身份以后，他竟还能如此的厚颜无耻，而且语气还是如此的不容违逆。

"又想拿鬼愁来威胁我是不是?"

"如果你非要这么说,也可以!"

温淡的俊颜,冷漠的表情,让人寒彻心。

突然间,她是如此的怀念那个会对她露出羞赧之色的晏之。

不会说话的晏之是那么的温柔,她曾一再地假设,要是晏之能说话,那该有多好!

如今他真开口说话了,说出来的词儿,却是如此的让人痛苦。

真心真意的信任,得到的是无情的践踏,这让她情何以堪。

"这样也好,其实我装得也很累!"

他对着屋顶喃语了一句,转身离开。

她没有追出去,也没有破口怒叱,心头,只觉很痛很痛。

怎么会这么痛?

种种失望,因何而来?

此时此刻,她后悔莫及。

为什么要去揭穿这样一个残忍的事实?

她喜欢以前那种宁静悠然的相处之道,她乐意和他嘻嘻哈哈,受他的怜惜,得他的珍惜。

可是,现在,他们连朋友都不是!

一颗眼泪滴下。

是什么碎了?

楼下,九无擎静静地伫立在花园里,遥望着东方。

春雨正绵绵,打湿了他的脸。

一重一重的欺骗,注定她不会原谅他!

那就恨着吧!

在还没有查出那些人的来历,那些人的目的之前,她需要留在这里。昨夜,他们并没有把金西逮到,那人的手下全军覆没,死在山谷,独他离开。

本来可以射杀,但是,他放了他,只因为他逃窜的时候,使出了一种奇怪的轻功,很像青云纵。

这人的身份,有问题,暂时不能杀。

就这时,楼里响起了一阵阵惊天动地的摔物声,不知过了多久,那声音才终于遏止。

也许,她是砸累了,在哭,在落泪……

他知道,她是喜欢"晏之"的,因为在意,才会受伤。

他也喜欢啊!

他多么希望她能接受他是九无擎这样一个事实,甚至渴望她会喜欢上九无擎。

是的,他真的想以九无擎这层身份待她好,不求太多,只求得到惺惺相惜之情。

可是,不可能!

她恨他!

这份恨,隔在他们之间,挥之不去!

小丰突然从楼上跑下来，惊叫道："公子，楼上的机关不知什么时候开了，小姐不见了！"

四

从密道出来后，金凌漫无目的地走在春雨里，眼帘里，是一片如丝如雾的白茫茫，阴沉沉的天空，就如同她的心情，一团灰败。

一副女子的衣妆，随意束发，淡霞色的云锦制成的荷叶裙，勾着一具凹凸玲珑的身段，哪怕雨并不大，还是浇湿了衣裳，绣花鞋上漂亮的团花，也早已湿透，浑身上下湿漉漉的，脸上，原本蒙着一片薄薄的轻纱，却被风"唰"地一下吹走了，苍白的绝美脸孔沐浴在雨水里，悴痛的轻笑在眼底，如摔破的青瓷，绽放，每一朵残碎的笑里，皆是伤。

其实，她早该有这样的猜想，九无擎和晏之，他们之间有着好些共同之处。

比如，都是病秧子；

比如，都有一股子淡淡的薄荷味；

比如，他们是一伙的：一唱一和，天衣无缝，就像他们是不可分割的连体婴，知道着对方的计谋，配合着彼此的脚步，将一件件事情完美地达成。

她从不往这方面想，一则，他们的性情不一样，一个冰冰冷，说话无情，做事狠辣；一个有意地在向她示好，温柔款款，举手投足，带着能溺死人的宠爱。如此的截然不同，她又是如此地信任晏之，怎么可能将他们杂糅起来，视为一人。

哪怕他们的气息，惊人地相似着，也叫她忽略不计，只自我安慰：那只是巧合，在龙苍，很多人都爱用薄荷入浴。至于药腥味，身子不好，吃药是正常事，没什么大不了。

其实，她到底还是有些怀疑的，所以金西那么一挑拨，她坚定的信念，就开始动摇，才有了这样一个局悄然形成，才有了这样一个结果，呈现眼前。

长这么大，她从不曾喜欢过人，就这么一次稍稍地动心，却被狠狠捅了一刀。

肯定是老天在罚她呢！

罚她的三心二意。

熙哥哥！

她在心头低低地叫着这个名字，疼痛地自我反省。

她错了！

她不该把对他的念想，放到别人身上；

她不该把对他的向往，移寄别人身上；

她不该把对他的情谊，投在别人身上。

她错了！

因为小小的暗慕，终于作茧自缚。

她明白了。

她喜欢晏之。

因为喜欢，才看不清事情的真相；因为喜欢，才会被伤害；因为喜欢，才能痛得心碎。

哪怕，这种喜欢，还只在萌芽状态。

为什么要结拜?

也许,她潜意识里明白,自己对他的感情太特别,所以,想用兄妹的名分来扼制某种情感的蠢蠢欲动,想要提醒自己,不要越了那样一个界儿,只以妹妹的身份表示亲近,表示喜爱。

她真的错了!

怎么可以喜欢别人?

她有她等候的人!

她怎么能"始乱终弃"?

始乱终弃是要遭报应的。

瞧,报应来了!

雨丝是冰凉的,浇在脸上,滴下来却是滚烫的!

等到回过神,她才发现已身在福林桃园。

烟雨之中,桃花朵朵,只是已经是残红,不复那日的盛景,满地落英缤纷,皆辗作了泥尘。闭眼,似乎还能闻得那一曲轻快的《少年游》。

只是一场梦!

梦醒,有余痛。

若真是梦,痛,也去快。

现在呢,这份痛,要怎样才能淡下?

她穿梭于桃林内,神思恍惚地记着一些事,吸着满是湿气的桃花雨,幽香阵阵,沁入肺腑。忽,柳眉骤然拧结。

不对!

这不是桃花香。

这是"乱魂醉"。

她一惊,捂鼻,想退出桃林,没来得及,急走了一小段路后,终于支持不住,扑通一声倒了下去。

是谁在暗算她?

她四下张望,薄薄的水气,如层层迤逦的轻纱,笼罩着大地,风一吹,纱轻舞,却看不到纱的尽头,有谁在暗中窥望。

眼皮沉沉地阖下来,她狠狠地抓了一把春泥……昏沉了过去。

五

"带走!"

一顶红杏伞,一袭烟雨裙,一道妙曼的身影,走进桃花林,然后,一个温婉而威严的声音,在无人的桃园内响起来。

"是!"

两个结实的男人跳了出去,向晕倒在地上的金凌飞奔而来,正想将她拖走。

"不许碰她!"

一道劲风袭来，令他们不得不往后退去，但看清来人，这二人不由得跪了下去："王爷！"

来的是凤烈！

玄衣常袍，凤烈收回掌势，蹲下，将身子冰凉的她拢在怀里。

"不许动她！"他低低地说，"兰姨，别动她！"

执伞女子，蒙着面纱，一双凤眸冷淡地睇着。

"你要美人，不要江山是么？"

"江山和美人，我都要！"

"只能要一样！"

执伞女子，冷冷地道："如果你说你只要这美人。好，我也成全你！从此以后，你的事，我不管，乐得一个人自在逍遥！你的深仇大恨，也可以就此放弃。但我得提醒你。就算你选美人，这美人也不见得是你的。到最后，你只会落得一个一无所有。你若有了江山，何愁再无美人！"

"三千弱水，只有一个是她。兰姨，别再拿她当棋子。我的江山我会凭自己的本事去要，无须牺牲她。"

他抱起她，语气坚决。

"西秦的内政固若金汤，若不起内乱，我们根本就成不了事，烈儿，为了一个女人放弃一切，根本就不值得。"

执伞女子拦住他，厉声喝断。

凤烈沉沉一笑："一辈子就疯这么一回！我乐意。兰姨，不管您筹谋了多久，都请放手。烈儿已经不是孩子。"

后脑勺，一阵急痛传递过来。

他错愕地看着眼前的女子，心头不惊又怒，身子不由自主地倒下去。

他被打昏。

执伞女子凑上去，细细地盯着金凌看，啧赞了一句：

"果然是一个美丽的祸水。白白便宜九无擎销魂了一回。"

她美眸含笑，站起时吩咐道："把人送去给晋王，这次去让晋王殿下销销魂，尝一尝这美人的滋味。记住了，要送得不着痕迹，他们争得越厉害，这一旦乱起来，才会越惊天动地！"

"是！"

六

傍晚。

拓跋弘正在房里擦着剑，思量着先头得到的消息。

落霞谷内只有一片死尸，公子青和那个名叫金西的男子失踪不见，下落不明。

据说，在容伯他们找到那里的时候，龙奕也曾现身，并且也在纳闷会是谁将他们斩杀的——那些人刀刀皆被斩于要害，死得干净利落，这表明，鏄京府还藏着一股神秘的力量，也许就是东林里行刺他的那些刺客。

就这时，门突然被撞开，容伯自外而入，脸露喜色："少主，青城公子找着了！属下不敢明着带回晋王府，现暂安置在属下的小院。"

"好极，快带我过去！"

"遵命！"

城北小院，客房。

伊人沉沉而眠。

不是英姿焕发的男儿装，而是青春正媚的女娇娃，只是脸色苍白了一些，柳眉紧皱了一些，神情黯淡了一些。容颜却是无双的，巧夺天工的五官，精致小巧，缀于白玉似的脸孔上，勾勒出来的是丹青难画的容妆。

正是那张脸，在崖下，为他吸血疗伤，也正是这张脸，曾在他似半昏半醒时，骂骂咧咧地道："你怎么会是小八？"

他坐到榻上，仔细地看着她，压着心头的欣喜若狂。

"她怎么了？"

这种沉睡有点不正常，他忽皱了一下眉，以手指抚上她的额，并不烫。

"公子青被我的人救下来之后就中了乱魂醉！"

"乱魂醉？"

拓跋弘惊叫。

这乱魂醉据说是江湖媚药，中了此毒，若在一夜不解其药性，醒过来后，极有可能记忆尽失，再也记不起自己是谁，"乱魂"之意就是由此而来。

"是！这是怀先生说的！他说公子青中蛇毒在前，虽清理过毒素，可惜并未尽清，后又中了乱魂醉，因此才失了抵抗之力。少主大可不必担心。她无碍的。"

一停又道："其实这于少主而言，乃是好事！"

"好事？"

拓跋弘转头看。

"自然是好事，待她醒了，您跟她说，她是您的小妾，她必深信不疑。如此，少主不费吹灰之力就得了一个能以一敌百的贤内助。这与爷而言，那可真真是一件大喜事！"

"可这，不是君子所为！"

"少主，机不可失，时不再来，给她一个全新的身份，她便是您的人。"

容伯劝着。

拓跋弘听着，顿时怦然心动，怔怔地看着这一张绝色的颜色，几乎可以憧憬到将来闺阁之间会是何等的美好。

容伯摸不透少主的心思，对着他看了又看，精明的眼珠子转了一圈又一圈，没有马上走，而是试探着问：

"少主，天色已不早了，这乱魂醉还要不要解？您给个话！"

拓跋弘想了想，犹豫了一下，终还是选择了有利于自己的决定：

"不必配！"

容伯脸上的笑容越发深浓:"对对对,就该这么做,这是最好的。对了,还有一件事很重要。这女子生着男人的脾气,性子烈,不好驯服,趁着她动不得,最好早些生米做成了熟饭。这女人呐,都那样,一旦得了她的身子,离得她的心就不远了。"

他见拓跋弘微微皱了一下眉,忙刹住话,转而语重心长地谆谆教诲起来:

"容伯知道你不爱这话,可这是大实话,这世上,成是王,败为寇。有利的棋子及早收服了捏在手心上才是正理!"

"我知道怎么做,她,我是要定了!"

拓跋弘淡一笑,回头道:

"你且去吧!别来碍事。"

容伯立即将这话理解为他想办"事",不觉嘿嘿一笑,又想起少主已经很久没碰女人,今儿个与如此绝色尤物同处一室,几番销魂是少不得,忙退下。

房内,一片宁静悠然。

粉霞色的罗帐底下,拓跋弘轻抚着小凌子温温如玉的脸额,手感细滑,不觉心神一荡。

这些年,他自是有过女人,床笫之间自然不是新手,只是,从没有任何女人能留住他的脚步,而最近这段日子更因为忙着正事,已经很久没有召侍姬伴寝,这会儿,闻得这淡淡的女儿香,身心皆生了异常的悸动。

可是,他也知道,这个骄傲的女子,他若想得之以真心,就得对之以真意,绝不可以随意亵渎。

他是想要她,但是,他不会动邪念,没名没分地委屈她。

得她心,而后再得其身,如此,男女之欢才是乐事。

可他没想到,因为这番君子心理,机会就这样再度与他错身而过!

入夜,拓跋弘上茅房出来,就听得外头有人疾呼:

"厨房着火了!快救火!"

拓跋弘闻声探看,果见厨房处一片大火,十来个侍卫一个个提着了水桶赶着集似的跑过去灭火,一桶桶水直往里面泼,早已乱成一团。

他先眯了一下眼,而后,心头一惊,叫了一声"不好",直向客房而去。进得小园,果见原守在附近的几个侍卫都已经被撂倒于地,有几人已经气绝丧命。

他又惊又骇地冲进寝房,拍开珠帘,进得内室,床上空空如也,伊人早已没了踪迹。

七

金凌悠悠然醒过来时,看到自己睡在一个陌生的房间,一个俊美温淡的男子守在身边吹着笛子,笛声悠扬悦耳之极。

东窗,有灿烂的霞光逼入,照在男子墨色衣袍上金线上,一闪一闪,有异光在耀动。

她的脑子先是空白一片,有无数乱糟糟的影子闪过,她却什么也抓不住,什么也想不起。

"你是谁?"

她扶额问,觉得眼前的男子好生面熟,淡淡扬起唇角的模样,像在笑,神情温温润润,让人觉得无比的亲切。

"我叫九无擎,你可以叫我阿擎!"

他停下吹奏,坐到床上,回答,声音很温和。

"阿擎?"

这名字,听得怎么那么怪呢?

"你怎么在我房里?这里……又是什么地方?"

"这里是我们的寝房,红楼!"

"我们的寝房?"

她怪怪地瞪他,再瞪视房间:

"那我们是什么关系?"

他淡淡答:

"你的我的宠姬:小金子!"

金凌立即张大了嘴巴!

呃,这男人是她夫君?

是不是真的呀?

第二十一章　无擎大婚

一

大婚之日,公子府宾客云集,皇亲国戚,朝工大臣,无不到府贺喜。

整个公子府锣鼓喧天,人声鼎沸;整个鎎京城,百姓翘首以待,都在惋惜两个名门小姐,又成了政治的牺牲品。如此风风光光地嫁进去,也不晓得能在公子府活多久。

人人都怕进公子府,宫慈不怕,她知道无擎宠幸的女人,之所以又死又疯,原因有三:一是被弄死,二是被不小心给毒死,三是见他生得丑陋,惊破了胆。

其实,他的身子最毒也就在他蛊发时,只要岔开蛊发这个日子,他一样能和女人生儿育女。曾经就有人怀过他的孩子,只是他没要。

当然,有件事,她得承认,那就是这五年,他的确变得有些心狠手辣,五年前,他可不是这样的。

那时,公子府的诸公子,十有八九都妻妾成群,独七无欢、八无昔、九无擎、十无殇不好这口,这四人性情相投,品性很正。

宫慈很早就认得九无擎,那年,他十二岁,是小太保,功夫不凡,文采风流,待人谦让,而她九岁,是公主的陪读,才名在外。那时,他生得极为漂亮,一双黑溜溜的眸子,比宝石还亮,他们一度是好朋友。

在她眼里,任何人都不及他,风雅的九无擎,更是深不可测的。他对敌人极为心狠,待身边人则极和善。总会在别人需要帮助的时候,无声无息地帮上一把,而不会刻意地让人知道他曾经施过恩。

宫慈非常喜欢他,不管将来如何,能嫁他为妻,此生足矣。

伴着一阵喜庆的吹吹打打之声,花轿终于落地,头顶喜帕的她,满怀着对未来的憧憬,等着他来接她完成他们的大礼。

二

此刻的整个公子府,爆竹声声,礼乐喧闹,这些聒噪的声音,无孔不入地四下里散开。

此刻红楼的主卧室里,金凌盘坐在摇摇椅上,手上捧着一本医书,正百无聊赖地翻着,时不时伸出一根修长的小手指掏掏耳洞。

她在等东罗回来,等得已经有些不耐烦了,还有就是这声音,也实在太吵了一些。嗯,要是以后,她成亲的话,一定不要整得这么吵。

她在心里这么想着。

通过这几天的摸索,她弄明白了这么几件事。

第一,她的身份,很不靠谱,是公子府十爷床姬的女奴,据说前番,她意外陪侍了九爷一夜,于是卑贱的身份顿时猛长,一下子从女奴晋升为九爷的女人,住进了红楼,并且贴身服侍起九爷,如今府中每个见到她的人都会恭恭敬敬地唤一声"金主子"。但,天生的本能一早就告诉了她:她不是。这身份有问题。

第二,她的状态,失忆,身中蛇毒。

关于这一点,她私下研究过了,失忆是个大问题,这直接导致她记不起自己是谁,从而令她不得不接受现在这样一个女奴的身份。之所以会向现实暂时低头,主要是因为她中毒了,没了可以依傍的武功可以防身,一种本能在告诉她:失忆之前,她是个武林高手。

第三,她的长相,满脸麻子,奇丑无比,一般男人肯定瞧上她,当然也有例外,比如说九爷九无擎,他并不在意她的美丑如何。于是,她又琢磨了一下,觉得导致这样一个结果的原因,可能有两个:其一,她被当做了某颗棋子;第二,她和他本来就认得,渊源极深。

自几天前醒来以后,她就记不得自己身上发生过什么,但朦朦胧胧的轮廓,还是有一些的,比如说,她隐约记得东罗南城他们;比如说,九无擎那张脸,她也有印象;再比如说,她知道自己是一个通天下大事、懂百家文化、识古今典籍的全能型天才。何为天才,就是充满智慧的,能随机应变,处理各种突发事件,自保于危境之中,尽一切力量掌控事态发展。

可惜,有些事,还是超出了她的预料,那就是情感问题。

经过这几天的研究,她得了一个令她有点无奈的结论:她喜欢上了那个名叫无擎的神秘九爷。

不知为何，睁开眼的那一刻，她就被这个男人吸引住了所有目光，他那张脸，令她生出一种异样的熟悉感，叫她本能地放下戒心，乐于与他亲近。

她曾问他："我是谁？为何记不得以前的事？"

他对她说："你是因为中了乱魂醉才失去记忆，不过，不需要多久，我就能治好你，到时你就能知道你自己是谁了。在之前，你只要乖乖留在我身边，好吃好住好睡。"

他没有对她交根交底，却待她非常好，同吃同住同睡，几乎形影不离。

他们都说她是他的女人，他也表现出了这样一种亲昵：比如说，他能纵容她任意改变他房里的风格；比如说，爱弯着唇敲她头，揉她发；比如说，吃脏嘴时会给她擦嘴巴，喝药的时候会记得给她备蜜饯，每天让人备她喜欢的饭菜；比如早晨起来，还替她梳过发，睡懒觉时，他爱捏她鼻子闹她；睡上，还会抱她一起睡。对，这几天，他们一起同床共枕，不过，这绝对是单纯的睡觉而已，肢体上或显得亲近，实际上他对她没有半点猥亵的举动，而且多半是趁她睡着了才钻进被窝来，她也是在睡梦里感觉到自己被他搂进了怀。等到天一亮，她睁眼时，他早不在榻上。这种亲近，悄无声息，却在不知不觉中打消着她的心理防线。

她觉得自己不是那种随便的人，可面对他时，她轻易就丢兵弃甲。

为什么会这样？

前天晚上她想了一个晚上，纳闷自己为何对他会有这样一种反常的表现，然后，她得出了这样一个真相：这个男人用了短短数天的时间掳获了她的心。

之所以会出现这样一个结果，原因有两个：第一，这人和她属同一类人，他文则博学多才、精古通今，武则擅于兵道、长于谋略，一身武艺，更是出神入化，如此人物，符合她的审美标准，令她不由自主就被吸引；第二，因为他对她千依百顺，温润明媚的笑容，加速了她在情感上的沦陷。

原本，她以为这个男人也是喜欢她的，可这种以为，很快就被现实给打击了——他不仅要成亲，而且还一娶娶俩。

因为身体的原因，这几天，她几乎没离开红楼半步，吃喝拉撒都在楼里，只偶尔在走廊上看他练功，昨天天气好，她觉得身体也好得差不多了，趁他不在，偷偷溜了出去，看到距红楼不远的东楼那边出入很多人，披红挂彩的，显得特别喜庆，一打听，她浑身冰冰凉。

有那么一瞬间，她被个事实给惊蒙了，想找他问个究竟，又找不到，东罗告诉她：爷被皇上召进宫去了。

好吧，那等吧！

一等等到深夜，人渐渐冷静了下来，九无擎也终于回了房，那时，她合着眼在床上假寐，感觉到他坐了下来，手轻轻落到了她的发上，很小心地抚了一下。

她可以从这种肢体语言上感觉到那样一种在乎，可他为什么会瞒着她成亲呢？

对于这样一种矛盾的行动，她是十万分的不理解。

于是，她猛地地睁开了眼，眨巴眨巴盯着他看，他脸上戴着面具，对，在人前，他总是戴一银色的狼形面具，独独面对她时，才会露出那张英俊温雅的脸，可那一刻，他没脱下那面具，整张脸，显得很神秘，眼神黑黢黢的，翻滚着冰冷的波光，显得极为复杂，没有任何笑意，和平常时候判若两人，她看不透他心，便问：

"你到底怎么一回事，一边和我耳鬓厮磨，一边忙着筹备婚事，九无擎，这件事，你是不是应该解释一下？"

"需要解释什么，男人三妻四妾，是最正常不过的事。"

没有任何解释，只有这么一句极度冰冷的理直气壮地认为。

金凌极度反感这话，但她没有生气，而是用一种冷静的眼光重新审视起他：一个人前后言行若判若两人，肯定有原因。作为当局者，若只被表象所迷，而看不到本质，无疑是不可取的。

直觉告诉她，他不是那样的人，所以，这种反常的表现，可以解释为他想掩饰某些不能让人知道的秘密时所采取的手段。

"哦，是吗？那我对你来说没有任何特别的是不是？"

她很冷静地问。

"女人除了拿来暖床和上床，还能有什么其他用场？"

他表现得很淡寡。

她听着，依旧不动怒，只勾唇笑，而且还点头，说："也是也是，这是大多数男人的理论，没想到你也是其中一分子。不过，我不怎么认同这观点。既然我们在男女关系上的人生观相左得这么离谱，那以后我们就不应再同处一室。这叫道不同不相为谋，所以，要睡觉的话，麻烦你去书房。我这里不收留你。"

"这是我的房间！"

他皱了一下眉，意思好像是说要出去睡也应该是你！

她跟着露齿一笑：

"对，这里是你的房间，要是你非要睡这里也行的，那我到红楼外头的其他屋子睡去。只要你肯放。"

这男人的确不肯放她出红楼睡，没有再和她废话，就转身走了出去，这底下的原因，绝对值得深入研究：明明喜欢她，却要另娶；明明紧张她，却要装作满不在乎；明明在乎她，却不肯对自己的行为作解释，九无擎身上的情绪实在反常得厉害。

她想了又想，决定用一种冷处理的方式，好好梳理梳理眼前这个奇怪的现象。

而第二天清晨，东罗跑进来说的话证明她没跟他闹是明智的。

东罗是这么对她说的：

"夫人，爷现在的处境很危险，为了保住公子府，他不得不奉旨成婚，他也是身不由己，您千万别跟爷动气。无论爷身边有多少女人，他的心里只有您！"

金凌认为：东罗是因为看到她把九无擎赶出了房，生了急，这才眼巴巴跑来替他主子解释的。楼里没有婢女，只有侍卫四个，这东罗是四卫之首，最乐见她和他主子好。她已经发现N次，这人总会在暗处偷偷窥望，见他俩或谈笑风生，或打情骂俏，就会跟着笑。他是九无擎的心腹，他的话，自然是有分量。

通过这话，她获知了两个重要的信息：一、九无擎有一个可怕的敌人，正威胁着他的人身自由和人身安全；二、九无擎果然是一个口是心非的人。

可他为何要口是心非呢？

这是她现在弄不明白的地方，有待她去深入调查加以确定，而后，她下了一个决定：她要逼九无擎向她缴械投降。

"主子主子，衣裳弄来了！"

正寻思着，东罗推门而进，给她带了一身婢衣过来。

金凌连忙从床上跳下来去取："快快快，给我给我！让你去弄一身衣裳，你怎么就这么慢！"

她抱怨了一句，把衣服抓过来，要往里头换衣裳去。没隔小会儿，她出来了，俨然化身成了一个小婢女。

东罗往她身上瞟了一眼，忍不住问："金主子，您真能神不知鬼不觉地搞砸今儿个的洞房花烛夜么？"

金凌没回答，兴冲冲往前院跑了去。

三

前院，喜乐飘扬，宾客络绎不绝，金凌将自己藏于人群之中，亲眼见证了九无擎的成亲过程：踢轿门，迎新娘，跨火盆，拜天地……

一身喜袍的九无擎，一如既往地戴着那一块冰冷的面具，没有笑容，眼是冰冷而深寒的，不说一句话，就像一具行尸走肉。身上没有半点作新郎官的喜悦，有的仅仅是冷漠，就好像他在做一件与他毫不相干的事。

这说明，他当真是被逼而娶的。

唉，可怜的娃，对此，她掬一把同情之泪。

拜完天地之后，九无擎被簇拥着进了东楼，金凌跟了过去。

东楼的道级远远比红楼大，是左右两幢楼组合而成，原是他的棋琴书画库以及兵器房，如今，已被收拾出来，东西各设一新房，东房住宫慈，西房住岑乐。

进了东房，媒婆就奉上一根如意秤，请新郎官挑喜帕。

九无擎挑了，喜帕之下是一张绝美的脸孔，打扮得很精致，还落落大方地抬了头，含羞带笑地睇了他一眼，他呢，只冷冷别开了眼。

金凌重点观察了一下这个新娘子，据东罗说，这宫慈是帝前红人，她的聪明，她的美貌，她的才华，举世无双，被称为秦国第一奇女子。

第一眼，金凌就觉得这女子很傲气，但此刻为九无擎藏起那一身骄傲，水灵灵的眸子里尽是柔情蜜意。看样子，这姑娘相当喜欢九无擎，据说，宫慈和九无擎有过一段不俗的交情。至于怎么一个不俗法，东罗没细细说明，改天她应该再问他一问。

"来来来，请新郎喂新娘吃汤圆。吃了汤圆，夫妻恩爱，一世团圆！"

媒婆的话一响起，金凌连忙收回思绪，捧起瓷碗走了上去，现下她的身份是"侍圆喜婢"。

才走近，便有一道冷冷的光横扫了她一眼，在认出是她以后，九无擎的眼神是极度不悦的。

可她才不管呢，恭声恭贺了一句：

"请新郎官喂新娘吃汤圆。三个汤圆代表三生三世，一世初遇，二世定情，三世结夫妻，而成一世之良缘。食圆者，拾缘也，奴婢在此恭祝九爷和九夫人夫妻恩爱，缘深似海！"

他目光极度冰寒，却没有发作，动作极优雅地捏着药匙盛了一个送到宫慈嘴边。

坐在边上的新娘子羞羞答答地将雪白的汤圆含进嘴，才入口，描得极美的俏眉儿就拧到了一起，差点就失态地吐出来，忍了又忍，才将其硬吞了进去，而后失声叫了一句。

"苦，怎么这么苦？"

汤水是用黄连熬的，怎么可能不苦？

这可是她的杰作。

下一刻，九无擎又朝她睨了一眼，立即就知道是她在搞鬼。

金凌视而不见，接下了话去：

"回夫人话，这叫先苦后甜，讨的是一个好口彩。刚刚夫人必没有嚼开来细细地尝，那苦的皮子底下，包的乃是以蜂蜜调制的枣泥，甜得腻人。夫人可以再尝一个，这可是爷亲口吩咐让厨子备的呢，说是按照爷家乡的习俗特意配的，只有正妻才有资格吃，夫人既已嫁得爷，入乡随俗，自然得吃吃这种苦皮甜心汤圆，您说是不是？"

"吃吧，这是规矩。"

虽说昨个儿晚上九无擎的态度很恶劣，但此刻，他还是果断配合她，将第二个汤圆送过去。

那边，宫慈盯着那白白糯糯的汤圆，露出一副难色，却又不得不吃，只能张口又将这汤圆含了进去，美艳的脸孔本能地拧起，尽是想吐的表情。

金凌见状，急急忙忙地叫住："不能吐，千万不能吐，一定得吃下去，吃这种汤圆，要的就是这样一种感觉。"说话间，她转头冲着一众看热闹的人，笑呵呵地问："你们说，九夫人这模样像什么？"

一个俊美的少年公子，一直在边上极有兴趣地看着，听得她这么一问，没多想就笑着接道：

"还能像什么？像极了怀喜的样子，哟，原来这是在讨口彩呀！"

"对极，这是彩头！"

她再度一拍手，眉开眼笑转回身去又问：

"请问夫人，这汤圆里的花生生不生？"

"生，当然是生的。"

宫慈掩着嘴，含糊地应了一句。

"好极好极！奴婢在这里恭祝夫人早生贵子！"

金凌笑眯着脸，极得体地福了一礼，然后急催着九无擎道：

"爷，这三颗汤圆全吃了才会有福气。绝对不能剩的。"

九无擎又冷冷扫了她一眼，还当真就把最后一颗盛了过去。

那新娘子只能硬着头皮再度将汤圆含了进去，一番囫囵吞枣吞下肚。

金凌这才满意地自九无擎手上收回玉碗，心情变得很愉快，欠了一欠身，退到边上瞅着媒婆让人奉上交杯酒。

当着所有人将交杯酒喝了以后，九无擎被簇拥着进了西房去揭喜帕，金凌跟了过去，见到了东罗嘴里常提的那生性害羞温驯的侧夫人岑乐。那模样，也极美，不过，比起宫慈，这位显得柔弱多了。

紧接着，东房里刚刚上演的那出戏，又在西房演了一遍，依旧是金凌侍的圆，汤圆依旧是苦的。等看着他们喝完合卺酒，瞅着沾酒就倒的岑乐双颊泛红地醉倒在喜床之上，她勾了勾唇角，神秘一笑，退出，打道回楼。

九无擎回过神来再寻金凌，人早已没了踪影，东罗也已不见，他没多看岑乐一眼，往前院陪宴去。

四

再说东房中，宫慈吃了三个苦汤圆后，尤嬷嬷连忙用蜜水让自己的小姐过嘴，过了几遍，才回过味来。

这个插曲，的确叫她难受了一会儿，但她很快就把它抛之脑后，殷殷然满怀期待之情，等他回来。她非常想和他尽释前嫌，做了那真正夫妻，享了那鱼水之欢，得了他心头之意。

宫中的嬷嬷都说，她的身子是极美的，比宫中的娘娘们还要美上几分，而男人们更多时候喜欢的是女子的身子，今夜，她要献上处子之身，却不晓得他将怎样待自己。

唉，自打五年前，他被抓回来以后，他对她就一直冷淡，至于原因，一直是她弄不明白的。所以，她想借洞房花烛夜，好好和他沟通沟通。她深信，这世上没有解不开的结。

"姑爷家的规矩还真是古怪。唉，但愿他能好好待你，公子府上，尽是女人。"

尤嬷嬷是看着她长大的，这老婆子自小将她当孩子似的疼着，莫名就生了感慨。

"嬷嬷这是哪的话？试问这镜京城谁家府上女人不多呢？宫里更多呢！"

宫慈并不是十分在意这个问题，这些年，她看惯了宫里的争风吃醋，也明白凭着自己的家世将来也必会嫁那样一个有权有势的男子，若做了那人的正室，就得管束了那人的姬妾，若做了那人偏室，更要懂得为自己争一席之地，如果没那份肚量，这日子肯定没法过。

如今嫁的是九无擎，先不说是自己喜欢的，更重要的是他身边一直没一个真正可以与她较量的妾室，而今日与她一起嫁进来的岑乐，性情温和，自构不成威胁。

"日后我便是公子府的当家主母，还怕了他府上那些没地位没名分的女人不成？嬷嬷，他这人本就性情冷淡，这些年有过的女人虽多，可他从没放过一分真心，都是一些活他命的药引罢了！这种醋，何必去呷！我该可怜那些女人才是。再说，日后他还需要这样的女人服侍的，若真要呷醋，那我岂不要酸死。尽是一些没分量的女人，我何苦放心上让自己不痛快！"

语气透着一股子高高在上的傲气，流露着满满的自信，她从来不是一个小肚鸡肠的笨女人。"

"是是是！"

嬷嬷也觉得自己想得太多了，打趣道："我们家慈小姐，心大着呢，可不与一般人计较这么多得失。"

宫慈抿嘴又一笑。

"可是小姐，采儿听说最近姑爷一直宠一个新妾，天天侍寝。那人叫什么来了？对了，好像叫小金子。"

婢女采儿嘀咕了一句。

这事，宫慈也听说了，语气一下露了几分无奈：

"怕是故意的！皇上赐婚，他原就不爱。可，即便不是故意的也不是大事，只一个奴才罢了，不是还没有正明名分么。可见他只是玩玩罢了。"

"但是，府里的人都叫她'金主子'了，听听呢，这名儿，气势足足！"

还没见到这个人，采儿已经忿忿不满了。

嬷嬷点头头，神情严肃地道："这府里的规矩是得改一改，小姐若不能在府里立了威信，这日子还怎么过？"

"无碍的，一个陪夜的奴才，没身份没地位，他若真宠着，留着就留着。那人的眼界可高着，寻常女子怎么可能与他投了情趣，早晚会厌倦。"

对九无擎，她还是有一些了解的。

"也不能这么说，女生媚骨，很容易勾了男人的魂，她若在床笫之间，令男人着了迷，怕是要给小姐带来麻烦。不过，也没什么大不了，她是女子，小姐也是，夫妻床笫之间的恩爱技巧，多学多练，只要放得开，谁都会。只是日后小姐得多想法子把人留在自己房里，如此才能夫妻情深，若能早生了嫡脉世子，那就越发地好了。只是这第一次却是不好受的，只愿今晚姑爷能多多疼惜小姐，别太折腾了。"

提及夫妻房事，嬷嬷是过来人，这种事见得多了，说得脸不红气不喘，倒是宫慈一下飞红了脸，采儿年纪比宫慈还小，不觉掩嘴，红了双腮。

但宫慈还是很用心地听着，房中事，她在私下也曾看过一些书，初看得那些东西面红耳臊自是不消说了，如今嫁人，要真枪实弹地经历那些事，心头既期待又紧张着。

如此说了不知多久，也不知道是不是因为太过紧张，身子莫名地生出一阵阵绞痛，起先是若有若无的，后来渐渐加重起来，宫慈脸上愉快的神色不觉绷紧起来。

嬷嬷见状连忙问："怎么了？"

她捂着肚子，渐渐疼得额头生出了淋淋香汗：

"不知。肚腹疼得厉害！"

不光疼，而且好像还有什么热泪泪的液体自身子内流出来，她怔了一下，忙让人守好门查看，在发现自己底裤上那一大片血迹后，不由得惊呆，竟是癸水来了！

这个消息，很快就传到了前院九无擎耳里，按着西秦大族人家的规矩，妇道人家身上见红，男人是不能在女人房里过夜的，更不能行那夫妻之礼，否则必遭天谴，他终于明白那丫头为何跑去东楼了——她这是去搞破坏的。

这一夜,由于正夫人来了癸水,侧夫人吃了交杯酒醉成了一团泥,新郎没有在东楼就寝,酒宴后,他往东楼转了一圈后,回了红楼。

五

红楼,灯火通明,九无擎跨进门槛,心情变得极为复杂。在东楼时,他就是一具傀儡,做什么事都得顾全大局,哪怕再如何不情愿的事,他都得做,什么样的委屈都得忍;而在这里,他的心会变得很柔软,这几天,他和她相处的点点滴滴,是他这辈子度过的最令他刻骨铭心的光阴。

他很想就这么继续下去,可他不得不在今天另娶了别人,这事,于她而言,无疑是很难接受的。他却不想解释为什么,因为他清醒地认识到了一个很严重的问题:他不能令她喜欢上自己。绝不可以!

九无擎踢门进去时,看到她正躺在床上看书,他没多想,疾步走过去,将她手上的书抢了过来,往地上一扔,声音冰冷地斥责:

"谁准你出去这么闹腾的?"

语气很凶。

金凌抬头看他,神情相当平静,反问了过来:"为什么不闹?九无擎,你奉旨成婚也就罢了,难道还想奉旨洞房?你是我的,想让别的女人睡,你们都没有。"

这话赤裸裸宣告了她对他的所有权,同时堵住了他的嘴,看来东罗应该和她说过一些什么了。

他当然不可能会和别人去圆房,今夜的洞房花烛夜,他原就打算玩一出金蝉脱壳,不想她半路杀了出来,替他把麻烦暂时给解决了。他该高兴,可他高兴不起来,听了她的话,心情越发地滋味难辨。

"九无擎你是喜欢我的,不是吗?喜欢却要装作不在乎,你不觉得这样做很累吗?"

她忽然从床上跳了下来,和他对峙着,眼神犀利地在他脸上扫了一遍,那么的明亮,轻易就穿透他的伪装,几乎令他不敢正视。是啊,他是这么喜欢她,却又不敢放开一切表达。

"你这副尊容,你觉得我能喜欢什么?"

他违心地反问,冷笑着撇开了眼。

她皱了一下眉,没把他的冷嘲热讽当回事,抱胸,斜视道:"你还是不肯承认是不是?行,你有种,那你就继续自欺欺人下去。但九无擎,我也是一个底线的人,三天,我给你三天时间想清楚我们今后的关系,是就此交心交底,还是从此陌路,你自己选择。记住了,机会只有一次,一旦错过,我就不再回头。好了,我就说这么多。现在麻烦你回书房睡去。抱歉,我是个小气的女人,现在很生你的气,在我消气之前,你别想回来睡床,晚安,不送!"

一番话,急雨似的,一边说,一边她将他往房外一推,砰!关门,九无擎就这样被关在了门外。

此刻,东罗就在门外守着,见到爷再度被撵,差点笑出来,不想爷冷飕飕的眼光冲他扫了一眼，往楼下而去，他连忙正了正神色追了过去，待进了书房，他深深说了这么一句：

"爷，人生一辈子，您就不打算为自己活一回吗？您想遗憾一辈子么？想让她追悔一辈子么？"

九无擎自然懂他话里的意思，坐下，沉默许久后才低声说了一句："东罗，她迟早会记起一切的，到时她会恨我。"

在东罗眼里，他们的爷，从来天不怕地不怕，独独遇上那位，他便失了主意，这当真应了那句话：英雄难过美人关！

他尽快又劝了一句：

"那就趁这个机会，让她真正了解您！到时，她肯定会谅解！"

九无擎思量了一会儿，还是摇头，而后，对着屋顶长长嘘了一口气，觉得老天还真能捉弄他。数天之前，他们才决裂，数天之后，她竟喜欢上了他，而且还喜欢得这么不顾一切。

可这完全在他的计划之外。

想那一日，她凭空失了踪，他费了九牛二虎之力探知她的下落，及时将她寻回，谁能想到，她居然中了乱魂醉，失了记忆，忘了他们之间的恩怨。为了她的安全，他留她在身侧，用心治她，不料几日朝夕相处，事情居然就发生了这样一个变化。

这是他没有预想到的，但现在想想也在情理之中。这丫头对身为"晏之"的他原就有一种说不清道不明的情愫，只是她一直在竭力克制，不让这种喜欢质变。当她失忆，当她以崭新的记忆重新认得"晏之"这个人，面对这张脸时，她的信任是一种本能，喜欢之情立刻挣脱了枷锁。

面对这样一个结果，他该喜出望外，但现在他的心情是如此的沉重，因为事情的发展，已经超出了他的掌控。

她怎能喜欢他？

她若喜欢了，将来会难受！

她若喜欢了，他会更牵挂！

她若喜欢了，会教他左右为难。

天知道他多想好好爱她一场，天知道他多么开心她还能喜欢上他，可是，他已失去了被喜欢的资格，他不仅脏得厉害，还是一个丑八怪；不仅是个丑八怪，更是个短命鬼；不仅是个短命鬼，而且还身陷在一团剪不断理还乱的危险当中。他怎能将她拖进这一场危机四伏的皇权之争中来呢？

偏偏她还长着一颗善于审时度势的冷静头脑，不仅一下子认清了自己的心，还迅速对他发出了最后通牒。

他该怎么办？

要是他不交心，这丫头执念很深，怕是不肯善罢甘休的；要是交心，唉，他能交心吗？

在未来没有多少日子的情况下，他怎么能自私地霸占她，这会毁了她下半辈子的。

此时此刻，他的心情，乱如麻。

第二十二章　妻妾初斗

一

作为新妇，宫慈在新婚第二天，起了一个大早，她先去西房叫醒了岑乐，然后一起下厨做早点，二人忙了一个时辰，待送到红楼时，守楼的侍卫回禀说：

"爷去练功房了。"

九无擎有早起练功的习惯，这事，宫慈知道，将早点摆下后，她打算去那边找他。才要跨出门，就听得楼梯上有噔噔噔的脚步声传下来，紧接着一个脆生生的女子嗓音从楼上传下来：

"东罗东罗东罗，我要吃一品居的小笼包，快帮我去买，要新鲜出炉的，要吸得出汤汁的，要山鸡云菇馅的。"

这语气，真是放肆。

宫慈本能地打住身子，回眸看，但见香木制成的楼梯上，一个高挑的少女，散着一头如流水般顺滑的乌发，身轻如燕，自楼上疾奔而下。

她身着一袭百叶裙，橘红色，裙上大团花簇，层层绽着，是千重细瓣的凤菊。那卷起的瓣儿，或浅黄，或湛蓝，或淡烟，或朦胧，或清晰，一道道地镶嵌在上面。

裙腰际束着是一条宽宽的嵌玉腰带，蝶状，垂着细珠串成的流苏，一束，便将那妙曼的身子骨一下子烘托了出来。

脚上踩的是福锦彩绣的绣鞋。

光看这副行头，那绝对价值不菲，一般人哪能穿戴得上。

只是那张脸孔却是丑陋的，满脸的细麻子映在那张粉嫩雪白的小脸上，和漂亮两字完全无缘。

"怎么是你？"

宫慈一眼就认出了她，正是昨日送汤圆的那个小婢女。

二

金凌听东罗说过这么一句："宫慈是一个厉害的角色，是皇帝的眼线，一心向着皇上，要小心应对，必要时最好装疯卖傻，让她以为主子是一个微不足道的角色，麻痹她最大的好处就是不至于令主子成为爷身上的软肋。混淆了她的视线，从某种程度上可以迷惑住皇帝，从而为爷接下去要办的事，赢得时间！"

她现在还不清楚九无擎要办什么事，但这样一个策略，无疑是正确的。

宫慈进红楼时，她在楼上听得分明，知道她们过来，她刻意挑了一件红裙子穿上，倒没有马上下楼，她先在楼梯上小心地往下观察了一下，而后才叫嚷嚷地从上头跑下来，很努力地将恃宠而骄的形象给勾勒出来。

楼下厅堂内，这二位新妇打扮得皆明艳动人：宫慈着牡丹红的凤尾裙，梳鸳鸯髻，发鬟缀紫晶珠花，脖子上挂着一串紫色系的珠链，配着那身上等红锦做成的衣裳，显得极为贵气；岑乐穿桃花红的高腰裙，梳流苏髻，云鬓贴芙蓉花，衣裳领襟上花似锦，别着一朵宝珠花。

除此之外，宫慈身侧另站着一老婆子，横眉坚目，应该就是东罗嘴里提到的陪嫁尤嬷嬷，听得她的吆喝，老脸是沉了又沉——其实她是故意这么喊下来的。

"这是哪来的奴才，见了两位夫人怎么不行礼？夫人问你话，也没一个回答，怎如此没规没矩？还有，在公子府，除了元配公子夫人，哪个有资格穿上这正红色衣裙。"

尤嬷嬷寒着老脸呵斥了一句。

金凌眨了一下眼，哟，这老东西还真是凶悍，她这是在给她家小姐立威呢！

想想也是，在这府上，除了九无擎和十无殇，就这位新夫人最大了，任何人见了她的面，都得请安行礼，她当然也该行礼；穿衣上，更该有个讲究，可偏偏她就故意跟她叫板了，完全无视那老东西，一边放缓脚步，一边施施然露出雪白如玉的皓齿，径自打起招呼：

"哟，两位夫人来得好早！您二位这是一早洗手做羹汤，专程给爷送膳来了？啧，两位夫人与爷还真是夫妻情深得紧。对了，东罗，九爷呢？楼上没人，是不是去练功了？"

不等东罗接下话去，随即又马上娇声吩咐了下去：

"我就说嘛，一定是去练功了，还不快去报禀，怎能怠慢了两位夫人。这世人都说啊，新婚燕尔，如漆似胶，九爷正值新婚，怎么还是这么不懂何为怜香惜玉呀？如何就尽顾着练功了呢？

"不行不行，这实在太委屈两位夫人了。南城，你去请吧，新夫人一大早起来做了这么多的美味佳肴，九爷无论如何都不能辜负。"

她笑眯眯，尽是一副欢快讨喜甚至有点巴结奉迎的模样。

宫慈不觉皱起了秀眉，深深睇了一目过去。

这话，表面听来，没半点不恭，脆语娇词，还薄责九无擎，而替她们叫屈，并且带出了几分谄媚之色，可吩咐的语气，分明是一股子女主人的气势，一口一句"东罗"，一口一句"南城"，还轻语暗怪了九无擎没尽夫道，更生着几分类似长者叱后辈的口吻。

她妾身未明，有什么资格使唤九公子身侧的贴身，还"怪罪"了九无擎。

从另一个侧面来看，她这是故意在压她的气势：显摆着她和九无擎的亲近，而托显他与她们的疏淡陌生。

这丑丫头，她到底把她自己当什么人了？竟敢如此张狂？

尤嬷嬷一听这话，脸色再度一变：自打昨夜姑爷离了东楼起，就心头生了刺儿，现在又瞧见了这么一个没有规矩的小奴才，无名之火，就噌噌冒了上来，正想再斥上一句。

宫慈浅浅一笑，站了起来，红袖一拂，素手一拍嬷嬷的手臂，示意她别生气。

"你是何人？怎敢在九爷楼里吵吵闹闹？难道就不知九爷最喜安静的吗？"

一句话，不轻不重，却将自己摆到了女主人的地位上。

这女人果然厉害，寥寥数问，却是拐着弯地在逼她自报门路，压下嬷嬷。

如果，她回答：我是楼中的奴婢，见夫人不跪，就是藐视主上，必遭呵斥。

如果，她回答：我是爷的小妾，一则没名没分，二则妾总归贵不上妻去吧，妾见妻，就得跪。不跪就是失礼。总而言之，就是她理亏。

金凌睁着一双明亮的眼睛，下了最后一道台阶，弯弯一笑，却依旧不行礼：

"我是什么人，这得问九爷。"

"大胆！你怎么能这么和夫人说话！"

尤嬷嬷沉着脸喝叫，一张老脸满是浓霜。

金凌甚为无辜地眨了一下眼：

"这位嬷嬷，我只是实话实说而已，这也有错么？您若认为我是奴，我告诉您，其实我非奴，您若说我是主，不好意思，我也非主。究竟怎么个定位，我还真找不到准信。这事，得问爷。至于九爷是真喜欢安静，还是假喜欢安静，也得问九爷。依我瞧着，九爷其实颇喜闹的。夫人初来，可能还不怎么清楚。东罗，你说，九爷到底喜静的还喜闹的？嗯？"

这话，露着骄纵，更有叫板的味道。

宫慈皱了一下眉头，却没有呵斥她的放肆，仅用温中带厉的目光瞅了一眼看上去很难做人的东罗，轻笑着带了一句：

"东罗，九爷身边何时收了这样一个伶牙俐齿的小丫头，说起话来，当真是惊世骇俗得紧……"

东罗闻言，状似很无奈地点起了头：

"可不是，爷也是因为她这般能说会道，才将她留在身边解闷的。"

宫慈立刻饶有兴趣地追问了一句：

"哦，是吗？爷拿她来解闷？就不知怎么一个解闷法？她是懂琴棋书画，还是识了'四书五经'？"

"夫人见笑，她哪懂琴棋书画，又怎识了'四书五经'。就算她懂了，一般人的道行怎么可能是爷的知音？她的好处就是那张嘴。您知道的，公子常居于府里，日子无趣得紧，这丫头自底下上来的，说话做事直来直往，说的又尽是一些爷不曾听说过的稀罕事，因为侍过夜了，爷又觉得她挺有趣，便留她在房里帮着铺纸磨墨暖床，这些事，做得倒也勤奋。爷知道这丫头长得上不得台面，又很能犯事，故一直将她留在楼里，不许她出去玩闹。东罗明白：凭着这样的性子教养，夫人定是看不惯的，毕竟夫人是名门之后，但还请夫人看在爷的分上，一定得多担待一些。嗯，话说今日她确有点恃宠了，没有服侍爷起床也就罢了，居然还呼呼大睡到现在，都不晓得洗漱，就急匆匆跳下来嚷着要吃小笼包。即便这是爷昨夜答应了她给买的，也不该如此疯。是有点不像话！"

说着，他看向金凌，正色，责了一句：

"金儿，你在公子面前瞎闹也就罢了，夫人是夫人，别胡闹，若再胡闹，爷一定把你赶出房不让你侍候了。"

东罗这话，主要传递了这样一个信息：

她，小金子，乃是一正得宠的低俗玩具，没身份，爷若高兴能把她宠上了天，爷若不高兴，她便是跳梁的小丑，如此，才能在宫慈脑子里留下"草包"一枚、"不足为虑"的印象。

"喂,东罗,你先把这话说明白了?我哪里恃宠了?没事干吗又损我?说我疯说我傻的?待会等爷来了,我一定告状,说你又欺负我。"

她很积极地加以很配合,一把将东罗拖到边上,"疯疯癫癫"地低低嘟囔起来。

东罗见状,连忙压低声音急劝:

"喂,在夫人面前别再瞎闹。爷虽然惯着你,什么也依着你。你要风,给你风,你要雨,给你雨,你要入洞房见见新夫人,他许了你,让你进奉了夫妻'缘',可你也得适可而止呀。以后府里夫人管,你少骄横了,你要是肯乖一点,爷必定会给你安名分。你到底懂不懂?"

"哼,我不懂,我又没做错事!"

"你有,见到夫人,行个礼,你总会吧!"

"我见到爷都不行礼的,干吗见到夫人就得行礼?爷不说了吧,咱公子府没那么多规矩,大家和和气气多好。干吗非得磕头下拜的?何况,都是爷的女人不是?"

"喂,我说你怎么就那么笨呢?夫人是夫人,你是什么?你什么也不是。你到底还想不想晋升作小妾?你知不知道你现在的身份有多尴尬,又不是妾,又不是婢。若不是看你像我妹妹,我真是懒得提醒你。嘴巴甜有什么用,动动脑子呀!你真是蠢到家了!"

"你这是什么话?我哪蠢了,哪蠢了?爷一直都夸我学什么东西一学就会,你居然敢骂我蠢,我要去找爷评理去!走走走,评理去!"

她气咻咻地拉上东罗要往外去。

东罗连忙拉住她:"哎呀,我的小祖宗,您就别瞎闹了,给我安分一些吧!爷练功的时候,不喜欢被打扰,你想挨骂,你自个儿去,我可不陪你瞎胡闹。夫人啊,您得包涵,这丫头,是没规矩,回头,属下就报禀爷,让爷好好管教她!"

金凌这才噤声不语,脸上露了几分畏怕之色。

三

宫慈原本在想这奴才会不会有什么特别的能耐,瞅了他们这一番闹后,恍然明白原来这是一个不知道自己的分量几斤几两,只仗着无擎的宠爱在骄纵的蠢材罢了!

可是,九无擎那样骄傲的人,怎么可能对这么一个没有教养、没有学识、相貌又不堪入目的奴才上了心呢?

或者,他是故意的!

宫慈心头一动。

想到前些时候,这丑丫头可没有在府里,据说是叫人接出府去调养了,可自打她和岑乐离府回去准备婚礼,他调转马头,立即将人接进府,而且宠得这么厉害,分明就是针对她们而来的。

她想了又想,总结出一个结论:他不喜欢皇上的指婚,故意弄了一个丑八怪来显恩爱,打击她们。

尤其是当她听说这洞房内代表夫妻缘的汤圆,是这丫头奉了无擎的令特意送上的时候,心头更是"咯噔"了一下,一种心痛的滋味浮上来:那汤圆里的古怪,极有可能是无擎让人办下的。如此做，只是为了逃避与她的夫妻之事。

这丫头，是无擎整她们的棋子。

"小姐，这贱婢……"

尤嬷嬷大皱其眉，觉得不可思议，这世上哪有这么愚蠢的人，一时得了宠，就以为自己飞上了天，完全不知道天高地厚了。

温温静静的岑乐不觉掩嘴轻笑，低声细语道：

"我倒觉得她很是有趣。试问世族小姐，谁不受了规矩的约束，哪个敢这么直来直往。眼前这个虽然很没教养，可是很真。姐姐别和她一般见识。横竖也就是一个一条肠子直到底的憨人罢了！爷既然觉得她有趣，留着解闷，我们顺着也是应该的！"

宫慈原本还怀着气儿，这会儿发现自己竟和一个这样的人较劲，实在自降了身份，很是可笑，又听得岑乐温温娴娴地劝说，肚子里哪还藏得下气，遂轻一笑：

"我怎么会跟她一般见识，只是这丫头，真是太没规矩了！"

如今，她初来公子府，一时必不能服众，尤其是九无擎的身边人，实在不宜在这个时候和一个小丫头斗上。

还因为刚刚东罗说过的一句话，他说：因为她的性子长得像他妹妹，所以，他希望她乖一点，可以早日定了名分。

这东罗是无擎身边最受倚仗的心腹，如果他偏向这丑丫头，无擎或多或少又会对这丫头存几分印象，现在，她根基不稳，若因为这丫头，而得罪了这个东罗，可不是什么好事。他若生了那个坏心在外头挑一挑，无擎必然越发冷待她。

从诸个方面来看，她都没必要生气。

只有得到了无擎的宠爱，她才能真正在府上站稳脚跟，在之前，她无论如何都不能自毁前路。

如此思虑定，宫慈立即扬起一抹笑，将不快的情绪全部都忍下，高声叫了一声："东罗，你也不必责她。既然性子是天生的，再责也枉然。"

东罗舒了一口气，连忙道："夫人说得极是。"

宫慈见他态度恭顺，甚是满意，转头又打量了金凌一番，忽然发现这张脸，除了麻子多了一些，其实五官还是很耐看的，而且越看越有味儿，肌肤水嫩，身段漂亮，玲珑的黄金曲线，勾勒着女人特有的美，倒是很有"狐狸精"的潜质。想了想，她问了几句：

"对了，她叫什么来着？"

"还夫人话，叫小金子。"

"什么出身？"

"是歆主子陪嫁来的！"

"歆主子？就是东方家的小姐？"

"是！"

"怪不得这么没规矩！"

东方家就数这位小姐性子最野了，她是早有耳闻的，忽然之间，觉得这丑丫头会生了这种性子,是有根源的,本觉得疑惑重重的心,又放宽了几分。

她绕着金凌转了一圈,说:"这丫头,若能好好调教一番,倒也是一个不错的人儿,至少能哄得爷开心。瞧,这身子骨很不错,可惜出身不好。想要做妾,是有点不上台面。要不这么办吧,"她忽然站定说,"既然是爷的人,又得了爷的欢心,总得给一个名分,可你大大咧咧的性子总得管束管束,不如先到我房里侍候一段时间如何?等脾气改了,我便给你做主请爷上报上去收了做妾,省得这般没名没分,将来苦了自己!"

这话,明着是天大的恩典,实际上呢,不仅想拐着弯地想驯服她,还想不着痕迹地将她自九无擎的房里剔除出去。这算盘打得真精。

为此,东罗的嘴角猛抽了几下,忙道:"要是这样就太好了!"

南城努力眨眼,表示被"夫人"贤惠给折服了,马上应和道:"夫人真是设想周到!"

金凌忍着笑,决定将她的疯癫本色进行到底,极不识抬举地接上了一句话:

"多谢夫人美意。但我思来想去,还是决定不做妾了,做妾其实也没什么意思。不是那句老古话是这么说的么:妻不如妾,妾不如婢,婢不如偷,偷不如偷不着。既然如此,我要那名分做什么?"

宫慈的脸色,为之骤然一变。

尤嬷嬷也顿时老脸一沉,冲了过去一把抓住了金凌的衣襟,立即叱道:"大胆贱奴,你怎敢如此放肆!居然敢笑夫人不如了你?如此以下犯上,若不惩治,如何得了,还不给夫人跪下!"

"才不跪呢!我又说错什么话来了?我这是大实话,放手放手!你抓我干什么?你不放我咬人了!"

金凌继续装二愣子,一边嚷着,一边扯着那只抓着自己的虎狼之爪,正想咬下去,一声冷冷的利叱响了起来:

"尤嬷嬷,大清早的,你跑到我的楼里,抓着我的人,大吵大闹,这倚老卖老的架势,到底是谁惯出来的?"

喧哗的吵闹声被这冰冷肃杀的声音那么一镇,就好像夜色里,有人说鬼来了一般,本闹腾的人,一下生慌生静,全消停了。

是九无擎来了。

四

事实上,他已经来了好一会儿,一早将他们联手糊弄人的那些话全听了进去,心头很感慨,才几天工夫,那丫头就把东罗和南城给收服了,现在,这两个是铁了心效忠,与她一起对付宫慈。可笑这宫慈根本不知道自己被他们玩得团团转。

看到他们越闹越离谱,他跨进门去不由得喝了一声,自然是向着凌儿的。

尤嬷嬷感觉有一道犀利的眸光向她射了过来,哪怕背对着也觉心寒,不知不觉松了手。

金凌趁机逃开,提着裙摆飞跑到到九无擎身后,惊喘吁吁地直道:

"阿擎,这嬷嬷无缘无故竟要我下跪,我又没有说错什么,太可恶了!"

当着所有人的面，马上告状。

宫慈和尤嬷嬷顿变脸色。

一是因为九无擎的呵斥，尤嬷嬷德高望重，他却在叱她倚老卖老，完全不留情面。

二是因为这蠢丫头那火上浇油的话，明明是她在出言不逊，结果，还恶人先告状。

三是因为这蠢丫头居然叫九无擎作：阿擎。

宫慈真的被气到了。

尤嬷嬷也是，在大宅门内与人斗了这么多年，还从没有被斗倒过，哪能接受得了这样的诬陷，眼底蹿出两簇火苗子，疾步跟上，指着金凌的鼻子，冷叱：

"还在嘴硬……九爷，这种爱挑拨离间的贱奴，您怎么能收在房里任由她放肆……"

满肚子的愤怒被九无擎冷冷一盯，尽数被喝断了：

"闭嘴，我房里的人要是贱奴，那么请问尤嬷嬷，你算什么？"

"还有，大清晨的，跑到我楼里，大呼小叫，动手动脚，请问你这是向谁借的胆，又在耍谁的威风？"

"你家小姐才嫁进来，还没有接管公子府呢，你就想欺压我这个瘸子了么？来给我脸色看了是不是？"

"我告诉你，就算你家小姐当真接掌公子府，我红楼里的事，也轮不到她来管，何况是你，横竖你只不过是一件陪嫁过来的物件，若是这物件不顺手，告诉你，我随时随地都能把这物件废了。虽说九无擎被皇上禁足五年，但还没有沦落到人人可欺的地步！"

这些话，一句重过一句，把尤嬷嬷训得那是脸色惨白。

这老婆子连忙跪地求饶起来：

"九爷，老婢没这个意思，实在是这贱奴欺人太甚！"

"你给我闭嘴，打狗还得看主人呢，你们到底有没有把我放眼里？还在一口一声贱奴地骂？你若嫌她身份低下，本公子立马拟书晋升她做平妻，今日就成礼。本公子倒要看看，到时，谁是主，谁又是奴！"

这一句喝，顿令尤嬷嬷噤声。今日是小姐大婚第一天，九无擎若真这么做了，那她家小姐就颜面扫地，为了小姐，她蹭破老脸，忍。

宫慈看到自己的嬷嬷被如此呵斥，脸上好一阵难堪。

昨夜，他硬是狠着心出了她的丑，她几乎一夜无眠，早起做了这膳食，便是为了想博他高兴，不想，竟又闹得这般不愉快，满腔的委屈真是无处诉。

"爷，您也别怪尤嬷嬷，全是小金子太口不择言了，她刚刚说什么'妻不如妾，妾不如婢，婢不如偷，偷不如偷不着'，有点混了。"

就这个时候，东罗突然跳出来"主持公道"，令宫慈不由得投去感激的一目。

"喂喂喂，我这话怎么混了？这话又不是我说的，那可是先前我跟你家爷提到要名分时你家爷说的，我只是借用了一下而已。"

金凌理直气壮地抢白了一句，还拍了拍九无擎的手臂，示意他作证："这话是你说的，是不是？阿擎，你还记得当时你是怎么劝我来的：要什么名分，这婢不婢，妾不妾的，正合适你。有了名分，就得搬出去，你现在侍候在我房里不好么？阿擎这么厉害，说的话肯定是大有道理的。既然如此，凭什么东罗说我混了，我到底哪里混了？"

这一辩，她把所有责任全都推到了九无擎身上，用他的敷衍之词，彰显了她的愚蠢，可令她们生出那样一个错觉：和她斤斤计较，那根本就是一件丢人现眼的人。

事实上，的确起到了这样一个效果，通过这句话，宫慈顿悟了：原来他根本就没把她放在眼里，可叹她们居然还像傻子似的和她闹腾，着实有点可笑了。

她连忙驱上前，温温扬起笑，好似没听到九无擎刚刚那番怒叱般，搭上话道：

"哟，原来这是爷说的玩笑话，这丫头还真能胡乱套用，误会了，误会了，爷可别见怪。妾身的嬷嬷年纪大了，她老人家常在宫里教各宫秀女礼节，太过重规矩，见不得没规没矩、心直口快的，她呀，心性如此，并无恶意，你呢，也别动恼，这大清早的，有什么好恼的，回头，妾身会好好叮嘱嬷嬷的，绝不拿宫里那一套来要求府里的人，宫里总归是宫里，家里总归是家，这个道理，妾身知道。"

她自找台阶下了，心下清楚，这事，越闹对自己越不利。他怎么可能中意这么下三滥的奴才，如此针锋相对，自是故意给她使绊子呢，于是三两句就把尤嬷嬷逾越本分的事，大事化小，小事化了。

如此一顿，她装作从没发生过事一般，笑靥如花，似羞似腆地扶上手去：

"爷刚练完功，必定饿了吧，妾与妹妹一起早做了早膳，特意送来陪爷一起用早膳，很丰盛，过去尝尝吧，也不知合不合爷的口味？若是不中意，明儿妾身再换着做一些。"

九无擎没有给机会，如避瘟疫一般避开，没正眼看她，转头对金凌，态度并不和气，声音极度不悦地呵斥道：

"披头散发的成什么体统，回楼上把自己打理整齐了。东罗，你上去给我盯着她，看着她写完十张大字才准吃早点，要不然今天就给我饿肚子。"

"是！"

东罗应声。

金凌立刻拧起眉头，做出一脸惊骇状："什么，要写十张大字？那我中饭都没得吃了，喂喂喂！不行的，我肚子饿了！喂，东罗你放手！爷怎么可以这么不讲理，没吃东西，我怎么画字？喂！"

字明明是写出来的，她却说"画"字，一个字就将她的"蠢"清楚地凸显了出来。

她拼命地叫着，却被东罗往楼上拖了上去。

上去之前，她用余光扫一圈，经过他俩这么一唱一和，不管是宫慈还是岑乐，或是尤嬷嬷，再也不可能将她当回事了。

待他们走上最后一级台阶，她故意又鸣叫了几句表示抗议，东罗见状，忍着笑，凑过来说了一句"主子，您装疯卖傻起来，真牛！"她咬着下唇，无声地笑了一个，低低回了一句："咱彼此彼此！"

话说，九无擎也很牛，很默契地配合她把她们给耍了。

她没有马上回房去梳头，而是坐到了台阶上，打算看看九无擎如何将她们遣走，听听他想跟她们说什么。

很快，楼下传来了他们的说话声。

宫慈说："爷，这是妾熬的粥，很养胃，您坐下吃一点吧！"

岑乐说："爷，这是妾做的水晶包，您尝一个吧！"

这两位都在极尽所能地献殷勤。

金凌听了一会儿，正自琢磨着他会不会消受这美人恩，那家伙冷冷的声音就响了起来："你们不必忙活了，我已经在练功房吃过了。现在吃不下。趁你们都在，有一件事，我得说明一下：那就是，以后你们不必早起给我做膳，这些事，自有府中厨子负责。"

"那哪成？"宫慈马上持反对意见，"皇上吩咐了，令妾身好好侍候您的呀！"

九无擎马上冷笑了一声：

"宫慈，如果你够聪明，就别拿皇上来压我。府里的大小事务，我可以让你和岑乐接管。但请你们记住一件事，我的楼，麻烦你们别再来踏足半步。我不喜欢别人扰了我的清静。把这些都给我撤了，马上离开这里！"

听到这句话，金凌微微一笑，很高兴他和她们划清了界线。

下一刻，宫慈大惊失色地叫起来，声音是战栗的：

"无擎，你这是什么意思？成亲才第一天，你就想把我们贬了吗？"

岑乐也局促地叫了起来："爷，我们……我们做错什么了？若我们做得不好，妾身与姐姐自会慢慢改过。"

"这不是好不好的问题！"

他淡淡地打断，一字一顿，沉着有力地传上楼来：

"你们心里也应该有数，无擎是奉旨娶你们，绝非出自真心，虽拜了堂，但这世上，形同陌路的夫妻大有人在，而我九无擎，本是怎样一个人，你们在嫁过来之前就已清楚，也应该早有心理准备。所以，即便再如何委屈，你们也只能认了，我只希望日后我们可以相安无事地在楼里各过各的富贵日子，尽量别给对方找麻烦。我若有了麻烦，你们就别想有好日子过。今日，我言尽于此，你们且好自为之。南城，送她们回去换衣裳，然后让人备马车，该进宫叩谢圣恩了……"

待说完最后一句，金凌听到他往楼外走了出去，宫慈和岑乐一并追了出去。

楼上，金凌盘坐在地毯上，一边想象着宫慈被气绿脸的惨样，一边用胳膊肘碰碰身边的东罗，问："哎，有几件事，我很不明白呀，皇帝老儿为什么逼婚？他们两个人到底有什么利益冲突？还有，皇帝选宫慈做九无擎的妻子，应该不仅仅是因为她生得聪明这么简单吧！这些事，你知道多少，来来来，快和我说说，知己知彼，才能百战不殆。"

东罗听着，不觉低低一笑，很高兴啊，这一次夫人失忆，对于爷来说，真是一件好事，否则，这丫头怎么会这么急巴巴地想来了解她曾经恨之入骨的人。

嗯，他自然愿意一点点地帮她解读他的主子，他盼着她就此深陷下去，彻彻底底爱上爷，这样一来，以后，她恢复记忆了，也就恨不起爷了。

愿有情人终成眷属，是他现在最期盼的，于是，他开始娓娓道起爷生平的那些富有传奇色彩的事迹，此时此刻，他尽挑好听的说，以加强巩固爷在她心目中的形象，这是必需的。

第二十三章 "意外"怀孕

一

红楼外，九无擎骑马，带着两个新妇往皇宫赶，路上，他是一个劲儿地狠打喷嚏，背上有点发毛，总觉得此番进宫会有事发生。他清楚地知道昨夜他没有跟宫慈洞房这件事，肯定会惹恼皇帝，虽然凌儿用药很谨慎，能令太医检查不出任何异样，但拓跋跃的疑心很重，肯定认为这事是他暗中策划的，今日进宫，那人必然会刁难他。

他猜得一点也没错，进了宫门，他就接到了顺公公传来的一道圣意：令他领上两位新妇先去未央宫门口叩谢九贵妃大恩。

他抗旨了，打倒了几个御林军，怒火冲天直闯御书房。

到了御书房前，周统领领一众高手再度将他拦下，又传达了皇帝一道口谕："九爷，您就先去未央宫外叩个头再来吧！"

九无擎冷冷瞪着那书房门，拂袍跪下，寒着声音道："那无擎便在这里跪着吧！一切等皇上见了无擎再作定论！"

半个时辰后，皇帝还是单独召见了他。

九无擎跨进御书房时，就看到皇帝直直地站着，就像屹立不倒的大山，那一身明黄的龙袍，穿在他身上，是何等的威武，犀利的眼底，则尽是予取予夺的狠戾之色，阴沉沉，犹如暴风雨来临之前的天空，在见到了他进来以后，重重地拍了一下龙案，喝了一声：

"九无擎，你的豹子胆又生出来了，是不是！居然敢和御林军动手？你想造反吗？"

不得不说，拓跋跃是厉害的，他太知道他如何才能激怒他，轻易就能往他身上套这么一个诛灭九族的大罪。

九无擎压着心头的怒，行了一个臣子之礼，忍耐着反问：

"皇上，您又想给无擎套这欲加之罪么？"

皇帝马上厉声喝断："如果你自认无心造反，那就马上带你的新妇，去叩头，以示你耿耿的忠心！"

原本这不是一件大事，但触到的却是他的底线。

九无擎沉默了一下，久久不语，好半天才挑起下巴，一字一顿地吐了这么一句破釜沉舟式的话：

"忠心不是这么表的。您这是在逼我做一个孽子。皇上，您若想把她气得活着没一天舒坦日子过，死了也得不到半刻安宁的话，那无擎便依您的意思，马上就去未央宫，等到了那里，无擎会第一时间选择撞死在未央宫宫门上。这便是无擎的决心。至于忠心，等无擎下辈子转世投胎了再来讨论……"

皇帝脸色一变，大怒："你……你敢威胁朕！"几步过来凌空一脚，便将他狠狠踹了出去。

九无擎借力稳住，依旧跪于地上，只是发丝脱落了几束，喉咙内发出一阵低低的惨笑声，大大方方地承认道：

"对，就权当是威胁了！"

"你！"

但九无擎没给他有机会说话，再度大声喝叫：

"皇上，无擎若一死，太子殿下一定会第一时间知道所有秘密，无擎会在阴曹地府里等看你最后如何收拾残局，再看你还怎么保全了曦儿的太子之位。你的四儿野心之大，可能超乎你的想象，如果无擎死了，你又怎么在短时间内建起一支忠心耿耿的势力辅佐曦儿上位，成全他的锦绣前程。"

"你！"

明黄的影子再度一闪，皇帝忍无可忍一把揪住了九无擎的衣襟，重重地拎起。

九无擎弯着唇冷笑，傲然对峙。

一双虎视眈眈的豹眼，似想在瞬息之间将猎物撕碎；一双是凌空掠夺的鹰眼，挟着不可捉摸的凌厉之势，欲在豹口腾飞。

"无擎不会去未央宫的。皇上，她若是醒着的，看到无擎娶了两个女人，无须你动手，她就会第一时间劈死无擎！

"她说过，她的儿子，不许三心二意！不许妻妾成群！不许欺凌女子！无擎什么都没有做到！你还想让无擎带着她根本就不承认的儿媳去拜见她，想叫她来承认她们的身份吗？

"不可能！哪怕你斩了无擎也绝不会去。无擎原就活腻了，这几年，因为她，因为曦儿，无擎才苟且活着。你若非得把事情做到这个份上，成，你杀了无擎吧！无擎早就生无可恋。"

他决然闭眼，任凭其裁决。

皇帝的呼吸声很粗重，他扯掉了九无擎的面具，狠狠甩了他一记耳光，将人踢了出去：

"滚！三个月内，她们若还是处子，你就不必再进宫见朕，半年之内，若没有喜讯传出，那整个公子府就等着喝极乐酒！九无擎，你给朕记住，朕会让绮姑姑安排好你每夜的寝事，到时你若不碰她们，后果自负！"

一阵狂怒的低吼，皇帝拂袖而去。

九无擎从地上爬起来，弯出一抹冷冷讥嘲的笑，为了留他在龙苍，这人还真是无所不用其极，无耻到了极致。

他深吸了一口气，没有大怒，而是咬牙将这份屈辱咽下，总有一天，他会扬眉吐气。现在的拓跋跃，是强弩之末，属于他油尽灯枯的日子，就要来临了。还有三个月时间，在他想要除掉他之前，他一定会给他一记迎头痛击，击得他从此再也站不起来。

二

这天，宫中夜宴，宴罢回府后，绮姑姑开始掌管起九无擎的寝事。

当九无擎拖着一身的疲惫，打算回红楼歇息，被刚刚从宫里派下来的姑姑拦了下来，很尽忠职守地提醒一句：

"爷，西室的浴汤已经准备好，侧夫人的药浴也已熬好备用着，今夜请爷到西室歇下！"

九无擎皱眉："明天吧，今夜我累了！"

"不行，皇上有吩咐下来，今夜您必须在东楼过夜！请爷别为难奴婢们了！"

绮姑姑携着一批奴婢"唰唰唰"地跪下。

九无擎沉默了一下，回头瞄一眼岑乐——他的另一个新婚妻子那脸上泛起的异样红潮，没有再说什么，转道去了东房。

岑乐脸上一阵臊然，匆匆和宫慈道了一声别，带着婢女疾步追了过去。

隔得不远，就是红楼，金凌倚栏而望，正好看到了这一幕，她"啪"地把窗甩上，眉心皱了起来，想到了下午时分宫里传来的那道显得有些无耻的消息：皇上派了一个姑姑下来，专门来管九无擎的寝事。说什么三个月内，必须得传出怀孕喜讯，否则，整个公子府就得一起吃极乐酒。

据说这不是杜撰，而是千真万确的事。

看样子，今天晚上九无擎必须宿在东房。一想到他要和别的女人共处一室，她就浑身不舒服，脸上那是一片乌沉沉，悻悻地喃语了一句：

"九无擎，你要是敢失身别人，我就敢阉了你！"

送水果进来的东罗听到这话，不觉忍俊不禁。他闻到了一股浓浓的酸味，而且醋劲，可不是一般的大呢！

"不行，我得想个法子解决掉她们。"

她的男人，谁都别想，她在屋子内来来回回踱了一会儿步，终于想到了一个一劳永逸的法子，只是实施起来，她有些吃亏，管他呢，只要管用就行。

三

宫慈有些认床，这一夜，她独自睡在喜床上，翻来覆去地睡不着，想着这些年来和无擎走过的岁月，想笑更想哭，曾经，他们好过的，可现在，他待她冷若冰霜，处处给她难堪。她怅然，无比怀念他曾经的笑脸，就这样躺在那里，想着，念着，追忆着，也不知最后是怎么睡过去的。

后来，她被一阵嘀嘀咕咕的说话声吵醒，是采儿和霜儿在门外说话。她细细听了一下，才知道原来是无擎睡到刚刚才离开西房，绮姑姑亲自验收了贞帕，他和岑乐圆房了。

她听着，既羡慕，又难受，同时，又看到了一些曙光。昨天皇上向他施压，他想和她们做名分夫妻是不能了，既然他能留宿西房，隔几天，他必会来东房。她与他的关系，总能得到缓解的。这么一想，她的信心又回来了。

一直以来，她就觉得世上任何事都难不倒她，既然她能让素来冷酷无情的皇上视她为亲生女儿，想要得到丈夫的欢心，自也不是难事。因为她是宫慈，是镔京城的第一才女，因为她与他有很多地方是共同的，这世上，能配她的只能是他，能嫁他做正妻的也只能是她。

宫慈这么想着，喊来了嬷嬷和奴婢，属于她的忙碌就开始了，今天，她会接掌公子府，从此，她就是公子府的夫人，她相信，公子府不会衰败，只会一步一步走向繁华。

等吃好早点出来时，岑乐来了，一脸的红光满面，带着少妇的羞涩，陪她往前面去。刚刚管家来过，说全府的人都已经集合完毕，九爷和十爷都在前厅了，就等她们去接掌公子府内务大印了。

才到前院门口，宫慈就看到刘姑姑沉着一张脸带着四个孔武有力的老姑子、四侍卫往这边来，这刘姑姑是昨儿个皇上刚从宫里拨下来了，会武功，皇上的意思，她懂，皇上是怕她在公子府吃亏，她就把她留下了。现在，她这一副怒气冲冲的样子，这是想干什么去呀？

身边，尤嬷嬷问了起来："这是怎么了？谁恼上你了？"

刘姑姑先行了一礼，而后一脸怒容回道："夫人您是不知道，全府的人都来了，就差了红楼那小妖精没到。今儿可是您的大日子，皇上吩咐过的，任何人都得来给您叩头，奴婢现在就去把那妖精给带来。"

宫慈一听，立刻就觉得不妥，这不是跟无擎叫板么，忙道："算了，不差她那个头！"

"怎么能算了，这是皇上的圣旨。今天，她无论如何都得来给您见礼。夫人，您先去前面待着，奴婢立即就把人给带来！"

这刘姑姑哪里听劝，匆匆别过。

宫慈皱了皱秀眉，叫了几声，没把人叫住，只得先往前面去，心里想着，这也就见个礼的份，到时，她不为难她就是。再说无擎老惯着她是不行的。该有的礼节是不该少，就没有阻止。

前院，两百多众奴婢身穿青灰两色系奴婢衣饰，整整齐齐排列在厅前的院子里，婢女们排列于前，家院侍从们站列于后，众个床姬赏座在厅室内，床姬们的侍婢皆侍立于其身后。

见到她来，奴婢们行了跪礼，床姬们一个个福了一个大礼，她笑得雍容大方一步步走到首座前，九无擎正坐在那里喝茶，没拿正眼瞧。

她没往心里去，笑吟吟行了礼，他才挥了挥手让她往边上坐下，示意总管训话，训完后，总管恭恭敬敬捧着一只玉匣，几本账册一串钥匙放到了案上。

九无擎瞅了一眼，拿了一本账本，随手翻了几页账页，"啪"拍在桌面上，淡淡叫了一句：

"宫慈！"

成亲两天，他几乎没叫唤过她，如今开出口来不是称她"夫人"，而直称其呼，语气极疏离。

宫慈心下颇难受，但还是微笑起身，站到他面前，施施然行礼：

第二十三章 "意外"怀孕

"爷！"

"公子府的全部家当皆在这里。今日我奉旨全部交给你，但愿你能担得起这个重担，不会辜负皇上的厚爱！"

他的语气挟着讥讽。

是"皇上的厚爱"，而不是他的。

其中的意思，完全两样。

宫慈心头苦笑，脸上依旧笑若春风：

"是。妾身定为公子府鞠躬尽瘁，死而后已！"

他将东西抓起一送，她双手一托，接过，就此真正成为了公子府的女主人，底下奴婢再度下跪，"向九夫人请安"之声随意响了起来。

就这时，底下，有人传了一句话过来："刘姑姑来了！"

当宫慈转过头瞧见刘姑姑带着两侍卫拖着小金子走过来时，心头惊了一下，因为小金子的情况很狼狈，额头磕破了，双手擦破了皮，身上呢，穿的只是一件寻常的青衣奴衣，太小，穿得很不合适，前襟还被撕破了，一头黑发一团凌乱，脸色苍白，怒气冲天的。

她第一时间瞟了九无擎一眼，戴着面具，看不到表情，但目光比刚刚又冰冷了几分。

"刘姑姑，这是怎么回事？"

刘姑姑先行了一礼，才解释道："是这样的，奴婢奉皇上之命将小金子带过来给您行礼。不想，这妮子死活不肯来，奴婢只好将她强行带了过来。"

说到这里，她抬头看向神情寂寂的九无擎，恭敬道："九爷，奴婢出宫时，皇上曾传了一道口谕说：但凡是服侍过九爷的床姬，日后都得到夫人那边报到，受调教后再行议名分问题，啊。"

回禀声突然变成了惨叫声，所有人都看得分明，就在刘姑姑说话那一会儿，稳稳坐着的九无擎狠狠拍了一记桌案，将手边刚沏的茶水一股脑儿往刘姑姑身上泼了过去，茶水烫得她尖叫，而飞去的茶盏则打破了她的额头，顿时血流如注。

下一刻，他目光深深发寒地站了起来，喝了一声：

"刘姑姑，你倒是越来越有能耐了，是不是？在我公子府，你竟敢越过我直接就往我房里拿人。你这双狗眼里到底还有没有我这个九爷？来人，把刘姑姑拖下去，重打三十大板！"

刘姑姑面色一白，怎么也没想到九无擎竟敢伤宫里派下来的，在看到东罗和南城应声赶了过来以后，情知这不是开玩笑的事，连忙跪地叫道：

"奴婢不敢！奴婢只是奉皇上之命……"

"你奉了皇上之命，就敢越过我了，是不是？你当我的红楼是什么地方了？你当我九无擎是什么？想进就进，想拿人就想拿人，我还没死呢，你们想越俎代庖，等我死了再说，东罗，拖下去立即杖罚！"

声音极度冰冷，完全没有半点回旋的余地。

"是！"

东罗应声，将人反手押着往外拖出去。

刘姑姑到底是宫里的老人，见过世面，虽吓得面无人色，可还想据理力争："慢着，九爷，您不可以草菅人命，老婢办的这是公差。为了一个小小奴婢，您这是想和皇上对着干吗？"

的确，这一打，打的是皇上的脸面，是对皇上的大不敬，为一个小小奴才，实在犯不着。

东罗和南城明白这里的道理，没有强行将人拉走，等待主子发话。

九无擎一步一步走了过去，当着所有人的面，两个巴掌，打飞了那两个押着金凌的奴才，将脸色奇差、额头被碰得青紫的她揽进了怀，当着所有人的面，细细查看了一下那伤口，才将目光重新落到刘姑姑身上，淡寡寡地落下一句话：

"你错了，无擎怎会跟皇上对着干？无擎向来最尽忠职守。皇上让我去打仗，我便去打仗，皇上要我交兵权，我便交兵权，皇上要让在这公子府里休养，我就寸步不离，这一回皇上要我早些为公子府诞下小世子，我自然就得早点生。可你居然想害我完不成皇上交代下来的公差，阻挠公务，这是不是就有点死有余辜了？"

刘姑姑愣了，这什么跟什么呀，带着哭音忙解释道："老婢怎么就阻挠公务了？"

"小金子怀了公子府的小世子，而你呢，不仅惊扰她，还胆敢伤她，整得她满脸都是伤，请问，她肚子里的孩子要是有一个三长两短，本公子如何向皇上交差，你这不是阻挠公务是什么？"

一声呵斥，惊呆所有人，同时，原本脸色惨白的小金子就在这一刻，双眼白了几下，不知道是不是因为受到了惊吓竟当场晕死了过去。

"小金子，小金子，你看看，你看看，他们母子要是有个万一，刘姑姑，你就等着陪葬。"

九无擎怒叱了一声，一把抱起她，丢下一大堆呆若木鸡的男男女女，往后院疾行而去。

宫慈如坠冰窟，一脸的难以置信：他竟让她怀了他的孩子？

这怎么可能？

她以为，这是九无擎故意玩的把戏，昨天，皇上才下令，公子府必须在半年内传出喜讯，今日侍候他的女奴就怀上了，怎么可能有这么巧的事？

结果，御医诊断出来的结果，令她寒透心肠。

张太医说："已怀了一个月的喜脉，只是不太稳当，大有滑胎之相，需好好调养。"

这喜脉是在红楼上诊看的，当时在场的人有九无擎、宫慈、岑乐、尤嬷嬷、绮姑姑、东罗、南城，就这天下午，太医受皇帝之命而来，皇帝听说公子府的一个侍婢怀孕，表示有点意外"惊喜"，特意令两个太医带了补品过来慰问，顺带看看胎脉。

谁料，这不是作戏，竟是真的，宫慈听得这消息后，脸色惨白了好一阵子，但很快，她就回过神来，第一个走上来，落落大方向九无擎道喜：

"恭喜爷，爷身边侍过这么多人，这还是第二回怀上的。瞧瞧，皇上多关心这孩子，送了这么多珍贵的养胎滋补品过来。爷，既然这丫头已经为爷怀上，理应是要嘉奖的，早日正了名才好，然后再拨个园子，派几个丫鬟嬷嬷跟着好生服侍。爷，之前这丫头不是求过你名分么？这番你若不给，那可就有点说不过去了。小金子你说是不是，前阵子，爷与你说的不婢不妾正合适你的话，铁定是逗你的，这番你合该为自己求一席之地了……甭怕，今日爷高兴，你若求啊，他必应；若不应，也太没良心，连我也看不过去了，到时一定替你做主。"

这番话，说得那是滴溜溜的圆滑，笑侃得又是那么的自然，外眼人看来，这位新夫人，那可是真真的知书达礼，贤良淑德，堪为贤妇之典范。

可是，以金凌看来，这女人只不过借机想将她从红楼里踢出去罢了。诊脉的时候，她是醒着的。

当然，不用她开口说话，便有人替她回绝了。

"暂时不定名分，等孩子生出来，若是男孩儿，我便直接上奏皇上立为平妻，这样日后也不用劳驾你来带孩子了，若是女孩儿，便立做妾，再另拨丫头服侍。至于现在，不必急着将她自我房里带出去。她胎气不稳，我懂医，自己守着就好，反正我也闲着在府里养病，日后这些汤汤水水，我自己会留心。"

一般京城的大户人家，男子多半都有三妻四妾。

所谓三妻者：正妻、平妻、侧妻，因为正妻和平妻，几乎可以平起平坐，一般家族为了家中和睦，很少立平妻，以此来巩固正妻的地位，至于侧妻，只比一般的贵妾尊贵上那么一级。

今日，九无擎落下这样的话，却是要给一个下等的奴才这么一个至尊至贵的名分，这对宫慈而言，可是一记天大的打击。

按着一般的规矩，妾室生养的孩子都得奉元配夫人为嫡母，自小会寄养于元配名下，可若是立为平妻，其地位和正妻所差无几，故平妻所出，会由生母自行带养。他这是有意让一个奴才骑到她头上来撒野，而且还当着这么多人面说这话，这还让不让她活了？

边上，尤嬷嬷忍不住打抱不平了一句：

"爷，这恐怕于理不合吧！"

"只要她生的是儿子，这个名分，我自会给。宫慈，你说，我能给还是不能给？"

他抬眼，沉沉盯了宫慈一眼，语气很重。

宫慈只好强笑一个："爷说给，那自然给！"

"嗯，那就好，各自散了吧！小金子需要休息！"

他挥手示意她们退下！

宫慈只好带着一众人告退。

待他们走远，听不到声了，原本躺着的金凌"噌"地就从床上坐了起来，咻咻咻地笑，笑得眼泪都要出来了，心情特别特别的好，觉得刚刚自己故意摔的那一跤，摔得特别的值。

那老不死的不是要逼九无擎去当种马么，还说什么半年内就得给他生出一个小世子来，行啊，那她就立马整出一个来。她可是打听清楚了，圣旨没说谁给他生。

假怀孕这个法子，虽然只能解燃眉之急，但是也不失为一个好法子，本来她是不打算走这极端的，没办法，她是被昨儿个他夜宿东楼的事给刺激了，就决定来个釜底抽薪，一早，她让东罗通知九无擎今儿个得如此这般地行事，因为直觉告诉她：今儿个皇帝派下来的什么姑姑会来找她麻烦，在这样一种情况下由九无擎亲口宣布她怀孕，能很好地解决掉他们的麻烦。而最终，他同意了她的提议，和她一起完美地演绎了这出戏。

此刻，九无擎就倚在边上，那刚硬的唇线，因为她的笑容，不由自主地弯了起来。

之所以决定实施她这个计划，有两个原因，一、他需要有一个合适的理由，不再踏足东楼；二、今早他收到了拓跋曦送来的一份大礼：一个寒玉匣，匣中放着三味灵药，只要再集齐最后一味，就能治好他的身子。

也就是说，现在的他，绝对有希望健康地活下去。

"金儿！"

九无擎神色复杂地站到了她面前，一副欲言又止的模样。

金凌止了笑，抬头瞅他："是不是觉得我特别的不要脸，居然连假怀孕这种事也愿意做？抱歉，我就是这样一个人，认定的事，会不顾一切。不像某些人，明明喜欢还要装作不喜欢。但这种不顾一切，也是有原则的，九无擎，我只给你三天时间，过了这三天，你要是还打算推开我，从此，咱们楚河汉界，分一个清清楚楚。我不是那种喜欢一个人喜欢到可以为他丢掉所有尊严的女人！"

"我知道你不是。"

他点了一下头，她从来就是一个骄傲的女子。他张了张嘴，想告诉她：他的确是喜欢她的，可是话到嘴边了，又咽了回去。一旦表白，就意味着会将她彻彻底底扯进西秦的政治斗争当中来，这会陷她于危险。

他想了又想，只觉心怦怦乱跳，想说的话到底还是被压了下来，只低头吐出了一句：

"明天晚上，我会给你一个交代！"

至于现在，他得去好好理理思绪，寻一个两全齐美的法子。或者他该在向她表白以后将她送走，以确保她的安全。问题是，到那时，她还肯走吗？

依她的脾气，肯定不走，所以，这事还得从长计议。

他皱了一下眉，走了出去。

四

东楼，东房，明媚的春光自宫慈脸上渐渐隐了下去，一抹不能尽言的苦涩浮在她脸上，她无力地跌坐在扶手椅上。

"姐姐，别难过！"

岑乐轻轻地劝着，上去扶着她的肩，嘴上这么劝，其实心里一样难受得紧。

"是啊，小姐，别难过，她能生，你也生得。有什么了不得的。再说了，她生的永远只是庶出，您生的可是不折不扣的嫡子，将来是可继承父业的。"

尤嬷嬷愤愤冲着门外低叫："总能压倒她的！"

"嬷嬷你傻了啊，皇上只说公子府半年内必须传出喜讯，并没有指明非得由我和岑妹妹生。如今这个小奴才怀上了，他正好拿着那种交差，日后，只怕他是再不会来东楼了！"

宫慈惨笑一声，漫天而来的尽是一种有心无力的挫败感。

尤嬷嬷变了一下脸色，马上安抚道：

"小姐，别急别急，您没听太医说啊，那块肉长得不牢，那只狐狸精又是生性爱乱蹦乱跳，保不住哪天就没了呢！到时看爷还如何护着她？"

岑乐在听得宫慈的话后，顿时心乱如麻：

要真是这样，昨夜自己受的委屈，算是白白付之东流了！

难道自己就真没有机会了吗？

这清白之身，平白无故就这么毁了，却只能打落牙齿肚里吞？

如今，所有人都以为她是他的女人了，可他连碰她一下都不肯。

平静的心，突然疼得厉害。

五

很快，九无擎的小女奴怀孕的事，就像东来的春风，吹出了公子府去。

玉锦楼，玄影把这消息传过去时，龙奕再没法子吃下手中的点心，原本笑盈盈的脸孔，沉得乌云密布。

"多大？"

"一个月。按时间算，差不过这个时候。"玄影说，"九无擎已发出话来，只要这胎是男的，就立她为平妻。"

"平妻？"

龙奕咬牙拍桌，"啪"的一下，将满桌子美味佳肴掀翻：

"她连做我正妻都不肯，怎么可能乐意做他的平妻？"

玄影看到少主如此激动，想了想又答道："刚刚得到消息，小金子生了一场大病后，似乎和以前有些不一样。"

"怎么个不一样？再如何不一样，她还是她，她的本性不会改变。她要是心甘情愿的话，那她就不是她。必是那九无擎拿了她什么要命的东西要挟她。不行，我一定要将她救出来！"

龙奕狠狠将脚下的一只肥鸡给碾烂，往门外而去。

玄影急着叫住："爷，您怎么进去？打进去？您凭什么打进去抢九无擎的侍妾？而且还是一个怀了身子的侍妾？您别忘了域主就在鎏京城内，您要是横行，他正好拿了把柄治我们！这样一来，我们之前的一切努力就前功尽弃。"

拔腿出去的龙奕立即顿住了脚步。

"而且，就算要去，也得晚上去！现在去，那就等于给自己添乱！"玄影追过去，"再说，现在您急也没有用，再急，她若真怀了，那便是逃不掉的事，若只是做戏，那么，您现在急，那是白急。"

龙奕现在的确很急，前夜里，他曾借着九无擎大婚，跑去红楼小院找过，可恨没找到。他哪知道，那天，他四处寻找的人，就在他找去的那个时候，拐着东罗出来闹了一番洞房，后来又去厨房偷吃，最后则关在酒窖吃酒，时间上生生就与他错开了。等闹洞房的人离了红楼小院，整座小院再不开放让外人进入，被严令封禁起来。他呢，正巧得报说域主到城外，要他携着两位公主去相迎。虽百般不情愿，但他还是去了。

这一去两天，才回来就听报了这样一桩惊天大事，真是快把他气死了。

"那就晚上去！"

他悻悻地叫。

与此同时，晋王府也得到了消息。

"爷，查到了，那天晚上你见到的那位叫金儿的姑娘，是上个月九无擎蛊发时侍寝的女奴。也不知这九无擎是不是眼光有点不同于常人。据说那个生得极丑的姑娘侍完寝后，并没有被遣送回红妆阁，而是被他直接抱回了自己住处，第二天又让人送出公子府去了别馆调养身子。九无擎成亲前几天，他才令人将这女人重新带进公子府，并且还纳在房里服侍，很得宠。可能这女奴的体质异于常人，侍寝那日九无擎的毒精并没有害了她的性命，反而令她怀上了。刚刚公子府传出消息，宫中两位太医都曾亲自看脉，一月的身孕已经不用质疑。"

拓跋弘沉默。

这个金儿是他大婚前几天才回府的，而凌儿呢，也是在大婚前几天叫人从他手上带走的，于时间上而言，这事极为吻合。

金儿极有可能就是凌儿。

大婚那天，他去过公子府贺喜，也见到过那金儿，第一眼，他就觉得那双狡黠的眸子是如此的似曾相识，只要将那眼神和公子青的一比较，便可以对上号，可是公子青怎么会成为东方若歆的陪嫁女奴转而进入公子府的呢？

还有就是，九无擎能轻而易举地就将她从他手上抢了回去，这说明什么，九无擎深藏着的势力之大，能令人毛骨悚然。

与此同时，墨景天也得到了消息，另外，他还得到一个消息，上面只写了四个字："渐可收网！"

他眯以一眸，一笑，将纸化作粉末。

与此同时，宫里，皇帝得到了太医的回禀：

"怀孕初期，脉象颇弱，是真怀孕还是假怀孕不得而知。按理说，九爷蛊发的时候，身子最毒，很难让人怀上，但那小女奴的体质甚为奇怪，似中过奇毒，已解，如今的身子，一般的毒，伤不了她，也许因此而受孕也不一定。"

皇帝以为但凡发生在九无擎身上的怪事，都不能等闲视之。

"那女奴是东方府来的？"

"是！"

"马上查！"

"是！"

与此同时，城外，凤烈也得到了消息，平静的脸孔渐渐酝酿出一团咄咄逼人的风暴，他狠狠地砸尽了房里的物件。

一个白裙兰花的女子走了进来，冷眼看着房里满地狼藉，淡淡道：

"如果觉得心痛，就应该加倍地在他们身上讨回来！为你，更为你娘，把该属于你的通通要回来。烈儿，她已经失了记忆，再不是那个高不可攀的金凌公主，你不是喜欢吗？江山和美人，都在眼前，按着计划行事，江山可得，美人也可抱。"

"兰姨，您还好意思激我？您怎么可以把她害成这样？怎么可以？"

凤烈恼怒而视。

"为什么不可以？你也不想想当年是谁害了你们母子三人？是谁？"

兰姨扬高声线，凤目一厉，射出凶光，那里止不住尽是恨意。

"这事与金凌有什么关系？您不该殃及无辜！"

声音同样不可妥协。

"她无辜吗？她若无辜，当年你母亲不是更无辜？而你们兄弟二人，一个夭折，一个流亡，又是何其的悲惨？这笔血债难道不该讨还吗？对极，也许她是无辜的，可谁叫她自幼配给了玲珑那个毒妇做了儿媳？你自己说，凭什么你们母子三人闹得家破人亡，她玲珑九月就可以在九华的大沧国做高贵的镇国公主，生养的孽种居然还被赐婚于皇太女？凭什么？凭什么她能忘了龙苍的一切，在别国安享太平盛世？"

兰姨痛恨地一拍珠帘，气得浑身发颤，想起这二十几年前的种种往事，一切恍若昨日，那年复一年积累的仇恨如积冻的霜雪，只有加厚，无法消融。

"兰姨！"

眼前的女子有着尊贵的地位，凤烈所认得的兰姨永远是温声细语的，从不曾如此狂怒过。他震惊于她藏心之深，微一怔，稍敛怒气，而后，神情复杂地看着这位给了他如今这一切的亲人，关于自己的身世，他到今日才清楚明白。

"别叫我！如果你还有那份孝心，如果你还想得回你的江山，如果你还打算抱得你的美人，就按我的部署行事。要不然，江山会成为那女人儿子的囊中物，美人会成为那女人儿子的美娇娘。那个女人不仅会在西秦国风风光光，她更会在九华国内光耀万丈。倘若这就是你想得到的结果，你大可以继续任性妄为下去。"

兰姨怒声呵斥罢，语锋急转，寒目而视道：

"如今你已知未央宫里住的就是玲珑九月，那你就该清楚九无擎的真正身份到底是谁了。凤烈——拓跋刚，兰姨问你一声，你就甘心看着他夺了你的江山，然后，拍拍手，再跑去九华做他唯我独尊的皇夫去吗？从此春风得意，从此双脚踏青云，从此站于制高点享尽人间艳福，你肯吗？你肯吗？你肯吗？"

三声"你肯吗"，喝得便如天际乍响的春雷。

凤烈闭了眼，深吸一口气，心头也是怒气冲天，他没料到燕熙不仅没有死，竟还如此强大地存在于西秦皇室内。他更没有料到当年的月姨与自己有着如此深仇大恨，是他所有痛苦的开始，想起曾经的种种，他一咬牙，点头：

"好，我听兰姨的！不管您让我怎么做，我都答应，前提是不许伤害金凌！"

与此同时，有人匆匆走进茅庐，把这事禀了上去。

灯下人轻轻笑："是吗？一次就怀上了？肯定是障眼法。"

"属下也觉得是！"

"肯担着风险玩假怀孕，看样子金家这位这回是上了心了。哼！要是太风平浪静就不好玩了，我可见不得他们恩爱，通知银狐，催蛊！他不是不想碰他的夫人么？他不是很能镇住蛊虫吗？今天再让他好好享受一次，等他清醒了，看他还怎么回去面对金凌！"

"是！"

第二十四章 归宁之祸

一

大婚第三天，是三朝回门日，九无擎必须带上两位夫人去回门，首先到的是宫家。

宫府，九无擎不是第一次来，五年以前，但凡身在鐄京城，宫府是他常去走动的地儿，宫慈的父亲宫谅，也算是他在龙苍的第一位老师。

这是一位博才多学的长者，也是一位值得尊敬的智者，更是当今皇帝极为倚重的谋臣，正一品大学士，官职低丞相一级。

九无擎因宫谅而认得宫慈。

提起宫谅，就得提到十三年前那一场剧变。

那一年，他为救小凌子，被江水卷走，醒来后，已是一个月以后的事，一艘过往的商船将他带到了一个陌生的地方。

那商船船主也是沧人，姓白，名熠，知道他来自东方沧国，很高兴。此人年过四旬，身边虽有姬妾，膝下却无子嗣，见他生得俊美聪颖，恨不能认他做了儿子，曾让身边的女人过来问他意思：可愿过继到他名下。

那时，他还是燕熙，良好的教养令他深悟"滴泉之恩当涌泉相报"这样一个道理。

燕熙先有礼地谢过救命之恩，又表述自己有父母健在，不可过继，后恳请借得盘缠，想去寻找自己失散的母亲，以及家人。

白熠见他小小年纪，进退有据，气宇不凡，情知必是大户人家教养出来的公子，也不好多强求，加上他们正好要去鐄京府附近做生意，便重新将人带了过去。

一来一回两个多月时间悄然而逝，燕熙就这样和那些在鐄江两岸拼命寻找他的家从失之交臂。

那时，燕熙就觉得红船失火绝非偶然，一路追杀也不是意外，所有种种，就像一个圈套，在赶着将他们一干人收起来一网打尽。他怕自己这张脸早成为别人的目标，进得鐄京城，就改了妆容，第一个目标就是：月庄。那里住的人，曾帮助母亲救下了被一帮神秘人物追杀的他和小凌子，但后来，这帮人却又无缘无故将他们软禁，等他们逃脱后，便生出了红船起火这样一场灾劫。

认得宫谅就是在月庄内，当时并不知道他会是个大人物，燕熙只知道这个名叫"梁恭"的男子，是一个学识博渊的学士，却不知他竟是皇帝身后的谋臣。

等去得月庄后，燕熙才发现那里早已化为灰烬。

一切线索归零，自己的人马也杳无踪迹，燕熙陷入茫然，不知何去何从。

白熘劝他说："跟着我吧！我带你回沧国！"

他想了又想，思了又思，摇头，说：

"请容我再找找，母亲和妹妹必须找到，要不然，我如何回去禀复父亲大人。我若独活而归，必会被父亲大人打死！"

白熘见他如此有孝心，甚为动容，便又陪他在镔京城内寻找了一段时间。

终于有一天，燕熙看到了宫谅，那人下朝归来进了大学士府，他这才明白自己惹上了一些可怕的角色。

然后，他顺着宫谅这条线索找到了被西秦皇帝囚困于郊外山庄的母亲，紧接着发现事件发展的形势变得相当的严峻：西秦帝不知出于什么原因，对母亲势在必得，而母亲，深爱父亲燕北，根本不肯就范，曾一度寻死，他的出现，正好成了为皇帝挟制母亲的有利武器。

母子重逢原是幸福事儿，可是，当锋利的屠刀架在脖子上时，这样的重逢，简直就是一场惨剧。

为了保全他，母亲含辱忍垢，在西秦帝面前委曲求全。

后来好不容易得了契机，母亲逼他离开西秦回九华去，他原不肯独自逃出去，母亲对他说：

"你出去了，娘才有活路。要不然我们只能等死。拓跋跃将消息封得太死。我们一起困于镔京，难有翻身之日……回去带人来救娘吧！娘等你！"

他没得选择，只能独自逃亡。

可逃亡并不顺利，最终导致的结果是：连累白熘商船上三十二条性命，尽数死于非命。这样惨烈的一幕，深深惊痛并震撼了他年轻的心。

后来，他逃到了边塞上，几乎要离塞而去，朝廷上却传出了"九夫人"重病危急，皇帝下皇榜求医一说。

燕熙想到母亲刚烈的性子，担忧她会干什么傻事，几番犹豫，最后，毅然将身上的玲珑玉托于一沧商求其带去沧国，便易了容妆，转身重新折回镔京。

这一去，他才知道母亲怀了西秦帝的子嗣，一心一意求死想得解脱。

他急得要命，不顾一切进得公子府，打算伺机而动，找机会见母亲，这么做，更是想为营救母亲作准备。

然而，道高一尺，魔高一丈，那时，他并不知道自己的这些小算盘，全在拓跋跃的掌控之中，自己的孝心，白白成全了拓跋跃的狼子之心：挟他之命，迫使母亲生下肚中之肉：拓跋曦。

西秦帝拓跋跃想利用孩子来抓住母亲离去的心，甚至还给自己这位七皇子取了与他的名字读声一样的"曦"字。

真正认得宫慈就是那段日子里,她是公主的伴读,多在帝驾前走动,而他则是十三太保之一,常侍于驾前。

那个时候,他们见面的次数较多,燕熙觉得她聪明伶俐,生着一对和凌儿很相似的大眼睛,笑起来也灿烂,便多瞄了几眼,后来,他才发现这人比起凌儿来,心计更重了几分,深切地懂得什么事情可为,什么事情不可为。

十二岁那年冬夜,一场大火彻底毁了燕熙。同时,他被下无心蛊,醒来后,前尘旧事,记得一些,又忘了一些,成了真正的九无擎,和宫慈越发地走得近了一些。

那七年,他凭着自己天生的才华,得到了拓跋跃的赏识。此人惜才,曾派了宫谅来对他循循善诱加以引导。一个骄子的诞生,绝非偶然,这当中,既有先天的因素,又有后天的栽培以及勤奋。燕熙优良的出身,为他的辉煌人生打下了牢固的基础,而宫谅和东方轲,是造就九无擎谋才武略皆备的第一步。

那七年,他一边养病,一边认贼作父,一边博采众家之长。

那七年,他见得母亲而不识,只知这位夫人倍感亲切,从不知道自己的存在,曾令母亲落了不知多少眼泪,受了多少委屈。

那七年,他其实极少见到母亲,得西秦帝允许,倒是常和拓跋曦甚为亲近。

他喜欢这个孩子,毁容的他,终日郁郁寡欢,官场的黑暗,也一寸寸剥夺了他骨子里的欢颜,看到拓跋曦,他恍惚能看到自己的影子一般,待之特别好,反是九夫人不怎么善待这个孩子。

那七年,大半记忆的失去,令他做任何事都变得小心谨慎。

直到五年前,他终于从"九无擎"的噩梦里彻底惊醒过来,才清楚地认识到自己是谁,才明白九夫人是自己那可怜的母亲。他悲恨交加,想趁着那一场大乱离开。

不想,还是不能如愿,反促成了另一场浩劫。

而在这一场浩劫中,宫谅不折不扣就是一个帮凶。

曾经,他称宫谅为一声:宫师父,如今呢,若是遇上了,他只会淡淡地称之为:宫大人。

是,宫谅是很欣赏他。

但他更忠于西秦帝。

他们之间的师徒情分,于五年前就此画上休止符。

此刻,宫府客厅内,还未等九无擎来奉茶,美髯飘飘,一身儒雅的宫谅站了起来,冲着刚刚走进来的新女婿道:

"无擎,到书房来,我有话与你说!"

紫玄相间的衣袍,在所有人眼前一晃,领头出了门去,将一室观礼的妻妾、子嗣弃于身后。

宫夫人关氏跟着站了起来,瞅着奴婢刚刚奉上的新茶,再环视一圈屋内那幸灾乐祸的人脸,面色有点挂不住:这新女婿茶还没喝,她真不知道自己的夫君这么急匆匆地把人叫进去是为了什么。

第二十四章 归宁之祸

九无擎拨了拨衣角上刚沾的灰尘，没说话，也不理在场众人，跟了进去。

穿戴得极为端庄美艳的宫慈疑惑地看着两个男人从自己的视线里消失不见，陷入沉思。

二

书房，宫谅直挺挺站在书桌旁，正生闷气，浑身上下散开着一股浓浓的火气。只要听闻了女儿的近况，任何老丈人都会生气。

转头时，正好看到九无擎跨进来，但他并不行翁婿之礼，而是施以官礼："宫大人有何赐教？"

声音冰冰凉。

宫谅深深地看着他，心情无比沉重，半晌后，不由得沉沉叹了一口气，甚是头疼地道：

"无擎啊，你这是真打算和皇帝闹一辈子气了，是不是？不管怎么样，皇帝从没有错待过你。至于九贵妃的事，你也得体谅，毕竟他是皇帝。"

提到九贵妃，九无擎的眼神越发冷了几分。

宫谅看得懂他眼里的冷漠以及憎恨，再不能替皇帝说上任何话。

那个结，一旦打死了，根本解不开，他只能苦笑，久久说不出话来。

他不说话，九无擎自也不吭声。

气氛是如此的死气尴尬。

以前，九无擎在他面前，一度宫师父长宫师父短，言辞上是何等的热络，如今呢，当一切真相曝于太阳底下，曾经谈笑风生的情形赫然成为了梦里的海市蜃楼，不仅虚幻，而且触不可及。

少顷，有奴婢来奉茶，退下后，宫谅捧着喝了一口，心下有很多话要说，只是不知从何说来，千言万语，最后并成这么几句：

"无擎，好好待慈儿可好？那丫头自小慕你之才，真心待你，你也非铁石心肠，理应知道她的心思。我与你之间的恩怨，你与皇上之间的恩怨，都不该牵涉到了她。如今，她是你的发妻，你待你身边的任何人都极好，怎么可以就这么错待她？"

九无擎抬头，曾经风雅无双的宫谅，如今也已鬓有微霜。他知宫慈是他最最疼爱的女儿，因为聪明，因为有能力。现下，他正以一个父亲的身份，师长的身份，盼他们能成就一段良缘。

他不觉冷笑了一个：

"无擎知道，您用您对无擎的了解，下了一个天大的赌注，赌的就是您女儿这一辈子的幸福。宫大人，既然您如此了解无擎，那无擎先在这里预祝您可以赌赢。"

宫谅很会谋心，他了解他是个有责任心的人，他在赌，一旦宫慈嫁给他，他就一定会负这个责任，从此在龙苍生根发芽，打消了回去的念想。

那一对帝与臣，既想在他身边安插一个能干的眼线，更想对他施美人计，真是想得美极。

宫谅听得心惊肉跳，蹙眉，站起道：

"无擎，难道你就非得钻那牛角尖吗？试问，你在西秦有什么不如意的？曾经你叱咤风云，宠冠当朝，名动天下，若不是五年前，你胆大包天要带九贵妃离开，西秦朝堂，你是第一人。你怎么就非要撕破这张脸皮不可呢？"

语气是如此的无可奈何。

"这么说来，无擎还得感激皇上和宫大人的再造之恩了，是不是？"

九无擎讥讽地奉承一句，一甩袖，往外而去，却在门外遇到满脸疑云呆立的宫慈。

她盯了九无擎一眼，又瞅了瞅脸色微变的父亲宫谅，轻声问：

"父亲，无擎为什么要带走九贵妃？您与无擎又生了怎样的恩怨，以至于令他五年前突然间冷淡了慈儿，这些事，您能与慈儿说个明白吗？"

一直以为，她以为九无擎之所以讨厌她，是因为五年前，她一不小心在皇帝面前说漏了"无擎已经恢复记忆"这件事，如今看来，个中的内幕，绝非这般简单。

九无擎淡淡瞄了一眼，什么也没有说，往外而去。

"无擎，你别走，我们今儿个且把话都说明白了。"

一道影子掠过去，固执地拦住了他，她扬着倔强的脸孔，不依不饶，一身的火红归宁服刺耀着九无擎的眸子，并提醒着他，这女人是他的新婚妻子，是他另一个耻辱的开始。

"我们之间，没什么可说的！"

"怎么可能没什么可说的？无擎，小的时候，你不是这样的。"

那时候，他虽然也是淡淡寡寡的，但绝不像现在这样冷漠到了极点，狠心到了极点。

"告诉我好不好，告诉我你心里到底在恨什么？为什么五年前那番堕马，令你突然之间变了一个人似的？那番清醒过来，我曾看到你发狂冲出房，跪在大雨里大哭大叫，恨不能毁天灭地，这到底是为什么？你说你恢复了记忆，你恢复的又是什么记忆？我知道就是那日起，你才渐渐疏远我的，原本，你是喜欢我的，我知道。"

真是自以为是，但也难怪，曾经走得是挺近。

近到五年前令皇上问他：把宫慈配你如何？

他婉转拒绝："国未一统，何以为家？待无擎替义父打下江山，再自请婚姻一事，如此才算是光鲜事。"

皇上听着甚为痛快。

一度，拓跋跃曾以为他是喜欢宫慈的，将宫慈留于宫里，自生着另一层意思。

事实，并非如此。

那些年，他只是在宫慈身上看到了梦中少女的一些影子，追逐的目光都只是在追念心头那份无法解开的谜团。

那些年，他身边没有一个侍婢，也无半个姬妾，性情孤傲，许多人认为那是他在等皇上放人。

结果，他们全都猜错了。

也许，他曾一度欣赏这个女子，但那绝非男女之情。

事到如今，这样一份纠缠，倒是令她想入非非了。

他也懒得讲清楚，在这样一个微妙的时刻，他会不择手段地去抓住任何对自己有利的东

西,淡漠地瞟一眼后,他绕开离去,只扔下一句话:

"宫大人,敢在无擎这种没心没肺的人身上下赌注,您最好做好心理准备,如果赢不了全部,那必然会输得一败涂地!"

望着远去的俊挺身姿,宫慈耳朵嗡嗡地响,转着深思的眼,看向宫谅那渐渐苍白的脸:

"父亲,可以告诉我实情吗?"

宫谅转头,不想提那些事,只沉沉地提醒道:

"你无须知道太多。慈儿,拿出你的本事,让他刮目相看,他会是个好夫君,只是这里少了一个留住他的理由。但愿你能牵住他,毕竟曾经你是他走得最近的一个!懂么?"

他以为他这个做法是对的,他觉得自己的女儿足可匹配、足可拯救这个人中骄子。

他是如此的相信自己的眼光和直觉。

多少年了,宫谅兢兢业业地为帝王谋划,从不曾出现过大的差错,他没料想会在女儿的终身大事上栽了一个大跟斗。

三

想要留住一个男人,就得有个孩子。

这是宫夫人说的,也是宫慈在宫中多年经验所得。

她六岁入宫,至今已有十四年,先陪伴公主,后成侍墨女官,见识过太多这样的事。那些替皇上生养过的妃子,多多少少总还能得皇上一分挂念。虽这几年不招寝,但闲暇时,皇上还是会过去走动的。

吃过午膳,九无擎被请去宫慈曾经的闺阁,她原想趁这个时候好好与他说说话的,谁知他到了她房门前而不入,只淡淡道:

"按规矩,今夜我似乎是该留在这里过一夜,但是,这一来你身上带'煞',你我不宜同室,为表公正,岑府那边我也不会去过夜;这二来:金儿病着,我不放心,所以,下午还完愿后,我就会回去,不再来这里。你与岑乐各自在府上住上三天再回,尽行孝道。"

宫慈听完,玉脸陡变。

宫府和岑府离得不远,皆在一条贵人街上,这番回府,九无擎先将岑乐送回岑府,行了一番礼数,才又来得宫府,按西秦礼数,回门需在娘家过完三朝喜,这场婚礼才算圆满落幕。

第一朝需入寺还愿,本该上午去的,因为两位新妇一同回门,时间太挤,天鉴司特意卜了一个下午的吉辰。

宫慈由于身上见血,不能入寺,这还愿她是去不得的,她原盼着他今夜即便不能与自己同室而居,也该留宿宫府,这样至少她还有时间与他说说话,不料他却打着这样的如意算盘,一心一意想回去陪那个女奴。

"无擎,我到底做错什么了,我父亲又做了什么遭你嫌恶,致令你这么冷淡于我?你要明白,我们是夫妻,有什么是不能说的?为什么你们一个个都瞒我?"

他若当天就回去,她便颜面无存。

当然,这不是重点,重点是:这结若是解不开,她的婚姻就没办法圆满。

她一直深信，女奴的存在，仅仅只是他的手段，如今，听到他与父亲的谈话，她几乎可以完全确定，那是他在报复他们宫家，至少他有善待岑乐，给了她一个"货真价实"的新妇身份。

如此对比，便可发现其中的奥秘所在。

她很不甘，猛地扑过来，紧紧地从他背后抱住：

"无擎，曾经我们是可以谈笑论天下的朋友，而今，都结发为夫妻了，难道你就这么狠心，一再伤我，却不让我知道原因。这太残忍了，你知不知道？啊！"

伴着一声惨叫，她被他重重甩了出去，头已撞到墙上，一阵疼痛袭来。

嬷嬷正自小园外进来，看到小姐被姑爷甩倒于地，尖叫地扑过来：

"姑爷，您怎么可以这样对小姐，怎么可以？"

九无擎没有去扶，冷冷地看着那鲜血汩汩自那雪白的额头上冒出。

"不好意思，这些年，我养成了一个习惯，那就是我极其厌恶女人碰我，所以，以后麻烦你离我远点。我不想对你动粗。"

扔下这句话，他决然地踏步出去，完全不理会尤嬷嬷在背后念叨着什么话。

她不敢相信地盯着他，她手指一抚额头，全是淋淋鲜血，自小到大，她何曾受过这种苦，眼底的泪意几乎都要泻出来，最后还是叫她逼了回去。

不，她宫慈绝不轻易服输。

"小姐，到底怎么了？都出血了？姑爷太没心肝了！"

尤嬷嬷心痛地低叫。

宫慈无力地靠在嬷嬷怀里，嚼着满嘴苦涩：

"唉，他要回府。他不打算在这里留宿。嬷嬷，我该怎么办才能留住他？"

她微微有些茫然。

尤嬷嬷听着顿时变了脸，脱口便道：

"不能由他再丢下小姐不管，如此下去，小姐哪还有威信执掌公子府，日后的日子还怎么过？"

这老婆子眼珠子骨碌碌一转，忽一亮，自信满满地道："小姐放心，今夜嬷嬷不光能令姑爷留下，还能让他留宿于你房内，只是这法子可能有些折损小姐的身子。"

"哦，什么法子？"

宫慈眼里放出了希冀之色。

尤嬷嬷说出了那个法子，只是宫慈没料到这法子会给她和九无擎惹来一场大祸。

四

子夜，金凌没有睡，她靠在摇摇椅里，闭着眼，捧着暖炉，等他回来。那混蛋欠她一个解释：他竟言而无信，归宁未回。

金凌从来不以为女人就得依附男人而生，也从来不相信，女人没了男人，天就会塌陷，但她坚信，两情相悦，缔结百首之约，那是一种圆满。人生若能得一知己，可死而无憾，所以，她愿意为了自己喜欢的男人，放下身段，做到冷静地向那个人表明心声，期望通过自己的争取，得到自己的真爱。所以，她给了他三天。

昨夜，他对她说："明天晚上，我会给你交代。"

结果，她白痴似的等了大半夜，他呢，连个人影都没冒出来。

很好，九无擎，我一定让我知道什么叫追悔莫及。

"砰砰砰！金主子，金主子，您睡么？出事了，出事了，您快点开开门！"是东罗在外头叫，声音那么急乱。

同时，楼下好像生起了一阵喧哗，金凌皱了一下秀眉，去开门，看到东罗一脸凝重：

"怎么了？"

东罗一把拉她下去，一边走一边叫："爷是遭了暗算才没有及时赶回来的，现在只有您可以救他。"

"噔噔噔"一路奔下楼，绕进书房，正好看到九无擎吐出了一大口血，身上雪白的衣裳上全是血水，没有回过神的金凌，看到这光景，脑子顿时蒙了，急叫着扑了过去："这……这到底怎么了？怎么了？早上还好好的，现在怎么成这样了？"

南城和西阁见她过来，忙让开，金凌一把扶住了他，指尖所触，是一片滚烫，每根血管皆横起，他的脸孔，紫红紫红，大滴大滴的汗水正在嗞嗞冒出来，眼睛完全没有焦聚，他狠狠咬着牙根，像是在忍受着什么，没答应，哼不出半句话来。

"爷这是蛊发了！"

北翎赤红着眼恨恨地叫道："下午在天龙寺，爷和寺里的禅师下棋，喝了一杯茶，不想那茶水里被人下了药，有人借机催醒了爷身子里的那两只蛊。"

"蛊？"

有什么在她脑海里一闪而过，这样的场景，她好像经历过，忙问："他身体里怎么会有蛊？不不不，这不是重点，重点是，怎么解？再这样下去，他会经脉爆裂而死的。"

这话落下，南城和西阁冲她跪了下去："金主子，爷不能死……"

这时缓过了气的九无擎，捂着胸口，急怒交加地叱了一句："南城，西阁，你们给我闭嘴！你们都给我出去！"

"爷，这样下去，您会死的！"北翎也跪下了，急叫。

"闭嘴，出去！都出去！小金子能帮我，我不需要别的。东罗，快去把银针取来，这次不一样，我能撑过去的……"

"是！"

东罗应声，明白爷的心情，虽然，他不知道他想怎么做。很快，银针送到了金凌手上，一行人退出，房内只剩他们。

九无擎的神志尚算清楚，这次蛊发不比前次厉害，是她的血的功劳，这也许是那个催蛊者所没有料想到的，只是他久久不能将它们压住，这两只虫子，不断地在他的身体内折腾，消耗着他的精气神，怎么也不肯消停。

"我该怎么救你？"

她瞅了瞅那银针，轻声问，他身上的火热，把她烫到了。

"把我的衣裳脱了，听我口令走针。"

"好！"

"还有……"

"你说！"

"万一我熬不过，东罗会护你离开，只是记得离开的时候一定要拿上我在书房一直做笔记的医书，你的失忆之症要怎么治上头都有记载，现在我缺的是药引，你只需按着上面的做就可以。"

这话，令金凌心头警钟大作，不由得抬头眯起了眼："你这是什么话，交代后事吗？"她没好气地捂住了他的嘴："走个针而已，你还当真把我当蠢蛋么，坐好！"

她扶他坐稳，飞快地剥下他的衣裳，等看到那一具遍体伤痕的身子以后，她愣了一下，这身子还真是丑呢！她又定定瞅了一眼，然后问："你说，从哪里下针？"

九无擎忍耐着，开始报穴位，金凌仔细听着，将那些银针一根一根扎进了那石头似的肉里。

每扎一针，他额头的汗水就多了一层，每完成一步，他的声音就哑下几分，吃力了几分。

凭着一种隐约的印象，她觉得他报出来的穴位，皆性命攸关，难怪刚刚他会作那番"遗言"，原来他根本就是在玩命。

"最后针走灵台，扎完后，别碰我，在旁守着，半个时辰后，帮我收针。"

这句话，他几乎是从牙缝内挤出来，又沙又哑。

"嗯！"

金凌答应着，不敢有丝毫马虎，稳稳地扎进一根，回过神来，她满是汗淋淋地退下软榻，见他双眸紧闭，唇角紧抿，一层层热气自他身上腾腾冒起来，如天上翻滚的云气。

榻边，有只小凳，她坐下，静静地看着，喘着气。

时间不知不觉地流逝，他在运气打坐，正在紧要关头，楼外却传来一阵喧哗："有刺客！抓刺客！"

她一惊，站起来，转而想着门外有东罗他们守着，应该不会出什么岔子，又坐下。这个时候的他整个人就像一个婴儿一般，全没有回击之力，绝对不能受了打扰。

"琬儿，你在不在？虎头来了！"

"琬儿，你要是在，就答应一声，我来救你了！"

"琬儿，我来找你了，你出来！"

有一个朗朗的声音有力地穿透进来，洪亮而有气势。

金凌侧耳倾听着。

好熟悉的声音！

是谁呢？

谁敢跑到公子府来大吵大闹？

谁又敢跑到红楼来大呼大叫？

那个声音很顽固地在红楼内四周回荡着。

而后，有隐约的打斗声音传进来了。

这样的喧哗持续了很久。

金凌有些忍耐不住，想出去看看，手才把上门板，身后便传来了九无擎的低哑吃力的声音，微微有点急：

"金儿，回来。收针！"

烛光底下，他身上已浑身湿漉漉的，就好像刚刚从浴池里站起来一般，睁着一双如同刚刚被洗刷过的眸，急切地睇着她，带着某种强烈的紧张，生怕她就此离去似的。

她连忙转身，上去将他身上的银针一一尽收于匣，而后站在边上瞅着他再度闭上了眼，运功调息。

一会儿后，他吐纳毕，睁开双眼，长臂一伸，毫无预兆地将她搂了过去。

"喂，你干吗？"

她一怔，惊呼了一句。

他紧紧地抱住她，在她耳边低低道："让我抱抱！让我抱抱！"

"滚，你想抱就抱，哪有这么便宜的事？"

她推他，他不放，抱得越发紧："喂，你想勒死我是不是，快放手！"

"我不想放掉你了，再也不想了。"

他语意深深地在她耳边倾诉起来，手臂牢牢地箍着她：

"我知道现在已经过了子夜，但金儿，你还能给我一个机会么，我想和你长相厮守一辈子。"

满是汗水的手掌抚上了她的脸，她对上了一双清亮而温柔的眼，没了冰冷的气息，有的是点点深情。

金凌盯着看了一眼，心里是欢喜的，脸孔依旧是冷板一样的，说道："哼，现在晓得想问我要机会了？也不想想之前你有多恶劣。"

"那是因为我觉得配不上你。"

他急忙抢断，神情显得局促，牵住了她的手轻轻道："金儿，我从来不是一个好人，手上染了很多无辜人的血，满身满脑脏得厉害，再也洗不干净，那些不堪的过去，就像这些伤疤一样深深烙在我身上，怎么洗也洗不掉。而且，我还做过一些伤害你的事，我害怕你恢复记忆后，你会恨我。其实，就算你恨我，我也喜欢你。现在，换我问你一句：金儿，愿不愿意陪我，不要嫌我丑，也不要嫌我脏。从今往后，不问过去，只问将来，陪我一起走到底，你，愿意吗？"

从他的紧张、他的小心翼翼可以看出这家伙还有很多事瞒着她，的确，光从他满身的伤，她就能猜到他身上藏满故事。东罗和她说的那些事，应该只是九牛一毛而已，而且还可能是一些反映他优秀面的。

她不知道之前，他们之间发生过什么，也不知他为何有那样的担忧，她只清楚一件事，她喜欢这个男人，欣赏这个男人，人生一辈子，找一个合乎心意的人，并不容易。

所以，她勾了勾唇角："不问过去，只问将来，是不是？嗯，我记下了，你也给我记下了，以后，你若敢再对其他女人好，我让你一辈子断子绝孙。"

她用手指狠狠戳他的胸口，表情是危险的，表示这是严重警告，绝非玩笑。

他怔住，她这是答应了？

当他意识到这个事实以后，明亮的眼底泛起一层层喜悦的光芒，急急地捉住她的手，点头：

"嗯！我若负你，就让我不得好死！"

金凌捂住他的嘴，下一刻，她被他眼底那灿烂的笑容刺花了眼，那弯起的唇线高高挂着"快乐"二字，就像已经得到整个世界一般，她的心，也跟着化作了一池春水，春风拂过，尽是层层迭起的涟漪。在她抱紧他的那一刻，轻轻回抱住了他。

楼外，那个刺客似乎跑掉了，红楼又恢复了平静。

五

金凌原本有一肚子的话想问他的，洗了澡，她窝在床上等他，归纳着几件过会儿必须得问的事，外头好像又闹腾起来，动静很大，沐过浴的九无擎走上来叮嘱她先睡，他得去打发一个人。

她原本是想跟过去的，可他不准，神情怪怪的，加上有些倦，就没跟过去，钻在被窝里，不知不觉就睡着了。

九无擎从外头回来时，她睡得正香，双颊红红的，他很小心地坐到她身边，怔怔地看着，这几天乱糟糟的情绪突然就理顺了，心情格外好，因为她喜欢他，更因为以后他不必在她面前约束自己的感情，两情相悦，这是一种人生境界的圆满。这么多年，他最大的愿望，就是能回到九华，真真切切地爱她一回。现在，他达成所愿了。

他钻进了被窝，轻轻地拢住了她，她本能地往他怀里靠了进来，就像小时候一样，前几天晚上，她也这么靠进来的，这滋味真好！他静静地笑了一个，往她发上额上落下两个怜惜的吻，闭眼，与她一起入睡。

这样的时光，是他一直以来梦寐以求的。

可惜没能睡多久，他就被楼下传来的喧哗声吵醒，那声音，隐隐约约的，却渐闹渐响，是宫慈激怒地想要硬闯进来，却被四卫给拦住了。

"唔，好吵！"

枕畔，她嘀咕了一句，眉头直皱。

九无擎记得她有一个习惯，就是睡觉的时候不喜欢叫人吵到，晚上她要是睡差了，第二天就爱闹脾气。

"没你事，乖乖睡。"

他哄了一句，坐起来，轻轻往她睡穴上点了下去，他想让她睡个好觉，更不想让宫慈坏了她的心情。

与此同时，宫慈和四卫的争执声又近了几分。

"放肆，我是夫人，我想见我的夫君，尔等区区侍卫，有什么资格推三阻四！"

"夫人，爷说过，他的楼，您不能乱闯！"

"滚。今日本夫人还就闯了！"

"您不能进！您不能进！"

门外已响起飞快的上楼声。

"无擎！"

伴着一声急唤，宫慈破门而入，见外间没有人，她直往里面去，拍下珠帘，一股更为浓烈的薄荷清香扑面而来。

里间光线颇暗，银色的绡幔层层垂下，地上，铺着厚厚的雪白地毯，透过那层层银幔，可看到一道山水景色的屏风摆于床前，绕过那屏风，她看到两双鞋子齐摆在床前，迤逦直挂的芙蓉帐下，被子高高隆起。

昨夜，他蓄发回府，没有招红妆阁的床姬，据说是小金子侍的寝，回府听到这个消息后，她的心情极度不好受。

"无擎，你醒了吗？不管怎样？请看在曾经的情分上，求你救救尤嬷嬷可好？"

她一直是骄傲的，这今日这话却说得极为卑微，心想那个女奴若听到了这话，止不住又要笑话了。即便是遭了笑话，她还是必须来求的。

"出去！"

身后忽传来低低一叱，冰冷如刀：

"谁准你进我们房的？"

宫慈一呆，回头看到九无擎穿戴整齐，冷冷地站珠帘下。

他说这是"他们"的房间。

心窝窝里狠狠又被刺了几下。

"下楼去！别吵她睡！"

他很刻意地压低着声音，转身出去。

她的心，越发地痛：他到底想要拿这个女奴气她多久才甘心？

想曾经，青春年少，他也曾待她极好。

比如说，逢年过节，总会托父亲给她送东西入宫。

比如说，出门打仗，还会捎一些地方上的特产给她。

比如说，她生辰，他会亲手做一些东西给她。十五岁及笄那天，他给过她一只六角琉璃灯，上面题着一句诗：两情若在长久时，又当在朝朝暮暮。

现在，他怎么可以将曾经的那一切通通抹杀了呢？

楼下，桐副尉带着人正和东罗他们打得不可开交，九无擎出得门，冷冷喝了一声，这一干人才消停。

园廊上，两帮人马彼此怒视着。

宫慈连忙令桐副尉带人下去，新婚第四天，夫妻俩闹得兵戈相向，这真是她所没有想到的。

"无擎！救救尤嬷嬷好不好？好不好？尤嬷嬷昨日受了刑，半夜突然昏死了，据大夫说是中了奇毒。这毒，他们治不了。宫中太医也束手无策，我想，你的医术了得，也许能救她，我求你去看看她好不好？"

"昨天的事，真是误会。她也是遭人利用的，她并不是有心来害你的！求你看在她年事已高的分上，别跟她一般见识，救她一救！"

凉亭内，明艳的阳光自东南方照进来，九无擎漱了漱口，接过南城递上的湿巾洗了一把脸，坐在向阳的位置开始喝早茶，愣是没有正眼看她一下。

宫慈急得不得了，卑躬屈膝地求着，这人还是无动于衷。

"宫慈，我这人，说大度也算大度，说小气也着实小气，对于想害我的人，我从不心慈手软。那老婆子在我身上下药，害我蛊发，这种奴才早死早超生。你认为，我有救她的必要吗？"

九无擎冷冷地道。

按着大秦的传统，归宁日，新郎得带着新娘到天龙寺进香。九无擎和天龙寺的住持是棋友，入寺后，便和住持杀了两盘棋，喝了一壶茶，不想，这茶竟叫人下了药，唤醒了他体内的蛊。

他大怒，一查，才知是尤嬷嬷在她茶水里动了手脚，说是原想在他身上下迷魂药，为的是不想让他回公子府，如此做，只是想护全小姐的颜面，并且，她一再声称，这事儿与小姐没关系。

哼，怎么可能没关系，分明就是她们串通一气捣的鬼，但瞧当时宫慈那悔恨的表情就知道她是知情的。另外，她身上月信违逆常理地突然而止就足可说明那老婆子还在替她主子圆谎。

九无擎对宫慈，原就憎恶，这一下真的厌恶了。

如果按照当时的情况，真叫那老婆子得逞，昨日公子府定是回不得了，最后的结果只怕会在她床上醒来，到时他纵长一千张嘴，也没办法和金凌说清楚了。

后来，尤嬷嬷又吐出话来说：这药是宫府一个管药的马嬷嬷给的，她只知那是迷魂药，浑然不知那玩意儿可以催蛊。

药的来源，自然要查。春回花这种药，非常罕见，本不是西秦地头上的药草，一般的百姓也不知道其药性，除非是行家，才知它神奇的药用价值。

当时，他们一行众人自郊外回来，才进宫府，就有人来报说："马嬷嬷死了。"

也就是说尤嬷嬷的话成了死无对证。

九无擎曾去过死亡现场，确定马嬷嬷是被人活活勒死的。

回门大喜日里遇上这种事，可算是晦气到了极点，宫谅气怒交加，一边将尤嬷嬷捉拿起来大刑侍候地逼供，一边封锁宫府，欲查出杀害马嬷嬷的凶手。

这期间，府里曾响起一阵诡异的箫声，原本，九无擎还能运功压制蛊动的，但听了这箫声后，再无法忍耐，一方面令北翎送他回府，一方面让西阁去追寻箫声的来源。

后来事情有了一个怎样的结果，九无擎不得而知。昨宵一夜沉睡，他还没来得及向东罗询问事情的最新发展，这不，才从她嘴里得知尤嬷嬷的事，他心里其实是微微惊异的。

这仅仅是想杀人灭口吗？

好像更有挑拨离间的意图在里头。

宫慈是有备而来的，听得他的质问，立刻叫道：

"当然有必要，难道你不想查出谁在背后害你吗？那人偷梁换柱，知道用春回花来害你，必与当年种蛊之人有关。无擎，你受这毒虫荼毒多年，难道乐意看着那些罪魁罪首在你眼皮底下逍遥法外？还要纵容他们拿无辜人做替罪羔羊？"

她相信他不是那种肤浅的人，会盲目地认为尤嬷嬷就是凶手，他会把西阁留在宫府，就证明他绝不会轻易自断这条线索。

"宫慈，你和尤嬷嬷要是肯安安静静不搞出这么多事来，谁能栽了这个赃给你们！说起来，她若真这么死了，也是活该如此，这是给你一个教训！"

九无擎冷冷地叱了一句。

"不对，即便我和尤嬷嬷什么都没有做，今日你身上的蛊可能还是会发作的。"

宫慈冷静地辩驳着，她越想越觉得这事不简单："他们是针对你而来的，正好借了这个机会罢了。无擎，那些人是想让我们夫妻生隙，公子府不得安宁，我们怎能如他们所愿？"

九无擎沉默了一下，情知她的话不无道理，尤嬷嬷现在的确不能死。

最终，他还是去了宫府。

第二十五章　醋海生波

一

金凌再度醒来时，已是近黄昏时分，九无擎不在，东罗告诉她："爷去了宫府！"

她本能地秀眉一皱，前一刻，他和她表白要厮守终身，后一刻，又跑去老丈人家，他这是什么意思？原本眉目生春的小脸一下沉了下来。

东罗见她变了脸色，连忙把昨天发生的事，以及今早宫慈直闯红楼的事，一五一十全说了。

她皱着眉头，又问了一些有关蛊虫的事，东罗迟疑了一下，还是把九无擎如何中的蛊，如何被蛊折磨得九死一生，如何需要床姬做药引的事，避重就轻地极简单地说了一些。

金凌听完后，眉头皱得越发紧，这才明白昨夜北翎他们下跪相求是什么意思了，心头一时五味杂陈，对于这个男人，她了解得实在太少太少。所幸昨夜她帮他克制住了，没有再让他沦为魔鬼。"

她庆幸的同时，心疼他，心疼的同时，一种难受的浪潮翻了起来，搅得她五脏都移了位一般，难受得叫令她说不出话来，好半天才问了一句："那蛊难道无解吗？"

"爷一直在想办法。"

东罗见她眉心久久打结，心里好一阵七上八下，小心地问起来："夫人，您会因此嫌弃爷吗？"

金凌沉默，真相的确有些残忍，这和她想象的出入太大，可说到嫌弃，还不至于，毕竟那些都是过去，一时难以接受倒是真的，只要一想到他曾有过无数女人，她心里就堵得特别厉害。

二

九无擎回来时，已入夜，宫家原本想留他吃晚饭，他没吃，匆匆回了红楼，进门就问："金儿呢？"

他怕她知道他去了宫府会不高兴。

"爷，属下把您中蛊的事全和金主子说了，夫人听了，把自己关在房里，情绪有点反常，属下可能把事情办砸了。"

东罗见到他就往地上跪了下来，有些手足无措。

九无擎一怔，往楼上瞄了一眼，不由得捏起眉心，好心情大打折扣，心，紧跟着不安起来，其实这些事，她迟早会知道，可知道后她会有怎么一个反应，却不是他们可以预料的。

"我知道了！没你事了。"

他低低应了一声，往楼上而去。没有马上回房，而是先回了书房，摘了面具，贴上了晏之那张人皮，在房里踱了好一会儿后才折回寝房去。

房内，烛光明亮，悄无声息，他轻轻走进去，一阵沐浴后的梅香在屋子里荡漾，仅着罗衣的她正趴在床上翻着什么，她看得很认真，以至于都没有留心到他。等走近，他才认出她手上的书，正是他一直在作研究的蛊书。

"金儿！"

他低低叫了一声。

"呀！"

她吓了一大跳，看到他直盯着她瞅，不由得猛拍他胸脯："怎么突然冒出来了？你想吓死我是不是？"

九无擎的目光落在那本医书上，坐下来时，将它取了过来。

"知道了是么？"

他问得很轻，温润的脸孔上尽是等待判刑的沉重之色。

"嗯！"

她点头，掰过他闪着别扭眼光的俊脸："东罗告诉我了。在此，我不说没用的，只说一句。"

"什么？"

"过往皆云烟，我不翻旧账，只看以后！我们之前说好的不是么？"

那别扭的眼底立即有一道耀眼的亮光冲出来，夹着漫天的喜悦之情，差点闪瞎了她的眼。

"金儿！"

他颤着声音低叫了一声，惊喜之情满满溢了出来。

她眨眨眼，因为他的喜悦，而不觉露出一抹笑，而后，伸手环住了他的腰，这是她第一次主动亲近他，这些日子，他们无话不谈，但肢体上，一直相敬如宾，此刻，属于他的气息冲进她鼻子，她觉得有些面红耳热，有一种女子本能的羞涩翻起来。

这是一种很特别的感觉冲击，但她很喜欢，对，她喜欢抱着他的感觉，有一种稳稳的安全的滋味："你进来时一脸的担忧，在害怕什么？在你眼里，我是那种小气的人吗？"

说着，她俏皮地眨眨眼。

"不，你一直很好，有问题的是我，金儿，是我太糟糕，无论我在别人眼里再如何出色，只要站到你面前，我就会变得不自信，会害怕失去。"

他的手掌抚上了她的脸，就像是在触摸稀世珍宝一般，那么的小心翼翼。

金凌再度一笑，这个男人在人前，总流露着一种高高在上的气势，似可以将世界万物踩在脚下的气势，独在她面前，显露出了属于平凡常人的七情六欲，此刻的他，所有情绪都被她牵动着。她突然发现，这个男人在她身上投下的感情远远比她深。嗯，这是一个不错的发现。

她踮起脚，往他唇上轻轻啄了一下，这一啄令她脸红、害羞、心跳如鼓，她想她从来不曾这么亲过人的，但愿意用这样一种方式来表达她对他的喜欢，以安抚他的心。

他的反应是呆了一下，似乎没料到她会亲他，这样一个吻，令他想起了小时候她调皮偷吻他的光景，令他情不自禁热血沸腾，所有的血也往脑门那里冲了过去。

下一刻，他一把将她勾了过去，狠狠就往她那红艳艳的唇上压了下去，这些天，他最想做的事就是好好吻她一吻，却因为种种顾虑而压抑着，这一刻，他不想再克制了，任由心头的渴望就这样泛滥。

金凌被他的热烈反应吓到了，脑海一度空白，回过神来，只知道他在狂野地侵占她的唇，无比急切地挑开她的贝齿，正疯狂地掠夺着她唇齿间的芬芳，她觉得自己的腰要被他勒断，血脉里有电流在飞快地流窜爆炸，无法呼吸，所有血液都往脸上冲了上去，烧得厉害。

"唔唔唔！我……我喘不过气来了！"

她躲着，终于将他推开，满脸通红地捂住了他的唇，他被她似羞似嗔的娇韵给电到了，喉结一动，拦腰将她抱起，几个跨步将她压到了床上，眼睛一眨不眨地盯着她看，爱死了此刻她又娇又柔又媚的模样，在这样一个触手可及的地方，看得到，摸得到，闻得到，甚至可以吃到。

是，面对这样的她，他想要得更多，人的欲望果然是无底限的。

此刻，她的罗衣已散开，露着里面红色的抹胸；雪白的玉峰隐约可见。他突然觉得有些口干舌燥，身上的紧绷感，在不断地加深。有什么在蠢蠢欲动。脑海里不由自主就浮想起占据她身子时那销魂的滋味。

他在犹豫，是推开她去冲个冷水澡，还是继续下去？

理智在劝他适可而止，而欲望在掌握他的行动，他的手指不由自主地落在她的脸颊上，轻轻地沿着那滑嫩的肌肤打了一个转，滑过她的眉，她的腮，她轻启的唇，而后，轻轻捏着她秀致的下巴，小心翼翼地捻着，那手感，真是细腻而光滑，挑战着他素来引以为傲的自制力。

"哎，你这么晚回来，吃过饭没有？"

一个如丝如媚的声音从金凌的唇齿间溢出来，妖娆得完全不像她平常的声音。她感觉自己的身子在战栗，但凡他的手指经过的地方，都像是被勾起了火苗似的，她有点无措，想推开他。

"比起吃饭，我更想要你，可以吗？"

他突然低下了头，轻轻地衔住了她的唇，双手往她腰际爬了过去，先扯开了那个已经变得松松垮垮的腰带，挑开底衣后，他毫不迟疑地抚上了那细腻的肌肤，而后一寸寸往上爬，不着痕迹地覆盖到了那浑圆之上。她的身子，因为他的话和行动为之一僵，心下清醒地知道他想做什么，可她没有躲，一双小手反而勾住了他的脖子，将彼此的距离拉得更近，以无比的热情回应着他的，感觉整个人就像燃烧起来了一般，要得到更多，却不知要如何去演欲烈的渴望。

直到有什么滑进了她的身子，深深地将她空荡荡的世界给填满，她才恍然明白所谓的男欢女爱是什么意思。

"凌儿！"

他一点一点地律动，不断地落下吻，融为一体的美好滋味令他情不自禁地发出叹息。

她满面潮红地盯着他看，感觉整个人跟着他在起起伏伏，声音极度娇媚地问："凌儿是我另一个名字吗？"

"嗯！"

"你呢，你还有别的名字么？"

"燕子！叫我燕子！"

"燕子？"

"嗯！以后，私下叫我燕子……"

"好！"

她低低答应，心底本能地喜欢这个名字。

他欣喜地又落下几个吻，不再说话，只深深地看着她，一遍遍来回地抚爱着她的曲线，一个个吻，自上而下，织成一个密集的网，扰乱她的意志力，蚕食她清醒的感觉，令她渐渐地深陷进情欲浪潮内不可自拔。

即便他从没有取悦女人的经验，但是，这一刻，他用自己的温柔及耐心，燃烧彼此，一起登临巅峰，领略那样一种来自彼此身体上的欢愉。

"凌儿，喜欢吗？喜欢吗？睁开眼看着我。"

当激情消散，他轻轻地在她耳边低声诱惑着，一个个吻，咬着她柔软的耳垂，火热的鼻息呵得她发痒。

金凌缩着肩，整个人犹在激情的余波里荡漾，那带羞的眸子睁开，比阳光下的水晶石还要闪亮。

第二十五章　醋海生波

第一次领略这种既温柔又疯狂的男欢女爱，有点难为情，只是笑，将唇角弯得极好看。

他嘴角一提，轻一笑，知道她心里也是喜欢的，便捉住她的小手亲了一下，又衔着她的唇啄了一口，以额抵额，细细地厮磨着彼此的脸庞。

她终于睁眼，美眸生春，手指轻轻地描着他的银色面具，这人，现在是她的男人了。

"喂！"

"什么？"

"前天晚上，怎么回事？"

她指的是岑乐。

"我没碰！你信吗？"

"信！"

她微笑，没有再细问，翘唇啄了一下。

他觉得她没有诚意，按着她的后脑勺深吻，细细的缠绵，静静地品尝着这样一份亲密。

之后，她问及有关在天龙寺发生的事，他一一作了回答，她这才知道了事件的整个始末，原来这一切皆始于宫慈想要留宿他，不想却叫别人钻了空子，反被利用了。

"哎，看来宫慈对你用情很深嘛？说，你到底做过一些什么事，居然能令她对你着了迷。"

她语气极酸地问。

"呃，我觉得与其把时间纠结在这种没有意义的事情上，不如我们做点别的。"

这个男人用自己的行动表明，他只对她着迷，紧接着，另一场更为狂野的肉搏战拉开了帷幕，配合默契的身子很快沉沦进了由彼此掀起的狂潮里。

金凌觉得这个男子就像一头长年被关闭的雄狮，有朝一日一旦被放出牢笼，他能将接近它的人整个生吞活咽，连骨头也不剩一点。

而现在的她，就是那只可怜的猎物，一整晚，被他"狠狠"地压榨，最后，累极，迷迷糊糊累得又睡了。

睡梦里，她似乎听到有急促的敲门声响起，好像是东罗在外头叫："爷，北园出事了！"

她睁了睁眼皮，看到九无擎披衣去开门，两个人低低说了一些什么，她太累，没听清楚，很快沉入黑暗之中。

三

醒来已经过了晌午，身子又酸又疼，对镜自照，脖颈间皆是他制造出来的爱痕，昨夜的缠绵，在这一刻想起来，实在是有些堕落了，但她不后悔，而且还挺喜欢。

穿戴好，下楼后，她发现九无擎不在，东罗也不在，出得门，阳光明媚，园中红花绿叶在晨风中摇曳生姿，很安静，偶尔有鸟雀在密叶间呼晴，娇啼婉转，甚是好听。

她深深呼吸了一口新鲜空气，精神倍儿爽，而后四下一望，惊讶地发现楼前林立的侍卫似比寻常多了一些，一个个虎背熊腰，负手站着，看到她时，都弯腰行礼。

南城和北翎正在树荫下低低说话，见到她出来，连忙让人把刚刚准备好的午膳给端进楼里。

"无擎呢？"

坐定后，她看着空着的位置问。

"爷要处理一些事。一时回不来！"

不知为何，说这话时，南城的眼神有些闪烁。

金凌一时没多想，只觉肚子饿，捧起米饭，吃了几口后，随意问了句："发生什么事了吗？"

"哦，也没什么。昨夜府上有人来闹事，失了一些物件，爷在库房清点财物。"

这话说得有点儿含糊不清，一顿一顿的，和平常那口吻有点不一样。

如果他说宫里有事，被召去了，她会信，毕竟外头的事，她不清楚，可他却说无擎在清点财物，她立马断定他在撒谎。九无擎不是一个会关心财物的人。

问题是，南城撒谎为的是想要掩饰什么呢？

整个红楼安排了这么多人来防守，发生的事，肯定不简单。

她没有揭穿，若无其事地吃完饭，擦了擦嘴后，笑吟吟站了起来，往外走出去。

南城见状，连忙过来拦住："金主子，您这是想去哪？"

"北园！"

吐出这两个字时，南城的脸色赫然就大变，连忙阻止道："那边有什么好去？荒园一个！金主子，您还是留在园子里吧！爷很快就会回来的。"

语气如此急促，表明这里头肯定有鬼。

"但是，我就想过去看看，无擎现在应该就在那边吗？昨夜里，我有听到东罗来裹那边出事了。如果只是小事，他断断不会到现在都不回来。而且还派了这么多人来看着这里。既然你不想说，那我只能亲自过去探个究竟了。"

昨宵他们才交心，今朝按理说他会陪她在楼里才对，他没在，就证明那边发生的事，相当严重。

四

在去北园的路上，金凌从南城嘴里知道了这么一件事：北园住着一个女人，名叫苓平，是九无擎名义上的小妾，是他三年前收的。

南城一再声明，他的爷从未碰过这个女人。收她只是为了保护她。不想昨天晚上，被一个闯进来的刺客给捅了一刀，据说刀上有毒，那女子现在危在旦夕，九无擎正在那边抢救她！

这件事一经吐露，把她的好心情一下全闹没了。

之前，她只知道他有很多床姬，这些床姬全是皇上赐的，他为了保命，而有过很多女人，那些事过去了也就过去了。可这个小妾的存在，着实有些打击她了。

如果不是那个女人于他而言有特殊的意义，他如何会纳其为妾？如果她是无足轻重的，他如何会在昨夜才与她欢爱完后往这里跑，并且还试图瞒下这件事？

于是，她越想越来气，满肚子火，旺得无处发。

待她进了北园，金凌发现，有人来得比她早。还能有谁，自是东楼的那两位夫人，正守在走廊上，耐心而焦急地等着，这二位据说是今天早上回来的。

门廊前，宫慈着紫裙，端庄高贵，岑乐着素裙，雅致纤纤，这二人，就如那春兰秋菊，彼此显衬着对方的气质，都带着近身奴婢，独不见那个讨人厌的尤嬷嬷。

见她来，岑乐微微一笑，看了一眼宫慈后，打起招呼：

"金儿，你也过来了！"

宫慈自很不想见到这张脸，新婚的喜庆全叫这人给败尽了，现在，她只要瞧见她，心里就不舒坦，却又不得不跟她打交道，不过，听说爷昨夜是半夜从床上跳起，来的这里，可见这里这位虽没有侍过寝，在爷心里还是有些分量的。

嗯，有件事，父亲说得极对，无擎其实是一个性情中人。但凡是他身边的人，他都会待他们极好。所以，总有一天，他也会对她回心转意的。至少，他肯出手救嬷嬷不是。

这般想，她立刻便扬起了一抹得体的笑，道：

"金儿，你怀着身子怎么还跑这里来？若是冲上了这里的煞气可就不妥了，还是回去歇着吧！这不，爷还没有救完人呢，你若在这里干等累着了，爷又是一番操心！回去吧！"

没露半分脾气，言辞温温，透着关心，显露着大家风范。

金凌回以一笑，未行礼，只淡淡道：

"不用，小金子天生坐不住，这一天不走动就闷得慌，何况又不是纸糊的。"

她是懒得和她说话，语气说不上冲，但直快，身上全无姬妾奴婢该有的谦卑，一脸的漫散，全没有把她放在眼里。

宫慈笑意微收。

岑乐深深地打量着她，能让他看中珍视的女子，必有不凡之处：细细一辨，果然极有傲骨。

适时，门已开了，出来的是东罗。

东罗是听到金凌的声音才出来的。

"苓儿妹妹怎样了？听说那一剑，穿了肺腑。我瞧着后门口，都是血的，爷关在房里施救都这么久了，是不是情况不太好？"

宫慈围上去，语露关切地问。

"还好！爷刚刚开膛给她缝了几针。快结束了！不过，能不能醒来就看她造化了。"

东罗回禀了一句，转而看向金凌，笑笑："金主子，您来得正好，爷身上的衣裳全是血，烦您回房给取一身干净的衣裳过来可好！我已让西阁去备热汤，爷累了一整晚，得洗洗，他也好歇一下。"

宫慈和岑乐转头，纷纷将目光投了过来。

金凌无视她们，点头：

"好，我去取！"

匆匆离去，南城跟在其后。

走了几步远，只听到那岑乐在轻轻地问："东罗，那娉儿不是已经死了吗？怎又活过来了，而且还偷偷跑回公子府，她这是想来做什么呢？没头没脑就把芩儿刺成重伤？"

下台阶的步子顿了一下，金凌是好一阵郁闷：怎么又冒出一个婢儿来？那又是谁？

身后，东罗什么也不答，只淡淡地道："两位夫人请回吧！这是爷的吩咐！"

取了衣裳重新回来时，宫慈和岑乐已经不在，东罗告诉她，爷在偏房内沐浴，引着她进了房。

房内有薄荷的味儿，一阵阵泼水的声音传来。

金凌四下看着，但见低垂的绡帐内，放着一个浴桶，九无擎正坐在桶里，头枕在桶沿上，一副很累的样子。

她轻轻撩起绡进去。

九无擎立即警觉地回头，脸上依旧戴着那银色面具，看到她时，冰冷的眸放出几丝柔光，轻轻道：

"你来了！"

金凌放下手上的衣服，走近，蹲下，看着他，看到了他眼里的疲倦，水深不过胸，胸口上伤疤在他身上蜿蜒而下。

"很累？"

"有点！"

"救得怎么样？"

"不知道。看她能不能醒过来了。这世上的医者，再如何妙手回春，一旦断了生机，大罗神仙也难救！"

他深深嘘了一口气："金儿，你出去吧！"

"嗯？"

他在赶她？

"我得换衣裳，你要是乐意，我不介意你服侍我。"

他一本正经地说。

这人，这个时候还在戏弄她。

她瞪眼，离开。

他低笑。这么一笑，凝重的气氛散了不少。

出得门，阳光照在身上暖暖的，她抱胸，走往园子里，几个婢女正在一处隐蔽处小心地议论着什么。

一个说："真是可怕得紧，那婢儿真是疯了，差点就害死了芩主子。"

一个说："哎，你们进府久，可认得那人？对公子府的地形那么熟悉，是不是原就是府里的人？"

一个说："嘘，别提这事，小心遭骂。"

一个说："为什么会遭骂？"

一个说："你没瞧见吗？都把人关起来了。任何人都不得去见那女的。连两位夫人都不许见的，可见这事不能乱提。"

最后有人轻轻一叹，插了一句："娉儿也真是可怜，若不是她生了非分之想，也不至于落到这个田地。唉，她为什么还要回来呢？为什么呢？"

有人问："钏姐姐，我认得她吗？"

那人久久未答。

正这时，西阁过去将这干人驱散了：

"没事嚼什么舌头，各自忙去。还有你，钏儿，不该说的话，烂在肚子里。"

那一帮婢女，一个个缩着脖子全跑开了，西阁站在那里看她们走光了，才转身，和她的目光对上时，眉头直皱，露了三分紧张之色。

他们想隐瞒什么？

她心头"咚"了一下。

"金儿。"

身后传来九无擎轻轻低唤的声音。

"哎！"

她应着，提着绣着碎花的裙摆回过身，绕过转阁，看到九无擎在走廊上边走边唤着。

"走，我们回去吧，我肚子空空的，怪难受。"

阳光照在他身上，墨袍翩然，银面具闪烁着异样的亮光，他停在那里，看着她小跑步地走近，温温地说。

"嗯！"

有什么问题，也该回去解决。

他伸出手，想挽她手。

她笑笑，扬眉："又不是小孩子，牵什么手。"

九无擎立即感觉到了她刻意的疏离，驱上前一步，急切地将人搂住，感受着她身上传来的阵阵暖意，她稍有抗拒，还是顺服了。他嘘了一口气，心下琢磨了一番，才道：

"金儿，关于苓儿，并不是你想的那样。"

他想解释，身边的走廊上传来一阵急切的脚步声：

"不好了，爷，苓儿在七窍流血！"

是东罗在叫。

九无擎眼神大变，急忙放开金凌，回头沉道：

"怎么会这样？难道我用错药了？"

金凌静静地站着，看得出他很关心那个苓儿，心里满不是味儿的，想转身离开，又觉得这样做太小家子气，毕竟是性命攸关的事，而他是大夫，何况他刚刚也解释了，事情并不像她想的那样，许是她多心了。

可他急得都忘了跟她打招呼，拔腿就飞跑过去，她再大度，心里还是小小有些刺伤，所幸他立刻又想起了她，走了七八步后，又折了回来，一把拉起她说：

"金儿，你也来，三个臭皮匠顶个诸葛亮。帮帮忙，苓儿那丫头不能死，从哪来的我就得完好无损地送回哪去。过来，我们一起想法子，也省得你在那边胡思乱想。"

九无擎觉得，还是将她带在身边比较省心。

一会儿后，金凌在房内见到了这个叫苓平的姑娘：身着单衣，静静地躺在床上，七窍内有源源不绝的鲜血冒出来，一张脸孔，满是血迹，而且还是黑色的，一眼观之，极为狰狞，身边服侍的侍女吓坏了，正站在那里瑟瑟发抖。

九无擎扑坐到床上，连忙将人扶起，点住了她几处穴道。

擦去满脸血渍，立即现出了一张极为标致的脸孔，那容貌绝不比宫慈、岑乐差，绝对比她这一张麻子脸好看几十倍。

"她中的是七窍泪！"

不知怎的，一看那个光景，金凌就想到了这样一个名儿，脱口报了出来。

九无擎点头："对！是七窍泪，但不是眼泪，而是毒血。刚刚我明明已经将毒逼到了她手心上，怎么会突然又散开？"

金凌检查了一下苓儿的手指，皆乌黑，可见那些毒并没有走散，脑子里忽有什么灵光乍现，她叫了起来：

"我明白了，她身上中着孪生毒，七窍泪只是其中一种，另一种名叫七窍涌。我曾在东荻国看到过那样一本医书，只要在七窍泪里另加了一种毒蝎汁，就可制成了这样一种孪生毒，初见以为是七窍泪，若药物只单单控制了这种毒，没顾到七窍涌，不消一刻钟，中毒之人就会因失血过多而死去。"

"那现在该如何做？"

这世上学问博大精深，九无擎也有不懂的东西，拉她进来是对的：这丫头这些年四下游历，远比他困守鐛京城来得强，能领略到很多他所无法涉及的领域，眼里不觉露出欣赏之色——他的女人，自是非凡。

金凌犹豫了一下，盯着他的眼说：

"我们联手，将她体内的毒逼出就好，只是必须脱了她的衣裳的，唉，算了，医者父母心，一起动手吧！"

她并不乐意他看别的女人的身子，但，总归是救人要紧，她也不能多计较了。

五

苓儿的命救了回来。

但是，金凌不理九无擎了，很不高兴地避着他：只要一想到那天那个苓儿一醒过来抓着他叫什么哥哥，她就怒气冲天，于是一连三天，她都没跟他睡一处。

吃醋的女人是可怕的！

三天时间，金凌睡在九无擎的房，他呢，在书房睡。

这三天里，她不知他去见了苓儿多少回：白日里他几乎没有多少时间留在红楼。据说，只要那苓儿闹着不肯吃药，他一定亲自跑去哄着吃。

外头的人，那可是传得有声有色，都在说：等这苓儿身子好了，保不定也能搬进红楼服侍。毕竟金主子怀上了，这床笫之间多少得忌着点了。

诸如此类的话，已经在公子府内四处流传开。

那些人似乎已经忘了九无擎在女色方面，并不沉溺。

传言不见得真，但听在耳里，多少让人觉得不舒服。

起初，金凌不予理会，然而众口可铄金，最后她还是偷偷跟了过去。

第四天傍晚时分，她刚从楼上看了一会儿医书下来，正在园子里散步，就听得几个婢女在私下窃窃私语，说：这苓儿时来运转了，爷一回府就往她房里钻，现下这得宠的劲儿比红楼那位还要盛……

她眯了一下眼，借了个时机将东罗甩下直往北园而去。

轻手轻脚上得楼，隔着那半遮半落的粉色窗纱，她看到九无擎坐在那绡帐低垂的床榻上，手上执一汤盏，正轻言低语地劝床上之人吃药。没听清楚他到底说了什么，只知道那话令那个姑娘哭得一踏塌糊涂，软啼悲泣间，拉着他的手怎么也不肯放。

九无擎似乎有些无奈，只坐着，并没有冷着神色甩掉那只手。

她看得眼疼，心疼，再也不屑瞧一眼，怒气冲冲就跑了下去。

不想，跑到楼下正好遇上了宫慈，这女子穿得端正，正举止优雅地往这里走来，身边跟着两个侍女，其中一个手上捧着药膳。据说这三天，这位夫人往这里走得很是热络，似想借着机会彰显其当家主母的风范。

宫慈是何等玲珑的人儿，看到她脸色奇差，那眼珠子往楼上瞟了一眼，心下早明白了一个大概，停下步子冷冷地看着。

等金凌走过时，她用手上的帕子擦了擦拂沾在衣袖上的灰尘，淡笑款款道：

"哟，金儿，这般行色匆匆的干什么呢？在生气？是不是看着爷宠着别人，你心里就不舒坦了？啧，何必，爷不是你一个人的，能占着几朝，那是你的福气，但也别因为自己一脚错踩青云，就忘了自己的身份。你要明白一件事儿：爷宠着你，不该骄纵了，爷宠别人，作为他的女人，该有的本分，总还得守，别凭着这么一副疯疯癫癫的性子，尽给爷寻事儿。我是好心，才提醒你一句。你，听得明白么？"

又是幸灾乐祸，又是讥讽嘲笑，一句话，反正她这番是看了笑话，心头痛快了。

金凌本懒得和这人一般见识，可心里急怒不过，终还是煞住步子，猛转身，冷笑着扔出一句话去：

"朝秦暮楚的男人，便是白白送我也不稀罕，你当我就非得靠上他了？你们爱争自个儿争去，你不嫌恶心，我还嫌脏呢！"

那语气冲得不得了，立即令宫慈沉下了脸来。

许是声音说得有些响，让楼里的人听到了，只听得一阵急乱的开门声，九无擎的身影乍现于楼道，看到骂骂咧咧的金凌，浑身一僵，都忘了走楼梯，"嗖"的一下自楼上飞纵下来，急声叫了一记："金儿！"

金凌正在气头上，哪肯回头瞅他，也不理会这神色各异的众人，怒发冲冠地冲出园子去，直直回房里打理起包袱，准备卷铺盖走人。

九无擎急急地追上来，看到她背着行李出来，忙将人拦住，心肝直跳，凝声问：

"什么意思？"

金凌压着心头的气儿，对他露出一个灿烂无比的假笑：

"我觉得这地儿脏，我出府。不碍着你们任何人！再见！希望以后永不相见！"

这话令九无擎眼神一缩，牢牢就堵上门口，声音极度紧张地问：

"怎么？你不要我了？"

"对，不要了！你这个人这么复杂，我哪要得起，也学不来那些大家闺秀乐意与人共侍一夫。你的那本医书我拿了，我身上的问题，我自己治，再不敢待在这里劳烦你了！"

她用包袱打他，娇叱："闪开去！好狗不挡道。"

九无擎知道这几天她心中很不痛快，也知道这几天外头传得不好听，人言可畏，何况还是有人刻意为之。再则，北楼发生的事，他半个儿字都不敢跟她提，只希望能将事情在暗地里化掉，心里则生着一种难用语言描述的怕意。

这世上最叫人悲痛的事是：得而复失。

他太怕发生这种事，一张臂，将人抱住，闷闷地在她耳边叫道：

"不许！我不许你不要！"

"哼，凭什么你说不许就不许？你以为你谁啊？放开，谁准你抱我的？才抱过别的女人，回头又想染指我？你不觉恶心，我可是要吐了。九无擎，你想享齐人之福你去享个够，就是别再来缠着我。放手，再不放，我咬死你！"

她恼怒地吼着。

"好，那你咬死我好了！金儿，你吃醋，我很高兴，但是，你也别什么醋都吃行不行？能不能听我解释，你都冷我三天了，今儿个，我们把话说明白！"

他拉着她往房里去，心下一片慌。

金凌嫌恶得直叫，光火地推着他："放开，别拿这只脏手碰我！"

这手上还沾着那女人的气息。

他回头看她，就是不放。

可恶，他的手劲这么足，她根本就挣不开，遂又怒叫起来：

"东罗，给我端盆水来，还有一个马刷子，立即给我备上！"

看到他们闹起来的东罗，一直守在门外守着，听到吩咐，一边应话，一边撒腿下楼去端。

"马上给我洗手！马上，否则……"

金凌寒着脸，顿住步子，一时忘了要离开，而用一种警告的凶巴巴的眼神看着，没往下说。

九无擎一扯嘴角，乖乖点头，乖乖重新折回到外室。

东罗速度极快，飞快地端了一盆水闯进来放在桌面上，然后，有点担忧地看了他们一眼。

九无擎示意他退下，他没马上走，只在他们身上来回瞅了又瞅方离开。

门才关上，金凌便急巴巴地拉着九无擎过去，亲自给他洗。她用那把刷马背的马刷子狠狠地刷着，都刷得肌肤发红了，他没叫一下疼，任由她"欺负"自己，出气儿。

不知刷了多久，等她觉得够了，停下来时，就看到他的手上已经横起一条条刷痕，心下突然觉得可笑。

如此刷有用吗？

他的身边有那么多女人，而她只是其中之一，她想要他只对自己一心一意，似乎是有些痴心妄想了。

"可以了吗？干净了吗？"

他看着她，轻轻地问，手上一道道全是伤，渗出一丝丝的血来，不知道是他的皮儿薄，还是这刷子太硬了。

怎么可能干净！

这人根本就不干不净。

金凌不说话，一股莫大的悲哀涌了上来，恼恨自己为什么要喜欢这样一个人，给自己找罪受？

"你根本就洗不干净了！"

她吼了一句，才一转身，就叫他拉住了手，任她怎么甩也甩不开，她并不知道自己这句话吼得他难受得慌。

"苓儿只是一个妹妹，其实你也认得的。只是妹妹。她是因为我而受了牵累，我能做的只是保护好她。有朝一日送她离开这个是非之地。没有别的意思。真的。三天前我就想跟你说的，可是你没给机会让我说。金儿，相信我好不好？"

他说她认得苓儿？

这话，她有点听不懂，此刻，她更不想问，只怒腾腾地戳他胸口，嗤笑：

"你若只是当她妹妹，这几天怎么天天和她混一起？成天不回红楼。你就这么不放心她？那你干脆搬过去住她那里得了。要不然，我离了去，你把人家接过来！这样省得两地儿跑。"

这话酸得都可以让人流出口水了。

可他笑不出来，她的怒气不是一般的大，不解释明白，事儿可真大了：

"是，我是去见过她几回，因为怕她刚醒，伤口再出现什么炎病。其他时候，我出府过几回，没待在她那边。

"这几天晚上时候，我原想与你说话，你把门关得紧紧的，我又不想惹你生气，只能在你睡着了才进来看看你。你有踢被子的坏习惯，我几乎守着你快到天亮才出去，房里的炭火也是我添的。其实你知道的是不是，就是不肯承认罢了。金儿，别跟我怄气了，你心里气着，我也不好过。嗯？好不好？好不好？"

他温温地说着话，耐着性子迁就着，眼底溢着满满的柔光，和着外头折射进来的阳光交相辉映。

金凌的鼻子微微有点酸涩。

她记得的，每天晚上，都有人在给她盖被子，每番起来，身边都有睡过的痕迹，温温的，是他的体温，也留着他的余香。

她故意装作不知道他曾来过，总盼着他能主动澄清，可他倒好，白天压根儿就不见人影，只在深夜才露一下脸，这种态度，真是叫她气不过。

"迟了，我不想听了！"

她冷冷地撇开，推开，重新抓起自己的包袱往外去：

"公子府我不想待了。你，我也不想要了，我要不起，这样一个你，谁喜欢你，谁自找罪受。"

"凌儿！"

他从身后抱住她，紧张地箍住她，改了一个称呼：

"我们说好了，不问过去，只问将来的。不许半途而废，不许的，凌儿，你若不来，我这辈子也就这样混下去了，可你来了，不管这是宿命，还是人为的牵引，我们总归又遇上了。既然我们已经遇上，我怎肯再放掉你？是，我知道我配不上你了，如今，我已不再是当年翩翩少年郎，满身的病，满身的脏，不光你受不了，我也是，但是……"

金凌感觉得出他很在意很在意她，可她心里就是来气，只要一想到他刚刚抱着人家温柔细语地哄着苓儿吃药，她就有满肚子的怒气。

她只知道一件事：这个男人很爱护那个苓儿，她有点不信他会只把人家当做妹妹而已。

最令她不痛快的是：除了苓儿之外，这个男人，还有别的事瞒着她，根本就没有对她交根交底，这叫她很受伤。

"够了，我不想再听，今日我是非走不可的。"

她挣得厉害，怒叫。

决绝的语气，令他黯然，不知不觉松了手。

她趁机逃开。

"真要走吗？"

"是！"

她喘着气儿，不肯用正眼再瞅他一下。

"好。我让东罗送你回去。你若不愿留下，就马上离开龙苍，回九华吧！外边不安全。其实我身边也不安全的，你回去了，我才放心！"

他突然不争了，只寂寂地坐到边上，扶着额头落寞地靠着墙，身上又显露出了那天在北园沐浴时那种疲惫之色：

"原本我就不该这么自私，将你留着，让你跟我一起受苦，一起难受，是我错了！"

因为这些年太过坎坷，太过森冷，太过黯淡，一旦，她闯进他的世界，他便怀上了这样一份奢望，想牢牢抓着这份灿烂的阳光，为自己点亮前程，却不想自己的世界，太过凄凉，连阳光也会畏惧害怕。

好，那就走吧！

若能将她完好地送走，他也便没了后顾之忧，这样的话，会比现在这般忧思强上许多。

九无擎的妥协，却令金凌的眉头皱得越发的紧，她终于转头看向了他：声音太过沧桑，透着一股子难以割舍的疼惜，眼色太过萧瑟，就像是没有阳光的腊月天。

她没有再和他说话，寒着脸就夺门而出。

门外，东罗神色凝重地侧耳倾听着，见她怒气冲冲地跑出来，想拦，她利索地一把将人推开，往楼下跑去。

东罗傻眼，急着往房里直叫：

"爷，您真舍得让她走啊？"

"她若要走，便走吧！东罗，以后，你跟着她吧，将她送回去！"

他颓然淡淡地吩咐着，铁了心不再去追。

"你们两人，这，这到底是在闹什么呀？"

东罗无奈地一拍大腿追了下去。

人已远去，心，一下也跟着走了。

九无擎深吸一口气，走到了琴架前，抚着那一架她曾弹过的七弦琴。

她才离开视线，他已经开始想念。

想念的情绪在胸膛里翻来翻去横冲直撞，她是他胸膛里的肋骨，少了她，那便是一辈子难忍的痛。

可是，她若不快活，他怎能将她强留？

乌崖巅之雪莲，罗河之琥珀鱼肠，青峰之乌鹰血，他已得了三样，可那玄冰潭底的回魂草，却还未找着，虽有活下去的希望，可在没有找到之前，依旧有着无穷的变数。也许到头还是一场空呢，这几天的相守，也许是他在预支那属于将来的遥不可及的幸福。

既然那幸福是如此的易碎，那就由它随风而逝。

他沉沉叹了一声，执起一支笛，吹一曲《春风尽》，算是给她送行：

残红落，春光尽。万里无舟归无计。
流水疾，相思影。千山不见飞鸿迹。
今生错，来世惜。岸下独立，惟听寂风悲泣：
此生休矣，此生休矣，来世相守可有期？
梦里景，泪无语。绵绵此恨无从寄……

一曲终，眼有湿意，强自割舍，是何等的自苦，若就此别离，相会又不知要何年何月了，也许今生还有后会，也许只能遥寄来世茫茫之期。

诉不完的心头悲凄，化作曲调，表着苍凉心迹。

门，突然撞开，他还来不及抹掉眼底的泪意，那个本该离去的娇俏身影，又赫然出现在他眼前。

他一怔，吃了一惊："你！"

莲花指疾如飞地点到了胸口上，打断了他的惊呼。

"九无擎，你好样的！"咬牙切齿的怒叫声在耳边响起来，"说什么喜欢我，到头来，你的耐心也就这么多罢了！你要我'只问将来，不提过去'，那你也总该拿出你的诚意来是不是？我吃醋生气跑出去，你就听之任之？你知道我最气你什么么？我最气的就是你事事想瞒我，不及时地跟我解释说明，难道我是那种不能和你患难与共的人吗？"

她冲过来，憋屈着一张小脸，紧紧揪着他的衣襟一边摇着，一边冷冷地吼着，气得小脸通红，浑身发颤。

九无擎没想到她会重新折回来，呆了好一会儿，才一把抱住了她，一阵异样的喜悦自心底破冰而出，他急急地辩道：

"凌儿，不是我没有耐心，不是我想听之任之，你根本就不知道我有多么多么的割舍不下你。放你离开，就等于在割我的肉。可你非要离开，你让我怎么办？我不想惹你伤心，我只想你对着我笑，如果离开我你会开心，我再怎么难受也会放手。何况，何况留你在我身边，本来就是一件危险的事。当前的局势，于我而言，是举步维艰。

"我的确是有很多事，瞒了你，不是我不想对你说，只是时候未到，我怕说了你会生气，会不痛快，所以，我想把事情解决了再来告诉你，再来说明。

"凌儿，你现在回来是不是代表你不生气了？回答我好不好？凌儿，快说话，快告诉我，你还走吗？"

一个个的吻轻轻落下，他将她紧紧抱着，低低地叫出心头藏着的痛楚，如此的卑微，如此的惶恐。

这个时候的九无擎，只是一个被这个女人折磨得心神俱苦的寻常男人，他不是外头人口相传的恶魔，也不是战场上那令任何人都闻之丧胆的统帅，他的所有心思都叫一个金凌的小女子占住了，为她痴，为她迷，为她乱了心计。

金凌在心头沉沉叹了一声，举手抹掉眼泪看他，他的无助，他的自卑，他的痛楚，都挂在眼底。

他是在意她的，很在意很在意，在意到舍不得用自己的权势来逼她，在意到宁愿自己难受也不愿强求于她。

天呐，这到底是怎样一个复杂的男人啊！

她迷惑了，咬着唇，瞪着眼，发现自己彻底完蛋了，用力戳了戳他的胸，叫道：

"笨蛋，我怎么可能轻易走掉。你是我男人，我小凌子是那种轻言放弃的人吗？我只是气不过，非常非常讨厌你和其他女人有牵扯。你倒好，随随便便就想放下我。你到底有没有坚持到底的操守？你应该拼命霸着我才对。"

"好，那以后，我会拼命地霸着你，再不放手！"

他连忙郑重起誓。

"但是前提是，你不可以再骗我。绝对绝对不可以再瞒我。至于将来，任何问题，我们一起面对，任何困苦，我们一起品尝，任何磨难，我们一起打拼，生不离，死不弃，恩爱不相疑，我能做得到，你呢，你能吗？"

这样的告白，令他热泪盈眶，这便是他世界里的太阳呵，如此明媚，如此的坚韧不拔，又如此的聪慧过人，把什么都看透，又把什么都想透，能如此坚定地来爱他，他何德何能，得了她的真心真意。

"能！我能！"

他将她深深抱住，给了她坚定回答，又急急地补充了一句话：

"可是凌儿，有些事，我还没有处理好，等我处理好了，我再与你说，给我一些时间好不好，好不好？"

她低头，半晌，给了他一个温柔的吻，如三月的杨柳风，轻轻地抚平他心头的紧张，吻罢，她点下了头：

"好！你要时间，我给你。不管你在处理什么事，我唯一的希望是，你能尽快全盘告知我，既为夫妻，祸福应当与共！"

九无擎抱紧了她，答应道："我会。不需要多久。我就把所有事和盘与你托出……"

六

争吵之后的温柔，愈发地弥足珍贵。

十三年来，九无擎活得很辛苦，她是他苦难生命里的唯一亮色，若是失去了，这辈子，就真的完了，但她却勇敢地站到他身边，许了他一个幸福的将来，令他有了美好的期盼。

当天夜里床笫间的缠绵，显得有些疯狂。

他用他的行动表达了他对她的无尽渴望，几乎能让人窒息的吻遍布周身，她温驯地承载着他的柔情，沉沦在他创造的极致感觉里。

奇怪的是他并没有逾越最后一步，只是吻，吻到最后，他居然想逃跑，说要去冲澡。

她抓住他，奇怪地小声问："你，怎么了？"

他的眼珠子一径在喷火，哑着声音，别开头说：

"别再诱惑我了。我们得节制一些，这事做多了，太容易怀娃娃，让你吃药的话，一对身子有害，二容易叫人抓住把柄。能抱着你睡就好，我们就这样说说话。"

她不干，将他拉回来压住，学他样，吻他，从眉到唇，从唇到胸，吻过他身上每一道伤疤，将他逼到极限，然后，红着脸在他耳边低声道：

"这事儿又不准，要是怀上了，我给你生，除非你不想要。说，要不要？"

他听着浑身一震，深深地看她，一边叫她"小精怪"，将她缠住，一边低低地说"我要，只要是你生的，便是无价之宝"，然后，他用彻底的占有来证明他所言非虚。

一夜的娇喃轻吟，一夜的销魂入骨，总令人觉着春宵太匆匆，怎么抓也抓不牢。

天亮醒来时，无擎已经不在，金凌跳下床，只着单衣匆匆出去寻找。

隔着一层珠帘，见到向阳的房门开着，九无擎正倚在轮椅里坐在门外，整个人沐浴在阳光底下，手上拿着医书，似在看，又似发呆，身上铺着一层阳光消散不开的凝重之色，银色的面具掩去了他一切情绪，她不知道他在想什么。

金凌松了一口气，怔怔地看着，心里疑惑：到底是怎样的事困住了他，令他如此的心神不宁，连觉也不想睡？

看他这模样，与其说他在研究医书，倒不如说他在心思重重地盘算着什么。

听到脚步声，他转头，看到是她，那满眼的冰凉里破出一抹晨曦似的亮色，一朵微笑隐约乍现出来，便如被朝霞染红的白云：

"醒了？"

冰冷的声音微暖，向她伸出了手来，将她拉到自己腿上坐下，手指轻轻拂过她流水似的长发。

"嗯！你怎么这么早？"

她顺从地将头靠在他肩上，闻着他身上好闻的清香，看到他的脖子上有几个青紫的痕迹，那是她昨夜制造的。

"我习惯了，你若觉得累可多睡一会儿……"

"还好！哎，你想什么这么出神？"

"我在想你！"

他亲亲她黑亮的丝发，亲亲她娇嫩的小脸，然后亲亲她粉润的唇，如此真实的存在，在这样宁静的阳光底下相拥，让他觉得这是何等的快活，却又何等的煎熬，不知不觉，手上的力道加重。

"我不是就在这里吗？"

她钩住他，往他脖子上咬了几口，那酥酥麻麻的感觉令他身子一紧，忙将她推开，无奈地瞪了一眼：

"大清早的，你又想怎么欺负我？非得把我整得出不得门是不是？嗯？你自个儿瞧瞧，我这脖子，还能见人吗？"

语气含着满满的宠溺，由着她胡闹着。

她看着那些痕迹，轻轻笑，抬头时往他唇上咬了一口，将自己挂在他脖子上。

这样赖着一个男子，是从未有过的经验，但她私心里甚为喜欢。

很奇怪的喜欢。

他温柔睇着，伸手挑着她的下巴，回以一记深吻，在阳光底下，含上她的唇，感受着那柔软的唇瓣传来的电流，在彼此的身子内流窜。

她是个好学的孩子，先前，只有他吻她，现在，她也知道反过身上来撩拨他了，灵活的丁香舌，时不时会探入他的唇齿间来挑逗，逼乱他的情绪。

他哪肯被她"欺负"，反过吻乱她的心魂。

阳光柔软地洒在他们身上，两个人缠绵的影子在地板上拉出一个完美的剪影，我中有你，你中有我，叠合在一起。

许久后。

他放开她，彼此轻喘，平息着血管内涌着的那滚滚而起的热潮。

"金儿，叫我名字！"

他在头顶低低地说。

"九无擎！"

她软软地叫。

"不是这个！"

"燕子！"

"再多加一个字！"

"什么字？"

"坏！"

"坏燕子！咦？"

她咬出那三字，不觉扑哧笑了，哪有人会让别人这么叫的？

举头，好笑地看着，可惜看到的是一张冰冷的面具，但那眼神是柔和的。

她伸手在上面敲了一敲，唇弯弯，似吟似叹：

"的确很坏！我怎么会喜欢这么一个坏蛋，太叫人郁闷了！"

说着，长长一叹，她倚到了他怀里，嘴角斜斜挑起，眉飞色舞，娇态横生，那发束轻落，那慵懒之状，真是太能撩拨人了。

他屏着呼吸怔怔看着，这般亲昵的时光，美得如梦如幻。他用手指轻轻抚着她的小脸，无比珍惜这样的相处。

"金儿，我们去别馆住几天好不好？有些话，我想与你好好说说！"

有些事，避不可避，只说他那些隐秘的事儿一旦捅破，她会有怎样的反应，那是他最最担忧和惶恐的。

"嗯！"

她满满答应，因为她深信，他会给她一个交代的。

第二十六章　娉儿归来

一

地牢，封闭的密室内，一个披头散发的女人，着一件寻常青衣，躺坐在铁门口那冰冷潮湿的地面上。

在她面前，放着一碗冷饭，两道小菜，一只茶壶。

饭吃了一半，一半掉在地上，碗倾斜着；菜是好菜，有肉有汤，汤洒了，肉未动；茶壶是翻倒的，一摊茶水，一摊汤汁，漫无规则地混在一起，一副狼藉不堪的景状。

女人无力地拍着铁门，发出一阵阵铿铿的声响，清秀的脸孔上，是点点泪痕，粘着泥尘，粘着一些血渍，黯色的嘴里，也不知喃喃地在说着什么。

密室的暗门咯咯开启，地上的女子就像兔子般惊坐起来，一双手紧紧地抓着铁栏杆，疾急不堪的绝望眼神，射出铮亮的光芒，在看到东罗端着饭菜走进来以后，她猛地爬了起来跪倒于地，急声急色地哭叫起来，声音又哑又破：

"东罗，求求你了，求求你了，让我见见公子吧！让我见见公子吧！我一定要见公子！一定要！"

东罗瞟了一眼，站定，皱眉，不说话。

娉儿扒了扒凌乱的发，睁圆着那双原本很漂亮，如今却血色红肿的眸子，并没有因为东罗的冷漠而打了退堂鼓，不死心地继续求着：

"东罗，求你行行好，求你帮帮忙，娉儿求你了，孩子是无辜的，太无辜太无辜，她可是公子的亲骨肉啊……求你了，求你救救那个可怜的孩子吧！

"娉儿知道错了，真知错了！当初娉儿是该打掉她的。是娉儿非分了，是娉儿不对，可是东罗，公子灌了我那么多的打胎药，都没弄死她，她还是活过来了，这是天意啊！

"是老天让她活下来的。"

"想那日里，她生出来原是没气了，我抱着她一天一夜，哭了一天一夜，她却又活过来了，会哭了，会呼吸了，会伸胳膊蹬小腿了。你摸着自己的良心自问，难道我还能在她缓过气来时，再硬生生掐掉她的生机吗？"

她呜呜地嚎啕大哭着：

"东罗，我不能这么做啊，这样太残忍了。我是她娘亲啊！我舍不得！真舍不得啊！所以，我只能偷偷养着，偷偷地想带大她。

"现在清儿已经很大了，四岁的小妞妞，能说会道，活蹦乱跳的，又聪明又乖巧。那么美好。

"东罗，她是我唯一活着的希望，若不是她快要死了，我不会来见公子的。更不会让爷知道她的存在。娉儿从没想过要拿她求得爷的垂青。真的。我发誓，我只是来求公子救救她，我只要我的清儿好好活下去，我想要我的清儿。

"东罗，你让我见见公子吧！我求你了，求你了，求你给我传个话吧！他可以不认清儿，可是他不能见死不救啊！那是他的亲生女儿啊！"

她一边声泪俱下地喊着，一边狠狠地往地上叩着头，一记重胜一记，一记响胜一记。

终于，额头叩破了，好大一个伤口，血在往下流淌，乱发加着血丝，黏着菜汤饭粒，整张脸孔，血肉糊涂，不堪入目。

东罗沉默地走过去，将手上的饭菜放到地上，慢慢地推到她面前：

"别叩了。爷不会见你！但是孩子，我们去找过，没找到。娉儿，你先告诉我，当初，是谁帮你逃走的，又是谁帮你把孩子救活的？这件事，你必须交代明白。你知不知道，有人正拿你和孩子大做文章。"

娉儿顿时瞪大了眼，急切地爬起来，不相信地猛拍着铁栅栏：

"你说什么？清儿不见了？怎么可能会不见了呢？怎么可能？"

她连连摇头："不可能，不可能，阿祥说过会帮我带好清儿的。等等，那阿祥呢？有没有找到阿祥？有没有？"

"没有！"

"怎么会没有？怎么可能会没有？"

"没有就是没有！你说的那个地方，没有半个人影。你所说的那个阿祥也没见到。我们在村子附近找过。村民说一辆马车将他们带走了。他们跟我们形容了那马车的特点，我让人沿路追查。查不到。他们向南而去，中途换过几辆马车四下散开。线索断了。娉儿，你懂吗？孩子和那个叫阿祥的男人已经被一拨神秘人带走了。"

这话令娉儿双耳嗡嗡作响，呆若木鸡，干裂的嘴唇不断地哆嗦：

"怎么会这样？怎么会这样？阿祥会武功的，很厉害很厉害的。他说会等我就一定会等我，不可能跟人走掉的，不可能！"

东罗瞅着这个像抽了魂魄一般的女子，想到的是曾经那个天真烂漫的女孩儿。

四年多不见，才二十二岁的她，显得是如此的饱经风霜，不用想也能知道必是在外头吃了不少苦。

其实，她本就是一个苦命的丫头，多年前，爷在烽火连天的尸骨堆里捡到了她，一时不忍，救了她，后来爷让她跟着十爷做了侍女。

五年前，爷准备离开时，早就给她打算好，配个得力的属下给她依靠，留的嫁妆也丰厚，日后，夫唱妇随，小日子必能过得自在。谁能想会出了那些个事，那个属下死掉了，她呢，最后落得这样一副惨境，不光苦了自己，也给爷出了一个天大的难题。

"娉儿，说句实话吧，那年，是谁替您布了一个你坠崖假死的局。这些年，又是哪位高人在暗处给你作掩护，你若不说出来实情，我们满头雾水，根本就无从着手去查找，要是贻误了时机，你的清儿可就再没有机会见到爷了。"

"为什么又来问我这个问题？我不知道！我真的不知道。东罗，不是我不想说，而是，我根本无从知道，我发誓，我若说了半字谎话，就让我和清儿都不得好死。"

娉儿转过神来时，急急地举手起誓，以表示自己所言非虚，语气是那么郑重。

东罗深深睇着，点头："那你再跟我详细说说四年前的事。"

"我已经跟北翎说过了。"

"再说一遍！"

"好，我说我说。四年前，我看着清儿没了气儿，我哭昏了过去。醒过来的时候就已经在外头，一个黑衣人带一个大夫来给清儿检查了一番，也不知给她吃了什么，隔了几个时辰后，她就有呼吸了，能动了。后来，他们把我们装在棺材里送了出去，等再次有知觉时，我和清儿就已在那个村子里。这一过就是四年，日子平平静静，我每日织布，编编鞋，让阿祥带着去换几个小钱，除此之外，再无别的特别的事发生！那个黑衣人也没有再出现过，所以，我真不知道你们口中的幕后人是什么意思，我真不知道。"

东罗不觉皱起了眉，很显然，那些人，养着她们，就是想在必要的时候，给爷一个痛击的，又或许是，人家想借这个孩子，探爷的底。

现下明确的是，公子府的人是不能出城的，这番找这个孩子，他们动用的是煞龙盟的人。不管怎么暗中操作，这么行动的结果，必会暴露一些深藏着的东西。

"娉儿，你确定，那孩子真是公子的吗？那番，爷亲自看过的，是死婴，若不是你又哭又闹，他本是打算将孩子火化的。为了安抚你，才让你抱抱，结果你却带着她跑了。"

他真的很不希望那孩子还活着，于爷而言，那是一段无法雪耻的难堪，要是这孩子找了回来，他不敢想象他的那个女主子会有什么反应。

娉儿没料到东罗会发出这样一个质问，顿时心痛如绞，露出一脸难以置信的神色来，而后悲痛一笑：

"怎么？你以为我会随便抱个孩子来冒充吗？东罗，在你眼里，我便是这样的人吗？我是吗？即便公子当年逼我流掉孩子，我也不恨他，公子与我有再造之恩，娉儿这辈子愿为公子肝脑涂地，如果孩子当时真死了，也便罢了，可是她活着就活着，东罗，这种事能做得了假吗？"

"好，我知道了！"

东罗点头："你先吃饭吧！孩子的事，不管那些人到底想做什么，爷已经插手，现在你只要留在这里安安静静等着。这是爷让我传的话。如果孩子本身没问题，爷会给孩子一个交代。但是，娉儿，别试图想留在爷身边，不管爷认不认这孩子，都不要有非分之想。这是我对你的忠告！"

娉儿终于露出了几丝欣喜之色，连忙点头：

"娉儿懂的，娉儿已经不是五年前的娉儿，东罗，我只要孩子和阿祥，我与阿祥原是要准备成亲了，若不是孩子出了事儿，我不会来这里的。"

"是吗？"

这令他颇感意外。

"好，那就好！"

东罗松了一口气，往外而去，疑云重重绕心头：当年，他们被囚禁于公子府，失踪了六七个月的娉儿突然出现，求庇于爷，说有人要害她肚子里的孩子。爷在知道这孩子是自己的以后，第一时间让七爷熬了一大锅药，强行灌了下去，当天夜里，她诞下一个七个半月大的死婴，而爷守在边上经历了整个过程。

后来，这对母女奇怪地失了踪迹，皇上曾大力追查，传来的结果是：坠崖死了。

既然已死，就不可能会出现这样意外的变化，这当中到底发生过什么？

他猜不透。

二

东楼。

宫慈正在吃早膳，桐副尉走了进来，她连忙擦擦嘴，站起来："怎么样？"

桐副尉先行了一礼，方摇头道：

"地牢那边，看管得很严实。那些人全是九爷的心腹，根本不会和人攀交情。查不出那女人为什么突然现身公子府！不过，听说，那女人在里面又闹又叫，似乎想见九爷。但是九爷，既没罚她，也没放她，更没见她。真不知他存的是什么想法。"

"会有什么事会令他如临大敌的呢？"

宫慈也是满腹奇怪，踱着步，想着九无擎平常的作风，何时这般大动干戈地关过人？

"皇上那边，应该已经知道这里出了什么事了吧！"

"嗯！皇上没说什么。"

宫慈知道皇上对于无擎，那是又爱又恨，但只要九无擎没做什么危及江山社稷的坏事，他自不会随意发难。

正想着，门外采儿急匆匆地跑进来，急嚷嚷着：

"小姐，不好了，姑爷带着那女人似乎要出远门！"

三

天气晴好，金凌穿了一件素淡绣着梅花的春裙，束腰不盈一握，梳着双平髻，胸前垂着一个小辫，髻上贴着珠花，梅花状，很精巧，辫梢上系着红色的丝带，麻花脸挂着笑，正挽着九无擎往外而去。那装束，清爽而俏皮，既清新又显活泼，将其满身的灵气全衬托了出来。

"我们去哪？"

"随意走走！"

"那我们就去姻缘庙拜拜好不好？"

她建议着，探过头去看他，去那地方的多半是求姻缘的男女。

九无擎嘴角轻扬，想象着与她拜月老的模样，温声道：

"你做主。"

二人上了马车。

等宫慈匆匆赶来，门口哪还有他们的身影。管家转达了九无擎留下的一句话："爷说，他给您腾地儿，去别馆寻个清静，公子府的事，您爱怎么管便怎么管。"

这令她心痛如割，成亲七天，他这是将她彻底打入了冷宫，哪怕她如何兢兢业业地整治着公子府，刻意地讨好着他，依旧得不来他的侧目。这个人竟不给她任何机会！

这到底为什么？

四

拓跋弘走进书房时，就看到一个打扮得很漂亮的小女孩乖巧地坐在高高的凳子上，双手端端正正地放在膝盖上，一双没焦点的眸子，茫然地看着桌子上各种零食，但凡孩子，都爱吃，可这张娇俏的脸孔上，除了落着几丝落寞之外，没有一点点对食物的渴望，有的只是几分怕生的拘束。

"容伯，这孩子，你从哪里弄来的？生得倒是标致！只是这眼睛怎么了？"

拓跋弘转身问身后之人，这孩子是容伯带来的。

容伯没答，笑得神秘。

孩子听到有人进来，动了动小身子，小脸露出几分怯怯之色，侧耳倾听了一会儿后，才道：

"你们是谁？不是说帮清儿找娘亲吗？清儿的娘亲呢？"

声音是柔柔软软，奶声奶声的。

拓跋弘到了她面前：

"你叫清儿？"

"嗯！"

清儿点头，似小鸡啄米。

"你爹娘呢？"

"走丢了！"

小声音可怜兮兮的：

"娘亲说去找爹爹，清儿肚子痛，痛得好难受好难受，娘亲说爹爹可以治清儿，让清儿跟着祥伯伯乖乖地等娘亲。然后一个老公公说我娘亲在这里，我们便来了，可是现在，娘亲不见了，祥伯伯也不见了。这位伯伯，我娘亲呢？为什么她不来见清儿？"

拓跋弘被这个声音触动了心头那根柔软的弦，忆想起了小时候身为人质时那无助的心境，不由得柔下声音，用手指勾勾她的小脸：

"你娘亲是谁？你爹爹又是谁？"

"娘亲叫娉儿，爹爹叫无擎。清儿从没'见'过爹爹。伯伯，您认得我爹爹么？"

拓跋弘的脸孔一下冰冷，手顿时一僵，震惊地后退了三步，大口吸了一口气儿：天，这是九无擎的女儿？四年前那个死婴？

"伯伯，伯伯，你怎么了？清儿说错话了吗？"

孩子感觉到了什么，怯怯地问了一句。

拓跋弘答不上来，急急拉着容伯出去，待进了园子，沉声喝了一句：

"这是怎么一回事？九无擎的女人和孽种不是全都死了么？"

"没有。死的只是替身罢了。四年前，有人瞒天过海，将她们救下送了出来！"

竟有这种事！

拓跋弘惊异得再度叫起：

"怎么可能？那孩子，我也亲眼看见的。血淋淋一块死肉！"

"只是假死罢了！当时九无擎心乱如麻，根本就没有细细确诊，最重要的是这当中有人做了手脚。"

"谁？"

他提高声音质疑："那番在场的人里，除九无擎四个侍卫，就只有我，你，还有七无欢和十无殇，谁会做手脚？"

"爷，您自己回想一下，当初是谁熬的药？谁灌的药？又是谁把孩子接生下来的？"

拓跋弘皱眉回想了一番，惊骇得直叫：

"七无欢！"

五

"据说但凡在镣京城的姻缘庙里求下的姻缘，都可以恩恩爱爱，白头到老，你信不信？"

下得马车时，九无擎摘下了面具，但那张脸孔不是她所认得的脸孔，他易了容，其解释是：不想让别人知道他是九无擎，他想安安静静地与她过几天平常日子。

也没有用轮椅，两个人手牵手地往里而去，看上去就像一对寻常人家的新婚夫妇：才成亲，这番是来还愿的。

九无擎听到这话，微一笑，没答，而是问："凌儿，娘亲曾说过一句话，不知你记不记得？"

"什么话？"

"恩恩爱爱、白头到老的姻缘，不是光靠求就能求来的，所谓的美满，那是两个人一辈子的努力。谁要是中途放手，即便是天赐的良缘，也能成为终身的遗憾。"

这道理，她哪会不懂，笑道：

"我懂的。但是来拜拜也无关紧要。既然出来玩，玩的就是一种心情！走啦，求个签去！"

她催促着，拉着他飞快地挤进人流。

九无擎怔怔地任由她牵着，想着十三年前，她也爱这么牵着他去逛灯市，拜庙会的。不管是在九华，还是在龙苍，但凡他们在一起，多半时候，他们总是手牵手一起走。

她本能地依赖他，而他本能地护着她。

如今，终又可以重温旧梦，这感觉真好。

姻缘庙，很热闹。来来往往都是信男善女，多半由家中年长的妇人带着来的，解签那边更排着长队。

九无擎和金凌排了好一会儿队，才轮到他们参拜。

四周很喧哗，九无擎一直在细细地看着那月老石雕，总觉得这张脸孔有点熟悉，笑眯眯的，手执一根红线，看着这天底下"任由"他摆布的男男女女，于是心下便想：这世上，若真有月老，他定要问他一问，他到底是怎么给他牵的红线？令他的姻缘走得如此的艰难。

金凌哪知道他在想什么，放开了他的手，煞有介事地拜了拜，而后摇签筒，很快一根签跳了出来，她捡起一看：

"上上签！天配！"

九无擎凑过去看了一眼，上面写了一句："前世修，今生定。缘自天定。"

"你也求一个！"

她将签筒递上。

他也撩袍跪下，取了签筒摇着，待那签落下来后，她捡得比他还快，看清上面的字后，唇角一弯：上面写着"帝配"两字。这是什么意思？难道他还有做帝王的命？

"我这就去解签，你四处看看！"

"好！"

九无擎轻一笑，看着她往解签室而去，就像一只欢快的兔子。

这时，西阁突然挤进来在他耳边低语了一句，他听着微微颔首，示意南城守着，自己则起身走了出去。

寺外柳荫下，颇显安静，花坛前，一袭杏黄袍的龙奕嘴里咬着一根草，斜倚在墙头，正冷眼看着他走近，神情是何等的睥睨。

"琬儿呢？"

"她在解签！一会儿就出来。"

"我去找她！"

他吐掉嘴里的草，拔腿要走。

九无擎缓缓地坐到树荫下的石凳上，不拦："她现在失忆，谁都不记得。你这样跑去，她会把你当疯子。"

龙奕脸色顿变，霍然回头：

"九无擎，你好卑鄙！为了得到她，你什么事儿都干得出来，奶奶的，你到底要置她于何地？"

他冲上去，一手反揪住了九无擎的衣裳。

九无擎冷冷看着，懒得解释，只淡淡道："这事，你不必管。我想问的是，你到底愿不愿意与我合作？"

正在等答案，那边传来了南城惊叫声："爷，金主子不见了！"

六

金凌看着放在解签桌上的姻缘签，审视着眼前这位所谓的大师。

这是一间偏房，很安静，房外，隐约有喧杂的声音在回响，而领她来的人已退了出去，将她独自留在了这个陌生的地儿。

"天配帝配这两支签，只有你能解吗？但我不觉得你有这样的本事儿。"

眼前的男子短须，瘦脸，目光深亮，穿着一身素袍，年纪很轻。

好不容易轮到金凌解签了，那解签人执了两签直摇头说：这签，他解不了，若要解签，就得往里面问他的师父去。

说着就拿了她的签很自以为是地给她引路。

她一时好奇跟了来，进门的第一感觉就是：上当了。

"不，我不会解签，我是来见你的！"

解签大师淡笑着开口说话，温温地道。

"见我？我们认得！"

金凌反问，不断地打量着。

"我是金西。可能你现在已经不记得我了！"

他站了起来，笑着说："大约半个月前，我们见过一面！在你失忆之前！"

金凌想了想，脑子里想不起这张脸，她退了一步，淡淡地问。

"你引我来此，究竟想做什么？"

"来给这场戏落幕！"

他露齿一笑，自怀里取了一封信出来："或者，你可以先看看这个，看完就能知道我对你没有恶意。"

金凌瞄了一眼,等瞧见信封上那熟悉的字迹时,不由得一愣:这是她的笔迹。

她不由得将这信抓了过来,仔细看了看,信没有开封,蜡泥封得完好无损。她扒掉蜡泥,撕开一看,但见上面写着这么一番话:

"凌子:请一定相信,这是你自己写予自己的的信。你即是我,我便是你。

当你阅得此信时,证明你的布局已然成功。不管这段时间内发生什么,请你尽快从这场戏里脱身出来。用清醒的眼光,理智地看待整件事,去理清你心里一直不明白的事。

你曾不解九无擎何以处心积虑地接近你,你曾不信九无擎便是晏之,你曾怀疑八无昔的身份,于是,你便和这个来历不明的家伙联手演了这场戏,只为探九无擎的底细。

记住了,你叫青城,人称公子青。你有四个亦兄亦友的随从,一个叫逐子,另三个被称为龙山三煞,依次名为阿大、阿二、阿三,其中,阿大和阿二知道你整个计划。你若不信,可去四海客栈,那地儿是你的地盘。他们会在那里一直等你。逐子教九无擎捉了去:那家伙不是人,一直用他和倾城妹妹要挟你,所以,时机到了,一定要揍扁他,以泄你心头之恨。千万别受了这家伙的蛊惑。这一点,一定切记。"

落款时间是半月前,落款名:青城,小名:凌子。

金凌看完,瞪直了眼。

"怎么样?看明白了吗?虽然你失了记忆,但是这字迹,你该是认得的,对不?"

嗯,这字迹,她是认得的。

甚至她还有印象记得这信该是在一处山洞里写的。

她敲了敲脑袋瓜子,疑惑地反问:自己到底想探九无擎什么底?

眼前这位仁兄,又是怎么回事?

是该信,还是不信?

"看样子,你是不信!"

金西从她的表情里得出这样一个结论。

金凌不答,慢条斯理地将信折起来放好,一边消化着这突如其来的信息:

"你的意思是说,我和你一起设这么一个圈套,包括失忆也在计划之中,为的就是查九无擎的底?"

"也不能说是我们设的圈套,只是顺势而为罢了。当时我跟你提过其中的风险,你的人也在场。但是,你想赌。然后一切,就这样顺理成章地发展下来了。"

金凌没有发表任何异议:现在她失忆,他说什么都可以。

"那你呢,我若是想探九无擎的底,你的目的是什么?"

她犀利地反问。

"这个问题,嗯,现在我不想说,我自然也有我的目的!现在我要问你的是你信不信我?如果信,现在跟我走,你的人就在庙外等你。你的失忆之症,九无擎已经给你治好了七分,现在就缺药引，这药引我帮你去找。给我一些时日，我会让你恢复记忆。"

金凌心头一动，纳闷此人到底是好人还是坏人？

"怎么，你不想恢复记忆吗？难不成你真对那人动心了？"

他好奇地猜测着：

"嗯，我想依现在九无擎对你的态度，你们的关系已经相处得很融洽了。也是，以你这顽固不屈的性子，他若不用真心来待，只怕很难将你驯服。我刚刚在外头，看到你们手牵手很恩爱的样子，听说你们最近一直同室而居。"

这人对她还真是了解透彻，她皱了一下眉：

"关你什么事？"

"嗯，自然关我事，哪天你们若大婚了，我得去吃喜酒，怎么说，我也算半个媒人！"

金凌想，这什么逻辑？但是细想，似乎还藏着什么玄机。

"怎么样，跟不跟我走？"

金凌不说话，只是深睇着。

门外，突然传来了一阵急叫声："金儿！金儿！"

九无擎急切而焦虑的叫唤声长长地响起来，冰冷的嗓音微微在颤抖，似乎已经找了很久。

金凌的心，猛地急跳了几下，转身时，就听得门"砰"地被踹开，下一秒，那道熟悉的身影冲了进来，看到她完好无损，几步跨过来，一把将人抱了过去："怎么一声不吭就走掉了！"

他的声音从未如此紧张，金凌觉得自己的腰深深给折断了。

"我……我只是来解签！"

话未完，但见门外又冲进了一个人来，在看到她与九无擎抱在一起后，那张阳光的脸孔，突然间黯了黯，但随即扬起了一抹很独特的极慵懒的笑，就那样倚在门口，抱着胸，看着。

"咳咳咳，这位姑娘，签语已作解答，可还有不解之处？"

那个冒牌解签人在背后搭起腔来。

他不说话还好，一说话，她才发现自己还有事儿没有完，急忙推开九无擎，转身笑眯眯地直瞪这个解签人，灵活的眼球转啊转的，嘴上慢吞吞地道：

"其实，我有很多不解，要不这样成不？你跟我们回去慢慢解释好不好？"

那人错愕："什么？"

金凌笑得狡黠，推推九无擎，说："我觉得他很好玩，我们带他回去好不好？呀，敢跑，无擎，抓了他！"

九无擎不晓得她在卖什么药，但是"夫人"有命，他自当效劳，在那人想拨腿离去前，掌风如疾风般飞过去。

金西只觉眼前幻影无数，感觉无论往哪个角度跑都会被揪回来，心头不觉苦笑，才明白这个男人对于这个女人的影响有多大，节节败退之余，他不由得低声叫了一声："别拿我开刀！抓了我，对你们根本就没半分好处，放我走，我不会害你们，若要害，我早害了，不必等到现在。"

九无擎不听，两人打到了一起。不料想，十招以后，他奇怪地住了手，那人趁机翻窗而去。

"喂，干什么放他走？"

她低呼了一句。

九无擎不答，若有所思了一会儿，才回头道："我想，我可能遇上熟人了，他使的招数，有点眼熟。"

他走过来，眼尖地看到她手上拿着什么："金儿，那人是谁？"

"这事说来复杂，回家告诉你，走！"

在信和他之间，她选择了他。

管他什么计划，管他什么圈套，她只信感觉。

既然喜欢了，那就喜欢到底，就信任到底。

她将信塞进了怀里，正想拉上他离开这里，一直卡在门口的那位俊公子突然窜了过来，一把扣住了她的手腕往边上一拉，叫起来："琬儿，不许跟他走，他不是好人！"

"你才不是好人呢！喂，放开我……"

此人，看似邪气，并不邪气，看似无害，又深藏凌厉之气。他用他的散漫来作伪装，就像九无擎用冷漠当面具一样，可以肯定，这是一个不可招惹的主儿。

"我怎么不是好人了？我可是你未婚夫！对，未婚夫，你脚上还戴着我的聘礼呢……那是我龙族的信物！"

这话一落地，金凌一愣，脚上还真有镯子呢，原以为是生来就有的，结果竟是聘礼。

她眨巴眨巴大眼，想了想，说道：

"那又如何？你要是觉得这镯子戴在我身上你亏了，回头我把凤镯弄下来还你就是。"

龙奕气得想撞墙了，这死丫头，不管失不失忆，都想将那东西弄下来还他，他到底哪不如那九无擎？

丫的，这混蛋，到底怎么就收不了她的心。

他怒气腾腾地回头，吼："九无擎，我要和你单挑！"

九无擎心头异样震惊：他没想到，金凌身上的凤镯是他的。

之前，他听凌儿说过，龙奕就是虎头，十三年前，他们两个人就长相上而言，如同是从一个模子里打造出来的一般，而他的龙镯和这人的凤镯，看上去还是一对的，这意味着什么？

"单什么挑？不挑！我家相公脚腿不方便。不陪你玩，走走走！"

她将人狠狠地往外推出去，转身拉上九无擎往外去。

龙奕没设防，被一股蛮力推开，看到她一心只惦着维护九无擎，那股子气儿直在心窝窝里上蹿下跳，没地儿跑，气极而叫道："琬儿，这家伙真不是好人！"

"闭嘴！他是不是好人，我知道，不用你提醒！"

金凌极度不快地喝断。

稳定身形的龙奕，转头看到他们闪了出击，气得脸发黑，忍不住吼了起来："九无擎，你窝不窝囊啊？连单挑都不敢！"

九无擎没有停下步子，心里暖暖的，这些年，他一直充当着保护者这样一种角色，保护母亲，保护弟弟，保护公子府里每个效忠他的人，这是第一次有人站出来保护他，还是他最最在意的那个女人。窝囊又如何，这滋味，正是龙奕心头发酸尝不到的。

南城和西阁看到整个过程，两个对视着低笑：

再坚强的人，也有疲惫的时候，能得妻如此，是爷之幸。

待出得庙门，上了马车，九无擎就紧紧将她抱住，狠狠吻住了她。

她有点不明就里，只能无力地承受他突来的、狂风骤雨般的深吻，在摇晃的马车内，承载着他强大的热情，瘫软在他怀里。

七

别馆的环境很清幽。

吃过午膳，九无擎带金凌裹足于房内，他在收拾医书兵策，她呢，细细地整理随身带来的一些衣裳。

房里没有婢女服侍，先前的时候，东罗会帮忙打点，如今房里多了一个女主人，为避嫌，他不大再进来。

东罗曾向九无擎提过：要不要给女主子配个侍婢。

九无擎想了想，没有答应。

他不喜欢自己的房间出现别的女子。金凌不似那些衣来伸手、饭来张口的小姐，她和他一样，懂得如何照看自己，也很能整理房间：才留在他身边多长时间呀，已将他的房间，一步步改造成了她的房间，变阳刚为柔软，令他不知不觉就迷恋上了那样一份家的感觉。

他喜欢这样的相处。

等金凌整理好衣裳想与他说话时，她发现东罗来了，正和九无擎在房外低声说着什么。

她远远看着，发现他的脸色乌云密布，等看到她时，脸色才微微放晴，弃了轮椅过来，双手圈上她，在她鬓角落下一个吻：

"凌儿，我有事，要出去！你刚刚说过要给我做饭，对不对，我让膳食房的芳姑姑陪你去准备晚膳，太阳下山前我一定赶回来。"

金凌点头："发生什么重要的事了么？"

"等回来，我再与你说！"

他低头，挑起她的下巴，啄了一下，一副依依不舍的样子。

她马上反咬了一口，惹来他微微一笑。

东罗在边上看着，低笑，撇开头时，脸上又起了几分忧色。

二人匆匆离去，金凌回房又把九无擎没有收拾好的书卷放妥当，随手翻了翻他看过的一些医书，以及他曾作下的笔记。

待到夕阳落山时，她在厨房内忙完了，五菜一汤，端来房里，摆成梅花状，等他回来。

九无擎准时回来，脸上戴着面具，推门进来时，她一时顽性起，躲在门后，蹦出去将人抱住。

"吓不到我的！"

他笑着眨眨眼。

"一点都不好玩！"

她看到他老神分分的模样，有点泄气，睁着那双能泛出淡紫色光华的美丽眸子，埋怨着。

九无擎忍不住摸她的头发，这表情和小时候一样，带着一点撒娇的味儿，真叫他喜欢之极。

"做了什么菜？"

"你自己看！"

两人坐下，金凌将盖子揭了，笑弯着柳眉儿一一介绍起来，全是她亲手做的，很丰盛，很有特色。

他听着，看着，执箸尝着，鲤鱼跃龙门，清蒸的鲍鱼，鲜而不腥，极嫩；芙蓉鸡丝羹，清爽滑溜，保留着鸡的原汁原味，又透着芙蓉花的清香，极鲜；烤猪蹄，皮软肉嫩，极香；手扒羊肉，红烧，极辣，至于那火锅，汤汁清香浓郁，各式绿色的蔬菜浮在其中，那汤汁必是经过特殊处理的，好吃得不得了。

他们就这样吃着、喝着、聊着、笑着，这样的日子，美得就像梦境似的。

九无擎是个不爱多话的人，人前爱沉默，人后吧，爱和她说话，两个人在情趣爱好上极为相投，无论是天文还是地理，琴棋还是书画，他们都能拿来当话题。

吃了一会儿后，金凌记起一事儿，忙放下酒盏折回房里，出来后手上拿着一封信。

"给你看看这东西！"

"什么？"

他接过。

"今儿上午那位给我的，说我是大名鼎鼎的公子青。那人还跟我说了，他叫金西！"

九无擎手上的动作顿了一下，面色微微一紧，但什么也不说，打开信看罢，那紧绷的唇角不觉轻扬，露出一抹深深的笑容，那浓浓的欣喜之色，与他平常人前的冰冷形成了一个强烈的反差。

"凌儿，你若是男子，这世上，只怕无人可与你为敌，便是连我也要甘拜下风了。"

他轻轻一叹，将信置于案上，发出一声赞叹。

这段日子里，有件事，他一直在纳闷，金凌被他拐进了公子府，那龙山三煞并没有进公子府来闹，看了这信，才恍然大悟。忽然他又生了后怕，忍不住戳了她一下额头，轻轻责道：

"不过，你这胆子也太大了，跟一个不明身份的人赌得这么大，以后，可不许这么玩了！听到没有！"

她忙捉住他的手："这么说我真的是公子青！"

"嗯！"

九无擎点头，将她揽入怀："我家娘子不折不扣就是侠名在外的公子青，倾城绝代，只不过脸蛋上贴着这层人皮才丑了一些罢了。"

她不由得也摸了摸脸。

"谢谢！"

他落下一个吻在眉心，深深地道："谢谢凌儿愿意跟我回来。谢谢凌儿一如既往地真心待我。谢谢凌儿信任我。"

"嗯，等等，先别谢我，你看吧，看这信上是这么说的，要我痛扁你一顿。燕子，你是不是干过什么坏事儿叫公子青生气了？"

……

不敢说话，就代表承认了。

"什么坏事？"

她有点好奇。

"凌儿，咱现在不提这事行吗？说了，你一定恼我！以后等你恢复记忆了，你会知道，到时，你想怎么也惩罚我都可以！"

他低声说，有点讨饶的味儿。

她轻轻一笑，往他唇上咬了一口，尝到了酒的味道，有些醉人：

"好，我不问过去。不管你做了什么坏事，看你知错态度诚恳，我既往不咎了。但是，这逐子呢，真还被你关着？"

他松了一口气，点头：

"嗯，好吃好住地供着！我有点事要问他，可就是问不出话来。要不哪天带你去试试？"

"啧，老狐狸，在动什么歪脑筋，让我这个失忆的主子去逼供我那可怜的随从，你的算盘很精。哎，如果你真是坏人，那我岂不是会栽得很惨！"

她瞥了一眼，脸上薄晕横生，极尽媚态，懒懒的跨坐在他身上，令他的身子不由自主地绷紧起来。

他忍不住凑过去，什么也没说，吻住。越吻，身上的反应，越厉害，这叫火上浇油。

她也感觉到了什么，红潮翻得越发的厉害，忙推开，娇着声音低叫：

"喂，别闹，吃饭呢！"

他不肯放呢，收得更紧，一个吻落在她耳垂，令她浑身一震，异样的火苗蹿起。

他低低地叫着：

"怎么办？我想吃你！饭待会儿吃好不好？"

下一秒，他将她抱起，水晶帘动，纱帐落，他将她轻轻压在身下，欲拒还迎之下，一番恩爱，销魂入骨。

昏昏入睡前，她轻轻抚着小腹，心下轻笑暗想：这样下去，怀上，那是迟早的事了。

九无擎没睡，圈她在怀，手掌抚在她肚腹上，他心头的想法很复杂，盼她能怀上，又怕她会怀上。

诸事烦扰，总有那么多不顺心的事，困着他。

那件事，瞒不得多久，一旦让她知道，她还会一心待他吗？

他，心乱如麻。

八

天亮，金凌在他怀里醒过来，她枕在他手臂上，他平稳的呼吸在耳边拂来，带起一阵微微的瘙痒。依旧戴着面具，冰冷的狼形面具，掩着他的脸孔。

她不喜欢被这张面具阻隔了彼此，想将它取下，手指碰到面具时，却被他捉住。

"别摘！"

他睁开了眼。

"怎么了？"

九无擎声音微哑道：

"我很丑。面具下的脸没有贴人皮，会吓到你的！就像我身上一样。见了，你会嫌弃我！"

她微微愣了一下：

"是么？可我想看看！"

"不行！"

"我保证不嫌弃！"

他依旧摇头："真的很丑很丑！"

"燕子！"

"以后好不好。今儿起，我们一起看医书，一起研究医理，以后，你负责医好这张脸，就整成之前你喜欢的晏之的模样。至于现在，别看了，我不想你做噩梦，也只想你记着我漂亮的样子。"

他是真不想用自己那张可怕的模样，去亵渎了她的眼睛，更怕那张脸刺激她。此刻，她若突然记想起全部，必会怨恨他的。他不想好不容易得来的幸福就这样偷偷在指间溜走了。他想再偷几天快乐的光阴。

虽有满肚好奇，但她还答应了下来：

"好，那我们起床了。早点行动起来！"

他拉住了她：

"不必那么急。这事，可等我们回九华后再做。现在首要的是尽快把你的体内的乱魂醉化掉，早些恢复记忆！"

"嗯！"

她答应着，却看到他眼里露出了点点忧色，总觉得他心里藏着事，那事儿令他极度不安：

"哎，你到底怎么了？"

他沉默了一会儿，倚着床摸了摸她的长发，轻轻道：

"有件事，现在难以启齿，等过几天我再告诉你，到时你骂我也好，打我也好，即便生再大的气，也不许不要我。"

他将她搂在怀里，不断地落下细吻，似乎只有这样才能纾解她心头的害怕。

她重重点了一下：

"好！那你，打算许我一个怎样的将来？"

"一个健康的夫君，一个健康的娃娃，陪你到老，要不要？"

金凌一怔，皱眉，斜眼：

"啧，怎么听起来，吃亏的是我？还得给你生娃娃。"

"不愿意？"

"看你表现，你要是敢拈花惹草，我一定废了你！"

"不会！除了你，我谁都不要。等回去了，我便去岳父那边请罪，然后成婚。"

"那她们呢？"

"她们会有她们的前程。与我无关，也与你无关。我们本不属于这里，我们该回到原来的轨迹上去。这里发生的一切，都会是过眼云烟。"

"好！"

她不会因为可怜她们而愿意分享丈夫，她们只是政治斗争的牺牲品。他不喜欢她们，抛弃或许是残忍的，但不抛弃，更是一种耽误。

"你的脸，你的身子，又是怎么回事？"

"被火烧的，十二年前，宫里失火，我差点就被烧死。凌儿，我的身子不太好，以后还需好好治一治。等闲下来以后，等把最后一味药找来，我能治好自己。我要健健康康地陪着凌儿，看我们俩的娃娃呱呱坠地。嗯，不行，我要亲自接生，亲自迎接他的到来！"

她倚在他怀里，静静地听着他说着过去的事，憧憬着未来的天伦之乐，享受着这样一种温馨的二人世界，直到日上三竿才起床。

日子过得飞快，一眨眼，过了七八天，没人来扰他们的清静，白日里，他们在园子里看看书，写写字，弹弹琴，作作画，或是他与她点眉梳妆，她与他绾发着妆，夜晚，正当床笫之欢渐入佳境，不想她月信来了，他能做的事儿，就是在枕边喁喁私语。

关于他的事，他略微提了一些，比如他的脸是在十二岁那年为救九夫人和七殿下烧伤的；比如说他曾一度失忆，就像她一样，想不起前尘旧事；比如他的腿脚是怎么受的伤。

他说他曾被人挑断过脚筋，膝盖骨曾长时间脱臼，造成了如今的行动不便。

她听着咬牙切齿，问那人是谁。

他吐出三个字："拓跋弘。"

九无擎还跟她提了当前他举步维艰的情况。

这当中，有些事，他说得不透，比如说他为何会在十二年前进公子府；又比如说皇帝为何宠信他；再比如说公子乱，他如何能保全了性命等等。

他故意瞒了她。

金凌发现，自己每多了解他几分，就对他多几分心疼，多喜欢几分，他是一个苦难中长大的可怜孩子，难怪会这么冰冷，会这么的不苟言笑。

这些天里，他每日都会出去几个时辰，要么从正门出去，要么则从暗道离开。

她不知道他在干什么，只知道他所有种种谋划全是为了自保！

她问过他："可需要我帮忙？"

他说："现在不需要。你只要安安静静留在我身边，我就能定下心来应对一切。需要你帮忙的时候，我一定不客气。"

二月二十六日深夜，九无擎自床上坐起，看到金凌睡得正香，于是起身，着了夜行衣，叮嘱南城好好守着房外，便带了东罗自暗道离去。

依约来到定湖畔，月色微亮，一丛丛高大的杉树后，一道峻拔的身影候在那里，戴着帷帽，背手而立，正望着那在月光底下跳着银白粼光的湖面。

那人感觉到有人来，回过头，定定看他一眼，低声道：

"无擎！你浮躁了！"

"任何人遇上这种事，都会浮躁。给我一个理由，无欢，为什么这么做？"

娉儿和孩子，是他这辈子最不想面对的事，也是他自认做过的最残忍的事。

"我先讲个故事给你听吧！你要不要听？"

七无欢转过了头，靠着树，摘下了帷帽，露出一张寻常得不能再寻常的脸，自是易了容的。月光映在那双平静的深眸里，有异光流动，那神色，似跌入了记忆的洪流里，变得飘渺。一阵静默后，低哑的声音在夜色里荡开，生着一种孤幽的气息：

"从前有个聪明伶俐的浣纱女，喜欢上了一个落魄书生，这二人情投意合，私下拜过天地，有了夫妻之实。不久以后，浣纱女珠胎暗结，怀上了身孕，书生原是打算娶她的，可是他家里的人不许，硬是给他另指了一位名门大户家的小姐为妻。

"当时的情况是这样的，他若娶那浣纱女，这辈子就此完蛋，保不定连小命都会丢掉，他若娶小姐，便有前程似锦，会有享不尽的荣华富贵。

"面对这样一种生与死、富与贱的考验，他犹豫了。最后，他选择娶那小姐，将浣纱女藏了起来。但是，他忘了，这世上根本没有不透风的墙！

"怀胎八月后，元配夫人发现了她的存在，那人仗着家里的权势，硬生生当着书生的面，往浣纱女肚里灌药。孩子被催打了下来，没死，浣纱女大出血，香消玉殒。之后，那没名没分的孩子也被遣送出了家门，从此孤苦无依。"

九无擎静静地听着，心头的隐怒莫名地沉淀下来，他听得无欢的声音在微微轻颤，隐约间，便猜到了一些事情。

下一刻，七无欢回过头，对上他宁静的眸子，抖了一个嘴唇，低声说：

"我便是那个孩子。"

公子府的每个太保都有故事，只是他们从来不会提那些伤心事，关于七无欢的过去，九无擎不知道，就如同他也不知道他的过去是一样的道理。

"多年后，我长成大人，终于见到了我的那个父亲。他抱着我痛哭流涕，悔恨自己一失足成千古恨。因为那年，他并没能如愿地得到他想得到的，却因此失去了一生的挚爱。爱侣永逝，骨肉离散，那是他永生无法弥补的遗憾！

"我知道你的情况和我父亲不一样。那个时候，孩子一旦生下来，一会成为你的软肋，二会令你永远记着这样一个耻辱，她们母女将变成你无法推卸的责任，会像噩梦一般缠到你死。

"我清楚地记得：当时你知道这件事以后精神状况是何等的癫狂，一门心思非要弄死了这个孩子，却从没想过，一旦弄死了这个孩子，你的良心，能不能真的得到安宁？

"无擎，你是怎样一个人，我们兄弟几个最清楚。

"你看似无情，实则最重情。若这么轻率地弄死自己的亲生骨肉，等到你恢复理智，必会后悔。也许你不会承认自己会后悔，可你难逃良心上的谴责。

"所以，我把你给的打胎药，换成了催生药，并在其中放进了安息草，能令胎儿闭气，出现假死症状。

"这件事，照理说是不太可能瞒过你的。在医道上，你是高手，而我，只是因为凤萧的缘故，略懂了一点皮毛罢了。

"但我还是赌了一把。你若发现，孩子已经生下，你能做的就是接受现状。你若没发现，那就由我来替你解决这件事。

"依着当时的情况，孩子如果留在你身边，你就没办法走出这样一个坎，再加上那时，你的身体状况太糟糕，不能再大受刺激，需静心调养，所以，我便想法子送走了她们，给足你喘息的时间和空间。

"我原是这么打算的，这一劫，你若熬不过去，我这么做，至少还能为你留个血脉。如果你能挺过去，而孩子还活着，更好，总不必令你抱憾终身。毕竟意外得来这个孩子，和亲自弄死自己的孩子这两件事，当你恢复理智以后，后者所产生的阴影也许会更胜前者，它会刻在你骨子里一辈子，令你有愧于心。

"至今，我还记得当时你捧着'死婴'时双手颤抖的模样。无擎，若不是你心神不宁，你该发现她的心脉尚存，但是你没发现当中的异状，可见当时你的情绪是何等的痛苦。

"再说这四年来你自己的心境，每年但凡她出生那日，你必会将自己关于红楼。表面上，你已淡忘那桩事，可心底下，你从不曾忘记。

"无擎，你的良知，一直没有放过你！"

七无欢深深地看着九无擎，有条不紊地将他的心境、他的想法和盘托出，不为别的，只为弥补一个遗憾。

"心病还要心药医，你该学会坦然地面对，而不是逃避。"

夜风轻轻吹过，森冷森冷。

九无擎沉默，不得不说，他了解他够深。

是，这些年，他良心上不好过，那张血淋淋的孩子脸一直是他午夜里不敢触及的恶魔，很多次，他梦到那孩子惨兮兮在他脚边爬，奶声奶声地哭着问他：为何不要她？

这五年，他常常失眠，有一小半原因也在于此。

"说得好，心病还须心药医！我是亏欠了那个孩子。可是无欢，你的理由，也仅仅只说了一半吧！"

他直视着他，一针见血地戳在要害之上：

"现在，再说说你另半个理由吧！你到底受了谁的指使刻意接近我的？

"那个时候，我们都被囚禁，你能在拓跋弘的眼皮底下把人送走，凭的是什么？

"当然，我相信你不是拓跋弘派来的人，但是若要盘根究底的话，你的来历，多多少少和拓跋弘有关吧！"

"而今番娉儿和孩子突然乍现，从根本来说，应该不会是你的安排。这四年，她们能在别处平平静静地活下来，究其原因，是还没有到派她们大用的时候，对吧！所以，当年你把她们母女送走，是别有意图的，但那不是你的图谋。

"无欢，十二年前，你以程嚣之名，易去真容，婚娶凤萧，原是想离开公子府，从此撇开权力争斗的，是不是？

"但是，成亲没多久，你便诈死归来，并不是你对凤萧无意了，而是你被逼不得不这么做。

"至于为什么会被逼，你从来没有提过半字，但我以为：这必和你的身份来历有关。"

月色淡淡地笼罩在两个男人身上，他们就像石像一般屹立于湖畔，两个人的眼神皆深绵，都藏着一个让人探不到底的世界。

他们是好兄弟，可以肝胆相照，但都不曾过问彼此的过去。

九无擎说了这么多，而七无欢没有驳一句，这说明他猜得不差，于是，他深嘘了一口气，声音苍凉地道：

"一直以来，我不信，你是奉命接近我的，现在，我对此不再有任何怀疑。但同时，我也相信，你绝非有意想害我，你自也怀着自己的打算，所以，有关我的事，你并没有一五一十全部禀告你背后那个人。

"比如说，我与煞龙盟的关系，你就没有如实地回禀，以至于令那人千方百计地想探我的底：三年前的暗杀，今番金西的乍现，都在说明那路人并不清楚我真正的实力。

"因此我猜想，也许你和你背后的人也存在着某种利益纠缠。也许你更想借我的之手，为你做点什么事？

"而今番，你之所以会守在凤萧身侧，一是在配合我，二是在保护她。由此推测下去，我想，必是有人一直在拿凤萧要挟你吧！"

最后一句落下后，七无欢的嘴角高高扬起，眼里流露出一抹温淡的笑意，他举手，似惊似叹，重重拍了三下掌心：

"无擎，你的心思，永远这么缜密，只要稍稍落下一点线索，你就能把事情原原本本地联想成一个整体，叫我不佩服都不行！"

他点头，坦然承认："是，是有人命我伺在你身侧，侦察你的一举一动！"

九无擎的眉头皱得很紧："那人是谁？"

"我的养父。"

他轻轻吐出四个字，轻轻一笑，极尽嘲弄，而后徐徐道起那些不堪的旧事：

"这是一个深不可测的人物。他自幼收容我，教我习文学字，授我贵族礼仪，指点我武功谋略，在我以为我得到了这世间最真挚的父子之情之后，再一脚狠心地踹我下地狱。无擎，凤萧曾怀过一个孩子的，才一个多月，就教他暗中毁掉。他拿凤萧逼我，更拿我的生父逼我！而最最可怕的是什么，你知道吗？"

九无擎没问，等着他后话。

"最可怕的是，我他妈根本就不知道他的长相！"

七无欢素来温雅，很少口出粗言，这表明他心里极度愤怒，也极度无奈。

因为不知道长相，而无从防范。

"无欢！"

九无擎低低叫了一句，似想安慰，却什么也说不了。

他们都曾是深深被伤害过的孩子。

七无欢拍着手心里的泥尘，继续往下说道：

"无擎，我一直在查这事儿，但是，我查不出来。真查不出。我只知道有人布了一张大网想将你困在其中。想令你求生不得，求死不能。我不知道你的过去，也不知道谁会与你怀了这等深仇大恨，如此费尽心思地要折磨与你。

"是，正如你所猜测的那样，我救孩子，一半是不想你后半辈子在悔恨里度过，另一半，是为我自己：那人以凤萧的命作要挟，要保住那个孩子。孩子救出去以后，我让阿祥跟在她们身边护着。阿祥是我生父给我的江湖高手，功夫极高极高，但他能做的也只是仅仅护她们不受外人欺凌，想要逃离那人的掌控，我不能，他更不能。"

九无擎沉默不语，心绪翻滚，便如那暴风雨里的江面，一个浪头接着一个浪头，狂肆地想吞没了整个世界。

他不断地质疑着：究竟是何方神圣在操纵这样一张棋盘？

夜色冷寂。

林风冰冷。

他们的衣袍在风里鼓鼓地翻打，他们的思绪在慢慢沉淀。

"告诉我，你的来历！"

不知过了多久，九无擎打破了他们之间的宁静：

"我们不能总是这样受制于人！"

七无欢想了想，点头，丢出一句话：

"我的生父，出身荻国皇族，名为：宇赞。"

九无擎微微惊讶了一下，原来，他竟是荻国德高望重的荣王之后。

九

二月二十七，别馆，金凌午睡刚醒，不见无擎，问了南城才知道他出去了。

这两天，他出去的频率有些高，究竟为了何事，他依旧没有说，她没逼他，他不理自有他不肯说的道理，她愿意等。

她坐在梳妆台前，随意绾了一个发髻，觉得身子有些酸疼，不由得想起他们才刚刚欢好过——月信来了五六天，他便忍了五六天，今儿身子净了，午休时，这人就如一头饥狮，在好不容易看到猎物以后，再无法忍耐，那番恩爱，他将她几番捧上云端。

他在她耳边不断地叫她"小凌子""小精怪"，当她经不起他几番折腾睡过去时，他的吻依旧如细雨般落在她脸上，令她知道，这人爱极了这张脸孔，因此而不知疲倦地一再将她占有，似乎想要以此来证明：她整个儿是他的。

后来她睡了，他在旁陪着，没有睡，只是紧紧地抱着她，一双眸子静静地看着床顶，也不知在想些什么。

她以为他很快就会回来，没想到直到深夜，他都未归。她让南城去找，没找到，他并没有回公子府。

天亮时，她从乱梦里惊醒，发现身边依旧是空空的，他没有回来，都不曾梳妆，便急匆匆跑了出去，看到南城正在打点早膳："还没他的消息么？"

南城皱了一下眉说："没有！主子放心，爷不会有事的，东罗在他身边跟着呢！"

楼外，春阳灿灿，春意浓浓，可她没有心情玩赏，眯眼瞅他：

"南城，你跟我说实话吧，无擎这几天到底在查什么事情？昨日出去，又是为了哪桩？"

南城瞥开了眼去，笑得有些心虚：

"最近我一直负责守着您，爷在干什么，不清楚，东罗清楚。等他回来，我让他来给您回话。主子慢慢吃，我先出去了！"

溜得比兔子还快，生怕被她绊到了。

金凌眯着眼看着，究竟什么事，能令南城如此慌张，叫无擎满心生惶？这番，他没头没脑地将她带出来，表面上似乎是想和她单独相处，可是暗地里呢，只怕别有目的。总觉得所有的事，都因为那个苓儿而起，或者说，全是因为那刺伤了苓儿的什么娉儿而起！

不行，她要出去找他，匆匆回房，却发现房内来了不速之客，正是那位在姻缘庙里自称是她未婚夫的人：龙奕，在她跨进房门那一刻，正悠闲地喝着茶，看到她来，扬起一朵明亮的笑容。

"怎么是你？"

"可不正是我！"

"神不知鬼不觉地瞒过所有人，跑进我的房里，龙少主这是想干什么？"

龙奕微微一笑："我呢，怕你被卖了还替人家数钱，所以，特意过来给你提个醒，九无擎又要纳妾了你可知道？"

守在门外的南城听得里面有说话声，紧跟进来时听到了这句话，脸色顿时大变。

十

事实证明，龙奕没有撒谎，当她回到公子府时，果然看到薄总管正殷勤地布着礼堂，大红的喜字儿高高挂起，又是一派喜气洋洋的景象。

宫慈扶着采儿的手，四处张罗着礼堂内的布置，交代着事宜，看上她，迎了过来：

"哟，原来是金儿回来了？我原还想去别馆找你呢。皇上刚传下话来，让我带你一起进宫面圣！嗯，快去房里换一身体面一些的衣裳！今儿你大喜，快随我一起去宫里谢恩吧！"

金凌静静地瞅着，想着龙奕的话：明日九无擎纳双妾，一为娉儿，二为金儿，也就是她小金子。他这是在玩什么把戏！

"爷呢？"

"呵，你还不知道吧，爷昨儿个被请进宫里去了！"

她立刻皱眉：原来是被皇帝扣下了。皇帝这是想做什么。

她自是猜不透，低头看看身上衣裳，虽素淡，但也够漂亮，再瞧瞧宫慈穿的，够正式，是宫宴礼服，配着贵妇髻，显得格外的雍容端庄，可她才不想与她比风头呢，淡淡道：

"不是要进宫么，走吧！"

现在，她想尽快见到无擎。

金凌领头走在前面，一脚才走出门槛，身后传来话：

"且先等等吧！乐妹妹和苓儿正在替娉姐姐着妆，等人齐了，一起走！"

宫慈笑着坐在朝北的主母座位上坐下，精致的脸蛋上挂着得体的笑容："对了，忘了告诉你，明儿个你和娉儿姐姐一起入门。日后可搬到湘楼住下。"

她霍然回头，对上了宫慈笑温婉的眸子，挑衅之色显而易见。

一会儿后，金凌见到了那个叫娉儿的姑娘，个儿很娇小，脸色奇差，穿了一身淡紫绣绢花的裙子，整个人就像见不得光的幽灵，在看到冷淡的南城时，露出了满身怯意。

岑乐一袭正装，浅笑地挽着她左手自内院出来。

大病初愈的苓儿在婢女的搀扶下跟在她们后，在看到她时，深深地多瞄了几眼，稍稍点头，算是打了招呼。

第二十七章　私生女儿

一

一入宫门，就有内侍将金凌引去了永寿宫，说是奉了太子之命来带她去见九无擎。

去别馆的这些日子里，七殿下拓跋曦已经入主东宫，正式继任太子之位，但因为东宫未完全修葺好，太子如今依旧住在永寿宫。

宫殿的金碧辉煌，金凌根本无心领略，而永寿宫外，则一片森然，一大列御林军配剑侍立，殿内也是一片冷水般的静寂。

踏进殿门时，就见九无擎坐在西窗口处，正扶着额头静静地看着窗外那满园的繁花似锦，西边的晚霞，渐渐浓艳，将他整个儿浸于金色之中，阳光的暖意冲不散他自骨子里透出来的冰冷，就像被遗弃的孩子，显得孤苦无依。

直觉告诉她：他遇上麻烦事了，关乎明天的事，她是生气，但生气之前，她更愿意听他解释，关于娉儿的来历，他也该解释的。

金凌轻轻地走近，九无擎感觉到了，回过头来。

两人对视，像似千年万年不曾见过一般。

她发现他的唇色显然异样的苍白，隔着那层面具，眼神是无尽的苍凉，就像瑟瑟不见太阳的冬季，一片肃然冰封。

九无擎抚着胸口站了起来，另一手向她伸了过来。

她走过去扶上，小心地观察着他。

"出什么事了？"

她被箍了过去，手臂在她腰际收紧再收紧，他的下颚抵到了她发上，什么也不说，气息在耳边萦绕不止。

"我这里出了一点意外，叫你担心了！"

过了好一会儿，九无擎吻了吻她的发顶，才轻轻说了一句，声音有些黯沉。

"什么意外？"

她问，他扶着她的后脑勺按在自己怀里，久久不说话，似乎这个原因沉重到令他负荷不起，连开口的力量都没了。

两个人就这样抱着，不知多久，他才动了一下，扶着她的肩低头对上她疑惑的眸，他清了清喉咙："有关娉儿的事，一直没与你说。"

果然，所有种种皆因此而来。

"你想纳娉儿为妾？"

她不知道她是怎样一个存在，所以，问了一句。

九无擎没有迟疑地摇头令她松了一口气，只要知道娉儿的存在和宫慈她们是一样的，那她便没了生气的理由，既是情非得已，她自不会太过在意，虽然，心里总不大舒服。

她正想说："那就好！"

门外传来了一阵脚步声，宫慈人未到，声先到，笑盈盈似在逗弄着什么，笑得极为开心，这当中似夹杂着孩子软软的声音。

腰际扶着的手忽又紧了几分，金凌不由得疑惑地抬头，却看到了他的喉结在痛苦地滚动着，眼底露出一层愤怒的悲哀来。

身后已响起了零碎的脚步声，来的不止宫慈一人，她转头，想知道什么事情令他如此愤怒。

殿门外，宫慈在众个宫婢的带领下款款走进来，脸上笑容灿烂如太阳，正低头对着被她牵的一个小女孩直叫："清儿，小心点哦！这儿有个门槛，别摔倒了！"

"嗯！"

小丫头甜甜地应了一声。

金凌的目光不由自主地落到了那个突然冒出来的孩子身上，眼前莫名地一亮。

这是一个漂亮得不得了的小丫头，四五岁的样子，穿着一身喜庆的红裙子，套一件裘皮袄子，小脸圆圆的，小鼻子小眼睛配搭出一张清秀天真的小模样，雪白雪白，泛着几丝红，头上梳着一对双丫鬟，乌黑的发髻上贴着几片蝴蝶珠花，小辫子垂在胸前，笑眯眯地跟着宫慈跨了进来。

这谁家的孩子？公主么？要不然这宫慈怎会屈尊降贵地亲自带着？

"爷，时候差不多了，皇上让我请你过去呢！"

宫慈笑盈盈地走近，目光在九无擎和金儿相缠的手上掠过，恍若不见，自径笑着说：

"对了，你看，我把谁带来了？"

说着，她放开了孩子的手，笑得温柔，说："清儿，你爹爹在那里呢！乖，叫一声了，你爹爹可想你了呢！为了救你，这番还叫人打伤了！"

她引导着小女孩向面无表情的九无擎走过去。

孩子小小的脸上陡然放出一阵异样的光彩，立即用那双没焦点的美眸往前看了又看，奶声奶气地叫了起来：

"爹爹，你在哪里？清儿看不到你，你在哪里？"

她迟疑地向前走着，一双手胡乱地在空里摸索着。

金凌呼吸停止，脑海里是一片空白，那一声"爹爹"，在她心头炸起千层浪！

粉嫩的小手在空中挥舞着，小小的脸蛋上是殷殷的期待之色。

"爹爹，爹爹！"

孩子甜甜的声音，就像一道紧箍咒，往九无擎头上套下来，手心里，金凌的手在惊颤。

他一直在看她，她的脸色刹那间苍白如雪，揪疼了他的心，满目的震惊，刺痛了他的眼。他不忍再看，转过头，看到的是那个扑向自己的孩子——打扮得真漂亮，笑得真美，他甚至可以从她身上找到自己小时候的影子。

一阵腥甜自喉咙里冒起来。

盯着那双挥舞的小手，他咬着牙捂住了自己的胸口。

疼！

这疼，不只来自身上，更来自心上。

拓跋弘，你够狠。

"噗！"

一口血自喉咙里喷了出来，他连忙用手捂住，那血自手指缝间流溢出来，脚失了力道，往身后的椅子上瘫坐下去。

金凌还没来得及气怒，就被这一幕惊呆，被他扯着往后趔了一步，当眼神接触到那从指间渗出来的血丝时，她不由得尖叫了一声：

"无擎！"

原本笑盈盈的宫慈，也一下变了脸色，一边扶住受到惊吓的清儿，一边急叫着急跨过来：

"无擎，你怎么了？"

那血，止不住地自他唇边溢出来，嗒嗒的滴落到地面上，形成一朵瑰丽的血花。

九无擎松开了金凌的手，自怀里抓出一块帕子捂住了嘴，肺腑间一阵阵的抽疼，越演越烈，一阵阵眩晕袭来，他吃力地扶着椅扶手，只看到清儿不知所措的小脸在眼前晃啊晃，宫慈将她带得更近了，他能很清楚地看到她脸上无辜而惊吓的神色，就像只小兔子。

"宫慈，带孩子出去！"

他的声音哑而厉，不容违拗，急怒：

"带出去，马上！"

清儿小小的身子哆嗦了一下。

宫慈抱着孩子止步。

正这时，拓跋曦自殿外走了进来，待看到九无擎手帕上尽是鲜淋淋的血时，大惊失色怒叫起来：

"宫慈，谁准你把孩子带来的？谁准的？你是不是非把九哥逼死了才甘心！"

清儿身子一抖，睁大了美丽的眼珠子，眼底顿时浮现出雾气来。这孩子胆子很小。

宫慈面色骇白，结结巴巴直叫："是皇上。皇上让我把孩子带来给无擎看的，皇上说无擎昨夜为了清儿，拼了命地抗旨，必是担心到极点，这番儿晋王刚刚把娃娃从外头带回来，所以……"

"闭嘴！"

拓跋曦吼了一句，命身侧的大宫女道："把娃娃送到良妃宫，请良妃娘娘暂时照看着！"

大宫女应声上前自宫慈怀里将直撇嘴的娃娃抱过来，走了出去。

宫慈没料到事情会演变成这样子，她无心再顾及孩子，只想知道九无擎怎么了。

是，她承认她故意没有推掉皇上的吩咐，她以为无擎应该也是想见到孩子的，毕竟昨夜他是为孩子而出城，甚至不惜和御林军动了武。

"无擎，你怎么了，你伤哪了？你伤哪了？"

她想上去查看，可是他狠狠一挥：

"曦儿，让她出去。除了金儿，我不想见任何人！"

他昏过去前撂下的最后的一句话，再一次将她遗弃在了他的世界之外。

他这是打定主意不要她了吗？

宫慈呆若木鸡看着他倒了下去，离他最近的金儿，面色骇然地将人抢住。

二

夜宴因为九无擎的不省人事而取消，然后，她被驱逐。

金凌独自坐在冰冷的石凳上，望着天上那冷冷的月华，缩了缩身子，觉得冷，也许是因为心冷的缘故。

她刚刚才从寝殿走出来，实在不想看到任何与他有关的女人。无擎不许别人靠近他，但皇帝不许，于是，近身照看成了元配的事，她就像傻瓜一样守在房里，看着那个女人尽心尽职地扮演着他妻子的角色。

她待不下去了，只能出来散心。

可到了外殿，越发地让人喘不过气来，岑乐、苓儿、娉儿带着那个孩子，正守着。她时不时还能听到那孩子轻轻软软地说着话："娘亲，爹爹病得很厉害吗？娘亲，爹爹是不是讨厌我？"

声音微微有些带着怯。

看到这个孩子，她的心就揪疼，想到这个孩子，她整个儿都疼。

他有孩子呵！

一个非常漂亮的女儿。

瞎的！

原来那个娉儿，不仅仅是他的女人，还是他孩子的娘亲。

现在，她明白了。

这就是他这些日子以来一直难以启齿的事儿！

他一定是想跟她坦白他有"妻女"的事，但同时，他又怕她知道，怕她不要他。

是，她可以不把宫慈、岑乐、苓儿当回事，可她无法忽视一个活生生的孩子，以及孩子背后的那个女人：那孩子身体内流着他们俩的血。那血肉上的联系，怎能轻易抹杀？

"金主子，我有话想与你说。能借一步说话吗？"

东罗突然绕了过来，一双忧郁的眼睛聚在她身上，不等她开口说话，他便往下说起来："关于爷的一些事，您可能还不知道。爷现在昏迷，没办法与你说明白，你心里必不好受，所以，我想我该替爷说几句话。不是袒护，只是想让你清楚地知道他曾经的不堪。您若真的在意他，真心愿意守护他，不要因为孩子的事，与他生分了，好吗？爷知道有这孩子也只是这些天里的事，他心里并不好受，一直在煎熬……金主子，爷很苦，真的很苦。"

金凌点头。

三

九无擎又梦到了那些不堪的旧事。

五年前，因为母亲的缘故，他掉进了拓跋弘张大的大网里，然后，他们给他上刑，各种刑具一一在他身上走了一遭，想从他嘴里知道七无欢和十无殇的行踪。他什么也没有说。

后来，有个士卒偷偷放了他，他逃了出来，结果栽在了另一帮人马手上：一个真正与他水火不相容的政敌，名叫钟宕，领少将军头衔，西秦国的某一大族之后，曾在他手上当先锋，金玉其外败絮其中，指的便是这种人。

九无擎指挥的军队军纪极严，行军所到，不可扰民毁牧，攻城之后，不可奸淫烧杀，他呢，仗着自己是名门之后，没将他的军令放在眼里。

那时，他初任统帅，还未威震三军，而这钟宕则在军中混了好些年，始终不得重用，他不甘被一个乳臭未干的黄口小儿驱使，故意违令而行，肆意奸辱无辜百姓，一度令降城百姓怒而生怨，差点酿成大祸。

九无擎得知此事，欲将其处斩，皇帝十二道金牌保下他，原因：钟宕身后有背景，死一个，乱一城。

后来，他饶了他性命，这钟宕就此投奔了拓跋弘，一切以拓跋弘马首是瞻。

穿心欲蛊也是钟宕喂给他吃的。那是一个好色之徒，他看不惯九无擎清高，他说他要彻底毁掉他所谓的操守。

蛊发的时候，正好落在钟宕手上的娉儿遭了罪。

他不肯屈服，几度撞得昏死，后来，不该发生的事还是发生了，当他清醒过来的时候，一夜欢好，已毁尽他的坚守，娉儿早已叫人带走。后来，他又想逃走，没成功，被挑断了脚筋，打了一个半死，脚骨脱臼了，他像一个活死人一样，任人践踏。

那些日子暗无天日，若不是顾念着母亲，他真想一死了之。

是东方轲救下了他。

也是东方轲保他留着一口气回到了京城，那时，他已被折磨得奄奄一息。

这一切，全拜拓跋弘所赐。

拓跋弘是他所有噩梦的开始。

睡梦里，那一幕幕龌龊的镜头在脑海浮过。

也许不能说是镜头，很多腌臜的记忆只是一种不想回想的感觉，是麻木的，记不分明的，他可以当是噩梦一场；但有些是赤裸裸见到的——血淋淋的死婴，给他的震撼比任何事都来得强烈。

她的出现，挖开了他努力尘封的疼痛。

她的回归，触到的是他最不想记起的伤痛。

"无擎，怎么样？好些了吗？好些了吗？还疼吗？要不要喝水，肚子饿不饿？"

一个不属于金凌的声音在耳边响起来。

九无擎睁开悲痛的眼睛，看到了宫慈那一张关切的嘴脸，正用手捂着他的额头，一股异香钻进鼻子来。

他嫌恶地将其甩开，力道很大，哪怕是病中，还是一下就将人撂了开去，宫慈"啊"一声险些跟跄倒地。

"出去！"

他沙哑着声音："不许碰我……"

九无擎吃力地爬起，觉得浑身乏力，冷冷地看着，完全无视她的委屈。

采儿看不惯，跳出来忿忿地叫了一声："姑爷，您发了三天三夜高烧，小姐守了您三天三夜，您怎么能一醒过来就翻脸无情？"

三天三夜？

这一睡就是三天三夜么？

三天三夜都是这个女人守着自己么？

凌儿呢？

九无擎扶着生疼的额头四下看着，还是在永寿宫，陌生的寝房里没有凌儿的影子，看来，她不要他了！

腑脏内绞痛得厉害，他不由得捂住胸口，闭上了眼，直喘气。

难受得慌！

"滚出去！"

他就像一头绝望的狮子，在积聚了力量以后，狠狠地将身边的玉枕砸了出去。

宫慈尖叫一声，躲开了那横空而来的玉枕，"砰"的一下，价值千金的铁古玉枕成了粉末，飞溅的碎玉砸到了宫慈身上，疼得厉害，她从不曾见过如此愤怒的九无擎，仓皇逃窜。

拓跋曦闻声而入，瞟了一眼抱头逃出来的宫慈，疾步来到床头，惊了一下，但他马上想到了东罗离宫时的叮嘱，忙低声扔下一句话：

"九哥，别气，金儿姐姐在公子府住着，正等着你回去呢！"

四

午后。

公子府。

九无擎拖着病体回府，是太子殿下亲自将其送回来的。

一起回来的还有九夫人：宫慈。

宫慈原想亲自推他进府，可是他不让，也不许拓跋曦推，九无擎坐在轮椅上，自己滚着轮子往内院而去，他们跟在身后。

默默地看着前方那道身影，宫慈心痛如绞：九无擎借着想见"女儿"之由直禀皇帝要回府，是为了那个女人。

她不懂，那个女人怎就得了他真心相待？

她真的只是一个不起眼的女奴出身吗？

宫慈很迷惑。

她若仅仅是一个疯疯癫癫、只懂拈酸呷醋的奴才，三天前，在皇帝面前的表现就不该那么的毫无把柄可捏。太子说：九哥只许金儿近身照看，皇帝驳还，让她去服侍，这金儿没半分异议和不满，在房里时，她规规矩矩地充当下手，给她拧帕子，进退有据，极有涵养，也极有忍耐力。

这人，还真不能小瞧了。

皇上说：好好提防着点。

看样子，是该防。

后院有一个开着二月兰的花园，面积颇大，假山重楼，九曲廊道，树影丛丛，花香四溢，四下里有俏婢侍立，见到九无擎时，纷纷欠身行礼。

他正要往红楼去，忽一阵孩子欢快的歌声传了过来，很奶气，很娇甜，隐隐约约，在空气里飘荡，纯净清亮，那是天地间最美的声音。

"小铃儿，叮当响。三四个，串手上。蹦一蹦，响一响。

"小花狗，爱热闹，吐着舌头汪汪叫，吓得娃娃往后藏：娘亲娘亲，赶走它。

"狗狗泪汪汪：娃娃，娃娃，你别怕，我想和你捉迷藏！

"一二三，藏好了。三二一，找到了！

"哎呀呀，全是叮当作怪呀！"

这首来自民间的小曲儿，由孩子之口唱出来，显得稚趣十足，那娇憨的调调儿，很想让人看到那唱歌的孩子会是怎么一个可爱模样。

九无擎顿住，手掌紧紧抓着轮子，心头又是一疼，那张小脸在眼前不断地翻现出来，那是他的女儿，他的血肉。

可是他竟不想见到她。

救她，并不代表能接受得了她。

他只求一个平安给她。

至于其他，他给不了。

可如今，她却已在他的府里，生生地闯进了他的生活，一旦见面，他要如何面对她？

"金姨金姨，我唱得好不好？好不好？"

一曲唱罢，小丫头娇嫩嫩地问着话。

"好听极了，来来来，咱们呀先把这药喝了，然后，金姨再教你另一首很好听的儿歌。瞧，还有清儿最喜欢的蜜李子。"

金凌轻轻的笑答传了过来，令九无擎的心弦狠狠跳了一下，这一刻，他不知道是因为听到了她的声音，还是因为清儿那话，心跳蓦地快如擂鼓。

轮子滚动了几下，他有点不相信金凌在陪那孩子玩，等绕过那矮灌木丛，转过那座怪石嶙峋的假山，赫然看到金凌手上端着一只药盏，正半蹲着身子，哄着想躲开的清儿吃药。

"想，可是药真的好难吃哦！"

清儿的声音为难极了，诉着苦。

"嗯，药是不好吃，可是吃了药，清儿的肚子就不会那么痛了，眼睛也会慢慢好起来，不用多久就能看到你娘亲了。"

"好吧好吧！清儿吃药！清儿要看到娘亲还有金姨、苓姨、岑姨。"

说完，她很乖地捧起药碗，咕咚咕咚喝了下去。

凉亭里，坐着几个妙龄女子，围坐在石桌前，素裙之苓儿，紫裳之岑乐，彤衣之金凌，青衣之娉儿，四个花枝招展的女子，都把目光聚焦在清儿身上，亭子里，另外还站了几个婢女，一幅和睦融融的场景。

因为孩子，这死气沉沉的园子似乎多了几分亮色。

金凌笑得很灿烂，那样耀眼，比太阳还明亮，依旧完美地高悬在他的世界里，令他几乎不敢相信，眼前的一幕是真实的。

她的表情很坦然。

她，不恼吗？不生气吗？竟这般平心静气吗？

九无擎疑惑地看着。

他不晓得她怀的是怎样一种心境。

也无法预测会面对怎样一场风暴。

更不知道要如何跟她解释清儿的存在。

他的心，乱极了。

五

亭子里，最先发现九无擎回来的是苓儿，她无比激动地从座位上跳了起来，惊喜地狂奔出来，只丢下一句话："爷回来了！"

金凌一怔，扶着被风吹乱的头发，直起来，低头先看了一眼微微收住笑的清儿，怯怯地往母亲怀里退了回去。

显然，她对于父亲的印象并不好，就连娉儿也露出了几分紧张之色，抱紧孩子微微不安地冲苓儿奔过去的地方看。

岑乐静静地站了起来，急切地往南边睇了一眼，才微笑地回头对清儿说：

"清儿，快看，你爹爹回来了！"

"我怕！"

清儿低着头，小声地吐出两字儿。

娉儿用手摸摸孩子的头，低声安抚着。

金凌不说话，举目往那边看去。

苓儿已狂喜地奔到他跟前："爷，您终于回来了，真是太好了！苓儿一直记挂着您！"

九无擎的反应很冷淡，什么话也没有说，目光定定地落在凉亭里，没有给她半分关注的眼神，似乎她的出现，于他而言，没有一丁点的意义。

他从她面前滑了过去，亭里的女人们，纷纷走出来，奴婢们恭声请安，岑乐笑盈盈地一福：

"爷回来了。我们正在听清儿唱歌呢，这孩子嘴真甜！嗓子也好！"

没有说完，看到身边的一大一小跪了下去。

娉儿不敢正视九无擎，只垂眸，恭恭敬敬地叩了一个头，声音微颤地道：

"九爷，娉儿给您叩头！"

金凌跟在最后，她感觉到九无擎将眼神投递在自己身上，两个人的目光有过短暂的对视，隔着一张面具，他没有任何情绪，只是眼底的灼热在沸腾，因为她。

"九爷，清儿给您叩头！"

小丫头学得有模有样，虽然看不见，但是，她能感应到母亲在做什么，双手撑地，小身板俯到了地上，一个头，叩得结结实实。

九无擎沉默了一下，将目光抽回，落到了她们母女身上，一大一小，都显得有点胆怯，额头叩地，显得如此的卑微，他没有喊起，她们就一直维持着这样一种姿态。

金凌看了一下地上的人儿，微蹙眉，四下瞅着，宫慈静默地守在九无擎身侧，维持着她得体的笑容，苓儿深深凝视着了九无擎，似乎在追忆着什么，岑乐张了张嘴想说什么，却在接收到宫慈刻意递去的眼神后，闭合上了。拓跋曦也不吱声。守在附近的东罗和南城围了过来，但都不说话。

"爷，娉儿怀着孩子呢！前番里情绪波动太大，动了胎气。不能跪。"

她适时插了一句，静静地替娉儿说了一句。

"嗯，起来吧！"

他这才记起这事，立即声音沙哑地发了话。

娉儿拉小丫头的手直起了身，母女俩依偎在一起，两个人皆小心翼翼。

"先在府上住着吧！孩子的事，我会处置，至于阿祥，太子殿下也已经派人去找。今儿我精神有点不济，先回房了，金儿，送我回楼！"

他无视依在娉儿身侧孩子那渴盼的神色，撂下一句话想离开。

金凌没有马上过来，而是蹲下身子摸了摸清儿的小脸，温笑了一个：

"清儿，你爹爹身子不好，疼得厉害，去亲亲他好不好？亲亲就不疼了！"

九无擎听着，身上本能地一僵，但她已经牵着孩子走到了跟前，轻轻一送，一只软软的小手立即扶上了他的膝盖，他的心急跳了一下，被那柔软的触感惊到，想推开，可另一只手被金凌抓着递到了他手心里。

"爷，抱抱吧！"

她对上他复杂的眸。

"金儿！"

他哑然低叫，深深望着，宛若已有千世万世不曾见过一般，移不开眼。

"嗯！"

"你让我抱她？"

她回以一抹浅笑，低头看着正好奇听他们说话的小丫头，一把将其抱起，塞进了他的怀里。

软绵绵的孩子在胸前直蹭，令九无擎深吸一口气。

他怕她掉下去，不自觉地收起了手臂，将她拢住，深深瞅了一眼这个漂亮的盲孩子——记忆里的场景：那可怖的死婴，似乎渐渐模糊了下去，一张鲜活的孩子脸覆盖了曾经那份绝望的恐惧，一直无法自我宽恕的罪孽感，终于得到了缓解。

他的手指轻轻抚上了孩子的小脸上，孩子立即敏感地对他扬起了一朵笑花，像小狗似的，带着讨好的味道，轻轻问了一声："你是我爹爹吗？"

他沉默了一下，把孩子推了出去："我累了，把清儿带走！金儿，陪我回房，我有话要跟你说！"

娉儿连忙把孩子接了过去，他转身往红楼而去，金凌睇了一眼，眼角的余光瞥到苓儿正用羡慕的目光瞅她。

六

红楼，花香阵阵，楼上楼下干净整齐，朝南的花窗打开着，一阵阵暖风拂入，带来春的气息。

上楼，是金凌扶着他上去的，一牵住那手，他就不想放，等坐到床榻上时，他将她搂了过去，有点不敢相信这是真的，她还在他触手可及的地方，并没有像躲瘟疫一般地遗弃他。

金凌微微僵了一僵，唇轻咬，闻到了一阵异香，那是宫慈身上的味道，还有清儿的孩子香，此刻让他抱着，她闻着很难受。

"凌儿，关于那孩子……"

他解释一些什么，纤纤素指按到了他唇上，阻止他往下说去。

"现在不说这个成么？你的气色不好，先养身子！其他不许想。东罗说那天，你硬接了大个子三掌，当场就吐血。那人功夫很厉害！"

弯腰还是给他脱了鞋，将他推上了床，在他身后放了一个靠枕，很体贴。

"嗯，内力浑厚，是我交过手中最厉害一个。那人，拿着清儿逼我要一件东西。其实我差点就逮住他了，若不是拓跋弘……"

金凌替他盖上了被子，他的身子冰得厉害。掖好被角，她执起了他的手腕看脉，她想知道他的身体到底有多糟糕，那天，在宫里那么混乱，她没顾上，所有的病症全是御医宣布的。

"别看！现在别看！"

九无擎退缩着收回手，不想让她看脉。

金凌坐着，没有强求去把脉，静静地看着，心里头莫名的发酸。他的身子必定很糟糕，要不然，他怎会不肯让她看。他怕她担心。

"好，那你先休息一下！"

"你陪我！"

"嗯！"

不一会儿，他睡了过去。

很沉。

虽然相处的时间不长，可她知道，他的睡眠一向很浅，每夜里，他真正睡过去的时候不会超过两个时辰。他总是失眠。

在静馆的最后几天，还发生过从噩梦里惊醒的事情。

她曾问他怎么了。

他抱着她什么也不说。

只有心跳是飞快的。

关于九无擎的过去，东罗一五一十都说了，所有的不幸源于十三年前，真正悲惨的噩梦始于五年前。

从傲骨铮铮到满身肮脏，他在痛苦中煎熬，忍受着精神上和肉体上两方面的折磨。

东罗把爷曾经所遭受的所有苦难尽数说了出来，这一次，他说得极为详尽。

他提起了他身子里的毒蛊；提到了娉儿，他第一个女人；提到了那几个月的昏死，差一点就去了鬼门关；提到了他发疯似的给娉儿灌药，"死婴"的降世，娉儿的离奇死亡；也提到了后来那些年里或死或疯的床姬……

他的过去，又悲惨，又残忍，又无情，的确是她无法忍受的。

尤其是他亲手毒杀亲骨肉的事，令她觉得特别的毛骨悚然，虽然他所做种种，都情非得已。

那一刻，她不知道该同情他，还是该憎恶他。

也不知道该留下，还是离去。

当这一切，如此真实地呈现在她面前时，她的确生过想逃离他的念头。

他有妻，有妾，有女，他的世界与她无关。

不管他的苦衷如何，不论他的坚持是什么，那都不是她该卷入的纷争。

东罗似乎看到了她退怯，单膝跪在地上，对她说："大秦的十三太保，各有来历，东罗不知道爷是怎么一个来历，也不知道您出自何处，东罗只听爷说过一件事，您是他的未婚妻，他是您花了三年时间化身公子青一直在找的人，时过十三年，他虽然长相变了，性情变了，但他待您的那份心，没变过。爷吃了太多的苦，您若因此离弃了他，您舍得吗？忍心吗？难道真的是夫妻本是同林鸟，大难临头各自飞吗？"

这令她动容。

之后，又发生了一件事，令她决定留下来。

宫宴那日，皇帝知道九无擎昏厥，曾驾临永寿宫，召了御医来诊治，后召见了娉儿，将孩子交到了娉儿手上。

娉儿叩谢皇恩，却跪地拒婚事，惹来众人皆惊，皇帝震怒，斥其胡闹：

"一女不配二夫。你既已替无擎生下了清丫头，就该守着无擎在家相夫教子！怎能不嫁？"

娉儿胆子很小，可她很勇敢，固执地摇头说：

"这世上，女人最幸福的事，莫过于嫁一个如意郎君。公子是俊杰之才，可惜非民女之良配。民女心意有属，若非为了救清儿，一月前就该嫁作农家妇。民女与未婚夫，情投意合，且早有夫妻之实，如今，民女身怀有孕，只待清儿无碍，便早早嫁了我夫君，皇上要民女嫁与公子，民女叩谢大恩，但民女心中只有我夫阿祥，无意他嫁，还请皇上成全民女心愿！"

皇帝听闻，即令御医诊脉，果然查出已怀孕两个半月。

听得这个回报，皇帝沉下了脸，但并没有为难，只淡淡地问："你要另嫁，那清儿怎么办？"

娉儿跪禀道：

"我夫待清儿如亲生，四年来，将其宠于掌心。今番实出无奈才来见九公子，不管九公子认不认清儿，民女都想带清儿于身边亲自照看。公子若肯放手，民女感激不尽，公子若想留下清儿，民女只能忍痛割爱，但绝不嫁之为妾！"

赐婚一事，就这样不了了之。

娉儿用自己的言行，表明了她亦是一个身怀傲骨的女子。

这晚，回到公子府后，金凌心思繁乱，难以入睡，这时，娉儿突然出现在红楼。

她说："是罗护卫让我来的。罗护卫说您是爷最最在意的人，我该来跟你解释解释的，他不想您和他生出误会！

她说："此番娉儿进宫，只为了救清儿，并不打算凭着清儿来做公子的侍妾。"

她说："也许曾经，我的确仰慕公子，甚至希望凭着肚里的孩子留在他身侧。但是后来他的狠绝叫我明白，我于他而言，没有任何意义。手捧'死婴'时，我就已大彻大悟。公子于我高不可攀。他在烽火之下救下我这份恩情，我已经用孩子来还清。以后，不会再惦念。"

她还说："罗护卫跟我说过，清儿没死，不是意外，而是人为的操纵，关于这事，我不懂，也不管不了，我唯一庆幸的是孩子没有死。原本我没打算让她来认亲，在清儿心里，阿祥才是她的父亲。可清儿中毒快死了，我是不得不来这一趟。豪门深似海，繁华血泪底下，能有几个能真正开心，我不要荣华富贵，只想求一世静好，一生无忧。这些，阿祥会给我们。即便他来历不明，但我喜欢他说过的一句话：往事如梦，断了散了，前程似锦，惜之守之，这才不亏了自己，不枉活了一世。"

金凌惊讶地发现，这真真是一个心思巧慧的女子，也许有些卑微，但绝对有骨气，并有自己的主见。

"娉儿好见识。"

"姑娘见笑！"

娉儿有点不好意思了，腼腆地摸摸自己的发，说：

"我也出身殷实之家，自幼受父母熏陶，小时也读过一些诗书，后来生了战乱，父母双亡，公子救我于危难，于我那是大恩。公子府内数年，也曾读书识仪，趁着诸个公子高兴的时候，得过一些点拨。尤其是八爷，待我甚好，教我很多东西。阿祥说我的脑袋瓜比一般女子开明，我想这全得益于公子府那些年的栽培！"

公子府诸位公子皆是人中龙凤，愿意点拨于她，也证明她在公子府，曾有着不俗的地位。

"那为什么会捅伤了苓儿？"

"这事，说来惭愧，全是我的无心之过！我们出来的时候，孩子一度出现昏迷。加上路上，曾几番遭到追杀，我的情绪有点不稳，原是想光明正大自正门进来求爷的，可是阿祥说，我是一个已死了四年的死人，这样突然冒出去，可能会给公子府引来麻烦。所以，我才凭着记忆，自后门的狗洞爬了进来。我听说这苓儿姑娘是公子身侧第一妾，正巧那苓阁又位于最北边，我便想进去求她给我带个话。她不肯，说什么红楼不是寻常人可以进去的。劝我离开。我一时急怒，用随身的佩刀要挟她，谁晓得就出了这些事，更没想到刀上会有毒，终于还是把这事闹大了！"

那夜离开的时候，金凌还曾问过这样一句：

"现在，你最大的期盼是什么？"

"救清儿，找阿祥，嫁他，养儿育女，然后，我们一家四口，快快活活过日子！"

她说："这世上，富与贵，是枷锁，名与利，是虚幻，无论是男人还是女人，一生最大的圆满，就是平平安安一辈子。我只是平常人，只想过平常日子。公子是非常人，自有非常之人生，我期盼他能用自己非常之才华，造福万民，让我们这些平常人有好日子过，没有战乱，没有离散，各过各的精彩。"

一个寻常女子，能有这样的心胸，的确让人惊讶。

娉儿已真正放开了过去，现下，放不开过去的是九无擎。

金凌记得那日，他看到清儿时那痛苦的神色，便知那些不堪的记忆依旧在折磨他。

学会坦然，日子才会舒坦，懂得抓住，人生才有幸福。

娉儿做到了，她为什么不能。

何况，她从这件事里隐约嗅到了阴谋的味道：所有种种都是冲九无擎而来，无论是五年前还是五年后，都能寻到一种猫抓老鼠的痕迹。

她不走，因为她想知道到底是谁在玩着这一场残忍的游戏。

现在，她不记得九无擎是不是就是东罗嘴里她一直在找的人，但这场游戏，她会陪无擎一起玩到底。

七

晚膳时，九无擎稍稍吃了一点，人有了一些精神，沐了浴，身上有汗腥味，更有别的女人气息，他不喜欢。他让金凌把床上的被褥全换了，自己则去洗澡。

等回房，就见她静静地坐灯下研究药理，神情很认真，时而还在用笔勾画着什么，时而皱眉，时而用笔梢挠鼻子，一副无解的样子。

他在边上看，总觉得有种恍如隔世的感觉，总觉看不够。

金凌看到他傻傻的样子，忙去把快凉下的药汤给他端来："喝吧喝吧！快快把自己养结实，这样病恹恹的，我可不爱！"

九无擎怔怔地看着，她已经将药送到嘴边，他一张嘴，她就把药灌到了他嘴里，差点呛到他。

喝完药，她拉他去睡。

"你也一起睡！不管你在整理什么，不许熬夜了！"

他让出半张床，怎么也不肯放她离开身边。

嗯，他想和她说话。太想太想。

"你怎么越来越黏糊了呢？"

她瞪了一眼，妥协，收到的是他怔怔的眼，那唇角在轻扬，恢复了一些愉快的神情。

钻进被子后，她立刻被他卷了过去，没一会儿他就睡沉。

那是因为她在药里放了安神的药草，当平稳的呼吸传来，她拉开一点点距离。

分开三天，就如同隔了三世。

这三天，他在水深火热里挣扎，而她在无尽的等待里煎熬，终于还是舍不得离开。

不是她心胸宽大，而是她放不下他。

清儿是一个天真烂漫的孩子，是他的娃。这是一根刺，扎上了，总会疼。

疼便疼吧！

她认了。

九无擎一觉睡到近晌午，披衣下楼后。看到一身湖水色的金凌手捧鲜花，牵着一个漂亮的小妞妞走进来。

"金姨，水晶包长什么样？"

清儿正开心地仰着脖子问。

"圆圆的，又扁扁的。做的时候，里面放一些皮冻，蒸好后就有很浓的汤汁了。"

"真想看看呢！"

清儿轻叹着。

金凌突然沉默，马上道：

"你爹爹一定会想法治好你，信不信？"

"真的吗？"

清儿脸上一亮，一会儿又撇起嘴："可是爹爹好像不喜欢我！"

金凌连忙道：

"怎么会呢？清儿这么可爱，你爹爹怎么可能不喜欢你。走，我们去抓他起床好不好？"

"爹爹会不会生气？"

"不会。他要是生气，我们就不给他吃水晶包好不好？"

"这样不好，娘亲说了，要遵师长，孝父母。祥伯伯也说了，百善孝为先。常存仁孝心，则天下凡不可为者，皆不忍为，所以孝居百行之先。"

不得不说，阿祥和娉儿把清儿教养得很好，虽然生活清贫，但礼仪皆知，虽目不视物，可心态淡定。

金凌在心头感慨了一句，抱着清儿才转身，想上楼，就瞧见墨袍男子眼神微窘地站在楼梯口。

"咦，醒了？"

"嗯！"

"吃膳没？"

"还没！"

"嗯！我刚学会做水晶包，厨房和着粉，去给你露一手！这小鬼，你看着。"

几步上前将那个娃娃塞了过去。

无擎瞪着眼后退了几步，最后退无可退，只能将娃娃抱住，瞅了一眼孩子生怯的眼神，他不由得叫了一声："凌儿！"

他那表情，是抱也不是，推也不是。

金凌轻一笑，心头又一疼，笑的是他这样子，疼的是这孩子，如此做好人，是不是特傻。

她转身走了出去。

九无擎很无奈，低头看，怀里的小东西，软软的，香香的，仰起漂亮的小脸蛋，一双美丽的大眼睛眨巴了几下，怯怯地"看"着，没了刚刚那叽喳喳的顽皮样。

初见金凌时，她才三岁呵，比清儿还要小，可那胆子，大得不得了，见谁都是一张笑脸，很能勾魂，能说会道得不得了，一张嘴，骗死人不偿命。如果这是他和凌儿的孩子，他一定爱死，可她不是。

"我要娘亲，我娘亲！"

许是这气氛太冷寂了，清儿开始扁嘴，"哇"地哭了出来。

无擎一怔，不晓得她为什么要哭，只能把孩子放到地上。

孩子着了地，急忙忙往外奔出去，可她不熟悉这里的布局，乱奔乱撞，"砰"地就被门坎绊倒摔了下去。

九无擎连忙跨过去，将娃娃拎了起来，扶起她的小手看看，没有摔破皮儿："没事没事。不疼不疼！清儿乖！不哭了！"

他柔下声音低低给她呵了几下，轻轻地揉了揉。很多年没有和这年龄层的娃娃打交道了，真是别扭啊！

清儿立即止住了哭，梨花带雨，扁着小嘴"看"。

"不哭就带你去找娘亲，好不好？"

"嗯！"

真的很听话，比小时候的金凌听话多了。

他低头，执着孩子的手腕看了一下脉，心弦陡然一跳，脸孔不由得大变，露出震惊之色。

是中毒！

那毒已入骨髓不止十天半个月，而是在襁褓的时候就已经中上了，这一年又一年地潜伏于小身体内，如今已临近爆发期，一条小命，朝不保夕，想要妙手回春，谈何容易？

他的脸色不由得骇沉起来，突然意识到，那幕后人将孩子放出来的真正目的。

那人想玩死他：因为药只有一份，如果他不想眼睁睁看着孩子七窍流血再次死在眼前，要么就只能自断生路。

四年前，他能狠心弄死她，四年后，面对粉嫩绕膝的孩子，他能做到无动于衷吗？

这么一想，他的心，凌乱了起来。

八

客院里，女人们都聚集在那里，宫慈、岑乐、苓儿、娉儿，正围坐在桌子前做着女红，她们在替公子府的第一位小小姐添置衣裳。

宫慈做的是小裙子，这是她让绣娘连夜赶制的，今儿个她特意拿来给孩子看，可惜她来迟了，孩子已叫金儿带了出去。

说来这事儿真叫人不甘，她把孩子抱去，无擎甩都不甩一下，而那丫头那么一塞，他半句重话也没有。

他还真能厚此薄彼。

岑乐正在做绣鞋，她是一早就过来的，曾给孩子试穿过。清儿摸了一下，只说了一声"谢谢"便没了其他表情，倒是金儿一来，她就腻了过去，金姨长金姨短叫得可热络了。

她心里酸酸的，那丫头不光博得了大人的欢心，还抓住了孩子的玩心。

真是让人又羡又妒。

苓儿正在做荷包，思绪却早早往外飞了出去，跟着那一大一小的身影往红楼而去。

她想进红楼与他说说话，昨天他回房歇息，她看他身子很疲惫的样子，忍着，晚上，她去了，叫楼卫拦住了，她求他们给传个话想见见爷，东罗过来对他说："爷谁都不见！"

天知道她在听到这话时，心里说有多难受便有多难受。

娉儿一直小心地陪着，看着她们热络地宠着自己这个可怜的孩子，没有高兴，只有隐忧，她们争先恐后地爱惜清儿，只是想讨好爷罢了。

她真不喜欢她们动清儿的歪脑筋，最讨厌的就是宫慈，一门心思想让她把清儿留下来，享公子府的荣华富贵，将来得一个好归宿。

娉儿懂的，清儿若留下，按规矩，就会过继她名下。听说，爷至今未曾和她圆房，她这是想将娉儿当垫脚石了！

她只能赔笑，只说一切但听爷的吩咐。

在她看来，爷虽拼命救过清儿，可那行为只是出于负责的心态，对于孩子本身，他并不喜爱。

几个女人各怀心事地会在一起，待临近晌午时，清儿回来了，是九无擎亲自送来的，但他没有进来，到了园口后，南城将她牵了进去。

他没有多待，转身就走，才出院门，身后就传来一阵急乱的步子声："爷，您等一下！"

是苓儿！

他顿住了步子。

她很快绕到了他面前，露出一抹欢颜："爷，苓儿有话想与您说！"

九无擎看到了她眼底那殷殷的期待，那强烈的渴望，已失去了以前那些年的淡然矜持。很多不该属于她的情绪浮现在她脸上。

有些话，他是该和她说明白的，遂点一下头："也好，那就陪我在花园的亭子坐坐！"

苓儿立即心花怒放："嗯！"

两人一先一后离开，宫慈和岑乐的脸色，难看到了极点。

九

凉亭，九无擎坐定了，上下打量了一下，问："身子好全了是不是？"

"嗯！好得差不多了！"

苓儿浅浅地笑着，第一次在他面前又笑得这么开怀，这也是她这么多年以来，笑得最开心的一次。

多少年了，她的日子一直不如意。

在九华，父皇因为母妃在无心当中伤害过他的皇后，这么多年一直无视她和母妃的存在，眼里只有他那个长公主。

哪怕后来皇后不在了，父皇还是空着中宫之位，虚设后宫，再不另纳妃子。

这份痴情难能可贵，可是父皇对母亲的薄情，也着实让人心寒。

自小，苓儿总生活在长公主的阴影里，从没有真正快活的时候，最最喜欢的韧之哥哥早早就成了为长公主的准驸马，并且为了不惹长公主生气，还很刻意地疏远了她。

最后，父皇还将她与母妃远远地流放到了外地。

三年前，她们进洛城祭拜皇祖母，父皇避而不见。

那一日，她在别宫遭人掳劫，辗转万里，来了这陌生的地儿，几番漂泊，陷入做舞姬的窘境里，直到遇上九无擎，才有了一份安定的生活。只是，那时，她是真不知道他为何来维护她。

如今才知道，他便是父皇派出无数人马来寻找的燕熙哥哥，怪不得他会护她周全呢！

真的没想到，事隔这么多年，她居然能在万里之外的龙苍遇上燕熙，并且，还做了他的姬妾！

也许上苍待她并不薄，在她被捅了一剑，几乎命丧黄泉的时候，燕熙救了她。

"韧之哥哥，你的身子可还好？"

她轻轻地叫了一声，眼神闪闪发亮，叫得极温柔。想到当年那个温温如玉的少年，再看如今这个冷漠之极的男人，真的没办法将这两个人联系在一起。

但是，不管他再如何冷漠，他的那份仁心仍保有着。

九无擎微微皱了一下眉。

娉儿夜闯公子府那个晚上，她伤得很重，他跑去时，她倒在血泊里没了生机，他心急之下叫了她的小名，鼓励她一定要撑下去。这丫头聪明得紧，立马就猜到他是燕熙。后来，她醒来后一直闹着要见他。他见过她几回，没有否认自己的来历。

那几次见面，她一直如小时候那般叫他"韧之哥哥"。

他倒也不是十分反感这叫法，毕竟是"自家"妹妹，只是若叫金凌听了去，必生误会。

九无擎想了想道：

"保持原状吧！以后别再叫我韧之。韧之已经死了，现在活着的是九无擎。和以前一样，安安静静地住着，时候到了，我会安排你离开，到时，你可以回去九华见你母亲！"

苓儿笑容一僵，遂又展颜，应承道："真的可以回去吗？"

可一想到回去的结果，她忽又笑不出来，他是有婚约的人，他会回去娶金凌吗？那她怎么办？

"能。到时，我会求义父给你配个好夫君，以弥补你在这里吃过的苦。"

这话，抽尽了她脸上所有血色。

"你，不要我？"

她听到自己的声音发颤。

九无擎在面具底下再度皱了一下眉：

"我有凌儿！苓儿，龙苍的一切全不作算。这点，请你记明白了。"

一句话，在他们之间架起了一条不能跨越的鸿沟。

才得来的一点小幸福，就这样被吹散了。

这些年，她心心念念想着回去，可现在，她突然发现，回去了，她反倒一无所有了。

留在这里，至少，他还会护她，回去了呢，他的世界就只有金凌！

一股莫名的苍凉再次吞噬了她！

她不明白，为什么这辈子，她总要活在金凌的光芒底下。

同样是公主，她高高在上，而她却流落异乡！

十

红楼，金凌伏坐在书桌前，案上，垒了高高一打卷宗，九无擎走进去时，目视了一下，这些都是医书，居然叫她全搬了过来，这丫头正在疾笔而书。

"你来得正好，我们一起来研究一下清儿的毒。"

她听到脚步声，转过头拍拍身边的位置，示意他坐下。

他没坐，而是挤到了她那把上，将她搂了过去，低低说了一句："谢谢你的不离不弃！"低头，在她额头印下一吻。

终于又吻到了，真不容易，话说他昨天就想吻了，结果睡得太沉，没得偿所愿。

"不用谢我。你的过去，我没有参与，所以，我不能改变什么，但是你的将来会有我，你给我记住，我要的是你整个儿，不是一丁点，现在我可以容忍你身后有女人围绕你，这是形势所逼，没办法的事，但以后，不可以。听到没。"

"嗯！"

他点头，心头暖暖的。

"府里那些什么床姬都放了吧！不能再这么误了她们。"

"嗯！"

"娉儿已经有了心上人，找个合适的时期，给她完婚。他日，护她安全地离开。"

"嗯。"

"还有清儿，"终于说到重点了，"关于清儿，你打算怎么办？她身子里的毒，实在太难治。"

"嗯，我刚看过御医开过的药，太中规中矩，你虽然在其中另外添了两味解毒草，可这药方，对她的身子，只起解缓疼痛的作用，暂时能压住毒血攻心，可是，不出七天，就会有反作用。"

三天前，清儿毒发过，是御医给开的药方。

"所以啊，我正头痛！无擎，你有什么法子吗？"

"我刚刚换了一个方子让人下去熬着先吃。她那副小身子，药不能下得重，太娇弱，想要除根，非常不容易！"

"是，那样一个病弱的身子，养到今时今日，不易。燕子，"金凌咬了咬唇，低声说，"她活得太苦，好好待她吧！"

她轻轻推开他，拿起一本医书，想再找找其可以克制的法子。

"凌儿！"

九无擎将她搂进了怀，一个吻轻轻落到她头顶，深深地抱紧，其他什么话也说不出来，只知道，这一刻，还能将其抱在怀里，是世上最幸福的事。

世事如此纷扰，只有她能给他片刻宁静，让他觉得，前程可期。

"现在，你好好养身子，其他什么也不用多想了！"

金凌臣服在他的臂弯里，倚上了他的胸膛："我会陪你，一直陪你。不管我是疯了还是傻了，我已经这么做了！"

语气微微有点委屈，但没有任何抱怨。

他明白，她心里必有恼，必有怨的，只是她智理而没有跟他发脾气，脸面上，没露出任何痕迹，可她终还是介意的。

他挑着她的下巴，两两对视：

"谢谢你的包容。凌儿，我没有什么可回报你，只能说，这辈子，我生便是你男人，你是我唯一女人，我若死，便是化作游魂护你一世……"

最后两字消失在彼此交合在一起的唇齿间。

只分开了几天而已，他却觉得自己已失去她几辈子，终于在这一刻，将她再度找到，如此地纳入怀中，如此的唇齿相缠，才觉得自己又重新活了过来。

她的微微抗拒，很快在他熟练的挑逗中失去了抵抗。

直到彼此吻得都快冒出火星，他才放过她，额顶着额，眼对眼，彼此的眼里就只有对方。

她微腆的一笑，凑过去咬了一口："不闹了，一起看医书！"

"嗯！"

他点头，手不肯放开了去，依旧搂着，随意一瞄，从一堆医书底下抽出一本递到她面前，淡淡道：

"晚上继续！"

她一时没会过意来。

九无擎唇角轻扬，凑过来在她脸上亲了一下，嘀咕一声说："我饿了好几天了！晚上一定喂饱我！"

金凌立刻红脸瞪去一眼："九无擎，你正经些！"

"嗯，那我和你说件正经事，你仔细听着！"

他的两只手捧着她的脸，深深地插进发根里，感觉着那丝滑的触感：

"经过四日前那一战，我和煞龙盟的关系，拓跋弘可能知道了，也许他没有证据证明我是他们猜测的那个人，无法上奏这件事，但是，他们必然会有所防备。他们也知皇帝的丹药已经吃得差不多，身体的本元在极速萎缩，最迟年内就有可能驾崩。这日子说短不短，说长不长，他们不可能没有行动。所谓夜长梦多，太容易出现变数。为了防止异变，我会在接下来的时间内采取行动，好叫拓跋跃早早下台，把那个害我沦落到如今这步田地的人揪出来。"

他这是打算政变么？

她瞪大了眼：

"你……想做皇帝？"

"不。我想回家，娶新娘子！西秦国是曦儿的。"

他给了她一个深深的吻，无比憧憬着属于他们的锦绣人生。

十一

接下来的这段日子，九无擎依旧静养在公子府，整日里，种种花、除除草，要不就是看看书、弄丝竹之乐，过着名流雅士一般的生活，府中一切皆由其夫人宫慈负责，此女不负众望，把偌大一个家业打点得井井有条。

三月初一，九无擎进宫，请旨将府中的床姬悉数解散，并为那些女子配缔姻缘。

这事由太子殿下递上折子。皇上没驳回，准了。

三月初六，九无擎不负皇恩，终于将昏沉的慕倾城救醒。

便是这日，晋王再次请旨，欲重迎慕倾城为妻。原本执意不嫁的慕倾城，忽反口，上禀说愿嫁晋王为妃。但由于脸上的毒疮尚未痊愈，还需时日去医治，便将婚期定于四月十八。

三月初十，皇上下令，令晋王、毓王、怀王按祖宗规矩各回封地。

三月十二，三王跪辞帝驾离京。

三月十六，皇上命定四大辅臣于太子。

时，太子提议，重新录用九无擎，直道："九太保之才华，天下少有，食君之禄，忠君之事，理应到朝上来议事，为国之昌盛尽其绵薄之力。"

此事有人赞同，有人极力反对。

赞同者皆认为不可因陈年旧事而埋没人才，反对者则以为虎狼之心，不可不防。

三月十八，皇帝几经思量，同意太子之提，任九无擎为第五辅，负责引导督促太子读书用政，无实权，准其殿前听政议政。

三月十九，九无擎开始早起上朝。

三月二十二，皇帝在朝上忽然昏厥，朝上一片大乱。

三月二十四，皇帝带病重新临朝，原因是：北方忽起兵乱，皇帝令大将军李燊去平乱。

三日后传来李燊战死，举朝震惊。

三月二十六，皇上又令镇南王东方轲去北塞镇压叛乱。

又三日，传来东方轲险些身亡一事，所幸在北塞岭北封地里的拓跋弘出动亲兵救下了重伤的他，后，数万大军由他掌控，将丢失的两座城池夺了回来。

第二十八章　尔虞我诈

一

"这场兵变来得蹊跷！赢得蹊跷！"

朝堂上的事，九无擎不对金凌作任何隐藏，每番下朝，他们俩人就躲在房里说着朝中大事。

四月初五下午，他回来后就把刚刚得到的消息告诉了她，她认定这当中必有古怪。

"嗯！他想从军队上下手。一个君主，若没有自己的军队，那就一傀儡。曦儿现在才坐上太子之位，在军中没有半分威信。若没有军心拥护，那是不行的！"

四月天，天气已彻底转暖，红楼上，开着花窗，有风拂动，书架前，摆着一只檀木制的摇摇椅，一男一女，正齐躺在椅子上，金凌将头枕在九无擎的肩上，手上还拿着一本医书，听得这话，她支起身子："你在军中混过几年，曾经公子府率领的皇家军左右营应该会成为太子最大的后盾。只要你振臂高呼一声，那些人还能受你驱使，这就是皇上肯容忍你的原因吧！"

金凌猜那两支人马的掌控权仍在他的手上。

九无擎闭着眼，手指轻轻地摩挲着她的素手。

"他只是容忍，没给我实权。朝上，你夫君我的日子可不好过！处处受人排挤。"

他突然睁眸，在她唇上啄了一下，捏了捏她的脸蛋。

以前她不清楚他的处境，现在呢，她对这些事根本上已经知根知底了。只是她还不清楚他能拉拢多少人。到现在为止，他还是孤立无援的，不与任何人为伍，全心全意在辅佐拓跋曦。

说来，这段日子，过得还算安静。至少表面如此。

金凌很少出府，三月初的时候，离过府一回，龙奕相邀九无擎于湖阁赏月，她陪着走了一趟，这期间，龙奕对九无擎说，他想和她单独说几句话。

九无擎很大度，离席许他们私下说话。

待门外关上，龙奕走到她跟前，万般不解地问：

"你这是真打算跟他过一辈子了？即便他有妻妾成群，连女儿都有了，你都不在乎，是不是？"

金凌不想与他解释太多，淡淡地只答了一个字：

"嗯！"

"为什么你对他这么宽容，可以不计名分地跟从？"

他不懂。

这话，他说错了，不是她不计名分，而是这种名分，于她而言没意义。九无擎说了，龙苍的一切都不作数。他们的未来不在这里。

"也许是缘分，也是命中注定。最重要的是，我喜欢他。"

这话，重重击到了龙奕的痛处，他脸色一黯，闷闷扔出一句："倒真是痛快！但愿他日你醒过来以后不会后悔！"

"我不会后悔！"

自那日一别，再不曾见。

至于那个拓跋弘，她也见过，三月初六那日。

慕倾城是她和九无擎合力救醒的。

关于慕倾城和她的关系，九无擎也一五一十与她说起来，她才晓得自己曾冒她之名戏弄过晋王，并清楚地了解了拓跋弘的种种罪行，嗯，光凭他曾命人挑断过九无擎的脚筋，她便对这种角色嫌恶到了极点。

那日九无擎叫皇上召进了皇宫，她按时往镇南王府送药材，才进府就听到府里的人说：慕倾城醒了。

待兴冲冲跑上楼，遇上了自里面走出来的拓跋弘，眉心拧紧，看到她时，他的目光亮了一下，又沉了一下。她没理他，进了闺房，出来后他已离开。

当日朝中传出了晋王和镇南王府再结连理的喜讯，并定了婚期。

回府后，金凌看到九无擎在等她回来，神情极凝重地提醒她："拓跋弘心怀叵测。以后见到他就避开。你的功夫还没有恢复，一切小心为妙。"

之后，她一直刻意避着拓跋弘。

不想才隔了没多久，就传来了他在北原地区私自出兵收复失地的消息，这绝对不是好事。

"按理说，封地之上的亲王，不得皇令是不能随意调动麾下兵马的，这番，晋王违了祖宗规矩，那皇帝老儿有什么反应？"

金凌低声问着。

"皇上传令令拓跋弘回京受赏！并且准备大婚事宜。他要是敢不来的话，那就是怀着私心，到时边地可能会生乱，要是敢来成这个亲，嗯，我希望他这辈子进了鎤京府，永远不必再回封地！"

九无擎说得很轻淡，似乎只是讨论一件寻常得不能再寻常的小事，可是，她知道，想要将一位亲王永远留在京城，只有两种可能，一种是终身囚禁，一种是死。

"皇上还健在，我们能拿晋王如何？"

九无擎不说话。

但金凌感觉到了一股浓烈的压迫气息。

鎤京城，风雨将至矣。

正当他们说话之际，一阵敲门声响了起来。

"爷，爷，不好了！清儿小姐又昏厥了！"

东罗在外头急切地禀告着。

二

二人自摇椅上跳起来。

这已是清儿本月第三次昏厥，每昏厥一次，金凌和九无擎就商量着换一次药方，可换来换去，似乎没有什么大的效果。这发毒的间隙时间越来越短。

金凌走到走廊台阶的时候，就看一摊黑色的血渍，自上而下地喷洒在高高的台阶上，她看着不由得心情一沉，娉儿凄惨的哭声令她觉得非常难受。东罗说："刚刚清儿小姐在走廊上玩着玩着，忽然说肚子好痛，想跑下来找她母亲，才走了一个台阶，就吐血，自上面滚落，当场不省人事！"

"爷来了，爷来了！"

进门后，有婢女低叫了一声。

房内，宫慈回过头，看到穿着朝服的九无擎和那女人相携而来，心头再度刺痛了一下。这些日子，她几乎见不到他的面，白天他忙着公事，晚上，他关在红楼哪也不走动。活了这么多年，这番她可真真是受尽欺凌。她心头怀着的哀怨无处倾吐，只能打落牙齿和血吞。

岑乐殷殷地看着自己新婚夫君，多少日子了，也只有在他回来的时候，才能远远地见上一眼，她真羡慕小金子，天天能看得见，摸得着。真好。瞧，又是她陪着爷过来的。

苓儿怔怔地瞅着，自那日一谈，他再没亲近她，哪怕她生了病，他也没有再看一趟，只让东罗传了一句话："命是你自己的。你若不珍惜，谁会珍惜！"

他真是和小时候不一样了，的确无情。却为何独独对这个不起眼的女奴这般好，真是让人费解。

娉儿听到那声低叫，急急忙忙放下鼻青脸肿的孩子，往地上跪了下去。

"爷，到底怎么办才能救清儿，求您想想办法，再想想法子吧！只要能救孩子，便是要了我的命，我也甘心的，求您了！"

她拼命地磕头。"砰砰砰"，头叩得非常响，令闻者落泪。

九无擎将她扶住，瞧见她额头旧疤有血渗出来，简单地说了一句："我会尽力！你怀了身子，自己保重，别再动了胎气！"

金凌有点不忍观之，这真是一个命运坎坷的女人，幼年在烽火里九死一生，豆蔻年华遭逢劫难，如今，养了四年的孩子命将不保，未婚夫生死不卜，肚里的那块肉更有流胎的迹象，真是命苦。

娉儿忍着悲伤，手不自觉地捂着小腹，点头。

他坐上床，将清儿扶了起来，低声吩咐了一句："金儿，把药箱给我拿过来！"

"哎！"

金凌将背着的小药箱放到床上。

半晌后，他冷怒着一双剑眸，抬头沉叫了一声："把所有接触过清儿的人通通集合过来。"

金凌从没听过他如此厉色过，忙问："怎么了？"

"有人下毒！"

九无擎沉沉吐出四字，狠狠扫过眼前惊疑莫辨的众人。

宫慈脸孔不由大变，如今整个公子府皆由她在打点，这清儿若只是病发，与她无关，若是叫人下毒，那她就要担责任了。

三

客厅内，站了一大群奴婢，几个女主子都在。

九无擎坐在首位上，淡淡一瞟，说："我不针对任何人，只是想查出事情的真相，公子府绝不留内奸。宫慈，从你开始，说说你们这一大半天各自在干什么？"

宫慈皱了一下眉。古来，嫡庶之间，常有争斗，可那多半出现在嫡有所出的情况下，现在这种情形，她实在没有必要对付一个完全没有威胁力量的孩子。

但是毕竟她曾和清儿接触过，交代一下行踪也是必须的，便说道起来：

"妾身早上给清儿做了一盘点心，送来客院只坐了一会儿，那点心众人都吃过，皆无事。午后，妾在内务楼看账本，刚知道这事，便急匆匆赶了过来。管家可作证！"

管家听罢，连忙出列："之前夫人确实在和老奴一起对账。"

九无擎点点头，把目光落到了岑乐身上。

岑乐连忙起身道："午膳前，妾身到客院教清儿弹琴，只坐了一小会儿，便回了房。后来没有来过！"

她的话音刚落，苓儿也站了起来："爷，上午时分，苓儿来过客院，当时清儿在和几个奴婢玩躲猫猫，她追得乏了，曾向娉儿姐姐讨水喝，正好娉儿姐姐在房里叠衣裳，是我替她倒的水。下午，苓儿就没来过客院！"

九无擎又点了一下头，转头问起娉儿：

"中膳时候的膳食，你是和孩子一起吃的？"

"是！"

"每道菜，你都尝过，是不是？"

"是！"

这说明食物中不可能出现投毒情况，若是投了，这番儿娉儿也已中毒。

"膳后的药汤，是你熬的？"

他再一问，最近这段日子里的药汤全是娉儿亲力亲为侍弄的。

她却摇头："今日我身子乏，中膳后，金儿姑娘曾来和清儿玩，见我累得慌，替我熬了一帖！"

金凌一直静静在看，听着这话，点头：

"那药是我熬的。也是我吹凉了喂清儿服下才回的房。本想带清儿过来再让你看看诊的，孩子说困，我想今儿个换了几味药，许是药性的缘故，就哄着她睡下，还刻意叮嘱她们等清儿醒了就送来红楼。"

话还没说完，服侍清儿的侍婢忽跪了下去："爷，有句话不知当讲不当讲？"

"说！"

侍婢低头道："小姐吃药睡下后，曾一度喊肚子疼！奴婢给她揉了揉，她才又睡过去！醒了以后，喝了一些水，又叫肚子疼，奴婢给她揉了好一会儿，她才说没事。可玩了一会儿就吐血，自高高的走道上跌了下去。"

"也就是说那药有问题！"

宫慈淡淡地瞟了一眼金凌，站起来问："那药渣，可还在？"

"在！"

"这药方是爷开的，爷自不会害了自己的孩子，就怕有人包藏祸心。去，把药渣取来让爷瞧瞧。"

宫慈吩咐。

她这是摆明了说她在使坏心了。

金凌淡淡瞄了一眼，对门口的东罗道：

"去把药罐子取过来！"

东罗应声而去，将药罐子取了过来，将药渣倒于桌面上。

九无擎瞅了一眼,皆是药方上的药材,并没有什么问题,正当要令人将药渣撤下,却见宫慈执起药箸,在药渣挑出了一只体形极小的七彩毒蜈蚣。

"爷,妾身虽不懂药理,但也识得此物。这蜈蚣虽能入药,但是用得不当,就会诱致毒发,或是加重病情。妾身记得,您的药方上没有这味药,如今这药渣里怎么会有它?"

问的是九无擎,但她的目光却极其冷静地落到了金凌身上,等着解释!

金凌皱了一下眉,迎上九无擎探询深沉的目光:"煎药的时候,因为听到清儿在哭,我曾离开过一小会儿,这中间是客院一个叫可儿的侍婢替我煎的。"

"东罗,把可儿找来!"

九无擎眸光一沉,命令着,语气相当不善。

东罗应声而去,很快神情凝重地折回禀道:

"爷,可儿,死了!"

这话一出,众人皆惊。

四

可儿死于自己的床上,门是里面上的闩,穿的是单衣,双眼流血,毒发而死。

众人移驾来到可儿的房里,一个认得可儿的婢女冲了进来,见到这惨状,不由得惊哭了起来:

"可儿可儿你怎么了?刚刚还好好的,怎么就死了呢?"

九无擎亲自查看了一下尸首,直起腰时,寒声吩咐道:"尸身有毒。任何人不得靠近!全出去吧!金儿你也出去!"

众人闻言色变,纷纷退出房来。

金凌怔怔看了一眼转身出房。

九无擎没有离开,锐利的目光四下巡视,但见临窗的桌子上摆着一个花瓶,瓶里插着几朵开得正艳的四月瑰。

这花,名又为四月鬼,开出来的花,很艳丽,都能把阴鬼吸引过来,重要的是这花种在园子里,他原是想拿来克制自己的蛊虫——这种花本身没有毒,但若遇到了七彩毒蜈蚣,就会形成无色无味的剧毒,他曾用这两种药材给自己下过毒,所以很清楚其中的药性。

那个婢女必是碰过那七彩毒蜈蚣,又摸过四月瑰,加之长年嗅了这花香,才会稀里糊涂死了去。

他再度瞟了一眼床上少女那惨淡的死人脸,缓缓走出房去。

"爷,可发现什么?"

宫慈见他出来,关切地问着,引来所有人的翘首相视。

九无擎不答,对东罗说:"去药房查查看,七彩毒蜈蚣可有少了?"

"是!"

不一会儿,东罗带着绮姑姑和一个青衣老婆子走了来,先行礼,九无擎挥挥手问:

"可少了?"

答话是绮姑姑，道："少了！七彩毒蜈蚣今儿个确实领用了一味。"

"谁领用的？"

"是可儿过来领的，拿的是爷的令牌，那令牌是爷送给金主子自由出入公子府的那一块。具体取了去有什么用，可儿没说，这事儿，姑姑也见着了！老婆子也不敢多问！"

那老婆子回禀道。

绮姑姑点头："的确如此！"

所有证词都指向了金凌。

众口铄金，在场的人，看向她的眼神立即带了异样的颜色。

"金儿，你还有什么话说？"

绮姑姑目光咄咄逼人地射了过来："爷待你如此偏爱，你还有什么不满，竟公然在清儿小姐的救命汤药里下毒，对一个无辜的孩子下此毒手，你的心肠是不是也太恶毒了一些。"

金凌环顾一圈后，不觉冷笑：

"真是扯淡，我是让可儿带着爷的令牌去药库另外取了一味黄芩，但绝不是这七彩毒蜈蚣。"

"黄芩是来支取了，可是这毒蜈蚣也是你让可儿要的。这事，你赖不掉，都已记档在册了。"

绮姑姑说得斩钉截铁，拍了拍手上的账簿。

九无擎沉默了一下，安静地看向金凌，目光变得森冷："金儿，这件事，你怎么解释？"

金凌一愣，别人不信她也便罢了，难道他也怀疑起她来了么？她不由得委屈地叫了起来：

"我根本就没有要过七彩毒蜈蚣！"

问题是现在不仅记档拿了，而且还出了人命了，最最紧要的是：唯一可以证其清白的证人又死了。

"再说，我为什么要害清儿？我疼她都来不及呢！"

"那就要问你自己了？看你平常憨憨然然的样子，害起人命起来，还真是一点都不含糊！"

绮姑姑不紧不慢地喝断了她的辩解，转头看向九无擎，跪下道：

"爷，这种家风绝不可以开了先例。想十几年前，琼王爷宠信一个舞姬，包庇其弑子之责，后琼王府无子嗣再出，皆夭折于妻妾之手，好好一个琼王府最终没落，今日，这金主子竟敢效法前人，怎生了得，必须杀一儆百，否则家无宁日⋯⋯"

九无擎斜目以视，银色面色冰冷无情，眼神深不可测，谁都不能揣测此人现在到底在思量着什么，半晌才道：

"好一个杀一儆百！绮姑姑，您别忘了，金儿肚子里尚怀着我的孩子。而且，本公子以为，这事栽赃的可能性较大！"

"爷，皇子犯法，与庶民同罪，金儿虽然怀着身子，但您也不能因此而包庇不是？您曾在军中待过多年，军中纪律是何等的森严，您一向公私分明，广为士卒所崇敬，如今面对的虽是家事，可您若不能秉公而断，试问将来夫人如何治家，您又以何在朝上立足。请公子三思。"

这绮姑姑原就是皇帝派下来的，平常的时候，倒是规规矩矩，恪守本分，今儿个这番话，却是有些刻意针对之嫌了，谁都知道她如今是夫人手下的得力助手。

这话一出，奴婢们皆在想，是不是夫人闺房寂寞生了怨气，以至于令这个奴才逮了机会就故意想把得宠的这位拉下马来。

宫慈感觉到众个目光全在有意无意地瞥她，心下暗暗叫苦，其实这事儿，栽赃嫁祸的痕迹很明显，但凡有点头脑的人都可以看得出来，绮姑姑不是笨蛋，她之所以这般做，自是在替她出气。

可做得这么明显，着实是有欠妥当的。

"爷，按理说，金儿不可能这么做。可问题既然已经出了，总得先理个明白的。为示公允，这样成不，让金儿到兰苑住几天，我让桐副尉看着，我们再细细地把这事儿再查上一查。你若不放心，可令东罗跟着，只是金儿终究怀着身子，总需有人服侍，要不就让绮姑姑随身侍候着吧！"

如此安排，很合理，如果这个时候九无擎把人带回红楼，很难压住底下传出来的流言蜚语。

"那就这么办吧！东罗，去准备下，带小金子到兰苑住几天，没有我的命令不许离苑半步。"

东罗马应了一声。

金凌的脸色一下难看起来，也就这时，他的声音再次响了起来："绮姑姑，兰苑起居饮食好生侍候着，若有什么差池，唯你是问！"

说完，转身进房，看样子是打算去看清儿了。

金凌瞅了他一眼，面色沉沉地跑了出去。

五

直到夜色降临，清儿依旧没有醒过来的痕迹。

走出客院时，九无擎的脚步很沉重，独自漫步走在小径上。

宫慈站在园门口看着他，月色淡淡地铺在他身边，一道长长的影子，拖拉在地上，看上去是如此的孤寂。

终于，他看到了她，什么也没有说，便想从她身边走过。

她追了几步，轻声问：

"爷，清儿的病，是不是很难治？"

"不关你的事。我想独自走走，你别跟着让我烦。"

他语气闷闷的，似藏着不能纾解的烦恼，失了平常的冷漠，多了几分属于人的气息。

她加快几步，一双柔若无骨的手臂，紧紧自背后将他圈了起来：

"怎不关我事？无擎，我们是夫妻，你的事，便是我的事，你到底想要冷到我何时才肯理我？"

"放手！"

九无擎站住。只冷冷地喝着。

"不放！以前，你待我多好。现在我是你的人了，你为什么反而要将我拒之门外！告诉我，你与我爹爹到底生着怎样的恩怨，竟令你把我也恨上了？"

"你不必知道！"

"是不是因为九贵妃？"

这话，是试探性的。可没等话音落下，他的身子猛地一震。

"别跟我提九贵妃！"

他沉着声音将她甩开，头也不回往外而去，不一会儿出了园门。

宫慈急急追了过去，撑开双手将人拦住，左右看着没有任何人，夜色静悄悄的，隐约有夜虫的低鸣，公子府咸少有人来，客院附近相当僻静。

"九贵妃是你母亲对吗？五年前，你借着公子之乱带九贵妃离宫，而我父亲则奉旨抓你们回来。这当中，我父亲利用他和九贵妃曾经的交情，将九贵妃重新拿住。拓跋弘因此而将你一网成擒，所以你恨上了我父亲，连带着迁怒上了我是不是？"

她压低着声音剥离着真相。

九无擎撇开了头一径冷笑：

"越说越离谱！"

"离不离谱，你心里明白！无擎，如今，我们是夫妻，所谓嫁夫从夫，你的事便是我的事，只要你愿意，只要用得着我的地方，我愿为你赴汤蹈火，在所不惜。"

明澈的月色底下，美艳如花的妙龄女子低低地对他宣着誓言。

如此表白，换作是其他人，必感天动地，会叹一声：得妻如此，夫复何求。可他只回以讥讽一笑：

"好一个为我赴汤蹈火，在所不惜，宫慈，你好像忘了皇帝把你许给我是为了什么，把我看住对吗？"

宫慈想都没多想就摇头：

"不对，哪有看住不看住一说。皇上没有别的意思，就是希望你可以定下心来辅佐太子殿下。"

九无擎又冷笑一个，打断：

"说白了，就是希望我还跟以前一样对他鞠躬尽瘁，死而后已。"

"身为臣子，对君主鞠躬尽瘁，这是理所应当。你这么疼惜太子，难道不想让他成为盛世名君吗？"

她反过身来质问："皇上的身子为什么会坏得这么厉害，你应该心知肚明。想当年，为了救你一命，皇上曾带人亲往雪崖之巅采千年雪莲，为此和守莲人在雪地里斗了三天三夜，以至于得了寒症；后来，为了保全九贵妃一命，又以身试毒，才落得如今这个病败的身子。"

"我知道你心里一直在怨恨皇上，恨他用无心蛊控制你的意志，但除此之外，皇上并没有做其他罪大恶极的事，你何苦揪着那些陈年烂谷子的事不放呢？你扪心自问，难道皇上薄待你了吗？他是万乘之君，对待亲生子嗣也不过如此。如果你真是九贵妃与别人生养之子的话，皇上对你的厚爱，几乎无可比拟了。"

"无擎，这世上，生恩不及养恩大。不管你以前家境如何，这些年，你总归是帝驾跟前成长起来的，你该报答的是皇上。是皇上安排了名师指点教化于你，一路上处处给你机会提携你，才有了你今时今日的地位。"

她自认没说错半分，任何一个有良心的人，都该抱着感恩之心，可他冷冷就喝断了她：

"闭嘴，你什么都不知道，有什么资格在这里说三道四，评说究竟！"

宫慈心头一颤，一想后，却笑了出来：因为这样一种激怒的语气，她终将这件事的大概轮廓勾勒了出来：

"看来我猜得无误。怪不得皇上待你这么好。其实皇上还是很有容人之仁的不是？无擎，皇上让我嫁给你，不是想让我来监视你，只是希望我能化解你心中戾气。你的身子不好，心平气和，才能长长久久。他希望你可以好好地留在太子身边，尽你之才，繁我西秦。"

这宫慈果然一心一意向着皇帝，字字句句都在替皇上说好话，也许在别人眼里看来，他的确是一头不知图报的白眼狼，可是又有几人能知道他真正的苦衷。

他自不屑和这样一个人解释个中来龙去脉，只冷冷丢下一句话：

"倒真是忠心耿耿，甘愿为了皇帝来嫁我这么一个废物！"

宫慈见他要走，再度扑了过去将人抱住，急急地直叫：

"我不是为了皇上，才嫁你的，我是因为喜欢你才嫁的！

"你还记得那年赏灯会吗？你一下猜出了十道灯题，令满朝文武皆惊。那时，你才十二岁，温温如玉，才华四溢，惹来皇上刮目，也令我惊奇了一把。也是那日皇上给了你赏赐，一把凤尾琴，你却当众送了我。

"你还记得你初毁面容那段日子吗？你说叠千纸鹤可寄相思，我便叠了千只纸鹤，每张纸上都写了我对你的祝福，你收到后，送了一块铜镜过来，并且还捎了一句话来：识汝之心如明镜，肝胆相照刻骨记。

"你还记得，那年收复岭焰山，你捎来的火龙果吗？一行烽火家书，一句'两情若是长久时，又岂在朝朝暮暮'令我记忆至今。"

翻起前尘旧事，丢开女子该有的矜持，只为了想得到他的怜惜，重温鸳梦。她说得温柔而动情，催人泪下，半天后，得到的是他冷冷一句：

"你记错了，我从来就没跟你写过什么情诗，说过什么情话，从来没有！"

一句话全盘否认，足能揉碎女儿多情的柔肠。

他冷漠地将她推开，正要离去，一声惨叫自清儿的房内传出来：

"清儿！清儿！"

娉儿凄厉的叫声在夜色里抖开，是如此的惊人心魄。

九无擎脸色一变，急奔进去，就见犹在昏厥中的清儿嘴里止不住地在溢血，娉儿抱着她，手足无措，侍在边上的两个婢女皆惊呆。

宫慈紧随而至，看到这幅情景，顿时傻眼。

无擎飞身上去，先点穴止血，然后急令宫慈将还没有收拾回去的药箱拿来，再度施以针灸制毒之法。

半个时辰后，血止住，清儿依旧不省人事。

房里的凝重气氛不曾消散了半分，娉儿将女儿紧紧抱在怀里，茫然看着施完针生出疲惫之色的九无擎，问：

"到底有没有法子救清儿，有没有啊？"

她原以为找到公子，清儿就会有救，可如今看来，生的机会依旧渺茫，这趟她算是白来了。

"若能寻到大还丹，还能保她几个月，另寻他法，可这大还丹是南普法寺的镇寺之物，得之不易！即便能得到，来回路程太过遥远，孩子的情况等不了这么久。"

他沉沉地道出一句，眼前的情况不容乐观。

娉儿不由得失声痛哭："那该如何是好？"

九无擎沉默，他也想知道该如何是好，可他不是万能的。

他站起，一声不响往外走了出去。

宫慈目送。

她知，他虽不太喜欢这孩子，可他的父亲之心还在，他还是关心清儿的：这就是九无擎，看似无情，实则重情。哪怕对一个才认回来的孩子，也默默地用着一份心。

回房的时候，路经阁台，听得有人在低声说话，听那嗓音好像是南城和东罗，说的事好像和金儿有关。

她顿了一下身子，倾耳听着。

东罗一个劲儿地叹，深深的叹息声在夜沉沉的夜色里散开：

"金儿这丫头，成事不足，败事有余，爷早晚会不耐烦了她。其实我倒觉得夫人真是不错。可惜宫大人曾害过爷。要是能冰释前嫌就好了！"

南城在闷闷地应和："就是就是。小金子终是底下来的，配不起爷。今番又在兰苑大闹起来了是不？"

"可不是，一个劲儿闹着要见爷。也不想想爷正烦着呢！"

"哎！这丫头太不识趣！"一顿，又道，"你说，清儿小姐能治得好吗？"

"难！没大还丹，也没千年血灵芝，爷愁得几天没合眼了，心情该有多败坏可想而知了……"

宫慈听着，眼前陡然一亮，千年血灵芝，她们宫家有啊！

可是，想要得到这灵芝丸，是件天大的难事，她得好好琢磨一番才成。

她若有所思地离去，并没有留心到假山穿廊后走出来的两个人，瞟了一眼她消失的方向，对以一眸，一笑而各奔东西。

第二天，宫慈回了娘家。当天晚上回来后就没有下楼，第三天，传出夫人生病的消息。

六

下朝回来后，九无擎就见尤嬷嬷跪在红楼主楼前的过道上，见到他来时，深深叩头，大声叫起来："姑爷，老身求您去看看我家小姐吧，求您了。"

他没有理会这个由自己一手救回来的老婆子，绕过她径自往自己房里回去。

尤嬷嬷急得不得了，撑起肥肥的身子追赶上去，急形于色，追得直打跌，叫：

"姑爷，我家小姐为救清儿小姐，服毒求药，如今身受剧毒的折磨，却将好不容易得来的千年血灵芝给清儿小姐服用。小姐待姑爷之心可感天动地，您便是铁石做的心肠，也该被焐热了。难道您真忍心看她为您受苦受难，而不屑一顾吗？姑爷，求您去看看我家小姐吧！要是误了时辰，她会死的，求您了？"

"你说什么？宫慈怎么了？"

九无擎终于回过头。

尤嬷嬷立即露出欣喜之色，又一次扑通跪倒：

"回姑爷话，小姐听说千年血灵芝可以保清儿小姐的性命，昨儿回府想向宫太爷求三棵，可是宫太爷不肯，小姐没法，今儿在自己身上下了毒，宫太爷这才没办法给了三棵。小姐舍不得吃，将药悉数送去了客院。清儿小姐刚服下两棵，已转醒，还余一棵得过七天才可服用，虽不能尽祛毒素，神志已清。可怜的是我家小姐正饱受着毒血钻心之痛。姑爷，这该如何是好？如何是好啊？"

说到最后，已经是老泪纵横。

南城微微惊讶了一番，实没想到这宫慈办起事来竟是如此的狠绝，但是，转过头来又一想，他不由得又叹了一声：

置之死地而后生，这一招，用得极妙。

九无擎没有马上去东楼，而是先去了客院，果然看到清儿已经清醒过来。

他进去替孩子看脉，毒症果然有所缓解。

当下叮嘱了几句，转而折回东楼。

七

东楼东房。

以憔悴之色，博君怜惜，在宫闱里，也算是一种手段。

宫慈没想到自己有一天要用这样的计谋博丈夫之垂怜。

曾经，她原以为自己会得一段非常之良缘，却不想爱得如此的疲惫。

她忍着疼痛，抬头看着缓缓坐下的九无擎，强颜欢笑：

"无擎，你来了！"

九无擎上下审视着这张苍白如雪，额头直冒冷汗的脸蛋，眼睛四周一团青黑，中毒之兆极其明显，他没有说什么话，坐到边上采儿搬来的凳子上，探过身执起她的手，看脉。

宫慈几乎要落泪，这人第一次主动来碰她的身子，却是以大夫的身份来替她看病。

须臾，九无擎放下她的手，神思安定地直视她：

"你大可不必这么做。在自己身上种了这么厉害的毒，何苦。"

"只要能帮到你，吃点苦算什么？"

她说，双目流露出浓浓的爱慕之情。

九无擎皱了一下眉：

"你且先养着。我去开方，虽一时不能解了你身上之毒，但缓解你身上的疼痛还是有些效用的。"

他站了起来。

宫慈见她要离开，急忙撑起半个身子叫了起来：

"无擎，晚膳在我这边吃可好？"

好些年了，他们不曾单独相处过，真的太怀念以前的时光。

"你这是挟恩以报吗？"

他转身，语气带着讥讽。

宫慈的脸色再度一白，难堪到了极点：

"我……我没有！"

"没有最好。宫慈，别在我身上白费心机。你愿意救清儿，我很感激，但是，别试图想在我身上得回相应的回报。很多事是命中注定的！"

冰冷的提醒，令她面色惨白起来，眼见得他要跨出门去了，她才半支着身子，急不可耐地叫起来：

"我不信命中注定。如果不曾尽全力争取，怎会知道结果已经注定。

"无擎，你熟读史书兵策，就该懂得古来朝代的更迭，从来不是命中注定的，而是各凭本事强者得之的结果。

"想那历史的洪流里，多少末代君王皆自诩是天定的真命天子，若按这个道理来说，既是天命所定，那么即便暴政酷刑，臣子也不可反抗。事实上呢，失民心便失天下，一旦天怒人怨，自有后起之秀揭竿而起，来打破旧朝统治。

"这些逐鹿江山的英雄豪杰，如果，他们皆相信命中注定，他们何以奋而反抗？

"我以为，想要建立盛世之朝，就得有勇气打破常规，只有坚定信念去争取，才有笑到最后的机会。如果从一开始就选择放弃，这世上就没了烽火，亘古不变，就该只有一个皇朝。

"这世上的一切变数，既有天时和地利之因，更有人心人力在左右着事态的发展。

"我不信天命，不管你如何冷漠，我都不会放弃你，决不！"

说完，她捂着胸口，急喘起来，身上的疼痛折磨着她，可越是折磨，她越不会妥协，她便是这么的固执。

九无擎不说话，离开。

这的确也算是一个奇女子，可惜他的心里容不下别人！

八

但这一夜，宫慈还是用她的狠绝，利用九无擎的心仁，将其绊在了东楼。

宫慈毒发，命悬一线，九无擎不得不彻夜守候，直到天亮，才将她的小命保住。

这般做，只是不想欠她的人情。

天微亮时，他离府早朝。最近，朝上有太多的事要整理，皇帝的身子，算是垮下来了，虽然御医对外称无碍，可他懂的，已经没得治了。

昨日，皇帝把他叫去过一回，语重心长了一番，盼他好好地辅佐拓跋曦，他恭恭敬敬一一应下。

然而根据眼线所报的结果是：皇帝在暗中让人重新打造一具可容帝后同葬的龙柩。

情况很明显，拓跋跃已打定主意：哪一天他一蹬腿去了，九贵妃就要以皇后之礼，被一起带进地府去。此人，一边想要他效忠西秦皇朝，一边要将他最爱的母亲一同陪葬。

这种人，他如何能效忠于他？

至于北塞那边，拓跋弘回还是不回，依旧无消息传来。

今朝堂上，有其他将领报奏：镇南王东方轲伤势严重，也许拓跋弘会借机滞留也说不定。

朝中琐事甚多，早朝后，九无擎入宫和拓跋曦商讨了一下当下国政当中的利弊之策，四大辅臣皆在，互相换取了一下意见，皇帝旁听，最后由拓跋曦总结，对于朝中弊政拟下改革之诏。

中午在宫中用膳，下朝回来，九无擎重新审查了七彩毒蜈蚣一事，表面看了无头绪。

独自留在楼里，一片冷清，他便去了客院，隔着墙窗看到清儿在园子里开心地和两个婢女捉迷藏，已经生龙活虎，虽然血灵芝只能治标，但总归赢得了些许宝贵的时间。

他没有进去，转身离开，准备去兰苑，想到自己狠下心硬是两天没去看她，她会不会生恼。

其实该恼的是他：这番她做的这事，都不曾和他商量一下，就私自行事，真的叫他很生气。

还没踏进兰苑园门，南城急色匆匆地赶了过来，脸色难看地报禀：

"爷，宫太爷来了，知道宫小姐昨儿个没服药，险些丢了小命，正在东楼大发脾气，已经把第三棵血灵芝收了回去。"

食三棵才能见奇效，若只服两棵，效用会大打折扣。

九无擎皱眉，收回脚步往东楼而去。

还未进东楼，就听得宫老太爷那大嗓门怒腾腾地吼：

"你不要命了？为了那只没良心的白眼狼，你甘愿拿命去搏？"

"那孩子若是你生的，你这般用性命来逼我老头子，老头子我认了，那可是他和别的女人的种，用得着你拼命么？"

"你知不知道，七步蛇毒性罕见，便是血灵芝也未见得一下子全部将其清除了，你倒好，硬生生把活路留给了别人，这世上，哪有你这么糊涂的人？"

噼里啪啦一番骂，那气势凶得不得了。

"爷爷，你别骂了，我甘心的！"

宫慈哑着声音低应了一声。

"呸！还甘心？你傻了啊！"

"我就是心甘情愿的。谁让你不肯给了！"

九无擎的步子顿了一下，心下忽想到了一句话：人生自有痴情在，此事不关风和月。

看来，她真将以前那些所谓的"情诗""情话"当了真，可她又哪会知道，种种一切，必是八哥借他之名如此布置的。

八哥曾说：结交一个皇上身边有个可以递话的人，远远比得罪这个人来得强。

这话，自是相当有远见的。

其实十二岁赠琴时，他怀的也是那种铺后路的心思，不管是朝堂上，还是在后宫，多结交一个人，不管有用没用，远比得罪一个人来的好处多。

九无擎推门走了进去，就见鹤发童颜的宫老太爷吹胡子瞪眼的在床前踱着步，宫慈则倚靠在床上，病恹恹的，岑乐坐在边上陪着。

这宫老太爷，名为宫璿，也是一个大学者。脾气很臭。曾一度很喜欢九无擎，后来他知道他是九贵妃的"私生子"后，就再没给他好脸色瞧。在他眼里看来，这九贵妃是祸水。公子之乱发生后，这宫璿更把九无擎也归入了祸根一列。

九无擎知道这太爷不待见他，那番回门，他干脆躲了去，根本就承认他这个孙女婿。

当然，他也从不认可了这层新身份，故上前行礼时一如平常那般唤了一声："无擎见过宫老太爷！"

宫老太爷听得这称谓，哼了一声，指着他的鼻子，光火地对自己的孙女叫喝起来：

"你听听，你听听，你当自己是他的人，把他的女儿当了宝，这小子，何尝把你当做了妻子看，到如今还连着姓地叫人。丫头，今儿个老头子我便把话撂下了：血灵芝，就只有最后三棵，你若真铁了心想救那个小娃娃，成，你可以继续借花献佛，到时，你若一命呜呼，那也怨不得别人。老头子就当白养了你这个孙女。"

这老头子怒冲冲地往床上扔去了一个药瓶，而后，凶狠地瞪着九无擎发出一句狠话来：

"九无擎，人心都是肉长的，这五棵血灵芝，全是我这个老头子给自己续命用的，今儿个全被这个胳膊肘往外拐的丫头缴了出来，你若好好待她也就罢了，要是还敢欺负她，老头子第一个不会放过你！"

言罢，立即拂袖而去，出门时，将门甩得砰砰作响，下了楼仍在骂骂咧咧。

楼上，忽乍现一片死寂。

"小乐，把血灵芝交给爷吧！"

宫慈虚弱地打破了这份沉寂。

岑乐"哦"了一声，连忙将倾过身子将药瓶从里床捡起来，送到九无擎跟前。

九无擎没接：

"你自己吃吧，清儿我会另想法子！"

宫慈摇头：

"你若能想得出法子，清儿也不至于一月内昏厥了三次。无擎，这是我祖父用来续命的，一棵可治他十年头疼之症。他一共有七棵，吃了两棵，被我要了三棵来，余下两棵是不能再要的。你就取一棵留着给清儿保命，其下两棵送还给我祖父。至于我，我相信你一定有法子治我。祖父的最后两棵续命丹，我不能取为己用！"

九无擎终于接过，将余下的三棵倒了出来，一阵清香沁人心脾，他取了一棵递到宫慈跟前："你服一棵，可缓解身上的疼痛感。一棵留着给清儿，另一棵给宫爷爷送回！其他的事宜，我会安排！吃吧！"

宫慈迟疑了一下，还是含了进去，他体贴地令岑乐倒来了一杯清水，亲手奉上。

她心中稍有欣慰，自己的舍身相救，终得来了他的侧目，太不容易，心中顿时感慨万干。

可惜这样一种幸福并没有维系多久，东罗行色匆匆地自楼下奔了进来在九无擎耳边耳语了一番，他的脸色陡然大变，二话没说，就往外而去。

"无擎，怎么了，怎么了？"

九无擎不理会。

宫慈连忙让采儿去打探消息。

不一会儿，采儿神色慌乱地回来禀道："金儿姑娘失踪了，桐副尉和绮姑姑也不见了，东罗说，是绮姑姑将他打晕的！可能是绮姑姑将人弄出去了。"

九

夜色已深，绮姑姑撩开幔子，见月挂中天，他们已经离开鍊京城很远，这一路，他们几番换车，快马加鞭，来到这样一个小镇，进了这样一个山庄。

庄门打开，苍茫的夜色里，一道峻拔的人影疾步向这里走来，两个家仆，手执灯笼，相随其后。

绮姑姑自马车内跳出来激动地看着领头那个人。

来人易了容，戴一方帽，留长须，姑姑还是一眼认出了他，正是一月前在城隍寺见过的凤王凤烈。

借着灯光，绮姑姑看了又看，脑海里想象着当年那位小主子的模样，这么多年过去了，那些旧日痕迹自然无法在一个成年男子身上寻觅出来。

但小主子贴身藏的那块玉，她还是认得的，没错，眼前之人正是恩人之后。

她深深叩了下去头："老婢绮姑，拜见少主！"

老天有眼，没想到皇后娘娘还有血脉得存于世，真是菩萨保佑。

"绮姑姑不必多礼。您请起，小金子呢？"

凤烈急急往马车内探看去，一团漆黑底下，看不清金凌的脸面，只看到她被手足捆绑，倒在软榻上，没有任何声音，心头不由得"咯噔"了一下，回头问：

"你们对她做了什么？"

"只是中了一些迷香软筋散罢了！无碍。"

桐副尉跟过来低声回禀。

凤烈这才松了一口气，连忙将金凌自马车内抱了出来，正打算将她带进自己的马车就此离开，那桐副尉突然拦了去路。

"少主，您想将这女人带往何处？"

凤烈看着这个由兰姨安插在西秦朝中的眼线：

"这事，与你无关！"

"怎会无关？属下得夫人之命，打算将此女送去给拓跋弘当下酒菜。你若将其带了去，属下如何向夫人复命？"

"计划已改变，你只需听本王之令行事就可以了！还不快让开！"

桐副尉只是笑，笑容有些冷，目光很尖，丝毫没有让开的意思，道：

"少主，凡事请以大业为重。若坏了夫人的计划，您还如何登上九五之尊，请少主三思而后行！"

凤烈皱眉："此事，本王自有打算。"

"不好意思，少主，在下只听夫人的调遣，这个人，您不能带走，她若被您藏了起来，那么接下来的戏码，就不精彩了。"

一拳袭来，力大如牛，那功力浑厚而深绵，至少有四五十年以上了。

脸面吃中拳风，猎猎生疼。

凤烈没料想他会突然出手，大吃一惊，连连而退，大喝一声：

"你根本就不是桐华。"

那人哈哈一笑："老夫自不是桐华!"

"你是何人？"

凤烈左右躲闪，沉沉呵叱。

"老夫是何人，您不必知道。您若还惦着你母亲之死，兄弟之死，就把这女人留下，这么有影响力的棋子，您若舍不得利用，将来吃亏的是您自己，还不快快交出来！"

凤烈拧紧了剑眉，一退再退，身后的侍卫将他护在其中。

"休想！"

他才沉沉扔下一句话，另有一支意外的长剑便架在了他的脖子上。

"爷，这不是想不想的问题。这事没有第二个选择！"

身后之人淡定地说道。

这个人，正是凤烈平常最最倚重的心腹：田常。

"想不到，你也是她的人？"

田常缓缓移动长剑，转到凤烈跟前，摇头：

"不，爷，属下是爷的人，属下只是不想爷的前程叫这个女人毁了。您不肯送她去做棋子，那属下现在就除掉这个女人。以绝后患！"

田常使的是双剑，此时，他一剑架在凤烈身上，另一剑，高高举起，落到了昏迷的女人心胸之上抵着。

"你！"

凤烈神色陡变。

"爷，请将她交出来，属下数到三，您若不交，属下令其三步见血！"

田常神色决绝。

凤烈脸上浮现愤怒之色：

"把剑拿开，来人，将她带走！"

一个锦衣蒙面侍从跳了出来，一把将人扛了过去。

一场风波戛然而止。

绮姑姑看得一愣一愣，心下纳闷那所谓的夫人是谁，更惊诧了身边的桐副尉何时已调包。

那边，冒牌桐副尉淡一笑，进而劝了一句：

"少主，这女人一心一意全在九无擎身上，如今肚中又怀了孽种，您即便真想收了她在身边侍奉，也得过了今番这些事后才行。她肚子里的这块肉，由您亲手去弄掉，总不合适，倒不如借着拓跋弘的手除去，您也解了后顾之忧不是。"

凤烈正怒气攻心着，听得这话，眉头越发深皱，语气闷闷地反问：

"她果真怀孕了？"

"之前是假的，如今却是真的了！这孽种，您认为该留吗？"

这话令凤烈好一阵心痛。

他最心爱的女人，怀了别的男人的娃了啊，他无法想象，她与九无擎闺房内的你侬我侬的场景。只要一想到那些事，他觉得自己就会疯掉。

若是私心一些，这孩子，的确不可留的。因为九无擎必须死。留着这个孩子，会令她追忆一辈子。

可是，他怎甘心将她再度送到拓跋弘手上去糟踏，他真没办法将她当做一个棋子在他们中间踢来踢去，只为成全自己的霸业，这样的霸业要来有何意义。

"天色不早，今日暂且在庄上住一宿，天亮，将其送走！"

凤烈施起拖延之策。

十

金凌其实没有昏迷，他们的对话，她听得清清楚楚，直觉这个什么少主，与自己是熟悉的，最最令其震惊的是，他们居然说她怀孕了。

而后，她算了算日子，赫然记起，上个月还真没有来潮，也许是怀上了。

这个消息来得是如此的突然，她顿时惊呆了。

接下来，他们说了什么，她没听进去，只知自己被带进了一间房，松了绑，被扯掉了堵住她嘴的布。独独没有解下脸上的眼巾。

有人低声在问："要不要给她解了迷魂香？"

"不必了！让她睡着吧！"

是那个少主的声音。

也不知他在边上坐了多久，有人来请，他出去了，在门口低声吩咐着："绮姑姑好好照看着。"

绮姑姑低声应着。

又过了一小会儿，门开了，不知是谁走了进来，绮姑姑似乎不认得那人，紧张地问："你是何人？"

那人笑笑说："天快亮了，少主怕迷魂软筋散的药性会失效，特让我送一碗迷魂汤过来给这女人灌下，姑姑，来吧！烦你将人扶起，我把这药给她灌下去。"

金凌听着心头一骇。

下一刻，就听得床边有什么"咚"的一下倒地，紧接着有人坐上床，轻轻地低叫：

"喂，醒了醒了，快跟我走，再不走，你可就走不掉了！"

金凌一惊，霍然抬头，看到的是一张陌生的脸孔，穿着玄色锦衣，正在对她挤眉弄眼。

"我就知道你在装！要不是我对你知根知底，还真被你蒙了过去，走了！"

那人笑。

"你是谁？"

金凌满心戒备地瞅着他。

"我是金西！"

他回头对她露齿一笑："你家相公已经在庄外，他说了，这计划到此为止，不许再胡闹下去。要是再敢以身涉险，回家后一定打得你屁股开花！"

这语气，倒是很像九无擎的口吻，她几乎可以想象他说这话时那藏于面具底下的隐怒目光。

问题是：这二位怎勾搭在一起了？

她狐疑地瞟了一眼。

"别这么看我。我说了我不是坏人！等这事了结了，我们认亲！"

金西咧着嘴笑，很自来熟。

房门忽然再度被推开，似有人走了进来。

金凌精神一凛，几乎要从床上跳起来。

"没事。你的人——逐子"

金西解释。

话音才落下，屏风外，绕进一个人来，扯下人皮，果然露出逐子笑融融亲切的脸孔。

"主子！没事吧！刚刚，可真把我吓坏了！"

这一个多月里，九无擎曾带着她自暗道而出，去见过了逐子，还和龙山三煞碰过面。

为了金凌的安全，九无擎刻意让逐子化作红楼的侍卫，亲自守护金凌。后来，东罗被调去兰苑，他自也跟了过去。

"没事没事！一切顺当得很。嗯，对了，可看清那些是什么人物？"

看到自己的身边人，她松了一口气。

"都易了容，夜色重，看得不太分明！不过，有绮姑姑在，想要顺藤摸瓜，不难！"

逐子答着话，目光落在金西身上，倒是此人，是友是敌，很难判断。

金西摸摸鼻子，无辜地眨眨眼，辩解了一句：

"我真是'好人'！"

金凌跟着横了他一眼，上下打量地说道：

"通常好人都不会称自己是好人。但基于敌人的敌人就是我朋友这一原则，权你是好人吧！好了，废话就不说了，把绮姑姑扛上，突围！咱不能给我家夫君拖后腿。"

她催促着。

金西眼底闪过几丝失望，但很快，他又笑开。

两个男人二话没说，将绮姑姑装进了麻袋，逐子打头探路，金西背着绮姑姑紧跟其后，金凌断后。

院子里，仍是一片漆黑，破晓前的黑暗，尤为深凝，显得很安静，一行三人，熟门熟路地往后院而去。不一会儿，到了一处黑耸耸的小矮林，一道小径通向深处，据说那是后门。

正当他们想穿过去的时候，数道长箭破空的声音冷不丁自林子内穿射出来，逐子一早就感觉到了，心头一惊，沉一叫："小心！有暗箭！"

长剑出鞘，几声"叮"声后，几支箭羽被斩落，另有几支深深没入青草萋萋的泥层。

三人齐退到花阁前的空地上，同一时间，几十道劲健身影，自拱门外、阁楼上、矮林里如雨后春笋般冒了出来，将他们团团围在了起来，堵了个水泄不通。

金凌沉脸，目测对方人数，发现敌我力量悬殊，很难逃脱，何况他们还带着一个绮姑姑。

另外，她不知道金西所说九无擎就在庄外一事是否属实，如果他真来了，应该亲自进来才是，他没有现身，是不是意味着他还没有真正抵达这里。

当然，她会有这样的想法，也是正常的：从东罗被打晕，到他醒过来去报信，这当中有一个时间差，无擎想要在时间上把这个差距调整过来必然有一个过程，哪怕她事先在府外安排了逐子和三煞他们在暗中盯梢，这当然仍会有一个衔接过程中的盲点。

其实，她最最纳闷的是，在公子府的时候，绮姑姑怎么没有把东罗一刀捅死，而仅仅只是把人打晕。这里面只怕还另有玄机。

正思量，包围他们的人墙打开了一个缺口，那个冒牌的桐副尉走了过来，冷冷叫了一声：

"公子青，倒真是小瞧了你。"

"好说！"

金凌淡淡一笑：

"姑奶奶我没别的兴趣，只要挑了我的兴趣，就爱揭人家老底，尊驾惹我之前，就该明白我是怎样一个角色的不是？"

她一时不记得公子青该有怎样一种姿态，思来想去，觉得说得狂一些总不会有错。

那人敛笑，冷冷一横，没接话，那双在夜色里咄咄发亮的眼珠子落到金西身上，嗓音一下冷到冰点：

"还有你，金西，养了你这么多年，原来，你从一开始就是细作！那番这女人落在拓跋弘手上，想必也是你去给九无擎通风报信的吧！你一直在怀疑九无擎的身份，所以就和这女人顺势布下一局，为的就是查九无擎的底。怎么样，如今查明白了么？"

金西将身上背的人放到地上后，呵呵一笑：

"如今若还不清楚，金西就太对不起夫人和您的栽培了！"

金凌心下立马有了一个底：这金西本不是他们的人，其来历应该还和九无擎有关，但这当中必是生过什么变故，才又成为了他们的人，如今呢，他为了九无擎，算是彻底背叛了眼前这个人。

"背叛老夫，通常没有好下场。"

那人的语气很平静，便如无波的井水，但是，在场的人，都能感受到那隐藏的凶戾。此人绝对是一个长年操着生杀予夺权的人物。

金西面无惧色，满不在乎道：

"自打我们来了龙苍，就立下了找不到世子和夫人誓不还的心志。如今既然已经找到，也死得其所。"

"好！果然是九华帝派来的人物！倒是有点骨气。既然如此，今日我让你埋骨于此。"

话语森森，杀气腾腾。

金西哈哈一笑：

"那也要看你有没有那份本事将我埋骨于此了。说不定，最后死不瞑目的人会是你！"

那人沉沉一笑：

"你这是自不量力，老夫的手下，从没有漏网之鱼！"

"可要是你的网破了呢？"

"那我们可以试试看，究竟老夫的网会不会破！"

东方露出鱼肚色，一缕朝阳破地而出，金凌看这人眼底乍现的凶光，冷飕飕，狠戾之极。

当二人的目光在空中对上，他沉沉翘起左唇角：

"公子青，你这一招入虎穴焉得虎子，使得很不错。既然你已经入局，那就帮我把这出戏好好唱下去吧！"

但见他手一扬，便有无数白晃晃的刀光向他们包拢过来，那圈子越来越小。

刀剑声响起来。

面对那横飞过来的大刀，金西也不知从哪里抓来一根长鞭，凌空一击，直卷而去，逐子面色一沉，剑花乱飞，将金凌护在身后，就听当的一声响，火星四射。

他知道的，现下的主子没有内力，打不过他们，顶顶要紧的是，她怀了身孕。

"金主子，找机会，自己出去，阿大他们在庄外接应。别管绮姑姑了。等九公子来了再说！"

交错身位时，逐子低声叮嘱着。

金凌点头。武功虽然失掉了，但是轻功还在，想要出去，不是难事，她极有自知之明，夹在两个男人中间，不忙着出手，见有大刀飞落到自己脚下，脚尖一挑，踢到手上，闲闲落下几刀，助他们打退来人进犯之势。

逐子和金西，虽然初识，可相当有默契，两人对眸一视，一前一后，缠住对方，架开一条逃生通道供金凌遁逃。

呼呼作响的打斗声在耳边回荡，金凌趁机侧飞身形，往他们头顶一踮，凌空而去。三两下，就将他们甩在了身后，眼见得就可以穿过矮树丛，翻墙而去。

身后亦战亦退的金西眼光一扫，忽看到那冒牌桐副尉站在高高的台阶上，手执一把沉铁大弓，冷笑地对他喝了一声：

"郝人，你说，要是这女人就这么死了，你该如何回去面见九华大帝……"

话音落下，三支长箭上弦，直瞄准金凌的后背，"噌"的一下有力地射出。

金西脸色大变，软鞭收回，几步急奔，飞扑过去，惊呼一声：

"小凌子，小心！"

感觉身后有异样的暗风袭来，金凌一步侧踩在围墙上，一个鹞子翻，大刀劈落破空之箭，同一时间，她惊骇地看到，另有三支长箭紧跟而至，势若破竹，直直钻进了金西的胸口。

"金西！"

她惊叫一声。

声东而击西，原来冒牌货志在金西。

也是，他必然知道着很多有关他们的事，那人又怎么可能留他于世。

金西闷哼一声倒地，那一刻，他清楚地知道自己犯了"关心则乱"的大忌：那人还要大用金凌，怎么可能轻易射杀？可惜醒悟得有些晚了。

"我说过，背叛我的人，没一个会有好下场！"那人扔下一句沉沉的轻蔑的话来，"拿下他们，立即弃庄离开！"

话音未曾消失，一句从容淡定的冰冷嗓音紧跟着响了起来：

"想离开？只怕没这么容易！"

金凌从痛惊中回过神，但见几十道人影自墙外飞扑进院，一道矫健的身影如游龙般，乍现到她面前，熟悉的声音令她怦然一喜。

是无擎来了！

玄衣飘飘，沐于朝霞底下，脸，陌生疏离，眼神，寒彻似冰，护在金凌跟前，见得庄丁挥来之剑，随意自地上勾起一把长刀，漫不经心地一阻，对方手中的长剑顿时一断为二，那庄丁被一股强大的力道反弹，飞了出去，撞到假山石上，头一歪，昏死。

冒牌桐副尉脸色微一变，似乎没料到他会来得这么快，不由得对倒在地上的鲜血直流的金西怒横一眼，握着沉弓的手捏得咯咯作响。

九无擎瞟了一眼金西身上那中箭的位置，就知这孩子，没得治了，沉静的心思不由得翻起层层怒浪，刀锋一捻，一刀一个，将冲过来的人全部杀退，直直地往站在高阶上的冒牌货迎上去。

虽然容貌变了，可睥睨的姿态，再如何变，他都认得。上一回，因为拓跋弘，让这人逃跑掉，今日，他一定要揭了他的伪装，看一看，到底是谁在背后里暗箭伤人，一步步将他们母子，将他们夫妻引进这么一场局里。

而九无擎带来的人，则兵分成了两拨，一拨拨剑迎敌，一拨团团将金凌护在其后。

另一边，金凌已丢下手中的大刀奔过去，眼见得那三支长箭生生地钉在金西胸口，前一刻还生龙活虎的儿郎，此刻已是进气少，出气多，阳光照着他的脸，惨白惨白的，斑驳的树影晃动着，那是死亡的阴影。

金西强撑着一口气，看着金凌手足无措地蹲下来，想要扶他，又缩了回去，生怕动一动就害了他，一双好看的眸子全红了。

"逐子，金创药，给我金创药！金西，你忍着，你撑着，我给你治！"

金凌叫着，蹲下去扶，可她心里清楚，他根本就治不了了。

当这个认知占据大脑的时候，她的眼底，便有热气聚集起来。

逐子急奔了过来，只听到地上的人在倒抽着气儿，很努力地挤着最后几句话：

"不中用了……不必……不必治了……"

"还好……还好，你没事……"

"小凌子……不哭……"

被这么一哄，金凌的眼泪"唰"地全落了下来，心头直发酸：

"你怎么知道我叫小凌子？"

金西扯着嘴皮笑，努力地吸着气，声音断断续续的：

"我当然知道……因为我是郝人啊……你现在不记得……没关系……以后会记起来的……"

此刻，她真恨自己记不起来，这个人一定是自己认得的，一定是！

"你别说话了！逐子，逐子，我要金创药，我一定救活你！一定！"

可是这话说出来，是如此的没有说服力，他的血在不住地流出来，沾得她满手皆是，浓浓的血腥味儿直往鼻子里冲进去，而他的生命力正在一点一点地消失殆尽，以至于最后一句话吐出来的时候，已尽带着哽咽了。

"我知道……没用了……"

金西哆嗦着手，用尽一切力量，抓住了她的手：

"小凌子，记得把我火化……

"哪天……你要是回九华，一定带我回去……还有我同胞兄长……别把我们留下……

"小凌子……我……我真想看看你长大后的模样……可惜看不到……

"最最可惜的事是……不能吃到你和世子的喜酒……

"小凌子，我是郝人，赤耳郝，一个人的人……小时候，我们常常玩在一起的……你总笑我这名字好奇怪……

"小凌子，这辈子，郝人和哥哥最大的幸运是遇上了紫珞姑姑……还有你和世子……

"你们……你们一定要白头到老……一定要幸福……"

金凌点头，泪如注，拼命地点头。他至死还惦记着她和九无擎，这人，怎么这么傻。

捏着她的手突然松开，金西挂着一抹微微遗憾的幸福微笑，走了！

金凌身子陡然一颤，脑子里一片空白。

他的体温还在指上烫着，可他的人生已经彻底结束。

"郝人，你走好！郝人，你是好人！真的是好人！我一定为你报仇，一定！"

化悲愤为力量，她抹掉脸上的眼泪，深吸一口气，怒目看向那犹在和九无擎缠斗的冒牌货，伸出满是鲜血的手，沉沉指着，叫道：

"逐子，我要那个人的人头。不必跟他讲江湖规矩。我要这个人的人头。我要！"

放下渐渐在冷下去的金西，她一把操起地上两把带血的长刀，飞身过去。

逐子知道她从不乱开杀戒，更没有亲手首刃的欲望，今日她真是怒了，他连忙跟上，利落地挑开横飞过来的长剑,护着她一路冲过去。

此刻,天已大亮,满园子已是尸横遍地,血淋淋一片,庄上的庄丁已死了七七八八,残花败枝满地,独独不见那个少主的影子,这个人离开房以后,就再没有出现过。

金凌突然止步,一阵晨风吹来,凉凉地吹醒了她的神志,除了报仇,她这番将计就计以身犯险,最大的目的就是找出那个幕后凶手,那个少主,可是一个大人物,怎么可以将其落下!

"逐子,你去把那个该死的少主给我找出来,那家伙也该碎尸万段!"

她恨恨直叫。

"是!"

逐子突然转身高声喝了一声:"阿大、阿二、阿三,跟我去找人!"

也不知何时,阿大、阿二、阿三也冒了出来,听得逐子叫声,齐力劈倒两个庄丁,随着逐子飞奔而去。

她正想冲上去帮九无擎的忙,就这时,但听得那冒牌货沉沉一笑:"九无擎,这场游戏才开始。今日我便奉陪到此,这一局,算你赢了,但日后总有叫你上天无路下地无门的时候!"

两个战于假山之上的男人,凌空对了一掌,势均力敌,各自被对方的掌力震退,冒牌货落地后突然钻进一处突然乍现的山洞,须臾,石门关下,九无擎急怒地追逐而至,迟了。

"该死的!"

九无擎狠狠拍去一掌,那石头纹丝不动,回头再看那庄丁,看到自己主子跑了,纷纷自裁,死得一个不剩。

这一幕,发生得太突然,金凌也呆了一下,回神时,园子里已没了半个活口。

身边有风掠过,九无擎疾飞而至,抓起金凌的手,来到郝人跟前,看了一眼,再看了看了满园尸骨,最后目光落在花坛前的绮姑姑身上,沉声吩咐:

"天权,天机,带上郝人和绮姑姑,立即离开!其他人焚庄后,马上消失!"

第二十九章　阴差阳错

一

一把火,一场梦,一个人的一生,就这样在熊熊烈火里化为灰烬。

"他叫郝人,有一个哥哥,叫郝雷,都是九华人,孤儿,他们是战乱之下的悲剧,是你母亲秦紫珞收留了他们。后来,做了你我的侍读。跟你一样,好些年前为了找我来了龙苍。然后，他们失散了。郝人流落了到他们手上，郝雷化名金西进得公子府，最后替补做了八太保，取名八无昔。"

火化的时候，九无擎低低地说起了郝人的来历。

"你怎么知道的？"

金凌抬头问。

"姻缘庙的时候，我不是和他过过招么，本来他逃不掉，可他使了一些招式，让我想起了这样一个人，令我走神了。

"凌儿，这世上想要模仿我太难。可这个人懂青云纵，会一些燕拳，胸口长着那块所谓胎记。若不是常年侍于我身边，怎会这么清楚我的底细，模仿得如此神似？

"最主要的是，小的时候在我们身边侍读的那四个孩子，只有他们兄弟俩请命来了龙苍……

"多年前，我和无昔结交时，是他以心待我，用命相救，终换得我真诚以待，那时，是他先亲近了我。

"后来，他跟我说他是我的故人，为我而来。那时我不懂，因为小时候的事，我只记得一些零星片断，是他慢慢地帮我回忆，终于在五年前记起了一切。

"他曾跟我说过：和他们一起来的第一批九华人几乎全军覆没。他跟我提过郝人，说是失散了以后，就再也没有找回来。这五年，我曾暗中悄悄查过，一直找不到，这番终于见到了，没想到……"

没想到一对兄弟为了他，一起埋骨在了异国他乡。

青青柳树前，面对那冲天的黑烟，九无擎默立，为了他们母子，多少九华人死了龙苍，这笔账，拓跋跃得记上一半，至于另一半，就该记到当年烧毁红船的背后人身上。

金凌静静地倚在无擎胸前，看着火舌将郝人一寸寸吞噬。只有眼泪在无声地流着。

"无擎，看得出那冒牌货是什么来历了吗？还有那个什么少主……突然凭空消失，应该也大有来历吧！"

九无擎抚着她的小脸，抚上她乌黑的发说：

"隐约能知道一些了。进一步确立的话，还需要一些时间。待会儿我们去审绮姑姑。"

"好！"

"凌儿！"

忽然，他捧住了她的脸。

"嗯！"

他眼底有话。

"以后，不许自作主张，擅自行动。要是再敢胡闹，小心我打得你屁股开花！"

额头狠狠被敲了一下，手臂张开，将她深抱，这一刻，能将她深抱，真好。

"嗯！"

怀里人泪如泉涌。这话，郝人曾说过，他真是了解无擎，明明事先没和无擎串通，却知道她这么以身犯险，会惹他生气。

九无擎也思量：郝人这家伙，在那帮人鼻子下讨生活，想必也在追查他们的底细，所以，在姻缘庙的时候，才会说抓他没有好处，他的好处就在于他藏身在他们中间，能打探到很多别人无法知道的秘密。可惜他死得太突然，很多秘密都被带进了地狱。

就这个时候，逐子急奔了过来，递上了一个令牌。

在收拾骨灰的时候，他发现了一个被烧黑的小令牌，上面写着一字："天"。

"这是天地盟的令牌，而且还应该是核心首脑人物会有的物件。郝人可能是天地盟的人！"

他说。

天地盟，名声鹊起于几十年前，究其历史足有百年之久。

三十几年前，天地盟出过一个奇男子——宋黎，曾和当今的皇帝称兄道弟，后来，因为拓跋跃娶走了他最心爱的姑娘，二人绝交。

又后来，拓跋跃登基为帝，那位姑娘成了皇后，可这皇后太过命苦，生养的两个儿子全因为九夫人之出而成质子，多年后，其长子夭折于异乡。

消息传来，皇后疯了，捅伤了皇帝后，自刎于天牢。

宋黎得闻，大闹皇宫，最后死在了宫里。天地盟自那时起，绝迹江湖。

九无擎接过这个令牌，脑海里就浮现了那些曾经听说过的旧事，整个人立即陷入了沉思。

郝人断不可能没头没脑地去弄这么一个东西放在身上，他必是发现了一些什么，才令那冒牌货欲将其灭口。

他将令牌拿捏在手上，拉上金凌道："走，去审一审绮姑姑！"

二

绮姑姑醒来看到自己被反绑，倒在地上，小金子冷着脸，一个陌生男子坐在边上吃着茶，心下已经明白了一个大概，但她一点也不紧张，只是笑：

"果然不是错觉在作怪，我就说么，怎么就这么轻易从公子府上把九爷的心肝宝贝弄走，原来这一切全是你们设下的迷局！"

这句话表明，绮姑姑绝对是一个聪明人。

金凌不想与她废话，直截了当地问：

"绮姑姑，你到底是谁的人？"

"你觉得我会告诉你么？"

绮姑姑笑了笑，似乎在笑她的愚蠢。

"不会。但我觉得，你应该还是皇上的人，因为你没有当场弄死东罗。可是，我很纳闷，既然如此，你诚心诚意叩拜的那个什么少主，又是什么路数？这是我想不通的地方，难道是皇上在将计就计？所以，你弄走我，是在替皇上探那些人的底细？"

她来了一个大胆的假设，眼睛一眨不眨地观察着她。

九无擎听得这话差点惊跳起来，这丫头想到了他一个忽略的地方，心头陡然大骇：是了，既然他会觉得这些年的一切，有人在背后操纵，拓跋跃不是笨蛋，怎么可能没有这方面的联想。

原本很镇定的绮姑姑微微惊讶了一番,不得不对这个女人刮目相看。

也是,若没有一点本事,她怎么能令堂堂九公子另眼相待。这女子平常时候的装疯卖傻、故意恃宠而骄,皆是伪装。其骨子里,根本就是一个能一鸣惊人的奇女子,居然连这么细节化的事情都留意到了。

她轻轻一笑,有这样一个女子守着九无擎,那个可怜的宫小姐,只怕这辈子再无出头之日了。

"绮姑姑,你是宫中的老人,曾是皇帝跟前的女官,能令你称之为少主的,其身份应该非比寻常。"

九无擎若有所思地盯着她,大脑里飞快地转动着。

绮姑姑转而看那男人,不必多看第二眼,她便知道这人必是九无擎:

"九爷可以好好猜一猜,这世上,能困住九爷的事,还真不多!一个人呐,活在这世上,总得有点目标,要是什么都了然于掌心,这人生就太没意思。"

她对九无擎投去几眸惊赞的目光:

"九爷倒是真有本事,公子府这么多双眼睛盯着,九爷还能神出鬼没地出现在这里,看来九爷的红楼里当真别有洞天。"

"皇上说得极对,这些年九爷太过安分了,真是太不像九爷的个性。如今我算是清楚了,九爷韬光养晦的本事,那是天下无人可及。"

"怎么样,蛰伏了五年时间,这番儿,皇上的身子不中了,九爷是不是又想使什么伎俩了?"

"九爷,说句大实话,我真是不明白,皇上对你多好,他待自己的亲骨肉也没这么好过,为什么你还要做一些对不住皇上的事?这世上的人啊,活着就得知恩图报,九爷心胸那么大,怎么就偏生要和皇上对着干?"

她声音越来越轻,忽低低叹了一声:

"今日,我绮姑落到你们手上,便没打算活着回去了。你们也甭想自我嘴里知道一些什么,绮姑这辈子只忠于皇上,但愿今日绮姑这一死,可以提醒皇上一些什么,可以防一防你这只要咬人的白眼狼。"

最后两句话一才出口,金凌立即发现不对劲,失声叫了一声"你想做什么",话音未落,就见一道黑血自她嘴角淌了出来,顺着腮膀蜿蜒而下,滴落在地上。

她竟服毒自尽了!

线索再次中断,金凌和九无擎面面相觑,一时之间,神情复杂之极。

三天后,金凌和绮姑姑才被送回了公子府。

送她们回来的是太子殿下派出去的人,回来的人报禀道:"是公子青救的人,说是以回报当日九公子的救命之恩。"

九无擎是当天就回的公子府:金凌被掳后,他曾进宫报禀皇上要出城找人,皇帝不准,只令太子殿下派人出去查看,公子府一兵一卒皆不得外出。得到这份旨意,九无擎并不感到意外。于是传出了当日气病于房的消息。

这中间,他自暗道而出,令剑奴镇守公子府,自己出得鐛京城,带人按着逐子留下的记号一路寻来。

之所以让金凌借"公子青相救"之名回府,第一,回来得名正言顺;第二,那是故布疑阵之计。

三

在宫慈看来,小金子就是她命中的煞星。

这三天,她和九无擎的关系才有了一些发展,每日的药,都是他亲手熬了服侍她吃,也愿意和她说说话了,可小金子一回来,他就撇下她,火急火燎地跑出了东楼。

她怒啊,不甘心这女人一回来,就夺走了无擎全部的注意力。

最令她发恨的是,小金子活蹦乱跳地回来了,绮姑姑却成了一具尸首。

当她强撑着病体出现在前院,看到平时疼她如亲身女儿的绮姑姑已一命呜呼时,长久压抑的怒气终于爆发了,她怒极地看向金凌,眼冒怒火:

"为什么要害死绮姑姑的?"

绮姑姑曾跟她说过:"这个金儿,来历有点怪!皇上派人查看,居然查不到她的底细。"

所以,绮姑姑之死,和这女人肯定脱不了干系。

看到她一脸的病态,金凌想到了之前无擎说过的关于发生在宫慈身上的事儿。

当时,她听愣了半天,惊讶于这女人为达目的所采取的非常手段,曾味儿酸酸地损了一句:

"这姑娘,还真对你痴心。七步蛇毒,啧,稍稍下重三分,就能立即要了性命去。她倒是真能狠得下心来虐待自己。看来她对你,是势在必得。"

九无擎语气凉凉道:"这个,我不管。她使她的手段,你施你的伎俩。横竖我是配合你而已。美男计不能乱使,之前我提醒过的。但计划都已开始了,那就只能继续玩下去。你要是喜欢吃醋,就吃个够,反正全是你逼的。"

总而言之一句话,这一次,这宫慈被他们两夫妻那是玩得团团转。

如今,她回府了,看到宫慈这病恹恹、毒气沉沉的样子,再度为她掬了一把同情之泪。

"喂,饭可多吃,话可不能乱说,姑姑是自己畏罪吞毒死的。与我无关,我才无辜呢!莫名其妙叫她串通外人掳了去。"

金凌挽上无擎的手,叫了一句。

宫慈哪肯相信:"姑姑是宫里来的,是皇上的人,为什么要串通外人,来掳你?定是你身上有问题,别忘了,之前你还在清儿的药里下过毒的。"

"毒,不是金儿下的。"九无擎恰到好处地插进一句,"是绮姑姑让人下的。绮姑姑是奸细。"

宫慈直觉这是他为了替她开脱,故意如此编排的,马上叫起来:

"不可能!绮姑姑怎么可能是奸细?她自八岁入宫,在宫里待了二十九年,又在公子府尽心竭力了那么多年，绝对不可能是奸细。"

"我既然这么说，自是有证人的。东罗，去把证人带来。"

"是！"

少顷后。

东罗带进了一个令宫慈、岑乐震惊的人人得正厅：可儿。

"你……你是人还是鬼？"

活灵灵的、怯生生地跪倒在一众人面前，宫慈冲过去看了又看，正是可儿本人无疑。

"自然是人，是九公子救了奴婢。"

可儿轻轻回答道：

"不瞒夫人话，那日，那味毒蜈蚣是姑姑给的。她让我在煎药时候挑个合适的时间放进去。她怕药库的嬷嬷不给，还特意选了那个时候出现在那边，帮着奴婢说了几句话，奴婢这才顺顺当当凭令牌把毒蜈蚣拿到了手上。谁承想竟差点因此而丢了性命。这番儿，奴婢想想就后怕。这些话句句属实。如有虚假，可儿死无葬身之地。若有轮回，必世世为娼。"

这毒誓，令宫慈哑口无言。

一切终于"真相大白"：小金子就此含冤昭雪，公子府内两个一心向着皇帝的眼线没了，清儿身上的危机得到了缓解，真是皆大欢喜。

嗯，话说那桐副尉原是活的，三天前，在无擎打算离府时，东罗在一处僻静的柴房内找到了他，报于九无擎知道后，无擎令东罗将其灭了口，然后，找机会将人弄进了怡红院。

这叫什么来着：不死白不死！

"好了，事情已经理明白，这原不是小金子的错，误会既然澄清了，从今往后，大家好好过日子。"

九无擎挥退所有人后淡淡地叮嘱了一句，而后，走到宫慈跟前，目光淡淡地对她说：

"你也不要难过了，这一切全是绮姑姑咎由自取。现在你的身子不好，不要过分忧思。回去换一身衣裳即刻进宫！瞧瞧，脸色差成这样子，补一下妆吧！要不皇上见了还以为我又错待了你。嗯？听到没？"

宫慈盯着他看，这几句关切之词令她倍感激动，她忍着心头悲痛，点了点头。

七步蛇毒很厉害，再加上刚刚一阵悲恸，她自座位上站起来打算回东楼时，忽一阵头重脚轻，整个人向前倒去。

九无擎本想躲开去，迟疑了一下，还是伸手扶了一把，回头淡淡看了金凌一眼：

"金儿，你回兰苑歇着养胎去！我有事儿，要和小慈去宫里，晚上过去看你！"

这话，令宫慈一呆，随即是倍感欣喜：他竟没有让她再回红楼，这代表他开始一视同仁了，种种迹象都在表明，他不再排斥她。

宫慈趁机往九无擎怀里倚了进去，他身上淡淡的薄荷香真是叫人着迷。

金凌秀眉直拧，眼珠子里差点就冒出火来。

她生气啊，却不能发作，半晌后，气鼓鼓跑了出去，回的是兰苑，而不是红楼。

至于原因，这混小子不是说了么，得继续往下演。

对，这是一场彻头彻尾的局，是她精心策划，导演的一场戏。

四

这一个多月以来，清儿的情况越来越糟，若没有灵丹妙药，小命必不保。如果能得到青峰之乌鹰血，再配以千年雪莲，绝对可以药到病除，这是她的诊断结果。可是，想到得到这些东西，谈何容易。

后来，逐子对她说了这么一件事：

"旧年时候，我曾听我们老大说过，他曾得过一只千年血灵芝，可恨的是叫拓跋跃抢了去。那人找了当时的天下第一神医，拿其做成了十二颗灵芝丸，以寒冰镇之，有续命之奇效。多年前宫璿为救皇上，脑部受伤，落下长年头痛之症，皇帝为发扬尊老尊贤之美德，赐其七颗。五年前为救九贵妃，皇帝用掉了自己手上五颗，保了她一口活息。据我所知，宫璿手上，应该还有。若能得上三颗，也许能出现奇迹。"

金凌听了后和无擎合计：

"要不要去宫府讨上一讨？"

无擎想都没想摇头：

"那老儿对我偏见很深，我若上门讨，那人以灵芝丸作要挟，要我善待宫慈，到时你要我怎么做？何况这灵芝丸只能续命，并不能解尽其毒。吃了也就保她一些时日，依旧无法除根的。既如此，何必自讨没趣。"

话虽如此，可是每番看到清儿昏厥，金凌心头就非常不好受，便对无擎说：

"要不，你使点美男计，骗那宫慈去老家伙那边把灵芝丸弄出来？"

得到的结果是：一记白眼，两个爆栗子。

意见相左，这个计划，暂且搁置。

后来，金凌发现绮姑姑和桐副尉多次鬼鬼祟祟地在底下说话，原本，这二人，都是皇帝派来了，聚在一起说话也没有什么大不了。问题是，逐子曾看到绮姑姑跑去城隍庙见陌生人。这事儿，经逐子一提醒，她便对这个角色上了心。

六天前，清儿中毒的事，原不在金凌的计划之内，但是，她一早知道可儿这个人有问题。她和绮姑姑是一伙的。

那日，金凌给她令牌去取黄芩，是想看她会不会借机有什么小动作：她去药库取药到她拿药回来这一过程，逐子全程监控着。

在药方内加双份黄芩，原是没什么坏处，坏便坏在这味药会与药方里其他几味药相克，服之，会出现恶心虚力之症。

她原是想借之故意生一番事儿，试探宫慈的反应，再逼九无擎演一出戏，意图哄那女人心甘情愿地去把药弄来救清儿。

谁想，居然闹出了七彩毒蜈蚣一事。

经此一事，令金凌和九无擎明白公子府内的内奸非常之可怕，若不将其铲除，后患无穷，于是顺水推舟，她便搬来了兰苑，便有了这惊心动魄的历险，便生出了郝人之死，绮姑姑之死。

这当中,其实可儿并没有死。差点是死了,所幸发现及时,九无擎又将她救了回来。

所以说,世上的事,计划永远赶不上变化,要不然也就没了世事难料这句话了。

就像这番,她满心欢喜地回府,本想告诉无擎一个天大的喜讯的,哪知道他忙得一刻工夫都不留给她。

"臭男人,回头一定揪你耳朵,扯你头发,脱光你衣裳狠狠打上一顿!"

她气哼哼地盘坐在床上,骂骂咧咧,可等素手轻轻捂上小腹时,麻花脸上不由自主就浮现了一抹神秘的笑容,亮晶晶地照亮了整个冷清的房间。

已经确诊,她的肚子当真藏进一个小娃娃了。一个属于她和他的小生命,正在悄悄地生根发芽,慢慢地在长大。

会怀上,一点也不意外。

这一个多月,他们同住一室,恩爱自不会少。他们没有刻意克制,床笫间的亲昵,越来越水乳交融。若不是太过忙碌,她早该发现身上的变化。

三天前,她忘了与他说,今日归来,她迫不及待地想将这个消息告诉他,令人郁闷的是他却陪着别的女人进宫见驾。

但凡是女人,遇上这种事,都会生气。

这三天里,她听说了三件事。

第一件事是,皇帝又在早朝的时候昏厥了一回。前日晚上,皇帝令离京的三位亲王回京,表面上看,是他们来参加晋王的大喜之礼,皇帝打算亲自给晋王主持婚礼,暗地里呢,恐怕是怕自己来日无多,想将这三人控制在京城,以防异变!

第二件事是,晋王领着东方轲带出去的五万人马已经在回京的路上。晋王在鐾京城里的王府,开始张灯结彩,准备十八日的大婚庆礼了。

第三件事是,太子开始监国,一切上禀上去的奏折皆经由太子批录,皇帝在旁检阅。据说太子的批示,皇帝颇为满意。

之前,无擎说过,皇帝的命不太长久了,因此,现在他所做种种就是帮拓跋曦坐上龙椅,并稳定局势。

在这样一副棋里,宫慈是一颗重要的棋子,因为其父宫谅是四大首辅之一。

但是,很多事,她仍想不透,只好开门把东罗放进来问。

东罗摇头:"不知!未到时候,爷不轻易说出他的下一步棋要怎么走的!"

那就只能等他回来再问个究竟了。一个下午外加一个晚上,她就在等待中度过。

晚上,她什么地方也不去,就待在房里,无擎说过他回来后就会来找她,所以,她不敢睡,一直倚在小榻上看书。结果,敌不过周公相邀,没等多久,就入梦陪人家下棋去了。

睡梦里,她感觉到有人抱起她轻手轻脚地放到床上,她闻到了一股好闻的薄荷香,很心安地霸住那人沉沉睡去。

第二十九章 阴差阳错

五

九无擎回来的时候,夜已很深,没有回红楼,来了兰苑。

进门就看到她倚在小榻上,睡得香。

他上去将人抱上了床,这丫头顺势就缠住了他脖子,他只能和衣躺在她身侧。

待她熟睡,他才将那双缠着他的手臂轻轻扯下,睇望的眼神,无比凝重,他扶额轻嘘,说不出有多么的乱。而后,起身离床,坐到了灯下,解开身上的衣裳,低头看着肩头那一道黑黑的掌印,三天药吃下来,一点效果都没有。

这是那日回来途中遭遇暗伏,叫一个神秘暗客打中的,起初没什么问题,回来后,才发现那一掌,毒得厉害。

他费了九牛二虎之力才把毒控制住。但是想要解毒,真是太难了。

第一,药材太难找,第二,需要静心调养。

其实,他手上倒是有那么几味灵药可保全性命,崖巅之雪莲,罗河之琥珀鱼肠,青峰之乌鹰血,他都有了,就连玄冰潭底的回魂草,煞龙盟的人亦已找到,正在送回来的途中,到时,只要将四味药引加在自己配制的药方里,就可以躲开阎罗索命。

可是,他若用了这四味药,清儿怎么办?

三棵血灵芝最多就只能保全她半年时间,这四大灵药,世间罕见,不可能在短时间内再去寻得一份。

如果他自私地只顾自己,那么,他就只能看着孩子死在跟前。如果他把药材让出,那么他最多还有四五个月可活……弄不好,一两个月内就可能死掉。

唉,他该如何做,才能两全?

六

天微亮时,金凌自床上跳起,只看到身侧有睡过的痕迹,独不见男人的踪迹。

她匆匆追出去。

房外,晨曦微露,轻雾低绕,空气清新宜人。

逐子正倚坐在花坛上打哈欠,瞧见她出来,马上面带笑容迎了上来,而后,顺着她的视线跟着往外瞅,嘴里啧啧直叫:

"看样子,主子昨儿定然睡成死猪了,是不是没和九爷说过半句话呀?哈,甭找了,早上朝去了!"

逐子笑呵呵地调侃着。

金凌回过头,瞪了一眼:"少在这里幸灾乐祸!欠扁是不是?"

逐子扑哧直笑。

金凌不理他,回房,突然间,她深刻地体会到了某句诗的深意:忽见陌头杨柳色,悔叫夫婿觅封侯。

梧桐荫下,逐子长身而立,抱臂看着,没忽略她眉目间的"闺怨",英姿飒爽的公子青,终于有了女子的娇媚,却不想竟叫这样一个"声名狼藉"的家伙骗住了身心,不觉摇头直叹。

金凌回房穿戴整齐，吃过点心，想起去看清儿，便转而折去了客院。

进得园子，就听得清儿那欢快的笑声在园子里响起，等看到娃娃那美丽的小脸时，金凌觉得自己的心整个儿都叫这个孩子给融化了。

只有自己做了母亲，才明白孩子于一个母亲而言是何其的重要。

她站在园门口，手轻轻捂着小腹，虽然她的娃娃还只是一个没有感觉的胚芽，可作为母亲的自觉已经在潜意识里茁壮成长起来。

此时此刻，她能深刻地领悟到当初娉儿那种急切地想救清儿的心情了。

作为一个母亲，在孩子濒临死亡的时候，向有救治能力的人求救，这是一种本能！

"金儿姑娘来了呢！"

忽然，一个青衣奴婢叫了一声。

屋檐下，娉儿、岑乐和苓儿一起在那边瞅着，彼此热络地说着话，听得这么一叫，纷纷看了过来。

金凌笑盈盈地走过来，忙一把揪住摸过来找她的清儿，对着那张小脸亲了又亲，笑着和她说话，心头是一片柔软。

三个女人过来，一番客套，她笑着应了几句，所有心思依旧放在清儿身上，满满的笑容，满心的疼惜，全给了孩子。

近晌午时分，金凌回了红楼，亲手准备了一桌酒菜，可一直不见他归来。

东罗出去打探，回来后回禀道：

"宫里出事了。宫慈刚刚急色匆匆赶了去。听说昨儿下午，皇上和她说话时曾休克过。诸个太医救了半天，皇上才清醒，如今又昏沉了。"

金凌听着，只觉这几天里可能会起大变，难怪无擎会这么忙。

饭后，一个人在房里来来回回地踱着步，有点心神不宁，惶惶间总感觉会有祸事将至，忽记起自己曾答应清儿教她吹笛的，立马去琴室取了一支玉笛出了门。

才进客院，就听得一片哭天喊地的大叫：

"怎么办？怎么办？谁去把爷找回来？谁去把爷找回来？要怎样才能止血啊？清儿！清儿！"

一阵惊噪声，一阵哭喊声，摧心撕肺地传过来，打破了午后的沉寂。

金凌听着一惊，拔腿就冲进园子，绕过小花坛，冲进聚了不少奴婢的房里，拨开围着她去路的苓儿和岑乐，就看到娉儿坐在圆桌前，怀里抱着清儿：这孩子两眼翻白，鼻子和嘴里都在流血，就像潺潺不息的小溪，涓涓而下，染红了娉儿身上那件素淡的衣裳。

娉儿恐惧地瞪大眼，拼命地用手中的雪罗帕抹着，手上的罗帕很快染成了艳红色，净白的素手沾满殷红的血。

她乱叫着，抬头看到金凌时，就好像看到了救命稻草一般，立刻扑通跪地：

"金儿，求求你了，求求你了，救救清儿，救救清儿吧！指望不上公子了，皇宫离这里有好些路。清儿会死的，这样下去，清儿会死的。她是多么乖巧的一个孩子，老天怎么可以夺了她的性命？怎么可以？"

那只满是血水的手死命地抓着金凌的手,在金凌手上印下一道血印。

金凌强压着肠胃里翻起来的不适,一边沉着地扶住她问:"到底怎么回事?"一边熟练地掐人体上可以止血的穴位。

娉儿手足无措地摇着头:

"我不知道发生什么事了,我不知道。今天是第七天,公子上朝前过来叮嘱我吃完中膳就把最后一棵血灵芝给清儿服下,刚刚我给清儿吃了,清儿本来欢蹦乱跳的,没一会儿工夫就说肚子疼,然后就这模样了。金儿,怎么办,怎么办?清儿会不会死,会不会死啊?"

金凌看了一下脉,心是一个劲地往下沉,就像一个无底的深渊,将其吸了进去。

天呐,那药,是假的,竟是毒药,如此,毒上加毒,哪还有得救。

七

金凌费了九牛二虎之力,才把清儿的血给止住,净过手出来时,她脸色惨白地走到梧桐树下,深吸了好几口气,才把那股难受劲儿压下去,心情沉重得就像被几座大山重重压着一般。

乱,不知道该如何救清儿。

她已束手无策,就不知无擎有没有别的什么法子。

就这时,逐子飞也似的奔了过来,沉沉叫着:"主子,事情有点不太妙,外面来了好些兵马,里三层外三层将公子府给包围起来了!"

"什么?"金凌猛地抬头,"怎么会有兵马?"

"不知道。领头的那位说,他是奉皇上之命前来保护公子府的,闲杂人等一律不能随便进出。"

这哪里是保护,分明是在看禁。

"这么说,到目前为止,还没有人出去给无擎送信?"

"是!我正要来向您禀这件事,东罗在府门口和他们交涉,可是他们就是不肯放他出来。东罗生怒动了粗,那人立即就让人上弓弩阵。"

看来,情况的确严重。

"走,到前边去瞅瞅!"

公子府外,银甲闪闪,一列列士卒,或弯弓弩,或执长矛,或握钢刀,一层又一层,井然有序地排列着,一个银铠的将领昂首挺胸守在正门口。

园中,有打斗过的痕迹,好几个地方铺洒着血迹。

金凌没有多逗留,往正厅而去,但见薄管家正在给东罗包扎伤口:

"东罗,你受伤了?"

东罗站了起来,啐了一口,说:"丫的,那些王八羔子,就是不让我出去!"

她的眉心整个儿成了川字,此时此刻,她既忧心清儿的状况,又忧心无擎在宫里发生了什么。

"清儿小姐现在怎么样了?"

东罗抚着包扎好的伤口,沉沉地问。

"很糟糕，清儿的命，朝不保夕。要是无擎回来得晚了，只怕会见不到她，要不然，这样吧，自暗道走，我在这里拖着，先去寻一些暂时可以克制的药来压一压。哦，不行，绝对不能从暗道走，那等于就是在告诉外头的人，府里有机关暗道。"

可不能走暗道，东罗该怎样才能出去？

"主子别担心，东罗再去和那臭光头说说情，不能通容我们出去，至少得让我们去报一个信。对了，去把岑乐请过来，那人和那光头是世交。"

三个人，分头行动：金凌和逐子往红楼而去，东罗则去了客院找岑乐。

回到红楼，金凌踢开书房门，直直就往琴室边上的小药室走去。

那里放着无擎的银针，一些瓶瓶罐罐，有去肿消红的凝脂露，有金创药，有一些解毒的丹药，品种不多，通常能叫他收藏的，皆是有奇效，也许不能针对清儿的病症，可如果不试一下的话，那就等于完全放弃了希望。

事实上，没有可以保命的药材，清儿只有死路一条。

金凌越想越心痛，手上，不断地翻着那些药瓶，眼底，看着那些药丹的名字，可没一瓶是她想要的，她明明记得这里还有一种叫九转回魂丹的啊，怎么就不见了？会不会在暗格里？

她打开暗格，往里面一看，没有那瓶子，只看到里面放着一个精致的玉匣子，四四方方，刻着盘龙与飞凤。

这是什么东西。

手指触到玉匣子，一阵清凉传来，好像是千年寒玉所制的。

她微微讶异了一下，小心翼翼地打开一看，一股冰寒彻骨的冷气迎面扑来，她深吸一口气，整个人打了一个寒战，浓浓的莲香沁入心脾。

深深的匣子内装着三件东西：一朵开得正艳的千年寒莲，一段碧绿如琥珀的鱼肠，一只水晶瓶，装着满满的鲜红液体，各标有名字，分别为：崖巅之雪莲，罗河之琥珀鱼肠，青峰之乌鹰血。

这三件，全都是药中奇品。这下，清儿有治了！

她看在眼底，不由得大喜过望，急忙盖好，小心地捧在手上，"噔噔噔"往楼下而去。

八

皇宫。

紫薇阁，有什么落地，"哐啷"一声，发出一声巨响。

九无擎看着紫砂玉茶壶在脚边落地开花，紫砂玉摔得极有层次，就像一朵盛开的花蕊。美极。

"爷！"

低声轻禀的人，声音微颤。

九无擎素来镇定自若的眼神，闪过几缕疼痛而悲哀的眼神，他呆了好一会儿，而后一切又归于平静，静如死水。

那是一种无力抗拒且认命的神色。

"我没事！该怎么做还是怎么做，这件事，别告诉其他人。剑奴，现在是紧要关头。你，回太子身边去侍候吧！"

跨过那碎开的茶壶，他坐到了另一只椅子上，侧身将刚刚斟了一半的茶，端过来，用茶盖轻轻地挑着那还未展开的茶叶，有股淡淡的幽香浮散开来。他尝了一口，味道不如凌儿泡的。

凌儿的茶艺非常不错，能将一整套沏茶手艺做得那是完美无瑕，沏出来的茶，绝对是佳品。在红楼的时候，她沏过两回，不过，大多时候，她不爱那么折腾，喜欢喝白开水，说能解渴就好。

他曾打算吃定她一辈子，以后闲下来的时候，就让她泡泡茶，捏捏肩儿，听听小曲，说说悄悄话，现在看来，那已经是奢望了。

刚刚得到消息，下午时分，清儿服了血灵芝，性命几乎不保，那枚药，叫人调包了。又是剧毒。

那时，整个公子府叫皇帝的近卫营包围，里面的人出不来。即便能出得来，也进不得皇宫，镔京城今日戒严。那丫头一时无计可施，跑去红楼找药，把他藏于暗格里的那几味救命药找出来给清儿吃了。

剑奴奉命自暗道潜入公子府，自东罗嘴里知道了这事。待他回到宫里，脸色奇差。稍稍一盘问，这事儿，就叫他问出来了。

这下好了，不用他为难，凌儿已经给他作了选择。

清儿不会有事了，而他呢？

他又喝了一口茶，苦苦的，而他的人生终就如这盏沏坏的茶水一般，一苦到底。

剑奴低着头，拳头捏得咯咯响，真想冲回去，狠狠敲那个女人一顿，怎么生生就掐断了爷的生机。

爷不能有事啊，要是爷走了，将来谁来做这西秦皇朝的中流砥柱？

爷筹谋这么多年，为的是什么，就是想不动声色地扶着拓跋曦坐稳那帝王之位，不想天下因为皇位生灵涂炭。

爷说过：皇权的更迭，若用鲜血来开路，便会有无数国之栋梁死于非命。一个国家的强盛，需要各种人才，他不主张以武力来助拓跋曦上位。所以，才有了天盘之案，一步步悄无声息地帮拓跋曦走上父业子继这样一条路。

可太子毕竟太小，即便没有拓跋弘这样一个虎视眈眈的兄长盯着皇位，也会有别的臣子，趁机弄权。如果没有爷坐镇，将来必会生乱。

现在呢，爷的命，不中用了，朝纲之上还能有谁力挽狂澜？

他的眼，一下红了，风也似的狂奔而去。

九

阁内一片死寂。

九无擎坐着，久久无语，静得好像房里根本就没有人。

"爷，夫人在灵霄台等您，请您随采儿去一趟！"

殿外一阵阵嚷嚷，采儿在叫嚷，却叫西阁他们拦在了门外。

"爷，夫人说了，您若不去，到时必后悔莫及！"

采儿不肯放弃地叫着，打破了沉寂，这固执劲儿就一如她的主子。

他终于走了出去，令那个聒噪奴婢住了口。

"爷，夫人有要事与您说。请您务必过去一趟。"

采儿对他，连忙叩了一个头后，她又补了一句："请替九贵妃着想一下。"

这话轻得只让他一个人听到。

这是威胁！

也许以前，宫慈对于他和九贵妃的关系只是一种揣测，那么，经过昨天一下午，想必她已知道所有事了——皇帝昨日里和她谈了一个下午，夕阳西下时，皇上在书房内休克，后来她出来看他的眼神就有些不太对劲。

"前面带路！"

"是！"

夜色苍茫，星光昏暗。

九无擎拾级而上，爬上高高的紫霄台，二百级台阶，他一口气走到顶，就看到一个紫衣飘飘的身影站在尽头，静静地看着他走上去，两只六角宫灯高挂，大青石上的影子也在来来回回地扭曲着。

采儿没有跟上来，侍在台下，远远地守着。

这地方绝好。没有人能来打扰。

四月的天，不冷不热，夜风清爽。

他走上去，站定在她面前，淡淡地看着，不说话。

紫砂裙，飞仙髻，珠翠动，静若处子，神思不动，她在审视他，用一种崭新的陌生的目光审视着，似将她里里外外，看个透。

他在月光下，是如此的淡定，如此的宁静，感觉不到半分杀机，让她永远惦记着那十二岁时的美好。

那一年，她得其琴，曾在月下弹奏，他奉命和以箫音，一曲终，得尽帝王赏识，直道："这真是一双金童玉女。天下无双！"

思绪翻飞，想起便是一种难言的疼痛。

说什么金童玉女，天下无双，到头来，貌合神离一场戏。

"无擎，你心里最想要的是什么？"她淡淡地问，仰着头，就像一个老朋友一样，谈说着家常话，"能告诉我实话吗？你心里最真的真话！"

九无擎错身走向前台，来到雕栏前，这里是整个皇宫最高点，可以尽览皇宫之繁华，此刻，夜幕之下，万点灯光隐于黑暗，营造着一份异样的美，可这里是皇宫，一点灯光，便是一个女人深锁富贵的苍凉。

这样的美，美得可怕。

多少美满毁于其中。

比如母亲的美满，比如他的美满。

一直以来，他心中所想，极为简单：一个完整的家，有父母，有妹妹，有妻儿，但如今，这一切，已经破灭，再没有生机。

他嘘叹一声，不答，只道：

"无须转弯抹角，也没必要旁敲侧击，想说什么就说吧！"

宫慈神色一黯，这个男人连敷衍她的意思都没有，她心头怎能没有怨气？

"好，那我直言不讳，无擎，你一直在利用我。最近这几天，你突然对我友善了，不是因为我救了清儿，而是你根本想利用我达到你不可告人的目的，是不是？"

这句指控，看是疑问，实则是一句肯定。

她走到他面前，狠狠地瞪着，满眼的委屈和伤心：

"你在我身上动了手脚了，是不是？这几天，你殷勤地端给我喝的药汤，也许真的对解毒有用，但是你必是在我的药里另外下了什么佐料了，对不对？

"昨天皇上见我，你料定他人不舒服，会想着让我给他按揉，而我自不会不遵命，于我而言，皇上便如同父亲一般。可是你却利用我加重了他的病情。我的手指间散发出来的汗腺可以诱导他急性休克，却又能让人查无起因。

"九无擎，你想害皇上！你怎么可能这样没心没肺！那人是你义父啊！足足疼惜了你七年，你怎么这么没良心？"

曾经，他以为自己看中的是一个英雄，没想到，却是一个可怕的恶魔。

九无擎不觉意外，她本来就是一个聪明的女人，在宫中看惯争伐，戒心原是很重的，若不是真的爱惨了他，真想以心易心，断不可能轻易中招。

是人，被自己在意的人利用，都会愤怒。

想当初，他重拾所有记忆，知道自己被拓跋跃利用着一边为其开疆拓土，一边掣肘着母亲的自由，当时，他是何等的痛苦。

然而，在这样一种生活里，人人都是棋子，想要保全自己，就只能将别人当棋子使，物尽其用，那是必然。

"说话啊？"她愤怒地盯视，"你到底想要什么？皇位吗？那至高无上的权力，真的就那么重要吗？不，不对，你不是有野心的人，可你为什么要害皇上？为了九贵妃是不是？因为她是你母亲，你想带你母亲离开是不是？所以，你想控制皇上，所以，你委曲求全地亲近于我，利用我来伤害皇上！"

果然一针见血，果然了解他。

他想，如果他的生命里边没有凌儿，如果宫谅不曾做过当年种种卑鄙的事情，也许他会被这个女人打动。

可惜，命运就是这样的神秘，他的生命自一开始就被一个小丫头满满占领，即便这中间，他们缺失了彼此那么多年，可一旦遇上，还是第一时间深深地爱上。所以，无论宫慈再如何努力，也无法走进他心里。

宫慈觉得整个人累得慌，身子被毒折腾得难受，心则被这个男人伤得血淋淋。

她看着灵霄台下那无数灯火，目光遥遥地睇向未央宫的方向：

"何必呢！太子殿下登基，九贵妃就是太后，你何必要害皇上？"

九无擎冷冷一笑，懂她话后的意思，立刻反问：

"那又如何？在我眼里，她只是一个因为儿子而被迫留在皇宫里的可怜女人！她不是贵妃，不是太后，她只是她自己，一个一心想逃出牢笼的母亲。"

他，大大方方地承认了那是他的母亲。

侧头，睇目，她已经不再惊讶，因为昨日皇上把九无擎的来龙去脉都说了，他的确是拓跋曦的异父兄长。

而且，他不是龙苍人，乃九华贵族，至于身份，皇上没来得及说，就昏厥了过去。

关于九华，因为隔着万里黄沙，便生出了很多传奇。

据说，那边的帝王后宫无妃。女子只要有才，便可着官袍入仕。而且提倡的是一夫一妻制。男子可休妻，女子亦可。

而在龙苍呢，女子永远只是陪衬，生死皆操纵在别人手上，更何况姻缘。如果不幸被贬为奴隶，那更是永无翻身之日。

九无擎来自九华，九贵妃也是，所以，他们身上带着不同于龙苍人的特质。

无擎令她深爱的原因是：他有着非凡的心胸，战场上，他有着令人闻风丧胆的凶狠，在朝堂，他怀着无人可比的才华，做的皆是为民为国的大善事。

八无昔说过，他们兄弟几个向皇上进的谋策，多半是他出的主意。只是他不爱出风头，将很多功劳分给了他们。

想来，皇上是知道个中底细的，所以才对他青睐有加。

可皇上再青睐都没有用，他生着异心，也从没把这里的尊荣当回事。

听，他的话，何曾将权力放在眼里。

她惊讶着，自无法苟同他的说辞，接下话劝说道：

"不对，不对，这话不对，九贵妃如今是皇上的人，就该从一而终。

"无擎，你已经在龙苍生活了十三年，这里是你的第二故乡，难道你就不能放下以前的一切，安安心心地在这里生根发芽吗？

"太子年幼，太需要你的扶持。一旦他登基，到时，你便一人之下，万人之上。

"是，我知道你不在乎这虚名。可是你在乎天下万民。

"你的才华，就该用来为民造福的！

"曾经，你说过，大丈夫生当作人杰，死亦作鬼雄。所以，你入战场，是为了消平战乱；你入朝堂，是为了黎民百姓，你献计献策，不是为一己之名，而为了给百姓带来福泽，你有的是雄心壮志，难道你就不能为了自己的这份心志，留在西秦为民造福？"

男人银色的面具在月光下泛着冰冷的光，她看到了他眼底那冷淡的讥讽：

"难道我说得不对吗？无擎，在哪不是过日子？九贵妃都替皇上生下了太子。入乡随俗，生为西秦人，死为西秦鬼，那是必然……"

她的话，没能说完，被九无擎不掩冷怒地叱断：

"闭嘴，拓跋跃霸占了我母亲十二年，逼她生养，逼她婚嫁，如今，他更想让她陪葬，在这种情况下，还用得着遵从什么该死的从一而终吗？你也是女人，在你心有所属的前提下，你乐意留在这样一个金丝笼里做一个看人眼色过日子的金丝雀吗？"

宫慈语气一塞，随即争辩道："可是，皇上待九贵妃，真的很好啊！"

"好个屁！你只看到他表面上对她的所谓宠爱，剥掉这层光鲜，你有没有看到他拆散了一个满美家庭。他用他的权势，将一个原本不属于他的女人，强行留在自己身边，令她十三年时间没一天是快乐的，令她最后想一死了之。"

九无擎手指有力地指向拓跋跃的寝宫，狠狠地点了两下，愤怒地强调道：

"你眼里这位尊贵帝王，为了留住我母亲，不惜在我身上下了无心蛊，令我忘记一切，令我认贼作父，为别人的江山浑浑噩噩地拼杀在沙场。这就是他待她的好，对我的好。请问，这样的好，谁敢要，谁敢？我告诉你，遇上拓跋跃，那是我们母子这辈子永生永世都无法释怀的噩梦。"

冰冷的话，带着不屑，无情地自他嘴里冒出来，狠狠地敲击着宫慈的心房。

宫慈第一次发现九无擎对皇帝的憎恨深得可怕，她的身子止不住哆嗦了一下：

"所以呢，你打算借我的手，谋杀皇帝，然后，等太子继位后，你再悄悄地带着你的母亲离去。西秦的一切，于你而言，将不复存在是不是？"

看样子是这样的。这个男人什么都不在意，他只在意他的母亲，她的心狠狠又抽疼了一下：

"那我呢？岑乐呢？你打算抛下我们不要了，是不是？结发为夫妻，恩爱两不疑。无擎，我们认得足足十二年了，难道，在你心里，我就这么不值你留恋吗？十几年来，虽然我们聚少离多，可总有过一些美好的记忆不是？你怎么能不要我？我是你妻子。"

她狠狠拍了拍自己剧烈起伏的胸膛，伤心的泪如雨下："无擎，我们可是拜过天地的呀！"

一声悲泣溢出唇。

九无擎仰着头，看着如墨的苍穹，满天的星星，就像无数晶钻，在苍茫中眨着眼睛，不说话，久久无语。

"我明白了，看来，你是决定舍弃我们了是不是？那你也别想如愿地离开西秦。我不会允许的。你绝对不能走。"

她傲然转身，跨着沉沉的步子，挺直背脊骨，一步一步，往台下而去。

眼前一晃，那道高大的人影拦住了她的去路，他的眼瞳深不可测地射出咄咄之光：

"想去告密？"

"你说呢？"

宫慈心痛地扯出一抹笑：

"我爷爷说你是白眼狼。一点也没有骂冤了你！皇上养了你这么多年，却叫你反咬一口。我想现下皇城里到处布满了你的人吧！你已经不打算让皇上醒过来了，是不是？呵，干吗这么看我？难道我猜得不对？又或者，你想杀我灭口？"

她转而冷冷一笑：

"千万别杀我，今日我若死在这里，你的狼子野心，会在明天诏告天下。到时候，你只怕没那个时间去未央宫去把九贵妃救出来，还会把命赔在这里。"

"放心，我不会杀你！"

正如她所说，杀她百害而无一利。

他淡淡地道："我也没想过要杀拓跋跃，我只想令他让出皇位，想把我母亲从他手上要回来。宫慈，换个角度想想吧，十三年光阴，你看着自己的亲生母亲而不能相认，你会是怎么一个滋味？我这辈子，最大的心愿就是将母亲送回家去。"

宫慈微微讶异了一下，他这是在向她解释吗？

她想了想，摇头：

"无擎，你傻是不是？你母亲已经和皇上生了太子，于你生父而言，那便是失洁，回去之后，必会被你父亲唾弃，那你为什么就不能放下成见留下呢？安于现状，难道不好吗？"

"安于现状？继续认贼作父吗？"

他冷笑。

宫慈语塞，沉默半晌才说："不管怎样，我不会让你离开。皇上的身子一年不如一年，你怎么能离开？一旦皇上殡天，太子登基为帝，你就更不能走。你必须留在这儿替他镇住满朝武文。

"你且想想，皇上这些年为什么不曾动你？

"第一，他是真的很欣赏你的才华，第二，因为你在军中多年，多少戍边的将领与你有过性命之交，多少失地的百姓得过你的恩情，皇上立七皇子为太子，需要你的诚心辅佐。

"你若心存私心一走了之，陷大秦于动荡中，你摸摸自己的良心，你于心何忍？"

她昂着头，说得大义凛然，月光洒在她脸上，映着凛凛正气：

"父亲自小教我：国家利益高于一切。我不是想维护皇族，我只是不愿看到兵祸连天。自古帝王之争最是悲惨，但凡是百姓，都希望享天下太平。我只是一个普通的女子，无擎，我最想做的是躲在丈夫的羽翼里，相夫教子，我也不是刻意针对你。是我的良心逼着我这么做的，你懂吗？"

她挺起了背脊，绕过他，一步一步毫不犹疑地往台阶下去：

"如果这件事，我不知道也就罢了，既然知道了，我就不会坐视不管。无擎，你要是狠得下心，可以杀了我。但是，我若是死了，后果一定很坏。如果，你肯容我一命，那么，我现在就去告诉太子你和九贵妃的关系，你……"

话没有说完，背上突然一麻，整个人再也不能动弹。就像被人浇了一头冰水，她自头顶一凉到底：

"怎么？你还是不想放过我！好，这样也好，你若想杀，便杀吧！死在你手上，至少会让你记上一辈子的。你那一双手，想必至今都不曾杀过一个女人吧！"

九无擎绕到她面前，看着她，怪不得她会得皇帝的宠爱，果然能说会道，果然心怀大义，这样的女子，在龙苍也是少见的，也难怪皇帝说：宫慈配你，绝不委屈你。

第二十九章 阴差阳错

"宫慈，我跟九贵妃的关系，不能让曦儿知道。你说的道理，我也懂。但是，我的母亲，断断不会做太后，更不会陪葬。生，我送她归九华，死，我送她的魂魄回家。"

九无擎说得坚定不移，但语气很平静，不像要她的命。

"哦，是吗？那你打算怎样处置我？"

"你不是说结发为夫妻，恩爱两不疑吗？你想我留下来是吗？好，只要你帮我稳住你的父亲，只要你肯协助我将未央宫里的人不着痕迹地带出来。我如你所愿。"

他淡淡地说。

可换来的是她满带讥讽的一笑：

"怎么？你又想利用我，是不是？要是我帮了你，到时，你又会一脚将我踹开了。你满腹心计，说话真真假假，你说我怎么可能再信你？"

"那你说，你要怎样才能信我？"

宫慈懂得，他是一个为达目的不择手段的人，在这样一个关键的时候，他绝不会容许出现一丁点的纰漏。

和这样一个男人做交易，就等于与虎谋皮。

可是，如果错过了这样一个机会，她可能会永远失去他。

爱了这么多年，她舍得吗？

她犹豫了。

一阵死寂，一阵沉默，皓皓夜色里，有风吹过。

"金儿怀孕，是不是你编的？她是不是根本就没怀上？"

"是！"

"你故意拿她来气我，是不是？"

"是！"

隐隐作痛的滋味，似乎得到了一些缓解。

"好，你若要想我信你，那么，将她送走，或者打发嫁给别人，我不想再在公子府里看到她的身影，一刻也不愿意，你，能办得到吗？"

九无擎沉默了一下，才道：

"好，如你所愿！"

爽快得叫她惊讶：九贵妃的分量，的确厉害，可令他舍弃一切坚持。

"除此之外，我还要一个你的孩子，还有，我想以儿媳妇的身份去拜见九贵妃，你乐意吗？最最重要的是，你不能取皇上的性命，这些你都能办到吗？"

九无擎再度沉默，然后点头："没问题。"

他转开了头去："我这辈子只有两个心愿：一、救我母亲出去；二、杀拓跋弘，至于其他，都无关紧要！"

宫慈突然打了一个寒战——这人，果然着了魔。

为了达到这样两个目的，他真的肯牺牲啊！

可是，为什么她突然觉得悲哀，这样得到的男人，真的有意义吗？

十

夜深。不见人归。

金凌睡在兰苑，原是想去红楼：那南城也不知得了什么失心疯，恁是不许她进。

东罗也一反常态，在边上什么也不说，这两个人身上皆散着一股子淡淡的哀痛。

金凌不太明白自己什么时候得罪了他们，自从救醒清儿，他们的眼神就变了。

这一夜，金凌睡得特不安稳，天微亮时，她自噩梦里惊醒过来，摸摸身边的位置，冰冷冰冷的。

他没有回。

她坐起，望望窗外，见东方已露出鱼肚白，便胡乱地穿上衣服，跑出房来想去问问无擎的消息。

出门，看到逐子倚在廊前的柱子下，一脸闷火地擦着自己的兵器，那双很沉得住气的眼瞳里，似有怒气在翻腾。

"逐子，无擎回来了吗？"

她打量着，纳闷谁惹了他。

"回来了！"

声音怪怪的。

"真的！"

她顾不上回房梳妆，就想跑去红楼。

才奔了三步，逐子倏地站起，极残忍地扔下一句话：

"他不在红楼。昨夜，他宿在东楼宫慈房里！"

她眨了一下眼，感觉好像听到了一个天大的笑话，回过头，嘀咕了一句："哎，这种玩笑，一点也不好玩！"

"不信是不是？好，我们去东楼！"

他一把抓起金凌的手，往外而去，面无表情，跨的大步几乎让她追赶不上，连带着令她的心脏也不规则地乱跳起来。

"西阁那家伙还在那里守夜呢，我助你打进去。让你自己亲眼看看，你一心一意爱着的人，到底值不值得你不计名分地跟！"

十一

东楼。

宫慈正睡得迷糊，忽然，楼外响起一阵尖锐的争吵。

她动了动眼皮，醒过来，揉了揉眼，呆呆地看着那帐顶，凝神细听。

是嬷嬷恼怒地在叱叫：

"谁借你胆擅闯东楼的？小金子，别仗着肚里怀了孩子就能四处胡搅蛮缠。你当孩子只有你一个人能生么？嬷嬷我今儿个告诉你，但凡是女人都能生，这番儿，爷和夫人还在睡，你别来这里瞎闹腾。你想干什么？你太放肆了！采儿，拦住她，真是太无法无天了！你都没有名分呢，就算爷给了你夫人的份儿，你也管不得男人夜宿在谁的房里。你……你给我站住！"

伴着嬷嬷的低叫，是一阵噔噔噔的上楼声，紧接着是采儿压着声音在怒喝：

"金儿，你无理。你要是敢进房惊扰了爷和夫人，你就等着扒皮，呀！"

一声清脆的巴掌响起来。

"你……你敢打我！"

金儿冷冷在笑：

"打你又如何了？狗仗人势。滚！"

那声势，又悍又烈。

宫慈闭着眼想着：无擎待她好，只怕不仅仅是想气她。那份好，他完全是发自内心的。多少次，她看到他落到小金子身上的眼神是非同一般的，很温柔。

所以，她可以容忍岑乐，容忍苓儿，独独她不行。

一种本能的直觉在告诉她：小金子会是她的劲敌。

"不许进去！"

采儿气急败坏地叫着。

可是，拦不住。

门砰地被踢开，宫慈觉得这气势有点来捉奸的架势。

她不觉笑笑，忽睁开眸，转头看那个睡得端端正正的、一丝不苟的男人。

九无擎脸上的面具依旧戴着，眼紧紧闭着，似乎在熟睡，可她知道，他醒着，从子夜睡下去到现在，他一直保持着这样一个姿态，但她可以用人头担保，他根本就没睡。

其实，她也有些惊讶，昨夜回来的时候，她淡淡要求了一句："宿我那边吧！"

原以为他会推托，结果没有。

只是夜宿，他没碰她，睡得直挺挺。

男女欢情，需要情致。这一夜，他们各怀心事。他根本就是在敷衍，而她也无心强求。

而此刻，她突然明白他为什么肯留宿了。

于是，她决定把这戏份演得更激烈一些：伏下了身子，将脸贴到了他胸口。下一刻，他整个身子都僵硬起来，但他没有推开，肩膀动了一下，手缓缓地拢上了她的肩，在床帐被揭开的那一刹那，抚上她的发。

她想：这样一个睡姿，应该很恩爱。

金凌的确被这睡姿气到了：男人睡在外床，静静地躺着，女子散发枕在他胸口，他一手自她颈后圈过落在她的发上，另一手，握着她的素手，放在鸳鸯被面上。

她脸色极度苍白地看着这一幕袅袅情深的画面。

这就是他所谓的演戏？

演的是哪一出？

宫慈缓缓抬头，淡淡拢了拢头发，病态的脸孔带着一抹微笑，推推九无擎：

"爷，起身了吧！你房里的人过来服侍你穿戴来了！"

九无擎没睁开，静静地抓住她的手："还早。今不用早朝。还能睡一会儿！不必理她。"

金凌深吸一口气儿，眼底的怒气愈演愈甚，想自己牵挂了他一天一夜，他倒好啊，在这里软香抱怀，享尽温柔。

她难以置信地瞪眼，咬牙切齿地叫：

"九无擎，我在红楼等你，你要是不来，我跟你没完！"

她不做泼妇骂街这等蠢事，理智告诉他，这个男人突然之间变了性子，必是有原因的。

"谁准你进红楼的？"

他忽然睁眼坐起，冷漠地睇之，没有正视她震惊的脸色一下，对跟进来、同样露出惊异之色的东罗下了一道命令：

"小金子被掳，不仅失了妇德，还小产不报，酌今日将其逐出公子府。念其家无所依，东罗，你去账房支五百金，押其离开。从此不许她再现身脏了我的眼。"

冷漠的声调，完全不着边的污蔑令她瞪大了眼：

"你……你说什么？失妇德？小产不报？"

这到底唱的是哪一出？

"东罗，把她给我拖出去！"

他面无表情，沉声又喝令了一声。

东罗默不作声，杵在原地不动，金凌思绪翻滚，一时弄不明白现在这是怎么一个情况，也不急着和他发脾气，而是迅速冷静下来，转身就离开。

第三十章 夫妻决裂

一

待声音远去后，九无擎才下了床，默默地站着，什么也不说，宫慈起来想给他绾发，他将她的手拍开，穿戴好，离开。

楼外，南城、西阎、北城都在，他们默默地注视着他，他沉默着从他们面前走过，没有去兰苑，也没有去红楼，而是一步一步往客院而去。

来到客院走廊，远远就听到有读书声传来，是娉儿在给清儿念由他亲自撰写的《孝经》。

"孝子之事亲也，居则致其敬，养则致其乐，病则致其忧，丧则致其哀，祭则致其严。五者备矣，然后能事亲。事亲者，居上不骄，为下不乱，在宠不争。居上而骄则亡，为下而乱则刑，在宠而争则兵。三者不除，虽日用三牲之养，尤为不孝也。这句话的意思是说呢……"

她慢慢地解释给清儿听，清儿听着似懂非懂，于是她不厌其烦地一遍遍教之。

他听了一会儿，走了进去，娉儿抬头看到他，有些手足无措起来，慌张地站直道：

"爷，您怎么来了？"

"嗯，我来看看清儿！坐吧！"

他站定，第一次伸手将这个粉雕玉琢的孩子抱了起来，而后，坐到了边上的扶手椅，将其托在大腿上，改用手抚着孩子的小脸，低低唤了一声：

"清儿！"

"嗯！"

清儿立即扬起一朵笑花。

"《孝经》开明宗义第一章你可背过？"

"背过！"

"背来听听！"

"是！"

清儿想了想，背道："身体发肤，受之父母，不敢毁伤，孝之始也。立身行道，扬名于后世，以显父母，孝之终也。夫孝，始于事亲，中于事君，终于立身！"

"是为何意！"

"人的身体四肢、毛发皮肤，都是爹爹和娘亲给的，不能随意损毁伤残，这是孝的开始。人活在世上，就要遵循仁义道德，有所建树，显扬名声于后世，从而使父母显赫荣耀，这是孝的终极目标。所谓孝，最初是从侍奉父母开始，然后效力于国君，最终建功立业，功成名就。"

九无擎恍惚了一下，这句话，是当年他解释给娉儿听的，如今娉儿又把这话一字不漏地教给了清儿，他不觉抬头看了一眼神情有些局促的娉儿，说：

"你把清儿教得很好！以后继续好好这样教她。"

一顿，又道："待会儿，我让南城送你们离开公子府！阿祥已经找到了，不过，他现在在替我办事。不管事成不成，七天后，他就会回来与你团聚，我会给你一笔银子，请一定拿着，日后一家子，寻一个安静的地儿过日子，远比在这个镔京城内过锦衣玉食的生活来得强。这繁华地儿里的日子并不好过。"

这话叫娉儿又惊又喜，惊的是他竟突然下了逐客令，喜的是阿祥的下落有了着落，这些日子，她一直在思念阿祥。

"谢谢爷成全！"

娉儿欣喜地福了一礼。

九无擎沉寂一下，又道："娉儿，以后，阿祥便是清儿的父亲。"

虽然已经从他的语气中体会出了他不想认孩子这个意思，可经他嘴里说出来，听在耳里，那滋味完全不一样。

娉儿面色微微一暗，遂又一笑：已经无所谓了，只要孩子活着，认与不认，都不重要。

"嗯！"

九无擎默默地看了一眼这个女人，低头看着仰视着的孩子，最后叮咛道：
"以后，乖乖地听娘亲的话，听祥伯伯的话，生恩不及养恩大！"
"是！"
清儿推开九无擎，噘起小嘴，在他下巴上亲了一下："爹爹，能陪我玩一会儿么？"
九无擎没有拒绝，将其抱起，往屋外而去。
金凌来的时候，就看到九无擎和清儿玩得正欢，九无擎高高地将孩子抛起，又稳稳地把她接住，清儿又怕又开心的尖叫声，欢乐的声音刺破长空。
她站着，看着他父女尽享天伦之乐。
最后一抛，九无擎深深将孩子抱紧在怀良久，才低头轻轻地落下一个吻："清儿，好好活着。以后寻一个简简单单的人平平安安过一辈子。我盼你此生无忧。"
清儿笑红着小脸，点头。
九无擎知道她并不懂自己话里的真意，也许很快就会忘却，但总归，他该说的总还是说了。
她是一个意外的生命延续，他护不了她多久，那就让她在一个正常的家庭里快乐长大吧！
最后一个吻，是他对她的祝福。
将清儿交还给娉儿时，守在边上的南城向他努嘴示意门口站着人。
他早就感觉到了，转身时，对上她沉沉深深的眼瞳。
是的，她还在府里，还没离开。
她固执地在等他解释。

二

天色极好，初夏，百花正艳的末季，客院里，花红柳绿，色彩斑斓。
九无擎站在此柳荫下，瞟了一眼园里的景色，发现，春天来了，却又走了，是如此的匆匆，那烟花似的时光，是如此叫人拿捏不住。
一眨眼，繁华已过。
一眨眼，又是满眼荒芜。
一眨眼，成了一辈子的错过。
膝盖有些生疼，因为好些天，没让她给他扎穴位了。
一别数日，再见，是悲凉。
他冷着脸，自她身边走过。不理会。
"九无擎！"
金凌眯眼叫着，拦住。
"让开！"
眼神冰冷，漠然，全没了昔日的温温淡淡，此刻，他看她的眼神，完全就像当初他看宫慈的眼神是一样的，整个人就像包着一层千年冰雪，寒气迫人，拒人千里。
几日前，离别时，他温柔的呢喃犹在耳边："好好照看自己！别多思，也别多想。我不会让郝人白白死掉的。我等你回来！"

她回来了，他却演了这样一出戏给她看，板着脸，将她当做了空气，挑战着她的承受力。

总是有原因的。

于是，再动气，也忍着。

"宫里出什么事了？府外的官兵又是怎么回事？你真不想解释一句吗？"

她问，试图平心静气。

不生气，要冷静。

他扯出一朵丝笑，硬着心肠喝道：

"我做事，何时需要向你解释？你配吗？别太自以为是了，马上给我滚出公子府！"

漠然的话语，化作一支支利箭，刺进她的心窝里，足可以将人刺杀几千几万次。

心脏紧缩着，再多的忍耐都能被他磨耗光，她轻轻捂着小腹：恩爱的结晶，就在肚腹内，他却突然收起所有温存，突然翻脸不认人了。

太没道理！

究竟哪里出了问题，令他陡然像变了一个人一样。

金凌忽然轻轻一笑，笑得飘渺：

"这可是你说的！只要你不后悔，我走就是，这样肮脏的男人，你以为我稀罕？"

下巴一扬，转身，不再多费唇舌，骄傲地离去。

一步一步，她往来的地方去。

一步一步，他们之间，渐行渐远。

一步一步，她消失在他的面前，终于连影子都不见。

他静静地站在原地，什么也不说，还有很多狠绝的话要说，她却没有给他机会。就这样走了，是不是有些太容易了？

他没有多想，跨步离去，天色不早，他该进宫了。

他需要忙碌，来缓解这样一种痛。

三

东楼。

尤嬷嬷脸色沉沉地走进来，附耳在宫慈耳边说了一句。

正在插花的宫慈，顿了一下：

"此事，当真？"

"当真，客院的小如亲眼看到的，说昨天小小姐吃了灵血芝后，差点死掉，那个小金子不知拿了什么东西给她吃了，到了晚上时候，很神奇地活了回来。这当中小金子曾一度吐得厉害，极像是害喜的症状。"

这消息，让她震惊。

一、血灵芝怎么可能变成毒，解药是她身边的小荷亲手送过去的，怎会有错？

二、小金子竟当真怀孕了，可九无擎却告诉她，那是他编的。他这是在骗她，还是根本就不知道？

要是他知道了，会不会就要留下她？

"小姐，怎么办？那孩子不能留，留了，迟早会给小姐带来祸事！"

宫慈一阵心烦意乱，踱着步，往外瞄了一眼，东楼楼下，尚有八个皇上派给她的随从，只听她的命行事，但八个人都是九无擎的人。与其说这是派给她供她使唤的，倒不如说，那是派来监视她的。

自昨夜开始，离东楼百米处，他又安设了几个侍卫在看护。

他在防她呢！

在宫里的时候，她迫不得已才答应了他。

若不应，她怕他下了狠心，真将她弄死。先前说什么她一死，父亲就会知道他的野心，那全是蒙人的。而他没有弄死她，大概也是出于谨慎的心理。要不然，回到公子府后，他断不可能这么布置，更不可能睡到她的房里。

宫慈陷入了沉思：那个孩子，她该怎么应对？

四

兰苑。

逐子手执宝剑，斜倚在门前，看着安安静静打理行李的主子，猜不透她在想什么。

"主子，真就这么走了吗？"

"嗯！"

金凌淡淡点头，随手自衣橱房内取了两件看上去不是很华美的衣裳，叠起来，又把梳妆台上的金银首饰一股脑儿全打进包袱，这叫不拿白不拿。

"不吵不闹，乖乖地滚了？"

逐子闷闷看着，这风格，太不像她了。

门口的书架上，还放着一根玉笛，金凌走上去，一把揪在手上，也藏进包袱，抬头，将包袱背上肩，挑起眉：

"我为什么要吵？为什么要闹？"

"你就不气？"

"刚刚很生气！"

"现在呢！"

"不气了！"

"啊？"

金凌撇撇嘴，眼珠子骨碌碌一转，道："那家伙言行不一，摆明了肚肠里大有问题。他不肯跟我说，得，那我不问，自己去找答案总成吧！走，咱一道先出去，和阿大、阿二、阿三碰个头，先把当前的情况理理清楚再作定夺。丫的，离了男人，又不会死，我二十年都这么过来了！"

没有被原始现象冲昏头脑，她以非常之理智看待着这件事。

逐子不自觉地翘起了拇指。

"走！"

她带头走在前面。

才出门，就见一个家从急匆匆地跑过来："阿逐，爷让你过去一趟，有话交代！"

金凌不自觉地皱了一下眉，对逐子对视了一眼。

"这个时候，叫我过去作甚？"

"谁知道，你且过去看看，我在这里等你！"

逐子离去。金凌坐到凉子里。

没一会儿，身后传来一阵脚步声，她转头看，但见尤嬷嬷带着四个人高马大的侍卫步履匆匆地向她走，她身边，跟着一个婢女，手上端着一碗药，一股无果草的药腥送了过来，令她的背上不自觉地汗毛直竖，突然意识到，他们似乎中了调虎离山之计。

她还没有开口说话，尤嬷嬷左右看了一眼，莲花指一翘，喝命起身边的侍卫来：

"把她押过来灌药！"

金凌一动不动地冷冷地睨着，想要弄掉她肚里的孩子？

没这么容易！

五

街市。

一匹骏马急飞而过，如箭射过一般地快。

东罗快马加鞭，绕过一条条街道，闹市之上行人边躲边避，引来一番骂咧叫嚣，他管不得。

直到康阳大道时，他才追上九无擎。

"爷，东罗有话要说！"

远远地，他高声叫住。

九无擎勒住马儿，回头看，看到了东罗眼里浓浓的焦急之色，他扬了扬手，示意西阁和北翎带人就地等候，而后，瞟了一眼大道上往来的行人，引头向前走了几步，待拉开一些距离，才轻轻叱下一句：

"谁让你出来的？不是让你好好守着金儿吗？"

"东罗有事憋得慌，若不问明白，难受！"

东罗跟上来，急急咽了一口口水，定了定神，深吸一口气，而后问：

"爷，你真打算就这样把人逼走吗？"

九无擎沉默，望天，天色银白，不阴不晴，似乎还会下雨，现在是多雨之季，多事之秋。

"爷！"

九无擎低头，只答了一句：

"我的身子很糟糕很糟糕。已经治不好了。懂吗？"

东罗的脸色顿时一白，张了张嘴，心顿时抽痛起来。

"替我送她回九华，不管用什么方法，这是你必须完成的使命。"

"爷！"

昂扬八尺的他，哽咽。

"还有，刚刚我忘了把玉留下，现在我交给你，替我保管好，回到九华后再交还于她！"

他突然往自己的颈上摸了下去，原想将那块玉交给东罗带回去的：人不能成双，玉总可以吧！

没有。

面具下，那双郁结的剑眉深深拧在了一起：

"回府，玉落在东楼了。我去取回来，记住了，给我好好收着。不准弄丢！"

六

兰苑。

金凌面前扑上来的侍卫，轻轻一飘，飘离三丈远。

站稳后，她瞄了一眼那个肥婆，转而想到清晨看到的镜头，才压下去的怒火又挑了起来：那女人，也不知使了什么坏手段，逼迫着九无擎，想想就光火。

于是不避反迎，她从包袱内抓出那玉笛，身若飞舞之燕，优美之中杀气十足，飞扑过去。

堂堂公子青，可不是任人欺负的软脚蟹，哪怕功力尽失，也不怕你们。

四个侍卫的功夫虽极厉害，一来一回二十几招之后，以四对一，她仍杀了一个平分秋色。

这令尤嬷嬷脸色大变。

她从不知道这个不起眼的女奴，竟然是一个武功高手，怪不得皇上说，这个女人，有问题，如今看来，这问题不是一点点的大。

"一定拿下她。拿不了活的，拿死的。这是皇上的命令！"

她沉声一喝。

金凌立即火气直冒，奶奶的，你这死老婆子还敢拿皇帝来压人？所谓擒贼先擒王，好，我就拿你开刀。

玉笛飞快地捻出一道白光，她自四个侍卫的围攻里抽身而出，左晃右晃，直往尤嬷嬷身上打了下去，那嬷嬷完全不躲，拉开马步稳稳接了一招，内力十足，几乎将她反弹出去。

金凌微微吃了一惊，原来这老婆子会功夫，怪不得如此猖獗：

"果然有两下子，再来！"

七

宫慈还没有踏进园子，就听到一阵刀剑的击撞声，心下不由得一沉。刚刚，她在东楼听说嬷嬷让人熬了无果汤，就觉得坏事，马上就跟了过来。可等她快步走进园子时，看到的是这样一个场面：

横眉怒目的金儿手执长刀，咬着牙，凌空一刺，深深刺穿了尤嬷嬷的胸膛，而后，她狠狠再一收刀，淋淋鲜血就从嬷嬷身子里飞溅开来，而后，嬷嬷捂着胸往地上倒去，那血，似涓涓细流，自她指缝间淌下来。

这一幕，是如此的惊心动魄，宫慈看直了眼，只觉脑袋里顿时嗡嗡作响，一时忘记今昔是何夕，好一会儿，才回过神，惊呼着奔跑过去："尤嬷嬷！"

扑跪在地，宫慈摸到的是满手鲜血，眼底，那只自小扶着她一路走来的苍老手掌已成血手，血，汩汩渗出来。

她真没想到，才一会儿工夫就生了这般横祸。

尤嬷嬷也没料到会是这样一个结局：想她功夫也是不俗的，今日以五敌一，居然会落得一个惨死，她哪能不骇，心头明白，今天是难逃死劫了。

视眼昏花中，她看到了小姐焦急无措的眼神，于是，拼命地急抓住小姐的手，瞪圆了眼，吐出最后几个字：

"小……小姐，这人，不能留……太危险了……杀了……杀了……不能……"

"留"字未出口，就断了气，而眼珠子，仍滚圆滚圆着。

宫慈把那素来娴静温雅的眸子瞪成驼铃，难以相信这一幕是真实的，她的嬷嬷，就这样死在了她怀里。

"嬷嬷，嬷嬷，你别死，你别死！嬷嬷，你说过，你还要替我带小娃娃的，你说过，你会陪我，看我得到幸福的，你不可以死的，小慈还有很多不懂的事要向您请教，嬷嬷！嬷嬷！"

可嬷嬷再不会醒。

那个自小陪着她，带着她走人生第一步的嬷嬷；那个自小教她习文认字，教会她如何待人接物的嬷嬷；那个足足侍候她二十年的嬷嬷；那个分享了她少女心事，宽解她少女忧思，不放心她而随嫁而来的嬷嬷，就这样在她眼皮底下，于眨眼之间，生死两隔，她连一点点救她的机会都没有。

她，泪如注，怒极抬头，伸出沾满血渍的手，指着沉沉冷睨，丝毫没有因为杀人而生疚的金儿，恨声叫道：

"拿下她，我要让她偿命。"

"是！"

众侍卫被嬷嬷之死激怒了。

第二轮更为激烈的厮杀在园子里上演。

八

九无擎才想折去东楼，转弯处，就见两个脸色惊白的小婢女自转弯处廊道上小碎步跑来，嘴里低叫着：

"天呐，太可怕了！那金儿竟然杀人了！嬷嬷死得太可怜了，公子府最近怎么了，老是出人命，吓死我了吓死我了！"

隔得有些远，所幸九无擎耳尖，听了一个分明，猛地顿住步子，身形一飘，来到他们面前，语气森冷地问：

"你们在说什么？金儿杀了嬷嬷？在哪儿？"

九

宫慈身边的这几个侍卫，绝对是一流的高手，御驾前万里挑一的人物，自是非同一般的，皇帝对宫慈恩宠有加，才赐下八个侍卫来近身保护。

以一敌四，金凌已觉得吃紧，如今又加了四个进来：两个侍卫，外加一个小荷，一个采儿，宫慈身边这些人，都会一些功夫，这般以一敌八，若在以往，以公子青的功力定可以令他们讨不到半分便宜，可如今，她功力尚未恢复，又因为怀着身孕，不敢尽全力相搏，没一会儿，就露出败象。

一刻钟后，五柄大刀架到了她的脖子上。

此刻，一番急斗，金凌已是香汗淋漓，她不敢再动一下，冷冷地瞪着冲她急奔过来的宫慈，忍无可忍地讥笑了一声：

"以多欺少，胜之不武。"

"胜之不武又如何，本夫人只问结果，不问过程！"

宫慈怒叫一句，素手一扬，一阵噼里啪啦的巴掌落下，脸上，顿生一阵火辣辣的疼。

"杀人者偿命。小金子，你要偿命的，必须！"

双眼发红，她自身边侍卫手上夺过大刀，狠狠劈了过去。

一道银晃晃的光亮，向金凌落下。

后有四把刀抵着，退不得，前有破空而至的长刀，呼啸而至，金凌心跳一促，怎么办？

"咻！咻！咻！"

有暗器裹着骇人的气势，呼啸而至，打落诸个侍卫手中的大刀。

下一秒，几乎要没入金凌肉里的刀锋，被一阵劲风刮离，宫慈但觉胸口一疼，整个人已经飞了出去，头狠狠撞到了墙头，一阵头晕目眩，额头汨汨有什么热流涌出。

九无擎冷冷地站着，将拳头捏得紧紧的，狠戾地盯视着被自己一掌伤得不轻的女人，心脏在七上八下地跳着，要是来晚一步……

他不敢想象！

急喘了一记，她回头看了一眼金凌，脸蛋上那横起的巴掌印，令他的眼神又阴了几分。

金凌则重重松了一口气。

宫慈呢，强撑着站起来，手一抚额，就觉有滚滚的血冒出来。

果然是这样的，他一心在维护那个女人，她不由得惨笑，十几年的交情，抵不上一个半路冒出来的女人。

她摇摇晃晃地稳定身形，怒视面无表情的九无擎：

"让开，我要杀了她！一定要！她杀了我嬷嬷！她杀了我嬷嬷！九无擎，你看到没有，她杀了我嬷嬷！杀人者偿命，我要她偿命！"

九无擎不说话，目光落在了已经气绝身亡的尤嬷嬷身上，随意一瞥，就可以看得出那几乎是一刀毙命的。

是怎样的力量推动着金凌，如此狠绝地将人捅死？

他眯了一下眼。

转而看到，在尸体不远处，有一只被打得稀巴烂的端盘，一摊黑糊糊的汤药洒在地面上，盛汤的瓷盏摔了一个粉碎。

他眯紧眼线，上去，弯腰，用手指蘸了一点放到鼻子边上嗅，一股浓浓的药腥味道呛到了他。

是无果草的气味。

蓦地，他整个人震惊。

猛地，他抬头看向淡淡睨着这一切的金凌，心里有了一个很清楚的认知：她怀孕了！

必是这个老婆子知道了这事，有意趁他外出、在她离府的时候，想将孩子弄掉。若是寻常女子必难逃此劫，可金凌是谁，她怎么可能乖乖就犯，于是，便在自卫中，决然地捅死了她。

天呐，她真的怀孕了。

本来，这该是一件欢天喜地的好事，现在呢，却是如此令人惊喜难辨，惊痛难辨！

他看着她，粗重地呼吸着，心里是一阵阵后怕。

如果不是东罗追了出来，如果不是他想把玉交还去，如果不是他回来找玉，那会是怎样一个结果？

一尸两命！

他整个人一阵哆嗦。

转头，狠狠地看向满头是血、可怜兮兮的宫慈，怒气腾腾地咬牙道：

"这恶婆子死得活该。无果草？宫慈，你越来越了不起了，曾经，我以为，你虽长住宫里，心还是善良的，想不到，你好的不学，把皇宫里那一套见不得人的把戏全学到了。宫慈，你还真是让我刮目相看！"

宫慈明白，此时此刻，自己无论如何解释都没有用了。

现在这个情况，可以这么来解读：她发现了金儿怀孕，趁他不在，让人下毒手。不想毒害不了，反而赔了嬷嬷性命，她一怒，就借机想将人就此除掉。

事实上呢，她根本就没有害这个孩子的意思。

可他来得这么巧，看到的就是这样一种情景，在他的心里，他已经认定她是一个用心险恶的毒妇了。

这样一个印象，永远都不可能再洗刷掉了。

她发出一阵惨森森的低笑，点着头，干脆大大方方地认了这一切：

"对极了，本夫人就是想弄掉她肚子里的孩子。你不是说她没有怀孕么？既然如此，那她现在肚子里的肯定是孽种。我的夫君，妾身这可是为了你的颜面，才这么做的，难道做错了吗？妾身是在替你清理门户！可这贱奴，居然杀了我尤嬷嬷，她竟敢杀我尤嬷嬷。今日，若不能斩了这贱奴，我宫慈誓不为人。我要为嬷嬷报仇，这个贱奴必须死，必须死！"

她被心头的悲恨冲昏了头脑，执起长刀，冲金凌刺了过去。

九无擎明知凭她那点本事，根本近不了金凌的身，心中依旧紧张得要死，身形不由自主地一飘，五分力道使于掌上，"砰"地一下，宫慈整个人，再度被甩飞出去，长刀落地。头部撞到了一怪石嶙峋的石棱，鲜红的血迹溅其上，当场昏迷。

诸个侍卫脸色大变。

采儿和小荷慌乱跑过去，一探鼻际，气息几无，不由得痛叫出声：

"九无擎把小姐杀了！九无擎把小姐杀了！大虎，大虎，快去禀报老爷，九无擎真的要反了！"

她嘴里的"大虎"，正是在场诸个侍卫里的一个，一听这话，那人目光一沉，飞快地往外飞出来。

九无擎冷眼一睨，寒声喝住：

"东罗，拿下他们！一个都不许跑掉！北翎，将看到这件事的人一律关起来。"

园门口，东罗、北翎和刚刚在半路遇上的逐子，听到命令，分头行动。

九无擎则疾步走到她身侧，摸了一下命脉，还没死绝，自己刚刚那一掌若再多用一分力道，那她肯定必死无疑，还好，她没死，否则就坏事了，正想吩咐先把人拖回去再说，园门外，薄总管脸色铁青地跑了过来，急叫道：

"爷，不好了，不好了，宫谅和慕不群带着人马将公子府围了起来，传来皇令，说令爷马上带上夫人进宫见驾！"

他的话音还未落下，薄管家身后突然冒出另一张陌生的脸孔也禀报起来：

"爷，皇上醒了，天枢让我来提醒您，绝对不能进，进了只怕就回不来了。"

来的这个人正是潜伏在拓跋曦身边的剑奴。

九无擎心头"咚"一下，背上是一阵拔凉。

的确，皇帝这番是不该醒过来的，他下的药很足，现在他醒了，真会坏事。可宫谅就在府外，若他不能把宫慈带出去，那么，就会自露马脚，所有事情必然功亏一篑，到时死的不会是一个两个，而是一大群人。

怎么办？

他心思直转，闭目而思。

不一会儿，他倏然睁眼，目光落到了沉静下来在冷眼旁观的金凌身上，忽有了一个主意，飞步过去，一把抓起她的手，沉声叫道：

"跟我来！"

＋

皇宫。

宫谅和东方轲坐在凉亭里说着话，提起皇上的病情，两个人都是忧心忡忡，一筹莫展。

九无擎坐在轮椅里，看着娇美的身影消失在紫宸殿的朱色大门内，他身侧，数个御林军牢牢地将他看住，哪也去不得。

这一场豪赌，关乎的不是一个人的生死。

殿内，光线有些暗，传出一阵低低的咳嗽声，透着一股久病缠身的苍老感。

宫女将"宫慈"引进了内殿，一股浓浓的药味儿充斥着整个殿宇，明黄的帐纱低垂。

"小慈叩见皇上！"

距龙榻一步之遥，"宫慈"跪拜，垂头于地，低唤着。

顺公公一直侍候在边上，看到她来，忙把龙床上的帐子勾挂起来，将躺着的皇帝拓跋跃扶起。

"嗯，起来吧！"

声音极为虚弱。

"是！"

"宫慈"站起，抬眸，慢慢走近龙榻，细细看了一眼病中的拓跋跃：着明黄色的单衣，马尾束发，面色死白，眼圈发黑，唇色淡寡，正有气无力地倚在床帷上喘息，一看就知已是病入膏肓，自古英雄，最怕病来磨。

感觉到顺公公冲她投来目光，她立即收住眼神，恭声道：

"皇上，小慈有事禀告。能否让顺公公他们出去一会儿。小慈想说与您一个人知道。"

"宫慈"眨眨眼，轻声道。

龙榻上，拓跋跃眯了一下剑眉，无力地挥挥手。

顺公公行礼带上房内的一众奴婢退下。

掩了门去。

殿中，一时沉寂一片，死沉沉，只有皇帝显得粗重的呼吸在抽拉着，显示着他的状况，很糟糕。

"何事？说吧！"

拓跋跃闭眼，低语，语气不厉，喑哑中露着几分温慈。

"宫慈"四下瞟瞟房里没别人，便极大胆地坐到了床沿上，老实不客气地执起皇帝的手，探起脉。

拓跋跃微微翕了翕眼皮，没推开，看来真的很信任她，只哑着声音说：

"张太医都说朕这病是无力回天了，你这小小丫头片子，能起得了什么作为，不过，你那份孝心，朕领了。嗯，坐好，你若没事说，朕还有话要交代。"

"宫慈"适时将"龙爪"放了回去，但没给他交代的机会，露齿一笑，吐出自己的看诊结论：

"是，的确无力回天了，皇上这身子，按理说，三年前就该一命呜呼的吧，能够强撑三年，也算你走了狗屎运。

"如今这脉是油尽灯枯之象，再多的灵丹妙药都没用了。

"残酷的事实已经摊在面前，皇上，活，你肯定是活不久了，为了江山社稷着想，我看这样，不如早早传一纸禅位圣旨，趁你还有口气的时候，让太子殿下快些登基得了吧！

"喂，不要这么瞪我好不好，我是好心，要不然，等你哪天突然之间断了气，朝上必起大乱。你活着禅位，亲眼看着太子殿下登基，然后，再苟延残喘个一年半载的，有你这活死人勉强撑上一段日子，新帝掌权也容易些，你说是不是？国家的利益高于一切。"

拓跋跃突然目射寒光地睁开，正想疾呼，三根银针，已准确无误地扎进了穴道，他但觉浑身一软，狠狠瞪了一眼后，立马就失去了知觉。

不错，这人，并不是宫慈，而是金凌。

她深深吐出一口气后，左右看了一看，殿门紧闭着，外头的人，不会发现里殿已生了大变。

而后，她开始四下观望着皇帝的寝殿：

一室明黄，一室奢华，空间太大，寂寞得让人发慌。帝位，高高架在云端上，看得到人间最美的繁华，得到的是人间最寒冷的寂寞沧桑。多少人梦想，成为宫闱之主，可他们有没有想过，帝王是这么好当的吗？

打量完后，她开始背台词：

"皇上，无擎昨儿个和我谈过了，他说，只要九贵妃平安如意，他便什么怨气也没了，他想见见九贵妃，该找的药都找了，请许他去试一试如何？"

"皇上，无擎说，他不爱名与利，朝上的争斗实在叫他生乏，他不想上朝，您能不能依了他？"

"皇上，小慈很想陪无擎游山玩水，要不然，您放了他吧，若是实在不放心，您可以派人跟着。"

"皇上……"

这些话，全是九无擎教的，等背得差不多了，她举止优雅地来到门口，对顺公公欠欠身，温笑地说：

"皇上有旨，宣九无擎来见！"

顺公公站在殿门口，隐约听得里面的说话声，独独没听到皇上答了什么，不由得往里面瞟了一眼，心想，皇上一定很不高兴：这宫慈丫头句句都向着九无擎，真是女生外向。

也怪不得皇上不想说话了：皇上本来就发愁要怎么处置九无擎，这不，才醒来，就令人围住了公子府，明明那边已有东营的人守着了，他还不放心，还让慕不群和宫谅亲自去将人带来，生怕出什么乱子。

今早，皇上醒来的时候，第一句就是：九无擎要反。

顺公公听着，忍不住要替九爷申冤："这几天，九爷没有异样的举动啊！皇上您是不是多想了？"

那一刻，皇上有杀九无擎的意思，因为他的话，打消了念头，转而又说："去把小慈传来，朕想见见。"

皇上膝下虽有公主，可不亲，而且都已出阁，独独这宫慈得尽他的爱惜，待她胜若亲生。

当然，最主要的是她聪明过人，学东西快，很会哄皇上开心。

"老奴，这就去请！"

顺公公"领旨"而去。

金凌站在原地，轻轻吐出一口气，静静地在门口等着。

不一会儿，九擎来了，二人对视一眼，金凌给了一个"搞定"的眼神，而后，鱼贯而入，顺公公也跟了进去。

龙榻前，金凌不着痕迹地抢占一个位置，掩去了身后顺公公的视线，九无擎极默契地在金凌身边跪下，叩了一个头：

"无擎叩见皇上。"

顺公公没有跟过来，只远远地站在珠帘下，看着九无擎恭敬地叩头。

龙榻上，皇上轻咳了一声，说："嗯，平身吧！"

"谢皇上！"

皇帝又咳了一声：

"无擎，过来坐！"

这声线，听上去有点怪，生了病，皇上的嗓声哑得完全走了调儿。

顺公公想着万岁爷的身子，就伤心。

九无擎答应着，坐到了床沿上，低声问：

"皇上，您有什么吩咐！"

皇帝没有说话，久久才叹了一声：

"无擎，听小慈说，你想寄情山水，再不管朝中事？"

"是！无擎很想出去走走。"

皇上不答应：

"这事朕准不了！无擎，朕来日已无多，日后，辅佐太子的大任就落到四大辅臣和你的身上了。朕希望你屏弃前嫌，好好用心社稷！"

"皇上！"

九无擎似想辩说。

皇上抢断道："还有，朕原是想在百年之后，带九贵妃一起同眠地陵的。但是，念及曦儿年纪尚幼，朕思前想后，终是不忍。既然你说你能救，那就好好替太子把未来的太后娘娘给救醒了。只是，九儿若是醒来，你要好好劝她留在曦儿身侧。皇权座太多寂寞，她从未好好待过曦儿，如今万斤重担全落在他一个小小孩儿身上，她是曦儿的娘亲，理应替他分担一些，你说是不是？若是真救不回来，哪朝她殁了，便将她葬到朕的地陵，这是朕唯一能做到的让步，你听明白了吗？"

九无擎沉默一下："好！"

答得太过快，令顺公公觉得这话有敷衍之意。

皇帝果然也感觉到了，忽沉沉一笑，揭破了他：

"无擎，你答应得太爽快了。为了防止你口是心非，朕不得不对你防上一防。顺子，你代笔，给朕拟一道旨意！"

顺公公听到点名，连忙应声是，放下手上的拂尘，走到龙案前，铺开一张明黄的圣旨。

"皇上，您说吧！！"

顺公公低声道。

"好！"

皇帝咳了咳，像是酝酿措辞，思忖了一会儿才道：

"奉天承运，皇帝诏曰：朕自登基以来，遭天下荡覆，幸赖祖宗之灵，危而复存，而自成泱泱大国。日月如梭,二十一载勤勉国事,积劳成病,加之年事已高,日渐力不从心,为国祚之昌盛,朕学先祖揖让之位,退位让贤太子子拓跋曦。子承父业,天经地义。臣工一心,辅佐新帝,共兴我西秦皇朝,同建千秋伟业。

"太保无擎文治武功,堪称朝中第一人,今封其为摄政首辅一职,终身不得离镖京城半步。若违此令,但凡臣工可先斩后奏!钦此!"

金凌听得这旨意,极佩服,编得非常之合情合理,完全合乎皇帝的口吻。

九无擎"听"得这圣旨,复又跪地,叩恩:"谢皇上!"

那边,顺公公写完后,怔怔地看着旨意,深切地感受到了一种即将改朝换代的气息。

"顺子,拿过来,让无擎重新念给朕听一遍!"

"是!"

顺公公忙吹干墨迹,双手托着旨意奉上。

九无擎起身接了过来,又念了一遍。

皇帝听着颇满意:

"嗯,就这样吧!顺子,加上皇印。即刻令太子携三位在京辅臣到殿内听旨,小慈去宣旨,明日早朝诏告天下。"

"是!"

顺公公恭声而应,重新将圣旨取了过去,到御案前取皇印盖上,复将其递到了"宫慈"手上,随即弯身而去。

殿内,忽然现出一片沉寂。

四月的天,不热,可额头已有细汗冒出。

金凌摸了摸汗,看了一眼床上一动不动的皇帝,唇线抿得紧紧的,即便昏沉着,依旧凶悍毕露,要是醒着的话,他们二人十个脑袋也保不住。

她嘘出一口气,转头睇着眼前这个一人饰两角,以腹语演了一出双簧的九无擎。

兵行险招。

这一步,他们赢在出奇制胜。

先前在公子府,这个男人将她拉回兰苑,用了不到一刻钟的时间做了一张人皮面具,而后,她便成了宫慈。

这当中,也不知他使了什么诡计,竟让宫慈身边的婢女采儿敢怒不敢言,乖乖地扶着她上了马车,就这样闯进了皇宫,唱了这么一场戏!

"到边上歇一下去,接下来的事,我来做。"

九无擎瞟了她一眼,重新坐上床,自怀里取了一颗细如米粒般的药丸塞进了皇帝的嘴里,然后,匆匆走到御案前,铺开另一道圣旨,模仿着宫慈惯有的笔迹,写了一道旨意,而后加盖皇印。紧接着,又草拟了一卷官职调动的名单也盖上皇印。

如此写完,他来到她身边,将后一卷交到金凌手上,叮嘱她道:

"等他们来了,先念退位旨意,另一道交由太子。"

他手上则另藏了一卷。至于有什么用,金凌不得而知。

不一会儿，殿门大开，拓跋曦带着四大辅臣：淮侯慕不群，镇南王东方轲，大学士宫谅，大将军陈煊，急匆匆奔了进来。

九无擎瞅了一眼，慢条斯理地将床榻上的帐子放下，向金凌使眼色。

金凌心领神会，往前迎了出去，温声一拦：

"太子，请接旨！"

拓跋曦看了一眼她手上的圣旨，拂起前袍，跪了下去，姿态雍容而华贵：

"儿臣接旨！"

金凌一字一字地念着。

一个朝代的更迭，真的就能这么容易吗？

皇帝的命活不长，那是肯定了的，按照正常的继任程序，等老皇帝死了，太子再继位，最多只需再熬几个月，无擎为何要舍弃这种正常的替代路径，而费尽心思地提前去摘取这样一个还没有成熟的果实。

这当中必然藏着为她所不知道的内幕。

想必那个九贵妃，在这件事当中扮演着一个很重要的角色，或者说是所有问题的关键所在，可惜她嚼不透其中真正的利害关系。也许那宫慈已经知道个中始末。那一番由他亲口传授的台词，令她有了这种想法。

"父皇，您为什么现在就退位？孩儿年纪尚幼，如何能担任如此大任？"

拓跋曦听完圣旨，抬头时怔怔问了一句。

龙榻上，拓跋跃苍老的声音响了起来：

"为父身体每况愈下，七儿早日登基，也算了却了为父一番心思。就这样定了。有五大辅臣相助，七儿不必担心朝事，尽管放开心胸干。古有明怀帝六岁登基，十二岁亲政，曾将一败落皇朝治成盛世，而我西秦国经过这些年的治理，已见盛世之貌，我儿只要用心国事，将来的成就无可限量……"

"好了，跪安吧。国事繁多，七儿去忙；谅和不群，去天鉴司寻一个好日子，准备登基大典；这里无须你们侍候，朕还有话要和无擎说！"

三两句，某个阴谋家再度成功地在一帮老狐狸面前自导自演了一出好戏。

拓跋曦领旨离开，宫谅和慕不群叩首而去，独留顺公公守在殿内。

后来，九无擎和"宫慈"在寝殿内又和皇帝"叙谈"了很久，后来，皇帝累了，令他们跪安，这一切有顺公公为证。

不得不说，这个计划，凶险万分，所幸，完美达成。

十一

傍晚时分，金凌独自被遣送回了公子府。九无擎去议政殿。

这中间，他们独处过，可九无擎一句话也不与她说，脸孔是淡漠的，就好像他根本就不认得她一般，完全没有了上午时分，自那一碗无果汤而得知她怀孕时那震惊的神色。

回到公子府，扯掉宫慈那张人皮面具，金凌是越想越想不通。

那该死的男人，到底在玩什么？为什么一夜之间完全像变了一个人似的，令人琢磨不透。

"主子，还走吗？"

逐子问。

"我还要见他一面。"

金凌很耐心地在房里等，这事，她非要弄个明白不可。

二更时分，逐子来禀："九无擎回府了！"

金凌点点头，理了理衣裳，深吸一口气，往红楼而去。

逐子不紧不慢地跟着。

门外，东罗一直守着。这人还是一如既往地出现在她面前，不知道是不是出于九无擎的授意。

红楼楼外，一如平常的戒严，一对风雨灯在风中轻摇，发着朦胧的光，楼上和楼下，都亮着长明灯，整座红楼在夜色里静静地矗立。这里曾装载了她的幸福，曾令她觉得有没有记忆都无关紧要，只要有了这个男人，便拥有了整个世界。

可现在呢？

南城正守在楼下了，数个侍卫侍立着，看到她来，拦了去路。

"让她上去吧！"

南城淡淡道："这人，不见棺材不会死心！"

她瞟了一眼，皱了一下眉，往楼里走去。南城以前待她很和气的，现在说话带着刺儿……这是为什么？她实在不明白！

推开寝房门，一层层柔软的轻纱低垂，代替着曾经的竹帘，房里暗香浮动，驱散了浓郁的药腥味，冰冷生硬的线条因为女子的侵入，而变得温柔款款，是他的纵容，才有了这里的转变。

四下一环顾，曾经有过无数恩爱的房里，没有他的人影。

她转身出来，去书房。

门是半掩的，有声音自里面传出来：

"记明白了吗？"

房里还有别人？

一记低低的女子抽泣声传了出来，很轻。

金凌手一抖，狠狠推开了房门，而后，看到了刺痛她心魂的一幕：

九无擎抱着一妙曼女子，一双手轻轻地拢着那人的肩，削薄的下巴亲昵地蹭着她的发。

听得开门，那女子转过头，是芩儿，眼泪蒙蒙，一副我见犹怜的楚楚之色，深深地映进了她的视线。

"谁让你进来的？谁准你进来的？"

九无擎的手轻轻放开芩儿后，冷喝了一声，似乎在为她撞破了他的好事而不悦。

金凌冷冷看着，心生重重疑惑：这人纳娶芩儿三年，视其摆设，从不许她踏足红楼，为何今日这女人突然出现在这里。

他要她记明白的又是什么事。

第三十章 夫妻决裂

她哭，又是怎么一回事。

"怎么，利用完了？就打算把我一脚踢开了吗？"

明明觉得自己伪装得够坚强，可一天之间两度看到他和其他女人亲近，再理智的人也会被他逼疯。

但她竭力压着心头的怒气，竭力控制着情绪，试图冷静，可讥损的话，还是情不自禁地从嘴里噌噌冒出来：

"原来过河拆桥，始乱终弃，才是你九无擎一贯的作风！"

九无擎目光一动，喉结滚了滚，不解释，只点头，神情淡漠：

"恭喜你，终于将我看清了！九无擎是怎样一号人，你到外头稍稍打听一下就该知道。过河拆桥那是寻常事，始乱终弃更是家常便饭。我从来就没说我是个好人。我是魔，是人见人怕的魔。你去数一数，这些年毁在我手上的人有多少，就该知道我九无擎有多卑鄙无耻！"

沉沉的声音敲击在金凌的心窝上，绞碎了她心头那一抹希望。

原以为，他总愿意跟她说些什么的，毕竟他们才一起经历了共患难，齐心促成大事，携手挽救了公子府，结果，还是老样子。

他还是想推开她。

在宫里的时候，他虽冷淡，但还不至于出口伤人，看她的眼神总是很小心很压抑，她呢，因为有所顾忌，不愿与他计较，现在呢，已经没有顾忌，但他依旧紧闭心门，将自己损得一文不值，默认了她的指责。

金凌上前走了几步，一步一步走到他面前，想将他看清，一忽儿爱她入骨，一忽儿弃她如履，为什么？

她将目光凝聚在他那张银白的面具，此刻，她突然想起，已经很久没有看到他不戴面具的俊脸。其实，那张脸也不是他真正的脸，他从不曾让她看人皮底下的真容，就如同他从不肯告诉她：他究竟是谁一样。

永远那么神秘。

她深吸一口气再问：

"你确定你真想始乱终弃，背弃所有誓约，就这样半路离席？你确定你现在做的就一定是对的？你确定你不会后悔，能扛起一切？你确定你非要这样伤我痛我苦我？"

一个个质问，如一把把锋利无比的钢刀狠狠扎到了他胸膛上，心，顿时血淋淋。

他觉得喉间生着痛，比当年亲眼看着母亲下嫁还要痛，可脑袋，还是硬生生点下了去，残忍的话还是脱口而出：

"我身边最不缺的就是女人。"

金凌的眼神，蓦地再度一痛，狠狠捏着想挥过去的拳头：

"怎么？你就这么把我和你的那些女人等同起来了？"

他漠然地一笑，语气不屑：

"有什么区别吗？女人，还不是那回事！我见过的还少么？你不必犯贱到非要跟着我。"

"啪！"

金凌狠狠甩下一个巴掌,打断这句带着侮辱色彩的话。

"你有种!"

她终于指着他的鼻子吼骂了起来:

"九无擎,你无情无义,辜负了我一片信任,枉费我不顾一切与你生死与共保全公子府,枉费我出生入死救你性命。"

有鼻血自九无擎鼻际冒出来,顺着嘴角淌下来。

苓儿冲上来一步,忍不住惊叫:"金儿,你怎么可以打爷?"

"闭嘴!这里没有你插话的份!"

金凌狠狠喝了一下,冷冷一瞪,气势汹汹,杀气腾腾,令苓儿心肝一颤,立即噤声。

紫色的眼光,在她眼底一闪而过,苓儿呆了一下,这眼神,太熟悉了。

九无擎伸手抹掉了嘴角的血,用手指捻了几捻,黏黏的,他心一狠,随手也回了一记。

"啪!"

打在她脸上,痛在他心里,眼底是她难以置信的失望目光。

是的,他打了她,下手也不轻,但他想打掉的是她最后几分难以割舍的情丝。

"别以为我纵着你,你就能无法无天,就可以把尾巴翘到天上。从没有人敢碰我一下。敢动我的人,通常我会叫他们尸骨无存。

"百漠战役时,敌卒暗箭射我,烧我军粮,我让他们车裂而死。

"青海大战时,敌军用美姬来诱惑我,在我营中下毒,我直接让她们惨死于军妓帐中。

"满江洪涝时,我奉旨赈灾,有朝臣跟皇上说我中饱私囊,他的下场是:家破人亡,一家百口全都问斩刑场。

"我从来不是好人,别试图挑衅我。那是你挑衅不起的。

"金儿,看在以前的情分,今日的事就算扯平。我不与你计较,你滚吧!

"马上给我滚得远远的!

"从此以后,不要再出现在我面前,是生是死,再不要让我听到你的消息。

"你听清楚了没有:从此以后,再不许踏足鏡京城一步。

"要是,再让我知道你在这方圆百里之内,一旦重新落到我手上,你信不信,我会让你死无葬身之地。"

说得好残忍,好凶狠,只是最后这句威胁,是不是有些可笑?

扮老虎吃人,他在故意吓她!

她捂着发疼的脸蛋,满腔热情在一寸寸冷却,不想再奉上自己的真心去任由他凌迟践踏。

"好,如你所愿,九无擎,今日我滚,滚了以后,就再也不会回来,我会把孩子打掉,你的孽种,我不会留着受气,更不会给你生养。"

她一步一步往后退,说的话同样决绝,下巴扬得坚定。

她看到他的眼神里闪过一抹痛,但很快恢复了,转而抹出一丝讥诮:

"那敢情好!省得我亲自动手。这世上,多的是女人,想要孩子,哪个女人不行!"

"好,好极,这话可是你说的!我要是把它打下来,一定送来还给你!"

第三十章 夫妻决裂

她冷笑，双手捂着小腹，十指尖尖掐入肉里，恶毒地回敬一句，转身，决然离去。

九无擎咬着牙，定定地站在原地，就这样看着她满怀恨意地跑了下去，沉重而凌乱的下楼声自直敞的门外传上来，撞击着他的耳膜。她步履那么乱，要是从楼梯上滚下去怎么办？

很快，楼下传来了逐子的低问：

"主子，怎么了？"

远远地，就听得她强自欢笑地叫着：

"逐子，我们走，这个男人，我不要了！这鬼地方，我再不愿待上半刻，我们从哪来就回哪里去。"

声音渐渐远去。

最后，一切归于沉寂。

她走了！

终于从他的世界彻底地消失了。

他虚脱地跌坐在椅子上，捂着发疼的心脏，难受得很，眼底，似有泪意涌出，他改而捂住了脸孔，脑子嗡嗡地响着那句话。

她说要打掉孩子。

她真会这么狠心吗？

嗯，他倒愿意她狠心些！

她若要打，就打！

以后，她总还是要嫁人的！

他没有意见。

只是心疼！

疼得厉害！

室内突然变得极其安静。

"韧之哥哥，她是谁？"

突然，苓儿声音飘渺地问了一句。

人走没了，可他们争吵的情景在她脑海定了格：你一句，我一句，那么凶悍，绝情，残忍。金儿的那一巴掌，打得那么用力，即便隔着面具，依旧将他打得出了鼻血，而无擎打得也不轻。

她想上去劝的，却发现自己根本插不上口，他们的视线，只有彼此，他们的世界，她无法涉足。

她看得出，无擎在狠心地想推开金儿，而金儿呢，她不甘被推开，结果，她伤了，说出来的话，狠狠地再度伤到了无擎。

他是如此地在意她！

这样的在意，不是一天两天形成的，而是长年累月积攒而来的。

这世上，真正能令他在意的能有谁。

有一个认知在心底渐渐地浮现，然后，一寸寸清晰起来，然后，心，一片片被撕裂，一片片在发疼。

"是金凌吗？"

她涩涩地问了一句，说：

"金凌像先皇后，她的眼睛会发出紫色的光，她的名字又带个金字，我想，也只有她，才能令你如此割舍不得，是不是？"

九无擎的身子僵了一下，令苓儿明白自己猜对了。

她不觉一阵悲凉，原来不管是小时候，还是长大了，她永远是金凌的陪衬，金凌永远能得到他欣赏的目光，而她总是微不足道的存在。这个她自小喜欢的男子，从来与她无缘。

"你刚刚说你的身子很糟糕，你没办法再亲自带我回去九华，所以，你想将我送走。然后，又用这种恶毒的言辞把金凌逼走，你这是什么意思？难道，你活不久了？所以，哪怕金凌说要打掉孩子，你也无怨？你就舍得任由她打掉么？"

"还有，她应该不知道你是熙哥哥吧？父皇一直派人在找你和镇国公主。她也一直在等着你回去。我被抓来那年，就听说父皇要给她另择驸马，她不肯。要是她知道你是燕熙，她不会舍你而去的。"

"燕熙，你究竟怎么了？为什么要离弃金凌，你不是最最疼她，最最爱惜她吗？"

声声句句，带疑惑，冒着疼。

九无擎缓缓抬头，看到了苓儿眼底的担忧：她是亲人，一个自小一起长大的妹妹，一个他知根知底的自己人，因为他而受尽流离之苦，代替着金凌在这异国他乡遭罪。

"世上事，有舍才会有得。她若不要，那便不要。其实不要最好！"

天知道他说出这话时心有多疼，多难受——那是金凌给他的宝贝，却注定要夭折。

苓儿也跟着心疼，那银白的面具下，到底藏着怎样一颗破败的心？这个遭遇坎坷的男子，到底担负着怎样的痛苦？要说出如此口是心非的话来，要如此地自伤，伤人。

"你是不是不打算回九华了？"

他转身，推开了窗，将目光投到窗外，那一片苍茫的夜色，东方，那可能是他遥不可及的地方。

"我回不去了！"

他轻轻地嘘唏："两个月以后，也许这世上就再没有我九无擎。苓儿，我唯一能做的就是趁我活着的时候，把你悄悄地送走，嗯，你走吧！等以后回去九华，替我跟金凌说一声'对不起'，是我负了她，若有来生，我一定陪她一生一世。"

苓儿震惊，浑身战栗，眼泪从苓儿眼里滑下来，就像断了线的珍珠，愈落愈急，愈落愈多。

突然间，她发现这个男人好残忍。

他不顾一切逼走了金凌，还想借机逼她对他断了那份念头，还将他的来生一并归还给了金凌。

她想哭，因为明白，他这是在说"临终遗言"。

她想哭，因为清楚，他的世界，她永远是多余的。

她想哭，因为知道，他会成为回忆里的梦。

第三十章 夫妻决裂

"我……我能不走吗？"

她声音喑哑，哽咽得厉害："我陪你！让我陪你！"

"我不需要你陪！只需要你平平安安回家去。苓儿，出府后会有人带你藏起来。一月为期，我会把我母亲送过去跟你一起离开，你的任务是听从我的人，好好照看我母亲，安全地将她带回九华，交到我父亲手上，然后，替我向父亲大人告罪：这些年，熙儿没有保护好母亲。熙儿罪该万死。这件事，请一定帮我办好。要不然，我死不瞑目。"

最后四字是何等的沉重。

眼泪迷糊了视线。

苓儿掩嘴，失声而泣，她想说：

"好！好！我一定做好。姐夫，我一定把话带给金凌知道。你让我做什么，我便做什么。我一定不让金凌打掉你的孩子，决不！"

可是，她说不出来。

只有呜呜的声音自喉咙里溢出来。

这一刻，她明白了一切：这个可怜的孩子，这个多灾多难的孩子，忍受所有的屈辱为的是什么！

她唯一能做的是：答应他，不让他有后顾之忧。

十二

这一夜，在回京的路上。拓跋弘久久难眠，这番进京，他总有一种不祥的预感。

父皇的身子，听说是一天不如一天，太子拓跋曦，坐镇御书房，日理万机，很多批示都是他在操作，便是召他回京的旨意，那笔墨也出于他之手。

他这个七弟，这孩子集父皇的宠爱和教诲于一身，得尽了天时地利，太子之位一旦坐稳，一旦得尽人心，那么将来，他拓跋弘就再没有其他机会得了这大好的江山。

塞北的兵乱给了他一个机会，他先冷眼旁边，一是因封地之兵不得皇令，绝不可随意出封迎战，再则，他的兵马并不多，绝对不能贸然出战。后来，他终于找到了一个契机，奇兵突出，险招制胜，稳定了因为镇南王重伤而引发的军心混乱。

而后，他以将在外军令有所不受为由，亲自带着朝廷上的这支军马，冲锋陷阵，身先士卒，为平定战乱，力拔头功，得来所有将卒的人心所归。

而后，皇令又至，令其入京领赏。

他思前想后，还是来了。

不回，就表明自己怀着私心，越发受人猜忌。

不回，可能会引发兵变。当年，九无擎在军中的影响太大，提携过无数被埋没的将才，如今军中将领，多半得过他的好处。他现在手上这支队伍里，就有属于九无擎的人。

不回，曾经在他麾下同生共死的骠骑营数万之众，极有可能会叫人收服。

他听说了，拓跋曦最近一有时间就入军帐，和士卒们一起操练。九无擎在慢慢地引导他收服军士之心，带着他去接触曾经由他带出来的人马，教他放下储君之尊，竭力拉拢人心。

"报！"

有人匆匆走到他身边：

"宫中飞鸽急信！"

拓跋弘拿到手抽出一看，脸色一变：父皇竟已下了退位诏书。

这时，容伯也匆匆疾走过去，将手上捏着的一片蜡纸递上：

"少主，刚刚得到消息。九无擎已将他的女儿送走，据说是公子青拿了九无擎的救命药救了那小丫头。如今他把公子青也逐出了公子府。他这条烂命肯定活不长久了，所以，他支开身边可以羁绊他的人，必是准备背水一搏。为拓跋曦做先锋，扫清阻障，他第一个要对付的必是你！"

借着篝火瞟了一眼密信，拓跋弘站了起来，淡淡地踢了踢脚边的柴火，令它烧得更旺一些，点头说：

"也就是说，那退位诏书有问题，父皇可能被困住了。"

看来，这一次进京，会有十万分之凶险。

第三十一章　宫闱惊变

一

金凌离开公子府时神情很平静，平静到令逐子担忧，因为她的脸色太过于苍白，显然是动过怒的，可她将她的伤痛全部藏了起来。将刚刚打包好的包袱带上，就拉着他走人。

他问她，她也不说话，半天才淡淡道："小金子死了，以后，我是公子青！"

然后，她果然就变回了公子青，当夜寄宿于玉锦楼。至于她跑去红楼发生了什么事，她一字未提。

做回公子青的第一天，主子就遇到了龙奕，这家伙，好像一直在暗中监视她似的，在她睡饱离开房间的第一时间出现在她面前，一脸认真地问了这么一句话：

"要不要跑去扁他一顿？"

显然他已经知道她被抛弃了，还想替她出头打抱不平！

"不用，我的事情，我自己解决！"

金凌很冷静地满口拒绝。

逐子不明白主子想做什么，这丫头好像一下子就从被"抛弃"的阴影走了出来，有说有笑地邀龙奕去一品居吃早饭，一直跟着他们的东罗一看到这情景，那张脸表情难看到了极点。

昨儿离开公子府时，东罗跟了来，他说：金主子记忆还没有恢复，他奉公子之命，送她离京。

逐子本以为主子会把人打跑，结果她居然收下了。

二

龙奕来见金凌时就已经知道九无擎驱逐了小金子，他闹不明白，这一对活宝这是在闹什么猫腻。

这一个月，他回了龙域，得到的报禀多说：九无擎独宠小婢于房。

九无擎待琬儿很好，琬儿也待九无擎很好，他们很恩爱。这样一个结果，非常让人闹心，可是，他无可奈何，作为朋友，他只盼她能笑到最后。

一个月前，他之所以离开，不为别的，就为让自己冷静一下，更想跳出是非之外，用客观的心境重新看看眼下这盘棋。

他赌：九无擎连哄带骗将琬儿拴在身边，必然有原因。他离开是想查原因。

几天前，他得报，凤王凤烈曾暗中入秦，后来明月山庄一夜尽焚，庄中人无一生还，尸骨被焚，惨绝人寰。

同一时间，鏭京传来消息说琬儿叫人掳走。

龙奕急匆匆赶来，就是为了这件事，他猜火焚明月山庄和九无擎脱不了干系。可还没等进城，他就得到她已回公子府的报禀，送她回来的据说还是公子青，这摆明了就在演戏。

没办法，他爱看戏，所以今天就跑来了。进了城又听说，她被抛弃了，这事，他听着就觉得特邪乎。

最古怪的是，她的反应，居然这么平静，哎呀呀，她这是在打什么主意呀。

他实在是猜不透。

三

他们相约去了一品居。

坐下没多久，龙奕的属下带了一个惊人的消息：西秦帝已下旨退位让贤，同时，淮侯慕不群宣布了天鉴司选定的登基日：五月初二。

"现在就退位？那破小孩有那本事镇住那帮朝臣吗？拓跋弘有什么反应？"

听得玄影回报，他第一时间想到的是晋王的反应。

玄影答道："晋王星夜兼程，带了先锋骑卒已到城外，要求入宫见皇上……太子已经放出话来，交出兵符，就许他入宫见驾！"

"那晋王怎么说？"

龙奕托着下巴，一副饶有兴趣的样子，目光懒懒地瞟过吃得正香的金凌：这丫头像是跟小笼包有仇似的，才来一会儿工夫，已吃了三笼，足足十个。他叹为观止：猪也不过如此。

"晋王着令部属将东方轲抬进鏭京，自己则捧着兵符去皇宫了！"

"这么说，我还真是来得很是时候，正赶上好戏！"

龙奕一拍手，立即眉开眼笑。先不管皇帝为什么下退位诏，他的兴趣是晋王会闹出什么大事来。

金凌权当没听到他们说了什么，慢条斯理地吃完最后一个，然后，喝一口芙蓉汤，摸摸肚子，嗯，饱了，里面那位应该也饱了。

昨天说要做掉它，自然是故意气九无擎的。

"龙少主，青城有事要离开镳京了，就此别过，恕不相陪。告辞。东罗，结账！碧儿，漪儿，咱们走人！"

她站起写意地一笑，抱拳一揖，告了一个别，而后，打了一个响指，带上两个俏婢，领头往外而去，公子青的姿态，活脱脱回来了。

"什么？你要离开？这么好看的戏，你不打算看下去？"

龙奕跳出去拦住，有点不敢相信。

"不好意思。本公子没兴趣！今儿个，我就离开镳京城，我要离得远远的！"

他原以为，她铁定会伤心欲绝好一段日子。女人，不都是这样？现在他发现，她根本就不是女人，做事全不按女人的常规来，害他想献殷勤都没地方献。

"你去哪？我跟你走！"

龙奕心转得飞快，前一刻还想凑热闹，后一刻已经改变主意，笑眯眯地立誓要当一只打不死的苍蝇："咱们去游山玩水好不好？"

"不要。我回家！"

"回家？好啊，算上我一个！"

"哎，我回家，你凑什么热闹？"

龙奕不怀好意地笑："我是你未婚夫啊！当然得跟你去见见长辈啊，走了走了……"一把抓起她往外而去。

金凌无语地抽了抽嘴角，那人改而揽起她的肩，紧接着凑过头低语了一句：

"演戏懂不？那东罗摆明了就是奸细。我们多亲近一下，保管能把某人气死！"

"哦，这样子啊，你确定你想娶我？"

演戏，谁不会。

她笑眯眯，眨了一下眼。

龙奕笑得更深，目光深深对上："我确定！打算正式上门提亲，哦，对了，你家在哪里？远不远？"

这事，他一直很好奇，究竟是怎样的环境教养出了这么一个聪明慧心的可爱女子。

"据说很远，远在九华，如果你走得开，可以陪我一起去玩玩，兴许哪天你把我逗乐了，嫁了你也说不定，这世上，男人没死绝，想想我年纪也不小了，是该嫁人了。哎，对了，你介不介意当现成爹，要是不介意，就跟来，我一点意见也没有，好了好了，出发，镳京这鬼地方，我可一天也不想待了！"

说完她笑呵呵地扬手出了包厢。

龙奕愣了一会儿后飞快地追了下去："喂，等等我！我去！你去哪，我就去哪。九华那地方，我一直就想去了，听说那里地大物博，我向往已久了！"

东罗脸色大变：这女人怎么这么善变啊？

逐子瞄了一眼面色黑沉沉的东罗，差点失笑：这位日后有得活罪受了。

金凌出楼钻进马车，碧柔和子漪一并坐在边上。

对于这两个人，她自也不认得，今儿个见面，她们高兴地抱着她又叫又笑，她觉是自己应该和她们是熟识的，感觉上很亲切，也不排斥。

"小姐，我们现在就要去九华吗？"

碧柔好奇地问。

"跟着走就是了！"

金凌扯了扯嘴角：

现在就去九华？

怎么可能呢？

四

御书房外，九无擎听了剑奴的回禀：公子青已带人离城而去，同行的还有龙奕。

龙奕曾对他说过这么一句话："江山和皇权都不及她重要，可惜她对你着了迷。我离开不代表放弃。你若敢负她，你我从此誓不两立！"

什么都不在乎的龙奕，当真痴迷上了凌子。

他曾问："为什么喜欢她？"

龙奕不答。

后来，他却让人捎来了一封没头没脑的信，信上写了一句话，画了一个圆：

"一双人，一个家，一生一世！"

九无擎明白了，这不务正业的少年，和他一样：认为和自己喜欢的人，组建一个温柔的家，便是人生最大的圆满。

这是龙奕最最向往的东西，江山名利于他而言皆如浮云，所以，这个人，真的能做到为金凌放弃一切，只要金凌愿意接纳，也许，他会是她另一个归宿。

如今，机会来了，那个人便霸着不放了。

九无擎挥挥手，令剑奴下去，站在丹樨台上望着碧空如洗，轻轻吸了一口气，闭眼，依旧觉得心头的钝痛，自她离开，到现在，自以为麻木，但终究还是痛的。

争这一场帝王霸业，但为卿。

熬这十年生死不如，只图你。

这辈子，他最大的心愿，就是活着回去见她一眼，哪怕只是偷偷一眼。老天还算开眼，有生之年，实现了他这样一个意愿，得以与她有了那样一段缘，他已知足。

而今，他唯一的期盼是：她能平平安安地回家。

他嘘了一口气，进御书房，一身太子装的曦儿伏在龙案上怔怔地看着手上的奏折，眼里全是忧思，稚嫩的脸上，担着不属于他这个年纪该有的沉重。

他突然有些心疼，可他不得不这么做，曦儿的身份，注定了他：要么活得尊贵；要么死得悲惨。

作为帝王，既要仁，又要狠，曦儿是仁有余，狠不足，这性子还得多磨多练。

正这时，太子身边的小管公公自殿外急匆匆走了进来：

"殿下，晋王在宫门外求见。"

回过神来拓跋曦的小脸陡然一亮，跳了起来：

"当真，快，快请进来！"

"是！"

这份欣喜令九无擎皱眉。

"九哥，四皇兄这番立了大功，我们该如何行赏。"

九无擎深深地看这孩子一眼，淡淡问：

"曦儿，还记得我曾与你说过的话吗？你和晋王不能并存！"

欢快的年轻脸孔蓦地一变，他张了张嘴想说什么，九无擎没理，已避到偏殿去了。

没一会儿，九无擎看到威风凛凛的拓跋弘，捧着大印，昂首挺胸阔步走来，身上所发出的强悍气息，是年轻的拓跋曦所无法比拟的。

"一个多月不见，七皇弟越来越有太子风范了。来来来，父皇交给镇南王的兵符，四皇兄完好地送回来。"

拓跋弘先行了一礼，才笑着说了一句，同时将手上的兵符奉上。

小管公公连忙上去接过来放到了龙案上。

拓跋曦顾不得看上一眼，兴冲冲上去扶，还给了他一个大大的拥抱："四皇兄能回来，真是太好了！"

"哦，是吗？有多好？"

拓跋弘很亲昵地摸摸他的脸，举止是宠溺的，会让外头的人以为，他是真心疼着这个七弟的。

不得不说，拓跋弘很能做戏，所谓攻心为上，在这一点上，他做得很好。

拓跋曦不好意思地笑笑："四皇兄快别这么说，曦儿学识粗浅，一切都有待好好学习！"

"已经不错了。想我在你这个年纪的时候，什么都不懂，何谈懂治国之道？"

目光一瞟，看到隔着一面珠帘，偏殿内九无擎正闲适地坐在精钢椅上，他语锋一顿，转而冷冷地问道：

"他怎么在这里？"

"是父皇令九哥帮我处理国事的！"

"是吗？"

拓跋弘继续冷笑："一只黑心的白眼狼，怎配帮你处理国事？"

拓跋曦笑脸一僵，马上辩驳道："四皇兄，九哥不是白眼狼。"

"他不是白眼狼，谁是？九无擎若不曾包藏祸心，我拓跋弘甘愿把头拧下来给七皇弟你当球踢。"

拓跋弘厉声喝断:"曦儿,四皇兄再提醒你一声,这个人不可以信。也许,他是待你极好,可他绝对不是好人!"

九无擎听明白了,这个人胆敢手捧兵符入宫,原来是仗着他和曦儿的兄弟情分,特地挑拨离间来了。

"晋王爷,我若不是好人,为何皇上还能重用我?"

他走了出去。

拓跋弘转过了头,不想和这人正面辩说,九无擎的辩功在西秦国绝对是一绝,他只和拓跋曦说话:

"七皇弟,愚兄不信父皇的病再不能治了。你带愚兄去见父皇,愚兄自塞北结识了一位奇人,特意带来替父皇看诊,如果你还有孝心的话,就让愚兄带人过去看一看,只要父皇醒了,你就该明白,他到底是不是白眼狼。"

由于说得太斩钉截铁,反令拓跋曦微微生出反感之意。

他露出了不快之色:

"四皇兄想去见父皇,那自是应该的。可有一句话,曦儿必须说明一下,九哥绝对不是你说的这种人。他不会害父皇的。父皇身子不好,又不是一天两天,这么多年来,一直反反复复地发作,你怎么能将父皇不醒的罪罚硬生生全套在九哥身上?"

拓跋弘抬手指着九无擎,脸孔上浮现薄怒:"曦儿,你就醒醒吧,他若不是我说的这种人,那他能是哪种人?你可知他瞒了你多少事?你晓得他对父皇的恨有多深?你可清楚他在朝中密植的人马有多少?你可了解他在江湖上的势力有多强?他在你身上花了这么多年的心思,就是想一手掌控于你,你若糊里糊涂信他,即便被他卖了,你还在那里欢天喜地地说:九哥待我真好。我告诉你,他只不过想借你的手,做他那些不可告人的丑事罢了!"

"住口,四皇兄,不许你这么说九哥坏话。你不了解他,你怎么可以如此污蔑他?"

拓跋曦急了,涨红着年轻的脸孔,一步步退到了九哥身边,他生气了,高声辩道:

"他心系万民,他忧心社稷安宁,你不懂他,你就不能随意诽谤!"

看着他们站到了同一条战线上,一声认命的、心痛的低笑自拓跋弘嘴里溢出来:是了,自己待他再好,总不及九无擎,父皇一直扶曦儿拉拢九无擎。

"好,好,那你就信他去,就当我是在诽谤。七皇弟,九无擎到底是怎样一个角色,相信不用多久,你就能看得明明白白,清清楚楚,而不需要我耳提面命地提醒你什么。"

他冲九无擎递去一抹鄙夷之色,最后,将目光落到拓跋曦激动的脸孔上,再一次要求道:

"我要见父皇,七皇弟,让人给我带路,抑或是你亲自带路,见不到皇上,我怎么可能相信,皇上会真的心甘情愿给了他首辅一职。"

"晋王,你这是什么态度?

九无擎推开脸色微变的拓跋曦,冷冷一笑,厉声喝道:

"君有君之纲,臣有臣之礼,皇上的诏书已下,太子即将登基为帝,是一朝帝主,你身为堂堂晋王,怎敢如此大呼小叫?口口声声说不信皇上的旨意,难道你认为这旨意是假造的不成?依晋王爷的言下之意,你这是在怀疑太子殿下矫旨夺位?

"那本首辅今儿就明明白白跟你说清楚：诏书是皇上亲口所述，字是顺公公代笔亲书，圣旨是宫氏之人亲自宣读，三大辅臣耳听为实，皆得垂训，太子殿下继位那是顺应帝命，合乎伦理，诏书来由，也堂堂正正。

"今日，你公然在此大闹说不信皇上诏书，怀疑我在暗中动手脚，请问晋王殿下，九无擎五年来深居简出，有何本事将整个皇宫拿捏在手上，令所有人俯首帖耳听命于我。害了皇上，又有何本事可令三大辅臣臣服，一起造这天大的谎言；你这是在质疑太子继位名不正眼不顺，怀疑太子与我里应外合，夺皇上的天下。

"晋王，太子是储君，多年来深受皇上恩宠，与皇上那是那父慈子孝，天下人口皆知。最重要的是皇上病染疾症，非一朝一夕，今番里，恶病突袭，病得迅猛，而在榻前授以重任，那是人之常情，却叫你用心险恶地欲加其罪，以满口无稽之谈，动国之根本，乱社褉之安稳，妖言惑众，你说你该当何罪？"

字字句句，不留任何把柄，一番呵斥，那是义正词严。

"啪啪啪！"

拓跋弘一阵鼓掌，脸上浮现讥讽之笑：

"好一个九公子，好一张无人可及的铁口，也难怪可以将整个朝堂上的人玩弄于股掌间。一番事儿，那做得还真是滴水不漏，无懈可击。可本王得提醒你，人在做，天在看，你能瞒得了一时，总无法瞒过一世。

"本王从不认为太子继位有什么不妥，更不存在所谓的妖言惑众这一说法，本王只是在提醒我的好弟弟，要好好地留心身边的人。这世上，往往最信任的人最容易背叛自己。被捧得越高，摔得就越重。九无擎瞒了你太多太多事，哪天要是一股脑儿都爆发了，你要是承受不住，可别怪愚兄没提醒过你。曦儿，我要见父皇！"

他不想再作口舌之争，末了将重心移到重点上。

拓跋曦的心，跳得飞快，将目光落到了九无擎身上，他也知道九哥瞒着他很多事，听四皇兄的口吻，似乎，他清楚着其中的始末，并且认为他会因为那些事而利用他，是这样吗？

他疑惑着，没有问，只是止不住的迷惘。

这表情，令拓跋弘误会了，他再度发出一记冷笑：

"怎么，曦儿身为一国储君，就连这一点事都得看别人眼色吗？要是这样，曦儿，你这太子，你这未来的皇帝做得是不是太窝囊了一些。"

这话是在讥讽他已受制于了人了。

拓跋曦没有争，只是闷闷地打量着，心里极不痛快，一扫初见时的欢乐，难受地道：

"四皇兄，你这是怎么了？为什么字字句句都得夹枪带棍？九哥到底哪里招惹你了，要得你如此数落，就算九哥有事瞒着我，那也是为我好。我信他。你挂心父皇，我自会带你过去。嗯，对了，四皇兄请来的大夫在哪里？"

"在宫门外候着！"

拓跋曦点头，转身盼咐侍候在旁的小管公公："去，将晋王爷带来的大夫引到紫宸宫去。"

九无擎没有反对。

五

一会儿后，一行人去了紫宸宫。

入殿门，拓跋弘疾步跨到床边，看到父皇就这样静静地躺着，剑眉拧紧，眉心刻着一个"川"，那张可以吐出世间最犀利的话语的唇，紧紧抿着，脸色青灰，瘦削，两鬓斑白，显露着苍老之色。

他对他，有怨，有恨，也有爱。

这世上，哪个孩子不渴望得到父亲的垂怜？

可是自小，他作人质，自牙牙学语开始，他的世界里，只有父亲两字，却从不曾得到过父亲的爱惜，有的是质子生涯的屈辱。

容伯说：那是父亲唯一赐予的。

他怨过的，但心底依旧怀着对父亲的向往。

回朝，他得到的是一个微不足道的皇子头衔，后天的"愚钝"令父皇不曾正眼多瞧他一眼。

他恨过的，但心底依旧怀着对父亲的敬畏。

偌大的西秦皇朝，是父亲使其强盛，也是父亲强势地将其一统，该血腥镇压的时候，绝不手软，该提拔人才的时候，绝对提携。真正做到了"用人不疑，疑人不用"这八个字的精髓。一个九无擎，一朝启用，君臣二人，就如良将遇上了绝世奇弩，弯腰引弓，势如破竹。

那些年，他风光，他冷遇，满心苦涩只能往肚里咽。

可不管他有多么的怨，他总归是父亲，他绝不容任何人对他有所不敬。

不一会儿，殿外有内侍疾步走进来报："禀太子殿下，晋王殿下，九公子，半峰居士来了，就在殿门候着。"

拓跋曦微微惊讶了一番，没料到四皇兄请到的是当年和九天先生齐名的半峰居士，四年多前，他曾见过这位老先生，他记得先生身边还有一个可爱的小女娃儿叫：伍燕。

"快快有请！"

语气自是喜出望外的。

拓跋弘微微侧头冷冷看了一眼面色不惊不乍的九无擎。

少顷后，一个穿着粉嫩裙子的小姑娘，背着一个医箱自殿外跳了进来，精巧的五官带着甜死人的微笑，小脑袋一歪，大眼睛一眨，那么一打量，最后，目光落到了拓跋曦身上，惊讶地冲了过来，一边比画，一边叫：

"咦，怎么是你？五年前，你来过我们半峰山的，当时，你还那么一点大，现在这个子怎么长得这么高了。呀，太不公平了，太不公平了，明明跟我年纪一般大，怎么就足足比我高了一个头。爷爷，爷爷，您看呀，原来这里就是那个美人哥哥的家呢。"

这话一落地，某个正在想念当年那个丫头的少年郎，一张俊脸，"唰"地一下红透。

美人哥哥？

这估计是太子殿下得到的最别致的称呼了。

殿内凝重的气氛因为这样一个有趣的称呼而打散。

顺公公一看到这个孩子就乐了，多年前就见过面了，那时就是一个嘴甜的孩子，如今多年不见，这丫头越发地俏皮了。

"咱家道是谁呢，原来是小伍儿呢！"

"是呢！是呢！顺爷爷，顺爷爷您瞧，您瞧，美人哥哥脸红了！"

山中的孩子不受尘世礼节的所扰，不像京城里的闺阁小姐，小小年纪就被约束着。那小嘴儿可甜了，转个身子，她向顺公公极有礼地行了一个礼，弯弯的眉儿挂满笑，惹得顺公公一扫近些日子以来的愁容，也眉开眼笑起来。

"伍儿，不得胡闹！什么美人哥哥不美人哥哥的，还跟小时候一样的顽劣。"

仙风道骨似的半峰居士笑呵呵地走进来，小丫头调皮地冲拓跋曦做了一个鬼脸，重新依偎到爷爷身侧去。

半峰居士看在眼里，甚是无奈，往她头上敲了一下，而后向对拓跋曦请罪道：

"太子殿下勿怪，这孩子生来就没尊没卑，没大没小。"

"不怪不怪！"

拓跋曦红脸臊得厉害，心下却是很欣喜的：

"半峰居士四年前保全家母一命，四年后父皇病重，又能遇上先生，真乃是幸事。"

半峰居士笑捋着长须笑笑，目光自拓跋曦身上慢慢移过，落到了九无擎身上，定了定，露出深思状。

九无擎目光一闪，什么也不说。

拓跋弘已经让开位置："先生请。"

"好！"

半峰居士坐到了龙榻上，睄了一眼榻上人，执起皇帝的手听诊，殿内顿时静下来。

拓跋弘细细地观望居士脸上的神色，但看到那浅浅的笑容一丝丝地收敛起来，而后又一丝丝地凝重起来，最后轻一叹，吁出长长一口气：

"四年前皇上舍命救九贵妃的时候，老朽就说过，那是自寻灭亡之道，皇上不听，硬是以身试毒，保住了九贵妃，如今油尽灯枯，也是命中注定的事。原本还可以多熬几年，但皇上用心国事，凡事皆亲力亲为，如此日复一日，年复一年，心力耗尽，走到如今这分田地，那也是无可奈何的事。太子殿下，晋王殿下，九公子，恕老朽无能为力！"

半峰居士起身稍一欠身，拓跋弘脸色一凝：

"当真是油尽灯枯么？"

"是！皇帝身上所用药材皆是龙苍大地上最好的，如此续命，若能拖上半载，便已是幸事。"

拓跋弘的脸色顿时一沉。

拓跋曦的神色陡然一黯。

九无擎依旧一副波澜不惊的样子，就好像这一切当真与他无关，但心里却是惊讶的：半峰

第三十一章 宫闱惊变

213

居士为何撒了谎？

"我不信父皇会就此长眠不醒，我不信！"

拓跋弘怒叫了一句，看向九无擎的眼神是恶狠狠的。

"谁都不希望皇上就此长眠，无擎也希望皇上可醒过来，可如今我等只能听天由命，这事，半点不由人！"九无擎不疾不慢说了一句，停了一下，又道，"晋王，皇上您见着了，顺公公手上还有一道皇上给你的圣旨，既然来了，就该领了去。如果你当真孝顺皇上，一切就该按皇上的旨意来办。顺公公，晋王爷来了，还不宣旨。"

这话令，拓跋弘一凛。

"是！"

顺公公走自龙案的暗格里取了一道圣旨——这道圣旨是皇上让宫慈小姐代写的，上面的旨意，他也看过，并不觉得有什么不妥，转过身时，高声扬了一句：

"晋王接旨！"

拓跋弘没有理会，上去一把将那张明黄的圣旨抓到手上。

顺公公一惊，直叫："王爷，这不合规矩！"

拓跋弘冷哼一声，翻开一看，上面是这么写的：

"奉天承运，皇帝诏曰：晋王拓跋弘私自出兵，大违朝纲祖制，罪无可恕，念其平定塞岭之乱有功，将功补过，死罪可免，活罪难饶，大婚后幽居西殿十年，自行思过，其间晋王俸禄加倍，以示恩典。钦此。"

一股凉意自心肠内直冒出来，十年时间，足令拓跋曦将皇权稳稳地拿捏在手上。

"这不是父皇的旨意！"

他当即将圣旨扔到地上，冷笑着看向九无擎："你竟敢假造圣旨。"

其他人眼色皆变，既因为他的举动，更因为他的话。

九无擎的目光落在地上，不辩，只冷淡地指出一个事实：

"晋王殿下，您这是在藐视圣旨。按照秦国祖制，圣旨出，令如山，谁都不可践踏，违逆者当叛逆论处。当场处决。晋王殿下，这里是紫宸宫，皇上也在这里，您见旨不跪，弃旨于地，您这是想造反么？"

拓跋弘冷笑："说来说去，你无非就是想要我这条命。本王刚刚得胜回归，捧印而还，若一进宫就遭人斩杀，天下士卒皆会心寒。再说，这圣旨是伪造的，凭什么要让我对一伪旨叩头鞠躬？我会找出证据来证明这全是你的阴谋诡计。"

他将目光转移到拓跋曦身上，语气沉痛地道：

"曦儿，你就这么纵容他暗害你兄长吗？别被蒙在鼓里了行不行？放我出去，我能向你证明，这一切全是九无擎做的局。"

拓跋曦见他越闹越离谱，不由得喝了一声：

"够了，四皇兄，你没凭没据，怎么可以一而再再而三地污蔑九哥？九哥又为什么做局害我？"

"因为九贵妃！他要替九贵妃报仇。这就是他要害父皇的真正目的。这一切全是他设的局。曦儿，你必须好好彻查父皇到底有没有受制于他，就从他的来历开始。他的出处，四大辅臣都知道。只要你弄明白了，你就清醒地认识到他绝对有加害父皇的动机。然后，再用你的头脑想一想，你到底想要维护这个畜生，还是维护我西秦王朝的江山社稷？你到底是想要发扬光大西秦帝国，还是想彻底毁了祖宗基业？"

拓跋弘一步一步逼近，拓跋曦惨白着脸往后退，目光在拓跋弘的凝重和九无擎的深沉之间来回徘徊。

"铐吧！拿出你太子的气势来。四皇兄不介意被你铐，但绝对不会给九无擎打压我的机会。你铐了我，就要保护我，曦儿，你做得到的，对不对！"

不得不说，这步棋，拓跋弘走得绝妙，妙到令九无擎想拍手叫好。

"好，四皇兄且到西殿去住着，这件事，我会查！一定查个清清楚楚，明明白白。来人，带走！没有我的命令，谁都不许靠近晋王殿下。"

拓跋曦终于被他说服，于是一抹淡淡的浅笑在拓跋弘脸上浮现出来：

"很好，四皇兄等你将我接出西殿的那天！"

他回头，收起笑，冷淡的目光掠过九无擎。

御前侍卫已经走了进来，拓跋弘直挺着背脊往外而去。

九无擎什么也没有说，心下明白，这次交锋，看上去，是他赢了，可事实上呢，他并没有占上半分便宜。

拓跋弘冒险进宫的目的已经达到。

半峰居士被送了出去，殿内只剩下拓跋曦和九无擎。

一个站在龙榻前，深深地看着床上人，一个坐在轮椅上，静如石雕。

半晌后，九无擎没有说任何话，滚着轮子出去。

"九哥！"

拓跋曦迟疑了一下，叫住他。

"嗯！"

"你不想跟我说些什么吗？"

"说什么？"

"九哥！"

拓跋曦感觉他的冷意，不自觉地又叫了一句。

"你想去查是不是？好，你去查！"

声线又冷了三分。

拓跋曦忙绕到了他面前："我不查！"

"但你在怀疑。"

"九哥！"

"别叫我！你自己想想，是打算信我，还是打算信他。如果信他，好，算我白费心机。"

他往外去。

拓跋曦急了，奔上去，叫住："九哥！我不是不信。但是，九哥，你和四皇兄的恩怨，和

第三十一章 宫闱惊变

九贵妃的关系，难道你不打算跟我说个明白透彻了？你要我信你，那你有没有信我？曦儿不再是小孩子，将是皇帝，该有的承担，难道你不愿让我为你分担一些吗？你想啊，如果我知道里面的因由，在四皇兄一句句针对你的时候，就不会没有还击之力。"

他沉默了一下，心头斟酌着，他能有多少接受能力：

"你非要知道是吗？"

"是！"

"哪怕要承受很多痛苦？"

"对！"

"其实我觉得你现在不必知道，信我就好！"

"不。我想了解你。九哥，我想知道你心里到底在想些什么，一边对我好，一边恨着我父皇，你的心里为什么要这样矛盾？我想知道母亲为什么从小讨厌我。宁可抱着小怪睡，也不肯抱我一下。"

俊美的脸孔上，铺上了一层伤心之色。

"那就晚上吧！晚上，我们去未央宫，当着九贵妃的面，我把这十三年不可告人的秘密全部告诉你。但是，你能答应我吗？"

沉默了一会儿，九无擎伸手抚了抚他的脸，终于下定了决心。

"什么事？"

"无论将来日子如何艰难，你都不能放弃你的臣民，好好的，拼尽所有，为天下苍生尽你的责任。"

"这是自然！我一定会成为一个出色的帝王，绝不辜负父皇对我的厚爱和期望！"

年轻的脸孔焕发的是昂扬的勃发朝气，不像他，盎然的生命之光正在渐渐敛尽西下。

他想他一定可以的。

"那就好！"

他点头，往外去。

六

御花园。

九无擎遇到了半峰居士，正和那个伍燕的女孩儿往外而去，看到他时，打住了步子，他也停了下来。

眯眼看，那是熟人，十三年前的故人。金凌身上的毒，是这位老先生解掉的。

这位老先生原也是一位性子淡薄的人，生平医术了得，却从不曾真正施医救人。

十三年前，母亲为了凌儿，跪于茅庐前五天五夜，最后昏厥于溪水边。

他见着气愤不已，烧了人家的茅屋，将人逼了出来，一番较量，年少气盛的他差点就被打了一个稀巴烂。

打斗中，半峰居士发现了他脚上的龙镯，居然就罢了手，并且还出手救了凌儿。七夜七夜泡药澡，彻底拔除凌儿体内的奇毒，还了她一身康健。

当时，他曾问："先生何以改变了主意？"

居士指着他的龙镯说：

"还债。"

这镯子，是母亲生来就有的，半峰居士的话曾令母亲困惑好一段日子，直到如今，他都没有参透这话的真正意思。

那时见过的半峰居士还是一头乌发，而今呢，却是一头银霜。

人世沧桑，不过眨眼之间。

四年前，母亲以身过毒，沉睡不醒，拓跋跃派出成千上万的精卒去寻找这位散游于江湖之上的奇人，后来，知道他的落脚点，便带着她亲自去拜访，终得以保全一命。

如今，再见，人为的巧合，还是天生的缘分？

据说，这半峰居士乃是龙域人。

"九公子，老朽有几句话想与你说，可方便近身说话！"

半峰居士笑呵呵地一捋长须，目光亮铮铮地看向他，那眼神似乎别有深意，伍燕便好奇地张望着，慧黠的眼眸全是打量的意思。

"先生乃是太子殿下的恩人，也便是无擎的恩人，如今皇上病在榻上，太子忙于公事，招呼上有所不周还请见谅。无擎且暂代太子到前边高台凉阁一叙。"

伍燕听着，忙举手道："爷爷，小伍儿想在御花园转转！"

居士一笑，睇了一眼九无擎身后守着的南城："那便请这位侍卫大哥看上一看。我家小伍儿生性较为顽皮，还请多担待。"

九无擎若有所思，示意南城留下，两人往南天台而去。

才上天台，一道掌风无声无息地袭来，九无擎一凛，没料到对方会突然偷袭，立刻身形一变，翩然而退，忽发现那掌势只有形，没有力量，轻轻自他衣裳上擦过。看样子，他这突袭只是在试探，而不存半分杀机。

第二招再度袭来，依旧只有形态，没有杀伤力，但一种熟悉的感觉却扑面而来。

他心头一颤，难以置信地看着那虎虎生威打来，又悄无声息地收尽掌间的招式。

这样一个动作，更像是一个老师在教学生学某个必须要学的招式，狠，准，收放自如，以一个慢动作诠解了个中要义，让人看得无比分明。

一种本能的反应，他接了这一招，没用内力，以一个漂亮的姿势，化解。这个姿势，他已很多年不曾使用。

二人身形在空中对拆，而后各归其位，互相静止地凝睇对方，平静的眼神各有汹涌的情绪，是激动，是欣喜，是久别重逢的悲与痛。

末了，九无擎扶着袍襟，缓缓朝地上跪了下去，眼底有泪意涌现，声音哽咽：

"东子伯伯，一别多年，想不到……想不到熙儿有生之年还能见到您，熙儿在此给您叩头了！"

半峰居士疾行三步，用力一托，将人狠狠抱住，老泪已是纵横，狠狠地拍了三下：

"熙儿，熙儿，你叫我们找得好苦！十三年了，熙儿，伯伯总算不辱皇上旨意，终于找着你了……你可让我们想死了啊！"

来的人，其实并不是半峰居士，而是一直在找九无擎的九华来人：韩继。

七

"熙儿也想你们。"

是啊，好想好想，多少个午夜，他梦回九华，醒来总是一场空欢喜，时隔这么多年，没想到在生命的最后这段日子里，他还能见到昔日的长者。

九无擎忍耐着心头的悲痛，推开韩继，抹了一把泪，迅速令自己冷静下来，问："东子伯伯怎么来了鐛京？还有，我父亲可还好！"

"我来龙苍已有两年。为你而来的！"

韩继拉他坐下，摸了摸他那块冰冷的银制面具，长长嘘了一口气："足足十三年了，你可知皇上为了你们母子遭派了多少人过来？不下万众。这些年，我们九华人一步步在龙苍大地上扎下根基，就为了那一抹渺茫的希望。我们找得很辛苦，因为总有一股神秘力量，在暗中紊乱我视线。曾几次三番把我们的注意力引上歧路。

"直到三个月前，凌儿那丫头在鐛京府崭露头角，我们为了凌儿的安全，撤了一半人过来，在边上冷眼旁观。

"熙儿，凌儿对你，真算是有心了，这些年，守着当年我为了哄她回家而编下的谎话，一直坚持到了出师，然后，不顾一切来了这里。为了怕被我们找到游说她回国，三年如一日，她咬紧牙关，从不肯跟我们联系。

"还有，你父亲，十三年前，阿北为了替皇上拿下南诏，大战黑峰岭的时候，孤身诱敌，退守途中被山岭上乱石砸坏了脊梁骨。你们离开的起初五年里，他每日只能躺于床上，在知道你和你娘失踪了，他恨不能飞身过来。皇上花了足足九年时间，才找齐药材，续其骨，然后你父亲又花了两年多时间，才行走自如，恢复了功力。这人痊愈后第一时间，就万里奔波来了龙苍。如今，他人就在龙苍。"

已经很久很久没有听到家里的消息，这几年，他派了好几拨煞龙盟的人回九华打探消息，得到的回报是镇北王曾大病过一场，至于为何而病，不知。

也曾想过给家里报讯息的！

可是，他的顾虑太多太多，总觉得自己认贼作父，再不配为燕氏子孙，加上母亲沉睡于未央宫，谁都不晓得她有没有苏醒过来的机会，而九华和龙苍相隔万里，父亲的权势终没办法深入到异族，求救的结果，他无法想象。

那时，他以为九华那边已经放弃了对他们的寻找，毕竟，五年前他恢复记忆时，距当年发生的事已足足过去八年。

而他派去的人，因为语言的不通，能打探到的消息非常有限。在听闻父亲安好地上下朝，皇上即将替凌儿另择驸马以后，他就将人撤了回来。

他立誓，不向九华求援，凭自己之能，救醒母亲，再听从母亲吩咐，要不要回去认亲。

若他无力自救，如此客死异乡，至少不必在父亲已愈合的伤口上去狠狠划上一刀，徒惹悲伤。

是故，这三四年内，他一心一意留在镔京，一、养身子，二、等待时机，三、暗养势力，极少关注九华那边的动静，以至于当江湖上出现一个公子青，一手"青城十三剑"惊绝天下时，他只是微微有所惊奇，而没有深入地去调查那人的来历。

"父亲大人现在也在镔京城吗？"

他无比思念他，可想到自己的身子，不觉又黯然神伤。

"不在镔京。他去了龙域！有件事，你可能有所不知？"

"何事？"

韩继正想回答，门，猛地叫人踢开。

南城急喘吁吁地扑进门来，虎目睁圆地瞪着，看到半峰先生正和自家主子相谈甚欢，心头越发地骇怒，奔过来抡起拳头就往他身上砸了下去。

韩继一惊，随手一掌，五分力道便将南城震开。

"南城，你做什么？"

九无擎喝问。

稳定身子后，南城抚了抚发麻的虎口，又惊又怒，指着"半峰"，急禀道：

"爷，我们遭暗算了。这人根本就不是好人！"

"半峰居士是故人。怎可能暗算我？外头发生什么事了？"

"故人？若真是故人。那个叫伍燕的小丫头又是怎么回事？"

南城依旧一脸戒备。

韩继不觉"白眉"直拧："小伍儿怎么了？"

南城沉沉道："她刚刚又跑回了紫宸宫，说什么要给皇上针灸。现下，太子封锁了整个紫宸宫，严令任何人进出。"

九无擎眼色蓦然一凝，韩继更是脸色大变：

"该死的，你怎么没看住她。快带我去，那丫头医术了得，承继着半峰居士毕生真传，被半峰居士引为古往今来第一人，断不能让她施医救人。"

这话令南城一愣。

九无擎没料到会有这样的内幕，也惊了一下，忙喝令："南城，你带人去紫宸宫。我去西殿。"

这个人留在世上，只会坏了西秦的朝纲，坏了曦儿的前程。

拓跋弘必须死！

三人才下楼阁，一身劲衣，易容成阿剑的剑奴，疾步向他飞奔而来：

"九爷，七爷回来了，去了西殿，有没有这回事？"

"无欢去西殿做什么？"

"说是，奉你的命，送他回晋王府，待大婚后，携同新妃一同幽居西殿。"

九无擎眼色顿时一紧，呼吸也一浊，有种不好的预感在头顶掠过：

"那人是冒牌的。无欢不可能去西殿。立即传太子之令，关闭宫门，捉拿刺客，然后火速带人牢牢封锁紫宸殿……连同太子在内，闲杂人一律不许出了殿门一步！太子若有异议，就说这一切全是我说的！任何问题，晚上未央宫内，我一律给他交代清楚。要是他反抗，给我打晕，回头我自会处置。至于伍燕和半峰先生，由你亲自带着从偏门离开。找个安全的地方安置好！"

"是！"

"还有，"他目光爆出迫人寒光，"传令士卒，见到晋王，格杀勿论！罪名是，协同外敌，意图弑杀太上皇，谋害新君。"

总而言之，今日，绝不能任由他活着离开皇宫！

八

紫宸宫。

拓跋曦看着伍燕随意摆弄着手上的银针，终于忍不住问：

"喂，你到底行不行？"

刚刚这丫头跑来跟他说，她可以让父皇醒过来，他大喜，马上将她带了过来，但现在，他有些担忧："半峰先生都说我父皇无药可救了。"

"当然能救！本姑娘出手，就算不能药到病除，总还能让你家皇帝爹爹再活上几天，要是寻常人，我还不救呢，今儿个，我可是看在你满怀孝心的分上，才管这事的。"

伍燕露出一副"瞧，我多给你面子"这样一种神情。

拓跋曦笑笑，问："是吗？"

"自然是！这番我是为了试试自己的本事，看能不能把你娘亲救醒过来，才进的京，不想你的身份这般了得。但有件事，我先得说明啊，要是救不醒，你也别怨我，你家这位老爹，毒进骨髓，深入经脉。我一针下去，他不醒，那么，真没得治了。若是能醒，我给他弄点药吃吃，最多也就只能活个一年半载，他的底子已经损得差不多了，我只是尽人事，最后还得听天命。"

拓跋曦听她说得如此头头是道，再不敢小觑，点点头。

"来吧，把你老爹的衣裳给扒了。先弄醒了再说，如果我猜得不错，你爹被人喂食了一种叫'沉香'的药，这药可以令大脑组织呈现休克状态，没读过古医书的人根本没办法查出其中的症状。我估计你们的御医本事有限得很。还好，我看过《天医策》。可惜那本书，被我弄丢了。来来来，发什么呆？扶稳了。"

这话令拓跋曦打了一个寒战：

"《天医策》？你何时读过？"

"大约五年前，上面有详细制作'沉香'的过程！"

伍燕回头看到他的脸色难看到了极点。

拓跋曦的心不住地往下沉，心里不住地想着：难道九哥当真居心叵测吗？

接下去，这二人不再说话，拓跋曦守在边上亲眼见证伍燕的高超针法，拓跋跃的手指开始动了。

时间一点一滴地过去，他静待奇迹的发生。

正当紧要关头，殿门外忽然响起一阵急乱的脚步声，一会儿后，顺公公带着半峰居士走了进来。

韩继看到伍燕果然在替皇帝施针，心头陡然一紧，寒着脸，靠近龙榻，急声喝了起来：

"小伍儿，快收针，你会害死皇上的！"

拓跋曦回过头，脸上露几分戒心，小身板一飘，不着痕迹地拦住，语气相当客气叫道：

"峰爷爷，请止步。其实小伍儿还是有些本事的。您就让她试试吧！"

"试试？你若不怕你皇上一命呜呼，大可以由着她胡闹，我告诉你，她若不灸，你父皇还可以半死不活地拖上一段日子，若灸，只会早些送他上阎罗殿，伍儿，还不收针！"

冷冷一叱，眸光有煞气生出。

可已经晚了，拓跋跃的神经已经受了刺激，此刻，听得外界的争吵声，闷哼一声，紧闭的双眼突然睁圆，双目充血，射出凶狠狰狞的光，恶狠狠似将某人生吞活剥了去，嘴里吐出一个似从遥远深谷里传来的声音：

"杀……九……无……擎，杀……九……无……擎……"

声音很轻，但是字字力重千斤。

韩继暗叫一声糟糕，飞身过去一把定住了拓跋跃的穴道，下一刻，拓跋跃双眼一阵翻白，带着一阵不甘心，再度陷入了黑沉。

回过神的拓跋曦，心止不住往下沉，脸色迅速惨白如纸。

父皇要杀九哥！

九哥真做了什么对不起父皇的事了！

也就这个时候，殿门外，拓跋曦的心腹侍卫阿里狂奔进来：

"殿下，紫宸宫被人重重包围了。是阿剑带的御林军。说什么晋王协同敌人想害皇上，被识破后逃窜，为保护主上安全，九公子特令阿剑前来护驾。可是，我们这些人一个都不得离殿一步，这是怎么回事？"

拓跋曦顿时冷汗涔涔，心下明白，这根本就不是护驾，九哥是怕父皇清醒过来，故抢先一步发难，连同他一起软禁了。

九

号角起，重重宫门关闭。西秦皇宫，固若金汤，这是在诸国中出了名的，城门一关，插翅难飞。

拓跋弘听到那嘹亮的关门号角，心就一阵发凉，更令他心冷的是，空气里传扬着那句号令：

"拓跋弘违抗圣旨，欲弑杀太子，自立为帝。今太子有令，诛拓跋弘，见其人，立地正法者，晋爵三级，赏金五千。"

黑压压的御林军将他们围困了起来，一令百应，骁勇善战的西秦卒，用一浪高过一浪的呐喊声淹没了他们。

拓跋弘没有退，傲立，冷下一张硬俊的脸孔，身边，套着一张酷似七无欢人皮的容伯，以及两个手下，盯着铺天盖地而来的人流。

容伯扯掉脸上的人皮，回头沉沉地看向眼底闪过沉痛之色的拓跋弘，手指一点，恨恨道："少主，看到没有，拓跋曦再对你如何如何念旧都没有用。对他来说，你永远比不上九无擎来得重要。你跟他讲兄弟情分，却忘了他和那畜生也是亲兄弟。他怎么可能帮你，而不帮他？你试想，除掉你以后，这西秦国的江山就是他们兄弟的。从此以后，他们可以高枕无忧，可以在整个朝堂上呼风唤雨，他如何可能会来护你。"

一支长箭急射过来，带着强劲的力量，欲将他们斩草除根，亮铮铮的长枪，杀气逼人的铁剑，卷起一阵嗜血的气流，瞄准了他们的项上人头。

拓跋弘不答，心发冷，这步棋，他的确走错了，这世上的人和事，一旦和皇权接轨，都会质变，哪怕是那个温柔的孩子，也会变。

事实已经摆在眼前，他和拓跋曦，绝对不能两全。

"是，容伯。我错了，我压根儿就不该回来，我压根儿就该起兵反了！"

发狠地斩了数人后，拓跋弘沉沉吐出一口气，追悔莫及。

江山美如画，云端中的皇位，从来是用人的尸骨架起的，累累白骨，成全的是权者的野心和欲望。

"你到现在才知道，还算不晚。"

容伯抢过两把长刀，二人抵背而战，低声道了一句：

"我们能闯出去，去崇华门，那边有老奴埋伏在宫里的暗桩，走！"

拓跋弘表示怀疑。

这些御林军，一大半是父皇亲手调出来的，那身手，绝对了得，他们可以杀他一个两个，可没办法将两万御林军尽数斩下，车轮战的结果，武功纵然再如何盖世，也无法抵御那永远没有止境的强盛力量。

不到半刻时候，他们身上已尽染鲜红，可他们依旧顽强地抗争着。

十

九无擎赶得及时，见识到了拓跋曦的真正实力，在生死边缘上，人的力量是惊人的，于是无数魂灵便枉死在了他长剑之下。

拓跋弘也看到了他，那已经杀红眼的疯狂眸子，露着嗜血成性的凶戾，竟舍弃了同伴，往他这边冲了过来。

西阁和北翎自九无擎身后飘了出来，一左一右，虎视眈眈地盯着。

"你的狼尾巴到底还是露出来了。"

拓跋弘粗喘似老牛，手上的长剑，血水淋淋，"嗒嗒"地往地上掉，染红了白玉转，他恨恨地叫起来：

"九无擎，你猪狗不如，养只狗，尚且知道忠于主人，你呢，吃了我西秦皇朝十三年的俸禄，就是为了有朝一日反出朝堂，来血洗我们皇族，你的心，彻头彻尾是黑的！"

九无擎自轮椅上站了起来，走到了西阁和北翎前面，看着这浴血的修罗，淡淡地道：

"拓跋弘，你还真是死性不改。明明是你欲入紫宸宫弑君，被我们发现而逃窜，如今怎么居然颠倒黑白起来。九无擎深受皇恩，怎么可能想血洗皇族，你这一派胡言乱语编得是不是有点不切实际。"

这个人，就是如此的能言善辩，拓跋弘怒笑道："你的弥天大谎，尽早会败露。九无擎，拿命来！"

一剑刺去，力重千钧，迅猛之势犹如千仞之上凌空落下的巨石，一点也不像刚刚激战过，满身的怒气似乎将他的潜力彻底激发了出来。

九无擎从西阁手中，借过长剑，进三步，七分力道，从一个拓跋弘想象不到的角度出剑，轻易将对方强劲的力量化掉。

拓跋弘从不曾和他交过手，据说他从不爱动武，可一旦出手，七招便可诛命。

他们认得已有十二年，前七年他们形如陌路，彼此没有任何交往，五年前，他崛起，他陨落，就此成为废人，今日交手，他才感受到了他的能力——的确不同凡响，这五年，他当真将自己藏得很深！

第一式剑法，就逼得他回防，剑法之妙，绝世无双。

诚如父皇所说，九无擎，非凡之人，文武皆备，若能安分守己，可成国之栋梁。可惜他是九贵妃的孽子，命中注定，他们生来就得做一对死对头。

拓跋弘不敢轻敌，改变剑招，全力以赴。

十招以后，九无擎同样明白了一个道理：拓跋弘之武功，杂而精，深而博，全不似以前在帝驾前表现的那般平常，他的本事不在他之下，若非他刚经车轮战，耗了很多体力，他想拿下他，绝不容易。

三十招后，拓跋弘陷入绝境，九无擎一剑凶胜一剑往他空门刺去，他避无可避，左肩被刺破。

九无擎寒声一叱：

"这一剑，报你毒害我母亲之仇！"

拓跋弘的胸口，顿时鲜血直飞，脸色赫然惨白。

第二剑已在瞬息之间飞落，刺破的是他的膝盖。

"这一剑，报你挑断我腿脚筋之恨和喂我吃蛊之辱！"

双膝俱伤，拓跋弘闷哼一声，扑通倒地，只见第三剑已沉沉压下，指对的是他的咽喉。

就在这千钧一发之际，一个惊痛的声音拉响起来：

"九哥，别杀四皇兄，别杀！别杀！"

拓跋弘回过神，但看到拓跋曦飞也似的地往这里急奔过来，他不由得哈哈大笑起来，冲着四周围观的士卒，猖狂地扬着手中剑：

"九无擎，到底谁忠谁奸？你要是有那胆子，我们在太子殿下，证个清清楚楚，明明白白，你敢吗？你敢吗？"

他不接话，淡淡扬剑，飞落。他绝不放过这个机会，哪怕曦儿会因此恨他。

可人算，总是不如天算。

当剑锋几乎要触到他的咽喉时，另一个痛恨的声音响了起来："九无擎，别想残害我家主子！"

比这话更快的是三支如飓风一般的暗镖，自背后呼呼飞来，他若不避，斩下拓跋弘的同时，必会被那暗镖害了性命，他若躲，就失了这唯一一次机会。

玉石俱焚，绝不明智。

他借这机会，狠狠打飞拓跋弘手上的长剑，出自本能地回剑打落突然而袭的暗镖。

与此同时，拓跋曦加快步子来到两人之间，本能地用身子一拦，架开了他们。

机会就这么没了。

九无擎眼神无比沉痛，曦儿对他失望，他对曦儿也失望。他不说话，也不知紫宸宫有没有出乱子，在看到韩继和南城他们时，他才松了一口气，想来事情还没有糟到不可收拾的地步。

"瞧见了么？你的好九哥这是想置我于死地。身为太子殿下，未来的一国之主，你说你要如何严惩这种乱臣贼子？还是，你根本就是他同谋人，也想置愚兄于死地？"

拓跋弘推开拓跋曦，冷睨着，沉声喝道。

那一刻，拓跋曦的脸色苍白如雪，说不出半句话。

而九无擎则将面具底下的冰冷眼睛，眯成了一条狭长的缝，那钉子似的眼神，盯在拓跋曦脸上，只简单干脆地吐出这样一句话：

"拓跋弘不死，你的皇位坐不稳！坐不长！"

一抹惨淡的笑容在拓跋曦脸上泛开，他用以一种不确定的语气，压低着声音反问：

"九哥，你到底是为了我，还是为了你自己？皇位究竟有多重要？"

阳光照在九无擎银色面具上，他站在他们面前，一动不动，声音是极度冷静的：

"还是那句话，皇位不重要，重要的是，你若走不上那个位置，你，你母亲，还有我，性命难保。曦儿，救他，便是害己，未雨绸缪、防患未然，我们必须这么做。"

"什么叫必须这么做，要是杀错了呢，怎么办？那是一条人命！"

"不会有错！"

"如果你杀四皇兄是为自保，那父皇呢？"

拓跋曦用愤怒的极轻的声音扔出四字。

九无擎懂了：他知道了，开始猜忌他了。

"很好，你现在已经长大。不需要我再扶着你走路。"

他转过了身，银白的面具在近响午的阳光中，绽放万道银粼：

"未央宫。我等你。该说的话，全在那里跟你说清楚。至于这里，拓跋弘是斩还是关，你看着办。我只想告诉你，你若将我想成十恶不赦的恶人，他也好不到哪里去。我与他，半斤八两，唯一不同的是，我对皇位没有兴趣，他要的则是取而代之，君临天下。"

手一扬，长剑稳稳归鞘，重新回到西阁的手上，跨步离去。

拓跋弘一直沉默，听得这对话，立即一个冷笑，沉沉提醒道：

"曦儿，好好想清楚了。他的话，还值不值得你信！"

拓跋曦看着九哥远去，他悲痛地吸了一口气，转头看浑身被血水浸透的四皇兄，举目，层层的兵甲团围在这座富丽堂皇的皇宫内，枪刀剑戟，构筑着帝王家的无情，帝王家的可悲。

他沉默地、无尽悲凉地看了他一眼，一步步自四皇兄跟前退下去，高呼一声：

"来人，将晋王押往西殿，谁也不准见他。有违此令者，九族连诛！"

拓跋弘张了张嘴想说什么，可末了，还是闭紧了嘴，眼底的几许柔软也一寸寸地硬了起来，他最终还是选择了九无擎：他们果然是亲兄弟！

西阁和北翎松了一口气：还好还好，太子还是站在爷这一边的。

南城捏了把汗：虚惊一场。他不敢想象，太子要是喝叫一声："拿下九无擎"，结局不知会是如何。皇宫还没完全掌握在爷的手上。一旦起内讧，如何得了。

韩继眯眼看着：真像真像，像极了熙儿小时候，这性子比熙儿还要善。他想：这孩子若能好好打磨，将来会有出息，现在么，还太嫩了，比当年的熙儿更想保得两全。可他喜欢不起来，想到玲珑在这里受的苦，他的心，就疼得裂开似的。

拓跋弘被押了下去。

他败了，败在小看了九无擎对于拓跋曦的影响。

其实，进宫时，他已经预料到了这一切。结局会演变成这样，不是自己大意了，而是他想寻一个不起血腥的理由，一个从此真心待曦儿的借口：如果他可以果断地将九无擎这只害群之马，绳之以法，他可以放下一切恩怨，奉他为王。

偏偏事情的演绎就是这么地让人绝望。

这个时候的他，并不知道这是一场可怕的骨肉相残，后来他才发现因为曦儿的不忍，终将他推进了另一场更为惊心动魄的杀戮里，在他自认为对的道路上，渐行渐远，最终酿成大祸，祸了自己，祸了兄弟，也乃至整个皇族。

十一

未央宫。

安谧，华丽，是牢笼，囚着一只被折翼的山雀。

宫外，天气突然骤变，有隆隆的雷声响起，急风骤起，黑云沉沉地翻滚，风雨欲来。

宫内光线有些暗，九无擎吩咐掌灯。

拓跋曦满心愤怒，在看到九无擎放肆地走进未央宫，赶走所有侍婢，大刺刺地坐上凤榻，大刺刺地抱起母妃时，终于发飙了，一记拳头狠狠揍了下去：

"不许碰我母妃！"

宫里的流言蜚语很多。

其中有一种说法说：九贵妃和九公子私下有染，才在五年前相携逃宫。被抓捕回来后，也是为了救九哥，母亲才长眠不醒的。

拳头被稳稳地抓住，九无擎一用力，将他按于榻上。

"理由呢？是不是突然觉得外头流传的臆测大有道理？"

他平静地问。

拓跋曦抿紧了唇，寒脸不说话。

"曦儿，她不光是你娘亲，更是我的母亲！"

在看到他恼怒的脸面上裂开一道错愕的神色，九无擎平静地追加了一句：

"我是你同母异父的兄长！我为娘亲，守护你，我为娘亲，不得不把拓跋弘斩草除根！绝对要将他连根拔除！这是必须的。曦儿，刚刚进未央宫前，我已让西阁带人去了西殿，那个人一定得死。无论你如何恨我，我都必须除掉他！"

拓跋曦惊悚地从床榻上跳了起来，不知道是因为前面半句，还是后半句，一双漂亮澄澈的眸子，布满了震惊之色。

殿门，突然被撞开，南城发疯似的冲了进来，双眼通红，眼神骇然地扑跪到地上：

"爷，崇华门被炸，七八个晋王府的暗桩护着拓跋弘自崇华门逃窜出去了！西阁……西阁，被炸死了，死得好惨……好惨啊！"

一声呜咽自南城嘴里溢出来，他的声音哑着，颤着，叫着：

"肚肠都出来了，左手被炸飞了，半个脸没了，爷！"

他说不下去了，豆大的眼泪掉下。

犹如晴天霹雳，一刹那间，九无擎有一种摇摇欲坠的感觉。

拓跋曦瞪圆了眼，惨叫一声：

"怎么会这样？"

南城深吸一口气，虎目含泪，咬牙道："那些人是今天换班的时候进来的。我的太子爷，拓跋弘这是有备而来的。您知不知道？"

挑拨不成，就反。这就是他此次来的目的。

九无擎连忙将母亲放在榻上，站起时，高大的身子压迫着拓跋曦，满脸是沉痛之色：

"这就是你想要的两全的结果，是吗？你看看你到底干了什么蠢事？"

他的双肩缩了一下。

这一次，九无擎不再安抚，只一声冷笑，无情地扔下一句话：

"拓跋曦，你给我要记住，作为一方之主，你，不仅仅是你自己，你的身后，更有无数跟随者。你错走一步，追随你的人，皆会因此身首异处，家破人亡。我们护你，不是想跟着你一起下地狱的！"

这样凶狠的呵叱，令拓跋曦惊痛得说不出半个字。

九无擎不再理会他，一边疾步跨出去，一边下令："马上快马出城，先将他带来的人兵稳定。"

"是！"

"关城门，挖地三尺也要给我搜出来！"

"是！"

"通知左右营，严阵以待！"

"是！"

可是先机已失，还能补救吗？

出得未央宫，急风暴雨如期而至，滂沱之势，势不可挡。

天要亡他！

十二

雨好大，在一个距离镔京城不算远的小镇上，有家悦来客栈，金凌投栈在此，此刻，他们在包厢吃饭，玄影正在向龙奕报禀刚刚收到的消息：

"镔京出事了！晋王受重伤逃出了镔京城，二万骠骑营的人，揭竿而起，护着晋王，退守黄岩镇，以勤王之名，以晋王之令，发帖各地，进京护驾。"

龙奕举头看了一眼捧着饭碗，手势一顿的金凌，挥了挥手。

玄影下去，碧柔和子漪彼此观望了一下，什么也不说。

隔桌的东罗耳尖，听得清楚，放下了筷子，他没料到事情变化得这么快：主子会不会有危险？各地的兵马会信谁？又会助谁？

他忍不住抬头看了一眼慢慢陷入沉思的金凌，忧心她会不会打消离开的主意。

"你，真不看完这场戏再走吗？"

龙奕夹了一粒花生米扔进了嘴里，嚼得嘎嘣嘎嘣响。

金凌已经吃完饭，一抹嘴道：

"天灾，无力抗拒，人祸，能避就避。走了，离镔京城远远的才安全。"

还当真连夜赶路，一赶还大半夜。

子夜时分，他们来到一座破庙，金凌盼咐就地过夜，一早再赶路，于是众人就想法生了篝火烧水取暖，因为金凌说口渴。

一通忙后，各自歇下，只留逐子守夜。

碧柔陪着小姐和子漪睡在马车内，她闭眼，未眠，一直竖着耳朵倾听，直到身边没了声响，才坐起，先推了推身边的子漪，没反应，又推了推金凌，也睡得沉。

她嘘了一口气，跳下马车，举目而望，薄薄似霜的月光铺在万物上，有几只萤火虫挑着小灯在一闪一闪地你追我逐。

原本该巡夜的逐子倚在一棵杨树下，也"睡"了过去。

她在茶水里下了双份的沉魂丹，这药，无色无味，可以在不知不觉中把人催入梦境而不自觉——是那老家伙给的。

谨慎ަ见，她还是去另外两辆马车里看了看，几个男人，一个个睡得正香。

踌躇了好一会儿，终于，他还是将七彩的信号弹投上了天。

无声无息，一道光在半空炸开，就像一朵漂亮的桃花，是粉红色的。

碧柔走到小姐的马车前，往地上叩了一个头，喃语了一句：

"小姐，对不起！"

不一会儿，一阵乱蹄响起，一行夜衣人飞骑赶到，他们果然一路在跟踪。

碧柔站直了身子，迎接他们的到来，心情是何等的矛盾——她不知道他们的来历，也不晓得自己这么做会有怎样的后果，可她别无选择。

乱沓的马蹄，将她和马车团团围住，领头的是一个中年男子，着黑袍，飞身下马，淡淡地问："人呢！"

"睡着！"

这些人，她都不认得。

"哪一辆？"

"这辆！"

碧柔指了指那辆马车。

男子走近马车，打亮手上的火折子，往里面探看了一番："把人带走！"

其身后，跳下一个劲衣男人，飞奔过去，坐到车把式那里。

"你也上去！夫人想见你！"

碧柔认得他嘴里的"夫人"，那是一个高贵而狠辣的女子，不同于小姐的仁善，她只留有用的人，至于没用的废物，她会毫不保留地舍弃，手段凶狠。

"其他人，怎么处置？"

上车前，碧柔轻轻问。

"留着他们有用。走。回去了！"

碧柔沉默，重新跨上马车，走向一个不确定的明天，车子飞快地动起来，她认命地叹了一口气，靠着，这时，一把锋利的匕首架到了她脖子上，一个显得清冷的声音隐隐约约在耳边响起：

"碧柔，你的戏，演得真是不错。没想到啊，原来我一入龙苍，就叫人盯上了，还不着痕迹地给我下了这么一个套，啧啧啧，真不知哪位幕后高人，如此惦记着我！"

碧柔惊呆，借着自窗帘外透进来的月光，她隐约看见金凌的眸子发着森森悚然的寒光。

"我根本就没喝水！碧柔，我一直在猜，你和子漪，谁是那只藏于我身侧的黑手。这一路往东赶，为的就是将这根狐狸尾巴揪出来。你说我怎么可能会再中了你的道？"

她，一直在等那只黑手下手。

九无擎跟她说过：有人撒了一张天罗地网，将很多人网在其中。那人不急着收网，只在边上看着网里的鱼，大鱼吃小鱼，自相残杀。

他是一条，她也是。

他不知道那人想玩什么花样，只知道这一切和西秦的皇族有关系。

如果事实真如他所猜测的那样，那些人，又怎么可能轻易放过她。

她表现出一副想要离开的样子，只是逼他们按捺不住，极早出手。

结果，他们当真行动了。

重点是，这些人想拿她做什么文章？

第三十二章 镐京之乱

一

是时的黄岩镇,一场大战正在上演。

漫天大火,杀声震天。

这是一场屠杀。

九无擎奉太子之令前来捉拿拓跋弘,两万骠骑军和四万左右大营的人,来了一场遭遇战,尸首遍地,积骨成山。

拓跋曦也被九无擎抓了出来,他要让他亲眼看看,因为他的不忍心,有多少人要垫底陪葬。

"要死多少人?还要死多少人?"

站在一处地势较高的地方,拓跋曦亲眼看着无数热血儿郎,转眼成亡魂,悲叫起来。

"如果拓跋弘能顺利抓回来,也许血就能流到今夜为止。如果抓不回来,曦儿,西秦大地上不会再有宁日!"

九无擎淡淡地回答,令他心惊胆寒。

"九哥……要……要怎样才能不死人?"

他见过死人,就是从没见过如此大规模的死亡。

想保全一个,却惨死无数,突然之间,他发现错与对,已无法正确衡量。

"已经没办法挽回。生死在此一仗。"

九无擎直视着月光底下那一片杀戮,惨叫声惊天动地地回响着,如此征伐,他早已习以为常,拓跋弘也经历过,但拓跋曦没有,他被保护得太好。

这既有好的一面,也有坏的一面,是他的善良,促成了这一场战祸。但细思一下,如果没有他的心慈手软,也许这一场劫数,也会发生。他总觉得,所有种种皆和那个一心一意想害他的黑手有关。

如今,既然事情已经发生了,他们除了毫无畏惧地迎战,别无选择。

"我真做错了吗?"

拓跋曦显得有些惶然无措。

九无擎沉默了一下,不忍再责备,只是语重心长地道:

"现在不必再追究错对问题。九哥只想对你说一件事:九哥能陪你的日子不会很多。这一场仗,如果我们兄弟离心,就是一条死路。历代的皇位之争,争的不仅仅是权,还有命。我是控制了你父皇,但我并没有害死他。我是看在你的情分上,才没有做得这么绝。你也不要这样盯着我看,单凭他对我和娘亲做过的种种,我一掌要了他的命,绝不算恩将仇报。他于你而言,那是慈父,与我而言,那是仇人。你不知道这其中的始末。你会怪我,那也正常。"

"是，我是不知道，是不懂事情怎么会变这样子？为什么你成了我异父同母的兄长？"

他不明白，母亲何曾嫁过别人？何时和别的男人生养过？

"拓跋跃认错人了，硬生生毁了我们母子二人一辈子！"

这是他唯一能解释造成如今这一个局面的理由：拓跋跃认错了自己的女人，然后，霸占了母亲，造成了所有悲剧的开始，承载了无数人的痛苦，也埋下了这一场内战的导火线。

有件事，他一直弄不明白，这拓跋跃做事很无情，但对九夫人也算长情，他若真是这般深爱着那个曾经替他生养了拓跋祈的九夫人的话，怎么会轻易弄错？

还有，母亲全名叫：玲珑九月，那九夫人则叫九儿，这真的仅仅只是巧合，还是别有玄机？

之所以会有这样的疑惑，那是有原因的。

五年前，九无擎独闯死亡谷，在煞龙盟的总部看见过那样一幅画。

画中有一对男女，男的生得玉树临风，俊逸脱尘，女的貌若天仙，倾城绝色，这二人在花间对打，彼此间含情脉脉，一眼，就能看出，这是一双心意相通的情侣。

但这不是重点，重点是那女子生得和母亲一模一样。唯一不同的是那女子的笑容谦和妩媚，而母亲呢，冷艳傲骨，除了对她认定的小姐，会温言温语，在其他人面前永远冷着一张脸，很少笑。当然，一旦笑起来，也是极美极美的。

煞龙盟前司主风褚曾告诉他：画中的男人名：拓跋九天，是炎王之后，而女人则是九天夫人。那一年，九天夫人怀着身孕神秘失踪，九天满世界地寻找，找不到。后来服侍九天夫人的婢女身受重伤跑回，说夫人替九天生了一个小小姐后死了，小小姐现在由谁谁代为照看，快去把小小姐救回来。

这女婢没有透露更多有关夫人的事，也死了。

九天按着女婢所说的地址找去，那座小栈已化为灰烬。线索就此失踪。九天只知道自己的夫人给孩子取了一个名字叫：九月，一生下来就足戴龙凤镯。这个擅长画丹青的婢女还手绘一图以作证明，并且留下这么一句话，说：那镯子有灵性，闲人取它不得，只要认定那镯子，便可找回小小姐。

后来九天丧妻失女，苦寻多年，病殁。

后来煞龙盟左右司主闹翻，右派一脉司主风褚，带领自己的人马入死亡谷，奉亡主之令，依旧四方寻找那个神秘失踪的孩子，这一找就是足三十几年。

单身直闯煞龙盟，九无擎经历了九死一生，最后是随身佩戴的龙镯救了他的性命，并且还意外地当上了煞龙门的少主。

那一年，风褚还将司主之位拱手相让，九天擎从此统掌煞龙盟。

入盟之初，他并不清楚煞龙盟的势力，并不曾完全将这股力量启用起来。真正了解煞龙盟的实力也是这两三年内的事。也因为如此，当年的逃亡行动，最后居然以惨败收场。

至今，他对于母亲是不是拓跋九天独生女之事，怀着莫大的质疑。

他不明白，明明母亲出生于草原，又如何和龙苍生了这样大的渊源？

关于这个问题，恐怕没有人可以解答，因为姥姥早已过世，一个所谓的龙镯，又能说明什么问题。

二

"报！骑骠营二万余众，亡九千六百余人，降六千，其余四千余众，神秘失踪。"

东营大将薄畴飞马来报。

两个人的对话就此打住。

"定是逃去白岭群了。那地儿，易守难攻，原就有一处屯兵之地，有粮有草，要是占据了那里，那可不妙。传令，兵分两路，薄畴，你带领三万人，往白岭群而去。分出一万人马，令毛泰安置降兵，谨防他们在我们腹地生变！"

这一招声东击西，使得绝妙。索性，他也留了一招，早令西营的人埋伏到那里，防的就是他们会使这一手。

"是！"

薄畴恭敬退去。

"回镔京城。早朝时间快到了。朝中大局，还得由你去收拢。曦儿，你若不希望再出现更多的人无辜死亡，就依我之计行事，否则，整座江山会成为一盘散沙，一旦镔京府这场大乱祸及到地方，兵乱一起，将士们有死伤不说，百姓也跟着受苦受难。到时，就越发不可收拾了！"

九无擎严肃地叮嘱着："这绝非儿戏！"

拓跋曦懂，惨笑一个，点头。

二人正要离去，忽然，一声"报"远远传来。

一个暗卫策马疾驰而来，蜡白着脸，飞扑下马，跪于九无擎跟前："报禀九公子，娉儿姑娘和小小姐在三里屯的别院遭人掳劫。行踪已成谜。领头的是晋王府的平叔。"

九无擎脸色微一变，小心翼翼地将她们送走，就是担心怕把她们也牵扯进来，却原来还是躲不过这一劫，晋王府的这个平叔，能将娉儿和清儿的行踪摸得这么透，可见是花了大心思在里头。两个月前，他们打出这牌，果然打算一步一步用他们母女的身家性命来要挟他。

"报！"

又一声急报狂奔而来对。

另一个暗卫气喘吁吁地说："爷，出事了。公子青在乌家村遭人堵劫，主仆三人失踪了！"

九无擎心一沉，第一个反应是：金凌又想唱什么戏？

金凌离开初始，他以为她真是被他气跑的，后来，他发现自己这个想法有点不切实际，忘了她从来不是一般女子。

他狠心绝义地和她决裂，凭着她的性子，若不把事情查个水落石出，怎么可能轻易罢休。

为此，他调动盟内八个暗卫，沿途护送，生怕她再出什么乱子。

按理说，她身边，有三煞，有逐子，还有一个龙奕，断断不可能出事的。

现在却遭劫，这只能说明那丫头在玩老鼠戏猫的游戏。

因为，之前他曾跟她说过：慕倾城和小鱼儿被掳走那回，小鱼儿在中七虫断肠膏之前，曾中过其他毒，这说明她身边有内奸。而这个内奸背后藏着的人，极有可能是引导她来龙苍的那个主谋人。

如今看来，幕后人和拓跋弘及凤烈皆有渊源。

"他们朝哪个方向而去的？"

"鎤京城！但沿路，我们寻不到他们的马车，乌家村口只有两辆空车，老大留下的记号一路到达封山附近就没了痕迹，那边有打斗过的痕迹。"

九无擎若有思量："东罗为人谨慎，若发现问题不对劲，必会有所回报，也许这事，他也参与其中。嗯，你们往封山附近继续查看。有龙奕在，问题不会很大。"

"是！"

暗卫如影魅一般转身离去。

九无擎深吁一口气，现下这种情况，他绝不可能亲自去寻她，他的重心只能放在拓跋弘身上，此人不除，危机难平。

他举目，接收到了拓跋曦复杂的神色。

"看来我暂时是不能回去了。你先稳住朝里的人。等我回来。这是你必须做的。别让我们的人白流干了血，还要套一个谋权篡位的罪名，从此蒙羞后世！曦儿，为了无数倚仗我们的人，什么不满不甘都得咽下去。你需要做的是，振作起来，为你的子民负责！"

这番话，令拓跋曦明白他依旧是那个为国为民着想的九无擎，可他不明白，他为什么要发动这一场政变，控制着父皇来逼他上位。

三

同一时间，另一处，马车突然停下，一行黑色飞骑将其层层围起来，领头的男人勒着马缰，冷眼看着低垂着的车幔，风微动，幔微动，里面的人，静而无声。可他相信，那是在伺机而动。

"公子青，戏演到这里就足够了！"

堂堂公子青怎么可能轻易上当，堂堂龙少主又如何会随便叫人摆平，人家是在将计就计，而他们也在将计就计。

马车内，碧柔的眼神莫名地一白，轻喘一声，看向面色沉寂的小姐。

金凌身形一闪，轻飘飘出了马车，一点也不觉意外。

"为了见在下，暴露了苦心安排在我身边的棋子，这么做，是不是有点得不偿失了？"

月光，明亮，金凌将这些男人的相貌都扫了一圈，一个个雄赳赳，气昂昂，毫无猥琐之色，而且队形齐整，应该受到过严格的军事化训练。观其长相，是北方人，个子生得是何等的健壮。

尤其是领头这位，身形剽悍如牛，威风凛凛，绝对是个来头不小的角色。

听得问，他笑笑："公子青好奇心太强，我家主子说，越是神秘，公子青越愿意以身犯险。"

"也对，越愿意以身犯险，就越容易落单。你家主子真是了解我！"

可见在她身上是用过心思的。

"请问尊驾贵姓？"

"无名小卒，不劳公子挂齿！"

金凌的目光跟着落到了这人手上的瓷瓶上。

如果她猜得不错的话，这玩意儿里放的东西可以控制她。

放眼现在这环境，荒山野岭，没有后援，身在敌营，功夫虽好，没有内力维持，仗着轻功或许可以逃出去，但马车里还有一个子漪，她能独自逃生吗？

自然不能。

"既然你家主子如此客气地想邀我，那还废什么话，还不带路！"

"我家主子想见见公子青，但基于公子青太有本事，小的想委屈公子青一下。"

他摇了摇手上的瓶子：

"这是软筋丸，烦公子自食一丸，小的这就带公子去见我家公子。"

"你家主子，在下自然想见，但是，这软筋丸，不好意思，在下胃口不好，无福消受。"

她倚着马车，吹气如兰。

"项爷，何必与她废话，龙奕他们已经叫人引向另一个方向，今日，谅她插翅也难飞，若不能生擒，死的也要。这死的若送去给九无擎，也许更有意思。"

一个大汉冷笑一声，已经拔出大刀。

"要活的！主人还要派她大用。何况晋王殿下对她有情，若弄死了，殿下会怪罪。大的一定得留，小的，打下来，蒸熟了，送给九无擎吃去。"

手一挥，马背上的汉子们，纷纷亮出家伙跳了下来。

金凌收起笑容，可以肯定一件事，这些人绝不可能是拓跋弘的人，那人现在自顾不暇，哪还有这个心思来算计她。

他们这是在故意栽赃。

"小姐，快走，他们真的说得出，做得到！"

伴着"啪"一记鞭声，碧柔从车里跳了出来，卷向一个挥刀而上的汉子。

几番交战，碧柔敌不过良心的谴责，生怕这位深受她喜欢的小姐被擒后，会被强行堕胎，害了小姐，她倒戈护主。

"碧柔，你敢胳膊肘往外拐？"

领头的男人冷着声音道：

"你不顾你那些弟弟妹妹的死活了吗？"

第二鞭落下的动作微微僵了一下，一道刀光就当头劈了下来。

金凌看得清楚，隐约明白这是怎么一回事了，急声喝了一声："小心！"

手中顿时发出数支梨花针，叮叮当当，力道强悍，打偏了对方的刀势，身形一纵，跳过去凌空一脚，狠狠踢在那冷出杀招的大汉胸口，足尖一卷，将那只大刀拿为己用，稳稳落地，将碧柔拉到了自己身边。

"小姐！"

碧柔喘了一口气，眼睛顿时通红，想不到小姐还愿意救她，不由得急急地叫了一声：

"小柔不是有意出卖你，小柔是被逼的。"

寒鲛剑鞘，在月光底下泛出森寒的光。

"嗯，乖。我知道了，先将他们拿住了，容后，你可以慢慢解释！"

她淡淡地安抚。

"哼，公子青，好大的口气！"

领头的男子冷哼一声，似乎觉得听到的是一个天大的笑话。

金凌微一笑。不等他说完，身形如魅，一飘，掌风到处，大刀落地，刀光映着月光，眨眼间，就将身边一个大汉架到了刃锋下，一掌便将人打晕了过去。

"我来了，打架，怎么少得了我？"

隔着五六株高高的白桦树，一道影子，似展翅大鹏，从天而降，皎洁的月光底下，玄袍飘飘，笑容可掬，来的可不正是那位爱凑热闹的龙少主。

领头男人的笑容顿时僵住，天，这厮何时跟过来的？他们竟毫无察觉？

"来来来，今儿个本少主皮痒得很，正好拿你们来蹭皮。"

龙奕哈哈笑着，卷入战圈。

之前，领头这位认为失尽内力的公子青容易对付，如今看来，这个女人一招震落老五的大刀，那内力分明已经恢复，他忽然有了一种上当的感觉。

而事实证明，强强联合的结果是，他们全部被打趴下去。一行数人，见情势不好，咬牙服毒者过半，余下三人，没来得及服毒就被打晕了。

"现在怎么办？"

狠狠踢了踢脚边的人，龙奕啐了一口，转眸时，正好看见碧柔怯怯地望着他们："还有，这个小叛徒又该如何处置？话说在我们龙域，但凡叛徒，都会将那人架到火坛上，点上一把火，嗞嗞嗞地把人活活烧死。"

这话吓得碧柔连忙跪倒在地上。

"小姐，小柔罪该万死！"

金凌没好气地瞪了龙奕一眼，上去扶住碧柔：

"不必跪了。你总算还有点良知，还知道护我。这世上，各人有各人的难处，我不怪你，但是，你必须一五一十跟我说明，你受他们摆布的来龙去脉，不得有任何隐瞒！"

"是！小柔自当知不不言言无不尽！"

事情是这样的，碧柔原是荻国寒城一孤儿，七八岁时得一教书先生收养结束了终日乞求、受人鞭打的苦日子。十二岁时，先生离奇死去，她和先生的孩儿皆被一神秘人关养起来。三年前她被安排进妓馆，为的就是和金凌遇上，就近监视金凌的一举一动。这几年，神秘人从来不曾召见过她，直到今年，那人频频出现，以先生之嗣生死要挟，令她听命行事。

碧柔声色俱凄地讲完整个过程后深深叩了一个头："小柔之所以有这三年的安宁，全得赖于小姐的庇护。小柔为报旧恩，害了小鱼儿在前，昧着良心出卖小姐于后，小柔深知罪孽深重！"

"既然你也是不得已而为之,那这事就这么算了。"

金凌将人扶了起来,岔开了话题。

碧柔没想到小姐竟如此大度,不由得感动得泪流满面。

这时,龙奕忽然拍着手叫了起来:"这就对了。婉儿,有件事,我还没和你说呢,就是前几天,东荻凤王凤烈暗中进过西秦。那番你叫人掳去,就是那家伙叫人干的。"

金凌听着一怔。

"看来,凤烈和拓跋弘是一伙的,但是,这凤烈为什么会和拓跋弘勾结,他们的利益在哪里?如果这位凤王单纯是想扶拓跋弘夺大权的话,凤王想得到的又是什么?难道拓跋弘许了人家什么好处?龙奕,在你眼里,拓跋弘是怎样一个角色?他会是那样一个为了眼前利益而自甘引狼入室的人物吗?"

她疑惑了。

"不是!拓跋弘虽然很看重权位,但是他也有他的傲气,断断不可能做前门拒虎,后门引狼的蠢事!"

能自龙少主嘴里跑出这么一句中肯的评价,这表明拓跋弘绝非一般。

金凌不由得眯起眼来:很显然,这些人想拿她去打击九无擎,讨好拓跋弘,这底下,肯定另有不可告人的内幕。

"哎,对了,你什么时候恢复功力的?"

龙奕以为她还没恢复功力,原来是他多担忧了。

"离京时!"

其实,她现在只恢复了七八成功力。乱魂醉的解药是九无擎配制,一共有两份,服其中一半,可恢复八成功力,两颗尽服,则药到毒尽,休养一段日子后,就能自行恢复记忆。

离鐌京时,东罗奉命来送她回九华,这人怕路途遥远,会有闪失,违了爷之医嘱,先给她服了一颗,至于第二颗,他没给。打算入了九华给她吃。

很明显,九无擎这么做,就是不想让她知道他真正的身份,在这种情况下,她怎么可能离秦归去?

她觉得只要拿住了这姓项的,就可以把那幕后人给揪住。而东罗可以帮她这个忙,那家伙身有一绝,擅催魂。

半个时辰之后,逐子、东罗一行四人飞马赶来,金凌令东罗催魂那俘虏,结果问出了两个惊天秘密。

一、他叫项连,乃梁王拓跋臻帐下军师斐柱近侍,此行,他奉军师之命来捉拿公子青。这斐柱,那可是一个非凡之谋士。此番皇帝召诸位皇子回京,这斐柱也跟着来了京城。

二、斐柱跑去三里村,目的是为了抓拿九无擎的孽种。

金凌听完之后,露出忧色,那个叫斐柱的暗藏于梁王身边这么多年,乃是梁王亲信,这样的人,太容易在背后给人以致命的一击。

"走,我们去三里村会他一会!"

这个时候的金凌并不知道，这一去，将是一条不归路。

大网之下，所有的谋划，只是徒劳无功的可笑挣扎。

四

彼时，拓跋曦踏进了紫宸殿，他突然站住，怔怔看了一眼层层罗立在殿前的侍卫，这些人，全是他当了太子以后，由他亲手提拔上来，他没想到，所有人全是九哥安排在他身侧的亲信，此刻，他们起着封锁紫宸殿一切消息的职责。

他心情压抑地踏进殿门，想再看一眼父亲，进去后，发现顺公公正忧心忡忡地守在龙榻前，看到他时，急急忙忙就往地上跪了下去。

"顺公公这是什么意思？"

其实，他心下明白他想说什么。

"殿下聪明，应该知道老奴想说什么的。九公子意图不轨，殿下难道听之任之吗？"

顺公公悲痛地质问，不太敢大声叫嚷，生怕惊到了守殿之人。

拓跋曦坐在龙榻上，低头看了一眼父亲，不答而问：

"顺公公，九哥是我同母异父的兄长，这事是不是真的？"

闻言，顺公公顿时浑身冰凉：

"那又如何？九无擎不忠不孝，人人可诛。"

拓跋曦恍若不闻："父皇的病，已经无力回天了是不是？"

顺公公不懂他是什么意思，忙道："也未见得，殿下，那个叫伍燕的小姑娘不是很有能耐吗？"

"可是伍燕说，父皇就算救醒了，也活不得半年！"

拓跋曦握着那只已骨瘦若柴的大手，低低道：

"顺公公，你一定很希望能救醒父皇，拨乱反正，那我该如何自处？你说，我是不是也该一死以谢天下，九哥做的一切，全是为了我。"

他的声音，带着无尽的迷茫。

"顺公公，我不知道我该怎么做是对的，一边是父皇，一边是九哥，一边是四皇兄，我不希望他们任何一个人出事，他们都是我的亲人。我盼他们都好好的，难道是错的？"

"可现在，不管我怎么做，都是错的，动一动，遭罪的是黎民百姓，你说我该怎么办？"

"顺公公，你是没看到，昨夜里死了多少人？好多好多人，没了脚的，没了手的，没了头的，满地全是尸首。"

拓跋曦不敢回想，一想就怕。

"可殿下，你必须有所取舍。"顺公公呆了一下，急切地提醒，"可这种事没办法两全。"

"是必须有所取舍。父皇不醒，四皇兄已和我决裂，此刻，我若再和九哥反目成仇，那么整个西秦必成散沙。父皇，我别无选择。我必须先稳定朝中大臣，父皇，不管错对，我已经决定这么做了。一切以大局为重！"

他重重叩了一个头离去。

拓跋曦所不知道的是，就在他离开不久，他的父皇有了意识，就在顺公公痛骂九无擎恩将仇报那一会儿工夫，他那双放在锦被上的手指动了起来。

顺公公以为看错，往皇帝脸上看去，双眼紧闭，分明不省人事，可他的手指却极慢极慢地在被面的龙纹上描画着什么。他看着心思一动，忙将自己的手心垫了过去，声音很是激动地低叫起来：

"皇上，您在老奴的手心上写？您想说什么？老奴定当万死不辞地为您办到！"

那根手指开始慢慢在划动，顺公公用心地辨识，皇帝写的是这样一句话：

"带朕从暗道出去找淮侯。"

当守在门口的剑奴听到里面有异样的声音响起以及宫婢的尖叫以后，急急忙忙冲进来，看到的是原先放着龙榻的地方，已空无一物，缓缓地闭合的暗洞里传来顺公公的惊叫之声，他骇然地想跳进去，可为时已晚，暗道封口眨眼间封合。

"该死的！"

剑奴怒叫，一种不祥的预感在心头翻了上来。

五

顺公公以为他们可以顺利地搬得救兵，结果，才出龙穴，又进狼窝，一个紫衣人正守在密室内，当顺公公看清那人时，不由得瞪圆眼珠，失声惊叫起来：

"怎么是你？你……没死！"

紫袍男子冷冷一笑，眼底全是清冷的寒光：

"拓跋跃都没死，我宋黎怎敢轻易死去？我说过，拓跋跃加诸在我与小静身上的痛苦，我会加倍还给他和玲珑九月！就从皇位开始，我要他亲眼看着他的儿子们自相残杀，亲眼看着玲珑九月在他面前化为灰烬！"

话里的寒意，令顺公公止不住打寒战。

六

此刻，镔京城外，骠骑营一败涂地，这些由拓跋弘亲手组建起来的将士，第一次见识到了九无擎这位军事天才的非凡本事，也第一次见证了他对各种地理环境的熟悉度。

乘胜而击，九无擎又调动了青龙营直扑白岭，三万人马，兵发三路，两路正面攻击，一路自背后狭小山道偷偷而入，从其腹部插入绝命的一刀。

当骠骑营的人发现这个情况后，立刻自乱阵脚，原本井然有序的强守之势被打破。

不到东方露出红光，一场血性杀戮结束，只是败亡的阵营里，没有拓跋弘的行踪，据几个降兵透露，拓跋弘已趁乱离开，身边带有精卒一百。

"陈远将军，你带领一万军士搜山，其余撤回镔京！"

九无擎没有再深入追逐而去，可一路飞奔回城，半路遇上了来急报的天枢：

"早朝时，群臣求见皇上，紫宸殿内传来急报，皇上凭空失踪！"

闻报，他惊得差点从马上翻下。

七

西秦的西营，是九无擎带出来的，五万人马皆身经百战。东营里的将卒，则曾跟着帝王出生入死过，有过一段时间，他们皆归九无擎所管。两三年光景，两营磨合成为一支虎狼之师，所到之处，无人可敌。

那时候东营里原本有不少人不服九无擎，后来在一次次战役中，俯首帖耳，对这个年轻的统帅，那是敬佩有加。

又后来，发生了公子之乱，很多东西营里的将领被调离原职，两大军营直接听命于皇帝。直到兵符失踪。

然，真正知道兵符丢失的，没几人，所以，当九无擎拿着左右兵符去调兵的时候，所有人都以为这是皇帝的旨意。

东西大营总共有十二万兵马，九无擎亲调四万擒拿拓跋弘，余下八万全面监控着整个鎵京城的一举一动。

天微亮的时候，七无欢自营中而出，一侍卫急奔而来："禀将军，回春堂有人来传了一个口信，请您有空去一趟，十万火急。"

七无欢的心，往下沉去，他知道是他来了！

一个时辰后，当七无欢带着人来到回春堂，单身一人小心翼翼地踏进凤萧的房间，一股熟悉的杜蘅气息扑面而来。

"铁儿，你来得晚了！"

声音，微冷，但，听上去很慈爱。

掩上门，七无欢凝神不答，进去，一步一步，万分谨慎，他手上，握着长剑，心下并不担心凤萧，真正的凤萧已经让他转移。现在房里他能抓到的人只是替身。一个随时随地能为他死掉的棋子。可他还是紧张的。这个男人的功夫，太高深莫测。

推开内门时，但看到一紫衣男子坐在一扶手椅上，年纪在四五十岁，面容奇俊，并不显老，满脸尊贵之气，可见年少时必是一个风流俊爽的奇男子，此刻，正露着一朵深不可测的笑容，直勾勾地看着他往里面探步进来。

其身后，凤萧正坐在床沿上，脸色异样地苍白。

他只看了一眼，眼神便缩得越发地尖细，因为他吃惊地发现里面的人不是替身，而是凤萧本人，不久之前，他们已经相认，夫妻间的眼神，他自不可能认错。

下一刻，当床上那一道明黄的单衣映进了他的眼，他的眼神里不由得带进了惊骇之色——竟是皇上！

"喜不喜欢你看到的？"

男人的语气带进几分轻快。

七无欢回神："师父倒真是越来越有本事了，连皇上，你也能神不知鬼不觉地将他带出来！"

"嗯，还好还好！"

男人微笑摸着手上那只代表皇帝的玉扳指，西秦国的人全都知道，皇上套在拇指上的玉扳指，可在危急时调动三军，扳指令一出，等同圣旨。

"为师的本事若是稍逊一些，就会被你们玩在手心里了。铁儿，你跟九无擎时间太久，把他忘恩负义的德行全都学了去了是不是？想将凤萧藏起来吗？没用的，无论你藏在哪里，我都能找到。"

他惬意地拍了拍手，一个近身侍卫立即将刀架到了凤萧脖子上，轻轻一划，雪白的脖子上就有淋淋鲜血淌下来。

凤萧蜡白了脸，只能呆呆地看着脸色越来越凝重的男人。

七无欢将拳头捏得紧紧，脸上，挂着淡淡的冷笑："皇上醒不过来的。即便你得了玉扳指也没有用，那是白费心机。"

"哦，是吗？那你要不要打赌？就用这女人的性命来赌一局。"

男人笑着，眼角浮现了几丝鱼尾纹，眸光潋潋，姿态优雅之极。

七无欢接不上话了，他无法确定这张脸孔，是不是他的本来面目，他也不敢赌，只能紧紧地盯着看，看着那鲜血，染红了她的衣裳。

"铁儿，你确定你愿意这么看着她流血而死吗？十年前，你为保她性命，才诈死，十年后，难道，你打算为了成全别人的野心，眼睁睁看她为你死？别忘了，你的将来不在西秦，而在东荻。你若是背叛了我，那么，东荻国也会跟着毁掉。当然，如果你肯陪我耍完这一场棋，你父王想得到的一切，都会落到你身上。美人和前程，你都能拥有，怎么样？"

男人铺展开一片锦绣前程，诱惑着他。

这是任何人都抗拒不了的承诺。点头或是摇头，人的一辈子，会在这一瞬间定格。

"你想我怎么做？"

半天后，七无欢闭了闭眼，沉沉地挤出几个字。

男人笑得迷人，手一扬，令人放开凤萧，扔下一句话：

"很简单！去把那个名叫伍燕的小丫头给为师抓来。拓跋跃必须醒过来，如此，这场好戏才精彩！"

八

金凌去的不是三里村，而是距镜京很近的杨村。去的路上，她明白了一件事：娉儿的悲剧，是有人策划的，从怀孕开始，到孩子的降世，到娉儿的神秘失踪，到如今，娉儿因为清儿的病，突然之间凭空出现，这一路之上，一直有人在操纵着她的命运。

有人要用她来打击九无擎。娉儿和清儿只是某个人一手配制而成的棋子。

她好奇，到底怎样一个角色，布了这么一副局，将西秦国的朝堂玩弄在手心之上。

两个时辰后，由项连带头，金凌被人反手押着送到杨村，押她的人是龙奕——东罗和龙奕作了一番乔装改扮，此时，他们是项连手下的小喽啰。

碧柔跟其后，子漪则由东罗押着。

这是一处风景雅致的农庄，竹影下有茅庐，晨曦如梦，炊烟袅袅。

茅庐内很干净，飘着一股子淡淡的竹叶的清香，一几四短凳，一道青色的身影站在背窗口。

正思量，项连扶起竹帘进去，走到那道身影前，跪地禀了一声："人带来了！"

那人没回头，低低道了一声："辛苦了！把人带进来吧！"

手臂上的力道紧了一紧，龙奕好像发现了什么了，眼神有点惊诧。

"是！"

项连站起，冲门外喝了一声："把人带进来！"

龙奕立即押着金凌走了进去，其他人都被隔在了帘子外。

金凌没顾着打量，目光直直地盯着那个人影看，正巧，那人也转过了身，等金凌看清那人模样，一怔，惊呼出声：

"晋王府的平管家？"

不错，出现在这里的，正是拓跋弘的平叔，一张横着长长疤痕的脸孔上，浮现着高深莫测的微笑：

"难得公子青会记得陈平。"

这人不等她回神，忽诡异地扬手动了什么，头顶上一阵"咯咯"作响。

"小心！快闪！"

龙奕也早已发现异样，正想带着她一起退，平叔手上凭空多了一把软剑，剑花一闪，直往龙奕脖子上刺来，那气势又狠又准，若不避让，必陷入危境。

金凌看得分明，急忙将人震开，转身欲逃，已失得先机，就听得"轰"的一声，一只从天而降的铁笼稳稳地将她困锁其中，与此同时，房外剑戈动，不知从何处冒出一大群侍卫，将整个西厢房团团围了起来。

龙奕回过神看到这光景时，心下恍然明白中计了。

金凌也沉下了脸来：自以为聪明，能顺藤摸瓜，却不想对方早将她的心思摸透，还是一招将计就计，就轻轻松松把她擒拿了。

"平管家，好深的盘算！"

"好说！"平叔皮笑肉不笑，"青城公子的心思若不是绕得这么深，老朽又如何能请得动你？"

这一切，皆在他们的算计之中。

公子青若真能这么轻易叫人抓来，那他还是那个真正的公子青吗？

试问，她身边的人，哪一个是省油的灯。

和这样的人斗，就得比他们想得更深远。

派出项连，志在请君入瓮。

随即，平叔又深一笑，他看到那个侍卫模样的男人想将那铁笼子拽开，细细打量罢，笑容加深再加深，整条疤都在抖，因为他已认出此人是谁了：

"龙少主，没有用的。玄钢乌铁，万斤之重，你如何能将其顶开？与其在那里白费功夫，倒不如静下心来，跟老朽来说说合作事宜如何？"

这时，竹帘外，已发觉里面发生了惊天异变，东罗大惊失色，丢下子漪，破穿而进，看到这情形时，面色骇变，子漪和碧柔也跟了进来，几个人对着巨大的铁笼一阵惊悚。

"过来帮忙！"

龙奕叫，东罗去帮忙一起顶，子漪和碧柔也用上了劲儿，可没用，铁笼纹丝不动。

两个男人顿时眉头深皱，对视一眼，他们都可以力举五百斤，但面对粗如手臂的铁笼，却无能为力。

隔着栅栏，他们看到里面的金凌一点也不乱，好像这一切全在她的预计当中似的。

"算了，莫动了，别白费力气，人家有心留我，你们再怎么折腾也白搭，倒不如安下心来，好好听听人家的合作事宜。不过，本公子倒也小有面子，劳驾了平叔这么一步步地把我算计。"

倚着铁栏，金凌笑得懒懒，比起自己的处境，她似乎对他所说的"合作"事宜更感兴趣。

他们的注意力这才重新落到了平叔身上。

"合作？什么合作？"

龙奕见金凌不急，也放宽了心思，回头时露齿一笑，他深信一点：如此机谋，绝非是眼前这个人筹谋的，还有，那人能将晋王府的平叔当喽啰使唤的人，得有多么强大的背景？拓跋弘虽了得，但还没有这一点本事。想想这平叔跟了拓跋弘这么多年，难道拓跋弘也只是一枚棋子？

抛开现下的形势不说，平心而论，他突然觉得，这副棋真是越来越好玩了。

"听说龙少主在短短一个月内，将整个龙域狠狠梳理了一遍，如今整个龙域，除了域主身边那几个老不死的还在和少主唱反调外，龙少主几乎可以一手遮天。龙少主这番雷厉风行的做派，是想早一些登上域主之位了，是也不是？"

一句话岔开了话题，却将龙奕这两个月的丰功伟绩端到了台面上。

金凌听着，对这个看上去不务正业的男子投去了惊讶的一目。

龙奕挑眉一笑：

"本少主明白了，你所谓的合作是不是打算先让本少主帮你家王爷扳转局势，最好能趁机登上皇位，等他得了权势，反过来再帮我夺权？"

"龙少主睿智。此事互利互惠。我家王爷说了，只要龙少主肯帮忙，以后绝不再跟你抢公子青。他会把公子青让给你。江山美人，龙少主尽在掌握之中。"

前面说得好好的，后面半句却把金凌呛到了，他们居然将她当做了筹码。

"哎呀，你家王爷倒还真是舍得，先前的时候，他不是一直在想法子将公子青自公子府内弄出去吗？现在为了江山大业，就能舍却美人了？"

拓跋弘曾多次派人想从公子府将人弄出来，皆被九无擎不动声色地打发了。这事，金凌可能不知道，但他知道。

至于拓跋弘为什么在意公子青，他就不得而知了。

"命都将不保，何谈美人卧膝？这番里九无擎欺人太甚，将我家王爷逼入不得不反之绝

第三十二章 镜京之乱

境。少主若肯帮忙，那日后就是患难之交，从此以后，强强联手，在这世上，谁与争锋？"

"哟，平管家，你弄错了吧：我若帮了你家王爷，那就等于给自己埋了一颗雷。倒不如趁这个时候，我来一个趁火打劫，把你们连根拔了，一下省了不少事。再说，我若帮了九无擎，同样也能得到这样的好处，我又何必非得和你家王爷合作。"

金凌也在纳闷平叔凭什么认为他可以和龙奕进行这样的交易？

平叔目光一闪一动，捋了捋胡须："要不要来赌一赌？"

"赌？怎么一个赌法？"

"等我说出道理，龙奕一定选择支持我家王爷。"

"那就说来听听！"

平叔勾唇一笑，环视一圈后，扔下一句话：

"九无擎顶多还能活个一两个月，少主若帮他，那好处等于是打水漂。若继位的是拓跋曦，等九无擎双脚一蹬去了，凭他那点本事哪能镇得住朝纲？到时，整个西秦国将乱成粥，我家王爷不一样，他在朝中的声望本就很高，如今北塞一战，更是名声大噪，在这种情况下，你若能帮助我家王爷斗垮拓跋曦，以我家王爷的本事，自能在短时间内稳住大局，到时，便可助龙少主一举成事。这里的差别可不是一点点而已……"

这个心思叵测的平叔，在说这话时，就一个劲儿地往金凌身上瞟。他故意在"一两个月"字面上加注了重音。

龙奕也被这话震到了，不等他说完，就语气微愕地接上话：

"你说九无擎还只能活一两个月？你在蒙谁呢？他的身子不太好，本少主倒是听说了，不过，却从未听说已糟糕到这等田地。"

金凌皱眉看向了东罗，无法确定这话的真实性。

东罗则将唇线抿得紧紧，不敢接视，心头惊怒交加。

"对！他活不长了！"

平叔咬着重重的字音，看着脸色越来越惨白的公子青，笑得那个舒服，说出来的话，越发地触痛人心：

"原本，他倒还有机会可以活下去的。拓跋曦花了九牛二虎之力说动皇上，四下派人去寻找龙苍四灵。这事，足足进行了四年。今番，派下去的人不辱使命，终于替拓跋曦寻回了崖巅之雪莲，罗河之琥珀鱼肠，青峰之乌鹰血。只要寻得最后一味药草，按着古方入药，就可以药到病除，永远不必再受那蛊发之苦。我们家王爷本还在愁九无擎的身子要是好了，他的麻烦可会平添不少。亏得公子青帮我们办了一件天大的好事，将那三味药草一股脑儿全给那个孽种吃了，哈，这真是一件大快人心的事。哦，对了，青城公子，我家王爷说了，多谢你帮了他一个大忙！"

话，真够毒，他这是故意想活活气死金凌。

而金凌当真被惊到了，气到了，痛到了，她猛地抓住粗粗的铁栏栅，不肯相信地质辩起来：

"你胡说，他的身体好好的！"

话是这么说，心下却没了底气，因为九无擎前后判若两人就始于她用了那三味药。

还有就是，她从来不曾给他看过脉。每一次，他都找各种借口搪塞过去。

这表明他的身子的确很糟糕，他不让她看诊，是不想让她担心。

再往前细推，最初，他并没有要她的意思，纵然同床共枕，也不曾过分亲昵，后来，他突然转变了态度，刻意亲近，刻意示好，而且还向她许诺。

一个很寻常的承诺，但如今想来却是颇有深意。

通过这几个方面，可以得到这样一个结论：那三味药，他原本打算拿来救他自己的。

或者说，他在救自己还是救清儿这两者之间一直犹疑不定，因此迟迟没有把药材拿出来。

不想清儿突然发病，他不在府里，她正好发现了那些药，没有多想其他，自以为是地救了清儿，却活生生斩断了他的生路。

是了。

她亲手掐断了他的未来。所以，他便狠心掐断了他们的未来。

"公子青在说笑，他的身子一直就很坏，再加上番你叫人掳走后，他在回来的路上中了毒掌，如今这身子，早已垮下，保守地说他能活两个月，那还是客气的。你要是不信，可以去问问他的侍卫东罗。"

平叔毫不留情地往她身上泼凉水，目光则落到了另一个侍卫上。他早已猜到他是谁。

金凌立即抬头目光灼灼盯了过去，厉叫："东罗，这是不是真的？这便是他要将我驱逐的真正原因，是不是？说话！"

东罗抖了抖唇，什么也没有说。

但金凌已经明白，不由得掩起嘴来，心痛如割，眼前浮现的是九无擎那决绝的神色，她竟亲手将他推上了绝路。

龙奕也是一番震惊：原来，九无擎突然之间向拓跋弘发难，是因为他活不久了，所以，他想尽快助拓跋曦坐稳帝位。

至于他驱逐琬儿，不是他不爱了，而是他不能爱了，为了她的安全，才狠心将她赶了出来。

琬儿说过，她入公子府，只为寻夫。昨儿个，她又说，她不知道家在哪里，东罗认得。于是她的心里便有了这样一个认知：九无擎就是燕熙。这个男人一定也知道她的身份。所以在这种紧要关头，甘愿少一心腹大将在身边跑腿，只为了能护她安全回家。

剥开层层表象，在看到金凌脸上那扭曲的疼痛以后，他看到了九无擎的用情之深。

但她却笑了，痛裂的神色在她脸上绽开：

"他若死了，我会让你家王爷一起陪葬。龙奕是断断不可能帮你家王爷的。老匹夫，你还是趁早死心吧！"

"公子青，如今的你，身在铁笼之中，请问还有什么资格说这种话？"

他笑得欢快，转头将视线落到了龙奕身上：

"龙少主，这买卖可不会亏。你助我王爷成事，我等就保全这个女人一命。可你若不答应，这女子只能死路一条，她的残肢断骸，将是我们送给九无擎的大礼。不用这么瞪眼，老朽我决不说大话，铁笼底下埋着足够的火药，只要老朽一声令下，她就灰飞烟灭！"

"你！"

龙奕闻言脸色大变，怪不得他如此有恃无恐，原来竟存了这种恶毒可怕的心思。

东罗更是骇然，箭步飞去，怒叫："狗娘养的，老子劈了你！"

擒贼先擒王，他想抢得先机将人拿下。

这平叔早有准备，一边往外闪了出去，一边沉笑：

"东罗，劈死我，你也救不出她的。龙奕，你若不愿意合作，那老朽只能按原计划行事。你可想好了，老朽的耐性可是有限的，若数到十，少主还是一意孤行，那别怪老朽不客气了！"

话音落下，他开始报数："一，二，三……！"

他报得不疾不慢，一字一顿，生与死，就在这十字之间。十个数字一旦报完，这里就会化作一堆废墟，公子青将成为历史，这世上再没有这样一个传奇。

龙奕额上出汗，跟着奔了出去，火急火燎地叫道：

"奶奶的，我答应！"

房外，平叔已经停下报数，勾唇一笑。那个女人，不仅是九无擎的软肋，更是龙奕的心肝宝贝，只要拿住了她，就能控制住两个惊天伟才。她这条命，可金贵着！

"放了她。你说什么我都能答应你！"

站在台阶之上，龙奕刻意示弱，满口应下承诺。

"那要看龙少主的诚意！"

陈平转过身，审视着，从头到脚，似乎在掂量这句话有几分可信度，然后，坐到了一太师椅上，抱胸一副看好戏的模样。

"那你想要看怎样的诚意？"

"很简单！"

他一拍手，一侍卫跑了出来，手上托着一个端盘，上有一碗犹在冒热气的药。

"只要龙少主将这碗药逼公子青服了，那便是诚意！"

"这是什么药？"

龙奕盯着看。

陈平轻一笑，吐出三字：

"堕胎药！"

龙奕立即变脸。

陈平却笑得越发地狡猾：

"九无擎的孽种，一个也不能留。这碗药，我让人下足了药，不需要半刻钟，就能将那小孽种打下来。这于少主而言，百利而无一害。试问哪个男人愿意自己的女人生养杂种，另外，老朽还让人在汤里另添了一些药材，足够令她忘记一切，包括自己的来历，自己的身份，以及有她和九无擎的一切，从今往后，她的生命里就只有你龙少主，并且还会事事依从龙少主，再也没有人带得走她。"

屋内，金凌怒极而笑：晋王府的人，真是为成大事，无所不用其极。又想害她的孩子，又想抹掉她的记忆，这样缺德的事，他干起来，怎么就这么的理所应当？

她怒眯了一下眼，自怀里掏出了寒鲛剑：这剑削铁如泥，若用它来削这铁笼子，会怎样？

屋外，龙奕故作深思状："这倒也行，只是，有一件事我还是不怎么明白，如今拓跋曦是太子，皇位横竖没你们家王爷的份，就算九无擎当真在宫里动了手脚，应该诛伐的是九无擎，这皇位还是拓跋曦的，与你们家王爷没有半点关系，拓跋弘自恃什么能坐上那龙椅？"

"如何登大宝，那是我们的事了。龙少主只需帮我们拖住九无擎。九无擎垮了，拓跋曦也就垮了，而龙少主最终能抱得美人归，这是皆大欢喜的结局！"

这人狡猾之极，三两句故意将话题转开，也不想多费唇舌。

"龙少主，请吧！"

那碗汤就被端到了龙奕面前。

龙奕没有接，只笑："其实，你不说，我也猜到七八分了。如此自信能令拓跋弘上位，是不是拓跋弘身上藏着一个惊世的秘密？"

平叔静静反问："什么秘密？"

"他应该就是那个本该死掉的前太子拓跋康吧！哎，你千万别以为我是在信口开河，我是有依据的。因为最近我一直在留意拓跋弘的行踪，发现与他有往来的朝官，多半与慈德皇后有交情，不管是在镔京城，还是在他的封地上。

"于是本少主就纳闷了：一个庶出皇子，怎么就和前皇后家族的某些亲信打成一片？如果，单纯地认为这是在笼络朝臣，晋王的号召力似乎还没那么大。

"然后，我们再说说慈德，奇女子一个，曾经有不少当世奇才伟公子拜倒在她的石榴裙下。其中，翼中第一公子宋黎，天地盟的当家人，甚至于曾与皇上抢过这个女人。另外，她还有两个师兄，功夫一流，学识博渊。最最重要的是，他们都将慈德当做宝贝似的爱护着。可惜这三个男人，后来都死在了皇宫里。

"据说是这样的，那番，慈德皇后因爱成恨，刺杀西秦帝不遂，被打入天牢，自杀又未遂，宋黎听闻此事闯进皇宫，拿住九夫人所出之子拓跋祈胁迫皇帝，要带走皇后，皇帝无奈，将他们自宫中暗道放出宫外，对外则向世人称说他们死于宫乱。这是历史上所记载的史事，却不是事实真相。

"真相是：宋黎拿着那个可怜的小皇子逃出宫后，终没能救回皇后，一怒之下就将小皇子拍成肉酱送回给了皇帝。拓跋祈就死在了那次宫乱里。后来，皇帝大怒，下达追杀令，最后，在绝峰之上，他们跳入山谷从此销声匿迹。

"但是，一年后，质子拓跋弘身边便多了两个忠心耿耿的奴才，一个脸上生疤，一个脚微跛，会功夫，悉心教养着拓跋弘。表面看来，没有什么稀奇的。而今细探，却大有奥妙。

"比如说，当年皇后所出拓跋康和庶妃所出拓跋弘，实际上只差一个月而已。孩子么，生在襁褓时，没多大差别，身份要是调换错了，也是大有可能的。也许还是故意弄错的，如此做法，能保存实力。

"西秦国帝后不和，昔日夫妻闹到兵戎相见，两个嫡子流落在外，皆为了保全'九儿'所出之子。

"那一年,慈德刺杀皇帝入天牢,皇帝因不愿动摇国之根基,没有大肆清洗了李氏一族,甚至还让拓跋康当了太子。事实上,他明着给了太子位,暗地里呢,没有给他半分实权,不扶持也就罢了,还一意苛求,导致他最后因为心力交瘁而死。

"所幸,皇后一党皆安分守己地做着本职工作,谁都没有强出头。比如说常侯霍不悔,百捷关的齐坉将军,就深知树倒猢狲散的道理,自国丈爷过世,一个个自扫门前雪。皇帝这才没有斩尽杀绝。可如今,他们却在暗中频频与你家王爷暗中勾结。

"且说那齐坉将军原还想告老还乡的,后来见得晋王一面后,就绝口不提还乡之事。那老将军谁都不服,独独服李家人,如果你家王爷仅仅只是庶妃所出的拓跋弘,恐怕连他们的面也见不到。

"还有,项连刚刚说他是直接听命于梁王麾下的军机斐柱,那斐柱可是梁王亲信,梁王则忠心拥护着晋王,这是为什么?我想,这必是因为梁王已经知道晋王真实身份,梁王的母妃雅夫人当年曾受先皇后大恩。身为一个比较受皇上看重的雅妃娘娘,何以不给自己的儿子图江山,而替晋王谋皇位呢?

"其一,雅妃娘娘出身卑微,其二,雅妃娘娘因为九贵妃的缘故,曾流掉过一胎,其三,也是最最重要的,就是报恩,更是为自己谋后路。因为拓跋弘是皇后之子。正因为他是皇后所出,所以,你们才如此处心积虑地想除掉九无擎,除掉拓跋曦,将原本属于拓跋康的江山基业一并要回来。

"而这一切,绝对是宋黎在暗中布置的。

"他在暗中将拓跋康当做拓跋弘来养大,一是为了保护他,二是想用另一个皇子的身份聚集人气,然后在紧要关头,击败皇帝最最钟爱的小儿子,以皇后嫡子的身份出现,到时必然会一呼百应,尤其在现下这种情况下,接替皇位那几乎是顺理成章的事。"

一番话,极尽详细地将埋藏多年的宫闱纠葛,将上一辈的恩恩怨怨理得清清楚楚,让人不得不佩服他的逻辑推理能力。

平叔没有辩驳一声,眼底难掩佩服之色:

"既然龙少主已经调查得这么清楚,就更应该为自己找到正确的定位。"

他没有否定,而是大大方方地承认了。

龙奕却笑起来,所有这一切,只是在猜测,不想,歪想正着之下,竟然全蒙对了。

他走到了那碗药汤前,端过了那碗汤,往里而去:"等着!"

这举动表明,他选择了帮拓跋弘。

脸上的刀疤抖了又抖,平叔冷冷地笑着。

龙奕,等解决了九无擎后,老朽一定会让你知道你即将霸占的是你的什么人,亲手用药流掉的又是谁?老朽还要让你亲眼看着玲珑九月悲惨地死在你们面前。

九

陈平原以为里头会传出争执声,等了好久,却是悄无声息。他心里顿时"咯噔"一下,一种不妙的感觉翻了起来，忙往里跑了进去。待见到空空如也的笼子，他顿时瞪直了眼。

粗如手臂的乌铁，竟被人用利器锯断，生生就少了两根，铁笼里的人早跑了！

"怎……怎会这样？"

话音还没有落下，门外就传来了惊天动地的打斗声，以及龙奕朗朗的大笑声：

"想要来威胁我，哼，今儿个，我若不把你们摆平了，我就不姓龙。"

平叔沉下心，情知中计，他极快地跨出门，一道冰冷的寒光冲他使了过来：

"老匹夫，想害我性命，十八年风水轮流转，今天，我若不能把你打得满地找牙，我就不回九华。"

伴着一声娇叱，利刃上的杀气深深逼了过来，那嗜血的刃锋彰显着它的威力，平叔明白了，她手上的兵器，是件宝贝，乌铁在它锋刃之下都会黯然失色，何况是人肉之身。

他本能地向后避，同时，身后也传来了一阵阵骇人的破空掌风，那掌劲似大山压顶，若是被打中，骨头必断。

面对两大高手的杀招，他冷一笑，足尖一踮，横走于廊柱之上，三步之后，一个凌空翻，跳出了他们的围堵，回头看时，心陡然一沉：也不知从哪里冒出一大帮青衣人，自篱笆外包围过来，他的人，或死或伤或擒，真正成为瓮中之鳖的居然成了他！

"老匹夫，看你往哪里走？"

龙奕大叱一声，一剑自他背心处直刺过来。

平叔忙回神，抓起三节棍回击，紧接着，金凌冷哼了一声，寒鲛剑剑剑攻其下盘，东罗的剑，更是凶神恶煞似的欲饮血，三剑齐发，将其堵在一片剑光底下。

可这老匹夫功夫极了得，在三对一的情况下，依旧奋力自卫着。

这时，一个极清朗的声音响了起来："平管家，拓跋弘都被我拿住了，你又何苦在那里作困兽之争？来来来，拓跋弘，学几声狗叫来听听！"

平叔一惊，回头寻视，但见篱笆外，一个白衣少年执笛而站，竟是南云国太子墨景天来了，但他身侧可没有拓跋弘的影子。

三支剑，却趁这个工夫，一剑架到了他脖子，一剑抵上他胸口，一剑顶在他背心，陈平就此被掳。

"老匹夫，现在看你还如何嚣张，龙奕，东罗，将他架住！"

金凌忽寒脸叫了一声。

龙奕和东罗应声将还想反抗的平叔牢牢架住，金凌上前，左右开弓，狠甩耳光，一连十几下，打得那老匹夫哼哼直叫，最后再狠劲地往他胯下踢了一脚，痛得他哇哇惨叫。

"说，拓跋弘现在跑到哪里当缩头乌龟了……"

"你杀了我吧！"

平叔嗷嗷叫罢，却又诡异地笑起来：

"九无擎注定不得好死的。小泼妇，这辈子，你当定寡妇了……哈哈哈。是你亲手害死了他，所以，他不要你了，你再凶再悍，也就是一个没人要的弃妇！"

这人还真会往人的痛处踩，她气得又狠狠甩起了耳光。又狠又重，打了多少下，犹不解恨。

"别打了，再打就死了！死人就没用了！"

墨景天走了过来，提醒了一句。

金凌这才"呼哧呼哧"地瞪着那歪倒一边的刀疤脸，收回打得发麻的玉掌。

"没事，要是不解气儿，让人打盆水来浇醒了继续打。"

龙奕笑笑，回眸时，惊讶地发现有一抹奇异的紫光自墨景天的眼底流过。

"墨太子，真是巧，怎么在这个时候，这个地点遇上了你？"

金凌也回过了头，看着这个俊美的小小少年。

"景天一直就在跟踪晋王府的人！所以，遇上你们并不意外！"

"哦！为何？"

他笑笑说："景天奉家君之命暗中护着青城姐姐！"

奇怪，南云国的帝主，为什么令自己膝下唯一的太子跋山涉水来保护她。

金凌眼里露出疑惑之色，和龙奕及东罗交换了一下眼神，大家都表示困惑。

"对了，有件事，你们可能还不知道，九无擎已经撤兵回京！"

"拓跋弘死了？"

"没有！但整个骠骑营已经没了！宫里出了事，皇帝失踪不见。如果是拓跋弘的人干的话，那么现在的情形于九无擎而言是相当不利的。"

金凌的脸色不觉大变。

"不行，我要回去！我要回去！"

她想第一时间见到他，任何困难险阻，他们都该一起面对，他不该将她撇开是非之外。

这样的结果，东罗并不意外。

而龙奕，则自告奋勇地要陪她一起回去，因为他还有事要问！

他想问他可有孪生兄弟，他想看看他身上的龙镯，以确定自己的身份，他的身份，以及未央宫里的九夫人的身份。

拓跋曦长得太像他们小时候的模样，这肯定不是巧合。

第三十三章　谋朝篡位

一

九无擎在回城的途中收到了一封神秘的来信，信上写着这么一句话：

"连云坡，峰回林，晌午之前，君若不至，记得收尸。先附上手指一枚。娉儿，清儿，金凌……一个时辰，吊死一个。"

信封内，同时倒出来的还有一根孩子的手指，肉肉的，本该是粉红色的，现在呢，沾满着血，污浊不堪。

"爷，那是陷阱！您不能去，东罗没信儿传过来，这说明夫人没事。"

南城劝。

九无擎置若罔闻，脑海里浮现的是清儿巧笑倩兮地叫他"爹爹"的模样，孩子那么无辜，却要承受这种飞来横祸！

他捏紧了拳头，脸上是平静的，可心中的愤怒之情已如喷发的火山，一发不可收拾。

望着那初升的太阳，久久后，他吐出一句："南城，挑几个人，跟我去峰回林！天枢，你在这里坐镇。就地扎营做饭，战士们需要吃饭。一个时辰后，我会赶回来。"

二

"他一定会去的！"

回春堂内，紫衣男人优雅地微笑，玩着手中黑白棋子，稍用内力，子成齑粉，五指张开，黑白粉末簌簌落下。

"也许他不在意自己的骨肉，但一定会在意金凌。徒儿，看着吧，就算你不帮为师，为师也能扳倒他，而且能让他死得凄惨。"

隔着一道精钢所制的牢栏，七无欢扶着凤萧面无表情地盯着自己的这个师父。

他没有答应去找伍燕，这人倒也没有过多为难凤萧，只是将他们押来了这一处地牢，一道坚不可摧的牢笼，将他们与世隔绝。

拓跋跃也被他带了过来，就在他身后的小榻上。他到哪里，他就把皇帝带到哪里。

刚刚他说已经让人把清儿的断指送去给了九无擎。

他听着，寒心："连一个才四岁的孩子都不放过，你怎么就这么毒？"

"毒？"

男人又摸了两颗棋子，全力射出，那速度极快，直往七无欢脸面上打过去：

"为师没教过你吗？无毒不丈夫。你若没办去比别人毒，那你就等着被他们毒害。这就是无法改变的生活状况。十年前我就认真地教过你，做人一定要狠。狠了，你才能自保。都十年了，你怎么一点都没有长进？"

七无欢不搭理，扶着凤萧避开，"嗖嗖"声后，两子入土三分。

他没有生气，神情极为温雅无害，说："铁儿，你之所以要沦为阶下囚，就是因为你不够狠。好了，你既然这么想和这个女人在一起，那就永远留在这里吧！这辈子别想再出去。就算没有伍燕，为师一样有法子将他催醒过来。"

男人说完话后，来到小榻前，盯着拓跋跃，唇角一扬，抱着胸讥笑起来：

"拓跋跃，你就别装了，先前，我让人在你的舌尖下含入一颗回魂丹，顶多也就一个时辰的时间，你就能醒来。所以，现在的你是能听到我在说话的。这么装，你不嫌累吗？"

"嗯，你是不是在想我是谁？其实你应该能猜到的。不错，我是宋黎，你曾经的结拜大哥。"

这话令七无欢霍然一惊：怪不得这人会如此憎恨九无擎，原来他竟是翼中第一奇公子，被当今皇上誉为智谋天下第一的宋黎。

下一刻，拓跋跃缓缓地睁开了眸子，一脸震惊之色。

宋黎极优雅地坐到榻上，很体贴地替他掖掖被角，把把脉象，笑得和蔼可亲，就好像他们之间从不曾自相残杀过：

"是不是觉得很意外！对呵，我居然没有死，居然就在你的眼皮底下过了这么多年？"

他一摊手，笑得温和："是不是很不可思议！"

拓跋跃直挺挺地躺着，盯着看：他没办法将这张陌生的脸孔和宋黎联系起来，眼前的他，分明就是梁王座下的那个军师斐柱。

"十几年不见了，你可知道我为什么迟迟没有出来杀了你吗？不是我不想替小静报仇，而是我觉得，死，对于你来说，不是折磨，那是解脱。如果我当真痛痛快快地把你送上鬼门关，那小静受的苦，怎么算？当年，你娶她时就说过，你会好好待她一辈子。可是，你没有。你背弃了当年的承诺，是你把小静逼疯，逼死，也是你，为了一个杂种，就想置我于死地，好，好，好，极好，既然你能狠下心，那我自然得好好陪你玩玩。"

脸上的笑容，依旧是温润的，声音里透着一种可怕的冰冷。

"你加诸在小静身上的痛苦，我会一五一十，全部还给你！"

他凑到拓跋跃耳边，道出来的事情真相，令拓跋跃恨不能将面前之人千刀万剐：

"对了。忘了告诉你一件事，二十五年前，九夫人失踪，是我做的。我没害她性命，不过，我给她吃了忘情汤。她倒是奇怪，忘了龙苍的一切，却记回了九华的过去。我还给她吃了药，将她送给了别的男人。然后呢，她替那个男人生了一对孪生子。我让人偷了她一个孩子，而这一切，全是你害的，如果你可以待小静好一些，我一定不会这么对付她。可你没有！"

宋黎突然之间坐直，寒下了脸，狠狠将榻上之人揪了起来，目光如剑，足可以将人千刀万剐：

"好啊！既然你做得这么绝，我自然也不客气！在静儿死在我怀里的那一刻起，我就对我自己说，我会让你生不如死。"

"于是，我跑去九华，把玲珑九月重新引来龙苍，并精心策划让你们重逢再遇，游说你往九无擎身上下蛊，然后，我再传出解蛊之法，让他往自己身上下毒，令他们母子恨你入骨。"

"怎么样，是不是很痛苦，很绝望，这么多年来，你自始至终没有得到过她，她的心，永远在另一个男人身上。"

"实话告诉你吧，还有更让你痛心疾首的事，正在上演，你想知道是什么吗？"

他诡异地一笑，继而再度低下了头。

这一次他用轻得只容彼此可以听见的音量说了一句。

这句话，令拓跋跃的眼神惊骇而狂怒地瞪圆起来，额头上青筋暴横。

宋黎却痛快无比地哈哈大笑起来，将人扔回小榻，居高临下地反问：

"怎么样？这是不是一件很有意思的事？对了，他马上就来了，并且会带你回宫，到时，他们兄弟俩，谁生谁死，你就看着办吧！这是哥哥我策谋十多年为你奉上的大餐，名为：骨肉相残。怎么样，够味吧！"

密室的门，就在这个时候，突然开启，走进一个玄衣下属禀道："主公，晋王赶回来了。"

宋黎没有回头看，脸上的笑容愈发地优雅深绵，弯下腰，无比温和地道：

"来了来了。你的好儿子来了。可惜他什么也不知道。说句实在话，比起拓跋曦，拓跋弘更有接掌皇位的资本。可惜你一直在皇位继承上偏袒拓跋曦。一会儿重用他，一会儿打压他，逼他和你离心。拓跋跃，这是你种下的苦果。滋味不错吧！"

他站了起来，笑得春风得意："走，咱们去见见你的宝贝儿子！"

一扬手，他示意手下将软榻抬出去，密室门"砰"地合上。

七无欢看着，震惊之余，眉心直皱：这人为何不杀他们？

此人手段毒辣，但不论是十年前，还是十年后，他都没有对他痛下杀手，是他的人性之根没完全泯灭，还是别有原因在里面？

还有，他到底说了什么，竟令皇上如此激动？

三

外室，拓跋弘走了进来，带着满身的伤，跪倒在拓跋跃面前，对上了那发自他眼底的复杂的眸光，惊喜的，悲痛的，悔恨的。他不知道他心里在想着什么，只知道这位昔日的霸主已被沉香损坏了身子，此时，没办法和他作正常的交流，但有些事，他必须和他说一说，以期得到他的认可，从而赢得更多的胜算。

身边，斐柱极恭敬地冲他一揖，道："王爷，如今皇上已形如废人，无所作为，而太子殿下，一心帮着外人陷害皇上，如此的不忠不孝，实非明君所为。因此，梁王殿下让斐某人转告您一声，是时候做个决定了。拨乱反正，西秦国需要您站出来主持大权，万不能令国之大权落到贼人之手。梁王殿下提议，请您及时取出皇后之印，号召群臣，将那祸国殃民的奸臣贼子，绳之以法！"

拓跋弘点头，冲着拓跋跃先叩了三个响头，挺直腰杆时，说道：

"父皇，你听到了么？大秦危矣。而这危机是您这些年心慈手软所造成的结果。这一次，他设下一局，欲夺我江山，乱我皇朝，害我族人，如此毒瘤，必须将其连根拔起。九无擎必须死，而拓跋曦，他的确优秀，但大秦的皇位，他没那资格坐。至于原因，有三：

"一、拓跋曦和九无擎同污合流，发动政变，谋权篡位，不忠不孝，不配做一国之主。

"二、拓跋曦年幼，不宜担国之大任。

"三、拓跋曦是庶子，孩儿却是先皇后所出之子。当年，奴从们为护我，名正言顺私下交换了两个质子的身份。孩儿才是真正的拓跋康，是您命定的国之储君，继承皇位，名正言顺！

"今日，孩儿将带上皇后之印再次入宫，以皇后之子号令群臣，以储君之名正我身份。亲君侧，护江山永固。您若还对孩儿有半分怜爱之意，就请站在孩儿这边，助我稳定朝纲，安定天下，令镱京乱，宫闱之变，就此画上符号。"

说完以后，又重重叩了两个响头。

小榻之上，拓跋跃神情一悲，一痛，一恨，开口想说什么，却什么也说不了，最后牙根紧咬，无奈地闭上嘴。

斐柱在边上微微扬了扬嘴角，在心头冷笑：

拓跋跃，无论你怎么选择，总归有人会死。这两个孽种，一个你亏欠了他二十几年，一个你宠了他十几年，我看你怎么偏帮？

这时，容伯自门外进来，拱手一揖，道：

"晋王，时候已经不早，梁王殿下已经号令文武百官，一起集齐金銮殿，东营也已经被我们的人重新掌控，到时，皇上若仍然偏着拓跋曦的话，我们只能以武力控制镱京城。"

拓跋弘点头，吐出一口气："成败在此一举！不成功，便成仁！出发！"

这不仅仅是皇位之争，更是生死大战。

四

镱京城城门已闭，消息已完全封锁，金凌却刚刚得到了龙山三煞的报禀：

消息一：龙门山庄附近，有大量陌生人出现。晋王拓跋弘似也在其中。同时，梁王拓跋臻下令满朝文武入宫，似在密谋什么。

消息二：九无擎得到神秘信函后，已带人往回峰林而去，似有晋王的人出没。回峰塔上吊着两个人，疑是娉儿母女！"

"不好，这只怕是调虎离山之计！"

墨景天听罢，脸色显得异样凝重：

"他若为一己之私，弃军不顾，去救人，到时，宫中若有变故，军心必生怨言，军心一散，必败！"

金凌听得脸色惨绿。

龙奕忙安抚："九无擎未见得会去。娉儿和清儿固然重要，但他是统帅之才，断不可能临阵弃军队于不顾，我以为他会折回皇宫去的。前往回峰林的人马，必定是疑兵之计。"

"你为什么这么肯定？"

"因为宫里有九贵妃。"

龙奕的语气是如此的肯定。

金凌一愣。

龙奕一笑，看向脸色微变的东罗，用脚踢了他一下："东罗，你说吧，你家主子和九贵妃是不是有着一层不可告人的关系。比起娉儿母女，九贵妃是不是更有分量？"

东罗目光闪了闪，没有回答。

龙奕又一笑，一脸的了悟："不回答那就是默认了。本少主呢，也不逼你说，因为我相信这一件事，这事，很快就会浮出水面。现在我只想说一件事：把剩下那半解药给婉儿服下了吧，然后我们一起进镱京城，看看能不能助你家主子扭转乾坤，平定这一场皇位之乱！以成全琬儿入苍之夙愿，圆九无擎十三年思念之情。"

这话仗义，令东罗突然觉得龙奕当真不是俗物，虽有喜欢之意，却无霸夺之心，为人坦荡荡，非一般人可以比较的，当下，他自脖子上解下一颗玉珠子，轻轻一掰，自里面挖出一颗药出来了，递上。

"爷说了，两颗解药服用后，隔十二个时辰，就可以完全恢复功力，以前的记忆会一点点回来！"

金凌睇着，接过。

龙奕瞅着，面上虽依旧挂着笑，心则有些黯然，但他还是豪迈一笑，叫了一声："玄影，拿水袋！"

玄影马上送上水袋，他接过递上：

"做回你自己吧！不管前路有多么难走，虎头我一定陪你走到底，直到你再不需要我为止。无缘为夫妻，能做肝胆相照的知己，那也是人生一大幸事。"

阳光灿烂，他笑容明亮，也尽数涤扫了金凌脸上的尘霜。

人生得一知己，死而无憾。

金凌感慨一笑，笑吟吟点头：

"肝胆相照，嗯，这词儿，我喜欢！龙奕，你这个朋友，我交了！"

半个时辰后，在阿大的带领下，金凌一行人通过暗道进入了鎞京城。

金凌也是到今天才知道龙山三煞之所以会成为她的随从，不仅仅是因为她有恩于他们，更因为他们奉一个名叫华九的人的命在保护她。

之前在杨村会师，龙山三煞在得知金凌决定回鎞京城以后，阿大劝她别这么冒险，她不肯，他无奈，只好说："若非得进去，一切得从长计议。绝对不能莽撞行动。容阿大和华九先生联系一下。他对城里的事知之甚详！若有危险，小姐万不能进宫。"

至于这华九先生是谁，阿大说不怎么清楚，但她相信，不需要多久，她就能见到这位神秘的华九先生。

彼时，鎞京城，最高的通天塔上，一个戴着帷帽的蓝衣贵妇礼完佛，倚栏俯望整个鎞京城，看到的是一片升平底下那四伏的杀机。

风云动，好戏终于开场，主子，属于你的一切荣耀，兰儿会替您一一要回来。

五

进宫前，拓跋弘得到的最后一道有关九无擎的消息是：他带人去了回峰林。

这条计策是容伯想出来的，拿下娉儿母女，诱其深入。

当时，他觉得此计不可能："那人无情无义，怎么可能为了她们半路折回？"

"光靠那两个母女是不行，再添一个青城公子，那就万无一失！不管我的人能不能擒住那女人，九无擎在意她，若不亲自走一趟肯定不放心！"

为此拓跋弘很疑惑，对任何女人都不感兴趣的九无擎真的会如此在乎小凌子吗？

容伯的自信是从何而来的？

之后，一辆精致的马车，载着拓跋弘、拓跋跃和梁王顺利会面后，一行三人带了几个心腹精卒，畅通无阻直入玄武门。至于军师斐柱早一步先进了宫。他要去办一件极为重要的事。

马车刚过宫门，车后传来"喀喀喀"沉沉的关门声，最后，玄武门"砰"地一下紧闭。

正在沉思的拓跋弘眼神"嗖"地睁开，一种不妙的感觉生了起来，他连忙撩起车幔往后看去，门口处，左右站着的三列门卒，一个个手执长矛，一如平常地守着大门，并没有异样的情况。

"没事！"拓跋臻低声道，"玄武门已经换成我们的人了。关宫门，只是防九无擎的人到时逃出去。"

拓跋弘点点头，是有必要，在这满朝的朝臣中，也不知有多少是九无擎的人。

马车不紧不慢地往里走，再走过两道大门，便是金銮殿。

成与败，在此一举。

马车却突然停了下来，铁剑出鞘身，在空气里惊悚地响起来，安青在外头惊叫起来：

"爷，九无擎，竟然在宫里！"

拓跋弘霍地的回头，第一直觉是拓跋臻出卖了他。

与此同时，一把剑已抵到了他的胸上。

九无擎冷漠的声音已经在外头响了起来："拓跋弘，我在此恭候你多时了！这场猫捉老鼠的游戏该结束了。"

车内，拓跋臻跟着笑笑："晋王，听到没有，游戏结束了，下车吧！还有，外头的人，都退到边上去。刀剑无眼，你们若敢动一动，你们主子身上必会平添一个剑窟窿。"

安青听得这话，脸孔骇变，挑帐一看，果见主子已被挟持，很快，一群手执大刀的侍卫将他们团团围住。

拓跋弘被逼下了马车，看到脸戴狼形面具的九无擎负手站于朱色的宫门前，侍卫北翎近身跟从。

"你不是梁王！"

他盯着用剑抵着自己的那个人，说。

"是不是已经不重要了！"

那人露齿一笑。

"的确已经不重要了！九无擎，阎罗王正等着你去陪他下棋呢！"

身陷危境，拓跋弘一点也不急。

倒是九无擎的神色越来越凝重了，疾风似的掠过，身形一移，九无擎飞快地跳上马车，将马车上的皇帝揪起来一看，心，不住地往无底的深渊沉了下去。

这人根本就不是拓跋跃。

车外，拓跋弘放肆地笑起来："九无擎，你输了！金銮殿上，皇上和晋王殿下正在向朝臣揭露你的罪行。这宫闱重地，我看你如何再翻手为云，覆手为雨！"

居然连拓跋弘也是假的。

跳出马车，他厉声吩咐：

"来人，马上传令龙卫暗士包围金銮殿！"

六

九无擎并没有去连云坡，在准备出发的时候，他接到了七无欢的急报：东营生变，北城门已被拓跋弘掌控。

同一时间，监视北城门的煞龙卫士飞马来报，有数张陌生脸孔出没，自北门入城后，消失不见。

九无擎直觉有异，情知回峰林一行，必成败局。

皇帝失踪，东营叫人把持，拓跋弘再度折回镔京城，这表明他是打算背水一战了，那么，他倚仗的是什么呢？

其一，皇帝；其二，他的身份，皇后之子；其三，皇后之印。

集齐这三样，若在群臣面前亮出来，那么，他的所有作为，必功亏一篑。

对极，今早刚刚得到最新的回报：拓跋弘正是皇后所出。如此，他所有的憎恨就得到了合理的解释。

经过深思熟虑，他选择回宫。

这是一场豪赌。

那个时候，他并不清楚金凌到底有没有被他们擒拿，所作判断，仅是从他对她能力的了解以及敌方心理的研究后所形成的。兵法有云：虚则实之，实则虚之。

不管是战场还是官场，最最忌讳的是心理战。

如果心理上叫对方牵着鼻子走了，想要再从危境中取胜，那几乎是微乎其微。

所以，他令天枢穿上自己的袍子，戴自己的面具，带人赶往那里，自己则带着北翎，打扮成探子的模样，由西门而入，无声无息地进入皇宫，张开一张大网，准备将送上门来的拓跋弘一网成擒。

只是，他玩了一招暗度陈仓，他们却反施一计偷龙转凤，硬是摆了他一道！

难道皇宫内，除了御书房和紫宸宫，竟还有暗道可入宫？

九无擎立即带人飞奔直往金銮殿，踩着高高的台阶奔上殿前丹樨时，有陌生人横刀拦路："太子有令，除了九公子，闲杂人等不可入内！"

他眯眼看了看，这些可不是太子府的人，可以肯定的是：里头出事了。

"你们不必跟来！"

"可是……"

"在门口候着吧！我心里有分寸。"

他昂首走上殿宇，有内侍恭身推开殿门，跨进高人一等的门槛，一个尖细的声音扬起：

"九公子到！"

密密麻麻地朝立着的百官，哗然而躁，一道道又惊又疑又骇的目光向他射了过来。

"九哥，别进来！"

只行了一步，一个急怒惊乱的声音在空气里爆开，令九无擎顿在原地。

他目光如箭，举目望去，一眼就看到了坐在龙位之上的皇帝：身着明黄的龙袍，头戴九龙帝冕，正端坐其上，双手扶于龙椅之上，太远，看不清神情如何。他身侧，站的不是太子拓跋曦，而是晋王拓跋弘，挺胸直腰，着一件玄墨色的朝袍，双手捧着一块金光闪闪的大印，大印上方是一道明黄的旨意，傲然而视。

怀王拓跋桓则站于另一侧，年轻的脸孔上露着杀意腾腾的寒光，顺公公同侍于侧。

拓跋曦却跪在他们脚边，在他望过去的时候，这孩子跳了起来，脸色是急乱的。两个精悍的武士上去擒拿，他一拳一脚将他们打飞，便往外冲了出来，急叫着："九哥，四皇兄要杀你，快走！"

拓跋弘闻言，目光一紧，寒声一喝：

"来人，将永乐王拦下。关宫门，捉拿乱臣贼子九无擎，就地正法。"

"是，谨遵新帝法旨！"

武将们领旨跳出来，离拓跋曦近的，直接跳出来拦了他的去路，同时，偏殿之中窜出几十道矫健的身影，手执锋利长剑，一层一层向九无擎包抄过来，身后，宫门沉沉关上，将他孤立在危势之中。

看来，他终还是来迟一步，朝臣已称其为新帝，拓跋跃已当众传下帝位。

他冷笑，这就是拓跋跃所谓的对母亲的宠爱，在紧要关头，他终究还是选择保全国家，牺牲拓跋曦，将他最爱惜的儿子的命运踩到了脚底。

首先冲上来的是明惠将军，明家那是先皇后的娘家。这明惠更是明家如今唯一留在朝中担职的后继之人，按辈分而言，他是"拓跋康"的表兄，很显然，拓跋弘已经自揭身份，赢得了明家的拥护。

当拓跋弘成了拓跋康，身为明氏一族，自当身先士卒地替新帝卖命，明家的威望，更得借助这一战再度名震龙苍。

九无擎不屑和他们动手，足尖轻轻一点，身如灵鹞，自百官头顶飞过，站到了拓跋弘的面前。

"拓跋弘，谁是乱臣？谁是贼子？"

他沉沉对视。

"大胆九无擎，看到新帝还不下跪！"

边上，顺公公厉声呵斥。

"新帝？"九无擎冷笑，"谋权篡位，他也配做新帝？"

"九无擎，你放肆！"

"放肆的到底是谁？老阉奴，你串通晋王谋权作乱，枉费皇上信任你这么多年，还想妖言惑众到什么时候？滚了去！"

语气是何等的凶悍。

"你！"

贼喊抓贼，令顺公公为之气结。

帝座之上，拓跋跃冷眼看着。

这时，拓跋桓冲了出去，怒指道："九无擎，你越来越无法无天了。圣旨在此，太上皇在此，岂容你在这里颠倒是非黑白。晋王如今已是新帝。你与拓跋曦彼此勾结，谋害皇上，罪证确凿，理应凌迟处死。今日，你面对新君，口出污蔑之辞，以下犯上，更是罪加一等。来人，将其拿下，抽筋剥皮，以正国法！"

金阶之下，拓跋曦脸色一阵发白，怒叫起来："我没有害父皇，没有！"

九无擎侧头瞄到了他眼底的痛苦之色，静默一下，转身睨向那所谓圣旨和凤印时，目光是鄙视的：

"圣旨可以伪造，皇上可以假冒，到底谁在为非作歹？又是谁在那里强辞狡辩？拓跋弘，应该被正国法的是你吧！"

此话一落，朝班哗然。

拓跋桓最沉不住气，马上气急败坏地跳起脚："九无擎，你竟敢无视皇上，藐视圣旨。"

"无擎怎敢！若这位真是皇上，九无擎必三跪九叩，若此真为圣旨，九无擎定当奉若神灵。然人为假冒，旨为伪造，怎能令我九无擎心悦诚服？别忘了，我九无擎乃是皇上亲口命任的储君辅臣，这一生，身在西秦朝堂，就需为七殿下鞠躬尽瘁。尔等想用移花接木之法，害我所护之人，欲夺我性命，天理难容。"

这番话说得是铿锵有力。

拓跋弘生平遇人无数，识人无数，这是第一次遇上这样一个善于强词狡辩的人。

他冷冷一笑，既而喝道："放肆，九无擎，朝堂之上，没有戏言，皇上好端端坐着，你却竟敢说这是有人冒名顶替，纵然将你千刀万剐，也难恕你诋毁之罪。"

那边，九无擎轻蔑一笑："皇上是不是冒名？旨意是不是伪造？那要从你的来历来判断！"言罢，他霍然回头，面对面色各异的文武百官，高声而问：

"今日，九无擎来迟了，并不清楚晋王殿下刚刚在朝上说了一些什么话，在场诸位大人可有人愿意为无擎复述一遍！"

话音落下，朝中对此有异议的人络绎不绝跳了出来。

"晋王说他乃是皇后之子。"

"晋王称当年拓跋康与拓跋弘互换过身份！"

"晋王指证九公子您用药谋害皇上。皇上为摆脱您的挟制，自暗道逃脱，幸遇梁王幕僚斐柱。梁王传信晋王，晋王这才又从白岭峰冒死折回鐄京城。而后，遵皇命，来揭穿九公子您的真面目，皇上怕七殿下已受九无擎蛊惑，故特下皇令，废太子，令晋王继西秦帝位。"

三个一品大臣的话，将大致的情形说了个清楚明白。

九无擎露出一抹讥嘲的寒笑，似乎听到的是一个天大的笑话：

"那么，诸位臣工，可会相信他这片面之词？"

适时，刑部潭嗣元大人走了出来："皇上都信了！我等以皇上马首是瞻。"

这人显然和拓跋弘是一路的。

九无擎睨眼，反问："皇上真信了吗？潭大人，皇上可有开口说话，可有亲口宣旨废帝，并任命晋王为新帝？可有？"

没有！

潭嗣元立即语塞退回。

拓跋弘不由得沉脸，将手上的凤印和圣旨置于龙椅边的小几上，朗声道："九无擎，你将皇上害成这般模样，你还让他怎么开口说话？"

九无擎沉沉冷笑："拓跋弘，你这话是不是自相矛盾了？既然皇上无法开口说话，你这圣旨是怎么得来的？难不成这是皇上亲笔所书？若真是皇上之墨宝，满朝臣子谁不识皇上的字，你可将圣旨递下来，容我们一一鉴阅以辨真伪！"

"圣旨的确不是皇上亲手所书，而是梁王读皇上唇语代笔而成。"

这话答得绝对投机取巧，试问，这世上能懂唇语者，能有几人？

"好一个读皇上唇语代笔而成！那我暂且假定在场的这位真是皇上。接下去，我就得好好论论你的身世。你说是皇后之子，有何为凭？你说当年拓跋康和拓跋弘曾互换身份，又有谁来作证？"

拓跋弘马上高举凤印："有凤印为证！这是先皇后当年离宫时所带之印。"

九无擎嗤之以鼻："呸，可笑！一个凤印能作什么证？你应该说：我有宋黎为人证，有郑爽、齐容可表身份。据我所知，平叔和容伯，就是郑爽和齐容的化身，而斐军师正是当年翼中第一奇人宋黎，可，这些人偏偏却全都是皇上的死敌！他们可以为你作证吗？"

这话一出，满堂皆惊。

拓跋弘脸色微变。

拓跋曦也变了神色。

九无擎不给他任何喘息的机会，马上又道：

"其实，他们的确是可以为你作证。因为当年皇后离宫时的确拿走了皇后之印，她并非如史册所录那般死于宫乱，而是死在宫外。

"而死的时候，她身边只有三个人——宋黎、郑爽、齐容。凤印会通过他们交到拓跋康手上，那是情理之中的，晋王是皇后所出这个说法，的确不必质疑！但是，问题的关键在于，他们恨皇上入骨！

"请诸位臣工用你们的头脑好好想一想，就该明白，宫闱之中，除了皇上，除了顺公公，谁最清楚暗道所在？

"当年宋黎等三人，是由皇上自暗道中放走的。他们自然是最最清楚不过的。而昨日，拓跋弘勾结顺公公将皇上劫走，今天再弄来一个冒牌货，又自密道潜入皇宫，他瞒尽天下，图的是什么？

"是皇位，更是来复仇的！

"拓跋弘怀恨在心，挟制皇上，借凤印生祸，欲乱我社稷，这才是他们真正的居心。

"请诸位臣工试想一下，先皇后谋害过皇上，拓跋康化作拓跋弘伴驾多年，若无祸心，何以要装神弄鬼这么多年？却趁皇上病危，自报为皇后之子，他的居心，你们难道看不分明吗？

"还有，皇上意属七皇子为皇位继承人，这事，众所皆知：立储大礼，皇上亲自替七殿下戴上太子之冠，授以储君之印，还特意命定了五大辅臣，专门为七殿下组建智囊团。皇上对七皇子宠爱有加，怎会废帝另立？

"各位臣工，尔等共朝为官多年，有些人甚至侍奉皇上已经大半辈子，九无擎想问你们一句，在尔等眼里，一向奉守皇令如山的皇上，会不会如此的反复无常？朝令夕改？"

这番话一落下，群臣皆哗噪，都在纷纷议论：

"这圣旨的确有问题！"

"是啊，皇上怎么可能突然间改立？"

"就是啊，这太不合情理！"

九无擎等的就是人心浮动，然后，再次扔下一句：

"所以，如今坐在帝位上的根本就是冒牌货。皇上大病在身，一直昏迷，如何会一夜之间突然转醒。

"如果他真是皇上，那就请皇上发一句话，在场，到底是九无擎勾结了太子殿下作乱，还是晋王串通了顺公公欲夺位。还有，"他大声厉喝出最后两字，继而一字一顿地道，"无擎身子不好，活不了多久，也许三四年，也许三四个月，对于这一个一脚已经踏在棺材里的人来说，有必要再在朝廷之上弄权生事吗？若有这份闲心，倒不如去种花养草来得痛快。无擎何苦害皇上，这皇位，这江山，这天下，本来就是皇上留给太子的，我何苦作茧自缚，去争去夺？"

这段话，一字一句，皆驳中要害，而且每一次都抢在拓跋弘想要开口之即，抢先上，不给他任何辩白的机会。

有道是先入为主，如此一番剖析解疑，可谓是力过千钧，通透人心。

因为，不久之前，拓跋弘背着皇帝坐上龙位的时候，只宣读了圣旨，由顺公公列举了九无擎囚禁皇帝的罪行，叙述了皇帝令他自暗道逃走的过程，后遇上晋王派来的人，这才逃过了一劫。

出现到现在，皇帝拓跋跃不说半句话，虽然拓跋弘说过，皇上大病初愈，暂时不能说话，但这也太匪夷所思了。

尤其是淮侯慕不群和大学士宫谅，他们极为惊讶"太上皇"的废新帝诏书。

当时，慕不群出列问："皇上当真要立晋王为新帝！"

皇帝平静地点头。

宫谅也忍不住问："皇上当真要废掉七殿下？"

皇帝盯着看到他出现以后就跪倒在地上的七儿，还是沉沉地点头。

他们对这个现象，是心怀质疑的，觉得皇上的态度，前后变化太大，却抓不住把柄，也没有那种勇气和胆量当庭去冲撞。

现在，九无擎却说这皇帝是冒牌的，所以说不了话，这真是一语敲醒梦中人，于是，满殿的目光纷纷落到了拓跋弘身上，猜忌者有之，犯疑者有之，戒备者有之。

"好一个巧舌如簧的九无擎！好一张能说会道的利嘴！好一条挑拨离间之计！"

拓跋弘怒极而笑，转头看向坐龙位上的拓跋跃：

"父皇，您看到了没有，这个由您最最宠爱的女人和野男人生的孽种，这嘴有多厉害！"

他将孽种两字咬得分外响亮，而后，目光从一片错愕的脸孔上滑过，高声落下最后一句：

"四大辅臣给我出列，你们且来给我评说评说，九无擎和九贵妃是不是有这样一种不可告人的关系，九无擎对皇上是不是早怀了仇恨之心？"

具有爆炸性的一句话，终将一个隐瞒了十几年的惊世秘密公诸于世：既抹黑了贵妃的名节、七皇子的声誉，更为九无擎谋害皇上，找到了极其有力的佐证。一箭三雕，绝对高。

朝殿之上，群臣再度哗然而动，一个个将惊疑的目光落到了四大辅臣身上，见他们皆低下了头，情知当真有此事，不由得纷纷议论起来：

"什么？九无擎竟是九贵妃的私生子？"

"天呐，皇上怎么对这样一个水性杨花的女人如此宠爱？真是鬼迷了心窍！"

"怪不得九无擎待七殿下如此好，原来是怀着私心的。"

"呸，有如此的母亲，拓跋曦哪配做我们的皇上？"

九无擎并不惊慌失措，立刻反击道：

"拓跋弘，皇上可从没有介意我母亲嫁过人，你凭什么借此事往我们身上泼脏水？古来帝王身侧的二婚女子还少吗？无擎和七殿下有同一个母亲，这从来不能成为无擎加害皇上的借口。别忘了，秦国的江山，一大半是无擎替皇上打下来的。"

"你替皇上打天下，那是以前。但骨子里，你母亲恨着皇上，你恨不得将皇上碎尸万段。"

拓跋弘抢断，语言激烈："你不承认也没有用。事实摆在眼前。公子之乱就是佐证。父皇养你七年，你一朝记回以前的一切，就发动诸公子生乱，借乱欲带九贵妃逃宫。后来，若不是九贵妃以媚术迷惑父皇，你以为父皇会容下你吗？这些事，顺公公知道，淮侯知道，宫大学士知道，陈煊将军知道，东方侯爷也知道。"

"对！诸位大人都知道九无擎的身世，但诸位大人更清楚：皇上的心里从头到尾只想让七殿下继他的皇位，你从来不在他的考虑之中。作为拓跋弘，你野心勃勃，要不然，皇上怎会数道金牌将你召回？作为拓跋康，你满怀复仇之心，试问皇上敢让你继承皇位吗？敢吗？"

将不利变有利，九无擎是一个劲儿地往拓跋弘痛处踩。

这时，朝班之上，忽有人跳出来，指着晋王叫了起来：

"拓跋弘，九贵妃和九公子是什么关系，什么来历，都不重要，皇上心里怎么想的，也无关紧要，紧要的是皇上没说过一句话，你今日所道种种，虽众臣工都有看到皇上在侧，但谁都不知道这是不是皇上真正的意思，只要皇上能开口说话，谁是谁非，便立即有公论。您还是想想如何证明龙座上的人就是皇上本人吧！否则，今日公说公有理，婆说婆有理，我等臣工，如何作判断？"

此话一出，众臣附议。

"问题是皇上已被害得不能开口说话了。"

顺公公皱眉说。

"这好办！"

大将军陈煊出列，拍拍胸膛道："皇上胸口有一道红色的胎记。臣下看到过，而淮侯和宫大人也知道，为正视听，臣恳请皇上宽衣以辨真假。"

九无擎立即冷笑："陈将军，你还记得翼中公子宋黎最擅长的是什么？"

陈煊不知。

淮侯慕不群和宫谅则各自皱起了眉头。

"是易容！试问，他们有心来祸乱朝纲，若连这些细节都不能做好，他们这出戏还怎么唱？要想验明他是不是皇上，很容易，诸位大人都和皇上共患难过，只要诸位各问一件事，让皇上摇头或点头来回答就可辨明真假。"

众臣子也觉得这是最简便的方法。

于是陈煊将军第一个走了过来，先行礼，而后问：

"请问皇上，北桥一战，末将曾受过重伤，是蒋太医治的，还是杨太医所救？摇头为蒋太医，点头为杨太医。请您回答臣下！"

座上，皇帝摇了摇头。

陈煊将军眯了一下眼，退下。

"皇上，四年半前，九公子病重，臣是主张留九公子，还是弃九公子。留，点头，弃，摇头，请皇上示下。"

此为宫谅之问。

皇帝点头。

宫谅沉默退下。

淮侯看到他们神情怪怪的，并没问结论，也上前一问：

"皇上，私下里，臣问过您这么一件事：若是龙驭宾天去了，要如何安置九贵妃？是陪葬地陵，还是继续访天下名医来救治？若是前者，请点头，若是后者，请摇头。"

皇帝摇头。

淮侯的脸色赫然大变，怒叫起来："他果然不是皇上！"

宫谅和陈煊也异口同声道："对，他不是皇上！"

皇帝脸色一慌，低下了头。

于是有朝工问："三位大人为何异口同声。且说说理由呢！"

陈煊道："末将的命是皇上救的。若没有皇上及时赶到，末将早就死在北桥头。"

宫谅道："臣下主张弃九公子，当时，九公子已病得无力回天。弃，顺应民心，合乎时势。"

慕不群则道："皇上曾说深宫太过寂寞，地宫也太过冷清。阴阳两隔，最是残忍，所以，皇上曾说要令九贵妃以皇后之尊陪葬。这是三年前皇上亲口说过的，只是而今忽然改了想法罢了。"

三位重臣所问，帝王竟无一应对，拓跋弘脸色大变，不由得看向父皇，心头恨啊：他竟变卦！

九无擎冷一笑，扫视眼前这群情激愤的场面，衣袖一甩，沉声道：

"挟天子以令诸侯的人是谁，大家现在可看清状况了么？还不来人将他们拿下！"

情况急转直下。

一些本来和拓跋弘交恶，一心希望拓跋曦上位的武将，自告奋勇地冲了上来。而忠于拓跋跃的一些老臣，更是激愤填膺，捶胸顿足地高喊起来：

"拿下他，把皇上救回来！"

"这种意图弑君杀父的畜生，怎么配做我西秦国的王？"

朝堂上顿时一片混乱。

同时，誓死效命拓跋弘的人，也抽刀戈，亮利刃，围护了过来，瞪圆了躁怒的眼，纷纷叫嚣起来：

"呸呸呸，瞎了你们的狗眼，到底谁是奸臣，谁是小人？"

"奶奶的，老子劈了你们，一群分不清谁是谁非的蠢物！"

"谁敢拿晋王？谁敢？谁敢上前一步，本将就让他溅血五步！"

两派之争，已势若水火。

九无擎趁乱，将拓跋曦拉到身侧，而后推到淮侯慕不群跟前，沉声下令：

"保护好太子殿下。拓跋弘这贼子，我去拿！"

不待答话，转身离去。

慕不群深睇一眼，将拓跋曦牢牢抓在手中。

殿前不知是谁先开了杀戒，一声惨叫，便是一条人命，鲜淋淋的血渍铺洒在金殿之上。

有人尖声在喊："杀人了！杀人了！明将军，你敢杀任大人，你反了！你反了！"

文官开始肉搏，武将动上刀子，金殿之上顿时血肉横飞起来。

拓跋曦看得心惊胆寒，他不是一个烽火里长大的孩子，他不习惯这样的厮杀，虽然父皇教过他：作为帝王，不仅要有驭人之才，更要有杀人之能。该狠，可杀人不眨眼；该悍，可流血千里也在所不惜。

先强，而后才仁，这是王者之道。

可这些道理，现在的他并没有深刻地领悟。

他除了凌乱，就是悲伤。

同一时间，九无擎只想速战速决。

龙座上的人，的确不是拓跋跃。

他之所以敢如此挑衅，也因为近身睇视时，发现了几丝异样。

那么，真正的拓跋跃去了哪里？

无欢已经脱困，是韩继派人将其救出来的，据他们密报，拓跋跃的确被宋黎和拓跋弘带了出来，可现在金銮殿上，皇帝却叫人冒名顶替，而拓跋弘似乎并不知情。这是怎么一回事？不见宋黎，不见拓跋轩，不见皇帝，这是一件可怕的事。

他要杀拓跋弘，以绝后患。

疾步飞过去的，数掌打飞护在拓跋弘跟前的几个带刀侍卫，直取其命脉，出手之狠之快之辣，倾尽全力。

也就这个时候，那不知死活的拓跋桓居然跑出来拦掌，九无擎寒脸，全力一掌，"砰"地一下将人打飞。

这位年轻的怀王，就像一颗石子一般，"唰"地弹飞，待着地，头重重撞击在台阶上，顿时口吐鲜血，而后眼皮一翻，头一歪，直挺，也不知是死了，还是昏了。

"六皇弟！"

一声吼叫石破天惊，拓跋弘推开安青的守护，上去扶，一摸气息全无，竟是死了，他不由得怒叫：

"九无擎，你，你竟敢杀我皇族中人？"

九无擎随意一瞟，果见有大片的血自他后脑淌下来，这人还真是经不起打，故意刺激他道："死了又如何？国之祸害，人人可诛。谁敢拦九无擎，遇神杀神，遇魔杀魔。"

"九无擎，还我六皇弟命来！"

拓跋弘吼着，就像疯子一般冲了过去。

他这辈子前十三年，无父无母，后十三年，也不曾得过拓跋跃的关爱，所以，倍珍惜兄弟之间的情谊。别人待他以真，他也必以真心相待。比如拓跋桓，对他那是绝对的一心一意。

此番进宫，凶险万分，他原是不想带他进来的，可他不肯，说："生，小六要做四皇兄的功臣，死，黄泉路上，我与四皇兄一同笑着走。"

谁想竟就这么死了。

下一刻，这二人就如两道卷起的飓风，眨眼之间，纠缠在一起，倾尽全力，欲将对方撕成碎片。

这是一双天之骄子，人中龙凤。

他们是不可一世的，有着同样坎坷的经历，都为自己的命运苦苦挣扎过，同样都为达到目标，而不择手段。

于九无擎而言，龙苍的一切是噩梦，他只想快些结束噩梦，不会在意过程会有多么的卑鄙无耻。在龙苍，他只是一个回不了头的恶魔。

于拓跋弘而言，从出生到如今，都是一场噩梦，而造成这场噩梦的人，是父皇，是九无擎他们母子三人。

他可以忍受屈辱，可以承受不公，但他一定要讨回属于自己的一切，包括身份，包括地位。该有荣耀，一分也不能少，他要光明正大地活在阳光底下，要让所有人知道他是皇后之子，是这江山的主人。

可他，却遇上了这样一个可怕的对手，比他心机还深，比他还心狠手辣，比他还武艺高超。

他打不过他。

他不能替六皇弟报仇雪恨。

二十几年的委屈，二十几年的苦楚，白熬了。

当他被剑劲震倒在地，当鲜血自身子里面潺潺流淌出来，当无数剑花闪着骇人的剑气将他重重卷在其中，他的瞳孔里，只看到一把以惊人速度直飞过的长剑，欲往他的胸膛里钻进去，而他根本躲不过。

就这时，一道有力的寒光拦住了那一剑，就听得"当"的一声脆响，强大的剑劲被截住。

"九无擎，你就这么想杀死晋王，以掩饰你的罪行吗？"

有人厉喝一声，救下了他。

就差最后一击，就可以结果拓跋弘的性命，可惜没成功，九无擎只能眼睁睁看着不速之客将拓跋弘从自己的剑下救了出去。

一个黑衣大汉，代替拓跋弘将他缠住。

九无擎趁着过招的间隙，看到一紫衣男子将身受重伤的拓跋弘扶了起来：

"殿下，老朽来迟了。放心，他逃不掉，今日，老朽必令他求生不得，求死不能。"

那人缓缓转过身，脸孔儒雅，气度优雅，满身是智者从容淡定的神色。

九无擎认得这个人的，正是梁王身侧的斐柱，也正是传说已经死了足足有二十几年的翼中奇公子：宋黎。

宋黎笑着，唇角轻翘，阴魅之极，冷眼看着九无擎和自己的左右心腹大将缠在一起，就像一只在玩弄老鼠的坏猫，享受着老鼠垂死挣扎时所带来的快感。

"宋先生，父皇呢？"

拓跋弘捂着受伤的肩，沉声问。他知道这人是宋黎。进宫的时候，他交代了他的真正身份——潜伏梁王府，就是为了有朝一日扶他拓跋弘登临帝位。

宋黎转头："太上皇好好的。王爷放心，黎伯我不会亏待你父皇！"

拓跋弘皱眉，不知道是因为疼，还是因为他的擅做主张而生怒——随意改变计划，致令六皇弟死于非命，他突然觉得宋黎很可怕，和九无擎一样的可怕。这样的人，当真心甘情愿地为他所用吗？

他正想问明缘由，大殿门口，有人振臂而呼：

"尔等听着，整个皇宫，都在晋王的掌控之中，尔等放下武器，可保不死，否则，一个个都给我去阎罗殿。"

殿上的刀剑击撞声，似乎轻了很多。

拓跋弘松了一口气，他知道他们的保命军来信正是时候。

他往殿门口望去，看到一身战甲的拓跋轩威风凛凛地出现了，不由得微微露出喜色。

那边，拓跋轩目光咄咄地四处寻视着，最后落到了九无擎身上，冲过来时，高声厉喝了一句：

"九无擎，本王看你这恶贼还能往哪里逃？来人，把那孽种给本王拖过来！"

紧接着，一个尖利的属于孩子的惨叫声在嘈杂的殿宇中响起。

"爹爹救我！爹爹救我！清儿好痛好痛！爹爹！"

清儿悲痛的哭叫声钻进了九无擎耳朵里，他心神陡然一乱，被对手狠狠击中一掌，顿时血气翻飞，整个人往后急退了三步。

待回过神转头时，只看到一个大汉抓着粉衣娃娃的后襟，小辫子倒挂，小腿在不断蹬着，两只小手不断地挥舞着，细细一看，左手上那五根细细嫩嫩的小手指全没了，全秃秃的，血，不断地滴落下来，看样子，是刚刚才被斩下的。

"九无擎，这是你女儿的五根手指头，你若是敢再反抗一下，我就斩了她的小胳膊小腿。"

有异物凌空抛来，落到了九无擎的面前，竟是五根血淋淋的手指，九无擎只觉心胸处一阵疼痛难耐，忍了又忍，终还是喷出了一口血来。

这一幕，拓跋弘也看到了，忽然一笑，嘴角的血丝在不住地往外淌，但，他突然觉得痛快。

拓跋曦推开慕不群，狂奔到了九无擎身侧，看到地上的断指，不由得瞪圆了眼，五根手指犹如五把利刃，钻进他的双目，刺痛他的心魂。

"三皇兄，你怎么可以对一个孩子下手。怎么可以？放开她！放开她！"

拓跋轩，那个本该软禁中的亲王，长剑一扬，直指孩子的右手，冷血无情地厉叱：

"拓跋曦，你再敢往前走一步，我立马解肢了另外这五根手指。"

声音是阴恻恻的。

拓跋曦不得不打住步子，连忙后退，连忙摆手：

"不要不要。不要再伤害清儿。她只是一个什么都不知道的孩子。三皇兄，你也是要做父亲的人了，你怎么能忍心伤害这么可爱的孩子？"

"我呸，凭什么我就该不忍心？我只知道，成王败寇；我只知道九无擎的孽种都该死；我只知道，母妃就因为那个毒妇才枉死的；我只知道是九无擎设下圈套，才令我差点被赐死的；我只知道，九无擎不死，我们兄弟几个就永无宁日。还有你，拓跋曦，你根本就不该活在这世上。你抢走了四皇弟的所有风头，夺走了父皇所有的恩宠，偷走了这世上所有的荣耀。"

拓跋轩就像一头刚刚从死牢里放出来的饿兽，那凶恶的目光，可以吃人。

他被人放了出来，他唯一想做的事，就是将九无擎弄死，把未央宫里的人挫骨扬灰。

他这辈子已经彻底毁掉了，喜欢的那个女人，已抹脖子死掉了，带着他们的孩子，带着对他的恨意，决然地弃他去了阴曹地府。他生无可恋，他的血管里爆发的是对九无擎的恨，对九贵妃的恨。

当他知道他们是母子以后，新仇加旧恨，他已不懂何为饶恕，何为不忍。

他笑着，神情是如此的可怖，直直地看向捏紧拳头瞪着这个方向的九无擎，长剑一指：

"想不到吧，你也有今天。今日，我要你们母子血债血偿。众将士听着，太上皇有旨，谁拿下叛逆九无擎，就封谁为护国忠勇公，位列三公之首，世袭功勋，并赐免死金牌一枚。"

此刻，战成一片狼藉的金銮殿，因为拓跋轩的出现，出现了片刻的安静，大家你看我，我看你。

九无擎身边慢慢聚拢了一些将士，一些武侍，他们戒备着，感觉到形势已经大变。

"放屁。"

北翎骂了一句："这里哪有什么太上皇？拓跋轩在假传旨意，我们等杀了拓跋弘，杀了拓跋轩，以清正道。"

宋黎噙着一抹笑，缓缓走上前一步，姿态是何等的从容：

"九无擎，你想带着他们一起下鬼门关吗？你，横竖是活不久了，那他们呢，一个个身怀绝技，一个个是国之栋梁，你当真想看到他们陪你一起去死吗？告诉你吧！皇宫已经由皇上的护陵军接管，不管是东营的人，还是西营的，一个都进不来了。五千护陵军皆是太上皇的忠勇之兵，一只龙扳指可将他们自东城的陵山上调集而出。其实，就算没有这支护陵军，你也输了，金銮殿里的皇帝的确是冒牌的，但真的已经在门外。"

他扬手，重重鼓掌："来人，把太上皇请上来！"

殿门外，抬来了一张软椅，椅上坐的正是拓跋跃，穿着明黄的龙袍，正睁着一双极度愤怒的眸子，在面目全非的金銮殿里搜罗着什么。

九无擎一眼就认出来了，这是真正的拓跋跃。

四大辅臣也看出来了，这是他们的皇上——那狠戾的眼神绝对错不了。

他们领头下跪，整个朝堂罢战，文武百官，跟着一起下跪。

"吾皇万岁！万岁！万万岁！"

九无擎没有跪。

他身边的人，也没有跪，冷冷地睇着宋黎。

"哦，一个个都是硬骨头，不跪是不是？哈，有趣，哦，对了，还有一件更有趣的事忘了告诉你，"宋黎温和扬着笑，抚摸着手心，"刚刚我在外头设了一座祭坛！今日，新帝会在祭坛上火焚玲珑九月，以祭先皇后之灵！我建议你往窗外看看，好戏要上演了！"

闻言，才稳定情绪的九无擎脸色大变，忙飞奔至窗台，猛地一推，窜出，奔至丹樨之上，而后，举目而望，但见空阔的广场之上，一座祭坛不知何时搭了起来，五千护陵军踩着整齐的步伐自宫门外奔进来，走在前面在开道，并让出一条大道容后面的军士通过。跟在后面的迅速奔出，井然有序地将祭坛围了一个水泄不通。

祭坛之上，一个绯裙女子披头散发，被绑在一座十字架上，无力地垂着头，长发掩去容颜，风吹过，衣裙轻扬。

一片金甲，一点朱红，是如此的刺目。

而祭坛下，几个未央宫服饰的宫婢跪俯在地面上。

九无擎的心，紧缩起来，背上一阵发凉。

另一道身影，也从那窗户里窜了出来。

"母妃！"

伴着一声惊呼声，拓跋曦飞也似的往下奔了过去。

九无擎一惊，喝令："回来！"

拓跋曦不听。

他急了："天机、天璇、玉衡，去把人给我拎回来！"

"是！"

煞龙七宿已被安排进皇宫，他们各有化名，各有职务，听得一声令，飞快地追过去。

拓跋曦不肯回来，从地上捡起一把大刀，用绝顶的轻功绕开——可呈现在他面前的是层层兵甲所组成的一道铜墙铁壁，他们拦了他的去路。

"放我母妃下来，放我母妃下来。"

他过不去。

一支支锋利的长枪，一把把明闪闪的大刀，组成一个刀阵枪林，拓跋曦疯狂的想冲进去，他们执着锋利的兵器，以一道道阵形，将他拦在了人墙之外。

拓跋曦的惨叫在广场上回荡着，军士的大喝声，将他的叫喝声声淹没其中。

"拿下奸贼九无擎，卫我西秦江山永固！"

"杀了狗贼九无擎，护我西秦安宁永乐！"

"杀！杀！杀！"

一波金光闪闪的人流，汹涌而至。

"兄弟们，杀！护九公子杀出重围！杀！杀他们一个片甲不留！"

这个声音，九无擎认得，是刀奴带领着由他掌控着的御林军迎了上去，两路人马交锋在一起，整个广场立刻成了一个大屠场，打斗声、惨叫声，直冲九霄之上。

他想下去，想把母亲救下来，忽然，南城一身是血地冒了出来，拿刀的手，沾着血，黏稠的血渍下，青筋暴横，爱笑的脸孔绷得紧紧的：

"爷，整个皇宫都封闭起来了，五千护陵军来得迅猛，我们没办法往外头调兵马。皇宫里只有三千御林军，其中一大半已经倒戈，我们的人已经死伤无数。最最重要的是，还有人在不断地回过头来对付我们。怎么办？"

同一时间，空气中传来了宋黎的高声宣布之声：

"各位臣工，太上皇已经下旨传位于先皇后之子拓跋康，也就是晋王拓跋弘，尔等若还想负隅顽抗，助纣为虐，那就别怪新帝血洗金銮殿，以武力镇压，以卫龙威！"

话音落下，淮侯慕不群立即发出质问：

"是吗？皇上当真将皇上传给晋王了吗？那请皇上亲口示下，臣等以皇上之命唯从！"

"对，除非皇上开口说话，否则，我们一个都不信。"

大将军陈煊附和。

"那有何难？太上皇，既然臣工们不信，那就烦您亲口宣布一下吧！"

半晌后，一个极度沙哑的声音，在一片聒噪的厮杀声中响了起来：

"朕，让位于晋王！"

六个字，结束一切，也令九无擎浑身冰凉。

接着，殿内再度传来宋黎的问话："那请问皇上，该如何处理九无擎这一干罪臣。"

"将其拿下。由新帝清肃余孽，整顿朝纲！"

一句话，许给了晋王至高无上的权力。

西秦国终于变天了，成就的却是拓跋弘的天下。

金殿中响起了山呼万岁声，笑到最后的居然是拓跋弘，所有的布局，全敌不过这样的异变，所有的心血，全在这一刻付之东流，所有的死亡，也尽数在这一刻成了一个笑话。

下一刻，清儿的哭叫声，清晰起来，所有人往丹樨之上涌来，拓跋弘被簇拥着走进了九无擎的视线，远远地，他们彼此注视，一个已成王，一个将成囚。

"九无擎，你若不束手就擒，你的孽种，会一点一点地被解肢；你的母亲，会活生生地被烧死在这广场之上；你的随从都会一个一个死在你的脚边。今新帝网开一面，只要你自缚投降，所有参加叛变的人，都可以免罪，官复原职，只要以后一心替新帝办事，一样会受到重用，一样会有锦绣前程。"

老奸巨猾的宋黎高声传达着新帝的宽容政策。

九无擎的眼睛里看到了清儿，没有手指的双手鲜血止不住地淌着，哭声越来越弱，他颤着声音怒叫：

"宋黎，连四岁的孩子你都不放过。你根本就不是人。"

"我是不是人无关紧要，历史不会记住这些细枝末节。史书只会记载：某年某月某日，鏐京城，宫闱再生大乱，后由新帝平定祸端，公子九无擎丧心病狂，凌迟处死。公子府满门抄斩。至于由你一手带大的拓跋曦，也将成为祭品！"

抬头间，宋黎正好看到祭台前几近疯狂的拓跋曦被拎了回来，于是，他笑得越发愉快。

"不，我不会取曦儿的命。"

拓跋弘很突然地喝断了宋黎的话，而后，推开安青的扶持，跪到拓跋跃面前，重重叩了三个头，沉沉表明心迹：

"父皇，西秦的江山，儿臣会一力扶起，七皇弟，儿臣会好好照看，便是这九贵妃，也可以饶了她的性命。只是，未央宫，该是母后住的地方，那个女人，不配住那里。今日，儿臣就会将其迁出去。"

宋黎听到这话，立即沉下了脸。

四大辅臣则因为这话，愤慨之色则稍有平息。

拓跋弘为什么会一改态度，那是因为他知道，帝位更迭，收服人心至关重要。他要大度，绝不能因为图一时之快，而自毁根基。西秦的将来，需要安定，需要臣子们忠心耿耿卖命，不可以再生内战。

拓跋跃呢，低头看自己的这个儿子，眼底是无尽的悲痛，他想说些什么，却什么也说不了。

拓跋弘不懂那眼神是什么意思。他转过身，看着站着台阶下的九无擎，脸上浮现的是胜利者才有的神情：

"九无擎，你输了。你若肯交出东西营兵符，自裁，我便留你全尸。同时，我可保证，不动九贵妃半根毫毛，保证永乐王从此往后一生富贵，衣食无忧。"

"放屁！"

南城忍无可忍，大斥一声，回头劝九无擎："爷，我们杀出去，集结兵马从头再来。我们生为七殿下，为九爷而生，我们死，为七殿下，为九爷而死。"

"对，我等誓死追随九爷，效命七殿下。"剑奴扬剑高喊一声。

九无擎将拳头捏得咯咯作响。

他举目观望，广场上，煞龙七宿护着拓跋曦退了回去，他们靠近不得，只能眼睁睁看着他们炎王唯一的后嗣，被铁链锁在钢铁铸成的十字架上。

七宿之天机和玉衡，曾杀上祭台，未果，斩不断铁锁，无功而返。

他的身后，依旧聚集着一支不可小觑的力量，只是，这支力量想要从五千护陵军里救出母亲，且完好无损带他们一起冲出皇宫，那是不太现实的。会有无数人死在这里。

"爷，我们不降！杀出去吧！我们只能忍痛先不顾主母和小小姐了，留得青山在，不怕没柴烧。"

七宿之天璇近身劝着，脸上，身上全是血。

对，他不能拿将卒们的命去抢那具有可能永远都醒不来的肉身。母亲的命是命，别人的命也是命。

"好，撤！带着曦儿一起出去。"

"是！"

天璇领命而去，大喊一声："兄弟们，杀出去。"

黑压压一片开始往宫门处涌去。

拓跋弘寒起脸来，涌动的人流告诉他：九无擎不肯投诚。

温脸的宋黎眼神半眯，随手抽出一把长剑，抵在清儿的手臂上。

意思很明显：九无擎，你敢动，我所说的种种都会做到。

九无擎驻足在原地，漠然地看着，这个孩子天生注定是一个悲剧。她是宋黎一手策划下的产物，注定要成为他复仇的工具。

可是，他不懂，究竟有多大的恨，令他如此地折磨他们。

他往后退了一步，那剑光一闪，落下，孩子的惨叫声，刺破长空，那只小小的手臂，飞落于地，而他，救不了。

同一时间，前后六发长箭，似流星一般，自所有人头顶飞过，直直地，准确无误的射向丹樨之上，三支被打落后，另三支转眼穿过重重防线，一箭双雕，"噌"地射入清儿的身子，连带也钻进了那武士的胸膛。是有人看不下去，出手令清儿死了一个痛快。

"爷，走吧！"

南城拉住九无擎。

这仇，只能留待以后再报。

"你们先走，我去救母亲！南城，以后，曦儿便是你们的主子。整个煞龙盟都由他统领。"

九无擎单枪匹马地往那密密麻麻的护陵军飞奔而去。

他想弃之不顾的，可是在看到清儿惨死以后，他不敢想象，若把母亲留下，会受到怎样可怕的凌辱。他宁可自己死了，也不敢就这样放弃母亲。

"爷！您不能去。"

南城急着跟了过去。

九无擎哪肯依，面对群而冲之的利剑长枪，他一踮飞起，一边以手中宝剑斩落他们手中的利刃，一边，借力打力，借他们头顶一纵，几个起伏，如青鸟展翅，所到之处，血肉横飞。

南城看得急，转头看到身边还跟了不少人，立即沉声命令道：

"跟我来一起杀进去。"

这个侍卫彼此观望了一眼，没有犹疑地跟着冲了过去。

<h1 style="text-align:center">七</h1>

祭台上，绯衣似血，黑发如墨，头低垂，披落的发掩去了九贵妃那一张布满刀疤的脸孔。

九无擎冲上去，撩开她的发，看到了母亲那死气沉沉的脸孔，心头一片哽涩，急切地低声叫了一声：

"娘亲，孩儿不孝，害您受苦了。娘亲，您等着，孩子这就带你离开。东子伯伯来了，娘亲，您可以回家和父亲大人团聚了。您等着，您等着！"

长剑重重挥下，火光四溅，绑着九贵妃的铁链子却完好无损。

他不信邪地继续挥斩，"当当当"的声音震耳欲聋。

丹樨台上，拓跋弘看得分明，脸一冷，下令："他既反抗，杀无赦，将他们一并斩了！"

拓跋跃胸脯起伏，眼睛瞪得大若驼铃。

宋黎则在冷笑。

祭台前，无数护陵军蜂拥而上，却被突然自他们头顶飞纵上来的几个青衣侍卫打退。

一股劲风冲九无擎飞了过来。

"让开！"

一声娇叱，似晴天一个霹雳，令他身心猛地一震。

他已被推开，身后冒出来一个陌生侍卫，手起剑落，那钢精链子，在她手上好像成了豆腐一般。如此"唰唰"四剑，十字架上的人，已软倒在侍卫怀里。

阳光下，剑光灼灼刺人眼，飒飒冷气令人寒，这是寒鲛剑。

"金凌？"

一股幽幽淡淡的梅香冲进鼻，他惊叫了一声。

那侍卫立即抹掉了脸上的人皮，露出一张绝代无双的脸孔，眉目逼露着悍人之气，当真是那个不知死活的臭丫头。

"是我！"

"你怎么来了？"他厉声一喝，"这里是你该来的地方吗？"

金凌将寒鲛剑插回剑鞘别在腰上，不愿与他争执：

"现在不是讨论这个问题的时候。先离开这里再说，只要我们能出了宫门，就不会输。无殇已在攻进来了。快，你和龙奕替我开道！"

她毫不迟疑地将人背起，就往台下冲出去，龙奕、东罗和阿大，一起向他聚拢过来，九无擎也连忙跟上，气极地一把抓住她的手臂：

"我来背，你怀了身孕，你不要命了是不是？"

语气是何等的气急败坏。

"放下！"

这句，震得她耳朵都要聋了。

金凌无奈地将人放下，回头看他，银面底下，那双波澜不惊的眸子，盛满急怒，心头忽然一暖，低低叫了一声：

"九无擎，回头跟你算账！"

他咬牙，一把才抓住母亲的手，眼色就赫然大变：

"你是何人？竟敢来冒充？"

母亲长年昏睡，体温要比正常人低很多，而这个人的肌肤表层比他还要烫。

那女子突然睁开发眸，眼神铮亮铮亮，翘唇冷一笑：

"还真是什么也瞒不过九公子。"

几道寒光乍现，红色的袖衣底下，噌噌噌发出数道暗器。

九无擎一凛，一拳将其打飞，身形一歪，斜斜避过两镖，余下一镖，飞快地往金凌脸面上飞去。

他一惊："小心！"

金凌呆了一下，没想到他们拼命救的人居然是冒牌货，气不打一处来，拔出寒鲛剑"唰唰唰"一挥，便将那暗镖削成铁泥，脸上是怒形于色：

"奶奶的，居然敢骗我们！"

翻身一记力劈华山，一剑将其毙命。

"你没事吧！"

"你没事吧！"

两个人异口同声地叫着，目光凝睇在一起。

危难之中，他们关心着对方，生怕对方受到伤害。

九无擎上去将人捉住，抹掉飞溅到她脸上的血，从这一剑毙人命来看，她的功力似恢复了，那记忆呢？

"凌儿！"

他叫了一声，再见，竟然是在这样危急的时刻。

"嗯，走，快逃出去要紧！"

她鼻子一酸，拉住他，飞纵下去，两个人左右配合，一长一短剑器所到之处，一片鲜血淋淋。

空气中充斥着浓浓的血腥味儿。

金凌强忍着闻到血腥味儿就翻腾的难受，下手绝不手软。

东罗、龙奕、阿大他们也围了过来，几个人彼此依附，往宫门处杀将过去。

丹樨台上，宋黎淡淡地笑着。

拓跋弘则微微诧异，祭台上的人竟不是九贵妃？宋黎心计之深当真令人毛骨悚然。

"齐容，准备！"

"是！"

容伯应罢，一扬手上那朱红的信号旗，广场上那护陵军忽然阵形一变，纷纷散开，数列军士手持一奇怪的弓弩排在最前面，有人大叫一声："放！"

箭弩所到之处，一阵轰轰爆炸声传了开来。

拓跋弘倒吸了一口气："这是……"

"火雷箭。来自东土沧国！怎么样，劲儿够足吧！"

宋黎笑弯着嘴。

八

"这是火雷箭！趴下。"

第一声爆炸声响起后，金凌惊悚地叫出声，拉着九无擎滚落到花坛后，而九无擎本能地用自己的身子护着她。

待到这一波火雷箭落地开花完，呈现的是遍地的断骨残骸。

金凌抬头，看到不远处，地上皆是一片血肉模糊的可怖光景，脑浆铺呈，脏器满地，遍眼竟是红腥腥的血。

呕心的感觉再度翻起来。

"别看！"

九无擎拉回她的脑袋，沉痛地低叫。

"九无擎。"

她抓着他的衣襟，无力地一笑，很想吐。

"嗯！"

他答应。

她还叫他九无擎，证明她还没有恢复记忆。

"我们生一起生，死一起死！"

她低低地起誓，也迫切地想得到他的许诺。

他心头一颤，因为在这样一种环境里，听到这样一种话而疼痛。

他不答。

就这时，空阔的广场上，爆炸过后呈现出一种死一般的寂静，所有人都被这样一个火雷射给震慑住了。

"九无擎，你听着，再给你一次机会，你要是还这般顽抗，尔等就等着被火雷箭炸一个粉身碎骨。

"九无擎，你看着，这是谁？真正的九贵妃在这里，你看到了没有。若数到三十，你若再不现身，十支火雷箭，足够将她炸得尸骨无存！

"九无擎，你阳寿将尽，若只顾一己之私，所有跟随你的将士都将为你陪葬，你想想，你于心何忍！

"还有，你们西秦国的将士们，跟着九无擎，只有死路一条，而弃暗投明，自有一片光明前程，只要你们肯放下手中武器，我便既往不咎，你们且想想吧，怎样的选择才是明智的！"

拓跋弘有力的游说之词，不疾不慢地在广场上回响起来。

他拿"阳寿将尽"来大做文章，这样的心理打击是致命的。

官场上的人，军营里的人，拼死拼活，为什么？

都希望可以跟个明主，将来可以飞黄腾达。他们可以接受暂时的失败，可以为主子抛头颅，洒热血，但他们不能失去方向，失去信仰。

他们跟着九无擎，那是他们相信九无擎可以令西秦国更加地安定繁华，认定九无擎可以领引他们过上好日子，谁不想家和国宁，谁不想安享太平。

如果九无擎活不长了，那么，他们这么浴血奋战，为的是什么？

残杀同胞，践踏族人，最后一无益处，他们这样做，有何意义？

金凌的脸色越发地苍白了。

因为九无擎推开她，站了起来，而且还举步跨了出去。

"不要！别过去！我们一定能杀出去的。"

九无擎拂掉了她的手，看向翻身站起的龙奕。

那人皱着英气的眉，在用眼神询问：怎么，你还真想出去？

他不言语，别开眼，忍着没有去捂发疼的胸口。

今日，他奋不顾身地与人动武，又连中数掌，原本压制着的毒性在扩散。

那些致命的毒素，随着快速循环的血液，在体内流窜，他的力量在逐渐消失。

没有解毒的药材，他还能活几天？

他不知道！

目光落到前方。

火雷箭阵前，一个宫装打扮的宫妃坐在一把精钢轮椅上，绯衣、凰裳、飞仙髻、凤钗珠翠，安安静静的，以一种慵懒的姿态倚坐着，闭着眼，宛似在假寐，姿态是何等的放松惬意，就好像在家里。

五年前，母亲为救他，以身试毒，昏死之前，曾说过一句话：

"终于可以解脱了，魂魄就此归去。但熙儿，你必须得活着。以后，记得带上娘的骨灰回家，知道么？"

之后，她噙着最后一抹微笑，带着一份"恬静"的回家情绪睡去，从此长眠。

这就是他的母亲。

宋黎知道他中着毒，所以设置这个祭台，故意绑个冒牌在上面，就是为了让他大开杀戒，毒发了，他就如意了。

九无擎算是明白了，那人是在故意折磨他。

至于原因，他已没办法再深入去研究。

他只知道，大势已去，就算能逃出去，他也不可能再带领他们重新回来，他不是败给了的拓跋弘，而是败给了老天，败给了时间。

是，他没太多的时间以供挥霍！

在这有限的余生里，他如何能拿别人的性命来肆意胡闹？这当中，包括了母亲的性命，金凌的性命，曦儿的性命，以及无数跟随者的性命。

九无擎轻轻嘘了一口气，没有回头，只轻轻地说了一句：

"龙奕，请将她完好地带出去。"

这句话随着风飘进了金凌的耳朵里，她的脸色一下苍白起来。

他这是想用他自己保全所有人么？

"不要！"

金凌摇头，急追几步，抓住了他的手。

当头，艳阳高照，风暖如煦，他的身子却如同刚刚从冰窖里冰镇过出来一般，冷得会让人以为那根本就不是活的，他的身体状况当真很糟糕很糟糕。

她紧紧抓着那只手：

"无擎，要死一起死，要生一起生。不许抛下我。不许的。你的身子，一定会有其他法子的，不能轻言放弃！"

九无擎的身子微微一震。

终究，她还是知道了，可惜回不去了，十三年的噩梦，梦醒依旧在炼狱，他贪恋她的温暖，可终究无法拥有，儿时美好的光阴，不复再现。

心一狠，他重重将她甩开，冷笑一个，满口讥讽地蹦出一句话：

"别自作多情了。为什么要一起生，一起死。我是九无擎，你是谁。算来算去，也就被我利用得最彻底的玩具而已。你还当真以为我对你有情吗？堂堂公子青，居然也和寻常女人一样，经不起男人几句甜言蜜语，真是可笑到了极点。"

一句句似冰冷的刀子，无情地捅进她的心窝处，想要将曾经的恩爱，曾经的欢颜，曾经的海誓山盟一并辗碎。

但她依旧不肯放弃，冷静地知道他这是想逼她死心：

"我不会放手。凭什么每一次都是你说了算，既然来招惹了我，就别想半路逃跑！"

可话未说完，便觉身上一麻，身子就轻飘飘地飞了出去。

"龙奕！"

他无比冷静地叫了一声。

龙奕看到九无擎点住了她的穴，将人推了过来，忙身子一移，将人扶住。

九无擎收回手，目光淡淡地扫了他们一眼：一个俊逸懔人，一个秀逸倾城，他突然觉得，他的凌儿若要嫁人，龙奕倒是一个不错的人选。

"九无擎，你给我回来！"

金凌气得想跳脚，心头有一种难以掩饰的绝望生了起来。

他这是在自寻死路。

"龙奕，放开我。求求你！求求你放开我好不好？"

她转过头，无限悲哀地看向身后的杏衣男子。

这样悲恸的表情，龙奕从没见过，他不由得在心头叹：九无擎啊九无擎，你何德何能，能得到她整颗心，即便这中间，相隔了十三年，一旦遇上，哪怕面目全非，你还是她心里的那个唯一，无人可替代。

"别急！"

他拍拍她的肩，低声安抚起来：

"你先冷静一下，我们静观其变，九无擎若不出去，九贵妃和这里所有追随者都会成炮灰，出去是对的，出去了才能保全所有人的命。我们才能赢得时间想法子救他！"

这话，有理，金凌迅速冷静下来，转头，看着九无擎从容向前走着，一步一步，不慌不乱，前中后，三排火雷箭皆瞄准了他，要是这个时候，有人喊一声："放箭"，这世上还有九无擎吗？

情况是如此的凶险。

"没事的！"

龙奕感觉到她的身子再度紧绷：

"拓跋弘为了收买人心，断不可能在这个时候让人放箭。至于那个宋黎，就更不会！他似乎想让拓跋弘亲手杀了九无擎。你猜为什么？"

"可能是想让他亲手报仇！"

"嗯，表面看，是这样的。但我觉得有些地方不太对劲！反正，一定要对这个宋黎多留一个心眼！"

但她没有多想里头有什么不对劲，而将注意力落到了那牵动着九无擎心绪的九贵妃身上。隔得有点远，她看不清楚长相，只看到一身绯色的宫装，给人一种雍容华贵的气息。

"放开我，让我过去！"

一阵惊躁的声音响起。

拓跋曦甩开了武侍的手，越过她与龙奕，急急追上去："九哥，我们一起！"

九无擎停下，瞟了一眼，什么也没有说。

"龙奕，替我解穴！我想去见见九贵妃。"

她低叫，她好奇，想要去看看，究竟怎么一个奇女子，生养了九无擎和拓跋曦这么两个性子截然不同的儿子。

龙奕立即解了其穴道，获得自由的金凌马上跟了过去，而他则紧陪其后。

宋黎轻笑，一切全在意料之中。

拓跋弘呢，眼神沉了又沉。

九贵妃静静地斜倚着，一脸无喜无悲，无恨无怨。

阳光洒在她身上，映着她一半狰狞，一半倾城色，身上的华服衬着一边肤色若凝脂。

九无擎跪倒在母亲跟前，伸手，摸到的是母亲微微泛凉的体温，二十四年来的一幕幕都在眼前浮现：做燕熙时的幸福时光，认贼作父时一年年扬名沙场时的风光，得回记忆后生不如死的痛苦生涯……

龙苍行，是一条不归路，如今，他已经走到路尽头。

他低头重重叩首，轻声道："以后的路，孩儿再也不能相陪。母亲，珍重。"

拓跋曦心一颤，也跪下，流泪头触地，心头之痛，难以言诉，是他坏了这局棋。

叩完头，九无擎站起来，举目，睇视拓跋弘，遥遥喊出一句话："拓跋弘，命，可以给你。但是，你得应下我几件事！"傲傲的身姿表明，他不是来投诚的，而是来讲条件的。

"九无擎，你现在是砧板上的鱼，任凭宰割，凭什么与我讲什么条件？"

拓跋弘挑眉，到了这个境地，这个人居然还是如此不可一世。

"瘦死的骆驼比马大。如果你想要稳定西秦国的江山，你就必须应下，否则，九无擎一死，你的天下必乱！"

这话，依旧充满自信，丝毫没有败者的卑微之态。

"什么条件？"

不是拓跋弘怕了，只是他从大处着想，能尽快把事情解决，于国于民而言，都是一件好

第三十三章 谋朝篡位

事,至于这条件,他可以先听听再说。

九无擎低头看了看睡得无知无觉的母亲,然后说道:

"拓跋弘,这些年,你处处针对我,是不是以为九贵妃便是当年的九夫人?"

"难道不是?"

拓跋弘走上前,冷冷应道。

"当然不是。我们母子二人是地地道道的九华人,是拓跋跃认错人才将我们囚禁于此!"

这话令拓跋弘怔住。

九无擎继续往下说:

"所以,我想让你答应的第一件事就是:请允许我的侍卫护送母亲回九华沧国,我的父亲,我的妹妹,都在万里之外等她归去。"

这要求有点过分,按理说,她已入皇族,又生了皇子,不论生死,再不能离开,但是,她若不是当年的九夫人,是父亲强占人家的,她若想回去,在这种形势微妙的情况下,放人,有益而无害,他想了想,点下了头:"我可以答应!"

答得倒是甚为痛快。

"好,那就说说第二件事。"

九无擎看向拓跋曦,这孩子眼巴巴地正瞅着他,神情紧张得不得了:

"这第二件事:你要保全你七皇弟的命。这孩子宅心仁厚,心性纯良,不忍伤这世间一草一木,不喜看到血腥纷争,然皇族是非多,太容易惹祸上身。为定江山,你可幽禁他十年,十年后,你根基稳了,就放他离开,从此江河之上,任其自生自灭,再不囚他!"

这话,令拓跋曦的脸色一白。

拓跋弘想了想,点下了头去:"好!还有呢?"

"第三件事,公子府的人请网开一面,曾经听命于我的人,你若愿意用,依旧可以留在身边使唤,你若看着不痛快,放他们离开。拓跋弘,守成之君,还是该以仁为本。施之以恩,立之以威,收之以心,用之以政。君臣之间,若能做到互相体恤,才算是一个成功的帝王。抛开成见,我也希望西秦国可以繁华昌盛;撇去恩怨,我可以肯定你能成为一代明君,能为西秦百姓带来福祉。所以,请你善待你的臣民,以振兴你的国家。"

他们是旗鼓相当的对手,十几年明争暗斗,熟悉着彼此的优缺点。

英雄与英雄,可以惺惺相惜。

对手和对手,也可彼此欣赏。

人生得一知己,死而无憾。

人生得一对手呢,那是另一种刺骨的精彩。

九无擎是豁达的,真实而坦荡;更是大气的,他并不吝啬将他的欣赏给予对手,也乐于给对手最诚恳的忠告,对于国家,对于百姓,他的态度是严谨的。

他可以为了帝位,不惜一切,铲除对手党羽;同时,他也能权衡利益轻重,为大多数人的前程,放下一切,用自己的残余价值替他人谋出路。

不得不说:他是一个值得敬重的对手。

"好！"他再度点头，答得甚为爽快，"还有吗？"

"有，第四，我不想死得太难看，也不想死在这么多人面前。给我一个干净的房间，让我洗漱一下，赐我一杯毒酒就好！然后，将我火化，骨灰请派人送到九华，撒入康河，我的心愿便足矣。"

他平静地说着，对于生死，他似乎已经看开。他不要求大葬，只要骨火融入故乡的山山水水，梦想回家。

拓跋弘突然觉然，自己并不认得这个人。九无擎的心思，没有半分是在意权力的。

"我都答应你，除此之外呢？"

他再度点头，看到宋黎大皱其眉；看到父皇浮现一脸的不甘；看到拓跋曦在悲痛欲绝；看到龙奕在深思；看到小凌子一步一步走过来，惊疑的目光全部落在九贵妃身上。

"最后，只请你给我纸和笔，我会劝我的人诚心归顺。"

这令拓跋弘惊讶，连忙下令道："来人，笔墨伺候！"

不一会儿，笔墨奉上，武士还搬来了一只梨花木的桌案。

九无擎执笔而书，只写了寥寥数句：

"忧国忧民，臣之操守。保家卫国，卒之本分。择明主而侍，古之圣言；识时务而为，可兴家，兴国，兴天下。"

写罢，扔下笔，他仰天而道："带我下去吧！"

武侍将其所写奉上，拓跋弘观其言，默不作声，只在心头叹息：九无擎，的确是个人才。

如果他们不是对立的，如果他没有杀六皇弟，他还真想将这样一个人，留在身边重用。

一个国家兴盛，不光要有一个好的帝王，更需要能干的臣子。可是，他又觉得这样的人，若真能好好活着，会甘心久居人下吗？

他微微有些怅然，轻轻道："带他下去。"

两个武士走上前，准备押九无擎下去。

西秦的历史，永远记住了这一刻：

建元十年四月十五日，晋王戳穿公子九无擎重重阴谋，率五千护陵军，将密谋造反者围困宫中，以火雷箭铁血镇压，终于活擒九无擎，令其伏法。太子拓跋曦护国不利，被废储君之位，改封永乐王。晋王救驾有功，恩授皇位，成为西秦国新主。

这一政变，被后世称为：镔京之乱。

这是历史。

历史勾勒的只是一个大概，很多事，都没有细细记载下来。

当武士前来押九无擎的时候，有人喝住他们。

"慢着！"

一个俊美的少年，本来一直盯着九贵妃在看，忽就静喝一声，引来了所有人的注目。

无数双眼睛看到这个英气勃发的少年，步履踉跄地急奔到了九无擎面前。

他的目光灼灼而耀眼，一寸一寸审视着九无擎那张戴着银色面具的脸，下巴微微扬起，黯淡的唇微微一抖，迎面，很突然地，他往九无擎的腮帮处，狠狠打下一拳。

九无擎没有避，抬眸之际，但见一朵凄然无比的笑容在金凌悲切的脸孔上抹开，有晶莹在她眼底慢慢聚集，滚滚欲落。

"燕熙哥哥，你怎么可以这么残忍？怎么可以？"

九无擎怔住，却面无表情。

龙奕呆愣住，满脸疼痛。

拓跋弘惊住，眉头紧锁，却心生无数疑惑。

宋黎冷冷在笑：很好，很好，她记得恰到好处。

是，金凌记起来了，因为九贵妃。

在走近的那一刻，她先看到了那一半划着刀疤的脸。好丑。

雪玉似的肤色上，烙着那么两道深深扭曲的疤痕，但另一半脸孔，却是极美的。

如新月似的柳眉儿，显得极为的恬静，如凝脂似的脸蛋儿，苍白似雪，如菱角似的嘴唇儿，唇线微扬。

那是一种得到解脱后呈现出的恬静的神情，有点冷，冷得艳，艳得眼熟，熟得心痛。

于是，有些遥远的记忆，因为那样一种痛裂，一层一层，自冰封的世界里迸了出来。

呼吸开始疼痛，思绪开始深痛，心开始绞痛。

记忆里，有个冷艳的女子，浅笑招手，温柔地唤她的名字：

"凌儿，真棒，才九个月，就学会走路了，来来来，到姨这里来，姨给你吃雪花糕！来来来，小心别摔倒！"

记忆里，有个柔软的女子，将她拢在怀，与她讲着一个神奇的西游神话。

记忆里，有个能干的女子，一针一针在她小小的身子上施针，针一扎下，人就不难受了。她高兴极了，郑重起誓："凌儿要学医。凌儿要救死扶伤。"

有个少年在边上落井下石，奚落她：

"省省吧！医书那么闷，像你这种笨妞儿，怎么可能学会？还是一心一意读你的兵书比较有用，省得下回义父考你，又来向我求救。"

她气极怒叫：

"臭燕子，你别小瞧我，总有一天，我要让你刮目相看。"

那少年，生得可漂亮了，鹅蛋脸，肤若美玉，眉利似剑，眸似清泉，唇红似菱，笑靥呢，似东升之朝阳，动脑筋的时候，眼珠子流光溢彩，堪比那万丈春霞。

他叫燕熙。

第一次见到这位小哥哥，她就喜欢上了！

可他爱管她，爱泼她冷水，爱小小地欺负她，特别爱捏她鼻子。

记忆的门阀就这样开启，被遗忘的整个世界，就这样毫无预兆地全部回来了。

所有的思念，所有的悲痛，所有的憎恨，所有的迷惘，所有的挣扎，所有的爱恋，所有的悲伤，终于一一附体。

儿时形影不离的岁月，那是最美丽的记忆！

红船失事，恶浪滔天，那是最惨烈的噩梦！

悠悠十年，相思成灰，那是最磨人的年华！

天南地北，苦苦寻找，那是最刻骨的三年！

是的，她为一个年少时的他，而来了龙苍，入公子府，失身于他，她痛恨；得知燕熙已死，她悲痛；和晏之邂逅，她心动；发现被愚弄，她愤怒；失去记忆，她勇敢力争；缔结白首，她欣喜；他瞒尽过去，她坚持；他抛弃，她冷处理。始终坚信他有他的迫不得已。

这一刻，所有记忆全回来了，所有甜美，转身成伤。

曾经讨厌的人，成了今生最深爱的人；曾经敌对，坏尽他的计划；曾经仇恨，拔剑将他重伤；曾经失望，当晏之等于九无擎，打碎了她对爱情的向往；曾经怀疑，因为不肯正视，于是错过成殇……

而他，知道她的厌恶，清楚她的身份，所以，只能以一种卑微的姿态，小心翼翼地爱着她。

对，他爱她，所以，才化身晏之来见她；才将失忆的她禁锢在红楼，"红、鸿"同音，鸿又为雁，雁燕同音，所谓红楼，便是燕楼。他曾说过，长大要造这么一幢楼，将她深藏。所以，红楼里没有侍婢，没有姬奴。只有她。

是，他深爱她，所以，在有了生机后，便情不自已，向她许诺今生唯一，不离不弃；又在药材被挪用，政局变复杂后，狠下心弃她，甚至连孩子也可以舍下。

这一刻，她痛断心肠：他为了保全所有追随者，更因为生命快走到尽头，而不得不选择死亡，而生生将她舍弃，甚至不给她任何交代，走得如此潇洒。

"燕熙！"

她叫着，悲切异常。

多少年了，她盼着叫一声"燕熙"，他可以轻快应答："哎，调皮鬼，又想动什么歪脑筋了呀？"

午夜梦回时，多么渴望睁眼的刹那，能看到他正挑灯夜阅坐在边上。

独闯异乡，多么希望，蓦然回首，伊人正在灯火阑珊下，浅笑吟吟地轻唤："调皮鬼，我们回家。"

终于找到了，终于见到了活生生真实的他，为何她要面对的是这么一场生离死别？

眼泪，落下，滴答滴答！

"回去吧，燕熙已死，这世上，只有一个肮脏的九无擎，再没有燕熙！忘了吧！"

九无擎的喉结，上下来回地滚了几下，吐出来的话，令金凌泪如雨下。

他忍着，没有抱她，不给她任何希望，就这样结束了吧！

他转身，离去，此去，是永别！

她痛，他更痛。

终究还是惹她伤心落泪了，深吸一口气，他跨步离去，步履匆匆。他怕自己在她面前倒下：腿在疼，胸在疼，强撑了那么久，他觉得自己快不行了。

金凌抹干了眼泪，想追，却被两个武士拦住。

"朝廷重犯，闲杂人等，不得靠近！"

武士沉声呵叱。

"滚开!"

金凌勃然大怒,手执寒鲛剑,寒光一闪,武士手中的钢刀,立即断成两截,"叮当"一下落地发出一声脆响。

武士大骇:"九无擎都已经伏法,你还敢造反?"

金凌冷笑,寒鲛剑直逼他过去,厉喝:"我再说一遍,滚!"

"公子青,你要是敢再追一步,就让你再尝尝火雷箭的厉害!"

宋黎在身后厉叫了起来。

她顿住了步子,看着九无擎一步步离她而去,她急,却不敢追,急急转身,看到五六支火雷箭正对准了她,似乎只要她动一下,他就会让人放箭,将她炸一个粉碎。

她看到宫门口,他无数的跟随者纷纷跪倒在地上。

她看到南城、北翎,皆在悲痛中睇着他离去的方向。

她看到拓跋曦已被两个武士反手押住,失去了反抗的力量。

她不哭。

哭能有什么用。

她大步跨向拓跋弘。

满身是血的拓跋弘正在用一种复杂的眼神凝视她。

"小八,"她轻轻地叫,轻轻地笑,流光闪闪,那是一朵疼痛的笑花,"十三年没见,为什么见到你的时候,会是这样的一种情况。"

拓跋弘不说话。她终于肯承认自己是小凌子,接下来,她是不是想求他饶过九无擎?

金凌一步一步走过去,睇了一眼拓跋弘身后那一排排火雷箭,从整体构造来看,分明来自九华,可是,这么重要的军备物资,怎么会外泄到这万里之外的异国他乡?

是铸造司有人私卖军火,还是出了内奸,将火雷箭的铸造技术外泄了?

金凌眯了一下眼,站定在拓跋弘跟前,冷静下情绪后,一指九贵妃,高声说道:"小八,这女人根本就不是当年的九夫人。她叫玲珑九月。是自小教养我长大的九月姨娘。她有丈夫,有儿有女,有一个四口之家。是拓跋跃认错了人,彻彻底底毁了她!你所受的委屈,怎么可以记到她身上?我的月姨,我的燕熙,是被拓跋跃,强行留在了西秦的,他们是九华人,你们凭什么将他们囚禁在这里?而且还阻断一切消息,令我们苦苦寻找这么多年。拓跋跃身为一国之主,夺人妻小,为满足一己私欲,在暗中斩杀了我九华多少精兵良将?如今还想杀我九华世子,你就不怕为你的子民招来大祸吗?"

一句句陈述,清晰而有力,最后两句,更是充满了力量,透着一股无与伦比的气势。

龙奕听得惊奇,这话,霸气十足,寻常的闺阁女子怎有这样的力量!难不成这燕熙和琬丫头在九华是大有来头的角色?要不然怎会出动"精兵良将"来找?

拓跋弘直皱眉,这话,傲得不行,完全没有一般庶人的卑微之气,透露着的是人上之人灼灼逼人的光华。还有,她说九无擎是九华世子,这事可信吗?

他也有听说多年前,各国境内有大批不知出处的壮丁死于非命。

他看向顺公公："是吗？"

顺公公听着，头疼死了。

如果回答她就是以前的九夫人，这位西秦国的新主子，保不定会气不过，会拿九贵妃开刀，到时，太上皇必伤心欲绝；若说不是，那就是承认太上皇在强占人妻，如此一来，皇族的颜面，太上皇的一世英名，就不保了。

"回答！"

拓跋弘厉声催问。

顺公公急忙跪倒，额头噌噌噌直冒汗，哭丧着脸说：

"回皇上话，这事，太上皇认为是便是，太上皇认为不是便不是。当年，九夫人留在太上皇身边时日并不久，性子虽烈，但还算温婉，如今的九贵妃却是犟得吓死人。从性子上看，真是一点也不像。老奴不知。"

这回答，答得真是圆滑。

金凌听着冷笑："强词狡辩！根本就是两个人，性格怎么可能相似？"

龙奕却陷入了疑惑：拓跋跃可是出了名的精明人，怎么可能犯这种错犯。

"不对，当年的九夫人，就是玲珑九月！"

这时，一直冷眼旁观的宋黎冷不丁冒出这么一句话。

"哦，宋先生为什么这么肯定？"

拓跋弘转头问他。

宋黎睨着软椅上的人，缓缓收起笑，并毫无掩饰地露出嫌恶之色，说道：

"因为这个祸害，是我送走的。想当年，你父皇，乃英明神武之主，就因为有了这个女人，才玩物丧志，才帝后不和。所以，我就将她送去九华。不想去了那边以后，她很快就耐不住寂寞，与人苟合，十月怀胎生了九无擎这样一个孽种。所以，我可以证明她们实为同一个人。"

此言一出，众人哗然。

拓跋跃脸色陡变，额头的青筋，突突突地在抽。

他没有料到自己与九儿之所以两地分离这么多年，竟全是宋黎在当中搞鬼。

想到九儿的神秘失踪，想到祈儿的惨死，想到十三年前，曾有人接二连三对九儿的追杀，想到红船失火，九儿差点就葬身火海，他就急怒交加，恨不能跳起来将这可恶的人五马分尸。

拓跋弘呢，平静的目光不由得深玄起来。

凭着宋黎和母妃的关系，当他看到母妃因为那个女人而受父皇冷待，甚至于还用嫡子去换庶子，的确会生气。想将一个女人弄走，凭着天地盟的实力，自然不是难事。

龙奕则眯起眼来，当年的宋黎被称为翼中第一公子，既因为有才华，更因为侠名，将九夫人从宫里弄出来，制造了其神秘失踪的假象，而未取其性命，这符合他的性情。

金凌哪肯相信，气极而笑，嗤之以鼻，微微挑起下巴，冷道：

"你就胡诌吧！我家月姨一直跟随在东瓴奇公子君墨问身侧，那些年何曾离了半日？怎么可能跑到这万里之外的龙苍！撒谎也不打探清楚情况，居然还敢到这里来丢人现眼。"

宋黎却诡谲一笑，扬眉道：

"怎么？你不知道吗？当年，玲珑九月曾经受过刺激，失踪长达近两年时间。那两年里，那个蠢驴君墨问也不知从哪儿找来了一个疯女人，居然就相信那人就是玲珑九月，当宝贝似的爱护着，而真正的玲珑九月却流落到人贩手上，被卖到了龙苍。"

这些事，是真实发生过的。

当年，是他亲自将人带回了九华，一碗忘情汤灌入其肚，那女人居然鬼使神差地想起了以前的事，因此，他发现了这个祸害的秘密，才知道她竟是东瓴第一公子君墨问的"夫人"，假凤虚凰，瞒尽天下，也是大有来历的。

"宋黎，你昨夜是不是没有睡醒？"金凌哪肯信，怒喝道，"满嘴胡言乱语！"

"胡言乱语，还是真有其事，小凌子，这重要吗？反正，我们西秦国就是因为九贵妃的私生之子，才酿成今番这场大乱的。他谋夺权力，引兵而反，致令我西秦多少将士死于非命？还有，我的六皇弟……"

拓跋弘寒着脸，直指金銮殿的方向："他才十四岁而已，却遭了九无擎的毒手，尸骨还未寒。杀人者要偿命，叛国者必诛。他条条罪状如此分明，一杯毒酒赐死，那是轻了，难道你还想巧言游说我放过他吗？不可能的！"

他一句话断了她的希望。

金凌张口欲辩，这人再度截断："你就死了那份心吧！不管九贵妃是不是当年之人，不管我父皇曾做过什么，九无擎罪无可恕。必须伏法。"

古来帝位之争，胜一方，谁肯给对手以活路，那无疑是自找麻烦，惩治主谋，肃清党羽，重振朝纲，以明王法，那是必然。

这道理，金凌懂，因此，心情越发地沉重。

"你就真非得杀了他，方一解心头之恨吗？"

"是！"

回答的声音是如此的坚定不移。

"你就不怕图了一时痛快，而给你们西秦国带来灭顶之灾吗？"

这句高声厉喝倒令拓跋弘一怔。

金凌没有详加解释，只挑起下巴冷傲道：

"拓跋弘，你要想处决九无擎，那麻烦你先派人往九华沧国打探一下，燕族韧之，是什么人？是你随意能杀能斩的吗？今日我就以九华使节的身份正式向你通告，我大沧国若不能带回燕族世子，必举国来犯！"

这语气，是何等的霸气凛凛，是何等的不可一世。

她没有软言细语跪地求饶，反而义正词严，显露威胁之色，如果，燕熙今日当真命丧西秦，她发誓，一定率兵踏平整个西秦，以报大仇。

这一日，新帝并没有立即赐死逆贼九无擎，而是将其打入天牢，以玄钢寒链锁困四肢——那是天地间最最坚不可摧的金属。

建元十年四月十七日，晋王拓跋弘正式以新帝身份上朝，登基大礼定于四月二十四日。

新帝继位，并未严打严杀，而是采用了怀柔政策，又因为"九公子伏法，七殿下引咎下位",群龙无首之下,一场血雨腥风,竟然就无声无息地戛然而止。

新帝是讲信用的,没有大肆屠杀朝中大臣,而是针对性地将诸个牵连其中的朝臣圈禁。

当然,自也有不服者,夜探天牢去送命的。

四月二十日夜,一些和九无擎交情颇好的将士,假意诚服,曾夜劫天牢,受伏,一干人等有进无回,全部葬送在天牢门外。

这当中,包括北翎在内,无一幸免。

四月二十一日夜,又是一批死士夜入天牢,皆身死。

四月二十二日,新帝上朝,与众臣通告了此事,为了防止这种事再次发生,遂将九无擎押上了朝堂,由他亲自劝服那些还心怀异心的众朝臣。

据说,九无擎是被抬上金銮殿的,倒不是新帝对他动了什么重刑,而是他的身子已经彻底垮了。

御医向外宣称:已无药可医。

消息散开后,各方蠢蠢欲动的势力,终于偃旗息鼓。

五天时间,朝上改头换面,拓跋弘以惊人的速度,稳定了几近崩溃的朝堂,除了象征性地杀了几个老顽固之外,并无其他大事发生,镔京府一切井然有序,显示出了新帝不凡的驾驭能力。

至于太上皇,则清居颐心园,因身体抱恙,不问政事。

至于永乐王,则幽居北宫,有重兵看护,成了笼中之鸟。

至于公子府,七无欢早已失踪,那是谁都知道的事。至于十无殇,则被关进了天牢。公子府一干人,悉数被囚禁。

至于金凌,则被禁足于镇南王府。

宋黎知道拓跋弘对那个女人有意思,所以便给出了一个主意:

"喜欢的话,把她肚里的肉弄掉,纳进后宫就行了。有什么好为难的?这丫头生得和慕倾城很像,等她治好了慕倾城,你可以安排她一个新身份,就说是慕倾城的孪生姐妹,一并娶过来,姐妹共侍一夫,那也是美谈。"

第三十四章 将计就计

一

大乱初定那夜,拓跋弘独自坐在御书房,满心苍凉和寂寞。血肉筑成的帝位,让人不胜寒意。无人分享的滋味，心中，一片空荡荡。

他活了二十六年，所有时间都在算计，时时刻刻，如履薄冰，尚不得温情，作人质时如此，作皇子时也是。

成年后，身边来来去去倒也有过一些女人，说什么名门才女，严格来讲皆是一些庸脂俗粉，没人能走进他的心。他甚至都不记得她们的样子，只独独小凌子烙在了他心底，十三岁那年，她为他饮下毒酒"死"在眼前那一幕，在他经历了那么多杀戮征伐后，依旧刻骨而清晰。

如今，昔日少女再度出现在他面前，不仅美丽，而且聪明，更怀着非凡的胆识。

他喜欢。

他欣赏。

他想拥有！

这是一种本能。

哪怕她曾是仇敌的女人。

所以，那日之后，他就将她暂时留在了淑宁宫，后来听了宋黎的话，他才记起自己还有一个未婚妻。

那日，宋黎道出了一个秘密：

"慕倾城曾得玲珑九月救治，她的脸，若是能治好，就和这个丫头生得一模一样。另外，那日您拒婚，大闹晋王府的并不是慕倾城，而是她——金凌。"

这件事令拓跋弘好生惊讶，再细想，也只有她能做这等惊世骇俗的事。

之后，他问："黎伯，燕熙和凌子是什么来历？"

宋黎曾在九华游历多年，对于那边，颇为熟悉，而他并不了解那个神秘的国度，甚至不知道谁是君墨问。

"他是沧国定北侯世子，乃是一个私生子。因为玲珑九月身份卑微，至今没得名分。至于金凌，是侍女，早年死了娘，是玲珑九月养着她，据说很得沧帝的宠爱。"

原来也是游刃在皇族里的人儿，怪不得霸气十足，居然敢说死了九无擎，就要带九华人踏平西秦。

隔着一个万里黄沙，那是一个天然屏障，任凭他在那边多尊贵，想要威胁西秦，是笑话。

他之所以没有弄死九无擎，一是怕激起兵变，他需要拿他安抚人心；二是他来日无多，现在死，反而给了他一个痛快，三是因为小凌子。

可思来想去，他都不知要如何接近小凌子，终于还是将她送去镇南王府，由镇南王看着。

至于宋黎这主意，肯定行不通，那丫头心里只有九无擎，怎会乐意嫁给他？

二

九无擎的牢房尚算干净，有一张矮床，铺着干净的锦被软褥，一张木几，放着茶具。他斜斜靠着墙，四肢皆被铁链锁着。

戴着面具，一头乌发披下，他闭着眼，一动不动，忍受着身体上的疼痛。这等死的滋味，实在不好受。

牢门，突然洞开，脚步轻盈，来的是女子。待一阵兰香袭来，他立即知道是谁来了！

没理会。

那人蹲了下来，似细细地在瞅他，有沉沉的叹息在耳边漾开。

"无擎，你这是何苦？"

宫慈幽幽的声音响了起来。

九无擎没睁眼，只漠然扔去两字："出去！"

宫慈面色一痛，想到的是前几天收到的休书，心越发地难受起来，悲切地质问起来：

"你就非要与我恩断义绝吗？"

"我们之间何来的恩和义？你别在那里自作多情了，行不行？"

他突然睁眼，冰冷一笑，便若萧萧秋风里，瑟瑟而起的琴音，头就那样无力地靠着，无视她的苍白，轻飘飘的语气带着讥嘲：

"实话告诉你吧，这些年，除了那把琴，之后，那些所谓的情书情诗，全是无昔弄的。至于原因，你应该懂的，在这鐀京城内，所有人皆是棋子，存在的价值就是互相利用。这个道理，事到如今，你竟还没参透？是不是也太蠢了一些？"

宫慈的面色，一下惨白如霜，止不住战栗：这怎么可能？恋慕了十三年，她将少女所有情怀都寄托在他身上，到头来，竟只是一枚被利用的棋子罢了。

她不敢相信，但他的表情在告诉她，这是真的。

于是一股难以压制的悲恨自心湖迸出，她扬起手，想给他一巴掌。

没有打到，他随意一抓，就听得铁链一阵叮当作响，她被甩开，一个踉跄，险些摔倒。

"你还没资格打我！十三年前，若不是宫谅助纣为虐，我们母子何至于落到今天这步田地！滚！"

冷厉的声音，冷漠掷下。

宫慈整个人顿时摇摇欲坠，眼泪不由得自眼窝里流出来，她真的应该清醒了。

在他为了别人狠心将她打得半死后，她就该明白，这个男人根本就不爱她。可她始终不甘心，在她收到他的休书那天，她犹在想，也许，他是不想连累她。

显然，这是自欺欺人，她凄惨一笑，想起了来之前父亲的忠告：

"既然留不住，还是忘了吧！他心里一直有人。如今那人来了，你如何能争得过她？"

她曾泪朦朦惊问：

"是谁？那人是谁？"

父亲叹气道：

"小金子就是公子青，是他在九华的青梅竹马未婚妻。"

她呆若木鸡。

公子青，她认得的啊，那个和九无擎研究《天医策》的少年，墨衣飘飘，风流年少，俊逸的容貌，可令天下女子倾倒，那才华，更是绝代无双。掩去真容，装疯卖傻，原来他们一直在将她戏耍。

而她居然还以为，那是一个微不足道的角色，还在这里自取其辱。真傻，真是傻！偏偏她还是沦陷了。

含着泪，她退了出去，到牢门口时，回头又一睇，他捂了捂胸，忍了又忍，下一刻，便有黑紫色的血自他手缝间出来。他的身子竟已这么差，她看得惊颤，想扑回去，走了两步，又打住，忽然想到公子青的医术很高明，或者她该去把他找来。

宫慈走后，自天牢后走出一道身影，冷笑地看着她离去，是宋黎，宫慈之所以能进来探监，全是他令人放进来的。

三

半个时辰后，宫慈手持利刃，寒着脸往镇南王府内闯了进去，青城不肯相见，她便以命相迫，将刀逼在了自己的脖子上。

守门的几列武士，皆是宫里派进来的。他们彼此观望了一下，不知如何应对。忽然，他们的头跑了过来，一扬手，示意他们放行。

宫慈见他们撤下，这才松了一口气，快步往里面而去。

沿着小径来到倾阁门前，就看到了一个着湖水色的美丽少女，正倚着栏杆，慢条斯理地擦着一把宝刀。还没有走近，她就被那宝刀上的寒气给煞到，待走近，则被她精致的容貌所惊到。

好一张巧夺天工的脸孔，好一个妙曼玲珑的身段，好一身睥睨人的傲气。

容颜之美，丹青难画。

眉儿纤纤，不粗不细，不浓不淡，不骄不媚，英气咄咄。

明眸闪闪，如珠如玉，如星如月，如渊如海，灵气灼灼。

粉腮水润，似莲之花瓣；集冰雪之色；凝玉之精华。

朱唇盈盈，若红梅怒放；点春之精髓；收朝霞之光。

眉眼间，傲气迫人眼，似乎这世间万物，都已被她踩于足下，浑身上下，英姿飒飒，既有女子的娇柔之姿，又有男儿横刀立马的气场。

原来她美得竟如此倾城无双。

"你这是来讨打的？"

金凌往寒鲛剑上呵着气，忽唇角一挑，一笑，眸光生寒："尊驾给的大恩大德，真是让人毕生难忘！"

她利索地挑出一个剑花，阳光底下，五光十色，极是耀眼，直指宫慈，却没有动手。

宫慈收回目光，又往前走了几步，而后道：

"青城，你用剑这么对着我又有什么用？若有本事，就去把他救出来啊！眼睁睁地看着他在里面受苦，你就不心疼吗？他还能有几天可以活，难道你就这样听之任之？你不是医术很高的吗？若是错过最佳的治疗时间，纵有再厉害的本事，只怕也救不活人了，难道你一点也不急吗？"

说话间，那是一派的从容不迫。

金凌的脸倏地沉了下来。

她如何不急，可是，再急再心疼，也没有用。

一、她进不了天牢，那里有数千精兵驻守，火雷阵严阵待发，两次劫牢，都惨败而归。

二、她没有药材，空有医术而束手无策。

之前拓跋弘扔下了一句话，想见无擎，就得先把慕倾城的脸治好，于是她来了镇南王府。

为了救燕熙命，龙奕回了龙域，临走曾和她辞行说："龙域龙山深处，有血茸果，那东西是灵虎的宝贝疙瘩，你等着，我去偷几颗过来，看对燕熙的身体有没有用！"

关乎煞龙盟的人，包括剑奴、刀奴，皆神秘失踪，是被抓了，还是藏了起来？皆不得而知。玄影去探看过，静园里已是人去楼空，所有机关暗道一律被销毁。

今天逐子来报："郢山附近，发生大爆炸。两股神秘力量械斗，死伤无数。初步估计那里是煞龙盟置办手雷地雷的巢穴。偷袭者乃天地盟的人，用的是火雷箭。凌晨时分火药库被引燃，一两百号人，全成肉酱。"

另有阿大回报："华九先生失了音讯，铜湾附近出现大量九华死尸！也是天地盟干的好事！"

在这种局势如此不明朗的情况下，她只能按兵不动，九华隔得太远太远，远水救不了近火。

想要救燕熙，急不得，心急就会着道。

金凌将寒鲛剑归鞘，抱胸，冷冷地道：

"真是好笑，你现在以什么身份来质问我。我该干什么？又该怎么做？轮得着你跑到我面前嗡嗡嗡乱叫么？"

宫慈被损得脸色一白，她知道自己这是在自取其辱，可为了九无擎，她已经顾不得这么多了。

"是，我是没资格来质问你什么，但扪心自问，你就一点也不想知道有关无擎的事吗？我刚刚才见过他！情况非常糟糕，你知不知道？他吐血了，吐的是黑血。我问了牢头，牢头说，他这几天时不时会吐血，晕厥过几次。他……"

她的鼻子酸极，声音也哑了：

"他快撑不下去了。你若不把他救出来好好治，只怕没几天就会死在牢里。"

金凌的心被这话刺激得紧紧收缩了一下，捏着寒鲛剑的手狠狠击打了一下廊柱，深吸了好几口气，才压住杀人的念头，而后，霍地抬头，以剑鞘柄将眼前之人狠狠地抵了出去。

她讨厌看到她这张泫然欲泪的凄然脸孔，几步将人逼到一棵梧桐树下，冷笑地叱道：

"猫哭耗子假慈悲。居然还表现出一副一往情深的鬼样？滚！马上给我滚出去！！"

寒光一闪，剑出鞘，她真想一剑杀了这些害惨熙哥哥的魔鬼。

却不能杀！

她转身一剑，将那株梧桐树杆斩断，就听得轰轰一阵响，巨大的树冠倒地。

宫慈急忙退开，默默承受着她的怒目相对，好一会儿，才低低道：

"是，我现在是没有什么立场来说话。我也不该再记挂他，但我还是控制不住喜欢他。这番过来，我不是来闹事，我只是来给你捎句话的：新帝对你情有独钟，你该把握住这个机会，把人救出来。也许你心头自有打算,可是时间不等人,一切都要抓紧,我告辞。"

她欠了欠身子,不再多说什么,离去。

金凌呢,闷闷地站着,抹着脸,心里烦得厉害。她知道,拓跋弘对她别有企图。之前,他并没有将他的企图宣之于口,而在用另一种方式迫她就范。

四

这天傍晚,金凌被请进了皇宫,见到拓跋弘后,她丢下的第一句话是:"拓跋弘,你到底要怎样才让我见无擎?"

她的忍耐限度已经达到了顶点,实在没办法再沉默下去。

御池边上,拓跋弘睁开眼,挥退所有侍者,拧拧脖子伸伸懒腰站起来,神情淡淡的,他不答只道:"其实你心里知道我想要什么。"

"你想要我是吗?"

她扯出一抹冰冷的笑,这人终于跟她摊牌了。

他不掩饰,点头,目光流连在她白玉似的脸孔上:"我要你心甘情愿地留在我身边。只要你愿意,我还可以给你干政的权力,以后和我一起治理这万里江山。造福万民,永留青史!"

历来后宫不得干政,那是铁一样的国法,但拓跋弘相信:公子青有那样一份才能,可以与他并驾而驱。想东土大国的法制与他们龙苍原就不同,女子入仕,那是寻常事。凌子能得了沧帝的宠爱,不远万里地来找十三年前失散的人,可见是颇有能力的。

这样的人,自不会甘心只做一个小女人,他也不会将她当一般的庸俗女子,很愿意给她想得到的尊重。

"皇上还真是看得起我?居然还愿意与我共享山河,小凌子还真是三生有幸。"

金凌听着冷笑,语气分明挟着几分冷嘲热讽之意。

她从没有很正式地叫他皇上过:要么直呼其名,要么就唤他驼八,因此,这时的这一句"皇上"让人听着很不顺耳,令拓跋弘不由得皱起眉头。

"还有,您这是打算给我安什么名分?皇后吗?还是贵妃?或是四妃之一?又或者就这样没名没分地跟着?"

"我给你皇后之尊!"

他突然静静地迸出一句话:"我会让你以慕倾城的身份嫁我!从此以后,你是慕倾城,慕倾城是慕倾云!我的后宫,为你,不再纳妃!"

这话令金凌呆了一会儿,原来他打的是这样一个主意:怪不得他会向外声称慕倾城找回了一个失散多年的孪生姐姐。哼,这人还真不是一般的厚颜无耻,不过,这一计,若真实施了,倒也绝妙,一箭双雕,既保颜面,又抱得美人归,多好。

她气极而笑:"那么请问,我肚子里的这块肉呢?您又打算怎么处置?是不是打算一碗药给化了?"

"按我的心思,当然不能留。但你若要留,可以。以后生出来,给倾城养着。我会尽快给她择个可靠的婆家嫁了,就权当是她生的。我本无意慕倾城,若真是娶了她,也只是白白害了她，倒不如这样，她也会有个好归宿。"

好周全的计谋，好可怕的心肠。

金凌气得浑身发颤，寒声叫道："拓跋弘，这是想做拓跋跃第二？你希望我月姨的悲剧再在我身上重新演绎一遍么？还是想我有朝一日也被你逼得长眠不醒么？你的正直呢，你的良知呢？你怎么能说出这种卑鄙的没下限的话来？这么做，你对得起慕倾城么？"

噼噼啪啪一番话，把拓跋弘骂得是脸上一阵青一阵白，半响后，他将牙咬得咯咯作响，发飙了："既然你这么有骨气，那你不必来求我，想要我放他，那你就得拿等价的东西来和我交换。"

他跟着冷下声音，玄墨色的龙袍一拂，一身肃杀之气往外而去，怒气却是一层一层地散开来，此时此刻，谁要是敢来惹他一下，一定倒透大霉。

很不凑巧，也正这个时候，有内侍上来禀报：

"启禀皇上，宫大人，慕侯爷，一起在宫门外求见，说有要事！"

"滚！"

盛怒的拓跋弘哪里听得进去，寒声一喝，一脚将人狠狠踢走："让这些老东西，有多远就滚多远……从此以后，别再出现在朕面前。"

"是！是！"

那可怜的内侍吓白了脸，捂着被踢痛的胸口，忙从地上爬起来，整了整戴歪的内侍帽，退了出去。

一场见面不欢而散，很快，金凌被送回了镇南王府。

五

金凌的心情，很烦，这几天，她思来想去一直在回忆母亲之死。

她记得，母亲是要抢凤烈手上的剑，不小心被剑划伤，剑上的毒引发了早产，最后导致血崩不止而亡。据说，这毒，来自龙苍。而若干年后，凤烈却在龙苍地面上混得风生水起，这两者之间会不会有什么联系？

还有，十三年前的花灯会上，她和燕熙哥哥由父亲带着出来玩，却遭了一场暗算，因此身中奇毒而药石难治，最后百般无奈才来了龙苍，可迎接他们的是一连串的意外，随行护送的兵卒，一个个死得不明不白。当时不知道是谁在算计他们，如今才知是宋黎他们在暗中捣鬼。

也就是说，宋黎是肯定知道她的背景的。而那个时候，拓跋弘还是质子，应该并不知道这些事。

如今呢，他当真清楚他们的来历吗？

他知道逼她惹她的代价吗？

失掉一个镇国公主和燕门世子，父亲尚不惜血本地往这里派人来找，试图翻遍龙苍的每一寸土地，把人找出来。一旦她也身陷于此，消息一经传回，父亲必不惜一切，率举国之兵来索讨。

这样的前景绝不是拓跋弘可以想象的。

可他并没有意识到这件事的严重性，是有人在当中瞒了什么？可宋黎是皇后的人啊，他应该好好辅助新帝才是？为什么眼睁睁地看他自取灭亡？

难道拓跋弘的存在，也仅仅是一颗棋子的价值么？

第二天，近中午时分，她正在房里想事情，镇南王府的管家带了一个内侍来，说是奉皇上旨意，带他去天牢见九无擎。而后，她便去了天牢，见到了昏迷不醒的九无擎。

他静静地躺在一个简陋的矮榻之上，四肢上锁着沉沉的链子，身上盖着一条薄薄的锦被，脸银白色的面具掩去了他的容颜，唇红如烧，裸露在外的下巴也泛着红潮，双手紧握，放在胸口，两条乌亮的链子从脚边玄钢筹成的铁柱上拉了过来，正铺在榻上。

她没有多想，急奔过去，一时悲喜难辨，急急地推他叫他："燕熙！燕熙！"

九无擎一动也不动，身子烫得就像是被烧红的铁烙，她不由得抬头冲那管事怒叫："他在发烧，都烧成这样了，你们怎么没有人管他？"

那管事闲闲地剥着指甲，凉凉地扔过一句话："姑娘，这是朝廷死囚。皇上说了，从今天起，由他自生自灭！死了，是他咎由自取！"

金凌明白了，拓跋弘这是故意在报复她了。

"我要见拓跋弘！"

她气炸了，揪住那人的衣裳，怒目一吼："马上带我去见他！"

"哟，这世上哪有这么容易的事？皇上说了，只要您给了他想要的，他就会见您，否则不见也罢。"

那管事一笑，拍了拍手，掌声落下，便有两个宫婢端两碗药，走了进来，先向那管事行了一礼，而后才来到了金凌面前，也欠了欠身。

"这是什么意思？"

金凌眯起眼怒问。

那管事走了过来，站在两个宫婢的中间，指指左手边上的那碗药汤：

"这是御医配治的退烧汤，里头都是续命的上等药材，吃了，睡上一夜，就能醒过来，多少还能保全一些时日。至于这一碗……"

他又指指右手边的那碗药："这碗是忘情汤，是皇上给您准备的。吃了就会忘记一切烦恼，从此以后只做皇上的女人，由着皇上宠，由着皇上怜，为皇上生儿育女，开枝散叶。皇上说了，只要您能吃下这碗药，另一碗您可以随意用，要不然，您就留在这里，看着九无擎慢慢断气吧！"

说着，他端起了那碗退烧汤，倾斜30度角，作出一副要倒掉的姿势："皇上说了，他只给您从一数到十的时间，您若不吃忘情汤，就令卑职倒掉这退烧汤。现在卑职开始记数，一……二……三……"

"停停停！"

金凌气得咬牙切齿，却又无计可施，马上叫停，退了一步："你先把药给我喂他服下，那一碗，我等他这碗起了疗效后就会吃！"

"不行，姑娘必须得先吃忘情汤，否则只能对不住了。"

那管事的开始倒，药汁滴答滴答往下掉。

金凌的心就完全被这药汁落地声给打乱了，连忙叫道："别倒别倒，我喝我喝！"

随手胡乱一抓，就把那把所谓的"忘情汤"抓到手上，咕噜咕噜全喝下，而后，将碗摔到地上，用袖子胡乱地一抹嘴，将那退烧药给抢了过去，但她并不急着喂给无擎吃，而是先看脉，素指纤纤一把脉，小心肝就止不住地颤起来。

三个月前，他被她刺伤发烧时，她就给看过脉，那时，他的脉象已经够坏，能活过一两年，那已算是幸事。如今呢，那脉息若有似无的，就好像随时随地都会撒手而去一样，若不是这几天有这些续命的药材在撑着，只怕他早已成为一个活死人了。

此时此刻，她真是恨死自己了，若不是自己救了那不该救的混蛋，现在的局势怎么可能会变得如此糟糕！

可是，事到如今，追悔又有什么用，身在天牢内，她既没办法救他出去，也没办法给他医治，以现在这种状态来看，只怕大罗神仙降生也保不住他了——没药引了啊！

她抹了一把眼泪，咬牙忍着，抚着他的面具，轻轻地叫着："熙哥哥，你不可以有事的。一定要给我撑下去。如今，你都做了凌儿的夫君了，总得去拜见一下岳父岳母，是不是？父亲惦记了你足足十三年，娘亲陵前，你也有十三年没有去扫墓，您若是撒手不管了，那是不孝，你知道吗？还有，我们还有孩儿没有出生呢！你不可以这么不负责。所以，你一定要好起来！听到没有，我不允许你临阵退缩的！"

她将头靠在他的胸口，感受着他滚烫的体温，她用手紧紧地抱住他，现在的他，不会给她任何拥抱。

他就像死了一样地睡着，听不到她喃喃的低诉，看不到她凄楚的眼泪，感受不到她悲伤的悸痛。

她抱了他好一会儿，才坐起，嘴对嘴地喂他吃药。

不想，这一幕落进拓跋弘眼里，他匆匆赶来时正好看到他们的亲昵状，止不住寒声喝了起来：

"来人！将她给朕拉出来！"

金凌抬头时正好看到了他眼中的狂怒之色，那神色，就像是一个男人抓到妻子红杏出墙的样子。

她冷冷笑了起来，人，有点摇摇晃晃，意识似乎开始涣散了，是忘情汤开始发生效果了吗？

也许是！

她牢牢牵住九无擎的手，无比憎恨地看了拓跋弘一眼："忘情汤，小八，呵呵，难道，你要的只是我的身体而已吗？为什么要这么无耻？你会得到报应的！"

下一秒，她倒下去，栽到九无擎的胸口上，缓缓地不甘地合上了眼。

拓跋弘脸色大变地冲了过来，推开了想上去将金凌扶出来的两个婢女，震惊地站到了她面前，看到她的素手，紧紧地扣住男人五指，一副"生一起生，死一起死"的模样。

他一把抓过身边一个侍女，厉叫：

"她刚才说什么？什么忘情汤？谁给她吃的？谁给她的？"

那宫婢吓白了脸，结巴不成语："奴……奴婢不知……是……是斐先生，是他让奴婢们把药端来的……啊！"

她惨叫一声，被打飞。

"滚！"

他转身，弯腰，想将九无擎和金凌的手拆开，却发现九无擎竟死死地抓着金凌的手不肯放，他微微一惊，难道九无擎是醒着的？

抬头看了一眼，却见面具底下有眼泪淌下来。

心下确定了一件事情，他是醒着的，只是被人用了药控制着。

不用猜，这又是宋黎的杰作。

宋黎对玲珑九月母子的恨意，似乎比他还要强烈，他这是故意在折磨九无擎！

拓跋弘恶狠狠地拆开了他们的手，一把将金凌抱起：

"好好给朕看好了九无擎。该吃的药，谁也不准给朕少备了。"

宫婢和侍卫们皆跪于地上，承受着皇帝的怒气，惊颤地应着"是"。

待他们消失在天牢外渐渐深浓的夜色里以后，一道无比惬意的身影出现于死牢。

来的不是别人，正是一身蓝袍的宋黎。

新帝继位，给了他帝师的称位，无官阶。这人性格不拘，说什么不爱为官，没有上过一天朝。这几天，只顾着替拓跋弘铲除异己。

今日这一幕，是他导演的。

唯一遗憾的是，拓跋弘好似来早了一些，但总体来说，还不错。

进得牢门，他轻轻一挥手："你们下去吧！"

待房内没了人，他才走到九无擎身边，摸出一颗丹丸用内力粉碎，而后撬开九无擎的嘴将粉末抖入，又到茶几上取了一盏白开水往他嘴里灌了一口，随手一扔，砰地一下，摔成粉碎。

没一会儿后，九无擎缓缓睁开了眼，动了动几乎发麻的四肢，极困难地撑坐起来，那目光是何等的凶而怒，恨不能将对方剁成肉末，烧成灰烬，声音是极度的喑哑：

"她到底哪里得罪你了？你要这么对付她？你就不怕九华得了消息，派兵过来，将你们颠覆了吗？"

宋黎风轻云淡地一笑：

"九无擎，你想得倒是挺远的，若是有这份闲心想将来的事，倒不如想象一下，你家小媳妇躺在龙榻上承宠的那种娇媚吧！打今儿起，她就是拓跋弘的玩物，哦，对了，在你临死之前，我会想法子让皇上把你的那块肉给打下来，熬成人肉汤后，给你灌下去，让你尝尝什么叫作痛不欲生！"

九无擎从来没见过如此恶毒的人，一阵阵翻腾的怒气在心底头汹涌澎湃，这种刺痛人心的言辞，当真能把一个人逼疯。

他却哈哈一笑，无比痛快地扬长而去。

身后，九无擎跌跌撞撞地追了几步，却叫铁链给沉沉地绊住，连他的衣角都抓不住。他愤怒之极，一拳重重地砸在茶几上，那粗劣的玩意儿，受不住外力的打击，"砰"，四分五裂。

死丫头，你怎敢玩这种把戏！

他之怒，但为金凌。

六

拓跋弘很担忧，金凌吃了忘情汤后，醒来什么都不记得，连同抹掉了他们曾经共同经历过的一切，他得有多遗憾。为此，他怒叱了宋黎。宋黎一径辩说："只有让她忘却一切，陛下才有机会。否则，您这辈子肯定娶不上她！"

四月二十三日，拓跋弘下朝回御书房批奏折，淑宁宫齐姑姑就来报："慕姑娘醒了，不记得自己是慕倾城，在听说自己是准皇后以后，说什么皇帝都是种马，嚷着要回府，侍卫们一个个全挨了她的打。"

于是他扔下手中才看了一半的奏折，换了一件玄色常袍，往淑宁宫而去。昨天，他将她安置在了那淑宁宫。

到了御花园后，他就遇上了迷了路的她，这丫头正懊怅地在原地转圈圈，女扮男装，显得英姿飒爽，时不时抓个侍卫婢女问怎么出宫，使出来的功夫有点别扭，看样子，还不懂怎么去运用，显得极为笨拙。

当她左顾右盼，四下观望，和拓跋弘的含笑的眸子对上时，立刻扯出一抹灿烂的笑容，迎了上来：

"好极好极，终于遇上一个服色不一样的了。喂，瞧你这装扮，是不是皇上身边的贴身侍卫。很威武，很有气势，官很大吧……嘿，能不能帮个忙，我进宫来送菜，一不小心走错了路，结果就跑到了这里。哎呀呀，这里房子太多，而且很多是一模一样的，害我都分不清方向！怎么样，带小弟我出去好不好？"

流光溢彩的目光，让人惊艳，而且她居然主动上来拍他的肩，一副哥俩好谄媚的模样，透着一股子调皮劲儿，如此俏皮的模样儿，看直了他的目光，竟忘了回答。

"喂喂喂！干吗不说话？难不成是个哑巴？我的天，我的命不会这么惨吧！"

她哀嚎，惨兮兮的模样儿，说有多夸张便有多夸张。

他不由得扑哧笑了出来，无比享受这样一种无拘无束的滋味，拱手作一揖：

"在下姓驼，排行老八，家里人都叫我小八，我是你朋友，你不记得了吗？"

"真的吗？"

她好奇地问："那我叫什么？说来这事还真怪，我一觉醒来就不记得自己是谁了，他们说我叫慕倾城，是未来的皇后，我怎么觉得这事不对劲呀！"

"你不想做皇后吗？"

他笑着问，欣赏着她脸上那丰富多彩的表情。

"才不要！"

这口气相当的坚决。

拓跋弘有点受伤，怎么无论她失不失忆，都这么反感做皇帝的女人？那人人艳羡的位置，到了她那里，怎么就成了烫手的山芋，能丢多远就丢多远！

"为什么？"

"那么多女人睡一个男人，你说恶不恶心！"

一边说，一连摇头作呕吐状，没留意到他的脸色僵了一下。

就这时，他的肚子咕咕叫起来，她马上转移话题："你肚子饿了是不是？我也饿了，你知道御膳房在哪里。要不，咱去把皇帝老儿的早膳给偷偷弄来吃了！"

思维跳跃得那么快，拓跋弘无语望天，哪有教唆皇帝去偷自己的早膳，不过，被她这么一提，正好记起自己也没有吃膳，鬼使神差之下就点下了头，笑呵呵地拉上她往御膳房而去，一边与她商量着：

"你负责偷，我负责帮你引开他们，然后，我们五五分成，一起吃！"

"好好好！"

她点头如捣蒜，笑得可欢快。

这一天，他们俩偷吃得很开心，之后，金凌要出宫，想让拓跋弘帮忙，他很遗憾地告诉她：没有皇上的命令，谁都不能擅离皇宫，连他也不例外，金凌虽很不满，仍还是妥协了，遂安安分分住在了淑宁宫，只提了一个要求：她要驼八每天抽空去陪她。

他听着笑着，满心欢心地答应了下来。

七

四月二十四日，拓跋弘登基，他终于如愿以偿，拥有了整个天下。

站在神坛面前，他向脚下所有臣子起誓："以己之力，兴我西秦。勤政爱民，发扬光大。"

他去见过父皇的，本想请他观礼，可他的状况不太好，这几天，起起伏伏一直在昏迷。

怀安说，父皇的身子已经被药物用坏了，只怕好不起来。他听了，心情无比沉重。

大礼上，拓跋轩没有来，赌气。因为他说要放过玲珑九月，他就和他闹了好几回。有关拓跋轩之前的罪名，他已经替他洗清，把所有罪责都推到了九无擎身上。登基典礼上，只有拓跋臻到了场。

至于拓跋桓的丧，还没发，因为天鉴司说：本月发丧，死灵便得不到轮回转世，会转畜生道，宜将丧礼押后到五月十二。那日是丧葬吉日，入土为安可享来世太平盛世。

皇位带来的成就感，于拓跋弘而言，那自是无法用言语来形容的，同时，也带给了他沉沉的责任。

初登大宝，国事繁多，可他并不觉得苦、觉得累，因为有她。

拓跋弘觉得自己好像变回了毛头小伙子。殷殷然期待着每一次和她相聚在一起的时光。

早晨，他去上朝，下朝后，批奏折，然后，装扮成侍卫的模样，去淑宁宫偷偷摸摸与她私会，通常这个时候，宫里的人都会知趣地走开，任由他们在偏殿里叽叽喳喳说话。下午继续办正事。晚上，他再偷偷过来，陪她看星星。

她的性子真是很顽劣，爱爬到殿顶上，闲闲地躺着，数着那怎么数也数不清的星星。

嗯，她还没有发现他是皇帝，和他称兄道弟，不亦乐乎，并且还不断地向他打听皇帝几岁了，是不是老得都要掉牙了？她是怎么进的宫？

他笑呵呵一一作答，说："皇上年纪不大，可不是老头子，和我长得一般高。至于你，你是镇南王东方轲的外甥女儿，叫慕倾城，小名，凌子，你还有一个姐姐叫慕倾云……"

她听着，一点也不反感，一边念着这两个名字，一边嘀咕说："这两个名字，有点熟悉，嗯，很亲切。可我记不得他们长什么样子了！"

她嚷着要去见他们，他摇头："皇上这几天很忙，过几天吧！过几天，我跟皇上说一下，由我陪你去好不好！以后，你会住在宫里的。"

四天时间，令拓跋弘突然觉得，她失忆也好，现在她这模样，是如此的可爱，他比以前更喜欢她。

和这样的她在一起，既不怕被她憎恨，也不必担忧她随时随地害自己，更重要的是，感觉很舒服。

那是他从来都没有过的一种宁静的滋味，就好像，突然之间找到了一种归依，世间的一切纷纷扰扰都消失了，幸福得不得了。

想拥有她的心思越发地强烈，终于，他打定主意让人开始筹备大婚事宜，他想尽早令她成为他的皇后。

但到底事情还是穿帮了，四天后的这天，当他下朝回御书房，看到齐姑姑守在门外，立刻明白纸终于包不住火了。当他跨进书房，一眼就瞅见她气鼓鼓地坐在龙椅上。

"驼八，你敢骗我！"

见他来时，金凌立刻怒形于色，指着他的鼻子指控起来。

拓跋弘挑眉，脸孔上噙着一抹匹配的微笑，神情愉悦地反问："哪有？驼八者拓跋也，请问凌子姑娘，在皇宫哪个侍卫敢这么胡乱地在皇上的各个寝宫走动，是你脑筋不好使了吧！这点也想不到！真是一个小呆瓜！"

说话间，还用手轻轻敲了她的额头。

她立即龇牙咧嘴起来，拍掉他："骗子，闪开！"

"哪有骗来了？我只是跟你闹着玩……之前，你一直不肯进宫来，说什么皇帝难侍候。进了宫，就淘气地四处跑，好了，摔了一跌，把脑子摔糊涂了，把我也忘了，却还是没忘讨厌进宫，讨厌嫁我！凌子，我知道你不喜欢宫闱束缚，可我们是有婚约的，这婚迟早得结，你心里头的那个结肯定得解开，对不对？所以，我略作隐瞒，只是想和你好好培养感情。现在，我们不是相处得很好吗？哎，这下，你可以安安心心地嫁我了吧！我并不算很讨厌，是不是？"

他脸不红气不喘地撒着谎，牵她手。

金凌眉心直皱："你是不讨厌，但是我讨厌你是皇帝，皇帝都不长情，以后，三宫六院七十二妃的，怎么可能只对我一个好？我只嫁一心一意对我好的人，你肯定做不到！"

这话把他堵得无言以对。

此时此刻，他是没办法向她保证这一辈子只娶她一人，关乎政治，有时候，婚娶，只是一种手段，而不是出于心里的一种偏好。帝王有帝王的难事。后宫和朝堂，在某种意义上而言，那是有着某些必然的联系的。

"凌子，我只能说，我尽量不让其他女人进宫。若是进来了，我就当她们是摆设，不碰好不好？"

她眉头皱了好久，才软下了语气："这样倒也成，但口说无凭，立字为据。来来来，我给你磨墨，我念你写，只要你写一张合乎我心意的字据，我就豁出去嫁你了。"

为了博她高兴，他只好写了一张字据，写完后，还郑重其事地敲了一个私印，她这才眉开眼笑地回了淑宁宫。

八

时间过得很快，一转眼已是五月初一，离大婚还有三天。

这几天，拓跋弘与金凌相处得极融洽。每天下朝时分，她皆会跑来迎他回御书房，给磨墨，给他沏茶，体贴得不像话。每天，她都会黏他，好奇地问这问那。

他喜欢她绕在他身边，给他一种家的感觉，令他倍觉温馨。

可他并不知道这一切全是她故意营造出来的假象。

其实她根本就没有失去记忆。

由于她曾中过乱魂醉，九无擎为防止她日后遇上类似事件，在给她配制的解药中另加了几味药，令她生了免疫力，所以那天，她才吃了那一碗汤。

之所以会演这么多天的戏，一是因为她在等待阿大他们渗透进来，配合她行动；二是想打消拓跋弘对她的疑惑，放下戒心，为接下去的计划作准备。

通过这几天对拓跋弘的研究，她终于知道什么叫上梁不正下梁歪，有其父必有其子，父子俩净做丧尽天良的恶事，居然还有脸想营造出大仁大义的形象，真是虚伪到了极点。

终日对着这样一副嘴脸，金凌真想吐。

幸好，她演技超群，这段日子，她将她的天真烂漫，她的冰雪聪明，她的直言不讳，都发挥到了极致，故意天天笑脸相迎，消除他的警惕性，引他着迷。这人渣还当真对她下起功夫，想用他的真诚来换她的真心，呸，真是恶心！

还好，这种听他整日甜言蜜语的恶心日子终于熬到头了，今夜，就是她的计划执行日。

晚膳的时候，她特意拉他去酒窖亲手挑了一坛子酒，百年桂花酿，晚上，两人躲在房里喝酒聊天，吃到最后的时候，是她醉倒了，他有些薄醉，抱着她回了心宁殿。之后，她利用各种花花草草相克相生的原理，将他迷倒在床上，接着，她学着拓跋弘的声音吩咐小李子去把田拙和文达叫进殿来议事。

那田拙，是拓跋弘自底下调任上来，曾随他出生入死，拓跋弘对他那是信任有加。至于这文达，则是晋王身边的谋士，继位后，新帝论功行赏，原也有他的份，可他不要，执意要离去，被新帝强留在宫内。

不一会儿，田拙进来了，高大的身子披着银甲，目露精光，一看就知是个了不得的武将；文先生长得也是武生的身材，只不过留着一撮斯文的短须，看上去甚为儒雅。

田拙和文达都是自己人，东罗冒充了文达先生，至于田拙是货真价实的田拙，这人是九华来客，潜伏龙苍日久，早已融入西秦晋王麾下，成为了晋王的得力爱将。

之后，她遣开了小李子公公，点倒了几个婢女，让东罗催魂拓跋弘，为的是找到天牢玄铁钥匙所在。意志力极强的拓跋弘，最终敌不过东罗的催魂，自机关暗格中取出了四枚由琉璃制成的钥匙。

之后，她令人备马出宫。

一切准备妥当，田拙和文达跟着被催魂的拓跋弘出殿，护卫宁心殿的侍卫长安青马上过来问："皇上这是去哪里？这么晚还让人备马车？"

拓跋弘默不作声。

田拙笑着答上话去："皇上要去天牢，你且去点几个侍卫过来一同随行吧！"

皇上夜探九无擎并非第一遭，可今日那个凌主子难得一回睡在宁心殿，皇上却突然夜起去见九元擎，安青是觉着有点奇怪，不由得往主子身上瞟了又瞟，却见他望着黑漆漆的夜空，一脸的凝肃模样。他想问，又觉不便深问，只得折回点了四个精武的侍卫跟着。

金凌化作宫婢小纱小心翼翼地侍在拓跋弘身侧，低眉顺目，手上提着食篮，一起上了马车。不知怎么，手心上竟生了一层又一层的细汗。

这次计划，由两部分组成，这边，由她、田拙、东罗配合，救无擎；那边，怀安得把月姨秘密带出宫去。

她也是最近几天才知道的，怀安是父亲他们安插在晋王身侧的人。东子姑丈栽培了不少贤能之才，派入龙苍后，分布于各国有地位的权臣身侧，一是打探消息，二是以防异变。

前些天，怀安奉拓跋弘之命给她诊脉，把完脉后，她的手心里多了一个小纸条，上面写了一句话：

"世子暂无碍。少主安心。"

没有属名，只印了一个金门令的令图，那是九华的图腾，也代表着他是程一先生的属下。

正因为知道燕熙暂无性命之忧，她才一门心思用在了拓跋弘身上，为得他信任而不择手段。

之后，他们顺风顺水抵达天牢，随行侍卫根本就不知道皇帝已被人挟制。

九

幽暗的天牢，掌起了明灯，从里到外，一路通明。

这是重量级死囚关押的地方，牢内除了九无擎，空无一人，整个天牢，从早到晚便是一片死寂，阴森森，充满死亡的气息，尤其晚上。

安青和这里几个熟人叨了两句，进去时看到守在死牢门外的八个武士被打发了出来，田拙和文达守在下一个通道口，斜斜地倚着，看到他后，田拙咧嘴一笑道：

"安兄弟，皇上和九无擎叙旧，令我们守在这里。"

说着，啐了一口："这天牢，怪阴森的！你觉得呢！九无擎从来不是娇惯的人，才在这牢里住了十来天，如今都不成人形了！噗，天牢这鬼地方，真不是人待的！"

两个人就此低低攀谈起来，他们原就很熟。

牢内，九无擎还没有睡，背对着牢门，正闭着眼盘坐在矮榻之上，运气打坐，一早就听到外头的人嚷嚷着：皇上来了，皇上来了！

他没有睁开，拓跋弘又不是第一次来会他，没什么大惊小怪的。

这人来过四回。

第一回，听说他昏死，特意来看看他有没有死绝，同来的还有宋黎。那宋黎也不知给他吃了什么，他居然熬了过来。

第二回，是有人劫狱，全死在了天牢外。拓跋弘闻讯特来警告："那些人若不懂安分守己，朕的杀戒一开，会死多少人，无法估算！"第二天，他被拖上了朝堂。

第三回，他来与他论帝王之道，对灯把酒评天下，放开个人恩怨，这也算是个人物。

第四回，他成假死状，而他狂怒而来将金凌带走。

虽然在天牢，但他也听说了：拓跋弘打算大婚。

今天，夜都深了，拓跋弘来这里又是为了什么？

炫耀？

三天后，他大婚啊！

小凌子会如何应对？

一阵幽香传来，似梅非梅，杂糅着几种奇怪的香。

"熙哥哥！"

一声如梦如幻的轻叫在耳边响了起来。

他心头一颤，猛地睁眼，回头时，赫然看到一张陌生的脸孔映进自己的视线。

"是我，凌子！"

"你……你怎么来了？"

九无擎双手撑在榻面上，身上的铁链发出一阵叮当脆响，转头，看到着玄色龙袍的拓跋弘正负手站在牢栏外，目光深深，面无表情，似睇着他们，又好像什么也没有看见，显然是被催魂了。

"凌儿来带熙哥哥回家的！"

金凌的声音是微微的。

细细地看着眼前之人，半张银色面具掩着他的脸孔，眼孔底下的眼是神震惊的，原本干净的下巴上长满了细细麻麻的胡扎髭，身上还是那一身雪白的单衣，但已不是纯白色，微微泛出几丝黄，衣襟上沾着一些褐色的药汁，乌发披散，许是太久不曾梳洗，有几缕已经打结。

一眼观之，满身落魄蒙尘相！

"你拿到钥匙了？"

九无擎拉了拉那条玄钢寒链。这链子牢牢铸在铁柱上，即便是切玉断金的寒鲛剑，只怕也拿它没有办法。这丫头装失忆，就是冲钥匙去的，她啊，胆儿可肥着呢，却叫他足足担心了这么多天。

"嗯！"她掏出钥匙，低声说，"瞧，都在这里！"

她将钥匙放在榻上，将那根囚困他的链子拉过来，研究起上面的锁孔。

九无擎目光一眨不眨地盯着她看，开始阐述他对于这个孔的认知：

　　"这是造锁大师子归的杰作，手铐和脚铐，共有四把锁，四把钥匙，每把锁上都有四个孔。一共有四六二十四种开启方法。宋黎说了，他已经把子归杀了，这把锁只有他能开！"

　　也就是说，这丫头费尽心机拿到的钥匙根本就没有用。这一刻，他都不忍看她脸上的表情。

　　"谁说的？你且看着我到底有没有这个能耐！"

　　金凌眨眨眼，眉儿挑挑，满脸自负之色。

　　九无擎有点不信，可事实上呢，仅一眨眼的工夫，他就恢复了自由，接着，他被软软香香的身子抱住，他怔了好一会儿，一双手才缓缓地扶上她柔软的腰肢。

　　那熟悉的触感再度翻了上来，美好得让他心颤。

　　他将自己的头深深地埋到她肩脖间，一股淡淡的梅香夹杂着不知名的幽香钻进鼻子里，嗯，还有一股子若有似无的龙檀味儿。

　　心，不由得微微抽疼了一下。

　　对，疼，又心疼又恼怒——拓跋弘是何等小心谨慎的人，若不是这丫头装失忆，故意和那人亲近，得他信任，怎么可能轻易将人擒拿在手上。

　　这丫头，为救他，以身伺虎，怎能叫他不疼不怒？

　　可是他又怎舍得怒她？

　　这是他一心爱着的小女人呵，此刻，他只想深深抱紧她！

　　二人就这样小小拥抱了一下，之后，他们带上拓跋弘神不知鬼不觉就逃了出来。而被诱进牢房打晕后的安青，就此替代九无擎锁在了天牢。

　　一个时辰后，他们通过城门暗道，安全离开鎞京城，坐上程一先生的船，连夜驶离。

　　历经这么多的波折，他们终于再度走到了一起。

第三十五章　柔情刻骨

一

　　船舱客房，程一早早让人备下了热汤，九无擎在沐浴，金凌寸步不离地守着他，原本他是不让的，因为太丑太脏。

　　"丑又如何，俊又如何？我只知道你是我男人，是我孩子的父亲。"

她给他宽衣，替他解带，扶他坐进淡淡的薄荷汤里，很细心地替他洗发，搓背，就像一个尽心尽职的妻子。

这过程，她一句话也不说，目光在他满身的伤痕上流转，烧伤，剑伤，刀伤，将曾经珠圆玉润的翩翩少年，折磨成了瘦骨嶙峋的魔鬼。多看一眼，她就多几分心疼，几分自责，几分难受。她说不出话，她很想落泪，但她忍着，现在是值得高兴的时候，她才不哭。

穿好衣裳，抹干头发，她替他敷上联手赶做的人皮，掩起令他觉得自卑的脸孔。

他闭眼，由她细心地打理。

"好了，是晏之的模样！"

终于打理好，她小声地在他耳边低语。

"凌儿喜欢上晏之了是不是？"

他睁开眼，微微笑了一个，眼神如此温柔，能将她醉死在其中。

谁知她瞪了他一眼，往他唇上咬了一口："对，我移情别恋了，我喜欢上晏之了，叫你骗我，叫你瞒我！哼，臭燕子，坏燕子，你什么时候学得这么坏了？"

九无擎露出几分歉然之色，用手指轻轻触她的脸，却被她拍开。

"现在不许碰我，我们先把账给算清楚了！"

她凶巴巴地瞪。

他只好老老实实收回手，满目尽是宠溺的笑，轻声道："应该算，就不知你想怎么算？"

金凌骨碌碌转了一下眼珠子，趴在他胸口前，严正指控起来：

"你是我的男人，居然敢和那女人睡一头，故意气我，是不是欠打！"

他点头："是！"

但她没打，而是冲他左耳咬了一下，接着又问：

"知道我怀孕，也不晓得关心一下，我说气话，你也跟着说气话，把我气得差点内伤，是不是欠打！"

他又点头："是！"

可她依旧没打，而是冲他右耳咬一下，接着再问：

"你是大沧人，你该关心的是如何振兴我九华，却为了一个拓跋曦，陷在了异国的利益纷争里，还敢狠心将我抛下，你说你欠不欠打？"

他再次点头："是！"

结果她还是没打，而是在他唇上又咬了一口，紧跟着再问：

"虽没有行礼，但我们已经是夫妻，是夫妻就该同舟共济，甘苦与共，你却只肯与我共甘，不愿与我共苦共难，我在你眼里就这么差劲吗？我努力了十三年，难道在你眼里，还是一个成事不足，败事有余的小笨蛋吗？这么小瞧我，是不是欠打？"

她原想再咬他一记的，然，这次，没有咬住。

他将她推倒，翻过来轻轻将她压在身下，半支着身子点她唇，抱怨起来："凌儿，想咬，干吗不彻底一点？隔靴抓痒，会让人崩溃。知道我是你男人，你还用这种方式罚我？你混了这么多年假男人，难道不知道男人最最最经不起挑逗的吗？"

淡淡的薄荷香是如此的好闻。

她感觉到他的手，解了她的衣裳，滑到了她的肚腹上，微凉的手掌轻轻地在那里覆着，似乎是在感受里面的小生命，他用自己的方式，表达着对它的喜爱——那是他的娃娃，嘴里没有说，心里一定高兴。因为她看到他的眼底的柔情是如此的深绵。

他们的账还没算完呢，可这一刻，她不想算了，只想和他一起感受它的存在：

"喜欢吧？"

她的手，覆上他的，一起去抚爱由他们一起创造的小生命："它一天一天在长大，很神奇！"

母性的光辉在眼里闪闪发光，灿烂而神秘的笑容妩媚着她的脸庞，她的美丽只为他绽放。

"喜欢！很喜欢！凌儿给燕熙的，永远是世间至宝。"

他忍不住轻轻吻上娇艳欲滴的唇瓣。

唇与唇，轻轻地缠绵，眸与眸，深深地纠缠，身子与身子，紧紧地依偎。

船舱轻轻在摇，晕黄的烛光也轻轻在摇。

不知何时，罗衣已散尽，白玉似的身子，完美无瑕地呈现在他眼前。

他看着，就像在端详一件稀世珍宝，而后，以唇膜拜，一寸寸烙印属于他的痕迹，一寸寸滑过，抚过，爱过。

这一刻，柔软之身为他所有，玲珑之心也为他独属，美丽的容颜也独独只为他绽放。

这一刻，她的娇羞，她的妩媚，她的女儿美，全被一个叫"燕熙"的男人占有。

这一刻，她完完全全属于他。

自小，她依赖他，自小，她喜欢他，自小，她痴迷他，那是怎样一份执着，化作十三年后今天的深爱，将他捧上幸福的云端。

他狠狠地吻着她，恨不能将她糅进自己的身子，觉得整个人都烧了起来，没办法停止。他的手掌又覆到了她滑溜溜的小腹上，哑着声音问："可以吗？会不会闹到它？"

他想要，却又担忧挤坏了宝贝。

"那你，轻一些！"

她的脸上也飞起了红霞，一层一层起着好看的涟漪，莲藕似的皓臂围着他的脖子。

他不觉弯起唇笑起来，低头轻咬她圆圆的耳垂：

"凌儿也想要是不是？"

她妩媚地一瞪，他温柔一笑，一边吻着她，一边不疾不慢地和她融为一体。他努力克制着想要激流勇进的躁动，一反常态，只缓缓律动，在那细腻柔软里享受那种融合的美妙，在唇齿相依的亲吻里享用"燕熙"和金凌的亲密。

二

天亮。

金凌被一阵轻轻的低咳声吵醒，她睁开惺忪疲倦的眼，看到九无擎披了一件雪白的衣裳，手中执着一块白绢，正捂着嘴，声音是压抑的，似乎很怕吵到了她，往外而去。门掩上，咳嗽声反而越发地响了。

一阵接一阵，连绵不绝，咳得令金凌的心整个儿都揪了起来。

昨夜只顾开心，谁也没有提防到他身子的事。

此刻呢，那严峻的问题，已经沉重地摆在眼前，她捏了捏眉心，简单打扮了一番寻了出去。

船舱很大，总共有三层高。他们住在最顶层。

一路走下来，看到的皆是陌生的脸孔，一个个高头大马的汉子，目光一接触到那美丽的脸孔，都不由自主地一呆，而后垂下。

底舱，九无擎正坐在坐北朝南的扶手椅上，手边的案几上放着一杯茶，周围坐着几个男人，为首那位，正是程一，至于其他两个，应该是水门令主彭古，木门令主严五。

她进去时，程一正在禀告："有件事，程一不知当说不当说？"

脸色是凝重的。

她听着，心弦一跳，有种不祥的感觉冒了起来，忙跳了过去：

"程先生，世子身子不妥当，你若有什么事，向我回禀就好，别让世子操心了！"

程一听得声音连忙站起行礼，没有再往下说。

九无擎见状，不觉露出几丝无奈之色，说：

"凌儿，别把我当纸糊的好不好？事关母亲，我如何能置身事外？"他睇着程一，用肯定的眼神揣测着，"怀安那边是不是出意外了？"

程一、严五、彭古交换了一下眼色，一齐看向金凌，请示要不要回禀。

金凌想了想，叹了一口气坐了下来："说吧！有什么消息传来。"

程一沉重摇头：

"没有任何消息！这代表，我们留在镔京城的眼线，十有八九都出意外了，怀安就算真说服七殿下带着镇国公主自暗道逃出来，恐怕也不能安全离京。"

九无擎轻轻"哦"了一声，神情一径平静。关于昨夜原定的计划，程一刚刚和他提过，是这样的：金凌会带上他由暗道出来先乘大启号商船离开，怀安则会带上拓跋曦及他母亲坐另一艘广恒号货船走，十二个时辰后在阳州碰面，换船去涟关。但昨儿晚上他的眼皮一直在跳，今早起来看到程一的脸色不太对劲，就觉得事情有变。

"我们出来得太顺利了！"

他低低地分析着："这当中，宋黎的人，没有任何反应，当真是他们粗心大意了吗？"

温润的脸孔上，是一抹犀利的思量之色，他摇了摇头，很果断地否定了什么，而后问："东子伯伯，可有行踪？"

"姑丈失踪，一直没查到！"

提到这事，金凌的心情又多生出了几分焦虑。

九无擎的脸色也凝重起来，脑筋转得飞快，一会儿后下了一个决定：

"放小船，找个可靠的据点靠岸，先暂时藏起来。把事情打探清楚再赶路。如今，拓跋弘在我们手上，宋黎他们多少会忌惮几分的！凌儿，我们不去涟关了！先静观其变，然后再作定论好不好？"

金凌点头："好。我们先靠岸，程先生，立即派人去查看！"

三位令主立即应命下去。

九无擎倚在椅背上，陷入沉思。

金凌也不说话，玩着手上的珑佩。

一阵死一般的沉寂，在船舱内迷散开来。

"拓跋弘关哪儿了？"九无擎突然问，"我想见见他！"

"你这是想用他去换人吗？如果真能以人易人的话，那就好了！"

她低低说，可直觉告诉她，这事，有点不可能。

三

不一会儿，门开，五花大绑的拓跋弘被推了进来，嘴里还被堵了一团布，额前有几缕发从玉冠中落下，脸孔居然肿成了包子样。

进门，他看到昨晚上还睡在他床上的美丽女子，正笑靥如花地和晏之说着话，眉眼间尽是款款柔情，以及小女儿的依赖娇态，异样红艳的唇色，刺痛了他的眼。

"凌儿，你先出去。我想单独和他谈谈！"

九无擎牵着她的手往外去，不容她说话，将人推了出去。

门关上，两个男人对峙着。

拓跋弘睇了他好一会儿，而后，冷笑着扔下一句话：

"九无擎，你活不了几天了。若留在牢里，你还能好好地安乐死。至于现在，你会不得好死！你的母亲更是！"

门"砰"地被撞开，还没有走开的金凌，本就郁闷，听得这话，那简直就是在火上浇油，三两下走进去，"啪啪啪"，狠狠甩了三个耳光：

"信不信，我现在就能让你身首异处！"

她的脸上皆是怒容，而下手绝没有留半点情面，就好像她打的是一个完全不认识的陌生人，这些天的欢颜笑语，全只是一场梦。

拓跋弘的心，终于彻底冰冷，这第一次心动，第一次全心全意地学着爱护一个女人，得到的竟是这样一个结局！

他扯了扯嘴角，觉得自己天真可笑，盯着她问：

"在你的眼里，我就是一跳梁小丑是不是？轻易能被你玩弄在手上，轻易就能被你骗倒，这种滋味是不是够痛快？"

"这一切全是你咎由自取！"金凌冷冷道，"就凭你害惨了我夫君，我就恨不得将你碎尸万段，像你这种卑劣的男人，就该下十八层地狱！"

拓跋弘狠狠地咬住了牙关不再说话，脸上一寸寸漠然，他明白了一个道理——他不该心动，不该喜欢，帝王之路本是寂寞的，是他太过天真，想在这条危机重重的道路上寻个良伴一起走。

他错了，这世上鱼与熊掌，不可兼得。想要成就不世之伟业，就不该被男女之情困住害了自己，以致落到今天这样一个缚身为囚的田地。

他不说话了。

因为，已无话可说。

"凌儿！"

九无擎见她如此维护自己，心情自是感动的，于是，他轻轻抚了抚她的香肩，劝了起来："别激动！出去吧！吹吹风去！这里交给我好吗？"

金凌转过头，想不透他与这个人有什么可说的，有什么是她所不能知道的吗？

"那我在房里等你！"

"好！"

他知道她不乐意被排斥在外，但是，他还是将她赶了出去，只因为不想让她听到他接下去要说的话以后伤心难过。

她终于离开，他回过头，审视起拓跋弘，说道：

"就如凌儿所说，现在杀你，真的很容易！"

"但你不会这么做！"

"哦，这么自信？说个理由来听听。"

九无擎坐回自己的位置。

"我若死了，拓跋曦必死无疑，到时，整个西秦国就彻底成散沙！你今番作乱，并不为权。你不会陷天下百姓于水火。这一点，我可以肯定！"

拓跋弘曾与他在天牢对话，才发现这个人在对阵之时是凶狠的，可胸壑之间怀的是天下，是大义，所以，他可以断定现在他绝不可能来害他。

九无擎不觉一笑，抚着掌心说：

"哎呀，看来，现在的你，把我看得很透！可你看透我没有用，你得看透你身边人的本质才有助你一统河山。"

这话中之意，令拓跋弘皱了一下眉。

九无擎又一笑，继而道："就如你所说，我是将死之人，身上有太多的伤，太多的毒，今番能熬过这么些日子，也多亏了你的宋国师给我吃了一些毒虫，以毒攻毒，吊着我的精气神，我才能活着。

"我想我若停了他的毒药五天，保管就会浑身抽搐，疼痛而死。怀安的医术并不好，他被假象蒙蔽了视线，并不知道我的状况非常糟糕。

"宋黎之所以这么做是想折磨我，至于原因，无非是因为我是玲珑九月之子，这我能理解，但有件事，我真是纳闷到了极点，他为什么要来暗害你！"

最后一句，再度令拓跋弘蹙了蹙眉，他竟说宋黎要害他？

"怎么，你想挑拨离间？"

这是一种本能的反问，语气完全是不信的。

九无擎咳了一声，一笑，说："你又不蠢，是不是挑拨离间，你自己可以判断。而想要有一个正确的判断，就得对事件有一个精准的了解。所以，有件事，我该提醒你一下，宋黎在凌儿身上用忘情汤，表面上似乎是为了你，可实际上呢，他在害你。如果我猜得没错的话，你到目前为止，应该还不清楚凌儿在九华的身份吧！"

闻言，拓跋弘又怔了怔。

下一刻，九无擎掷出的一句话，终于令他赫然变了脸色。

四

九无擎回房时，看到金凌倚在栏前，怔怔地望着窗外，眼红红的，似乎刚哭过。

"怎么了？"

他从背后将她搂住，在她耳边落下一个吻，感觉很冰凉。

金凌回头，急急推开他，扣住他的脉搏一探，脸上仅有的一丝血色被抽离，抓在手上的衣裳滑到了地上，一团刺眼的红黑色映入他眼底——昨夜夜起时他突然呕血，当时，地上满是血，他用这衣裳，将痕迹抹净，藏起，天亮又要了一件干净的穿上，没惊动她。现在居然被她找到了。

"为什么……会这样？"

她的声音是发颤的。

这种脉象，竟似回光返照，那日她摸到的是由剧毒撑起的祥和之兆。如今，剧毒的力量在渐渐消失，他没得救了！

他心疼地捧起她美丽的脸孔，用手指描着她的瘦下去的脸形，怀了身子，原该肥起来，可她终日奔波，反而瘦了：

"宋黎害的！前几天，他又给我吃过一些毒虫。我，活不了几天了。"

他看着她的脸上浮现疼痛之色，低低地轻嘘一声，歉然之极："凌儿，我原以为我能守着你一起变老，但现在看来，我要失信于你了。对不起。真的很对不起！"

他在心里沉沉一叹，无比心疼她：处心积虑救他出来，救到的却是一个活死人，她得有多伤心？他也想陪她护她爱她一辈子，可老天爷不给他机会。

这时，她突然推开了他，飞奔着跑了出去，一边抹着泪，一边十万火急地下了一道命令："程先生，烦您立即打探龙奕的下落。查到了，第一时间通知我。"

她想到了龙山上的药，已经好些天了，龙奕该回来了吧！

但愿那些药，可以救他！

也只有但愿了！

五

这天，他们的船停靠在了浏河渡口，傍晚时分，坏消息终于传了来。

据报，鐇京城头今早挂起了一个人头，那是太医怀安的首级。人头的两边，挂着两个笼子，笼子里关了两个人，一个是太上皇曾经的宠妃九贵妃，另一个是太上皇曾经的爱子七殿下。

当今圣上已经发出话来：

"三天之内，九无擎若不自缚来投，于午时三刻，活焚于闹市！"

收到消息时，九无擎正和金凌吃晚饭，膳食很简单：一小盅香喷喷的粥，两碟小菜，一碟是鱼末蒸蛋，底下是雪白的鲜鱼末，上面是一层金灿灿的蛋羹；另一碗是鲜汤，几个入口即酥的鱼肉丸子浮在翠绿的细菜心上。

九无擎用了不多少，吃的皆是清淡的食物，都要细软。

早膳时候，他只喝了半碗米粥，其他一点也不碰，金凌觉得这样不行，硬要他多吃了两个小笼包，亲自递到他嘴边，他迟疑了一下，还是笑着吃了下去。上岸后，他吐了，把早上吃的东西一并全吐了出来：不光食物，还有黑血。

那光景，真是吓坏她了。

九无擎反过去安抚道："没事，只是吃得有点多。撑着在胃里不舒服，吐出来反而痛快了！"

他，正值年轻气盛，该是大碗的酒，大块的肉，痛快人生之季，该是策马而驰、意气风发的年纪，却落了一个病恹恹的身子，连多吃一点东西都不行，金凌看到这个情景，掩嘴跑开。

九无擎去找她，见她躲在树荫下落泪。

他上去轻轻抱住她："我喜欢凌儿煮的鱼粥，晚上帮我做好不好？"

死亡的气息是如此的浓烈，可他一个字也不提关于他自己身体的事，替她抹干眼泪，微笑地要求着。

她点头，想到来日不可知，若一直纠结于伤心当中，太过悲望，她重展笑颜，因为他喜欢看到她欢笑。

于是晚餐她亲自下厨，结果他只吃了一点点，都她吃了，他说："娃娃得长大，你得把他那份也吃了才可以。"

他给她夹鱼肉丸子，她另夹一个送到他碗里。两个人对视而笑，一切尽在不言中。

但气氛很快就遭到了破坏。

听完程一刚刚得到的消息后，九无擎的笑容一点点消失了，金凌的胃口倒尽。

房里一阵凝重，气压低得几乎让人喘不过气来。

"凌儿，陪我走走！这里的景致不错！"

他突然微微一笑，站了起来，一袭雪白的袍子，胸襟上是银色的镶线，绣着银色的云纹，袍身上绣有银鹰展翅，白色衬得他分外地俊雅，银鹰又给人一种霸气的力量。穿成这样的他，很炫人眼。

他向她伸出手，姿态是如此的优雅。

这个举动叫金凌呆了一下：听得这等噩耗，他居然还有闲情逸致出去散步？

可她没拒绝，看着一眼后，将手递过去，两个人，手牵手，往外而去。

林荫，斜阳，晚舟，渔唱。

谁家姑娘在唱《蝶恋花》？

轻轻悠悠，飘飘荡荡，直冲九天上。

金色的斜光，万丈光芒，圆圆的夕阳落下半个，浏河的北面，是一座浸润在晚霞里的码头，人来人往，一片繁华。

他们就这样站在林荫下，白衣、兰裙，衬着彼此的绝美容妆，引得晚归的农人频频张望："哎呀呀，这是天上落下来的神仙眷侣吗？"

留下一片窃窃私语，无数惊艳的目光，停驻在他们身上。

金凌和九无擎暂时抛开了那些烦恼，俩人含着笑，来到河岸前，看细浪翻腾，看倦鸟归巢，看晚暮之金霞。

"真美！"

她轻轻地叹着，素指纤纤指着西天："你看，这天蓝得多漂亮！"

"嗯！"

九无擎放开她，将她圈在怀里，把下颌抵在她的乌发上，痴痴地看着她美如凝玉一般的侧脸，忍不住亲了一下。

这样的相拥，一直是他梦里的情景，但这个梦，很快就要破碎了！

"谢谢你！"

他低低说了一句。

"嗯？"

听得这一句没头没脑的话，她转头问："谢我什么？"

"谢谢你把清儿安葬在了娉儿身边！谢谢你给他们三人寻了一处风水宝地，终令他们可以安安稳稳地长眠！谢谢你风餐露宿找我这么些年！谢谢你大度包容了我的一切，谢谢你不问过去没有嫌弃我，谢谢你全心全意爱我！"

柔软的身子在他怀里转了一个圈，他每说一句谢谢，就落下一个吻，在发际，带着满满的怜惜，是如此的认真而虔诚，如此温柔而深情。

可隐隐的不安还是再度漫上了心头，只要一想到清儿惨死，她的心情就无比沉重，她觉得她该告诉他一件事："那一箭是龙奕让人射的，他不忍孩子活受罪……"

"嗯！死得干脆，对清儿来说也算是解脱！"

他的语气带着痛。

"熙哥哥！"

她忽然捧起他的脸。

"嗯！"

"别难过！凌儿会给你生。"

她亲亲他的唇："然后，我们一起保护她！"

他轻一笑，反问道："好，可，为什么不是胖小子！"

"我喜欢小丫头！你要胖小子，以后可以再生。反正，我现在只想要一个丫头。以后我天天拜佛，是胖小子，也让送子娘娘给我变回丫头。"

她柔美着眼神，有点小任性。

其实，他们没有以后了，可她选择性地没去记起。

"嗯！那就丫头吧！长得和你一样美。以后你要给她把把关，一定要选一个好女婿，不必

第三十五章 柔情刻骨

聪明绝世，只要能护着她，疼着她就好。还有，不要惯坏了她。"

他顺着她说话。

这种口气，像在交代后事，令金凌越来越感觉心惊肉跳，忍不住低叫了一声：

"熙哥哥……"

他打断，替她将云鬓上的珠香摆正："凌儿，有件事，我得和你商量一下。我得回鐻京城去！"

金凌一动不动，凝脂玉似的脸孔上浮现几缕淡淡的惨色，朱唇抖了抖，想说什么又咽下，深呼吸，再深呼吸，竭尽控制着自己的情绪，终于还是将他推开，回头，是一片夕阳无限好，万丈晚霞，将他们的身影拉得分外地长。

"上午的时候，你和拓跋弘说了什么事？当今皇帝都在我们手上，你总不至于会笨得打算拿自己去换月姨和拓跋曦吧！说吧，你想用拓跋弘做什么文章？"

她是何其的冷静，很快就把他的用心和拓跋弘联系了起来。

当听到这个消息的时候，她就明白，会有这样一个结果：一个是他母亲，一个是他弟弟，他无论如何都不可能放任不管。

"凌儿！"

他万般怜惜地执起她的玉手合于手心放在心口上。她的眼底是破碎的神情，有盈盈的晶莹在眼窝里滚来滚去，有委屈，有无助，更有坚强，但有些话，不得不说，他知道。

"我没几天活头了，这件事，已经无能为力。趁我还活着，我要去弄明白一件事情，要不然，我会死不瞑目！"

嘴唇被狠狠地捂住，眼前的女孩子终于忍不住凶巴巴地直叫起来：

"你若再说这个'死'字，我就跟你急。你会没事的。一定会没事。龙奕带了灵药过来，吃了保准可以药到病除。"

她说得又疾又快，几乎要跳脚。

真是个傻姑娘，还在那里痴心妄想。

却也是这份痴心妄想，让他生出一种打骨子里发出来的疼。

"没用的。无论是龙苍，还是九华，没有一个人可以医好我这破败的身子了。我不是泼你凉水，我只是希望你接受现实。凌儿，若我走了，我只希望你一切安好。开开心心地送我一程就好。不要哭，也不要闹。可好？"

她拍开他的手，眼泪"吧嗒吧嗒"往下掉，很努力很努力地克制自己，才不至于在顷刻间崩溃。

她哪会不懂，他的身子，若不出现奇迹，左右逃不开一个"死"。不管龙奕能拿来什么好玩意，都不中用的。

可是，她怎肯轻易放弃希望：

"所以呢，你想物尽其用，想将你自己的残余价值用个彻底。你想怎么做？你和拓跋弘做了什么交易！"

他温柔一笑，无比珍惜地抚抚她的丝一样的乌发，那么小心翼翼，轻轻摇头说：

"不算是交易，只是合作。凌儿，你也感觉到了是不是，宋黎不仅仅要替慈德皇后夺回江山，更是为了报复拓跋氏。我觉得他好像有意在我和拓跋弘之间挑起争端，拓跋弘似乎也是他报复的对象。那个人花二十几年时间布了这样一个局，到底想得到怎样一个结果？我猜不透，所以，请容我最后放纵一次！我想亲自解开这个谜底。"

"不！"

她恶狠狠将他推了出去，露出一脸的凶腔："你休想抛下我再去以身犯险。"

他那破身子啊，都不知道还能熬多久，他不惦着好好陪陪她，尽想着那些乱七八糟的事。从八岁，到二十一岁，她思念他十年，又足足寻了他三年，终日风餐露宿，吃了多少苦，好不容易才和他重逢相认，他怎么可以将最后一点时候都耗在别的事情上？他们已经没有多少时间可以消磨了！她如何能放任他再次离开她？

一阵风吹过，她罗裙轻舞，一脸坚韧的疼痛，令他看着好生不忍："凌儿！"

她又突然冲过来，捂住了他的唇："不要再说了，我不答应！我不答应！"

一阵惶恐油然而生，她的语气变得恶声恶气，但很快，她的声音戛然而止，是他出手制住了她的穴道。

这一个突如其来的举动，令她瞪大了眼："你干什么？你想干什么？"

她看着他拉下自己的手，轻轻地在手背上落下一个怜惜的吻。

"你得冷静一下！"

"我够冷静。"

她气红了脸。

九无擎见状，无奈一笑，叹了一口气，显然是认定她感情用事了。

"如果你够冷静，你就会支持我去。事实上，我必须去。母亲和曦儿都在拓跋弘手上，我岂能坐视不理？"

他语气坚定地说了一句，然后，一手搂着她的腰，一手扶住了她的脸庞，用自己的额头蹭了蹭她，又道："凌儿，这十三年，是母亲和曦儿，支撑我熬过了所有磨难，我不能贪图一己之私，而置他们于不顾。这种自私自利的事，无论是你，还是我，都做不到！"

金凌连忙道："我会派人去救的，用不着你出面。"

"宋黎是什么样的人？一般人能对付得了他吗？"他摇头，"这件事不容有失。凌儿，我娘和曦儿，都不能出事。营救他们的事，我必须亲自动手。"

"好，如果你非要亲自指挥，那我陪你。"

她咬牙，豁出去了。

他微微一笑，虽然知道她会妥协，手指还是往她睡穴上点了下去，在她吃惊怒瞪时，他低头吻上了那娇嫩的唇，用尽所有力量，将自己对她的全部怜爱都融于这一吻当中。

而后，她软倒在了他怀里，他紧紧将她抱住，久久地，拥立在春风里，用唇轻轻触她发顶，低低地道歉："抱歉，我不能带你一起去，绝不能。你要好好地回去，因为你有沧国，另外，你还要替我把孩子照看好。"

此行，是不归路，他如何能带她去冒险？所以，他只能这么做。

九无擎念叨完，深深地凝睇着那绝色的容颜，手掌轻轻往她肚腹上抚了抚，将她的美丽深刻在脑海，想象十个月后孩子的模样，他的唇角不自觉地一笑，唉，他是看不到了，那就最后一次抱抱他们母子俩吧！

他想着，拦腰将她抱起，一步一步，往回走，目光是缠绵的，是温润的，是深情款款的，是让子漪和碧柔心惊肉跳的。

她们看着他，稳稳地越过她们，稳稳走进了客房，小心翼翼地把她放到了床上，深情流连了好一会儿，才转头决然离开，叫来了逐子和东罗，吩咐道：

"接下去我要说的话，很重要。你们务必听仔细了！……"

六

镔京城头，正南门，黑暗中一场突如其来的大雨浇湿了的拓跋曦，他就像一只狗，只能蜷在这个狭小的空间里，既不能躺直，也不能坐直，只能以一种屈辱的姿势关在精钢做成的牢笼里。隔着雨帘，是母亲弯曲着身子，衣衫不整地躺在那里。

她的衣裳上，沾着各种脏物——石子、烂叶、臭鸡蛋，砸得满身都是，还有，一人一口的唾沫，甚至于小便……

母亲受尽了凌辱，而他救不了。

他掩面而泣，泪水伴着雨水，全都淌进了嘴里，咸咸的，涩涩的。

得四皇兄的恩准，母亲和他一起关在北宫。

所谓的一起，是一个关在北宫东厢房，一个关在西厢房。不得皇上恩准，他不可以去见母亲。

昨夜，怀安来给母亲看诊，他用药迷倒了看管他的几个侍卫，想救他们出去，可出了宫门，等着他们的是一张从天而降的大网。他们被抓了回来，怀安则当场被斩了首。

之后，宋黎把他和母亲押进了颐心园，扔在了父皇跟前，从宋黎对着父皇的怒喝中，他知道了他仇恨的由来。

原来二十几年前，父皇为了保全拓跋祈，曾拿了皇后之子拓跋刚和拓跋康去赎，而皇后为了赶去救回自己儿子时，被一股残兵游勇所掳，曾被轮奸，是宋黎赶去救了她。这宋黎爱惨了皇后，为此指天为誓，要让父皇尽尝万箭钻心是什么滋味，后来，皇后死了，这激发了他心中的恨意，于是，他便费尽心思，花费十几年工夫，布下这么一局，只为了报复。

而后，颐心园中发生了令拓跋曦永生难忘的一幕：

宋黎让人带了几个死囚进殿，当着他的面，当着父皇的面，下了一个令人发指的命令——轮奸！

这个人还微笑地对父皇说：

"这是皇上的旨意！"

父皇气得当场吐血。

他呢，泪流如注，嘶哑了声音叫着想见四皇兄。

可无人理睬他。

他救不了遭人凌辱的母亲。

残酷的现实，令拓跋曦万念俱灰，他悲哀地发现：身在皇族，身在漩涡，若不能坐上尊位，当真难以自保。

曾经的歌舞升平只是假象，兄友弟恭的虚情假意底下，暗藏的是无处躲藏的杀机。

九哥已经深悟其中的精髓，所以，执意要杀四皇兄，而他太过天真，终于拖累了母亲及兄长。

夜已经深。

正南城门前，依旧重兵把守。

第一天过去了，还有两天，九哥若是不回来，他与母妃就会被烧死。

他并不希望来，但直觉告诉他，九哥一定会来。

七

上午时分，国师府，宋黎收到了一封信，信上是这么写的：

"若想要拓跋弘的命，带上我母亲和弟弟速来三里亭。否则，收尸。"

最后署名：九无擎。

字体狂舞有力，力拔山兮，一笔一画皆透着"愤怒"二字。

呵，他果然回来了，居然还想用拓拔弘的命来换玲珑九月和拓跋曦，呵，他还真是高估了拓跋弘的价值，好吧，他承认，拓跋弘还有利用价值，等玩死了九无擎，他打算让他和龙奕斗一个山河失色。

宋黎轻轻一笑，瞅着窗外明媚的太阳，无比闲适地伸了一个懒腰，正好看到着华服的毓王拓跋轩自外头狂奔而来。

待进了书房，他屏退左右，急声便问：

"斐先生，听说刚刚有消息传来？皇上怎样了？"

梁王拓跋臻跟在其后。

这两位亲王，倒是真心在关心拓跋弘。

宋黎立刻明白，九无擎这是怕他不赴约，向这两位在朝中有影响力的亲王露了口风，意在督促他不得不去。

他将手中的信递了过去：

"放心，他不敢拿皇上如何的。接下去，我们只要点齐人马，带上那对母子，去了三里亭就能把皇上换回来。"

拓跋轩瞄了一眼，面色依旧凝重，但很快就应下话：

"好！本王这就去点兵！一定要把皇上救回来，万不能让他伤了皇上！"

他想都没想就将信按到桌案上，折回往外而去。

"等一下！"

拓跋臻叫住了他，走过来一把取了那信来看，看罢，目光直视着宋黎，沉沉地说道：

"宋先生，本王刚刚从外头赶回来，才知道皇上被掳。是，本王承认，九无擎的行径是罪该万死，但先生因此而把九太妃拉去颐心殿，用那种方式来报仇，是不是有点太过分了。还有，未得皇上允许，你就私自将他们关进狗笼里当众游行，吊于城头，受千人唾骂，九无擎若知道他的母亲遭人如此凌辱，他会怎样？他会善待皇上吗？你这不是在害皇上么？"

"放心，九无擎是断断不敢伤害皇上的。老夫昨夜这么做，的确是一时激愤了，但这事，知道的人不多，梁王何必忧虑。至于今日，老夫若不吊他们，九无擎还会回来乖乖就范吗？放心吧，老夫一定会平安迎回皇上的。"

宋黎的态度，根本就像在敷衍，这令拓跋臻极度不满，他只要想到回城时看到七皇弟那惨样就愤怒。当时，他是想去把七皇弟放下来的，可守城的都尉说：这是皇上的旨意。

而后，他直接去了毓王府，才知道事情的真相——原来是宋黎在假传圣旨，原来皇上竟叫那个"慕倾城"给挟持出了城，现在宫里一切是他在发号施令，这可不是一件好事。

此刻，他情知多辩无益，沉着脸甩头离去。

出得门，还未上马，但见西营的副将行色匆匆地飞马而来，他忙站直了身上迎上去：

"何事？"

最近，西营的事暂由他掌管。

副将附耳过来，在他耳边低语了一句，他脸色陡然一变，马上叫道："走，去看看！"

紧跟出来的拓跋轩看到这光景，疑惑地问道："二皇兄，你这是去哪？"

"我有事先去军营一趟。你和宋先生点了人马先走一步。记住，千万别动九太妃和七皇弟。等我过来！"

他扔下一句话，就扬长而去，这令拓跋轩有些摸不着头脑。

八

等拓跋臻带着人赶回城里时，拓跋轩刚刚令人将城墙的两个笼子放下来，他见三皇弟没打算把人放出来，飞快跨下马，跑上去亲手将拓跋曦自笼内扶出来了。

"七皇弟！"

拓跋臻眼见得他满身血淋淋的样子，再不似以前那般如雪如玉般丰神俊逸，神色不由得微微一黯。

拓跋曦悲怆地看了一眼，突然甩开了拓跋臻的扶持。他想站起来，但因为被关笼子太久的缘故，身子有些地方已经麻木，血液不通，一个趔趄，就往地上栽下去，狠狠摔了一下。

拓跋臻原想去扶，拓跋曦已经爬起，步履不稳地冲到另一个狗笼旁，推开爬笼的侍卫，亲自打开，而后，将里面衣裳不整、丝发覆面的女人吃力地拖出来，嘴里则低低地叫着：

"娘，娘，曦儿来救您……娘亲……娘亲……"

他不住地叫着，不断地拨掉黏在母亲身上的污秽之物。

可他一时忘了，母亲身上穿的衣裳并不齐整，让他这么一拉，整个伤痕斑斑的香肩全裸了出来。

拓跋曦呆了一下，那些不堪的画面便在脑海里乍现，心头顿生一阵阵难以忍受的绞痛。

他慌忙将自己身上的衣裳剥下来，一边悲泣，一边急乱地将母亲包裹住，紧紧地抱住，声音嘶哑地低吼，就像一头掉在陷阱里的困兽：

"你们……你们怎么可以如此伤我母妃？她到底做错什么了？从我记事开始，母妃就从不与任何人为伍。你们怎忍心对一个长年昏睡不醒的人下如此毒手。你们好恶毒！真是好恶毒！"

拓跋臻不说话。

拓跋轩斜着眼，眼神极为冷漠。

宋黎一径笑得森凉，一扯马缰道："关进囚车，带走！"

"等一下！"

拓跋臻叫住，转而看向宋黎：

"本王让人备了一套衣裳，让稳婆替玲珑九月换上再出发。"

他这句话，不是征询，而是一个决定，他话音落下，就有梁王的人过来执行命令。

宋黎挑了挑眉，不说话，算是默认了。

半个时辰后，拓跋曦看到母妃被打理干净，自一客栈内抬出来，关进了囚车。

车子摇摇晃晃地出城而去。他不知道等待他们母子的是怎样一个命运。活了十二年，从没有这般绝望过，一阵浮，一阵沉，就像一片在巨浪底下艰难前行的小舟，翻了无数跟斗，舟里进水了，快淹了，也许再来一个大浪，就能将它打沉，再无法看到日出东方、水静如镜的奇景。

不知行了多久，官道之上，突然发出一声轰然巨响，似什么炸开了花，接着，一阵惨叫声响起，一阵厮杀声扬起，几乎麻木的神经被九哥淡静的声音挑醒。

那声音，有着一种神奇的力量，可穿透一切杂声，而后，沉沉有力地击到他心门上：

"宋黎，放了我母亲和弟弟，否则，我便把你们从小看护大的拓跋弘炸一个粉身碎骨！"

拓跋曦心头"咚"了一下，突然想到，从前夜到今日，他从没有见过四皇兄的面，先前的时候，他以为四皇兄是不愿见他，现在看来，竟是九哥把四皇哥给挟持了，才逼得这宋黎做出那等禽兽不如的事情来。

他猛地抓住铁栏，目光灼灼地往外看去，一时竟是滋味难辨。

囚车外，人如蚁涌，密密匝匝。

正傍晚时分，日挂西山，光芒四射，照着那铮亮铮亮的刀剑之上，折出千万道金光银光，耀得人睁不开眼。

强大的爆炸声响起后，前方路段上，便乱成了一团，地上横陈了不少被炸伤的尸首，一阵阵浓烈的硝烟在空气中蔓延，人头攒动。叫骂声不绝于耳。

宋黎唇角一动，并不意外他会在半路上设埋伏，他睇了对方阵营里面色铁青的拓跋弘，淡淡地道："九无擎，马上放了皇上，你还可以有个全尸。否则你必会被挫骨扬灰。"

九无擎跨在马背上，瞟着眼前黑压压一片，远远的，两辆囚车被堵在正中心，看不到他们的情况，但他可以想象，必然很糟。

那些不堪的传言，他在来的路上就已经听说，初听报，他气得口吐黑血，心痛得不能自已。宋黎是可怕的，笑里藏刀，张着一张大网，将他们网罗，残忍地折磨着他们。所以，今日无论如何，他都要将母亲和曦儿救回来。

"逃不逃得掉，那不是你能说了算的。宋黎，把他们交过来，皇上是天子之尊，尊贵之极，用两个微不足道的人来换，这可是一本万利的生意！"

他低头，眼神极度危险地睨着身边刀锋之下的一国之帝：

"拓跋弘，我并不想为难你。你的命，于我而言不值半钱，若是放在平常，我必一刀了结，断了你筹谋二十几年的帝王梦。你自己说吧，要保着命继续做你的皇帝，还是与我同归于尽？"

说着，剑离鞘，架在拓跋弘的脖子上，帝王之命，全捏于他的一念之间。

"不要！"

拓跋轩和拓跋臻几乎异口同声爆叫出来。

"不许伤害皇上。人，我们给！"拓跋轩直叫。

拓跋臻点头应和："对，人，我们给！"

转身喝令身后之人："来人，将他们两个押过来！"

"是！"

梁王的近身侍卫领命而去。

"慌什么慌？他，不敢的！"

宋黎侧头，淡淡地提醒。

九无擎冷笑，但见一个剑花闪出万道银光，下一秒就听得拓跋弘惨叫一声，众人再凝眸细看的时候：但见他们的皇帝，肩头之上，已狠狠被刺了一剑，抽拔出来的长剑，鲜血淋漓，肩头上更是血飞如注，令所有人都骇了脸色：

"还觉得我不敢吗？"

他唇角带着讥讽之色，将剑身上的血渍往呻吟着的男人身上来回擦了一擦，回头，目光森冷。

"皇上就这么一个，死了拓跋弘，不知道朝堂上还有谁能稳定军心？还有哪位可以去镇住朝堂？哦，对了，还有太上皇呢？但是宋黎，你肯让太上皇重新出山把你一并废了吗？还是你另有什么候补的人选供你使唤，所以，你不怕我一剑抹了你们这位尊贵的皇上？"

宋黎脸色微变。

拓跋弘则痛咧着嘴，哑声叫了起来："梁王、毓王，立即放人。"

"等一下。为了防止你们待会儿反咬一口，在你们过来把皇上换回去的同时，还得把梁王殿下送过来做替换人质，以护送我们安全离开西秦国境，不知道梁王愿不愿意为皇上尽这个忠？"

九无擎又提了一个要求。

拓跋轩面色一僵。

拓跋臻则脸孔一沉，这时，正好看到自己的侍卫已经将七皇弟押了过来，而九太妃也被抬至跟前，他沉默一晌后，果断地点头：

"本王愿意代替皇上做你们的人质。"

"如此，甚好。"

一会儿后，梁王被绑了起来，拓跋曦身上的铁链也被取下，他急急忙忙将静躺着的九太妃抱起，走向九哥。

官道上，两派人马会集在四岔路口，北边，聚集的是大队的官兵，一个个全神戒备，谁都不知道下一秒会发生什么样的变化；聚拢在南道上的是三十四人劲衣武者，皆是江湖人的装束，每个人的装备无比的精良，十支弩，一箭可十发。

此时，彼此各派出一个人，押着对方想要的人，缓缓走向对方，慢慢会合，各自收剑，各自拽上自己的人，后退。

拓跋曦松了一口气，眼角却不经意地瞥到宋黎正在冲他们冷笑，这一整交换人质的过程，他没有发表任何意见，可他的神情却似在看好戏。

这种表情令他警钟大响，直觉在告诉他：另有可怕的阴谋在等待他们。

就这个时候，宋黎突然发出一声厉喝："皇上已救出，梁王却于暗中倒戈相助逆贼，众将士听令，一起冲上去，将这一干乱臣贼子，包括梁王在内，一网打尽，一个不留。"

此话一出，将士皆惊。

便是九无擎也惊了一下，蓦地抬头，并示意身后之人，随时准备撤退。

拓跋轩更是勃然而怒："宋先生，您这是什么意思？"

"什么意思？"

宋黎冷笑，以手上长鞭指着脸色骇然变得铁青的拓跋臻，道：

"梁王已背叛。出城之时，梁王曾提议要替玲珑九月整装，却在暗中将人调包，欲将人偷盗出来，他这种行为不是背叛是什么？还有，刚刚九无擎要拿他作人质，替代皇上，他二话没说就同意了，图的是什么？自然是替九无擎作掩护，好于暗中护他们安全离开！众将士们，九无擎若活着离开了，我们西秦国还有安宁可言吗？皇上的江山还能永固吗？为了国之安宁，江山永固，今日，我们等必须将其斩草除根。将士们，冲上去！将其千刀万剐，以绝后患！"

将士们面面相觑，一个个露出困惑的神色，是生疑的，更是惊怪的。

他们无法确定其中的真假，谁是谁非，谁能定论？

在他们眼里，梁王就是皇帝的左膀右臂，执掌着维护镔京城的兵马，为何这样一个人物突然就倒向了九无擎？

该信吗？

这些将士当中，有些和梁王交好。

另外，梁王的名声在众个亲王当中，除却废太子拓跋曦，以及当今皇上，那是最最得民心的，所以，现在，突然传出梁王生叛一说，令他们倍感惊疑。

但这种疑惑，只出现一小会儿工夫而已，下一刻，也不知是谁挥舞着长刀，高和了一声：

"杀九无擎，斩拓跋臻，永固国邦，永宁天下！"

是人，都有从众心理，于是无数士卒跟着振臂而呼起来：

"杀九无擎，斩拓跋臻，永固国邦，永宁天下！"

山呼之声，一浪高过一浪，便有无数士卒冲了过去，奋不顾身，愿以自己之命轼杀贼寇，替帝王平乱寇，以得头功。

拓跋臻沉沉眯眼。

拓跋轩见状，急得满头生汗，忙跪倒在拓跋弘跟前，直叫起来："皇上，这……这一定是出误会了，皇上快想想法子！"

绳索已解的拓跋弘冷一笑，一拳当头痛击过去：

"拓跋轩，你跪错人了。我可不是什么劳什子的鬼皇帝。"

拓跋轩一惊，身子往后一翻，胸前衣襟还是狠狠撕下了一块。

"你……你是何人？"

回答他的只是呼呼的掌声。

有人看到这异变，大叫起来："皇上是假的！"

这话引来不少人顿足，脚下再度生了迟疑。

"皇上是被冒充的，那真的呢？"

"会不会还在对方手上？"

先头的时候，他们可并不知道皇上受制于九无擎。如今呢，他们更不能确定帝主到底是妥妥当当地在皇宫里待着，还是依旧陷在贼人手里？

高头大马之上，宋黎抱胸睨了一眼，很及时地撂出一句话安抚了将士们不安的情绪：

"众将士不必有顾虑，他们搬出一个冒牌的，就表明皇上已经脱险。这叫狗急跳墙，自露原形。狠狠地冲过去打吧！现在正是痛打落水狗的时候。"

"是！"

"痛打落水狗！"

"杀！"

将士们高呼相和。

那边，九无擎的面色凝重起来，宋黎居然知道拓跋臻调过包，那代表什么？计划再度出了意外？

面对汹涌而至的秦兵，他思绪翻了几下，而后厉喝一声：

"弓弩手准备，其余众人，迅速撤离。"

"是！"

"东罗，带上拓跋臻先走！"

拓跋臻不能有事，第一，只有他知道被调包的人如今藏于何处，第二，他是拓跋弘的人。

"是！"

这时，宋黎那冰冷的沉笑，如阴嗖嗖的鬼魅，再度袭来：

"怎么？九无擎，你不想要你的母亲了吗？你看，这是谁？呵，还真是得感谢你，让人使调包计，反让老夫有机可乘。瞧啊，这才是你的生身母亲！"

九无擎正策马赶至拓跋曦身边，才一把将这个又惊又疑的孩子拉到坐骑上，闻言回看，但见宋黎手里当真抓着一个披头散发的女人。

这人生怕他看不清楚，手狠狠揪着女人的长发，将那张低垂的脸孔拎起来摆正，好让他看个一目了然：

脸上全是伤，素衣上的扣子散开着，脖子上全是青青紫紫的瘀痕，但锁骨上那颗美人痣，哪怕隔得那么远，他依旧能看个分明。

九无擎的身体顿时僵了僵，转而低头看一脸惨白的曦儿，突然飞纵下马，凌空之时狠狠地拍了一下马股，将其驱离。受到刺激的战马，嘶叫一声，撒开四蹄，往南边的官道上冲了出去。

拓跋曦惊乱地抓马缰急声直叫："九哥！九哥！"

九无擎不应，只最后吩咐了一句："南城，保护曦儿，不得有误！"

看到情况如此恶劣的南城犹豫了一下，一咬牙，还是带上两个人追了出去。

"去把那小兔崽子给老夫抓回来！"

宋黎哪能容他逃脱了去，寒声一喝，身侧，便有数个精武侍卫，疾马而去。

九无擎冷冷睨着，仗剑相迎，一剑四式，逼得他们不得不从马上飞落，一时缠在一起。

他使出毕生所学，剑劲之大，犹如大山压顶，一圈圈寒光尽是骇人的力量，若是沾到，轻则伤筋骨，重则枉送性命。

"你们去抓拓跋曦。九无擎，老夫来对付！"

宋黎不再旁观，自属下手上抓过一把剑，身如苍鹰，似利隼，扑了过来。

"是！"

四个侍卫应声，各自寻找机会从战圈里退出来。

九无擎不依不饶地相迫。

宋黎身如疾电，剑气动，势如虹，替代他们反击过来，一股强大的杀气涌现，重重叠叠将九无擎包拢在其中。

"九无擎，老夫说过，你逃不掉！"

九无擎的功夫是不错，可现在的他，身子骨那等于是废渣，已经没那么强的力量来与他抗衡了。三十招后，他的体力明显就不支。

第九十九招，宋黎的剑，抵在了九无擎的咽喉处，他笑得是如此得意：

"怎么样？还是输了是不是？"

是了，九无擎败下阵来，不是他技不如人，而是他的身体太不争气，抬眸，身后相随的人死伤过半，他闭了闭眼，沉声下令：

"程一，东罗，带他们退出去！"

宋黎立即嗤以冷冷一笑："今天谁也别想离开！枷葛，传令下去，将他们困死，一个都不准放走！"

那个叫枷葛的大力士长啸一声，远方也似有长啸声回应过来，竟还设有暗伏！

保存实力是必要的，程一和东罗见情况不妙，扔下拓跋臻，开始突围，于是，打斗声渐行渐远，在宽阔的大道上慢慢往南而去。

岔道口这一场血战，渐渐平息下来，尚有不少人马护在周围。

九无擎身上的白衣已尽数被鲜血染成猩红色，他无力地靠着粗大的树干，面对那随时会饮血的长剑，沉笑：

"宋黎，出来混，迟早要还，你得意不到最后的。"

"哟，死到临头了，嘴那么硬？"

宋黎没生气，探过头来，就像是在欣赏自己毕生杰作一般地瞄了几眼，说："那我倒要看看你能硬到何时？"

他阴沉地笑着，站直时高声叫了一句："毓王爷，你不是一直想替你母妃报仇吗？老夫给你这个机会！让你得偿所愿。来吧，快来首刃你的仇人吧！"

拓跋轩正在替身受重伤昏死的拓跋臻包伤口，听得这话，把拓跋臻放平，提了一把剑冲了过来。他没多说半句废话，对着玲珑九月举起了长剑。

那一幕，发生得太快太快，快到九无擎都来不及疾呼，那原本好好长在脖子上的头颅就滚到了草丛里。

"啊！"

一记惊动云霄的惨叫响起，九无擎发疯似的冲了过去，跪倒在地上，自小守护他养大、在这异邦一心一意维护他、至死也只念想着父亲的母亲，就这样无声无息地死在了眼前，一口血压不住，便喷射了出来。

血，是黑紫黑紫的！

口中一片黑血溢出，他终于支撑不住，昏死了过去。

"九无擎，今日，我就将你们母子挫骨扬灰，化作灰烬！"

拓跋轩收回掌势，一剑刺去，目标是他的项上人头。

"当！"

突然间，一颗石子弹射过来，以迅雷不及掩耳之势打落毓王手中的长剑，同时，一声沉沉的低叱响了起来：

"住手，这人不能杀，朕还有用处！"

一道劲风过，待拓跋轩站直身子时，身边人已经一个个跪了下去，叩跪声如雷般响起：

"吾皇万岁！万岁！万万岁！"

很快，他看清了来人，正是一脸凝重之色的九五之尊拓跋弘，着一身长袍，如神人般出现在了他面前。

九

金凌醒来时已经第三天近晌午时分，迎接她的是两个噩耗。第一个噩耗：月姨死了，被拓跋轩斩首于三里坡；第二个噩耗：无擎被拓跋弘抓到了鐄京城。

金凌听完后，面无人色，静静地站在窗口，久久地望着北方那一片葱翠的麦苗。她狠狠地抓着窗沿，如玉的素手，青筋横起，却没有落半滴眼泪。

身后，东罗、南城、逐子、子漪、碧柔，跪了一地，一个个用凝重中带着担忧的神情看着她，无法想象，此时此刻的她，怀着怎样悲痛欲绝的心情，他们很希望她发泄出来，可没有，她安静得就像空气，把所有情绪都压了下来。

一阵之后，她转身，静静地问了一句话："他有什么话交代的吗？"

"有！"

逐子自怀里取了一封信递上："这是九爷临走留下的！"

她把目光落了上去，信封上没署名，她接过，捻掉信封上的蜡，忍耐着将里面的信纸掏出来，可她的手一直在抖，好半儿才把信抖出来。

入眼便是那一手漂亮的古体字，熟悉的感觉扑面而来，却令她差点禁不住落泪。她迅速地转身看着。

待看完，她一个趔趄，险些摔倒，在稳住身子后，绝望的眼泪"唰"地就掉了下来，唇片止不住地颤抖起来，她张了张嘴想说话，却发现喉咙堵了，发不出任何声音。她只好清了清嗓子，忍耐了好一会儿才问出一句话："逐子，他交代的事，你都让人办了吗？"

"都已经办妥！"

逐子低低答应着。

"好，那就好！"

她点头，抹掉了眼底的泪："那就一切按原计划行动，以完成他最后的遗愿！"

最后两个字吐出来时，滚烫的眼泪，再度落下。老天真的太爱玩弄他们了，才相逢，就绝别，他们这对可怜的有情人，真正拥有的美好记忆，少得实在可怜。

"是！"

身后响起应和声。

"但是，"她突然转过了头，被泪水冲刷过的眼泪，亮得耀眼，闪动着不可违逆的坚定力量，轻轻地吐出一句话，"我得回鏐京城。我们分开太久太久。他的最后几天，我一定要陪着他一起度过！"

第三十六章　生离死别

一

两天后，金凌重新回到了鏐京城，由东罗传话，在一品居和便服而来的拓跋弘见了一面，宋黎和逐子相陪在边上。

金凌没有转弯抹角，就扔下这么一句话："还想娶我吗？只要你答应让我陪他最后几天，我就以慕倾城的身份嫁你。从此对你死心踏地！永不再提回九华之事！"

拓跋弘眯着眼冷冷看她，嘴角带着讥讽的冷笑，目光直直地盯着她的尚平坦的肚子，没有马上答应，只问："那孩子呢？"

"可以打掉。一旦九无擎走了，办完他的丧事，我就处理掉它！"

她面无表情地许下承诺。

他的眼神，依旧是不信的，都已经吃过一次亏了，他如何能再信，但最终，他却鬼使神差地答应了：

"那我就再信你一回。我会让人另选吉日迎娶你！在之前，你给我老老实实地待在镇南王府。待你我大婚圆房后，我就把你送去天牢，九无擎余下的时间，可以由你亲手照顾。但在这期间，你最好别动任何歪脑筋。否则，我就诛尽落户在西秦的九华人。"

之后，天鉴司重新选了日子，确定五月十八，正式大婚。

金凌就此被再度送回镇南王府。

同一天，边境传来了这样一个消息：龙域和南云国各举十万精兵压境，原因是：天盘大会上失而复得的白虎灵珠和朱雀灵珠竟是假的，龙域和南云国为此勃然大怒，欲兴师问罪。

十天后，龙少主和云太子各带五千侍卫，来了镔京，是来谈判的。龙奕、墨景天、拓跋弘，一个作为少主，一个作为太子，一个作为帝主，这是第一次正式会晤。会晤的地点是三里亭，会晤主题：是和平共处，还是兵戎相见。

龙少主说："我也不想打仗，烽烟一起，苦的是黎民百姓，但是灵珠关系重大，若不能寻回来，本少主无颜见龙域的臣民。所以，灵珠一事，你们西秦国必须给我们一个合适的交代。"

墨景天说："南云国素来爱好和平，从不轻易和邻国为敌，但灵珠是我南云国神圣之物，贵邦若敢愚弄我云族，暗中夺我灵珠，南云国子民必不答应，若起烽火，那全是贵邦之责。"

新帝辩："事情隔了这么久，龙少主和云少主突然冒出来说灵珠是假的？把这一个天大的罪名套到我西秦国头上，以兵压人，有点欺人太甚。"

龙奕一摆手说："这个本少主不管。反正云族已经查清，珠是在西秦时就被调了包的。当初是毓王殿下盗走的，就从毓王这一环给本少主查起，你不是说天盘之乱全是九无擎一手策划的吗？那就把九无擎交出来，由秦、云、龙三国一起看管，审问灵珠下落，若不查一个水落石出，我云、龙两国决不善罢甘休。"

三位重量级首脑，经过一下午的商议，达成的协议是：拓跋弘迎娶慕倾城的第二日，西秦国将九无擎押回公子府，由三国共同看押，共同疗养他身子，共同确保其生命安全，以达到审问出灵珠下落的目的。

二

五月十八，今日帝后大婚，普天同庆，举城欢腾。

倾阁内，佳人盛装，冰冷绝艳，美得不可方物。

代替拓跋弘来迎亲的是拓跋轩，他走进倾阁时，看到新娘子已经盖上了喜帕，上来毫不客气就想把喜帕给掀了，不想半路就被拍掉，紧接着被寒声喝了一声：

"请问毓王爷，您有什么资格替拓跋弘来揭这红盖头？"

那不驯的语气，那强劲的力量都表明，除了公子青，不作第二人选。

"本王只是确定一下而已。好了，既然皇后是货真价实的皇后，本王这就迎你进宫和皇上行天地之礼。"

拓跋轩向陪同而来的宋黎点了一下头，表示已验明正身。

宋黎站在门口，眯眼看着，总觉得这女人绝不会如此乖驯，大婚之时必会闹出乱子，可他没想到，她竟没有任何动静，似乎还真想完成她和拓跋弘之间的约定。

这事，很不对劲。

当金凌从他面前走过时，他招来了齐容，低低吩咐了一句："牢牢看紧九无擎，今天恐怕会有大事发生。"

之后，金凌以慕倾城的身份拜别东方轲，坐凤辇，先到姻缘寺向月老叩首，吃过姻缘婆一碗福禄汤，而后入宗庙，和等着那里的新帝拜祖宗，叩天地，而后，帝后回宫，于金殿之上，受百官朝贺，入主未央宫。

整个过程，没有发生任何事，帝后大礼完成得顺顺当当，无论是墨景天，还是龙奕都不曾来闹事，这二人安安分分地留在城外，等着拓跋弘交出九无擎。

这种平静，显得有些匪夷所思，令宋黎浑身不安，其间，他曾多次派人往天牢探看，都回报说，天牢无一丝异样：九无擎从早到晚，一直面向东方，静默不语，神情显得异常的平静，并没有因为听说他的女人即将成为皇后而流露出惊乱交加之色。

同时，他也曾三番五次刺探金凌，那犀利的言词，那冷凛的表情，那眼底深藏的憎恨，皆表明她就是货真价实的金凌。

难道她当真屈服了？

不太可能。

而事实上，这晚，帝后的确圆房了。

据当夜侍在未央宫内的彤史女官所记，

"帝宴罢归来，新后已自揭喜帕，正端坐凤榻之上，无新妇娇羞之态，一脸冷凝，满目寒霜，与帝对峙之态，犹如心怀血海深仇的死敌。

"时，女官送上合卺酒，新后砸之，而后又宽衣解带，于宫婢面前露出绝色身子，冷冷地落下一句话：'今夜我给你所要，明天你给我所求！'

"后，帝抱其入榻，虽无落红，却一夜恩泽无数，待天明，欢情尽，有女官问：'留不留？'帝道：'留！'"

宋黎听得这些回禀后，觉得不可思议。

三

拓跋弘的确没有虚度他的洞房花烛夜，一夜风流令他倍感精神气爽，待天亮，他离榻欲早朝去，凤帐之中传来她声音喑哑的提醒："待会儿，我就要去天牢！"

拓跋弘没有转头，一边任由女官替他整装，一边答应："早膳后，会有人带你去。但不是天牢，而是公子府。不过，你得记住，现在，你是朕的皇后，逾越本分的事，千万别做，九华商旅一百九十八条性命，全系你一人之手。"

不想他的警告声还未落下，殿门外便传来了敲门声，又急又促又重。

拓跋弘皱了一下眉，呵斥："何事？"

门外有人高声跪禀了一句："回皇上话，天牢那边刚传出话来，九无擎在里面自杀了！"

莫名地，拓跋弘打了一个激灵，本能看向凤榻，但见昨夜那个与他一夜欢好的女子探出了半个绝色的脸孔，一脸的震惊和惨无人色，一会儿后，绝望的惊叫声在未央宫响了起来：

"不可能！不可能！不可能！他怎么可能会自杀？这绝不可能！"

四

事实上，九无擎的确是自杀的。

半个时辰后，身着一身明黄朝服的拓跋弘，疾步跨进了牢房。打开重重铁门，里面飘出一阵阵浓烈的酒香。

昨夜皇上大喜，牢头特意给这位爷备上了极品花雕，还有可口的饭菜。

那些美味佳肴，都摆在案几上，一动未动，菜没少一片，饭没少一颗，只有那酒，没了。地上有湿痕，那是酒水洒在地上的痕迹。

铺着破席的牢地上，那个曾经不可一世的男子，静静躺在上面。脖颈间黑血淋淋，铺满了整张草席，浸染了他身上那一件已经污油不堪的单衣。看不清神情，牢头在他脸上蒙了一片白布，布的下端沾着血渍。

花雕酒坛已摔成粉碎，在他手上，还捏着一把锋利的瓷片。

这个人用这碎片结束了他这坎坷的一生。

拓跋弘停在牢门口很久，只觉自己的脚，沉得就像灌了铁水一般，重得拔不起来。

倒是宋黎越过他先走了过去，掀开那白布，露出的是一张丑陋的脸孔，满脸的刀痕，就像沉睡了过去，显得异样的宁静，脸上没有半分痛苦之色，让人感觉他只是睡了，然后睡着睡着就去了，彻底解脱了。

宋黎仔细检查了一下那伤口，气管已经割断，这个伤，造不了假。

"死了！"他给了一个结论，脸上露出一抹怪异的笑容，"居然就这么死了，还当真是便宜他了！"

拓跋弘默默地走过来，眼前之人，身子，已渐渐冰冷起来。

这个一向被他视为劲敌的人，终于死了，可他的感觉并不好受，心情反而沉重得就像被一座巨山压了一般，有些喘不过气来。

他盯着九无擎，沉默良久，转头时看到宋黎在笑，不觉唇角一抿，露出了几缕深沉之色，没有多废话，只传令：

"来人，立即昭告天下，公子九无擎病发于天牢，难忍毒发之痛，自戕，此结果，提刑官鉴定无误，朕怜其曾对社稷有功，送回公子府停灵三天，厚葬于公子陵，入土为安。"

除此之外，他又让人往城门向南云国和龙域通报九无擎自杀一事。

没多过久，龙奕带人飞骑入城，直闯天牢，云族也有派人一起入城，两国一致认为：

"灵珠遗失，与九无擎有着千丝万缕的联系。他一死，头绪皆断。是故，九无擎之死，是自杀还是他杀，必须由我们的人进去一验究竟。"

拓跋弘准了。

于是龙奕便带上仵作进得天牢，可验证的结果，却令他们一个个心痛，从各种死前的表现来看，的确是自杀。

东罗进去是经过乔装改扮的，身份是仵作，他是九无擎的心腹，多年跟随，他对九无擎已熟悉到骨子里。

一番细细的检查，他虎目含泪地对龙奕说：

"是我家公子无疑。"

五

这句话落地时，牢门口，一身素妆的"慕倾城"在子漪和碧柔的挽扶下走了进来，三个人皆面无人色。

龙奕看到了，东罗也看到了，皆露出担忧之色，生怕她会崩溃。好在，她没有，静静看了一眼后，她哑着声音吩咐了一句："九大哥于我有救命之恩，他没了，我得送他一程，所有都给我退下。我要给九大哥整遗容，这是皇上恩准的。"

原本有异议的朝臣和狱卒，只得领命退下。龙奕和东罗也退了出去，但没有离开，而是替她守着了牢门。

来天牢的路上，她的精神一直处于恍惚状态，完全不敢相信他会选择自杀。她本以为，他会等着再和她见上一面的，她以为，她还能陪他一程的，结果，竟就这么错失了。

她如何肯相信，渡口会成为他们的诀别地！

在商船上，她曾一度幸福得陶醉，因为他顶着晏之的容颜，赐予了她最美的瞬间，最温柔的笑脸，最深情的细吻，最热烈的抚爱，以及最醉心的缠绵，曾令她产生过那样一种错觉：属于他们的幸福时光，就这样拉开序幕。

想不到，那不是序幕，而是叫人刻骨铭心的谢幕曲。

她费尽心思布下这一局，就是想再见他一面，再陪他几个时日，可他却无比残忍地扼杀了她这个希望，将她推入了万劫不复的深渊，再不能得到救赎！

这一刻，牢房里很安静，她的目光不断地瞅着地上那一摊黑血，那血刺痛了她的双眼！

她一遍又一遍地问自己：

他是怎么死的？

是一瞬间毙命，还是慢慢等着血流尽才归了天？

她很希望：被雪白的锦罗覆盖的人不是他，锦罗下的身形是如此的瘦削，如何可能是他？

可龙奕和东罗的眼神都在告诉她：是他！

她最最深爱的男人，已经不复存在了！再也不可能对她笑，再也不可能温柔地唤她"小凌子"，永远地离开她了！

她一步一步走过去，短短一段距离，她就像走了一辈子，那么漫长，那么煎熬。

终于靠近。

她脱虚一般地倚坐到破席上，手发颤地举出，犹豫了半天，才无力地扯起那块白布，一寸寸露出他的身子。

她看到的是那张丑陋的脸孔，身上的雪白单衣，布满一个个深浅不一的污渍，有血迹，有药迹，有饭菜的汤迹。

这是怎样一个污浊恶劣的环境，他得忍受怎样的屈辱，才能在这种煎熬中活下来；又是怎样绝望痛苦的心境，逼着他走向了这一条不归路。

终于，忍隐一路的眼泪，"唰"地一下飙流了下来。

喉咙口就像有人用火在烧，用刀子割，痛得撕心裂肺，痛得肝肠寸断。

终于，颤抖的手指拂上了那凹凸不平、苍白如雪的脸，冰冷的手感在告诉她：他已经死了。

不会再对着她笑，不会再与她细细说情话，不会再深情地凝睇她，更不会温柔眷眷地吻她。

眉，不再飞扬；眸，不再闪亮；唇，不再弯起笑花；脸孔上，不会浮现宠溺的模样。

眼泪，"吧嗒吧嗒"落到他脸上。

热滚滚的眼泪，你能感觉到吗？

碎淋淋的神情，你能看到吗？

终于，她颤抖的手指握住了那显得瘦削的手掌，僵硬的手感在提醒她：他已经死了。

不会再在她跌倒的时候，扶起她；不会再在她生病的时候，照看她；不会再笨拙地抹掉她或伤心、或愤怒时落下的眼泪；不会再默默地守护她；更不会再将她深深地拥抱。

她将他的手执起，放到唇边，轻轻地吻，不嫌脏，只有一抹淡淡的酒香。

他是喝了足足一坛子酒，才上路的，是想借酒壮胆吗？

还是心有不舍，割舍不下，才决定用酒来麻木自己？

熙哥哥，你怎么能忍心就这么抛下我！

怎么可以？

她在心头低低地叫着那个令她魂牵梦萦的名字，一刹那间，泪如雨下。

十三年的执着，十三年的梦想，十三年刻骨铭心的念想，十三年，大沧帝国为你付出的巨大代价，都化为乌有；以后，没了他，她要如何走完那残缺的人生路？

"给他洗洗，我们这就带他离开。"

耳边谁在劝她？

哦，是龙奕！

她木木地点头，目光落在那冒着热气的浴池里，龙奕帮她将人扶了进去。她什么也不说，以温水拭他身，用暖暖的热烫洗涤着他满是创伤的身子。儿时白璧无瑕的身子啊早已丢失，代替的是如今的伤痕累累。

同床共枕的那段日子里，他从不愿让她看他的身子，说是太丑。

真是好丑。

丑没关系，脏没关系，只要你活着。我不嫌弃。我知道你的心，依旧如同当年孩子似的清纯，如水晶。

可他死了。

这是他的身子，带着他的气息，却没了生气，只有一片即将腐烂的死气，水再暖，也暖不透他的身子了。可她还是细致地替他包扎伤口，给他穿上他曾最最喜欢的白衣，然后，抱紧他，以唇轻轻吻着他的唇，任眼泪直淌，咸咸的流进彼此的嘴里，可她感受到的是一片冰冷与僵硬，以及那淡淡的酒香。

六

　　九无擎当天晚上被送回公子府，送回了红楼，睡到了那张他们曾经同床共枕上的床榻上，之后，红楼掌起了招魂灯。

　　他们说人的魂魄若生有强大的意念，就会在死去三十六个时辰内还阳。

　　这是一种没有根据的传说。

　　传说，从来是虚构的。

　　可金凌还是让人掌起了满楼的招魂灯。

　　其实她懂的，他是不可能再回来了，就如同母亲一样——那一年，在她面前含笑咽气以后，留给她的只是一座地宫，冰冷地长埋着她的冰肌玉骨。撇下了父亲与寂寞长伴，在时间的长廊里品着蚀骨的相思。

　　为何，他们父女的境遇是如此的相同，都要在最深爱的时间里，失去自己最最深爱的那个人？

　　她已为他彻底沉沦，懂得了爱，尝到了爱，并且也已经深爱。对，是爱，而不是仅仅属于小时候那样一种孩子似的依赖，他们彼此爱着，他却走得如此匆忙。

　　十三年啊，再见，是诀别！

　　十三年的期待，一朝成殇。

　　她陪着落泪，回想儿时，只有伤上加伤，痛上加痛，回想这三个月一起走过来的日日夜夜，便如梦如幻。他的音容笑貌，就在眼前晃啊晃，他的人，已经走远。

　　这一次，再也找不回来了。

　　一夜相守未成眠。

　　红了眼，憔悴了容颜，痛碎了心肠。

　　天亮。

　　房内，旧景依旧，榻上，白衣如画。

　　她替他做了一张人皮，晏之的模样，掩去他的陋容，还他一身风流俊爽。

　　燕熙，你不再是九无擎，你还是父亲眼里的骄子，还是凌儿眼里的翩翩俊娃娃。

　　我守着，等你归来！

　　你可愿还魂！

　　一句话也没有留下，你怎么能这么残忍？

　　至少，至少你得入梦来看看我，好不好？

　　你不心疼我吗？

　　我在这里为你哭丧。

三天三夜。

魂不归兮。

魄不附兮。

这三天，拓跋弘派宋黎牢牢看住了公子府，他大度地放她留下守灵，对外则封闭了她留于公子府的消息。

三天后，可以自由出入公子府的龙奕问金凌："是火化，还是土葬？"

按理说，灵珠案还未结，九无擎是不能火化或是下葬的，但为了安抚曾经效忠九无擎的将卒，必须要好生料理好他的身后事，南云国和龙域也都同意了，灵珠一案可以慢慢再查。

金凌守在雪绡幔下，一身素衣，容颜淡，什么话也不说，心里却在否定这两个提案。

土葬，那就等于是将他独自留在了异乡，现在是五月天，天气燥热，一下土，时间一久，尸身就会腐化。

倒是可以造冰棺，可那拓跋弘能同意生生留着九无擎的尸身不下葬吗？

想要带他回九华吧，中间隔着万里黄沙，想要将他的尸骨运回洛京，可能吗？

夏季的沙漠，太阳毒得可怕，就算拓跋弘肯放，冰棺也抵挡不住那强烈的温度。一个月的行程下来，冰块尽融，尸首腐烂，尸虫满身，她如何舍得他死后还受万虫叮咬，一寸寸化作骷髅？

这里，毕竟不是九华，她没办法去寻来不化的玄冰养他的身体。

若是火化——就什么都没有了，只成了一团灰烬。

她怎忍受得了看着他被大火烧成了尘埃，从此看不到，抱不了，时间这玩意也许还会把他在她头脑里渐渐地擦洗掉。

可是，除此之外，还能有什么法子呢？

"火化吧！这样子带回去也方便。"

她说，声音是如此的沉重，就像缓缓敲响的钟鼓，又闷又沉，让人感觉无尽的沧桑。

决定火化的这一刻，她再次泪水淋漓。

五月二十二日，为西秦国一统建下不朽功勋的九太保九无擎被一团熊熊大火火化于公子府。

这一日，新帝拓跋弘和皇后慕倾城一起观看了整个火葬典礼，事实上真正嫁给拓跋弘，和他圆房的人，并不是她金凌，而是那个曾经很柔弱的慕倾城。这一场移花接木，是她们两个人精心策划的大戏，只为了寻找一个九无擎这辈子再不能亲眼看到的谜底。

这一日，火化九无擎，作为未亡人的金凌自然也在，但这时的她，已然化身为子漪。

整个火化的过程，她极安静地站在明媚的阳光底下，看着那冲天的火光将心爱的他吞噬，将他坎坷的一生烧成灰烬，却一颗眼泪都不曾落下，她用自己的坚韧不拔送别他：

熙哥哥，一路走好，你精心筹谋的计划，凌儿会帮你完成；你想弄明白的谜底，凌儿会替你查清；你拼尽一切偷来的灵珠，凌儿会将它们带回九华；你的骨灰，凌儿从此贴身珍藏。等着吧，那些害过你的人，凌儿迟早会让他们付出代价。

七

　　燕熙睁开眼的那一刻，发现自己身处一座世外桃源中，这里，尘雾轻绕，紫竹繁茂，这里清风袅袅，霞光普照。

　　他来回查看了一番，看到的是一片盛开的桃花，一面清澈的大湖环绕一座绿岛。

　　湖边，有紫竹，有薄薄的云气。湖中，清可见鱼。湖上，一片氤氲之气，金鳞起伏，便若仙境。

　　抬头所见，光芒四射的朝霞，透过万里云层，带来七彩的奇光，普照着这一片祥和之地。

　　让人吃惊的是一条青色的飞龙，在云气上懒懒地晒着太阳，似乎是睡着了，又似乎是失去了灵魂，有点恍恍惚惚，萎靡不振。

　　而后，他低头看自己，身上，白衣飘然，一身素净，散着淡淡的薄荷香，伸手摸向那断送他性命的喉口，没有那可怕的致命伤口。

　　他咬了自己的手指一下，不痛。

　　此时此刻，他是在做梦，还是一缕游魂？

　　他不知道。

　　这时，一个慈爱的声音响了起来："青龙，你还记得前世吗？"

　　前世？

　　燕熙想了想，脑海里浮现的尽是与凌儿在一起的点点滴滴，凌儿的娇，凌儿的媚，凌儿的俏皮可爱，以及巾帼不让须眉的气概。

　　凌儿带给他的所有美好，他皆生生地记着。

　　他的记忆里，只有今生，哪有前世？

　　临死之前，他曾想：若这世上真有轮回，那么，他一定要在奈何桥边等她。此生，他无福护她至白发苍苍，来生，如果她下半辈子没和别人约定，那他一定要再与她续前缘。如果她爱上了别人，那么下一世，他就化作侍从，默默守护她一辈子。

　　他是用瓷片结束了生命，当身体渐渐冰冷，他的神思开始迷离，魂魄抽离身体后，一道强光将他卷到了这里。

　　他想了半天，想不出有关前世的事，于是就开始寻找那个向他发问的声音所在方位，问道：

　　"青龙又是谁？"

　　"前世，你是四大神兽之首的青龙，今世，你是凡人燕熙！"

　　燕熙闻言，呆了一下，原以为自己是被什么高手救了，结果……呵，也是，他这个身子，又有谁能救他？

　　他嘘了一口气，怅然若失的同时，另有疑惑浮上心头："可我并不记得我是什么青龙！"

　　"那是因为你对今生发生的一切执念太深！青龙的记忆，反而被你封存了。"

　　是这样的吗？

　　燕熙不知道，他只看到滟滟明澈的湖面，倒映出了他皱眉的模样，俊美，年少，整张脸，是晏之的脸，温润中尽是困惑之色。

他如何能不困惑，这种事，怪诞离奇，但他能感觉到那个说话的人，并无恶意。

"尊驾是何方神圣，可否现身来见！"

能锁魂魄的人，一定是奇人异士，他想一见。

"抱歉，我现不了身。你现在在灵珠里。青龙珠，那是你的神元庇护圣地。这地方，除了你们四人，谁也进不来。"

"青龙珠？就是西秦国拥有的那枚青龙珠吗？"

"正是！"

"这一颗珠子不是由青云道长守着吗？"

天盘盛会上，四颗灵珠，他只盗了三颗，西秦国的青龙珠，他让人原物奉还，只因为这青云道长十分了得，守护灵珠多年的他，能一眼辨出珠子的真与假。他原打算等曦儿登基后，再打这珠子的主意。谁料一切皆生了变数。

"对！"

"如今，怎么在你手上？"

想在从青云道长手上取来这国宝，可是一件难如登天的事，说话之人，怎么能轻易得到了它？

"珠子有灵性，神魄出世，灵珠会寻主而至，护主神魄，不受鬼魅所扰！"

"哦？那你是何人？神仙么？"

他疑惑地问。

清朗的声音再度扬起，夹带着笑意："不。我前世是魔。至于今生，其实我们认得！燕熙，你小的时候，曾叫过我一声'席伯伯'。我还教过你功夫，你记得么？"

"席伯伯？"

他喃喃地重复了一句，低头而思，遂了悟，瞠然惊呼：

"你，你是凤亦玺！"

那人朗笑，笑声穿透云层，在四面八方回响着，应和着那哗哗作响的细浪，显得极为欢快：

"对，我是凤亦玺。多年之前，我们曾在秦国境内见过一面，可惜那时，见得匆匆，后来再找你，人若石沉大海，行迹无踪。这些年，我一直在寻你，可惜一直寻你不到。熙儿，如今，我是南云国国君。此番我是来助你还阳重生的，因为你还没有真正完成你的使命。你'爹爹'秦紫珞是否可以还魂异世，则需要四大神兽齐心合力去完成，你愿意回去吗？"

这话又令燕熙一呆：

"怎么，我还能还阳吗？怎么还，借尸还吗？"

"不是尸。那具肉身，是活的，只是魂魄走失了。至于你的肉身，已经坏死，纵有大罗神仙降世，也难起死回生，故另寻肉身，才是必须的！"

燕熙再度呆了好一会儿工夫，才消化掉这个信息，而后，他激动得几乎跳起来：

"当真可以回去？"

多少年了，他一直过着宠辱不惊的生活，很少有特别的事能打扰他的情绪，他的心，也只有凌儿能把它搅乱，可这一刻，他的情绪，绝对沸腾了。

"当真！"

"我……我还能回到凌儿身边去？"

那声音几乎在发颤。

"只要你愿意，自然可以！但是……"

"但是什么？"

"但这是违反天命的。你若真这么做了，将来就得受到惩罚。"

"哦，是吗？那会有怎样的惩罚？"

他问，并没有高兴到完全失去理智。

凤亦玺淡淡道："百年之后，你极有可能灰飞烟灭！会另有青龙神兽取代你在天上的位置。茫茫宇宙再无你！我想问你，你愿意为了她，放弃永恒的生命，只在人世贪图那百年之好吗？你若归位，青龙尊者的位置将永远属于你。燕熙，你下凡，只是度劫。要是深陷其中，迷失了本性，那就有点得不偿失！"

这语气，是不是在劝他要三思而行？

"没关系！"

燕熙轻轻一笑，关于青龙的一切，他没有半分记忆。

"好，我送你一程。其实，我也盼你和凌儿能有一个好归宿。人间百年虽然短促，可好过独守灵珠，镇于天盘之上，永世孤寂。现在，你听我说的做——径自走百步，而后盘坐到那桃花下的莲座上。"

四处张望，果然见不远处，有一晶莹玉透的莲座，在阳光底下隐约发着光，座碑之上，刻着张牙舞爪一青龙。

燕熙移步走上前，撩袍，盘坐到了那以寒玉制成莲座上。

玉质清凉，散着淡淡的薄荷香。

那香气，如同是经历了千年万年才凝聚而成的，淡而持久，似乎很容易勾回那遥远的记忆。

他凝神盘坐，久久的，记忆深处突然就乍现这样一个画面：

有四个少年聚集在一个梧桐树下，他们在偷偷地观望。

天湖边上，有一个红衣女子狂奔而去，他身边两个神采非凡的男子狂追于后，似乎发生了什么天大的事。

燕熙记起了，那女子生着和母亲一般的模样，冷艳、端庄。

他记起来了，她的名字也叫玲珑。

那时候，他们叫她：阿姆——意为母亲之意。

不是她生养了他们，而是由她点化了他们。

他们本是神兽，有着强大的神力，却没有人形，是她和另外两个法力无比的神人，创造了他们。

镜头一变。

仙气袅袅的圣峰之上，寒气沉沉，玲珑抱着瑟瑟发抖的身子，笑着对四个少年说：

"青龙，白虎，玄武，朱雀，莲姐姐死得凄惨，佛祖虽然允了天帝再给她一世情缘，可我一不小心偷听到，那一世他们终还是不能得了善果。聚少离多，人世最苦。我想改写姐姐的命运，不过，需要你们帮助。

"我知道，你们镇守天盘，是因为天盘之中藏着大秘密——通过盘心龙洞，可通往异世空间。

"我想将莲姐姐投胎于那个异世，到时，自会有人引渡她归回。待她寿终正寝之后，再由你们引她回异界去。只要她的魂魄不散，天帝必能将她寻到，而你们的灵珠可修她本元，令她不至于灰飞烟灭。

"只是，擅改天命，私开天盘，你们必会受到牵连。如此之请，有点强人所难。

"你们是四大神兽，镇守天盘，铁面无情，本不该有人的喜好，是我顽劣，给了你们人的思想，人的感觉。如今，我强求于你们，实是不该。

"可我别无他法，莲姐姐于我有再造之恩：我本是一只垂死的凤鸟，是姐姐将我救下，给了我性命。所以，这个恩，我一定要还！"

她生生跪在他们面前，叩头：

"求你们成全！"

而他，是第一个跨过去扶她那一个，之后，他们四人一番商量后，终还是同意了。

镜头再一变。

佛殿之上，佛祖双手合十，直视青龙、白虎、玄武、朱雀，道：

"你们坏了天命，犯了天规。先面壁思过千年，然后，下界去历劫。身为镇守天盘的神兽，不该有情，不该有欲。堪破一切后，你们再来续天职！"

最后一个镜头，是白虎急声急气地闯进青龙珠镜，对他说：

"阿姆被贬下界去了！"

"为何？"

"北凤王与云中龙，为了她，水漫天河。灾了不少地方。天帝不在，天界暂由佛祖掌管，佛祖大怒，将其贬下了凡。也许佛祖是故意的。千年之期将至，他怕母亲会再次鼓动我们干那违反天命之事，故意将其打发到人间去了。"

"那我们也下去吧！天盘沦落人间千年，是时间将它寻回来了！至于能不能顺道帮到天帝与莲姨他们，就交给玄武。他与六道老鬼走得近，由他来安排我们胎投之处。"

那些过往，一幕幕，在脑海翻现，惊诧了燕熙。

原来如此！

原来凤亦玺，便是当年的雪魔。

他已记起。

原来，义父金晟便是天帝的转世，原来自小教养他的"爹爹"便是天后异世魂魄的回归，原来父亲和母亲就是当年点化他成人形的凤王：阿北、凰女玲珑。

原来，这一切，都是劫数。

唯一的意外，便是金凌。

这孩子的出现，乱了他正常的命盘。对情欲全无知觉的他，因为她而生了依恋。

而这种依恋将彻底毁掉他。

金凌这个生命，本不该出现，是他们四大神兽重洗了天后的命运，令天后意外在这一世，得来了这样一个天女。

她不是任何人的转世，而是天帝与天后共同创造的一个新生命。不受三界管束。

神佛不可恋。

这是铁一样的天规。

佛祖说了只给天帝一世凡间宿缘，缘尽后，天后之魂魄将化作尘埃，到时，天帝天后所育，也将幻为虚无，无疾而逝，命不过二十四年华。

也就是说，若不能保全天后，凌儿也将消失。

"你记起来了，是吗？"凤亦玺清朗的声音再度在耳边响起，"这莲座，是当年天后替你打造，具有巨大的神力。"

"是！我记起来了！"

燕熙闭眼："我也感应到了。原来，天帝早已离世；原来，凌儿叫了十几年的父亲，是当年的阿狸幻化；原来，这一切，皆是因果循环的；原来，今日你能来搜我魂魄，是天帝用其残余的法力在维护我；原来，你想救我，竟然会因此油尽灯枯而死！"

他突然间便大彻大悟了。

那莲座，真是神奇。

"雪魔，值得吗？"

要救他，必要牺牲他自己。

"无所谓值或不值。我一生孤寂，若能成全你与那个孩子，也不枉来这红尘走了一趟。"

声音是极为平淡、安静而祥和。燕熙知道，凤亦玺这是爱屋及乌。

这人，真是爱惨了天后，才甘愿为了她的女儿，愿放弃自己的生命。

他不说话了。

凤亦玺似乎感觉到了他的情绪，说：

"你不必有心理负担。这是我心甘情愿的。听好了，从现在开始，我说什么，你做什么！"

"是！"

"还有一件事，你且记住了！"

"燕熙垂耳恭听！"

凤亦玺神情恬然地说道：

"你会有一个崭新的身体，只是这身体，自七岁以后，魂魄便被吓离了本尊，是个名副其实的傻子。既无才智，也无武功，更无妻妾。当然，这些于你而言，都不是问题。问题在于，生命磁场即便再如何吻合，总会有排异的反应。你若想要适应这具新身体，需时间去磨合。也许一两天，也许一两年，更有可能是一二十年。在这期间内，凌儿可能会爱上别人——那个龙奕，他们之间，颇为投缘。如果你回归不够及时，你们有可能就此生生错过。熙儿，你准备好了吗？你有那个心理去承受那样一个结果吗？"

燕熙沉默了一下，没有犹疑地点头："我愿意！"

"好！我现在就带你过去。"

"谢谢！"

燕熙由衷地表示感谢。

"闭眼吧！可能会疼！"

的确很疼。

当一道白光穿越祥和生瑞的云层，一层层将他卷住，就像作茧之蚕，整个人困在其中，然而，被一股强大的神力吸托起来，犹如在烈火上炙烤。

凤亦玺说："烧掉的是属于九无擎的气息，以防止地府的人找上你。"

火烧过后，是冰镇，浑身便如结成冰块，凉到心底，寒到骨髓。

凤亦玺说："镇的是属你身上的煞气。你生平杀人无数，那具肉身干净如白纸，抵不住你杀人的戾气。"

之后呢，一道强光打过来，似乎能将他的三魂七魄一并打碎，再重新杂糅。

经经脉脉似乎都断裂了，每一寸肌肤都好像在被鞭子抽打。密密麻麻，来无影，去无踪，一片黑暗里，他看不清自己身在何处，也抓不住那无处不在的鞭子，无法反抗。

身子上的疼痛，从来没有这么强烈过，痛得几乎能让人窒息，最后，他终于忍无可忍，不得不痛苦地发出一声惨叫：

"啊！"

声音震耳欲聋。

这时，耳边有人喜叫了一声："老爷，老爷，九公子醒了！那个江湖郎中，真是厉害！"

同一时间，一道阳光射进了他缓缓睁开的眸子里，一个陌生的床顶映入了他的视线，他眨了眨眼，清醒地感觉到额头有汗珠在滴落，他知道自己还阳了，属于他的崭新人生就这样拉开了序幕……